© Jerry Bauer

Frances Sherwood wurde in Kalifornien geboren und ist heute Professorin für englische Literatur an der Universität von Indiana. Für ihre Kurzgeschichten erhielt sie den *O. Henry Award*. ›Verstand und Leidenschaft‹ ist ihr erster Roman. 1995 folgte ihr zweiter Roman, ›Green‹ (deutsche Übersetzung in Vorbereitung).

Verstand und Leidenschaft Ein spannender und bewegender Roman über das Leben der ersten Frauenrechtlerin, Mary Wollstonecraft, die von 1759 bis 1797, zur Zeit der Romantik, in England lebte.

Marys Kindheit ist alles andere als glücklich. Geprägt durch die schrecklichen Erfahrungen mit ihrem Vater, beschließt sie, niemals zu heiraten und niemals von einem Mann abhängig zu werden: »Ehe ist legale Prostitution.« Früh verläßt sie ihr Elternhaus. Sie arbeitet als Gesellschaftsdame und Näherin, später als Hauslehrerin in Irland. Dort schreibt sie auch ihre ersten Bücher. Sie werden veröffentlicht, und Mary, die ihre Stellung verloren hat, reist nach London zu ihrem Verleger, der sie in sein Haus aufnimmt. Eine neue Welt tut sich auf: Sie nimmt an den berühmten Donnerstagsgesprächen eines Kreises Londoner Intellektueller teil und lernt den Maler Johann Heinrich Fueßli (der sich in England Henry Fuseli nannte), den Dichter William Blake, den Schriftsteller Thomas Paine und den Philosophen William Godwin kennen. Sie schreibt ›Die Verteidigung der Rechte der Frau‹, die Schrift, die sie berühmt macht. Nach einer unglücklichen Liebesaffäre geht sie nach Paris, um über die Französische Revolution zu berichten...

Trotz ihres Erfolges als Schriftstellerin scheint Mary an dem Konflikt zwischen der Feministin und der liebeshungrigen Frau in sich oft zu zerbrechen. Aber Verstand und Leidenschaft geben ihr die Kraft, ihr Leben immer wieder neu anzugehen.

Frances Sherwood

Verstand und Leidenschaft

Roman

Aus dem Amerikanischen
von Barbara Schatz

Fischer Taschenbuch Verlag

Veröffentlicht im Fischer Taschenbuch Verlag GmbH,
Frankfurt am Main, Oktober 1995

Deutschsprachige Erstpublikation 1993
im Wolfgang Krüger Verlag, Frankfurt am Main
© S. Fischer Verlag GmbH, Frankfurt am Main 1993
Die Originalausgabe erschien 1993 unter dem Titel
›Vindication‹ im Verlag Farrar, Straus and Giroux, New York
© Frances Sherwood 1993
Druck und Bindung: Clausen & Bosse, Leck
Printed in Germany
ISBN 3-596-12752-1

Gedruckt auf chlor- und säurefreiem Papier

Meinen Kindern
in Liebe und Dankbarkeit

Vorbemerkung

Verstand und Leidenschaft ist ein Werk der Phantasie. Es basiert auf dem Leben von Mary Wollstonecraft (1759–1797), doch weicht der Roman an vielen Stellen von der historischen Mary Wollstonecraft und ihren Zeitgenossen ab. So konnte vor historischem Hintergrund eine neue lebendige Welt entstehen.

Ich danke der Nationalen Stiftung der Künste für ihre Unterstützung im Sommer 1990 und 1991 und der Indiana University in South Bend für zwei Sommer im Ausland (1988 und 1989), in denen ich Mary Wollstonecrafts Spuren nachging.

Inhalt

Fanny

Kapitel 1

Es schien, als hätte Fanny von Anfang an zu Marys Leben gehört. Doch Fanny wuchs in Wales auf, und Mary, 1759 in London geboren, lebte zunächst in Spitalfields und zog erst 1766 nach Wales. Dort begegneten sie sich in der Schule, Mary war sieben Jahre alt und Fanny neun. Fanny konnte schnell rechnen, Mary schnell schreiben. Mary wollte berühmt werden, wie eine Schauspielerin, Fanny fand das albern. Ihre Väter waren beide Trinker. Selbst mit hundert Jahren würde Mary sich noch an den Atem ihres Vaters erinnern, wenn er Bier getrunken hatte: eine Mischung aus säuerlicher Salzlake und verdorbener Milch. Fannys Vater erregte Mitleid, wenn er trank. Wenn Mr. Wollstonecraft aus dem Wirtshaus zurückkehrte, war er bösartig und stieß beiseite, was ihm in die Quere kam:

Hunde.

Katzen.

Babys.

Mit großen Schritten betrat er das Haus, ohne auch nur die Stiefel abzuputzen; er ließ sein Wasser ins Herdfeuer, daß es zischte und hüpfende Flammen die Holzscheite umtanzten.

»Ah«, sagte er, zufrieden, sich erleichtert zu haben, und er scheuchte jeden weg, der sich in Reichweite aufhielt. Dann setzte er sich hin und suchte Streit.

»Ach, Edward, Edward!« Mrs. Wollstonecraft rang die Hände, lief kopflos hin und her, wußte nicht, was sie sagen oder tun sollte, und fragte Gott, womit sie so einen Ehemann verdient hatte. Die kleine Mary stellte sich schützend vor ihre beiden Schwestern, hielt sich die Ohren zu, schloß fest die Augen, und ihr wurde schlecht von all dem Schreien und Weinen, Trampeln und Fallen, Kreischen und Schlagen, Stoßen und Bitten. Dann wurde es immer ganz still. So still, daß man den Wind draußen hören konnte und sonderbare, unheimliche Geräusche, die man nie zuvor gehört hatte. Wenn der Streit von neuem begann, versuchte Mary, sich Fanny vorzustellen, ihr Gesicht, ihre Gestalt – als Schutzschild zwischen dem Vater und sich selbst. Es war einfach fürchterlich.

»Ach, Edward.«

Mary fragte sich – ob sie wohl aufgehört hätten, wenn *sie* auf der Stelle tot umgefallen wäre. Doch erst als ihre Mutter starb, hörte es auf. So als wären mit ihr auch all die Jahre von Feindseligkeit begraben und ausgelöscht worden. Kein »Ach, Edward!« mehr. Kein Händeringen. Kein Bitten zu Gott.

Was Mary von ihrer Mutter in Erinnerung blieb: das Geschirr in der chinesischen Vitrine der Mutter in Wales. Die schwarze Teekanne aus glasiertem Steingut mit einem Relief von grünen Weinranken. Die selten benutzte Kaffeekanne hatte ein Porzellan-Lamm auf dem Deckel, und die Suppenterrine war geformt wie eine Henne mit Küken. Ihr kostbarer Schlafrock aus purpurnem Leinen mit roten und blauen Fliederbordüren.

Mary liebte es, im Schlafzimmer ihrer Eltern auf der Chintzdecke unter dem Baldachin zu sitzen und zuzuschauen, wie die Mutter sich von ihrer Zofe das Haar frisieren ließ. Die Zofe nahm die Strähnen von der Stirn hoch, toupierte und kämmte sie seitlich zu zwei flügelartigen Wellen; durch Pomade und Haarnadeln erhielt das Ganze festen Halt. Anschließend schminkte die Zofe ihr das Gesicht weiß und legte Rouge auf ihre Wangen. Während der Schwangerschaften hatte die Mutter Zähne verloren, daher polsterte sie sich die Wangen mit kleinen Einlagen aus. Davon abgesehen, war sie eine wunderschöne Frau mit Augen blau wie Glockenblumen; ungepudert schimmerte ihr langes Haar maisfarben, und ihr Mund war so vollkommen wie eine Rosenknospe. Fannys Mutter war hager und vertrocknet und hatte Heuschreckenarme.

Marys Mutter war 1732 geboren.

Mary wurde 1759 geboren. 1765, sie lebte noch in Spitalfields, einem Stadtteil von London, legte der Großvater ihr einmal die Hand auf die Schulter und deutete mit dem Spazierstock auf ein paar Häuserreihen, die ihm gehörten:

»Schau mal, meine Süße, diese drei Häuserblocks habe ich gebaut. Eine Menge Häuser, was? Na, wie findest du sie? Jedes vier Stockwerke hoch, mit französischen Webern, merci vielmals, ihren Webstühlen und Madames, oberstes Stockwerk Schornsteinfeger, schwarze Vögel in der Mansarde, mein kleines Schätzchen, und die Iren immer im Kellergeschoß, wo sie hingehören.«

Marys Großvater konnte den angeleckten Zeigefinger in die Luft strecken und sagen, aus welcher Richtung der Wind wehte, sogar an einem windstillen Tag, und er kaufte Gemüse auf dem Markt mit großer Sorgfalt, indem er jeden Kohlkopf einzeln prüfte, als wäre es ein Gesicht. Marys Großvater hatte große Hände, krumme Beine, eine schiefe rechte Schulter von der Arbeit am Webstuhl und nur fünf Zähne. Marys Vater war schlank, hielt sich gerade, wirkte vornehm. Er hatte noch alle Zähne. Als Mary ihre Milchzähne verlor, vergruben sie und Fanny die Zähne am Dorfteich; dazu sagten sie Zaubersprüche, um später einmal das zu werden, was sie sich wünschten. Fanny wollte einen vornehmen Ritter heiraten. Mary wollte für immer frei sein.

»Es mag ja sein, daß ich nicht lesen kann«, sagte ihr Großvater bisweilen, »aber zum Glück für dich und die Deinen, liebe Mary, kann ich rechnen.«

Marys Vater bereitete das Lesen keine Mühe, aber er sprach langsam und zu laut, so als hielte er andere für zu dumm, seinen Ausführungen zu folgen. Er hielt sich für klüger als alle anderen; vor allem hielt er sich für klüger als seine Frau. Und als sie die Stadt verließen, nannte ihr Vater seinen Vater einen Trottel.

»Selber Trottel!« antwortete der Großvater faustschüttelnd. »Nur in der Stadt ist Geld. Was meinst du, warum *ich* vom Land weg bin und *du* saubere Fingernägel hast!«

15

Sein Leben lang hatte Edward Wollstonecraft senior es verstanden, Garn in Tuch zu verwandeln und Tuch in Backsteine und Backsteine in Schillinge und Schillinge in Pfund, so daß sein Sohn, Marys Vater, sich von seinem Erbe hohe schwarze Reitstiefel kaufen konnte, ein rotes Jackett mit einer Reihe von Messingknöpfen, ein Paar Pistolen und ein Rudel Jagdhunde und aus London wegziehen konnte, erst nach Laugharne, dann nach Richmond in Yorkshire. Bevor sie London verließen, lebte Marys Familie im Haus des Großvaters. Sie bestand aus ihrer Mutter und ihrem Vater, ihrem großen Bruder Ned und zwei Schwestern, Everina und Eliza. Charles wurde später geboren. Jede Nacht beobachtete Mary vom Kinderzimmerfenster, wie in den dunklen Höfen die gräßlichen Abortgruben geleert wurden. Eine stumme Armee maskierter Männer rückte an und transportierte – wie der Großvater ihr erklärte – die Kloake in Karren zu den Feldern, die etwas außerhalb lagen und wo das für die Stadt bestimmte Gemüse angebaut wurde.

Die Kloakenmänner waren Nachtvögel, und ihr gedämpftes Stimmengewirr machte Mary Angst. Sie fürchtete, sie könnte eines Nachts von ihnen fortgebracht werden in eine trostlose Gegend voller Kohlehaufen und verlassener Kutschen, in ein Land, wo schattenhafte Gestalten in der Nacht arbeiteten und am Tage schliefen.

»Das ist der Kreislauf des Lebens, kleine Mary, nachts Mist, tags Mist, alles dasselbe.« Ihr Großvater fürchtete sich vor nichts. Er hatte die Dinge im Griff. Mary vertraute Fanny an, daß sie ihren Großvater liebte. Niemanden außer ihm.

Als sie aus der Stadt wegzogen, in ihr eigenes Haus, wurde die Stimme ihres Vaters lauter und die ihrer Mutter kläglicher. Er beschimpfte Marys Mutter, sie sei eine dumme Person; er ohrfeigte sie, schlug sie in den Bauch.

Kummer und Klagen. »Ach, Edward, Edward, wie kannst du nur!« schluchzte die Mutter dann, warf sich ihm zu Füßen und hielt sich an seinen schmutzigen Stiefeln fest, so daß er sich nicht bewegen konnte.

Die Kinder versteckten sich im Schrank hinter der Treppe. Eliza weinte still vor sich hin, und Everina kaute sich die Fingernägel blutig. Ned ballte die Fäuste und biß auf die Knöchel.

Mary versteckte sich immer so lange, bis sie es nicht mehr aushalten konnte, und dann stürzte sie hinaus.

»Schlag doch mich!« Mary ergriff die Haarbürste als Schutzschild, hielt sie fest umklammert. »Los, schlag doch mich statt Mutter!«

Der Schlag schien nicht von seiner Hand zu kommen, sondern von etwas Größerem, von draußen, wie vom Wind, denn seine Kraft schlug sie auf den Boden; der schmeckte nach Kies, Erde und Blut.

»Ach, Mary, Mary, mein kleines Mädchen!« Es war immer Annie, die Hausmagd, die sie dann aufhob. »So mutig! Und so dumm! Du kannst doch nicht gegen einen großen Mann kämpfen. Hast du gedacht, du kannst gegen einen Mann kämpfen, Kleines?«

Annie leckte ihr die empfindlichen Stellen, ließ die Zunge auf den blauen Flecken kreisen, bis alles voller Schleim war. Sie leckte Mary auch das schmutzige Gesicht und fuhr ihr wie eine Hundemutter mit der Zunge über die Augen, bis sie sich öffneten.

»Siehst du, ist ja nicht so schlimm. Du lebst noch.« Nach solchen Vorfällen machte Mary manchmal ins Bett, so daß ihre Puppen stanken und aus dem Fenster in den Waschzuber unten im Hof geworfen werden mußten. Dann schlug ihre Mutter sie.

»Jetzt gibt's eine Woche Wasser und Brot, du gräßliche Göre.«

Der Großvater schicke ihr immer ein neues Püppchen, erzählte sie Fanny später.

Marys erste Puppe hatte einen hölzernen Kopf; die seidenen Oberarme waren am Körper angenäht; innen führte ein Draht zu hölzernen Unterarmen und Händen. Sie hatte grüne Glasaugen, ein grünseidenes Gewand mit enganliegendem Mieder, abgesteptem Unterrock und bortenbesetzten Schuhen. Sie hieß Mary, und wenn Mary in Wales durch die Felder um Schloß Laugharne streifte, band sie sich Mary auf den Rücken.

Für gewöhnlich spielten sie alle bei den Schloßruinen, Everina, Eliza, Ned und Mary. König, Königin und Hofdamen. Mary war die Königin, und ihre Schwestern mußten gehorchen. Ned war der König, und Mary mußte ihm gehorchen; Charles war noch nicht geboren.

An der Flußmündung von Laugharne gab es viele Möwen und Reiher, Strandläufer und Kormorane. Bei Ebbe wurden kleine eingesunkene Löcher sichtbar, in denen Muscheln lebten. Mary und ihre Schwestern liebten es, die Schuhe auszuziehen und den Schlamm zwischen den Zehen hervorquellen zu lassen; dabei vergaßen sie ganz die sichere Strafe.

»Ihr seid ja völlig verdreckt!« schrie der Vater, bevor er sie schlug; er gab Mary das Gefühl, daß sie weit mehr verbrochen hatte, als sich nur die Röcke schmutzig zu machen. Mary erzählte Fanny, er gebe ihr das Gefühl, als ob schon ihr bloßes Dasein schmutzig und voller Schuld sei.

In den Mauern von Schloß Laugharne klafften große Löcher, die noch von der Belagerung Cromwells stammten; in der Nähe gab es einen Weg namens Totenweg; früher war dort das Blut in Strömen heruntergeflossen. Das behauptete jedenfalls Ned.

»Ein blutiger Fluß war der Totenweg oder ein Fluß voller Blut, kannst du dir aussuchen.« Er schwang seinen Stock wie ein richtiges Schwert. Mary benutzte denselben Stock, wenn sie Königin Elisabeth war und Ned zum Ritter des Reiches schlug.

Ned sagte, er hätte am liebsten zur Zeit Cromwells gelebt, als königstreuer Soldat. Eliza mit ihrem hübschen blonden Haar und ihren kobaltblauen Augen wünschte sich in die Zeit Heinrichs VIII. zurück und wollte eine große Dame sein. Everina war zu miesepetrig, um sich überhaupt etwas zu wünschen. Mary sagte ihnen, sie wünschte sich in die Zukunft, nicht in die Vergangenheit, denn sie könnte sich eine Zeit vorstellen, in der es auch ihr erlaubt wäre, sich mit Büchern zu befassen und ihr eigenes Pferd zu besitzen, so wie Ned. Ned sagte: »Sei still, das wird es nie geben. Genausogut könntest du Kniehosen tragen«, er kicherte. Im Kinderzimmer schaukelte er wie wild auf seinem Holzpferd und erklärte jedermann: Ich bin hier der Herr.

Annie, die Hausmagd, nahm Mary zum Bücherkaufen mit auf den Samstagsmarkt, wo ein fahrender Händler auf seinem Karren kleine Bücher für Kinder, einen Penny das Stück, verkaufte, so wie Bänder und Stoffe, Töpfe und Pfannen und Balladen auf losen Blättern, die, als Lied und als Geschichte, in allen Einzelheiten den neuesten Fall eines Straßenräubers in London schilderten, der am Galgen sein Ende gefunden hatte.

So kam es, daß Mary folgende Bücher las: *Dick Whittington und seine Katze, Mutter Hubbard und ihr Hund, Jack der Riesenbezwinger, Die Geschichte vom Däumling, Aschenputtel.* Sie las auch ihren Schwestern vor, draußen, im hohen Gras der Felder und hinter Büschen, im Verschlag oder auf dem Boden eines Ruderbootes am schwarzen Strand. Sie zeigte ihnen die Buchstaben, wie man sie zu Wörtern verbindet und Sätze bildet. Genau wie Annie es ihr beigebracht hatte. Als Mary Fanny kennenlernte, konnte sie schon gut lesen.

Von ihrer Mutter lernte Mary, daß ein beherrschter Körper die Voraussetzung für richtige Haltung, Bewegung, Manieren, ja für das ganze Auftreten sei, daß eine Frau sich jederzeit leicht und anmutig bewegen sollte, daß sie das Haupt frei erhoben und die Glieder unaffektiert halten sollte: die Oberarme sacht vom Körper abgewinkelt, die Hände mit den Innenseiten nach oben leicht aufeinander ruhend.

Niemand durfte Neds Bücher anfassen, doch einmal, während er eine Unterrichtsstunde bei seinem Hauslehrer hatte, klaute Mary ein Buch. Der Titel war:

LEBENSWEG EINES JUNGEN

oder

charakteristische Geschichten

dazu angetan

jungen Gemütern

die Bewunderung

der

Prinzipien der Tugend
und
den Abscheu vor denen des Lasters
einzuschärfen
von Mrs. Pilkington
Mary konnte verstehen, warum das ein so geheimes Buch war.
Weil
ihr
Vater
die
Prinzipien
des
Lasters
nicht
verabscheute
und
ihre
Mutter
Prinzip
nicht
von
primitiv
unterscheiden
konnte

Überdies – wenn die Autorin, Mrs. Pilkington, wirklich eine Dame war, warum schrieb sie nicht Bücher über Tugend für junge Damen? Sicherlich war das wichtiger, als ordentlich dazustehen und die Hände so gefaltet zu halten, wie es sich gehört. Da Mary schreiben konnte, dachte sie daran, Mrs. Pilkington einen Brief zu schicken und ihr so ein Buch für Mädchen vorzuschlagen. Mädchen müssen... dachte Mary... liebenswürdig und mitfühlend sein, das würde in so einem Buch stehen. Aber Mary würde auch andere Dinge schreiben. Mädchen müßten schlau sein, das wäre das Wichtigste, und stark. Sie mußten eine ganze Menge von Eigenschaften haben, aber nicht pflichtbewußt und gehorsam sein, denn das würde Eltern voraussetzen, die intelligent und vernünftig wären.

Fanny brachte ihr die Wörter »intelligent« und »vernünftig« bei, als Mary zehn war. In keinem der Märchen, die Mary las, waren sie je aufgetaucht. In der Schule lernte Mary noch mehr Wörter von der etwas älteren Fanny, aber auch eine Menge Abzählreime und Bindfadenspiele. Fanny hatte Beine wie ein Storch. Einmal kletterten sie hoch auf einen sehr gefährlichen Baum und stachelten sich gegenseitig zu einer Mutprobe an.

»Ich bin weiter oben als du!«

»*Ich* bin weiter oben als du!«

»Ich war eher da!«

Beschirmt von schattigen Zweigen, begann Mary zu erzählen.

»Es fing an wie ein Traum.«

Die Stimmen im Traum waren leise und betörend, sie schmeichelten sich in Marys Schlaf ein, schnitten wie sanfte Scheren in weiche Schichten.

»Ach, Edward, bitte sag mir nicht solche Dinge.« Nun hörte sich die Stimme ihrer Mutter schrill und jämmerlich an, wie in die Enge getrieben.

»Doch, du bist eine Hure. Gott ist mein Zeuge. Du bist eine Hure, ja schlimmer als eine Hure. Du bist eine abscheuliche Person.«

Die Stimme des Vaters klang leise und tief wie entferntes Donnergrollen, das langsam anschwillt und schließlich direkt neben einem loskracht.

»Wie kann ich denn eine so abscheuliche Person sein, Edward, wenn ich dich doch so liebe, deine Frau bin, die Mutter deiner Kinder, deine Liebste.«

»Und dämlich und blöde.«

»Bitte, Edward, vergib mir.«

Mary fragte sich, was ihre Mutter Schlimmes getan hatte, um so eine abscheuliche Person zu sein. Sie versuchte, sich zu erinnern, was sie selbst im Lauf des vergangenen Tages, der vergangenen Woche alles getan hatte. Könnte es ihre Schuld sein? Fanny sagte, nein, es sei nicht ihre Schuld.

»Und du bist keine Augenweide, überhaupt keine Augenweide, lang nicht mehr, schon lang nicht mehr.«

Wenn ihr Vater im Wirtshaus gewesen war, wiederholte er Wörter. In Wirklichkeit war sie, Mary, keine Augenweide. Aber rechtfertigte das Schläge?

»Oh, möge Gott sich meiner erbarmen, Edward.«

»Soll Er, soll Er doch.«

Jedes Wort der Mutter enthielt mehr Tränen. Jedes Wort des Vaters wurde härter und härter. Ihre flossen über, seine wurden zu Stein, und Mary hatte das Gefühl, in einem reißenden Fluß zu treiben, gepeitscht von Zweigen, getroffen von Steinen wie eine Ehebrecherin oder Hexe. Dann wurde ihre Mutter aus dem Bett gezerrt, so daß sie auf den Boden schlug, und wenn es Mary nicht gelingen würde, zu ihr ins Zimmer zu kommen, würde die Mutter sicher umgebracht.

»Macht auf«, schrie Mary nun und trat gegen die Tür. »Laßt mich rein!«

In solchen Situationen kannte sich Mary selbst nicht mehr; außer sich vor Wut trat und schlug sie gegen die Tür, machte einen Riesenkrawall. Sie fühlte sich stark genug, um zu sterben. Sie wollte sterben. Sie wollte ihn umbringen und dann sterben. Ihre Mutter sollte auch sterben, überhaupt alle, ihre Schwestern, Ned, die ganze Welt sollte sterben und immer weiter sterben bis ans Ende der Welt.

»Macht die Tür auf, los...«

»Was willst du, du Göre?« Sobald die Tür einen kleinen Spalt offenstand, drängte sich Mary hinein und warf sich über ihre arme Mutter, die auf dem Bauch lag.

»Mutter! Mutter!«

»Schaff sie mir vom Hals, Edward, schaff mir das Kind vom Hals. Los geh. Laß mich los. Annie, komm und hol Mary.«

Ihr Vater riß sie von der Mutter fort.

»Nein, nein!« schrie Mary dann.

»Annie, nimm sie, nimm sie weg!«

Annie mußte die Tretende und Schreiende zurück ins Kinderzimmer schleifen.

»Annie, schließ das Biest in einen Käfig. Bei Gott, sie braucht einen Käfig.« Mrs. Wollstonecraft trottete hinterher; das Haar aufgelöst, das Mieder halboffen, hob sie die Hände zum Himmel, erklärte, Mary sei ein hoffnungsloser Fall, und bat Gott um Beistand. »Schafft dieses Kind aus meinen Augen.«

Der Weg die Treppen hinunter ins Kinderzimmer mit ihrer völlig aufgelösten Mutter, ihrem Bruder, der spöttisch schnalzte, und ihren bange schniefenden Schwestern war das Schlimmste von allem.

»Siehste!« hänselte Ned.

»Siehste!« spottete Everina.

Eliza fing an zu weinen. »Ich habe doch gar nichts getan.«

»Wer hat denn das behauptet, du Dussel!«

»Mit dir habe ich nicht geredet, du neugieriger Kerl.«

»Komm, Mary, mein Liebling«, beruhigte Annie sie dann meist. »So ist das eben bei Mann und Frau. Nur Gott ist die Liebe. Mach dir nicht solche Sorgen. Annie ist ja bei dir. Scht, scht, na komm.«

»Es war wie bei Mann und Frau«, erzählte Mary Fanny im Baum.

»Ist so was intelligent und vernünftig?«

Fanny beobachtete nachdenklich eine Reihe von Ameisen, die quer über den Baumstamm nach oben krabbelten. »Den Eindruck macht es nicht. Ich habe meine Bürste mitgebracht. Komm, ich mach' dir die Haare.«

Nach solchen Aufregungen blieb Marys Mutter zwei oder drei Tage im Bett mit kalten Kompressen auf den verschwollenen Augen; die Vorhänge waren zugezogen; abgestandene Luft und Trübsinn erfüllten den Raum. Tag und Nacht mußte Annie die

Treppen herauf- und heruntertrotten, um ihrer Mutter Becher mit Tee und Branntwein zu bringen.

»Mama, bist du krank?« Mary stand an der Tür, die anderen Kinder dichtgedrängt hinter ihr; sie warf einen verstohlenen Blick auf graue Kissen und schmuddelige Laken. Mary kam das Bett ihrer Mutter mit den Vorhängen und dem Baldachin vor wie ein Zelt auf dem Schlachtfeld, wohin die Verwundeten und Entkräfteten gebracht wurden. Oben auf König Artus' Zelt würde ein kleiner Wimpel wehen, in Purpur, der Farbe der Könige. Wenn sie sich in der Geschichte jemanden aussuchen könnte, der sie gern wäre, und es in der Vergangenheit sein müßte und nicht in der Zukunft, wäre sie gerne Merlin. Merlin fand immer die richtigen Worte.

»Mama, bitte...«

Erstickte Schluchzer.

»Mama?«

»Verschwinde, du nervtötendes Kind.«

»Soll ich dir...«

»Annie, Annie, schaff doch mal dieses abscheuliche Kind weg!«

Annie hob Mary auf den Arm und schob die anderen Kinder zurück ins Kinderzimmer.

»Ei du liebe Güte, bist du aber ein großes, schweres Mädchen. Ein Wunder, daß ich dich noch tragen kann. Bist du zwölf oder elf?«

Annie trug sie an ihrer Seite wie ein großes Bund Gemüse. Annie roch nach Ingwer, Anis und altem Schweiß. Ihr Haar war ein richtiges Läusenest, es sah aus, als würde ihr Kopf von kleinen, weißen Ideen wimmeln. Jeden Samstagabend mußte Mary sich über die sitzende Annie beugen und ihr mit einem feinzinkigen Kamm den Kopf nach Läusen absuchen. Mary gefiel es, die kleinen weißen Dinger zwischen den Fingernägeln zu zerquetschen und in den Wassereimer neben sich fallen zu lassen. Nach einer Weile begann Annie, wie eine Katze zu schnurren, und sie öffnete das Mieder, so daß ihre Brüste heraushingen. Sie bat Mary, ihr die großen brau-

nen Nippel mit Schmalz zu beschmieren; und vorsichtig, damit ja
kein Körnchen verlorenging, streute sie dann rundum Zucker darauf. »Lutsch mal, kleine Herrin, lutsch sie ab.«

Annie hatte einen dritten Nippel, rosa und sehr feucht, wie rohes
Hühnerfleisch, unter ihren Röcken.

»Muß ich denn, Annie?«

Aber bitten half nichts. Marys Kopf wurde hinuntergeschoben,
sie mußte sich hinknien, ihre Ohren verschwanden in Falten von
Fleisch wie in einem Muff, bis Annie eine Art Krampf bekam und
leise aufschrie; dann ließ sie Mary los und wollte sogleich auf den
Mund geküßt werden.

»Laß mal sehen, wie ich schmecke«, pflegte Annie zu sagen; wie
der Pfarrer in der Kapelle, der immer sagte: »Kniet nieder; laßt uns
sogleich Dank sagen.«

Während des Gottesdienstes hielt Mary gerne durchs Kirchen-
fenster Ausschau nach dem hellen Pferd, das manchmal auf den
Friedhof kam, um zu fressen. Es hatte braune Sprenkel auf der
Kruppe und ein liebes Gesicht mit gewaltigen gelben Zähnen.

»Solltest du je einer Menschenseele davon erzählen«, beschwor
Annie sie jedesmal, während sie noch mehr gestohlenen Zucker auf
Marys salzige Zunge streute, »wird Gott dich erschlagen, und ich
muß dein Herz in kleine Stücke schneiden für den Eintopf.«

»Kann ich es Fanny erzählen? Nur Fanny?«

»Willst du auf der Stelle sterben?« Annies Augen schielten und
blitzten wie die eines Schweins auf dem Weg zum Schlachthaus.
Mary stellte sich vor, wie ihr Herz, in Würfel und dünne Scheib-
chen geschnitten, auf einem Feld verstreut in der Sonne ver-
dorrte.

Gott und Annie im Bunde – das wäre ein Anblick. Annie würde
das Messer halten. Gott würde Mary festhalten.

»Es ist meine Pflicht, folgende Bemerkung zu machen«, sagte der
Pfarrer am Sonntag. »Die Jugend unseres Landes ist in großer Gefahr, der Zerstreuung und schließlich der ewigen Verdammnis
anheimzufallen. Schon werden die Schlachtreihen aufgestellt. Ich

warne Euch. Hütet Euch vor der Zerstreuung. Beelzebub liegt auf der Lauer, und seine geflügelten Mitstreiter umkreisen uns. Luzifer selbst schleicht sich ach so verstohlen heran. Laßt Euch nicht auf die traurige, breite, armselige, brennesselgesäumte, halsbrecherische Straße des Satans locken!«

Mary traute sich kaum, nach Hause zu gehen. Sie hielt ihre Hände um den Hals – ja nicht den Hals brechen! – und die Lippen zusammengepreßt, diese sündigen Lippen, die an Annie saugten. Wer konnte wissen, was um sie herum auf der Lauer lag, vielleicht ein ganzes Aufgebot, Dutzende von schlimmen kleinen Teufeln, bereit, jeden Moment aufzuspringen und einen zu stechen wie ein Schwarm Hummeln. Den Anführer der Teufel, Luzifer selbst, stellte sie sich als Schlange vor, jedoch in Kleidern, die aussahen wie die Kleider von Sir Walter Raleigh, die sie in einem Buch über Königin Elisabeth gesehen hatte. Trugen sie ein Wams oder eine Weste mit Halskrause? Er hätte eine goldene Krone auf, wie es dem Herrscher der Hölle gebührt, aber von nahem könnte man, abgesehen von den Beinen, erkennen, daß er eine Schlange ist. Er hätte diesen schrecklichen Schlangenkopf mit dem breiten, raffinierten Schlangenlächeln und Männerbeine, natürlich mit Hufen. Vielleicht trug Luzifer seinen Hals zusammengeringelt, so daß man ihn nicht gleich erkennen konnte, und dann würde er plötzlich hochschnellen und sich strecken wie ein runzliger Schildkrötenhals. Fanny behauptete, der Teufel sei wie Gott, man könne ihn nicht sehen. Warum stelle sich dann jeder den Teufel gleich vor, wollte Mary wissen. Weil wir Bilder von ihm sehen, antwortete Fanny. Aber woher wissen wir, wie ein Bild von ihm aussieht? Irgend jemand hat vor langer Zeit ein Bild von ihm gemacht. Und alle anderen haben es nachgeahmt? Genau. Fanny sah Mary an, als wäre sie schwer von Begriff, so daß Mary nicht mehr fragte, wie diese Person vor langer Zeit den Teufel malen konnte.

»Hallo, kleines Mädchen«, würde der Straßenteufel mit einer angenehmen, doch zugleich unheimlichen Stimme rufen.

»Darf nicht zu spät zum Essen kommen, Herr Teufel.«

»Fanny, glaubst du, der Teufel ist vernünftig und intelligent?«
fragte Mary. »Falls wir ihn uns nicht nur einbilden?«

»Vielleicht intelligent, aber kaum vernünftig.«

Mary dachte, beides gehöre zusammen.

»Denn wie könnte ein vernünftiges Wesen Gottes Liebe ver-
schmähen, Mary?«

»Mag wohl sein.«

Wenn Mrs. Wollstonecraft nach einer ihrer Auseinandersetzun-
gen mit Mr. Wollstonecraft das Bett endlich wieder verließ, ging sie
meist ein paar Tage lang mit gekränkter Miene umher, sie bewegte
sich langsam und vorsichtig, seufzte gelegentlich tief auf, schüttelte
traurig den Kopf, wann immer sie Mr. Wollstonecraft sah,
schneuzte sich in ihr Spitzentaschentuch und hievte ihre großen
Brüste sehnsuchtsvoll aus dem Fenster, wenn sie auf die Wiese
schaute, wo die Schafe weideten.

Nach ein paar Tagen begann Marys Vater, seiner Frau besondere Aufmerksamkeit zu schenken; er tat ihr kleine Gefallen, bat sie
inständig, doch bitte einen Happen zu essen, nannte sie »Liebes«
oder »mein Liebling«. Er brachte ihr kleine Geschenke mit und
schickte sie zum Schneider. Die Kinder bekamen auch alle neue
Kleider und kleine Kuchen.

Es fing an mit einem flüchtigen Lächeln, einem Schniefen, das
sich in ein kleines Kichern verwandelte.

»Ach, Edward«.

Dann begann er, sie zu kneifen, an ihr zu zupfen und mit weit-
gespreizten Schenkeln bei ihr zu sitzen.

»Ich verstehe nicht«, sagte Mary zu Fanny unter dem Busch,
ihrem Geheimversteck (wenn jemand sie beide entdeckt hätte, wäre
er den Tod des Verräters gestorben), »wie können sie sich erst hassen und dann...«

»Erwachsene sind eben so«, meinte Fanny.

Zu Hause kauerten die Wollstonecraftkinder weiter in den Ekken. Ned bohrte in der Nase und leckte den Finger ab. Eliza wischte
sich mit dem Ärmel über die laufende Nase. Everina arbeitete an

einem Stickmuster mit Kreuzstichen, darauf stand: »Trautes Heim, Glück allein«. Das Haus mit dem Schornstein war fertig, nun waren die Buchstaben dran. Mary las ein Buch mit dem Titel: *Die seltsamen Abenteuer des Grafen von Vinevil*. Annie erledigte ihre Pflichten, vermied es, jemandem in die Augen zu schauen, und summte vor sich hin. Mary steckte den Kopf in ihr Buch. Die Hunde blickten beim geringsten Geräusch von ihrem Schlafplatz am Feuer auf. Einer von ihnen winselte im Schlaf und zuckte mit den Pfoten, als würde er laufen.

Später, wenn Mary gelegentlich das Ohr an die Schlafzimmertür ihrer Eltern hielt, hörte sie kein Kampfgetöse, sondern das Gurren von Tauben in ihrem Schlag. Der Frieden mochte sich über Tage und Wochen halten; wenn sie mit Fanny in den Mulden Hebamme spielte und ihr Stöcke in den Po schob als Einlauf und ihr Umschläge auf die Brust legte gegen Fieber und Lappen zwischen die Beine bei Blutungen und ihr Pfropfen in die Ohren steckte gegen Vereiterung und ihr ein Tuch in die Nase stopfte gegen Schüttelfrost und wenn sie dann von der Sonntagsglocke zum Gottesdienst gerufen wurde, wenn es ein gutes Essen gab mit eingemachtem Reh, einfachem Pudding und Fladenbrot, und wenn sie einschlief, ohne zu weinen, dann fragte Mary sich immer, ob das alles wirklich passiert war, die Schläge und die Tränen, das Treten und Krachen. Waren sie am Ende nicht eine glückliche Familie? Waren die Schreie vielleicht nur ein Traum gewesen? Aber gerade, wenn ihre Wachsamkeit begann nachzulassen und die Beklemmung in ihrer Brust sich ein wenig löste, gab es eine unmerkliche Veränderung in der Luft, im Haus, in den Gesichtern, die eine Wende ankündigte. Die Stimme des Vaters änderte sich zuweilen, sein »mein Liebes« bekam etwas Schneidendes, und die Mutter zog sich mehr und mehr in sich selbst zurück, als ob nur unter ihrer Haut ein Leben möglich wäre und nichts anderes sicher. Dann gab es hier und da etwas Knatsch, nichts Ernstes und nichts von Belang, schon der geringste Anlaß genügte. Überall im Haus waren kleine Fallen aufgestellt.

»Zwei Brote in der Bäckerei verlorengegangen?«

Wohl kaum ein Fehler der Mutter, nicht einmal einer Annies; denn alle Brote, die zu den großen Backöfen in die Bäckerei gebracht wurden, waren mit einem W für Wollstonecraft markiert. Ihre eigene Küche in Laugharne hatte keinen Backofen, nur eine offene Feuerstelle – deren Feuer von einem schnaufenden Blasebalg, den ein Junge aus dem Dorf bediente, in Gang gehalten wurde – und einen Spieß, der von Hunden in einem Tretrad gedreht wurde. Es war ein mittelgroßes Haus mit Spülküche, Speisekammer und einem Waschhaus, aber ohne Wäscherei, Vorratsräume, Milchkammer, Brauerei, Bäckerei, und das Brot mußte donnerstags hinunter in die Kingsstreet gebracht werden.

Ihr Vater war es, der das Mehl abmaß und den Schlüssel der Teebüchse aufbewahrte, und er hielt Annie dazu an, den alten Tee den Bettlern aufzuschwatzen, die jede Woche zum Hintereingang kamen, um Essen abzuholen, und er traute niemandem, überhaupt niemandem, und das Haushaltsgeld teilte er argwöhnisch und widerwillig zu. Jede Woche zählte er die Bettücher ab, und die Brote bewachte er, als wären sie aus Gold.

»Zwei Brote – zwei ganze Brote verlorengegangen?«

»Aber, Edward, mein Mann...«

Edward Wollstonecraft war vom Alkohol rot angelaufen, und die Zornausbrüche hatten seine Nasenflügel mit purpurnen Äderchen überzogen. Ein langes, häßliches Haar ragte aus seiner Nase heraus wie ein Säbel, und seine kleinen Schweinsaugen sprachen von Verrat und Strafe, und beim Sprechen sprühte ihm der Speichel in Tröpfchen von den Lippen. Mit einem Streich seiner Hand fegte er das Geschirr samt Essen vom Tisch. Die Hunde drehten durch, schleckten das ganze Essen auf, einer fraß sogar eine Tellerscherbe mit Sauce darauf und schnitt sich ins Maul.

»Ich gehe bald weg«, murmelte Mary, während sie mit ihren Geschwistern zusammengepfercht im Treppenhausschrank stand.

»Du bist ja erst elf«, sagte Eliza. »Wie kannst du da weggehen?«

»Es ist nicht gerecht«, zischte Mary. »Merkt ihr das denn nicht?«

»Er ist unser Vater.«

»Ja, aber gibt ihm das schon das Recht?«

»Wo willst du denn hin?«

»Das wirst du schon seh'n. Ich geh' jedenfalls weg. Dann lebe ich bei den Zigeunern und werde Wahrsagerin, oder ich ziehe zu Fanny nach Hause und schlafe bei ihr im Bett.«

»Du wirst nirgendwohin gehen«, sagte Ned und gab Mary eine Ohrfeige. »Wie kannst du irgendwohin gehen, bevor du geheiratet hast?«

»Ich heirate nicht.«

»Du wirst sehr wohl heiraten«, sagte Ned. »Das ist Gottes Gebot. Und wenn nicht, wirst du eine alte Jungfer und dein ganzes Leben lang für immer und ewig im Armenhaus sitzen und hungern.«

»Dann werde ich eben hungern.«

»Wenn du immer hungerst, wirst du sterben.«

»Dann sterbe ich eben.«

»Du wirst nicht sterben«, sagte Ned. »Außer ich sage es.«

»Ich kann bei Fanny wohnen.«

»Ihr Vater ist auch Trinker«, sagte Everina.

»Woher weißt du das?« fragte Eliza.

»Hier erlebst du wenigstens schon mal das Schlimmste«, sagte Ned.

»Wirklich?«

»Das Schlimmste wäre es, wenn das Haus einstürzte und Schlangen über uns kriechen würden«, sagte Everina.

»Wenn es hundert Tage kein Essen gäbe und es dann regnete, das wär's«, sagte Eliza.

»Wir könnten alle auf einem großen Haufen sterben und dann verfaulen«, sagte Ned. »Das wäre das Schlimmste.«

Das Schlimmste passierte an einem Tag, den Mary den Tag der Hunde nennen sollte, einem grauen, kalten Tag mit Nebel, der in riesigen Schwaden von der See heraufzog. Mary trug die Puppe auf den Rücken gebunden, und sie war hungrig. Sie ging den Berg hinauf und bog um ein Eichenwäldchen.

Vor ihr lag das Haus. Rauch stieg aus dem Schornstein. Bald gibt es Tee, sagte sie zu sich selbst und dachte daran, wie sie die warme Flüssigkeit unten im Bauch fühlen würde, und hoffte, es würde heiße Rosinenbrötchen mit Butter geben.

Als sie näher ans Haus kam, bemerkte sie, daß von der großen Eiche bei der Eingangstür etwas herabhing. Sie konnte nicht erkennen, was es war. In *Jack der Riesenbezwinger* gab es ein Riesen-Haus, das oben aus einem Bohnenstengel herauswuchs. Bi-Ba-Bum, ich bringe alle um, sagte der Riese. Bei näherem Hinsehen dachte Mary, es wären Säcke, die an Seilen baumelten. Vielleicht war es ein Reh, das, in Stoff gewickelt, draußen abhängen sollte. Der Vater war am Morgen jagen gegangen.

Dann verschwamm das Bild vor ihren Augen. Ihr Mund wurde trocken. Sie konnte nicht erkennen, was es sein sollte, denn es war ganz unmöglich, daß es das sein konnte, was es war. Sie war außerstande, es zu begreifen, und sie flüsterte: Lieber Gott, hab Erbarmen mit mir.

Die fünf Jagdhunde des Vaters baumelten, am Hals aufgehängt, mit hervorquellenden Augen am Ast.

Mary übergab sich, stolperte ins Haus. Die Mädchen schluchzten, Ned war still, Mrs. Wollstonecraft und Annie sahen niemandem in die Augen; sie bissen sich auf die Lippen, liefen herum und richteten den Tee.

Mary wagte nicht, ein Wort zu sagen.

»Laßt sie hängen«, befahl der Vater am Abend. »Untersteht euch, sie herunterzuholen. Sie haben mich enttäuscht, verstanden? Verstanden? Laßt sie hängen. Sie haben mich enttäuscht.«

Die Kinder kauerten sich aneinander. Annies dunkler Teint war aschfahl geworden, und die großen Poren auf ihren Wangen sahen aus wie schwarze Punkte. Mrs. Wollstonecrafts Augen glitzerten von Tränen. Sie war hochschwanger damals. Mit Charles.

Annie servierte den Tee schweigend. Das Feuer ging ständig aus.

Eliza schniefte und zog nervös an ihrem Kleid. Everina biß die Zähne zusammen. Selbst Ned schaute betroffen.

»Wir werden in Kürze umziehen«, verkündete Mr. Wollstonecraft. »Nach Yorkshire.«

Everina und Eliza fingen ein großes Geschrei an. Ned sah gekränkt drein. Mary hörte den Wind wehen und stellte sich vor, wie die armen Hunde draußen hin und her schaukelten und aneinanderstießen. »Die müssen frieren«, sagte sie zu ihrem Vater.

»Wer muß frieren?«

»Die Hunde. Bitte nimm sie herunter, Papa. Bitte.«

Sie dachte an den Wind, der ihnen das Fell zerzauste; ihre Zungen wären ledern, und ihre gefrorenen Augen wie Murmeln aus Glas.

»Bitte.«

»Sei still.« Annie legte die Hand auf Marys Schulter, und ihre großen Brüste, die Mary – Zucker hin oder her – hassen gelernt hatte, streiften ihren Rücken, so daß Mary eine Gänsehaut bekam und ihr ein Schauer über den Rücken lief.

»Du sollst sie herunterholen«, sagte Mary.

»Benimm dich gefälligst.« Marys Mutter stand auf, zog an ihrem Mieder, legte den Finger an die Nase. Mr. Wollstonecraft schnaufte.

Das Feuer warf Schatten an die Wand; sie sahen aus wie der Wald in der Geschichte vom Däumling.

Ich hasse ihn, dachte Mary, ich hasse sie alle, ich hasse es, hier zu sein, ich hasse alles. Ich hasse mich selbst, ich hasse die Hunde, ich hasse Annie.

»Ich werde sie drei Tage nicht herunterholen«, sagte der Vater. »Ich werde diese undankbaren Hunde ganz bestimmt drei Tage und drei Nächte nicht herunterholen.«

Er erhob sich, ging auf Mary zu, und sie zuckte vor dem Schlag zurück, den sie erwartete, doch statt dessen streckte er die Hand aus und kniff Mrs. Wollstonecraft in die Brust. Mary staunte. Machte die Mutter sich auch Zuckerbrustwarzen?

»Daß du ja nicht wagst zu fragen«, fuhr Mr. Wollstonecraft fort; sein Gesicht war rot und angeschwollen, seine Hose fleckig, und sein Bauch, inzwischen fett geworden, quoll ihm aus der Weste. »Frag nicht, warum ich diese blöden Hunde aufgehängt habe. Ich hatte gute Gründe dafür.«

Mary war elf Jahre alt und wußte, daß Hunde, ja Tiere überhaupt, zu keinem Verbrechen fähig waren, das es gerechtfertigt hätte, sie aufzuhängen.

»Warum, du fragst mich, warum, Mary, habe ich ein ›warum‹ gehört, du fragst mich warum?«

»Nein, nein, ich frage nicht, warum.« Mary begann zu zittern. Sie wußte, ihr Vater war weder intelligent noch vernünftig. »Was ist denn das für ein unverschämter Ton?« sagte die Mutter und schnippte gegen Marys Wange; ihr Fingernagel hinterließ einen kleinen Kratzer, der nie ganz verheilte und der aussah wie ein Stück Mondsichel unter ihrem Auge.

»Au«, schrie Mary.

Die Mutter sagte: »Geschieht dir recht.«

»Du willst wissen, warum?« brüllte der Vater. »Ich werde dir sagen, warum: Um ihnen eine Lehre zu erteilen.«

»Was?« Mary war verwirrt. Was für eine Lehre? Ihre Wange brannte. Ein wenig Blut rann ihr in einer dünnen Spur die Wange runter, tropfte auf ihren Hals. Sie wischte mit der Hand über das Gesicht. Wenn das Blut auf ihren Kragen tropfte, gäbe es einen Fleck, und sie würde Schläge bekommen. Sie würde in jedem Fall Schläge bekommen. Sie brauchte nur morgens das Bett zu verlassen oder aber drin zu bleiben, oder zu lächeln, oder zu weinen, zu essen, nicht zu essen, nach draußen zu laufen, zur Schule zu laufen, in der Schule gut zu sein, in der Schule schlecht zu sein. Für alles konnte es Schläge geben.

»Ihr geht jetzt alle ins Bett«, sagte Mrs. Wollstonecraft.

»Kein Tee?« fragte Ned.

»Böse Kinder bekommen keinen Tee, Ned, das weißt du doch.«

»Ich war aber lieb«, sagte Ned.

»Ich auch«, sagte Eliza.

»Ich bin immer lieb«, beteuerte Everina.

»Meine lieben Kinder«, sagte der Pfarrer an diesem Sonntag in der Kirche, »heute ist ein herrlicher Sonntag. Laßt uns niederknien und Gott preisen. Ihr müßt immer daran denken, daß Gott euch nicht verläßt.«

Mary, die aus dem Fenster geschaut und geduldig darauf gewartet hatte, daß das gesprenkelte Pferd auf dem Friedhof erschiene, drehte sich um. Daß Gott euch nicht verläßt?

»Versammelt euch alle um mich her. Jesus wird euch retten.«

Mary stieg ruhig zur Kanzel hinauf, umklammerte die Beine des Pfarrers.

»Rette mich«, flehte sie. »Rette mich.«

Mrs. Wollstonecraft kreischte. »Oh, mein Gott. Annie, hol sie! Hol sie da runter!«

Alle anderen lachten. Annie kam nach oben, um sie zu holen.

»Schaff sie raus hier, Annie, sofort.«

Mary wurde auf den Friedhof gesetzt, wo das helle alte Pferd mit dem gesprenkelten Hintern das Gras zwischen den Gräbern fraß. Es drehte sich um und sah sie an, rollte die vorstehenden Augen und zeigte seine großen, gelben Zähne. Es war Frühling. Narzissen und Osterglocken blühten. Die Luft war mild und duftete, doch Mary mußte sich die Ohren fest zuhalten, weil sie es immer wieder hörte, weil sie es nicht loswerden konnte:

»Ich habe sie aufgehängt, um ihnen eine Lehre zu erteilen, um euch eine Lehre zu erteilen. Laßt es euch allen eine Lehre sein. Eine Lehre, hört ihr, eine Lehre.«

Kapitel 2

Mrs. Dawsons Arme und Beine waren mit Blasen übersät; sie kratzte sie mit ihren langen Fingernägeln auf und quetschte daran herum. Verschorfte Stellen auf den Lippen öffnete sie mit der Zunge wie kleine Topfdeckel. Ihre Brille nützte ihr nichts, denn, ob nah oder fern, sie mußte die Augen zusammenkneifen, um etwas zu sehen, und sie konnte nicht richtig hören, sondern mußte ständig fragen: »Was denn? Was denn?« In Bath, wohin die Leute kamen, um sich zu erholen und Heilbäder zu nehmen, bewohnten sie und Mary zwei armselige Zimmer.

Mary war zweiundzwanzig, pummelig und vorlaut, ernsthaft und voller Ideen, und sie arbeitete als Mrs. Dawsons Gesellschafterin in Bath. Diese Anstellung hatte Mary gefunden, nachdem sie mit Fanny Handarbeiten gemacht hatte, und sie konnte Mrs. Dawson nicht ausstehen. Nur eine Bäckerei half ihr, es in Bath auszuhalten.

In der Teestube verbrachte Mary ihre freie Zeit, schlürfte unzählige Tassen Tee und schrieb Briefe. Sie fühlte sich wie eine elegante Schriftstellerin.

den 3. Juli 1781

Liebe Fanny, was soll ich Dir erzählen?
Wie kann ich mich von anderen unterscheiden?
Was ist wichtig?
In der Backstube gibt es einen riesigen Tisch auf Böcken, einen Brotschieber und einen großen Backofen. Ein kleiner Junge steht daneben, um die Reisigbündel in den Ofen zu schieben, die zu feiner Asche heruntergebrannt und dann herausgekehrt werden, und wenn die Steine die richtige Temperatur

haben, geht's hinein mit den hübsch geformten Broten und den süßen Bröt-
chen, die den Gästen mit Quark, geschlagenem Ei und Früchten serviert
werden, wirklich sehr appetitlich. Es ist ganz etwas Neues, in einer Küche
zu sitzen und nicht um sein Leben zu fürchten. Leute, die auf der Straße
vorbeikommen, schauen mich durchs Fenster an, als gehörte ich hierher.
Fanny, ich muß zugeben, daß ich nicht so eine Augenweide bin wie Eliza
oder so schnell wie Everina, aber ich habe große Hoffnungen. Ich glaube, es
hat einen Grund, daß ich meine Kindheit überlebt habe. Klingt das al-
bern?

den 24. Juli 1781

Liebe Fanny, Du wirst mich für anmaßend halten, und das bin ich ja auch,
denn ich habe nun mal das Gefühl, daß alle Erfahrungen, die ich bei meinen
kleinen Anstellungen sammle, nur eine Art Lehrzeit sind. Ich lese gerade
Ein ernsthafter Ratgeber für die Damen von Mary Astell. Könnte ich
für etwas anderes bestimmt sein als die große Masse unseres Ge-
schlechts?
So viel zu lernen!

Mrs. Dawson, Marys Arbeitgeberin, hielt es für nötig, Mary die
eine oder andere Lektion zu erteilen. Moralische Unterweisung war
ihre Stärke.

»Schon wieder in der Teestube? Wenn du denkst, das ganze Leben ist ein Korb voll Rosen, und die gebratenen Tauben fliegen dir
nur so in den Mund, dann kann ich dir sagen: Müßiggang ist aller
Laster Anfang. Was? Was hast du gesagt? Lächeln ist Teufelswerk,
Mary. Warum kommst du so spät? Wieder die Zeit verträumt? Was
hast du da in der Hand?« Mrs. Dawson befingerte eine ihrer verschorften Stellen.

»Nichts, Mrs. Dawson.«

»Nichts? Warum versteckst du es dann?« Mrs. Dawson humpelte
ärgerlich umher. »Du wagst es, nicht zu antworten? Du wagst es,
etwas in mein Haus mitzubringen, ein Stück Papier, etwas zu essen,
und dann schämst du dich, es mir zu zeigen?« Die kleinen Teppich-
läufer, die dunklen, aufdringlichen Möbel waren Mrs. Dawsons

Reich, waren ihr Leben. »Du führst nichts Gutes im Schilde. Ich sehe es dir an.« Die Köchin, genannt Cook, zwinkerte Mary zu. Die Küche war eine schmale Kombüse, in der nur einer Platz hatte. Die Köchin war ziemlich rundlich; sie quetschte sich morgens herein und abends heraus, mußte sich zwischen Herd und Hackbrett durchzwängen. Sie sang traurige sizilianische Lieder mit einem dünnen Sopran-Tremolo, als wäre sie in einem Käfig gefangen. Sie tat Mary leid.

»Führt ihr beiden etwas im Schilde? Ich habe Cook zwinkern gesehen.«

»Ich war in der Teestube Tee trinken«, gab Mary zu. Sie mußte Mrs. Dawson die meiste Zeit direkt gegenüberstehen. Mary war einen Kopf größer. Wenn sie saßen, berührten sich ihre Knie.

»Mary, du bist zu einem bösen Schicksal verdammt, wenn du nicht lernst, dich in acht zu nehmen. Und ich werde dir nicht erlauben, eine dieser sogenannten Lustbarkeiten zu besuchen, denn ein solcher Anblick fügt jungen Mädchen Schaden zu.«

»Nicht das Wettrennen der Sänften, Madam?«

»Ganz bestimmt nicht.«

Jeden Dienstag war in Bath ein Wettrennen der Sänften. Es gab ein besonderes Atelier, wo man sein Portrait malen lassen konnte. Morgens unternahm man Ausritte durch die Wiesen und die Hügel, die Bath umgaben, und montags und donnerstags ging man zum musikalischen Frühschoppen, wo Waldhörner und Klarinetten ertönten. Es gab noch andere Konzerte und feierliche Tänze und Volkstänze in den Assembly Rooms, und da war das ständige Treiben in den Bädern selbst. Diese waren herrlich und schön wie Paläste. Die Leute badeten voll bekleidet und warfen sich gegenseitig von der Galerie hinunter ins Wasser. Auch Hunde und Katzen wurden mit Kichern und Kreischen hineingeworfen. Im Pumpraum servierte man dasselbe Heilwasser, in dem unten gebadet wurde, na wenn schon. Es war alles ein solcher Spaß. Die Bäder hallten wider von Echos, und überall gab es Kammern und winklige Ecken hinter Säulen und zerbrochene Statuen. Schon in römischer Zeit hatte es dort Bäder gegeben. Mary dachte an Togen, Schilde, Lorbeerkränze, philosophische Deklamationen, bronzefarbene Leiber, schwarze Locken, die glänzten wie Oliven, braune Riemensandalen.

Einmal fuhren sie und Mrs. Dawson in einem Stechkahn den Avon hinunter, vorbei am Viehmarkt, wo die Bauern Vieh einluden, das von den Hügeln hinuntergetrieben worden war, um zu den Docks von Bristol gebracht zu werden. In der Ferne lag Bramton Mill, wo Schießpulver hergestellt wurde und das Schauplatz des Duells war, bei dem der Viscount Du Barry ums Leben kam.

den 30. Juli 1781
Es heißt, liebe Fanny, daß seine Sekundanten ihn zum nächsten Wirtshaus hinuntertrugen und dort haltmachten, um sich zu stärken. Sie legten Du Barry hin und gingen hinein, um tüchtig zu trinken. Du Barry war jedoch noch nicht tot. Aber er starb, während er auf sie wartete, und so begruben sie ihn hinter dem Wirtshaus. Später wurde er ausgegraben und erhielt auf dem Friedhof von St. Michael ein anständiges Begräbnis.

Bei Bath war der Avon voll von Aalen, Steinforellen, Döbeln, Karpfen, Hechten, Barschen, Krebsen. Bemerkenswert war die Brücke, von der einst Hexen heruntergeworfen wurden. Wenn diese Frauen ertranken, waren sie unschuldig und erhielten ein christliches Begräbnis. Wenn sie nicht untergingen, wurden sie herausgezogen und auf dem Scheiterhaufen verbrannt. Sally Wistock war eines der Opfer gewesen. Sie war eine Naturheilerin, die die Leute aus dem ganzen Umkreis aufsuchten, um sich behandeln zu lassen; eines Tages wurde sie von einer unzufriedenen Patientin denunziert, weil sie deren Gürtelrose nicht heilen konnte. Die arme Frau ging nicht unter.

Mrs. Dawsons Zimmer in Bath waren so eng und dürftig, daß Mary meist das Gefühl hatte, sie dürfte eigentlich nur halb so groß sein. Die Polster waren samtbezogen – kratzig für die Haut und unerfreulich für das Auge. Die staubigen, troddelbesetzten Vorhänge waren von einem düsteren Blau und versperrten die Fenster. Mrs. Dawson liebte es, bei jeder Temperatur ein Feuer brennen zu lassen, und der riesige Ofen in der kleinen schmutzigen Küche sorgte dafür, daß die Wohnung ständig unerträglich überheizt war. Mrs. Dawson und Mary schliefen in gegenüberstehenden Betten, und wann immer Mary hinüberschaute, hatte Mrs. Dawson die Augen offen und starrte sie direkt an.

Bei ernsten Gesprächen über Marys moralische Verworfenheit saß Mrs. Dawson im Schaukelstuhl. Sie schaukelte, um gewisse Punkte zu betonen.

»Daß du Ihm, der dich geschaffen hat, kein anständiges Gebet darbringen kannst, macht mir unendlichen Kummer, und ich muß mich fragen, Mary, ob du wirklich die passende Gesellschafterin bist für eine gottesfürchtige Frau wie mich, die ihr Leben guten Werken und noch besseren Gedanken geweiht hat, wenn ich das selbst so sagen darf.«

»Aber ich habe gebetet, Mrs. Dawson, ich bete wirklich.« Zumindest gab Mary sich Mühe zu beten.

»Verruchtes Weib, mach dein Unrecht nicht durch Lügen schlimmer. Ich habe dich aufgenommen, um deinem lieben Vater einen Gefallen zu tun. Nein, du hast nicht gebetet – ich habe darauf geachtet, heute in der Kirche: Deine Lippen haben sich nicht bewegt.«

»Ich kann auch lesen, ohne die Lippen zu bewegen, und Beten ist etwas Innerliches.«

»Dann auch noch unverschämt. Nicht nur verlogen. Obendrein diese ganze Bösartigkeit. Junges Fräulein, sieh du dich bloß vor. Wenn Mr. Dawson noch lebte, möge er in Frieden ruhen, er würde patzige Antworten nicht hinnehmen, o nein, er würde den Rohrstock holen, und ich, hätte ich nicht die Gicht und ein armes schwaches Herz und Kurzatmigkeit und Lähmung in den Gliedern – kann ja kaum hören und sehen und werde bald das Zeitliche segnen –, auch ich würde dir eine Strafe verpassen, die du nicht vergißt. Knie dich jetzt hin, und bitte Ihn um Vergebung, tu, was man dir sagt, Kind. Denke daran, du bist ein Nichts, kamst aus dem Nichts und wirst ins Nichts zurückkehren. Denke daran, du bist ein Nichts.«

Mary dachte daran. Der Gedanke durchfuhr sie mitten beim Tee oder irgendwo draußen oder in einem Boot oder während sie irgendwo entlangging. Ich bin ein Nichts. Ein Nichts. Sie fragte sich, ob es das war, was Erwachsensein ausmachte, sich so unbedeutend zu fühlen.

den 12. August, 1781

Mrs. Dawson, liebe Fanny, kann es mit meinem Vater aufnehmen. Sie sind befreundet, wodurch es zu meiner Anstellung kam, und sie müssen in derselben Schule erzogen, an derselben Brust gesäugt worden, aus demselben Schoß gekrochen sein, denn sie sehen wie mit einem Auge, hören wie mit einem Ohr und rufen mit einer Stimme: Wehe, wehe dir! Sie möchten uns dazu bringen, wie in Dantes Vision der Hölle alle Hoffnung fahrenzulassen. Aber das werde ich nicht tun. Hörst Du, ich werde nicht aufgeben, Fanny.

»Hast du etwas gesagt?«

»Wär' das alles, Madam?«

»Nein.«

»Ja?«

»Hast du etwas gesagt?«

»Nein, Madam.«

»Sprich lauter.«

»Nichts, Madam.«

»Gut«, sagte Mrs. Dawson. »Ich will, daß du mir einen schönen Fisch zum Essen besorgst, Mary. Einen roten. Hast du verstanden? Kannst du den Auftrag erledigen? Oder ist das zuviel verlangt? Einen schönen, roten Fisch? Den bringst du Cook. Cook will einen Fisch, nicht wahr?«

Mary schaute Cook an. Cook zuckte die Schultern.

»Wirst du unverschämt?«

»Überhaupt nicht.«

»Wirst du wieder unverschämt?«

»Nein, nein.«

Mary ging in ihr kleines Zimmer. Sie mußte sich seitwärts zwischen ihrem und Mrs. Dawsons Bett durchzwängen. Der Kleiderschrank verdeckte einen Teil des Fensters. Eigentlich Verschwendung, denn sie hatte nur zwei Kleider und ein Nachthemd, und Mrs. Dawson hatte nur drei Kleider. Mary hätte sehr viel lieber etwas Licht ins Zimmer gelassen. Sie seufzte, holte ihr Strohhäubchen heraus und band die seidenen Bänder zu. Fanny, dachte sie, ich werde gerade zu einer albernen Besorgung geschickt von einer herrischen, schorfübersäten, frömmelnden ...

»Höre ich da eine Klage?«

»Oh, nein, Mrs. Dawson.«

Der Fischmarkt von Bath lag im Hafenviertel. Auf den schräggestellten Tischen lagen die Fische aneinandergereiht mit großen glasigen Augen und blank schimmernden Körpern. Mary wollte ihnen über die Schuppen streicheln, sie trösten und sagen, ist ja gut, ihr kleinen Fische. Als sie ein kleines Mädchen war, hatte sie einen Fisch mit ins Bett genommen, in der Hoffnung, sie und der Fisch würden zusammen aufwachen. Nachdem sie alle Fische genau angesehen hatte, kaufte Mary den schönsten von allen. Er hatte die Farbe eines Kupferkessels; die Schuppen ließen nur den zarten, weißen Bauch frei.

Die Marktfrau legte den Fisch in Marys Tasche und gab ihr das Wechselgeld. Den Fisch sollte es zum Abendessen geben, dazu gute, gekochte Kartoffeln, Custardpudding, Tee. Das hatte Cook gesagt, als Mary in die Küche kam, bevor sie wegging. Tagsüber hatte Mary am Bach, der in den Fluß mündete, etwas Kresse gepflückt. Also würde es die auch geben. Sie spazierte an den Gärten entlang zurück, bog in eine dunkle Gasse und dachte daran, wie das Essen auf ihrem Teller aussehen würde. Der Fisch läge neben den Kartoffeln, und die Brunnenkresse würde alles wie eine kleine Girlande umkränzen. Der Custardpudding, in kleinen Schalen serviert, würde ihr angenehm die Kehle hinuntergleiten.

Wenn Mrs. Dawson ihr erlaubte, die Kerze zu nehmen, wollte Mary diese Nacht auch vor dem Einschlafen lesen. Sie hatte ein Buch vom Bücherstand, Rousseaus *Emile*. Sie könnte es versteckt hinter der Bibel halten, und sie würde die Lippen bewegen.

»Was?«

Da war ein Schatten, eine Gestalt, irgend etwas vor ihr. War es ein Wolf? Es wurde groß und größer, so groß wie ein Bär, größer als ein Bär, es verdeckte den Himmel.

»Fanny«, schrie Mary.

Es packte ihr Handgelenk. Dann fühlte sie einen kühlen Gegenstand an ihrer Kehle.

»Oh, Gott, hilf mir«, schrie sie. Es war der Teufel. Mrs. Dawson hatte recht gehabt. Sie war böse. Der Teufel war zu ihr gekommen. Es war ein einfacher Teufel oder Luzifer selbst oder ein anderer Teufel oder irgend etwas Schreckliches, das aus dem Grab auferstanden war. Oh, nein.

»Hilfe!« schrie sie kläglich.

»Pst«, zischte es.

Für einen Moment fühlte sich Mary erleichtert. Es war kein Teufel. Es war nur ein Mann, ein großer, kräftiger Mann. Aber dann preßte er die Spitze eines Messers an ihren Hals und ritzte ihr die Haut auf.

»Bitte, bitte«, flehte Mary. »Bitte. Sie können den Fisch haben, den Schilling. Nehmen Sie. Bitte tun Sie mir nicht weh.«

»Halt den Mund.«

»Oh, nein. Oh, Gott. Oh, bitte, tun Sie mir nicht weh.«

Sie waren ganz allein. Nur verlassene, mit Brettern zugenagelte Gebäude ringsum. Die bewohnten Häuser schienen unendlich weit weg. Plötzlich sehnte sich Mary nach Mrs. Dawson. Nach irgend jemandem. Aber selbst für einen Retter wäre sie so wenig erreichbar gewesen wie hoch oben am Himmel oder auf der Sonne. Sie würde sterben, qualvoll sterben, und niemand würde es je erfahren. Die Leute würden von der Arbeit kommen, Abendbrot essen, und sie wäre tot, bestraft.

»Lieber Gott, hilf mir«, murmelte sie.

»Du gefällst mir nicht«, sagte der Mann.

»Was?«

»Du gefällst mir nicht, und deshalb muß ich dich jetzt umbringen.«

Mary verstand nicht.

Er strich ihr mit der Hand über die Brüste.

»O nein, o nein.« Gleich würde er ihr die Brüste abschneiden. Sie wußte es. »Lieber Gott«, betete sie. »Es tut mir leid, daß ich dich nicht genügend geachtet habe...«

Mary glaubte, ein Rascheln zu hören. Ihre Ohren, auch ihr Herz strengten sich an, etwas zu hören, irgend etwas.

»Aber erst wirst du es mir machen.«

»Was?« stieß sie hervor.

»Frag nicht so blöd. Knie dich hin.«

Sollte sie wieder beten, wie für Mrs. Dawson? Warum nur hörte Gott sie nicht. Sie hatte Angst, der Mann würde ihr den Kopf abschlagen.

»Los, knie dich hin.« Er packte sie bei den Haaren, stieß sie hinunter.

»Haben Sie Erbarmen mit mir. Bitte.« Sie dachte an ihre Schwestern, an Fanny, sogar an ihre Mutter.

Sie begann aufzusagen, was sie immer aufsagte, wenn sie in Schwierigkeiten war: »Als *B*auer *C*hristoph *D*üwels-*E*ck *F*ünf *G*ulden *H*atte *I*m *J*ackett...«

Der Mann ließ die Hose herunter, reckte etwas zu ihrem Mund hin und fing an, sehr schnell zu atmen.

»Mach den Mund auf«, befahl er. »Mach den Mund auf. Und wenn du mich beißt, bringe ich dich um.«

Doch in diesem Moment war ein Lachen zu hören.

»Ach, Mirabel, du bist schrecklich.« Eine Männerstimme klang durch die Nacht. »So etwas zu sagen, und dann noch vor deiner Mutter. Also, Liebes, das war wirklich...«

»Wenn du was verrätst«, zischte der Mann und riß Marys Kopf

an den Haaren nach hinten, »dann komme ich zurück und bringe dich um.«

Schnell zog er die Hose hoch und rannte die Gasse hinunter zum Fischmarkt.

»Was sitzen Sie denn da mitten auf dem Weg, Miss?« Ein Mann nahm ihren Arm und zog sie hoch. »Ist Ihnen nicht gut?«

»Doch, doch, mir geht's gut.« Mary konnte nicht viel sagen. Sie zitterte am ganzen Körper.

»Sie haben sich verkühlt«, sagte die Dame. »Sollen wir Sie nach Hause bringen?«

»Nein, nein.« Wenn du was verrätst, hatte er gedroht, dann komme ich zurück und bringe dich um. Genau wie Annie sie umbringen wollte, wenn sie etwas verraten hätte.

»Hier geht's doch runter zum Fluß, oder?« fragte die Dame.

Mary fühlte, wie Röcke sie streiften.

»Komische Kleine, sitzt da mitten auf dem Weg. Ob ihr was fehlt? Dienstmädchen fallen ja heutzutage bei jedem bißchen in Ohnmacht. Ob ihr auch wirklich nichts fehlt?« Wieder Gekicher, dann verschwanden die Stimmen in der Dunkelheit, und es war wieder still.

Ich muß nach Hause, sagte Mary zu sich selbst. Er könnte zurückkommen. Ich muß nach Hause. Vorsichtig bewegte sie die Beine, auf denen sie kniete. Sie streckte einen Fuß aus, kam auf einem Knie hoch, zog den anderen Fuß nach, raffte alle Kraft zusammen und machte einen Schritt. Ich kann laufen, sagte sie zu sich selbst, ich kann noch laufen. Vorsichtig bewegte sie ein Bein, dann das andere. Und wieder. Noch ein Schritt. Ich kann laufen, ich kann noch laufen. Sie begann, ein bißchen schneller zu gehen. Sie stolperte, richtete sich auf, lief weiter. Die Luft schnitt ihr ins Gesicht. Sie hörte ein Klappern und Rasseln, das von der Straße herkam. Kutschen, sagte sie zu sich selbst, nur Kutschen. Viel besser als Menschen. Ihr Herz raste, hielt mit den Beinen Schritt. Sie rannte. Etwas stach sie, blieb an den Tränen kleben, die auf ihrem Gesicht trockneten. Lieber Gott, ich kann rennen, schluchzte sie, ich kann noch rennen. Vor ihr lagen die Häuser. Sie trieben sie weiter. Ich lebe noch, flüsterte sie. Ich lebe. Aber sie dachte an die Worte: Du gefällst mir nicht. Du verdienst den Tod. Ein Sterbenswörtchen, und du bist tot. Ein Sterbenswörtchen, und dein Herz wird in Stücke geschnitten für den Eintopf. Sie war endlich auf der gepflasterten Straße. Sie stand vor dem Haus. Sie klingelte und hörte, wie Mrs. Dawson zur Tür humpelte. Die Tür wurde aufgerissen.

»Wo warst du? Weißt du, wie spät es ist? Soll ich vor Hunger umkommen? Du versuchst, mich umzubringen. Ich weiß es. Ich weiß, du versuchst, mich umzubringen.« Mrs. Dawson hielt Marys Schulter umklammert. »Jawohl. Du bringst mich noch ins Grab. Wo ist der Fisch? Du hast den Fisch verloren? Sieh dich mal an, Mädchen. Und mein schönes Geld – wo ist es?«

Cook sah beunruhigt drein. Ihre schwere Brust hob und senkte sich. Dann sah Mary, daß jemand im anderen Zimmer war. War der Mann gekommen, um sie zu holen? »Wenn Mr. Dawson noch lebte, dann gnade dir Gott. Er hätte verlangt, daß du dafür bezahlst. Du weißt ganz genau, daß ich dich als meine Gesellschafterin anständig bezahle. Was willst du jetzt essen? Luft? Wasser? Feuer? Was meinst du, was Gott denken würden, wenn Er dich sehen könnte. Deine Kleider sind schmutzig, dein Gesicht ist schmutzig. Wo ist dein anderer Schuh? Ist das Blut an deinem Hals? Was hast du da am Ohr? Hast du keinen Respekt?«

»Ich bin müde, Mrs. Dawson, haben Sie Erbarmen.«

»Was? Was hast du gesagt?«

»Gott hat es gesehen. Gott hat mich gesehen.«

Aber, dachte Mary, wenn Er mich sah, warum hat Er mir nicht geholfen, als ich ihn brauchte. Es sei denn, Gott selbst hatte diese Leute auf den Weg geschickt. So war es wohl. So mußte es sein.

»Deine Schwester ist hier«, sagte Mrs. Dawson schließlich.

»Meine Schwester?«

»Sie packt deine Sachen.«

»Sie entlassen mich, Mrs. Dawson?«

»Allerdings.«

Everina erschien im Türrahmen des Schlafzimmers. Sie sah angegriffen aus, streng wie immer. Doch um die Hüften war sie voller geworden.

»Everina«, sagte Mary. »Was ist passiert?«

»Deine Mutter ist krank«, sagte Mrs. Dawson. »Aber bilde dir bloß nicht ein, daß ich dich noch mal einstelle. Die Welt hält keine Almosen bereit für Mädchen wie dich. Ich muß deinem Vater schreiben, was für eine große Enttäuschung du für mich warst.«

»Wie krank ist sie?« fragte Mary.

»Krank«, sagte Everina.

»Sie liegt im Sterben«, sagte Mary. »Sie liegt im Sterben, oder?«

»Jemand muß sie pflegen«, erklärte Everina. »Eliza hat ihr Baby. Ich habe meine Arbeit.«

»Manche Leute denken, sie brauchen weiter nichts, als zu lächeln und schön zu tun und können den lieben langen Tag nur Tee trinken und Torte essen«, sagte Mrs. Dawson. »Streite es nicht ab. Ich habe dich in der Bäckerei gesehen. Manche Leute halten sich für etwas Besseres. Die werden noch ihr blaues Wunder erleben. Verschwinde, und behaupte ja nicht, daß dir noch Lohn zusteht. Für den Fisch verlange ich nichts, und noch etwas kannst du dir merken: Nicht jeder Mann auf dieser Welt wird sich in dich verlieben, bloß weil du jung bist. Hast du etwas dazu zu sagen? Dachte ich's mir doch.«

»Mrs. Dawson«, begann Mary und blickte ihr in die schielenden Augen. Sie wollte ihr sagen, wie sehr sie das alles gehaßt hatte – die Moralpredigten, das beengte Leben, die Hitze und die Düsternis, aber statt dessen schaute sie auf Cook. »Mrs. Dawson«, sagte Mary. »Danke für alles.«

»Wir können die Kutsche zurück nach London nehmen«, sagte Everina, »und dann die Kutsche hinauf nach Yorkshire.«

»Ich habe deiner Schwester erlaubt, schon mal deine Sachen zusammenzupacken. Lebe wohl. Und komme ja nicht zurück – ich nehme dich nicht noch mal auf. Eine Lebenseinstellung wie die deine führt direkt in die ewige Verdammnis. Du wirst es noch lernen. Du wirst noch ganz unten landen. Und – ja, ich habe meine Lektion gelernt. Mißratene Mädchen wie du kriegen, was sie verdient haben. Ich hoffe, auch du hast deine Lektion gelernt – und wirst in Zukunft Gott fürchten und dich anständig benehmen.« Mrs. Dawson kratzte an einer verschorften Stelle herum, rieb sich die Augen. »Du kannst nie demütig genug sein, wenn du mich fragst. Denke dran, wenn du durchs Leben gehst. Nie demütig genug.«

»Nie demütig genug«, äffte Everina nach, als sie in der Kutsche saßen. »Daß du das ja nicht vergißt, du freches Ding. Sag mal, was ist denn mit der Haut von der Frau los? Was hast du mit ihr angestellt?«

»Nichts.«

»Verhext?«

»Everina!«

»Ich hätte es getan. Diese Schrulle. Sie wird ihrem Schöpfer krustig wie eine vertrocknete Kröte gegenübertreten. Und diese Köchin. Ihr drei hattet sicher viel Spaß miteinander.«

Als Mary ins Krankenzimmer ihrer Mutter trat, waren die Fensterläden geschlossen, und es roch nach Branntwein und Diarrhöe, nach altem Blut und Kupferröhren, und Mary mußte an ihre Furcht vor dem Mann in der Gasse denken, der sie umbringen wollte.

»Wer ist da?« Ihre Mutter stützte sich auf den Ellbogen, griff mit der Hand in die Luft, als suche sie Halt. »Wer ist da? Antworte, wer ist da?«

»Mary.«

»Mary und weiter?«

»Mary, deine Tochter Mary, Mary Wollstonecraft.«

»Ach du bist's.«

Wer sonst.

Kapitel 3

Für die Familie waren sie Regen und Sonnenschein. Eliza war der Regen, und sie, Mary, der Sonnenschein, aber sie wußte, nicht glückliche Umstände machten sie zum Sonnenschein, sondern ihre Beweglichkeit. Mary mußte in Bewegung bleiben, oder sie würde in Trübsal erstarren. Everina war immer das nahende Unwetter – die drückende Stille und dann der Donner. Fanny, Marys Freundin, war hell und luftig, ein sonniger Tag mit einem drohenden Schatten wie von einer dicken, schwarzen Wolke. Als erwachsene Frau sah Fanny immer noch aus wie ein Kind, doch sie hatte sich den quälenden Husten einer Erwachsenen zugezogen und fiel leicht in Ohnmacht. Manchmal erwachte sie auf einem blutüberströmten Kissen.

Eliza war lebenslustig, bis sie ihr Baby verlor. Und sie machte immer den Eindruck, als erwarte sie etwas. Bei ihrer Hochzeit trug sie einen Lilienkranz in ihrem Haar und ein wundervolles cremefarbenes Satinkleid mit einem bestickten und abgesteppten Unterrock. Sie sah aus wie die Maikönigin. Mary und Fanny, die nach Yorkshire gekommen waren, hatten nächtelang bis nach Mitternacht gearbeitet, um das Kleid zu nähen. Das Kleid, das Mary bei der Hochzeit trug, ein himmelblaues mit fransenbesetztem Saum und geschnürtem Mieder, bekam Fanny, als sie einige Jahre später selbst heiratete. Bei beiden Trauungen, der von Fanny und der von Eliza, hatte Mary das Gefühl, es stecke ein scharfkantiger Stein in ihrem Magen und ließe sich nicht von der Stelle bewegen. Und während Elizas Trauung dachte Mary, der Tee und das Brot vom Frühstück könnten ihr hochkommen. Everina mußte einen von

48

Marys Armen nehmen und Fanny den anderen. Sie hatte eine Vorahnung. Das passierte, bevor Mary Mrs. Dawsons Gesellschafterin wurde, bevor Mrs. Wollstonecraft krank und bevor Mary nach Hause gerufen wurde, um sie zu pflegen.

Als die Bishops (Eliza und Mr. Bishop) zu Mrs. Wollstonecrafts Beerdigung kamen, hatte Eliza schon das Baby bekommen; es hieß Mary Frances, nach Mary und ihrer Freundin Fanny. Mary bemerkte, daß Mr. Bishop ihrem Vater im Temperament sehr ähnlich war. Schroff und cholerisch. Mary fragte sich, ob das Elizas Vorstellung von einem Mann war – so ein männlicher, mannhafter, ermannter, mannartiger Mann. Sie, Mary, gelobte, niemals eine Verbindung einzugehen mit jemandem, der auch nur die geringste Ähnlichkeit mit ihrem in die Jahre gekommenen Vater hatte. Mit etwas Abstand konnte sie alle Merkmale wiedererkennen, die körperlichen und auch die des Charakters – das breite, fleischige Gesicht, die rote Nase, die groben Hände, den Gang eines Bullen. Schlimmer noch, wenn Bishop in Art und Aussehen ihrem Vater glich, so war Eliza das Abbild der Mutter in ihren besten Tagen: maisfarbenes Haar, himmelblaue Augen, liebliches Gesicht. Eliza hatte einen Schwarm von Verehrern gehabt, alle vollständig ungeeignet – in Marys Augen –, und Mr. Bishop war der schlimmste von allen.

»Es ist sein männlicher Charme«, erklärte Eliza. »Ich kann ihm nichts abschlagen. Und außerdem habe ich keine Mitgift.«

Keines der Mädchen hatte eine Mitgift. Ihr Vater hatte darauf geachtet. Mr. Bishops männlicher Charme – stellte Mary fest – bestand aus seiner enormen Größe, engen Hosen, die in kurzen Stiefeln steckten, einem kurzen Jackett mit anliegenden Ärmeln, einem weitgeschnittenen Kragen und einem Kopf mit flammend rotem Haar. Mary vermutete, daß Mr. Bishop sich vielleicht schon vor der Hochzeit Freiheiten herausgenommen hatte, denn zum einen folgte das Kind bald auf die Hochzeit, zum anderen hatte Mister Bishop nicht nur ein energisches Auftreten, sondern auch einen bemerkenswerten Körper. Man könne ihm nichts abschlagen.

Mr. Bishop war »in der Schiffahrt«, was immer das bedeutete. Später kam heraus, daß er Sekretär bei einer Reederei war. Mary hatte sich vorgestellt, daß er mit bloßen Händen Schiffe hochhob und sie wie Gulliver aufs Meer setzte. Aber nein, er saß auf einem hohen Stuhl an einem schweren Holzpult und fertigte Abschriften von Dokumenten an, und am Ende jedes Tages brachte er seine Seiten demütig in das Büro eines gewissen Mr. Jones, der dazu neigte, laute Befehle zu geben und unordentlich abgeschriebene Dokumente in tausend kleine Stücke zu zerreißen und hinter sich zu werfen. Mr. Bishop ergötzte Eliza und Mary mit solchen Berichten. Manchmal, wenn er von Herzen darüber gelacht hatte, brach er in Tränen aus.

Nach der Beerdigung ihrer Mutter am 22. April 1782 zog Mary mit Eliza und Mr. Bishop wieder nach London – genauer gesagt nach Spitalfields, in eines der alten Häuser ihres Großvaters, die jetzt ihrem Bruder Ned gehörten, während er selbst in einem vornehmen weißen Haus lebte, das von Robert Adam im klassizistischen Stil entworfen und in der Nähe vom Russell Square gebaut worden war.

Ned lud sie niemals ein. Mary kannte nicht einmal seine Adresse. Der Russell Square schien einer anderen Welt anzugehören, weit weg von Spitalfields und ihrem engen Zimmer mit dem häßlichen, klobigen Tisch und dem Stuhl und der Strohmatratze. Sie wohnte direkt unter den Bishops und konnte sie herumlaufen und laut reden hören. Wenn das Baby schrie, fluchte Mr. Bishop.

Mary verbrachte ihre Tage damit, Romane zu lesen wie *Ränkespiele der Liebe oder Die Geschichte der Liebschaften von Bosvil und Galesia* von Jane Barker. Wenn sie las, war sie in einer anderen Welt, und sie vergaß, daß sie kein Geld hatte, daß sie eine Anstellung finden mußte, daß niemand sie heiraten würde, daß ihr Bruder Ned ihr nicht helfen würde, daß ihre Mutter tot war und ihr Vater ein Trinker. Wenn Mary aus ihrem schmalen Fenster auf den Gemüsemarkt hinaussah, dachte sie daran, daß ihr Großvater sein Geld den Enkelkindern zu gleichen Teilen vermacht hatte; aber Ned

Wollstonecraft hatte vor Gericht erwirkt, daß alles Geld ihm, dem ältesten Sohn, zugesprochen wurde, wie es der Tradition entsprach. Mary und Eliza und Everina hatten etwas Geld von ihrer Mutter geerbt, doch das würde kaum für längere Zeit ausreichen. Everina hatte eine Stellung als Hauslehrerin angenommen.

den 12. September 1782

Liebe Fanny, glaubst Du, ich werde jemals berühmt sein? Wenn ja, muß der Ruhm wie Manna vom Himmel fallen. Er wird sicher nicht durch diese Wände treten oder die schmutzige Treppe herauffinden. Und ich muß wirklich sehr berühmt werden, um dieser Beengtheit zu entkommen. Ich bin fern jeder Hoffnung.

Keine der Heldinnen in ihren Romanen war berühmt, aber viele waren reich geboren, und alle weckten die Liebe wenigstens eines Mannes. In der Welt ihrer eigenen Träume nahm Mary die Ratten nicht wahr, die in der Nacht wie Polarfüchse umherhuschten, oder die dicke Rußschicht am Saum ihres Kleides; sie bemerkte nicht Elizas blaue Flecke, hörte nicht das Poltern und Fluchen und das Geschrei des Babys tief in der Nacht.

»Das da«, sagte Mary eines Tages und zeigte auf einen grünlichen Bluterguß. »Was ist das?« Zudem sah es aus, als hätte Eliza geweint.

»Ach das. Ich bin gefallen.«

»Und du bist gestern gefallen und vorgestern auch?«

»Ich kann mich nicht erinnern, vielleicht habe ich mich an der Kamineinfassung gestoßen.«

Als Eliza dann die kleine Mary Frances stillte, konnte Mary sehen, daß Eliza auch Bißwunden an der Brust hatte, als ob ein Tier sie angefallen hätte.

»Ratten, Eliza?«

»Die Kleine hat zu fest gesaugt. Daher kommt das.« Manchmal waren Elizas Lippen geschwollen und aufgeplatzt. »Ich bin manchmal so ungeschickt.«

Elizas Nase blutete eigentlich auch ziemlich oft. »Nasenbluten habe ich von Kindheit an.«

Ihre Wangen waren häufig grün und blau. »Meine Wange ist nicht grün und blau.«

»Deine Wange ist grün und blau. Ich habe Augen im Kopf. Eliza Wollstonecraft, was ist das?«

»Eliza Bishop, wenn's recht ist.«

»Wenn's dir recht ist. Du hast ihn geheiratet. Den brutalen Kerl. Sollen wir die Familiengeschichte bis in die siebente Generation wiederholen? Bishop, Wollstonecraft, macht das einen Unterschied?«

»Du bist bloß neidisch, daß ich einen Mann habe.« Eliza war mit dem Stillen fertig, knöpfte ihr Oberteil zu, setzte eine hochnäsige Miene auf und ruckte den Kopf nach vorn wie ein Huhn, das Krümel aufpickt. »Sieh dich an, du hast gar nichts.«

»Auf was bitte soll ich neidisch sein? Darauf, herumgestoßen, getreten und gekratzt, gebissen und zerfleischt zu werden? Dafür brauchst du einen Mann? Da wäre mir ein Bär lieber. Egal, noch ist mein Leben nicht zu Ende.«

»Ich bin verheiratet, Mary, und du nicht. Deshalb bist du neidisch.«

»Gott bewahre mich vor der Ehe, meine Liebe. Mir reicht, was ich gesehen habe.«

»Ich kann nichts dafür, daß du Männer haßt.«

»Daß ich Männer hasse? Ich hasse Männer nicht. Ich hasse Gewalt. Ich hasse die Unterdrückung der Schwachen durch die Starken. Frauen nehmen um der Ehe willen zu viel in Kauf.«

»Hochtrabende Worte. Wenn du könntest, würdest du auch heiraten. Oder würdest du lieber ins Armenhaus gehen?«

»Natürlich nicht, Eliza, frag nicht so dumm. Ich habe dir Lesen beigebracht. Du solltest wissen...« Mary dachte an die Frauen in den Romanen. Die waren glücklich, wenn sie erst einmal verheiratet waren.

»Was sollte ich wissen?«

Mary lehnte den Kopf gegen die Wand. Das Leben war nicht wie das in den Büchern.

»Was gibt es da zu wissen, Mary? Kann ich meinen Lebensunterhalt verdienen? Kannst du es? Wo wäre ich ohne den Schutz eines Mannes?«

»Das nennst du Schutz?« Die Welt war ein abscheulicher Ort ohne Zuflucht. Ihre Schwester war schön und intelligent. Das Baby war niedlich.

»Du kannst doch denken, Eliza. Denk ein bißchen nach.« Mary begann zu schluchzen. »Ach, Eliza, mein Liebling, denk ein bißchen für dich, denk ein bißchen an dich.«

»Ich denke ja nach. Aber es tut mir nicht gut, Mary. Du denkst nach. Bist du deshalb besser dran als ich? Was passiert, wenn Mutters Geld alle ist? Mrs. Dawson will dich nicht wiederhaben. Was willst du tun?«

Mary ging zu ihr, kniete sich vor ihre Schwester. Tränen tropften von Elizas Gesicht, fielen von ihrem Kinn auf das Gesicht des Babys wie sanfter Regen.

»Ich weiß nicht, was ich tun soll«, flüsterte Eliza. »Hilf mir.«

»*A*ls *B*auer *C*hristoph *D*üwels-*E*ck *F*ünf *G*ulden *H*atte *I*m *J*ackett *K*am *L*eider *M*it *N*er *O*llen *P*istol *Q*uintilius *R*äuberrabenstett *S*tahl *T*aler *U*nd *V*erschiednes *W*eg . . .«

»Ach, Mary, nicht das. Bitte. Das Alphabet hilft dir jetzt nicht weiter.«

»Woher weißt du das?«

Vielleicht hatte Eliza recht. Das Alphabet konnte niemandem helfen. Vielleicht war Heirat um jeden Preis der einzige Ausweg. Ihre Heldinnen waren am Ende des Buches auch alle verheiratet. Ein Ehemann würde einen ernähren, wenigstens das. Es gäbe Frühstück und Mittagessen, Abendbrot und Tee. Mary liebte es, tagsüber auf dem Bett zu liegen und sich Gelee, Marmelade, weiches Brot, Klöße, Eintopf und ein schönes Stück Wurst mit gerösteten Kartoffeln vorzustellen. Nachts in ihren Träumen deckte sie einen riesigen Tisch. In der Mitte stand grüne Erbsensuppe als

Vorspeise, der Fisch im Teigmantel folgen sollte. Am oberen Ende stand gebratenes Rinderfilet, am unteren Ende Truthahn in Backpflaumensauce. Links waren Kalbsschnitzel mit Zitrone und rechts Fladenbrot. Der Tisch funkelte von Silber und Kristall.

Wenn Mary erwachte, gab es nichts als den trübe gewordenen Tee. Dann mußte sie sich selbst dazu anhalten hinauszugehen, um Luft zu schnappen, die Welt zu sehen, die wirkliche Welt, die Welt der anderen. Doch wenn sie auf der Straße Kutschen vorbeifahren sah, gab sie alle Hoffnung auf, jemals wieder in einer zu fahren. Wenn sie den Pastetenverkäufer hörte, wußte sie, daß sie nie eine würde kaufen können. Nie in eine Teestube gehen. Nie ein Stück neuen Stoff kaufen. Wenn einer ihrer Zähne locker wurde, zog sie ihn selbst heraus und stillte das Blut mit einem Lappen.

»Was ist das?« fragte Eliza, als sie den Zahn auf Marys Tisch sah.

»Mein Zahn.«

»Warum legst du ihn dahin?«

»Um mich daran zu erinnern, daß ich etwas tun muß.«

»Was denn?«

»Ich bin noch nicht sicher. Was ist das da an deinem Kopf?«

»Bin mitten in der Nacht gegen den Schürhaken gelaufen.«

»Ja, ich habe es gehört«, antwortete Mary. »Ich hörte den Schürhaken sprechen. Er machte dich darauf aufmerksam, daß du ein mieses, dreckiges Weib bist, eine schlechte Mutter und eine noch schlimmere Ehefrau, stimmt's? Ich wußte nicht, daß Schürhaken sprechen können, Eliza.«

»Ich denke daran, zurück nach Hause zu gehen und bei Vater zu leben«, flüsterte Eliza und schaute sich um.

»Was für eine wundervolle Idee, Eliza. Dann kannst du dich ja wieder in den Schrank kauern, wie du es als Kind getan hast.«

»Ich bin jetzt erwachsen, Vater ist alt, es wäre anders.«

Abgesehen von der großen Wunde an ihrer Stirn, sah Eliza bezaubernd aus in dem plissierten Mieder und dem seitlich und hinten gerafften Überrock. Nach einem cholerischen Anfall kaufte

Mr. Bishop ihr immer Schmuck, machte großes Aufsehen, genau wie der Vater es bei ihrer Mutter getan hatte. »Das ist doch dummes Zeug, Eliza. Vater hat Everina während der Totenwache geschlagen, und er hätte dich auch geschlagen, wenn du nicht verheiratet wärst und dein Mann nicht neben dir gestanden hätte.«

Die Beerdigung ihrer Mutter im Regen, fast schon Schneeregen, war gräßlicher, gräßlicher als andere Beerdigungen, an denen Mary teilgenommen hatte. Bei der ihres Großvaters waren so viele Leute gekommen, daß sie, in der vordersten Reihe, fürchtete, ins Grab geschoben zu werden. Der Pfarrer war betrunken gewesen und hatte ihnen mehrfach versichert, daß der alte Wollstonecraft ein lustiger alter Vogel gewesen sei, und dann, zu Hause angelangt, hatten sich alle anderen – so schien es – ebenfalls schnell betrunken, und sie hatten ordinäre Geschichten erzählt und Lieder gesungen, die wie Seemannslieder klangen, und dabei geschunkelt und gejohlt und jede Menge Branntwein gekippt.

Bei der Beerdigung ihrer Mutter war nur die Familie da. Ned erschien übrigens vornehm ausstaffiert in einem weitgeschnittenen Wollmantel. Seine Frau wirkte sehr vornehm, sogar im Regen. Sie trug schwarze Seide, unterhalb der Brust in Biesen gesteppt, und einen flachen Hut mit künstlichen Blumen im neuesten Stil. Ihr kleiner Bruder Charles kam für zwei Tage von der Marine nach Hause; er sah aufgedunsen und zornig aus. Die Mädchen, Mary, Eliza und Everina, standen dicht aneinandergedrängt, Mr. Wollstonecraft stand allein und trank seinen Whisky vor aller Augen. Aus großer Trauer, sagte der Pfarrer entschuldigend. Einmal während der Zeremonie hatte sich Mr. Wollstonecraft umgedreht, und ohne erst zu der riesigen Eiche auf dem Hügel hinter ihnen zu gehen, hatte er sich mit einem prasselnden Strahl erleichtert. Mary schämte sich.

»Weshalb hat Vater dich bei der Beerdigung nicht geschlagen?«

»Weil er weiß, ich würde ihn umbringen, wenn er es täte, deshalb.« Mary war erstaunt über ihre eigenen Worte. Denn im

Moment hätte jeder erstbeste sie einfach umrennen können, und sie hätte gesagt: Entschuldigung. Damals war sie stärker gewesen. Vielleicht las sie jetzt zu viele Romane über demütige Frauen. Vielleicht sollte sie selbst einen Roman schreiben über eine andere Art von Frauen.

»Also du meinst, Vater wäre eine schlechte Idee?«

»Ja.«

»Was schlägst du dann vor, Mary?«

»Ich weiß nicht, Eliza. Ich habe keinerlei Vorstellung, was ich selbst anfangen soll. Nächsten Monat wird mein Geld zu Ende sein. Soll ich verhungern? Ins Armenhaus zu den bedürftigen Frauen gehen? Was soll aus mir werden?«

»Du wirst zugrunde gehen. Wir werden alle zugrunde gehen«, weinte Eliza, und das Baby stimmte ein. »Wir werden elend zugrunde gehen.«

»Mein Gott, Eliza, glaubst du das?«

»Ja, und mit Mr. Bishop ist es so schlimm auch wieder nicht, Mary, wirklich.« Eliza bekam einen Schluckauf und schniefte wie verrückt. »Wir machen Fortschritte. Es geht vorüber. In der Schreibstube ... na ja, er hat zur Zeit ein paar Probleme mit Mister Jones, und bald ... eigentlich sucht er gerade nach einer anderen Stellung. Mister Jones hat letzte Woche drei Dokumente, die mein Mann kopiert hatte, in tausend Stücke zerrissen, Konfetti daraus gemacht. Drei, Mary. Die Arbeit von drei Tagen. Mein Mann steht unter großem Druck. Ich habe gelernt, gewisse Themen zu vermeiden, vorsichtig zu sein.«

Eliza hatte die Angewohnheit, eine Haarsträhne herauszuziehen und sie um den Finger zu wickeln. Sie lächelte Mary an, tätschelte ihre Hand. »Ich komme zurecht. Mach dir um mich keine Sorgen.«

In dieser Nacht hörte Mary nichts, keinen Schrei, kein Poltern, gar nichts.

»Gut«, dachte sie und wandte sich im Kerzenlicht wieder ihrem Buch zu. Die Heldin trug ein Kleid aus gestreifter Seide und einen

Hut mit Federn; sie erwartete täglich einen Heiratsantrag. Mary nahm sich vor, einmal so ein Kleid zu besitzen. Die Heldin stieß die Türen der Bibliothek auf, ging hinaus auf die Terrasse, holte tief Luft und lief durch die Parkanlagen des Gutes wie eine Katze. Was sollte sie tun, was sollte sie tun? Die Seiten waren betropft mit Kerzenwachs. Mary würde aufhören müssen, nachts zu lesen, denn nicht nur die Bücher waren teuer, auch die Kerzen summierten sich. Ihr schien es, als könne auch sie einen Liebesroman schreiben. Aber bei ihr würde die Heldin, die wie Fanny aussehen müßte, mit dem gleichen blassen Teint und dem ebenholzschwarzen Haar, sinnvolle Arbeit finden. Was würde sie tun, was könnte sie tun? Heiratsanträge waren schön, aber wohl ziemlich selten auf dieser Welt, dachte Mary. Doch vernünftige Arbeit für Frauen war auf dieser Welt im Grunde noch seltener als ein Heiratsantrag. Also müßte ihre Heldin willensstark sein; und Männer, die ihr den Hof machten, würden ihre Intelligenz respektieren. Ihr Ehemann wäre vornehm und klug, mit blassem Teint und ebenholzfarbenem Haar. Die Garderobe der Heldin würde aus zwanzig Kleidern, sieben Hüten, einem Sonnenschirm und sechs Paar Schuhen bestehen.

»Das Essen war angebrannt«, erklärte Eliza einige Tage später.

»Kein Grund«, sagte Mary. »Überhaupt kein Grund für diese blauen Flecken und für diese Platzwunde. Hier.« Sie reichte Eliza eine Tasse Tee, nahm das Baby.

»Aber es war mein Fehler.«

»Bist du verrückt, Eliza? Du mußt den Mann verlassen. Ohne ihn kann es nur besser werden.«

Mary sah auf das Baby, dann schaute sie sich im Zimmer um. Sie dachte, wie froh wäre ich, hier herauszukommen – dieses gräßliche Zimmer, dieses klapprige Bett, der wackelige Tisch, der schiefe Stuhl, das Bücherbrett, das gleich abfällt, der bröckelnde Putz, der kalte Fußboden. Überall und zu allen Zeiten hat es solche Zimmer gegeben. Und wir, ihre Bewohner sind eine Gemeinschaft der Armut und Verzweiflung. Ich bin arm. Ich lebe nicht auf einem Gut.

»Mary?«

Und wir, wir hier, wir werden immer so hausen. Zwei armselige Frauen mit unserem fettigen, strähnigen Haar, ein paar Kleidern, verheulten Gesichtern und einem unterernährten, schreienden Kind. Die Geschlagenen, die Einsamen und die Verzweifelten... Das ist unser Gut, unser Umgang, unser Leben.

»Mary, ich kann meinen Mann nicht verlassen. Es ist gegen Gottes Gebot und das Gesetz.« Eliza nahm das Kind zurück, drückte es an sich.

»Wenn die göttlichen und die menschlichen Gesetze besagen, daß du so aussehen und so behandelt werden sollst, sind das verfluchte Gesetze.«

Mary trug dasselbe Kleid wie bei der Beerdigung. Ihr blaues Kleid lag sauber zusammengefaltet in der Truhe. Sie hatte auch ein grünes. Ihr plissiertes Musselinkleid war zerrissen; sie verwendete es, um zusammen mit anderen Lumpen eine Bettdecke daraus zu nähen. Auf dem Bücherbrett stand die Bibel, die sie von ihrem Großvater geerbt hatte, aber niemals aufschlug. Jetzt nahm sie sie herunter, öffnete sie und las:

Wenn ihr schwach werdet am Tag der Not,
ist eure Stärke gering.
Wenn ihr aufgebt, jene zu erlösen,
die dem Tode preisgegeben sind, und jene,
die erschlagen werden sollen...

»Wir werden beide irgendwohin gehen. Wir gehen zusammen. Irgendwohin.« Mary stand auf und lief durch die Räume *ihres* Gutes.

»Und das Baby?«

»Das Baby kommt mit. Wir werden uns alle irgendwo verstecken, wo dein Mann uns nicht finden kann, wo es sicher ist, bei einem Freund oder Beschützer. Wir müssen...« Und dann fiel es ihr ein. Es gab eine Möglichkeit.

»Aber, Mary, wohin? In eine Höhle, in ein anderes Land, nach Amerika? Wohin?«

»Zu Fanny, wir gehen zu Fanny. Zu Fanny nach Hoxton.«

»Fanny? Hoxton?«

»Fanny Blood. Sie sind nach Hoxton gezogen. Das sind kultivierte Leute. Ihre Familie wird uns aufnehmen.«

»Aber sie haben kein Geld. Der Vater trinkt.«

»Er ist nicht bösartig, und das wenige, das sie haben, werden sie mit uns teilen. Außerdem, haben wir eine andere Wahl? Wer sonst würde uns aufnehmen? Ned, unser eigener Bruder, bestimmt nicht. Los, sag mir jemand besseren als Fanny.«

Mary ging mit schnellen Schritten im Zimmer auf und ab, hüpfte fast. Das war's, das war die Lösung.

Eliza sah aus dem Fenster. »Sie verkaufen Kohl auf dem Markt«, sagte sie.

»Es wird unsere große Flucht, Eliza.«

»Aber wovor und wohin? Vielleicht wird es nur schlimmer?«

»Das Allerschlimmste wäre es, wenn das Haus einstürzte und Schlangen über uns kriechen würden«, hänselte Mary.

»Das Schlimmste? Das Schlimmste wäre es, wenn wir hundert Tage nichts zu essen hätten und es regnete.«

»Wir haben das Schlimmste schon hinter uns, Eliza. Es war der Tag der Hunde.«

»Ich hoffe, das war das Schlimmste, Mary.«

Am Tag der großen Flucht war es bedeckt und kalt. Dichter Nebel umgab die Stadt, und das Läuten der Glöckchen an Kutschen und Themse-Booten war das einzige, was den Nebel durchdrang. Mary hatte eine Kutsche gemietet. Sie hatte Verspätung. Mr. Bishop war seit einer guten Stunde bei der Arbeit. Er würde nicht vor dem Mittagessen um zwölf nach Hause kommen. Das Baby war für eine Stunde bei der Magd untergebracht. Sie wollten es dort abholen und dann weiterfahren. Die Kutsche kam eine gute Stunde zu spät.

Außerdem – als Mary hinaufging, um nachzusehen, ob Eliza

fertig war, herrschte in der ganzen Wohnung ein riesiges Durcheinander. Schubladen waren herausgerissen, und ein Wirrwarr aus Kleidern, Geschirr, Töpfen und Pfannen bedeckte den Boden, das Bett und den Tisch. Eliza hockte weinend mittendrin und wühlte in einem Haufen von Kleidern.

»Ich kann mein Medaillon nicht finden«, jammerte sie.

»Du brauchst kein Medaillon, Eliza.«

»Es ist von Mama.«

Eliza, die Lieblingstochter, hatte zusammen mit ihrer kleinen Erbschaft dieses eine Schmuckstück erhalten.

»Die Kutsche wird gleich da sein.«

»Wir müssen noch das Baby holen. Vergiß das nicht, Mary.«

»Wo ist dein Nachthemd?«

»Ich weiß es nicht«, heulte Eliza.

»Elizabeth Woolstonecraft, nimm dich zusammen.«

»Elizabeth Bishop, bitte.«

»O Gott, Kind, beeil dich.« Mary hob ein Kleid auf, stopfte es in Elizas Truhe. Zwei Kleider waren schon drin. Darunter lag das Nachthemd.

»Ich höre etwas, Mary.«

Mary rannte zum Fenster. »Es ist die Kutsche. Mach schon, Eliza.«

»Ich muß noch die Babysachen zusammenpacken, Mary. O je, das schaffe ich nie.« Eliza begann zu weinen. »Mein Schmuck, alles ist weg. Ich werde nie, nie...«

»Die Kutsche ist da.«

»Wir können noch nicht los. Es geht nicht. Mein ganzes Hab und Gut, Mary, ist in diesem Zimmer. Mary, ich glaube, ich muß... Mary, ich muß hierbleiben. Fahr du. Fahr, fahr los. Ich kann meine Sachen nicht hierlassen.«

»Eliza, bist du verrückt?«

»Das Baby. Mein Medaillon. Die Babysachen.« Eliza begann, voller Verzweiflung umherzulaufen.

Mary öffnete das Fenster.

»Wir kommen gleich runter«, rief sie dem Kutscher zu.

»Ich gehe jetzt meine Sachen holen und bringe sie in die Kutsche. Und du bist fertig, wenn ich wieder hochkomme. Eliza, du bist fertig – hast du gehört?«

Mary rannte die Treppen zur Straße hinunter. Die Kälte traf sie wie ein Faustschlag auf die Brust.

»Ich habe eine Truhe«, keuchte sie. »Können Sie mir helfen?«

Der Kutscher murrte und brummte, doch er zog bedächtig seinen langen Überzieher aus, nahm den hohen Hut ab, legte beides oben auf den Kutschbock und folgte ihr hinauf. Jeder von ihnen nahm einen der seitlichen Griffe, und sie bugsierten die Truhe durch das enge Treppenhaus herunter auf die Straße und hinauf auf das Dach der Kutsche. Sie war nicht schwer; sie enthielt nur einige Töpfe, eine Tasse und Untertasse, Teller, ihr Nachthemd, ein Tageskleid, einen Unterrock und ein Korsett aus dem Besitz ihrer Mutter, die zusammengenähten Lumpen für die Bettdecke, die Bibel, ein kleines Bildnis der Schauspielerin Sarah Siddons, eine Wedgwood-Vase aus dem Haus ihres Vaters. Ihre Groschenromane hatte sie weggeworfen.

»Ich bin gleich zurück«, sagte sie zum Kutscher.

»Und ich will bald nach Hause, Mittag machen«, antwortete der Kutscher.

Eliza saß noch immer mitten auf dem Fußboden und weinte wie ein Kind.

»Eliza«, sagte Mary, »ich gehe. Jetzt oder nie. Ich werde dir nicht noch einmal helfen, verstehst du? Du mußt jetzt mitkommen, wenn du überhaupt jemals hier rauskommen willst.« Während sie sprach, knöpfte Mary Elizas Tasche zu. »Wo ist dein Umhang?«

Eliza deutete darauf. »Da drüben.«

»Braves Mädchen.«

Eliza stand auf. Mary zog ihrer Schwester den Umhang über. Sie selbst hatte keinen.

»Wir gehen jetzt nach unten.«

»Mein Medaillon.«

»Wir müssen es hierlassen.«

»Mein Baby?«

»Wir werden es abholen.«

Mary nahm Eliza bei der Hand, zog sie hinaus. Sie standen oben auf der Treppe. Mary hatte die Tasche in der anderen Hand.

»Mein armes Baby, meine Kleine...«

»Ja, ich weiß.«

Sie waren ein Stockwerk tiefer.

»Mutter hat mir das Medaillon geschenkt. Sie hatte es von ihrer Mutter.«

»Ja, ja. Wir kaufen ein neues.«

»Wie können wir ein neues Medaillon kaufen. Wir sind arm.«

»Wir kaufen ein neues, Eliza. Los, jetzt komm schon.«

Sie waren am zweiten Treppenabsatz.

»Es war herzförmig, Mary...«

»Ja, ich weiß.«

»Meine kleine Mary...«

»Ja, ja, das Baby.«

»Ich habe so ein schreckliches Gefühl, Mary, daß ich es nie wiedersehen...«

»Sei nicht so melodramatisch, Eliza.«

Sie waren im Erdgeschoß angelangt. Die Ecken waren voll menschlicher Exkremente. Es waren Leute von der Straße, die sich hier hinkauerten.

»Schnell raus hier«, sagte Mary und öffnete die Tür. Wieder traf sie ein Schwall eiskalter Luft. Die Pferde dampften und scharrten.

»Wir sind fertig«, verkündete Mary. »Wenn Sie nur noch so gut wären, bei der Truhe meiner Schwester mit anzufassen.«

Der Kutscher seufzte. »Ich möchte nicht zu spät zum Mittag kommen.«

Doch er zog seinen Mantel wieder aus. Er half Mary, die Truhe die Treppen hinunterzutragen und hievte Elizas Truhe neben Marys. Die Frauen stiegen ein. Mary schloß die Tür.

»Nach Hoxton«, sagte sie, während sie den Kopf aus dem Fenster steckte, um die Adresse anzugeben.

»Das Baby«, sagte Eliza mit piepsiger Stimme.

»Ja, richtig«, sagte Mary.

»Das Medaillon.«

Mary seufzte. Eliza drehte an ihrem Ehering.

»Wir müssen noch einmal anhalten«, rief Mary dem Kutscher zu, denn sie waren bereits losgefahren.

Der Kutscher hörte sie nicht.

»Wir müssen noch ein Kind abholen, es ist bei der Magd.«

Das Hufeklappern übertönte ihre Stimme.

»Mary.«

»Bitte, Sir.« Mary streckte ihren Oberkörper aus der Kutsche. Sie fuhren sehr schnell.

Dann sah Mary Mr. Bishop nach Hause gehen. Was machte er auf der Straße?

»Wir können nicht anhalten, Eliza. Nicht jetzt, nicht hier.«

»Wir müssen.«

»Duck dich. Mr. Bishop ist da draußen.«

»Oh, nein!«

»Scht.«

Ihre Köpfe schossen herunter. »Als Bauer Christoph Düwels-Eck«, flüsterte Mary. Sie wußte, nach dem Gesetz waren Eliza und das Baby Mr. Bishops Eigentum. Eliza war praktisch eine entlaufene Sklavin.

»Das Baby...«, sagte Eliza ängstlich.

»Wir holen das Baby, wenn wir uns eingerichtet haben.« Würden sie dann als Verbrecher in Newgate eingesperrt werden? Was sagte das Gesetz?

»Aber wer wird es versorgen?«

»Die Magd, die Schwestern von Mr. Bishop, seine Mutter, eine Menge Leute. Alle werden sich um das Kind kümmern. Es wird ihm gutgehen.«

»Meinst du?«

»Ich bin sicher.«

Sie setzten sich wieder auf. Eliza begann, an ihrem Ring zu drehen. »Ich bekomme ihn nicht herunter, Mary.«

»Kaltes Wasser und Seife.«

Als Mary aus dem Fenster blickte, war alles, was sie sah, grau, ein dunstiges Grau, als würden sie sehr langsam durch einen verwunschenen Wald reisen, eingewoben in einen magischen Zauber. Alle Häuser waren Bäume und die Leute verzauberte Tiere in Menschenkleidern. Rehe und Eichhörnchen, große Waldmurmeltiere und Bären. Sie stellte sich vor, die Kutsche wäre ein Triumphwagen, der durch die Dunstschwaden gleitet, vom Boden abhebt und zu den Himmeln emporsteigt. Äußerlich war Mary ruhig, ja eiskalt, doch ihr Herz krampfte sich in panischer Angst zusammen.

»Es war Mutters Medaillon.«

»Du kommst darüber hinweg.«

»Das Baby. Das Baby, Mary.«

Mary war still.

»Kümmert dich das gar nicht? Du wirst immer herzloser.«

»Ich werde, wie ich werden muß, Eliza.«

Mary war wütend. Alles wurde ihr überlassen, und wenn etwas nicht klappte, war es ihre Schuld. Sie wußte nicht, was sie tun sollten. Wenn sie erst einmal bei Fanny waren, was dann? Bald würden sie kein Geld mehr haben. Vielleicht würde Ned ihnen helfen. Doch sie wußte es besser. Ned würde nicht helfen. Irgend jemand würde helfen. Irgend etwas würde geschehen. Nicht nur Eliza, auch sie selbst war entkommen. Aber sie hatte die Flucht organisieren müssen. Tag für Tag in dieser Bruchbude zu sitzen, hatte ihr das Hirn umnebelt und sie zu lebendem Inventar gemacht. Wäre sie dort geblieben, hätte in den nächsten Jahren jemand vorbeikommen müssen, um sie abzustauben wie eine Statue oder ein Möbelstück. Nun war sie frei. Sie war allein. Kein Vater, mit dem sie sich abfinden mußte, keine Mrs. Dawson, kein Spitalfields.

»Was machst du da, Eliza?«

»Ich beiße meinen Ehering auf.«

Eliza nagte an ihrem Ehering wie eine kleine Ratte. Sie schien außer sich. Sie hatte Schaum vor dem Mund.

»Eliza, hör auf.«

Mary riß ihr die Hand weg. »Hör auf damit. Du tust dir weh.«

»Sieh mal«, sagte Eliza und hielt den nackten Ringfinger hoch.

»Hast du den Ring aufgebissen?«

»Ja«, sagte Eliza. »Alles vorbei.«

Kapitel 4

Mary schlief bei Fanny und Eliza bei Everina, die als Hauslehrerin von fünf »unverbesserlichen Strolchen« »nicht mehr benötigt« wurde und die beschlossen hatte, das Los mit ihnen zu teilen. Fanny trug Marys Nachthemd und Mary Fannys. Eliza und Everina, die keine Kleidungsstücke tauschen konnten, teilten sich einen Roman und eine Kerze. Alle vier waren in einen Raum gepfercht, groß wie ein Schuhkarton. Es war wieder ganz wie bei Mrs. Dawson. Obendrein waren ihre Nachthemden zu dünn für die Kälte. Das Feuer ging wie üblich aus. Und es war nicht genug Holz da, und was da war, war feucht; es war nicht genug Geld da und nicht genug zu essen. Wie schrecklich und wie vertraut war das alles. Eliza war unglücklich. Fanny hustete ständig. Everina war übellaunig und ungeduldig. Mary wollte noch eine Tasse Suppe, sie wollte sterben.

In der Zeit, bevor Mary bei Mrs. Dawson in Bath war, hatten Fanny und sie für vornehme Damen Handarbeiten gemacht. Den ganzen Tag und die langen Nächte durch hatten sie in einem anderen kalten Haus gesessen und sich die Seelen aus dem Leib und die Finger wund genäht. Der beißende Geruch des ausgehenden Feuers und die feuchte Luft, die durch die Türritzen drang, verschlimmerten Fannys Husten, wie die Luft im Haus in Hoxton. Vielleicht war das der Beginn ihrer Krankheit. Sie und Mary verzierten die Gewänder der Wohlhabenden mit feinen Stickereien; ihre Spezialität waren geraffte Mieder, Puffärmel, plissierte Kanten, Rüschen und mit Bändern besetzte Unterröcke. Sie achteten sorgfältig darauf, daß die Blutstropfen von ihren zerstochenen Fingern nicht auf den Stoff fielen, denn welche Dame mochte Blutflecke auf ihrem Morgenrock? Die Stiche in ihren Fingern taten weh, als hätten kleine Füchse sie gezwickt, und wenn der fahle Morgen dämmerte, wußten sie, es war lange noch nicht vorbei.

Als Mary und Fanny kleine Mädchen in der Schule waren – diese bestand eigentlich nur aus einem großen Tisch im Kirchhof, an dem Mistress Grundy ihnen die Buchstaben zeigte –, erzählte Mary Fanny von ihrem Traum, eine berühmte Schauspielerin zu werden. Sie würde in London auf der Bühne stehen, schöne Kleider tragen, Kutschen und Sänften benutzen und von silbernen Tellern essen. Sie würde Kaffee trinken. Als Marys Familie nach Yorkshire zog, schrieb Mary lange, leidenschaftliche Briefe an Fanny. Sie waren voll von Fehlern und Klecksen, grandiosen Geschichten und Rosenblättern. Fanny verfaßte sorgfältige kleine Briefchen auf knisterndem, weißem Papier mit blauem Rand. Mary war stets optimistisch, Fanny eher zurückhaltend. Mary war furchtlos und unbefangen, Fanny ernst und bescheiden. Freundinnen fürs Leben.

»Wir könnten wieder Näharbeiten annehmen so wie früher«, schlug Fanny vor. Ihre Hände waren gefaltet. Sie sah sehr lieb aus, sogar in der Not.

»Wir sind zu intelligent für Näharbeiten, Fanny.«

»Du vielleicht, Mary«, warf Everina beleidigt ein.

Everina war die praktisch Veranlagte von den Schwestern.

»Wir sind alle drei zu intelligent, um unseren Lebensunterhalt durch Näharbeiten zu verdienen, Everina. Wenn ich Geld verdienen muß, möchte ich meinen Verstand gebrauchen.« Übernächtigt wie sie war, wußte Mary nicht genau, was sie da sagte. Sie war verwirrt und überreizt.

Als sie und Eliza in Fanny Bloods Haus ankamen, waren sie außer Atem, als ob sie gelaufen wären und nicht den ganzen Weg über in der Kutsche gesessen hätten. Elizas Verhalten war hysterisch. Sie hatte sich immer noch nicht beruhigt. Sobald Everina das Zimmer betrat, versuchte sie, Mary die Schuld zu geben, daß das Baby nicht da war. Und sie wußten nicht, wo sie alle schlafen sollten. Am Ende lag Mary in einem kleinen, engen Bett bei Fanny. Im Dunkel des winzigen Zimmers war es nicht zu vermeiden, daß Mary Fanny neben sich spürte, ihren Atem, der unregelmäßig aus dem offenen Mund kam, ihre kleinen Zähne, die wie Porzellan schimmerten, und die schmale Brust, die sich bebend hob und senkte. Fanny hatte breite Hüften, seltsam, sonst war sie so dünn.

»Sie will den Lebensunterhalt nicht mit den Händen verdienen? Glaubt sie denn, sie ist Rousseau, Voltaire, David Hume oder John Locke?« Everina grinste süffisant. »Können wir Berufsphilosophen werden? Ich denke, also esse ich?«

»Eine Frau lebt nicht vom Brot allein, Everina«, sagte Fanny.

»Wovon lebt eine Frau?«

»Von der Liebe«, antwortete Eliza.

»Um Gottes willen, Eliza, ich hasse, so etwas auch nur zu denken«, fauchte Everina.

»Nur weil du nie verheiratet warst, Everina.«

»Weil ich zu klug dafür bin, liebe Eliza.«

»Du bist kein Genie, meine Liebe. Du bist eine Frau.«

»Gott gab auch der Frau Vernunft«, beschwichtigte Fanny.

»Ach nein! Aber Vernunft zu haben und ohne Arbeit zu sein bedeutet trotzdem dasselbe – Hunger. Na ja, Fanny, du hast ja eine Familie.«

Fanny begann zu husten. Mary sah Everina tadelnd an. Wahrscheinlich war Fannys Familie sogar noch viel ärmer als die Wollstonecrafts. Sie saßen alle in dem ungemütlichen Salon; es gab nur eine Chaiselongue und einen Sessel. Mary saß auf der Sessellehne, und Eliza kniete am Boden, als wolle sie beten. Fanny lag auf der Chaiselongue, Everina hockte zu ihren Füßen.

»Vielleicht sind wir alle Genies«, sagte Mary.

»Mag sein«, spottete Everina.

»Ja, und wer machte den Mann zum alleinigen Richter über das Genie, wenn auch der Frau Vernunft gegeben ist?« fügte Mary hinzu.

»Hört, hört.« Everina zog ihre Röcke zurecht, die über der Taille hochrutschten. Das Haus hatte kaum Platz für die zusätzlichen Gäste. Mrs. Blood war aufs Land gereist, um ihre Mutter, Mrs. Applewhite, zu besuchen. Mr. Blood war oben; er schlief wahrscheinlich.

»Everina, du weißt nicht, was es bedeutet, ein Kind zu verlieren.«

»Eliza, wir holen dein Kind hierher.« Mary fuchtelte mit der Hand durch die Luft. »Ich kann nur nicht an alles gleichzeitig denken.« Das Kind verfolgte Mary. Sie wußte, es war verloren, sicher verloren. Nacht für Nacht sah sie es in seinem Kleidchen über ihrem Kopfkissen schweben. Ein weiterer Grund, warum sie nicht schlafen konnte.

»Ich fürchte, dazu wird es nicht kommen. Ich fürchte, ich werde mein Baby nie wieder sehen, das denke ich jede Nacht, wenn ich . . .«

»Still, hör doch mal auf damit, Eliza, und mach nicht so ein Theater.«

»Du hast gut reden, Everina, du wirst ja doch niemals . . .«

»Eliza.«

Fanny verließ hustend das Zimmer.

»Tut mir leid, Mary.« Eliza ließ den Kopf hängen, biß sich auf die Lippe.

»Wen kümmert es schon«, sagte Everina traurig, »ob wir alle Genies sind.«

»Mich«, sagte Mary.

»Auf dich kommt's nicht an«, behauptete Everina.

»Und ob es auf mich zukommt, genau wie auf jeden anderen. Warum müssen Auszeichnungen von jemandem bei Hofe oder in der Royal Society verliehen werden. Ich behaupte, dieses Zimmer ist voller Genies. Mein Wort genügt. Ein Zimmer voller Genies. Mein Wort genügt. Ein Zimmer voller Genies.«

»Mary.« Eliza schüttelte den Kopf. »Du warst schon immer so dickköpfig.«

So hübsch Eliza war, so unscheinbar war Everina. Mary fand, sie selbst lag zwischen den beiden, mittelmäßig in allem. Manchmal wünschte sie sich Elizas Gesicht und Everinas Hirn. Von ihnen allen war Fanny wirklich die Schönste, mit prächtigem, schwarzem Haar und Augen wie Glockenblumen, einem zarten, hellen Teint, schmaler Taille und knabenhafter Brust. Sie brauchte Pflege, warmes Klima, gutes Essen, Medikamente. Mary wünschte, sie könnte das alles beschaffen.

»Wie dem auch sei. Warum muß ich ein Genie sein, um leben zu können, wie ich will, um lesen und schreiben und über das reden zu können, was ich weiß. Die Leute verlangen ja auch nicht Genie bei jedem Mann, der mit seinem Verstand sein Geld macht.«

»Du kannst Hauslehrerin werden, Mary.« Eliza hatte nie gearbeitet und wurde von Everina als hilflos und hoffnungslos eingeschätzt. Als Kind hatte sie gesungen: Eliza-li-la-lügt.

»Als Hauslehrerin bist du nur ein besserer Dienstbote, Eliza.«

»Aber einer, der ißt, Mary«, sagte Everina. Trotz all ihrer Klagen über die schmale Kost sah Everina aus, als ob sie eine Menge essen würde. Sie hatte breite Hüften und ein volles Gesicht, ihre Wangen waren wie mit luftgefüllten Kissen aufgebläht. Ihr Teint erinnerte an Schweineschmalz. Everina leckte dauernd an ihren Fingern, bohrte zwischen den Zähnen und fuhr sich mit der Zunge über die Lippen, als wolle sie von ihrem eigenen Fleisch essen.

»Wir müssen nähen«, sagte Fanny, als sie wieder das Zimmer betrat, mit einem Taschentuch in der Hand. »Das ist doch auch eine richtige Kunst, stimmt's? Alles andere ist unsicher und fraglich. Intelligenz oder Talent lassen sich nicht verkaufen. Solche Dinge haben keinen Wert auf dieser Welt.«

Mitten in einer Unterhaltung drehte Fanny manchmal den Kopf zur Seite und schlief ein. Es erschien unhöflich, wenn man nicht wußte, daß sie krank war.

»Wir können das nicht wieder anfangen, Fanny, wir können das nicht.« Mary blieb dabei. »Wir sind zu intelligent, um unseren Lebensunterhalt mit Nähen zu verdienen und uns auf Gedeih und

Verderb den Launen irgendwelcher Leute auszusetzen, von denen wir abhängig sind. Wir können lesen und schreiben. Wir können denken. Das muß doch zu irgend etwas gut sein.«

Mary hatte die amerikanische Unabhängigkeitserklärung gelesen und war beeindruckt von den Anfangszeilen: »*Folgende Rechte erachten wir als selbstverständlich: daß alle Menschen als Gleiche geschaffen werden, daß ihnen von ihrem Schöpfer bestimmte unveräußerliche Rechte verliehen sind und daß zu diesen Rechten das Leben, die Freiheit und das Streben nach Glück gehören...*«

Heimlich strebte auch sie nach diesen Selbstverständlichkeiten.

»Was meinst du denn?« sagte Everina und schaute Eliza an.

Es war früh am Morgen. Niemand hatte geschlafen. Mr. Blood war sehr spät nach Hause gekommen, hatte Sachen umgestoßen und war herumgestolpert. Fanny mußte ihn am Arm die Treppe hochführen und zu Bett bringen. Ja, Papi, beruhigte ihn Fanny, ist ja gut, Papi.

Während Mary in ihrem schwarzen Kleid im Salon auf- und abging, sagte sie zu sich selbst: Schau nicht runter, dann wird dir nicht schwindlig. Es war wieder ganz wie in Spitalfields, sie war in eine Kiste eingeschlossen. Doch sie war überzeugt, daß es einen Schlüssel zu dieser Kiste gab, wie es ihn für die anderen gegeben hatte, damit sie geöffnet werden konnten. Vielleicht mußte man nur das Richtige sagen, und die Kiste würde von selbst aufgehen, vielleicht war der Schlüssel etwas so Einfaches wie ein Wort. Es konnte einfach sein wie ein Ratespiel, ein Kinderrätsel.

Was tut die Mutter morgens als erstes? Wie viele Knöpfe hat die Jacke des Pfarrers? Was sagte der Methodist zum Dissenter?*

Ihre Glieder waren steif und schmerzten. Der Salon war klein, ärmlich, mit einem angeschlagenen Teeservice, einem grellgelben, braunumrandeten Teppich, mit dünnen Vorhängen und der unbequemen Chaiselongue nebst Sessel.

* Abtrünniger der englischen Staatskirche oder Methodistengegner.

»Wir sollten das Zimmer nicht verlassen, bevor wir eine Entscheidung getroffen haben«, beharrte Mary.

»Für immer eingeschlossen«, intonierte Everina melodramatisch.

»Was können wir anderes tun, Mary«, fragte Fanny. »Außer nähen?«

»Fanny, du kannst Französisch und machst schöne Handarbeiten. Everina kann rechnen, Aufsätze schreiben, kennt sich in Geographie und Geschichte aus. Eliza beherrscht Schönschrift und einfaches Nähen, und ich, ich...«

»Eine Schule«, rief Everina. »Wirklich, es ist ganz logisch. Eine Schule für junge Frauen.«

»Ja«, sagte Eliza und klatschte in die Hände. »Ja, eine Schule für junge Frauen.«

»Schule. Eine Schurkenschule, Schelmenschule, Schlaubergerschule«, deklamierte Mary.

»Wenn ein Mädchen bei einer Strömung von zehn Meilen die Stunde flußaufwärts rudert und zwanzig Zweige die Fahrt behindern und ein Schwarm von Fischen mit sechs Meilen die Stunde flußabwärts zieht und ein Faden sich um einen bestimmten Durchmesser spannt, was kommt da raus?« fragte Everina.

»Jetzt kommen wir endlich auf einen grünen Zweig.« Eliza tanzte.

»Sträucher umsäumen das Schulhaus«, rief Fanny. »Brecht keine Zweige ab, Kinder, denn Sträucher spenden Schatten, und ihr braucht sie beim Spielen.«

»Pultreihen«, Mary hielt die Hände ausgestreckt. »Frauen mit Haube und Zeigestock, ja, S wie Schiefertafel, Schulmeistern, Summe und Sinn. Achtung, Mädchen, stillgestanden.«

»Eine Schule«, verkündete Fanny und stellte sich in Positur. »Eine Schule.«

Das Haus, das sie in Newington Green für ihre Schule fanden, lag ein wenig außerhalb von London. Es hatte vier große, sonnige Räume im ersten Stock, einen kleinen Salon, und oben waren mehrere Schlafzimmer. Ganz passend für eine kleine Tagesschule mit ein paar Internatsschülerinnen. Mary und Fanny teilten sich ein Zimmer, Everina und Eliza auch. Sie borgten sich von ihrem Bruder Ned genug für die erste Monatsmiete, für Schiefertafeln, Tinte und Federn, Streusandbüchsen, Bettzeug, Nahrungsmittel und Brennmaterial. Als Mary aufwuchs, brachte man ihr weder Seidenstickerei noch Scherenschnitt, Wachsfigurenmodellieren, Lackmalerei, Aquarellmalerei oder die Kunst der höflichen Konversation bei. Sie hatte keinen Tanzlehrer, keinen Musiklehrer, keinen Französischlehrer. Sie wurde nicht auf die Heirat mit einem Gentleman vorbereitet und lernte nicht, wie man ein Jagdfrühstück oder einen Ball arrangiert. Jetzt war sie froh darüber.

In ihrer Schule boten sie zwar die traditionellen Fächer für Frauen an, wie Musik, Tanz, Zeichnen und Handarbeit, aber die Mädchen wurden auch in Schreiben, Grammatik, Arithmetik, Geographie, Französisch, in Tierkunde und Gartenarbeit unterrichtet. Mary ließ die Mädchen auch Tagebuch führen; sie sollten festhalten, welche Fortschritte sie dabei gemacht hatten, tugendhafte Menschen zu werden.

Am ersten Sonntag machte Mary die Bekanntschaft des Pfarrers Dr. Richard Price, eines berühmten Dissenters, der befreundet war mit Jefferson, Franklin, Condorcet, Samuel Johnson und Priestley.

»Sie hören sich an wie ein Methodist«, hänselte sie nach der Predigt, als sie draußen auf der Kirchentreppe an der Reihe war, ihm die Hand zu schütteln. »Ihre Predigt war so – so voller Gefühl.«

Es gehörte sich eigentlich nicht, Methodist zu sein. Der Methodismus, eine sehr gefühlsbetonte Religion, war etwas für das einfache Volk. Als es John Wesley nicht gestattet wurde, in Kirchen zu predigen, hatte er Zelte aufgeschlagen und seine Predigten vor Kaufleuten genauso wie vor Dienstmädchen und Wasserträgern gehalten.

»Nein, meine Liebe. Wir Dissenter glauben an die wohltätige

Kraft der Vernunft, nicht an den Überschwang der Gefühle. Was die Erbsünde und die ewigen Strafen der Hölle betrifft, so halten wir diese für Mythen. Wir sind Optimisten. Wir glauben, daß Vernunft und Intelligenz aus dieser Welt eine bessere machen können.«

Mary hob die Augenbrauen. »Das klingt verheißungsvoll.«

Er lachte. »Haben Sie da drüben die Schule gegründet?«

»Ja, Dr. Price. Wir haben zwölf Mädchen und eine Untermieterin. Es läuft gut.«

»Hätten Sie Lust, einmal zum Tee vorbeizukommen?«

»Sehr gerne.«

»Und lassen Sie das Thema Sünde zu Hause«, sagte er lachend.

Sie war nicht ganz sicher, was er meinte, aber wenn er meinte, sie solle sich nicht um Elizas Baby sorgen und nicht darüber, ob es Fanny besser ging oder nicht, oder ob die Schule es schaffen würde, das Jahr hindurch zu bestehen, ja, dann würde sie es versuchen, sie würde versuchen, sich für die kurze Zeit, die es dauert, Tee zu trinken und ein paar Höflichkeiten auszutauschen, keine Sorgen zu machen.

»Als ich aufwuchs, sagten mir die Leute oft, ich wäre schlecht«, meinte Mary. »Aber« – und sie mußte nach dem Wort suchen, »ich möchte gerne gut sein.«

»Das sind Sie. Das sind wir alle.«

»Ich möchte gut sein und etwas mehr als das.«

Sie wußte, dies war keine Unterhaltung für die Kirchentreppe, während die Gemeinde in Gruppen an ihnen vorüberzog und die Röcke der Damen raschelten und die Stöcke der Herren ungeduldig klopften.

»Was möchten Sie mehr sein als gut?«

»Ich möchte...« Sie schaute hinauf zum Himmel. »Ich möchte, daß mein Leben Bedeutung hat. Aber ich habe das Gefühl, dieser Wunsch verträgt sich nicht mit dem Bedürfnis, gut zu sein. Es ist ein ziemlich egoistisches Bedürfnis, nicht?«

»Unser aller Leben hat eine Bedeutung.«

»Nein, das stimmt nicht, Dr. Price. Außer in dem Sinn: Dieser unglückliche Mann oder diese unglückliche Frau arbeitete hart ein Leben lang und starb.«

»Bitte um Vergebung, aber jeder Mensch hat Würde, einen Moment der Gnade, wenn Sie so wollen. Jeder, auch der Unglücklichste. Vielleicht nur in der Art, wie er stirbt, wie er einen Kampf führt, wie er lächelt. Und dieser unglückliche Mensch hier wird beim Tee mit Ihnen lang und breit darüber reden. Beim Tee am Samstag.«

Mary lehnte sich an das Geländer, das um die kleine Steinplattform und an der Kirchentreppe entlangführte. Sie war erschöpft, weil sie nicht schlafen konnte. Fannys Gesicht auf dem Kopfkissen war so friedlich und gelöst, war so vollkommen. Die enganliegenden Ohren waren rosa und zart geschwungen wie gepreßte Blumen in einem Buch. Der Mund war leicht geöffnet, so daß man die oberen Zähne sah. Meine Kleine, dachte Mary, meine Kleine wird sterben.

»Der Wind«, sagte Mary und schaute hinauf zu den Zweigen, die sich wiegten.

»Ja, ja«, Dr. Price schaute auf den Boden. »Ich denke, im Laufe des Tages kann es Regen geben«, sagte er.

Kapitel 5

Die Schule lag auf einer Seite des kleinen Parks und die Kirche des Pfarrers Dr. Price schräg gegenüber auf der anderen und war an den Längsseiten von Rosensträuchern umsäumt. Das Teeservice im Pfarrhaus war mit blaßrosa Rosen bemalt, und die Tassen hatten eine Rose auf dem Boden, so daß einen das Teetrinken an das Fangen kleiner Krebse in einer wassergefüllten Sandkuhle erinnerte, nur daß es Rosen statt Krebse waren. Mrs. Price war eine unscheinbare, liebe Frau mit einem spitzen Hexenkinn und einer schmalen, schiefen Nase. Sie roch stark nach Rosenwasser und trug Kleider kleiner Mädchen mit Volants und Rüschen, Bändern und Krausen, Puffärmeln und Spitze. Sie und Dr. Price hatten aus Liebe geheiratet, sagte sie, und es doch keinen Moment bereut.

»Wenn sich zwei treue Seelen eng verbündet...« zitierte ihr Mann.

Pfarrer Dr. Price war äußerst würdevoll in seinem Auftreten, o-beinig und klein; er trug eine lockige weiße Perücke und eine Pfarrersweste sowie Schnallenschuhe.

»Sie haben eine poetische Seele, meine Liebe, und eine Denkerstirn. Sie müßten eigentlich begabt genug sein, beides zu verbinden und mit einem bedeutenden Werk an die Öffentlichkeit treten«, sagte er Mary bei einem ihrer Samstagsnachmittags-Tees.

»Ein Werk? Ich – ein Werk?« Mary trug wie gewöhnlich ihr schwarzes Kleid.

»Ein Buch, wie es im Handel genannt wird.«

»Wieso? Wie können Sie mich für eine Autorin halten? Ich bin kaum eine Lehrerin und noch viel weniger eine Gelehrte.«

»Ach, aber natürlich sind Sie eine.« Mrs. Price lehnte sich in die Seidenkissen zurück; sie waren mit gewundenen Rosenblüten und Weinranken bestickt. »Und nur die Gelehrten sollten Bücher schreiben.«

»Aber ich habe kein Thema«, bekannte Mary.

»Wenn ich meine Predigten schreibe«, sagte Dr. Price und streckte den Zeigefinger zum Himmel, während seine andere Hand die Tasse hielt, »schreibe ich nicht immer darüber, was ich gerade im Moment bin oder für wahr halte oder was ich überhaupt für wahr oder falsch halte. Oh, nein. Selten. Was ich beschreibe, ist eine Hoffnung und ein Wunsch, der Wunsch, etwas zu sein, etwas zu werden, etwas zu verstehen. Jeder Satz, jeder Abschnitt ist eine Art Erkundung. Ich finde mich selbst beim Schreiben. Es ist, wie soll ich sagen, ja, wenn Sie so wollen, ein metaphysisches Versteckspiel.«

Mary seufzte. Es mußte merkwürdig sein, sich inmitten von Wörtern und Sätzen selbst zu finden.

»Trinken Sie Ihren Tee, meine Liebe.«

»Es geht also nicht um Antworten, sondern um die Erkundung des Terrains. Und alles dreht sich um die Tugend, darum, wie man leben soll, wie man nicht leben soll, und bei jedem Leser, meine Liebe, treffen die Worte in ein anderes Herz.«

Dr. Price lächelte. Er schien sich wohl zu fühlen, wie ein Fisch im Wasser.

»Sie sagen doch, Sie möchten ein Zeichen setzen, irgendein Zeichen, in die Sandwüsten der Zeit? Was gibt es da Besseres, als ein Buch zu schreiben?«

»Als Kind wollte ich Schauspielerin werden, wie Sarah Siddons.«

»Quatsch«, sagte Dr. Price. »Schreiben Sie die Worte, die Schauspielerinnen sprechen. Eine angemalte Puppe zu werden, paßt nicht zu Ihnen. Schreiben Sie Theaterstücke.«

»Als Frau?«

»Was hat das damit zu tun? Sehen Sie sich Fanny Burney an, oder die Dramatikerinnen Aphra Behn und Elizabeth Griffith. Ich

77

könnte noch mehr aufzählen.« Dr. Price wedelte mit der Hand, um unzählige Beispiele anzudeuten.

»Aber ich habe nicht die Konstitution, die Bildung, die Fähigkeit, mich zu konzentrieren. Manchmal fürchte ich um meinen Verstand. Es gibt Tage, da bin ich ständig den Tränen nahe.« Sie hatte das nie zuvor jemandem erzählt. »Manchmal bin ich so unruhig, daß ich nicht weiß, was ich tun soll. Manchmal kann ich die ganze Nacht reden, wie King George, wissen Sie.« Sie hielt manchmal die arme Fanny mit ihren Plänen und Projekten wach. Sie brauchte bisweilen einen ganzen Wochenvorrat Kerzen in einer Nacht auf, und dann, in den frühen Morgenstunden, wenn der Himmel sich aufhellte und die Vögel zwitscherten, zog es sie hinaus zu einem Spaziergang über das nasse Gras. »Ich bin überglücklich, und am selben Tag kann ich hoffnungslos traurig sein. Manchmal ist das einzige, was ich kann, die Mädchen zu unterrichten. Manchmal bin ich nicht sehr gut. Manchmal kann ich es hervorragend. Manchmal weiß ich nicht, was ich mit mir anfangen soll, mit meinen Händen, meinen Augen. Manchmal möchte ich mich ins Gras werfen, es umarmen, ihm danken, jedem kleinen Halm einzeln. Ich möchte ein wunderschönes blaues Kleid haben, das in der Farbe des Ozeans schimmert. Ich möchte der Ozean sein und die Wolken. Nein, nicht die Wolken, die sind zu weit weg.«

»Ja, warum nicht. Ich fühle ganz genauso, meine Liebe, und ich kann kein Wort schreiben. Ich sage meinem guten Mann, ach bitte, Liebling, hab Geduld, denn eines Tages werde ich wie eine Rose erblühen.«

»Wir durchleiden doch alle Verwirrung und Zweifel, Sehnsucht und Hoffnung, und die Dichter besonders. Denken Sie an Gray und Cowper. Und Milton, an den vor allem«, tröstete sie Dr. Price.

»Aber wie kommen Sie darauf, daß ich schreiben könnte? Dazu gehört mehr als eine bestimmte Veranlagung. Mir genügt es nicht, Verwirrung, Zweifel und Sehnsucht zu durchleiden. Schreiben kommt aus der Vernunft, nicht aus dem Überschwang der Gefühle.«

»Sie sind klug. Sie haben Ideen. Sie sind vernünftig.«

»Nicht immer.«

»Oft genug«.

»Ich habe schon einmal daran gedacht, einen Liebesroman zu schreiben.« Mary erinnerte sich an ihr trostloses Zimmer in Spitalfields und wie das Lesen sie vom Leiden befreit und sie in Wiesen, vornehme Häuser und Salons versetzt hatte; die schönen Kleider, das Geplapper beim Tee, die aufregenden Bälle . . .

»Aber es wäre ein Liebesroman gegen die Liebesromane, ich meine, gegen das Bedürfnis, Liebesromane zu lesen, nicht gegen die Liebe selbst.« Hier errötete sie. »Ich meine die Flucht in die Phantasie, die ein Liebesroman bewirkt. Ich wollte, unser tägliches Leben wäre so, daß es eine solche Flucht nicht nötig hätte.«

»Ich wollte, Sie könnten damit reich werden«, sagte Mrs. Price.

»Glauben Sie eigentlich wie Hobbes, daß wir von Natur aus wilde Tiere, oder wie Rousseau, daß wir im Grunde gutartig sind?« fragte Mary unvermittelt. »Natürlich, Dr. Price, ich weiß. Ich weiß, was Sie denken, weil Sie Christ sind.«

»Sind Sie das denn nicht, meine Liebe?«

»Ich bin eine Frau.«

»Was bedeutet das?«

»Das weiß ich nicht genau, ich weiß nur, daß das meiste, was geschrieben wird und was auf der Welt überhaupt existiert, mich nicht einbezieht. Spekulationen über die Natur des Menschen gelten, fürchte ich, dem Mann. Ich meine« – und sie lächelte – »ebenso wie Voltaire, daß dies nicht die beste aller möglichen Welten ist.«

»Also, Sie meinen ebenso wie Voltaire, wir sollten uns damit zufriedengeben, unseren Garten zu bestellen?« Dr. Price sah sie unverwandt an.

»Nein, denn wir sind füreinander verantwortlich. Wir sind verantwortlich!«

»Meines Bruders Hüter?«

»Meiner Schwester.«

»Kommen Sie, meine Liebe, gehen wir in die Kirche.« Mrs. Price stand auf, nahm Marys Hand.

»Bevor wir gehen, ist da noch etwas anderes, etwas, das ich Sie fragen muß.«

»Nur zu«, sagte Dr. Price.

»Es ist so – erinnern Sie sich, vor längerer Zeit auf der Kirchentreppe sagte ich, ich wäre gerne gut.«

»Ja.«

»Es ist so –« Mary schaute auf den Teppich. Rosen wogten wie ein rosa Wolkenmeer unter ihr. Darauf zu laufen würde bedeuten zu fliegen. Fliegen würde bedeuten zu fallen. »Ich bin einfach nicht gut.«

»Na, na«, sagte Mrs. Price.

»Nein, wirklich nicht, Mrs. Price. Ich muß die Verantwortung übernehmen für das Böse, das ich getan habe.«

»Böses?« Dr. Price lächelte. »Das kann ich kaum glauben.«

Mary biß sich auf die Unterlippe, eine Angewohnheit von Fanny.

»Es ist wirklich etwas Schlimmes«, fuhr Mary fort. »Ich werde es nicht los.«

»Lassen Sie Gott darüber richten«, sagte Dr. Price. »Die Dinge haben einen Sinn.«

»Schlimme Dinge auch?«

»Manchmal. Wir lernen daraus.«

Mrs. Price nickte zustimmend.

»Sagen Sie mir«, insistierte Mary, »welcher Sinn liegt im Tod eines Kindes? Welche Lehre zieht man aus dem Tod eines Kindes?«

»Ein totes Kind lehrt gar nichts. Gibt es da ein totes Kind?«

»Elizas. Elizas Kind, das wir beim Vater zurückgelassen haben, dieses Kind ist letzte Woche gestorben.« Mary ließ den Kopf hängen. »Wir erfuhren gestern davon. In gewisser Hinsicht bin ich dafür verantwortlich.« Sie hielt den Blick gesenkt. »Ich habe meine

Schwester von ihrem Ehemann weggebracht und bin nicht zurückgefahren, um das Kind zu holen. Das Kind ist in der Obhut anderer an Ruhr gestorben.«

»Ihre Schwester hätte ihr Kind selbst holen können.«

»Sie hatte Angst.«

»Warum haben Sie sie denn überhaupt von ihrem Ehemann weggebracht?«

»Er schlug sie.«

»Ja, wenn das so ist. Und das Kind wäre vielleicht sowieso gestorben. Wahrscheinlich hätten Sie ohnehin nichts dagegen tun können.«

»Diesen Gedanken kann ich nicht akzeptieren. Wozu sich anstrengen, wenn sowieso alles vorbestimmt ist. Ist das nicht eine Art Trägheit oder moralische Apathie?«

Mrs. Price runzelte die Stirn.

»Ja, aber gibt es in Ihrem Weltbild nicht Raum für den Zufall? Sicherlich haben Sie nicht gewollt, daß das Kind stirbt.«

»Wir sind in großer Eile und Aufregung losgefahren. Wir hatten Angst.«

»Ja, dann . . .« Dr. Price sah Mary an. »Seien Sie nicht so streng mit sich selbst.«

»Ich hätte zurückfahren können. Das wäre die richtige Entscheidung, das rechte Verhalten gewesen. Was hätte Rousseau getan? Rousseau oder Hume oder Voltaire?«

»Meine Liebe, wer weiß?«

»Wollen Sie damit sagen, Philosophie ist nicht wichtig?«

»Nein, ich sage nur, lassen Sie es auf sich beruhen. Gönnen Sie sich Trost.«

»Aber ich habe das Kind umgebracht. Wie kann ich mir Trost gönnen?«

Dr. Price stand auf.

»Niemand hat das Kind umgebracht. Das Kind wurde krank, stimmt das?«

»Ja.«

»Wir können eben nicht alles mit unserem Willen kontrollieren.«

»Dr. Price, ich hätte zurückgehen müssen.«

»Sie hatten die Schule, Mary.«

»Ja, ich weiß. Aber ich hätte das Kind holen können. Ich ließ erst eine Sache und dann eine andere Sache dazwischenkommen, und dann habe ich es vergessen. Anfangs habe ich es ganze Tage lang vergessen. Und nach einer Weile habe ich überhaupt nicht mehr an das Baby gedacht.«

»Und Eliza?« fragte Mrs. Price.

»Ich sagte Eliza, wenn die Schule gut liefe, bald, wenn sich alles eingespielt hätte, würde ich zurückfahren, um das Baby zu holen.«

»Ja, dann.«

»Lassen Sie uns in die Kirche gehen«, schlug Dr. Price vor. »Lassen Sie uns still beten. Sie dürfen sich einfach nicht mehr mit diesen Gedanken quälen.«

Sie betraten die leere Kirche, alle drei, durch eine Seitentür, die das Pfarrhaus mit der Vorhalle verband; sie führte in das rechte Seitenschiff. Es war dämmerig und kühl. Sie zündeten die Kerzen der Wandleuchter nicht an, und als Mary sich in der ersten Bankreihe behutsam niederließ, hatte sie das deutliche Gefühl, tief im Schatten eines Waldes zu sitzen. Es war so still und ruhig, daß es schien, als wären die Zeiger der Uhr angehalten worden, als ruhte die Welt. Dieser Moment gehört mir, sagte Mary zu sich selbst. Er gehört mir. Sie erinnerte sich daran, wie ihr Bruder Ned im Kinderzimmer auf- und abstolziert war und gesagt hatte: Ich bin hier der Herr. Aber die Kirche war eben nicht das Kinderzimmer eines unbedeutenden Hauses in irgendeinem Winkel der Welt, das von einem kleinlichen Despoten beherrscht wurde, sondern Gottes Haus, überall, für immer und ewig. Vor Gott, sagte Dr. Price, sind alle gleich, Herr und Knecht, Mann und Frau. Deshalb war sie ihr eigener Herr, nur Gott war über ihr, und zudem ziemlich weit weg im Moment.

Die hochlehnigen Holzbänke waren gerade poliert worden, und der Wachsgeruch mischte sich mit dem Duft der verblühenden Sträuße auf dem Altar. Dr. Price setzte sich weit nach hinten.

Mrs. Price ging zwischen den Reihen hin und her; ihre rosafarbenen Röcke raschelten. Sie schlug ihnen vor, ein Lied zu singen, und mit ihrer schönen hohen Stimme fing sie an:

> *O du allersüßte Freude, o du allerschönstes Licht,*
> *Der du uns in Lieb und Leide unbehütet lässest nicht.*
> *Geist des Höchsten, höchster Fürst,*
> *Der du hältst und halten wirst*
> *Ohn' Aufhören alle Dinge,*
> *Höre, höre, was ich singe.*
>
> *Du bist ja die beste Gabe,*
> *Die ein Mensch nur nennen kann.*
> *Wenn ich dich erwünsch' und habe,*
> *Geb' ich alles Wünschen dran.*
> *Ach ergib dich, komm zu mir*
> *In mein Herze, das du dir,*
> *Da ich in die Welt geboren,*
> *Selbst zum Tempel auserkoren.*
>
> *Du wirst aus des Himmels Throne*
> *Wie ein Regen ausgeschütt't.*
> *Bringst vom Vater und vom Sohne*
> *Nichts als lauter Segen mit.*
> *Laß doch, o du werter Gast,*
> *Gottes Segen, den du hast*
> *Und verteilst nach deinem Willen,*
> *Mich an Leib und Seele fühlen.*

Nach einer Weile kehrte Mary ins Schulhaus zurück, wo Fanny und ihre Schwestern auf sie warteten. Ein feiner Dunst lag über dem

Park, Tropfen hingen wie Glasperlen an den zarten Zweigen der Sträucher. Im Frühjahr brachten die Mädchen blühende Zweige ins Haus, doch dann mußte Fanny niesen, und ihre Augen tränten, also brachten sie die Zweige hinaus auf den Schulhof und bauten im Schlamm Zäune daraus, flochten Bettchen für ihre Puppen.

Ein Buch, dachte Mary, ein Buch. Mein Buch. Aber wie. Warum. Wann. Worüber.

In den Schlafzimmern oben waren die Lampen an, der Schatten eines Mädchens huschte über ein Fenster. Sie wuschen sich gerade und sagten ihre Gebete.

Mary legte sich ins feuchte Gras, schaute hinauf zu der kleinen Sichel des Mondes.

»Ich muß sehr viel lernen«, sagte sie in den Nachthimmel. Aus dem Inneren des Gebäudes hörte sie ein Mädchen husten. Als sie zum Jupiter hinaufblickte, dachte sie daran, daß sie sich an der Schwelle des neuen Jahrhunderts befanden, und fühlte eine große Gelassenheit in sich aufsteigen.

»Alles wird anders, wir werden alle neue Menschen sein. Unser Leben wird voll Licht und Liebe sein. Ich lebe doch zu sehr im Reich der Leidenschaft«, flüsterte sie. »Das ist mein Problem. Launen und Einbildungen.«

Ach, ja. Sie stand auf, strich über die feucht gewordenen Röcke und machte sich auf den Weg zum Schulhaus. Sie steckte den Schlüssel ins Loch, öffnete die Tür. Durch den Flur konnte sie den Kamin im Salon sehen. Die Stühle waren ans Feuer gerückt. Ihre beiden Schwestern Everina und Eliza nähten. Fanny war eingeschlafen, ihr zarter Hals zurückgebogen, und das wilde schwarze Haar lag über die Sessellehne ausgebreitet wie ein Fächer. Keine von ihnen trug die Spitzenhaube oder die Schürze, denn sie waren entspannt, hatten es sich bequem gemacht.

Sie hoffte, daß Eliza bald mit ihr sprechen würde. Sie sollte irgend etwas sagen, nur ein Wort. Sie sollte sagen, wie furchtbar es ihr ging. Mary, ich kann dir nicht sagen, wie furchtbar ich mich fühle. Sie sollte ihr und sich selbst die Schuld geben und dem Leben und Gott und gewiß den Bishops. Sie sollte sich fragen, genauso wie Mary selbst es tat, wie sie ihr Kind in Sicherheit wähnen konnte bei einem Mann, der Frauen schlug. Sie würde sich selbst alle möglichen Fragen stellen müssen, und, wie Mary, auf unbefriedigende Antworten stoßen, aber dennoch mußte auch sie weiterleben.

Wir müssen weiterleben, schloß Mary. Es ist unsere Pflicht.

Kapitel 6

»Jedes Handeln birgt Gefahren«, sagte Dr. Price und strich über die dünnen Seiten seiner Bibel. »Doch wir dürfen nicht aufgeben. Wir müssen uns weiter bemühen. Wenn wir nicht handeln, entfernen wir uns vom Menschlichen, vom Göttlichen.« Die Gemeinde senkte die Köpfe. Mrs. Price blinzelte Mary unter ihrem Hutrand grüßend zu. Der Tag ließ sich gut an. Eliza sprach mit ihr. Bei Mary und ihren Schwestern würde es Lamm zu Mittag geben, mit Minze und Apfelsauce. Dann würde Mary sich eine Stunde hinlegen, aufstehen und ins Büro der Schule gehen, um an den Notizen zu arbeiten, die sie für ihren Roman sammelte. Die Abrechnung mußte auch erledigt werden.

»Jedes Handeln birgt Gefahren«, murmelte sie am Abend im Büro vor sich hin. Fanny kam herein, setzte sich Mary gegenüber. Mary blickte nicht von der Abrechnung auf. Die Schule bestand jetzt ein Jahr, und es war Zeit, die Vorräte aufzustocken. Federn und Schiefertafeln, Kreide, Hafer für den Morgenporridge, Tee, Weizenmehl, Sand zum Scheuern der Töpfe, Pökelfleisch, blauen Wollstoff für die Uniformen. Insekten schlugen gegen den Glaszylinder der Petroleumlampe. Sie klangen wie Regen an der Fensterscheibe, wie die ersten dicken Tropfen. Die Lampe verströmte einen ranzigen Geruch, der Marys Magen verstimmte, also mußte sie das Fenster offenlassen. Draußen hatten die Grillen einen hohen schrillen Chor angestimmt. Mary hatte das Gefühl, als müßten ihre Gedanken gegen die Insekten antreten.

»Ich wünschte, die Grillen würden sich eine Nacht freinehmen«, sagte sie und blickte immer noch nicht auf. Fanny saß ihr manchmal gegenüber, nähte still oder ruhte sich nur aus und leistete Mary stundenlang schweigend Gesellschaft.

»Ich habe vor, zu heiraten und nach Portugal zu ziehen«, sagte Fanny sehr schnell und leise, die Hände ineinander gefaltet.

»Was?« Mary wischte ihre Feder mit einem Lappen ab. »Entschuldige, was hast du gesagt?«

»Ich heirate Hugh Skeys.«

»Hugh Skeys, o Gott.« Mary hatte das Gefühl, das Herz bliebe ihr stehen.

»Ja, Hugh Skeys.«

Mary stützte den Kopf auf die Hände.

»Er kann dich nicht gesund machen.« Mary bekam kaum Luft. Hugh Skeys war mittelmäßig in jeder Hinsicht. Er hatte Fanny über mehrere Jahre, aber mit Unterbrechungen den Hof gemacht.

»Vielleicht doch. In Portugal ist es warm. Da scheint die Sonne.«

»Hier scheint sie auch.«

»Manchmal.«

Mary sah Fanny an. Ihre Freundin trug ein malvenfarbenes Kleid aus Seide, ein gerade geschnittenes kleines Mieder mit Festonrand an der Taille und Puffärmeln, die am Ellbogen enger wurden. Natürlich war Fanny schön, aber jetzt bemerkte Mary es mit Traurigkeit. Sie wunderte sich zum ersten Mal, daß Fanny sich so schöne Kleider leisten konnte. Natürlich würde ein Mann sie hübsch finden.

»Du willst dich einem Mann ausliefern, Fanny? Du brauchst gute englische Ärzte, Pflege, frische Luft.«

»Der Mann, von dem du sprichst, ist der Mann, den ich liebe, und gute englische Ärzte kann ich mir nicht leisten, Mary.«

»Bald können wir es.«

»Mary, Hugh hat versprochen, sich um mich zu kümmern.«

»Warum Portugal, warum so weit weg?«

»Er handelt mit Wein.«

»Ah ja. Wo du hingehst . . .« Mary lächelte ironisch.

»Ich liebe ihn, Mary.«

»Was?« Mary warf den Kopf zurück. Ihr unscheinbares braunes Haar, das sie sonst unten im Nacken zusammengebunden trug, war aus dem Netz gerutscht. Sie sah aus wie eine Vogelscheuche, und sie wußte es.

»Ich liebe ihn.«

»Das meinst du nur. Was weißt du schon von der Liebe?« fragte Mary. »Nichts weißt du von der Liebe.«

»Entschuldige bitte. Mehr als du.«

»Das war gemein.« Mary fühlte sich getroffen.

»Es tut mir leid.«

»Liebe bedeutet . . . Liebe bedeutet Opfer, Fanny.«

»Ah ja?«

Mary blickte um sich, blinzelte mit den Augen. »Du hast recht. Ich weiß eigentlich nicht, was Liebe ist. Du hast ganz recht. Ich weiß nichts. Aber mußt du ausgerechnet nach Portugal gehen? Da gibt es Erdbeben.«

»In London gibt's Brände. Wie dem auch sei, ich will ein Kind. Jede Frau will ein Kind.«

»Wirklich?« Mary warf wieder den Kopf zurück, biß sich auf die Lippe. »Du weißt, ich werde dich niemals wiedersehen, wenn du weggehst.«

»Weshalb?«

»Weil du dann verheiratet bist deshalb und in einem fremden Land lebst, Fanny. Da gibt es Seuchen.«

»Sag nicht so etwas, Mary.«

»Es ist wahr.«

»Mary.«

»Wie kannst du mir das antun?«

»Ich tue dir gar nichts an, Mary.«

Mary stand auf, schniefte. »Du bringst mich um, und das weißt du.«

»Tu ich nicht. Du solltest dich für mich freuen.«

»Wir haben einander versprochen, niemals zu heiraten.«

»Das war Schulmädchengeschwätz.«

»Dann sieh uns an. Wir sind noch in der Schule.« Bevor das Brennen in ihren Augen sich in Tränen verwandeln konnte, stürzte sie aus dem Zimmer und aus der Schule zu den Fliederbüschen. Sie barg das Gesicht im Fliederlaub. Sie und Fanny hatten als Mädchen in Laugharne einander versprochen, Freundinnen zu bleiben, ein Leben lang. Wenn eine von ihnen ein Mann gewesen wäre, so gelobten sie, hätten sie sich später geheiratet. Aber natürlich waren sie nicht Mann und Frau; sie waren zwei Frauen. Doch sie lebten als Lehrerinnen zusammen im selben Haus, lasen dieselben Bücher, unterhielten sich und machten zusammen Spaziergänge, unternahmen kleine Ausflüge hierhin und dahin; Geschenke zu Weihnachten, Aufmerksamkeiten zum Geburtstag – all diese Gewohnheiten waren wie eine Art Ehe, die weit besser war – so glaubte Mary – als die wirklichen Ehen, wie Mary sie zwischen brutalen Männern und gedankenlosen Frauen beobachtet hatte.

Fanny kam zu ihr nach draußen und legte ihre Hand auf Marys Schulter. »Ich möchte ein richtiges Zuhause, Mary.«

»Die Schule ist ein richtiges Zuhause. Überhaupt, was ist denn ein richtiges Zuhause. Heiratest du einen Mann oder ein Haus? Wir haben einen Wohnraum und eine Küche und Dienstboten und Möbel und Familienmitglieder. Mit Freunden zusammenleben, Gott behüte. Das wäre ja entsetzlich!«

»Ich will einen Ehemann, wie andere Frauen. Ich will ein eigenes Kind.«

»Hast du je mit einer verheirateten Frau gesprochen? Sie zeichnen sich nicht gerade durch Glück und Zufriedenheit aus, damit fängt es schon mal an.«

»Ich will einen Mann, Mary, ich will mit einem Mann leben. Du wirst das nicht verstehen, aber die meisten Frauen empfinden genauso.«

Mary blinzelte heftig, faßte sich an den Kopf, fragte sich, ob sie auf der Stelle krank werden würde. Sie fühlte die Hitze, die Fannys

Haut ausstrahlte. Fanny war rot geworden. Ihre Zähne waren zusammengebissen, und ihre Brüste hoben sich; selbst ihre Nasenflügel waren entschlossen gebläht. Einen Mann, dachte Mary, sie will einen Mann. Gott helfe ihr. Mary erinnerte sich an ihre Eltern im Schlafzimmer nach einem schlimmen Streit, an das Kichern und das ganze Theater. Sie dachte an Hunde und Pferde, die sich paarten. Einmal waren zwei Hunde ineinander steckengeblieben, und sie hatten vor Schmerz gejault, bis der Vater sie trennte. Sie dachte daran, wie Annie in der Küche ihren Kopf nach unten geschoben hatte, an all die Gerüche und die kleinen Läuse, die im Eimer schwammen. Und an den Mann in Bath, der sie mit dem Messer zwang, ihn zu berühren, mit seinem Glied vor ihrem Gesicht wie eine ekelige Schlange. Wie konnte man sich nur so etwas wünschen.

»Ich bin nicht so mutig wie du, Mary. Ich kann nicht ganz allein auf der Welt leben, ohne den Schutz eines Mannes.«

Mary wußte nicht, was das heißen sollte, denn die meisten Männer, die sie kannte, beschützten nicht. Im Gegenteil, sie griffen an.

»Das Klima in Portugal, die Fürsorge eines Ehemannes und ein Leben ohne Pflichten, das alles wird mir guttun. Ich werde braungebrannt sein und gesund. Mein Husten wird aufhören. Meine Tuberkulose wird abheilen. Ein Haufen quietschvergnügter Kerlchen wird um mich herumhüpfen und rufen: Mutter, Mutter. Ist das nicht schön? Sag doch, Mary!«

»So etwas willst du?«

Mary ahnte, daß es nie dazu kommen würde. Sie glaubte, daß Fanny ohne sie nicht überleben würde, glaubte, es wäre allein ihr Wille und ihre Nähe, die Fanny am Leben erhielten. Mary zu verlassen würde ihr Ende bedeuten. Außerdem vermutete Mary, daß Fanny nicht kräftig genug war, um ein Kind auszutragen. Ihr Körper hatte genug mit sich selbst zu tun.

»Ich liebe dich, Fanny.«

Mary hatte noch nie jemandem diese Worte gesagt.

»Ich liebe dich auch.«

»Du brauchst das nicht zu sagen.« Mary stieß mit dem Fuß in den Strauch.

»Aber es ist so, ich liebe dich.«

»Hör auf damit, Fanny, hör auf.« Mary hielt sich die Ohren zu, lief ins Haus, hinauf in ihr Zimmer.

Sie lag schon lange im Bett, die Decke über dem Kopf, als sie Fanny hereinkommen hörte.

»Ich weiß, du bist noch wach«, sagte Fanny sanft. »Und ich möchte nicht, daß du dir Sorgen um mich machst. Es wird mir gutgehen. Du wirst schon sehen. Wenn das erste Kind ein Mädchen wird, nenne ich es nach dir.«

Mary erstarrte. »Gib dem Kind lieber einen Namen, der Glück bringt«, sagte Mary; sie kam nicht unter der Decke hervor.

Der Tag der Hochzeit war sonnig, unbeständig und kühl. Die Luft schien so pur, so klar, daß die Silhouetten der Menschen, die durch die Landschaft zogen, sich scharf gegen den Himmel abzeichneten. Fanny trug Marys blaues Kleid, das enger gemacht war – die Arbeit einer Nacht. Sie trug einen flachen Strohhut, ein wenig in die Stirn gezogen, der mit Bändern und winzigen Blumen besetzt war. Hugh Skeys hatte eine breite Taille und einen breiten Unterkiefer. Überhaupt kein romantisches Antlitz – Marys Ansicht nach; dazu diese gelben Seidenstrümpfe und Lederpumps und der Spazierstock mit dem Goldknauf. Eliza war verheult und schweigsam. Everina war aufgeregt und glücklich. Die Mädchen der Schule jubelten ihrer Lehrerin zu. Dr. Price nahm die Trauung vor.

»Liebe Brüder und Schwestern im Herrn«, begann er mit freudiger, wohlklingender Stimme. »Wir haben uns hier versammelt im Angesicht des Herrn.«

Erst nachdem die Kutsche in der Ferne klein wie ein Spielzeug geworden war und der Staub sich gesetzt hatte, ging Mary hinauf, um sich auszuweinen, auf ihrem schmalen Doppelbett, das noch nach Fanny roch, ganz leicht nach herben grünen Äpfeln.

Kapitel 7

Immer wieder rechnete Mary damit, Fanny im Flur oder beim Frühstück zu treffen. Manchmal kam es ihr vor, als sähe sie Fanny auf dem Markt, am Ende der Straße oder in der Kirche. Ein Hals, eine Nase, ein Lachen. Und dann war es nie Fanny, sondern irgendeine öde, mißlungene Kopie. Mary sprach nicht viel. Die Mädchen in der Schule waren auch bedrückt, und es schien, als ob es in diesem Jahr früh dunkel wurde. Mary ging abends umher und zündete langsam die Lampen an. Eliza, mißmutig und weinerlich, hielt manchmal plötzlich inne und starrte in die Ferne. Everina war schlechtgelaunt und schnippisch.

Die Samstagnachmittage verbrachte Mary noch immer im Pfarrhaus. Ihre Diskussionen mit Dr. Price waren immer hitzig und anregend.

»Sie sind ein Methodist«, klagte Mary, »wenn Sie für etwas anderes als die Vernunft eintreten.« Manchmal konnte sie sich trotz seines gemäßigten Tones vorstellen, wie er zum Pöbel auf der Straße predigte, mit Begeisterung und voller Inbrunst wie John Wesley.

»Muß es denn ein Entweder-oder sein, meine Liebe? Kann es nicht ein Sowohl-als-auch geben, die Vernunft der Philosophen und Humes Sinneseindrücke?«

»Aber sie widersprechen einander, Dr. Price, ihre Definitionen der Realität sind so unterschiedlich. Sie sind kein Empiriker. All Ihre Ideen basieren auf dem Begriff des Absoluten und des Apriori. Sie sind ein religiöser Mensch.«

»Wir sind noch immer mit dem Aufbau beschäftigt, meine Liebe, jetzt zerstören Sie nicht die Treppe, wenn wir gerade eine höhere Stufe erreicht haben. Gegensätzliche Standpunkte müssen einander nicht ausschließen, denn das geistige Leben ist vielfältig.«

»Damit behaupten Sie, daß das geistige Leben keine Bedeutung hat.«

»Überhaupt nicht.«

»Daß es nur eine Art Spiel ist.«

»Das kann man netter sagen«, mahnte Mrs. Price.

»Netter? Hier geht es nicht um Nettigkeiten, Mrs. Price. Wenn unser Geist keine Bedeutung hat, das heißt, wenn wir die Welt nicht verstehen können, dann könnte ich genausogut meine Mutter sein, die starb, ohne lesen gelernt zu haben, oder mein Vater, der sein Leben damit ausfüllt, Hunde zu treten.«

»Na, na.« Mrs. Price hantierte herum und brachte mit dem Hagebuttentee auch den Duft und den Anblick von Rosen. »Und wie geht es der lieben Fanny? Ihr Kind müßte bald zur Welt kommen, ist das richtig?«

»Es geht ihr gut, glaube ich. Das schreibt sie jedenfalls.« Mary wollte nicht über Fanny sprechen.

Während sie durch den Park zurückging, dachte sie über ihr Gespräch mit Dr. Price nach. Laut Hume, so erinnerte sie sich, muß alles, was wir wissen, durch die Sinne wahrgenommen werden. Aber könnte es nicht sein, dachte sie, daß dieser Erkenntnisprozeß noch darüber hinausgeht? Das heißt, was wir wahrnehmen, wird vom Verstand aufgenommen, der alles in vernünftige Gedanken verwandelt.

Mary stellte sich vor, wie Locke und Hume da oben in den Wolken des Spätnachmittags saßen und einträchtig eine Pfeife rauchten. Sie zog ihren Schal fester um sich. Sie war dünn geworden in letzter Zeit und fühlte ihre Knochen. Sie stießen gegeneinander. Ihr Haar war strohig. Ich bin eine belesene alte Jungfer geworden, stellte sie fest, innerlich und äußerlich. Sie war nicht unglücklich bei dem Gedanken. Ich bin, was ich bin, sagte sie zu sich selbst. Ich bin, was ich tue.

Sie sah sich noch in dem Zimmer als die Frau, die Romane las über verzweifelte junge Mädchen, die durch Heirat gerettet wurden. Jetzt, unter Dr. Price' Anleitung las sie schwierige, tiefsinnige Bücher. Wenn ihr Geist, wie Locke nahelegte, eine leere Tafel war, dann wurde er gerade angefüllt mit dem gesamten Denken ihrer Zeit.

»Ein Brief«, sagte Everina, als Mary im Flur ihre Handschuhe auszog.

Mary erkannte den dünnen blauen Umschlag. Doch es war nicht Fannys Schrift. Sie nahm ihn mit ins Büro, stand vor ihrem Schreibtisch und öffnete ihn mit dem Brieföffner. Er war von Hugh Skeys.

den 1. September 1785

Sie müssen kommen, Mary. Die liebe Fanny verlangt jeden Tag nach Ihnen, von ihrem Bett aus fragt sie, wenn sie aufwacht: Ist Mary schon da? Mary, ich fürchte, sie wird die Geburt, die Anfang Oktober sein soll, nicht überleben. Ich bitte Sie, kommen Sie so schnell es geht.

»Was ist denn, Mary« Eliza stand in der Tür.

»Was kommt denn jetzt schon wieder auf uns zu?« Das war Everina.

»Es ist wegen Fanny. Sie ist, sie ist ...«

»Tot?« Everina dachte immer gleich ans Schlimmste.

»Nein, Gott sei Dank nicht. Sie ist krank. Ich muß zu ihr.«

»Das ist nicht grad die beste Zeit, zu Beginn des Schuljahrs«, gab Everina zu bedenken. »Und wie sollen wir das bezahlen?«

»Wann ist überhaupt je die beste Zeit? Wann haben wir je das Geld? Ned! Ich werde es von Ned bekommen.«

»Aber wie sollen wir zurechtkommen, Mary?« stöhnte Eliza.

»Ihr werdet zurechtkommen, eben weil ihr zurechtkommen müßt.«

Die Notizen, die sie für ihren Roman nachts und vor dem Unterricht hingekritzelt hatte, müßten weggeräumt werden. Alles müßte verschoben werden. Sie würden eine zusätzliche Lehrerin einstellen

94

müssen. Eine Französin aus der Nachbarschaft, die Rechnen konnte, Geographie und, natürlich, Französisch beherrschte, und auch noch glücklich war, einspringen zu können. Everina wurde die Buchführung übertragen, Eliza die Schülerinnen. Mary packte ihre wenigen Sachen zusammen.

»Das Wichtigste, was ihr beachten müßt«, sagte Mary zu Eliza, als sie packte, »ist, daß das hier eine Schule ist und kein Asyl. Ihr müßt immer mit Vernunft und Intelligenz handeln. Laßt niemals zu, daß ein Mädchen euch sagt, was zu tun ist. Leitet sie freundlich, aber bestimmt. Die kleine Jane braucht jeden Abend ihr Glas Milch, und Ann Marie muß dazu angehalten werden, jeden Tag eine Stunde Klavier zu üben. Sorgt dafür, daß sie alle ihre Stundenpläne einhalten.«

»Glaubst du, Fanny wird es überstehen?« fragte Everina.

»Natürlich, Everina«, sagte Mary über ihre Schulter. »Du kennst doch die Männer. Ihr Mann ist nur übernervös. Sie ist krank, aber sicher nicht so krank. Sie erwartet ein Baby.«

Eliza zuckte zusammen.

»Ich meine, ihr Mann weiß nicht, was er mit einem Baby anfangen soll, und ist deshalb ...«

Eliza schaute betroffen.

»Und, Everina«, begann Mary, zu ihrer anderen Schwester gewandt, »laß dir nicht vom Fleischer die teuren Stücke verkaufen. Die Köchin macht sehr gute Eintöpfe und Marinaden. Und laßt ja kein Mädchen länger als eine Woche in seinem Nachthemd schlafen, ohne es zu waschen. Wir wollen nicht, daß sich oben Ungeziefer ausbreitet. Achtet darauf, daß sie sich jeden Abend die Haare bürsten. Kein Durcheinander. Susan braucht ständig neue Märchenbücher. Sie verschlingt sie geradezu. Laßt die Mädchen nicht auf Katherine herumhacken. Sie ist so empfindlich und könnte es sich zu Herzen nehmen. Und wenn ihr ein Problem habt, das ihr selbst nicht lösen könnt, geht sofort zu Dr. Price.«

Mary schloß ihren Handkoffer, sah ihre Schwestern an. Sie blickten beide zurück, als würde sie sie im Stich lassen.

»Diese Reise ist keine gute Idee«, warnte Everina. Sie hatte die Fäuste geballt, und in ihrer Stimme klang Ärger mit.

»Geh nicht weg«, bat Eliza. Sie klang ängstlich.

»Ich muß. Freundschaft ist im Leben wichtiger als ...«

»Was?«

»Als alles andere. Versteht ihr das nicht? Ein Gewebe von Treue und Verläßlichkeit, nur das gibt uns Halt. Ohne Halt, ohne gegenseitige Hilfe ...«

»Du verpaßt noch deine Kutsche«, sagte Everina. »Ein Gewebe von Treue und Verläßlichkeit, ach wirklich? Weißt du auch, wie leicht ein Gewebe zerreißt?«

»Ich komme noch diesen Monat zurück, ganz sicher.«

»Das werden wir ja sehen«, sagte Everina.

Mary wandte sich zur Treppe. Die beiden anderen sahen bestürzt drein. Eliza weinte, Everina biß sich auf die Lippen.

»Es wird schon gutgehen!« rief Mary ihnen zu.

Dr. Price brachte sie in seiner Kalesche nach London. Von dort würde sie eine Kutsche zur Küste nehmen.

»Denkt dran, ihr beiden«, rief Mary, »Vernunft und Intelligenz.«

»Nicht Leidenschaft?« konterte Everina. »Nicht Dummheit?«

Aber Mary hörte es nicht mehr. Kaum in der Kalesche, sah sie nur noch nach vorn, ihre Gedanken waren schon unterwegs. Sie hatte vor, nach Portugal zu eilen, Fanny gesund zu pflegen und gleich zurückzukehren.

»Meine Liebe«, sagte Dr. Price, als er sie zu der Kutschenstation in London gebracht hatte. »Seien Sie stark.«

»Das bin ich«, sagte Mary.

»Bleiben Sie es auch weiterhin.«

Das Schiff, das Mary nach Lissabon bringen sollte, war zu schwer beladen. Mary sah es sofort, ein schlechtes Zeichen. Es lag schon tief im Wasser, als von spindeldürren Negern noch mehr Fracht an Bord geschleppt wurde. Barfuß und in zerlumpten rotweiß gestreiften Jacken, sahen sie aus, als hätten sie einst einer besiegten Armee angehört. Es war eine neue Brigg, die *Justine*, mit Heckfenstern, einem kurzen Vormarssegel und Brahmsegel-Rahen, das Segeltuch aus Flachs. Die Masten, Rahen und Spiere waren alle aus Holz, ebenso der Schiffskörper. Das Schiff mußte regelmäßig ausgepumpt und die Decks mehrmals am Tag abgewaschen werden, denn wenn die Planken trockneten, zogen sie sich zusammen, der Teer zwischen ihnen wurde rissig und die Fugen undicht. Nicht nur das, auch alle Taue mußten sorgfältig gewartet und die Böcke geölt werden. Mary fürchtete sich, als sie an Bord ging, und die Matrosen, die Marys Leben in ihren Händen hielten, grinsten anzüglich, wann immer sie an Deck erschien, und ließen sie nicht aus den Augen, als wäre sie ein Leckerbissen, den es zu erhaschen und verspeisen galt. Und wirklich, Mary fühlte sich, als gehöre sie zur Fracht – zu den Kühen, den Schafen, den Gänsen.

Es wurden keine Seemannslieder gesungen, kein Akkordeon gespielt, es gab keinen der malerischen Bräuche, die sie mit der See verband. Die Stimmung an Deck war gereizt und verdrossen, und nachdem sie sich einmal eingeschifft hatten, hielt die Hitze an. Das Meer lag flach und ruhig da wie ein Pfannkuchen. Der Kapitän, in voller Montur mit Wollmantel und Wollhose, hielt die Arme verschränkt und rührte sich nicht von seinem Posten am Bug.

Das Wasser war so glatt, daß Mary das Gefühl hatte, sie könne darauf laufen, ohne unterzugehen. Es wäre eher wie auf Feuer zu gleiten als über Wasser zu laufen. Zudem war die Luft schwül und drückend und ihre Kehle trocken. Ihre Augen brannten. Mary lockerte den Kragen ihres schwarzen Wollkleides und sehnte sich nach einer Brise. Wenn das Schiff weiterhin wie angewurzelt im Ärmelkanal liegenbliebe, würden ihnen die Nahrungsmittel ausgehen, glaubte Mary. Sie stellte sich vor, wie Verhungerte über Bord geworfen würden, wie sie mit dumpfem Schlag auf die Wasserfläche prallen würden. In ihrer Phantasie bildete sich um das Schiff ein Kranz von Gestalten wie die Ziffern einer Sonnenuhr. Und dann würden die Planken des Schiffes verrotten, zerfallen und bersten, und die Wrackteile lägen zwischen den Leichen verstreut auf der spiegelnden Fläche. Es war die Hitze, sagte sie sich, die ihr so schauderhafte Bilder eingab.

In der Wirklichkeit standen Matrosen und Passagiere einander feindselig gegenüber, starrten sich mißtrauisch an. Es kursierte das Gerücht, daß eine Hexe an Bord sei, die die Flaute verursacht habe.

»Sie ist die Hexe«, verkündete ein verwahrloster Matrose und zeigte auf Mary.

Der Kapitän trat zwischen sie wie ein kleiner, schwitzender Duodezfürst, und seine Schwertscheide funkelte und blitzte in der Sonne.

»Ruhe«, sagte er.

Dann zogen von Norden dunkle Wolken auf, wie graue Pferde vor einem Pflug. Die Kinder an Bord wurden ganz ruhig. Die Mütter schafften sie hinunter in den Frachtraum. Schnell, schnell, runter mit euch, ihr kleinen Mäuse. Schnell, schnell, schnell.

»Ja«, stimmten die Matrosen zu, »runter mit ihnen«.

Der Kapitän war schroff und diensteifrig.

»Macht schnell, macht schnell, macht das Schiff sturmfest.« Er zog sein Schwert, küßte es, als lebte er noch im siebzehnten Jahrhundert, richtete es auf die Wolken. »Ich werde sie vernichten, die bösen Wolken«, sagte er wie ein Vater, der sein Kind verteidigt.

Die Matrosen murrten und stöhnten. Sie hinkten, waren einäugig, hatten aufgesprungene Lippen, schmutzige Halstücher, stumpf gewordene Goldohrringe, besaßen zahme Papageien in der Mauser.

»Er will die Wolken vernichten«, spotteten sie. »Der hat gut reden.«

Mary stellte sich Meeresungeheuer vor, die auf dem Grund des Meeres träge herumlungerten und sich mit ihren gewundenen Körpern zwischen den toten Wolken herumwälzten.

»Besser, Sie gehen runter, Madam, wie die Kinder.«

Aber Mary blieb an Deck, um zuzuschauen. Als der Sturm losging, krachte es so gewaltig, als ob der Himmel auseinanderbräche.

Das Meer erhob sich in zwei riesigen Wogen wie auf Bildern vom Roten Meer, das sich teilte, um die Israeliten durchzulassen. Dröhnender Donner folgte, und dann stöhnte das Schiff, hob und senkte sich, schlingerte, ruckte, drehte sich und wurde hin- und hergeworfen. Die Wogen wurden höher und noch höher. Und dann stürzte plötzlich der Regen in Strömen auf das Deck. Einer der Masten brach entzwei. Die Matrosen liefen von einer Seite zur anderen, vom Bug zum Heck. Sie waren noch nicht auf einer Seite, da wurden sie schon zur anderen hinübergeworfen. Der Kapitän jedoch hielt seine Stellung, mit erhobenem Schwert.

»Lieber Gott, bewahre uns und hilf uns«, betete Mary. Sie betete für ihre Schwestern, Everina und Eliza, für Fanny in Portugal. Sie dachte an ihr Leben, an ihre Eltern und daran, daß sie sterben würde, ohne ein Kind auf dieser Welt zu hinterlassen. Nichts würde von ihr zurückbleiben. Sie würde untergehen. Keine Bücher geschrieben, keine großen Leistungen vollbracht. Nichts wies darauf hin, daß sie einmal gelebt und gedacht hatte auf Erden.

»Ich bin noch nicht fertig«, sagte sie zu Gott, »denn ich habe noch nicht angefangen. Bitte gönne mir noch ein wenig Zeit. Bitte. Ich verspreche, sie gut zu nutzen.«

Sie hielt sich an dem hölzernen Geländer der Kapitänstreppe fest. Weißgekrönte Wellen rollten herab wie Schneelawinen und überzogen das Deck mit brausendem, sprudelndem Schaum, der wie Diamantenbänke glitzerte. Der einzige Passagier an Deck, Mary, hielt sich mit aller Kraft an der hölzernen Reling fest. Aber dann verlor sie auf der Kapitänsbrücke den Halt, sie schlitterte, sie glitt ab, sie rutschte von Deck.

Das letzte, woran sie sich erinnerte, war eine Hand, die einen ihrer Füße festhielt.

Kapitel 8

~~~~~~~~~~~~~~~~~~~~~~~~~~~~

Alles an Deck war herabgerissen worden, Fässer, aufgerollte Taue, Tuchballen, hölzerne Kästen mit Gänsen, Porzellan, das in Papier gewickelt und in Kisten mit der Aufschrift PORZELLAN gepackt war, Gläser mit Marmelade, Kartoffelsäcke, Reis, Puppenkörper ohne Köpfe, Frisiertischspiegel, Schiffchen für Webstühle, vielerlei landwirtschaftliches Gerät – Jethro Tull's Sämaschine und andere kombinierte Sä- und Pflugmaschinen, Mühlen. Alles wurde durcheinandergewirbelt und stürzte um, als das Boot sich hin- und herwarf. Unten weinten Kinder, schrien Babys. Mütter gerieten außer sich. Erwachsene Männer machten sich die Hosen voll.

Mary fand sich im Wasser stehend wieder, Rocksaum und Strümpfe völlig durchnäßt. Aber sie war nicht von Bord gerutscht. Jemand hatte sie gerettet. Einer der widerlichen Matrosen hatte sie am Bein gepackt und zurückgezogen. Die Stärke des Sturms hatte jetzt kaum merklich nachgelassen. Sie brachten Mary in den Frachtraum.

Dort unten war außer dem Rauschen des Regens und dem Schlagen der Wellen gegen die Seiten des Schiffs, dem ständigen Donner und dem Poltern der Fracht gegen die Wände noch etwas anderes zu hören. Erst klang es wie ein Raunen, dann wie ein Chor. Was da in Nischen und Ecken von jeder einzelnen Stimme gemurmelt wurde, war nur in Bruchstücken zu verstehen. Vater unser, Geheiligt, Amen, Himmel, Wille, Brot, Vergib, Heiliger Geist, Vollbracht, Welt, Schuldigern, Werde, Nächsten, Gib. Die Wörter erklangen gleichzeitig, überlagerten sich, bildeten ein zartes Klanggewebe. Das ist es, was uns ausmacht und woraus wir bestehen, dachte Mary, dieses Gewebe aus Worten. Das ist das Gewebe der Treue. Jetzt kann ich sterben, sagte sie zu sich selbst. Ich bin bereit. Ich habe gelebt, und das genügt, das ist alles. Sie fühlte sich so erleichtert, so frei. Sie wünschte nur, Dr. Price wäre da, um die Erfahrung mit ihr zu teilen.

Und dann bemerkte Mary, daß das Schiff nicht mehr so gewaltig hin- und hergeworfen wurde, daß der Wind nicht mehr heulte. Die Passagiere hörten auf zu beten, verharrten reglos. Der Regen prasselte, wurde schwächer, hörte auf. Das Schiff bebte, schüttelte sich wie ein nasser Hund, kam wieder ins Gleichgewicht. Sie hörten die Matrosen rufen und den Kapitän Befehle bellen: »Durchzählen! Wer fehlt? Bißchen Tempo.«

Erst zögerten sie, doch dann tauchten die Passagiere einer nach dem anderen aus dem Frachtraum auf; der erste von ihnen öffnete langsam die Falltür, guckte hinaus und warf sie dann zurück. Die Sonne war herausgekommen. Es war Tag, nicht Nacht.

Mary kletterte als letzte hinaus. Sie holte tief Luft. Es war ein wunderschöner Tag auf See, der sich dem Ende neigte. Die Sonne ging gerade unter, die Wellen plätscherten sacht, das Schiff schaukelte. Die Luft war frisch und herb. Und der Kapitän stand in derselben Pose, als ob allein seine Haltung den Tag und das Schiff gerettet hätten.

Es ist vorbei, dachte Mary, alles vorbei. Und dann hörte sie es. Vom Bug des Schiffes her war Geschrei zu hören, es kam aus dem Wasser. O Gott – Mary erstarrte – Menschen über Bord. Klägliche Schreie. »Hilfe, Hilfe!«

Mary, einige der Passagiere und die Matrosen stürzten an die Brüstung. Da schwammen Menschen im Wasser, die sich an Brettern und Truhen festhielten und sich an jedes bißchen Holz oder Gerümpel klammerten, das sie zu fassen bekamen. Abfälle und Teile der Ladung trieben auf dem Wasser umher, und nicht allzu weit entfernt konnte Mary das Wrack eines Schiffes sehen, eines anderen Schiffes. Es sank, und sie wußte, wenn es endgültig verschwand, würde der Sog alles mit in die Tiefe reißen.

»Wir müssen sie an Bord schaffen, bevor das andere Schiff untergeht. Es wird eine riesige Welle geben, die sie mit nach unten zieht«, schrie sie. »Holt ein paar Taue.«

Die Matrosen fingen an herumzurennen.

»Wo lauft ihr hin?« fragte der Kapitän.

»Ein Schiffbruch, Sir.«

»Wer gibt hier die Befehle? Ich bin der Kapitän, Madam, nicht Sie.«

»Sir, sie ertrinken! Sie werden alle sterben!«

»Wir werden alle eines Tages sterben.«

»Aber nicht jetzt, nicht heute«, protestierte Mary. »Wir können es verhindern. Ein paar Taue, alles, was wir brauchen, sind ein paar Taue.«

»Ohne meinen Befehl faßt niemand ein Tau an oder hilft sonstwie, verstanden?«

Die Matrosen blieben stehen. Das Geschrei wurde lauter.

»Retten Sie sie«, sagte einer der männlichen Passagiere. »Um Himmels willen, retten Sie sie!«

»Ja, retten Sie sie«, rief ein anderer.

Die Matrosen an Bord ließen die Köpfe hängen. »Retten Sie sie«, murmelten sie.

»Das Schiff ist jetzt schon überladen«, warf der Kapitän ein. »Die Mannschaft war noch nie auf See. Wir könnten selber sinken, wenn wir zusätzliches Gewicht an Bord nehmen. Wir wollen nicht auch noch untergehen. Wir müssen an unsere Fracht denken. Es wäre Wahnsinn.«

Fracht, das hieß: Enten und Gänse, ein paar Schafe, Kühe und Hähne mit purpurroten Kämmen. Ballen von Stoff, der einen langen, umständlichen Entstehungsprozeß hinter sich hatte – die Baumwolle wurde in Amerika gepflückt, in England zu Garn gesponnen, nach Indien geschickt, um dort gewebt und indigo und rot gefärbt zu werden; dann wurde er mit Elephanten, Radschas und sich windenden Schlangen an beiden Webkanten bedruckt, zu Ballen gewickelt, in Sackleinen gepackt und mit braunem, grobem

Bindfaden verschnürt. Außerdem gab es Kisten mit Zinngeschirr aus Yorkshire und Wedgwood-Porzellan mit blauen Pagoden, und eingelegtes Schildkrötenfleisch in Gläsern, und jedesmal, wenn das Schiff schwankte, bewegte sich auch die Flüssigkeit in den Gläsern und erinnerte die Schildkröten an die See, in der sie einst lebten. Gläser mit Marmelade, mit Gelee, Pflüge und Pflanzmaschinen, Äxte und Schaufeln, Webstuhlteile.

»Die Ladung ist bereits ruiniert«, sagte Mary. »Wir werden sie über Bord werfen müssen.«

»Sie kann getrocknet werden«, konterte der Kapitän.

»Nicht alles.«

»Aber vieles.«

»Ein bißchen.«

»Mehr als Sie meinen.«

»Aber es sind Menschen, Menschen, die sterben werden, Sir. Wollen Sie die auf dem Gewissen haben?«

»Da ist was dran, Sir«, sagte der erste Maat.

Sie waren alle an Deck, der ganze zusammengewürfelte Haufen: Passagiere, Matrosen, zwei ziemlich schäbige Offiziere. Die Segel des Schiffs waren zerrissen, und die Fetzen flatterten wie Wimpel von den gesplitterten Masten. Zerbrochene Kisten und Faßringe, Taue, alle möglichen Dinge lagen verstreut umher. Eine einzelne Gans watschelte übers Deck, bog ihren langen Hals, schrie und schnappte um sich.

Mary dachte an *Die Schule der Manieren oder Wie Kinder sich betragen sollten*, Kapitel eins bis zwölf, die sie sich als Kind gehorsam eingeprägt und als Lehrbuch in ihrer Schule verwendet hatte. Sie glaubte, sie wäre für alle möglichen Ereignisse auf dieser Reise gerüstet. Sie hatte ihr Reiseschreibzeug bei sich – das Tintenfaß, die Streusandbüchse, ein Petschaft aus Amethyst und Federkiele, die sie bei einem Straßenhändler gekauft hatte.

Sie hatte ihren Nähkorb mit Nadeln, Garn und Stecknadeln dabei. Sie hatte ein paar Arzneimittel, Schalen und Aderlaßschüsseln, Opium und Laudanum.

Nichts davon kam in Frage. Sie war gerüstet, aber nicht gerüstet für das hier. Sie glaubte, sie sei gerüstet für jede Eventualität, sie glaubte, sie hätte die Stärke, die Vernunft und die Intelligenz ...

Sie erinnerte sich an den Vers, der sie begeistert hatte, als Eliza noch mit dem schrecklichen Mr. Bishop zusammenlebte.

> *Wenn ihr schwach werdet am Tag der Not,*
> *ist eure Stärke gering.*
> *Wenn ihr aufgebt, jene zu erlösen,*
> *die dem Tode preisgegeben sind, und jene,*
> *die erschlagen werden sollen ...*

Sie hielt sich an einem Tau fest, kletterte hoch und hievte sich auf die Reling des Schiffes. Sie balancierte darauf, versuchte, nicht nach unten zu sehen.

»Wenn Sie sie nicht augenblicklich an Bord nehmen, springe ich«, sagte sie.

»Das ist ja nicht zu glauben«, sagte der Kapitän. »Merken Sie nicht, wie unschicklich Sie sich hier aufführen, Sie, eine Dame.«

»Sie ist eine Hexe«, meinte einer aus der Mannschaft.

»Ich springe«, wiederholte Mary.

»Sie haben den Verstand verloren«, sagte der Kapitän.

»Sie ist wahnsinnig«, rief einer der Matrosen.

»Packt sie«, befahl der Kapitän

»Wenn Sie mir zu nahe kommen, springe ich.«

»Sie wird nicht springen«, sagte der Kapitän.

»Ich werde springen. Ich schwöre es bei Gott. Ich habe keine Angst.« Sie zitterte, während sie das sagte. Jede Sekunde konnte sie den Halt verlieren und fallen. Sie wollte nicht springen. Der Gedanke entsetzte sie. Das Meer würde sie bei lebendigem Leib verschlingen. Als sie hinunterschaute, kam es ihr vor, als sähe sie die Ecktürme eines grünen Schlosses, die grünen Turmspitzen einer Stadt, Regierungsgebäude, die Dächer von Häusern. Sie würde aufgespießt, durchbohrt. Es könnte da unten Schlangen geben.

Und ganz gewiß würde sie umkommen, qualvoll und schrecklich. Sie wollte nicht springen, sie wollte nicht einmal so hoch oben stehen. Es war erstaunlich, daß sie es überhaupt geschafft hatte, da hoch zu kommen. Sie war nicht schwindelfrei. Jedoch, alles in allem wußte sie sehr genau, daß sie die Gesichter der Ertrinkenden nie mehr vergessen könnte. Sie würden nachts zu ihr kommen und zu jeder Stunde des Tages, genau wie Elizas Baby. Sie mußte jene retten, die dem Tode preisgegeben waren, nicht aus Respekt vor Gott, Jesus Christus oder Pfarrer Dr. Price oder gar vor Rousseau, Voltaire, Locke, Hume oder Gulliver oder den Vordenkern der amerikanischen Unabhängigkeitsbewegung wie Thomas Jefferson. Sondern einfach wegen etwas, das sie von sich selbst aus wußte.

»Es sind Menschen«, sagte Mary. »Das verpflichtet uns zu helfen.«

»Also gut«, sagte der Kapitän. »Holt sie an Bord.«

Kapitel 9

~~~~~~~~~~~~~~~~~~

Mary traf an einem Feiertag in Lissabon ein. Als sie von Bord des
Schiffes ging, mußte sie sich auf den rohen Planken des Piers übergeben. Sie schien das Essen von Jahren zu erbrechen, und in ihrem
elenden Zustand war ihr, als stürze alles, die Tiere, das Gemüse,
heil und ganz aus ihrem Mund heraus, entfernte sich muhend oder
quiekend oder sprang in hohem Bogen ins Meer zurück. Ein Mann
kam mit einem Karren und hob das Gemüse auf, eins nach dem
anderen. Er sah aus wie ihr Großvater. Na sag mal, da haben wir
aber ein krankes Mädchen, sagte er auf englisch. Eine Frau, die sie
nicht kannte, kam zu ihr, wischte ihr die Stirn ab.

»*Cuidado*«, flüsterte sie. »*Cuidado*. Vorsichtig.« Und sie reichte
Mary ein kleines Stück Marzipan in Form einer Birne. So ist das
also, wenn man in einem fremden Land ist, sagte Mary zu sich
selbst. Seltsam.

Es war früh am Morgen, ein Festtag. Blumengirlanden und Ketten aus hübschem, buntem Papierschmuck waren über den winzigen, gewundenen Gassen aufgespannt. Die Männer sägten und
hämmerten, stellten neben den Häusern Buden auf. Während die
Frauen Schnecken säuberten, spielten die älteren Männer unweit
von ihnen an kleinen Tischen Backgammon, Domino, Karten und
Schach. Kleine Mädchen schlängelten sich mitten durch das Treiben und klebten die Papierketten zusammen oder bastelten Hüte
und Laternen.

»*Desculpe-me*«, Verzeihung.

Mary hatte das Gefühl, auf der anderen Seite des Globus zu sein
und nicht nur jenseits des Golfs von Biskaya. Eine leichte Brise

wehte von Norden, aber es war eine milde, sanfte Brise, so ganz anders als der Wind in England. Auch die Sonne hatte nicht die matte Wärme wie in England, wo ein sonniger Tag eine Ausnahme und eine Gunst war. Das Licht in Portugal war ungefiltert, ungebrochen, Teil der Luft. Hohe Palmen umsäumten den Hafen, und üppige tropische Vegetation umgab die Mauern der Stadt wie ein Wall. Die Häuser waren weiß getüncht mit roten Ziegeldächern, und am Ende jedes Häuserblocks waren kleine Springbrunnen und Becken zum Wäschewaschen. Die Frauen hatten Pomade im schwarzen Haar und trugen die roten Röcke um den Po herum eng und nach unten hin ausgestellt und gerüscht. Die Männer waren theatralisch, gutaussehend und gewieft, mit dem zarten Körperbau eines Vogels. Die alten Frauen trugen schwarze Tücher um den Kopf. Die Kirchenglocken läuteten Morgen- und Hauptmesse ein, sie läuteten zur vollen Stunde, um zwölf Uhr mittags, wenn es Zeit zum Essen war, und alle fünfzehn Minuten. Die Kniehosen der Männer waren eng, rostfarben und braun, und ihre schwarzen, glänzenden Schuhe waren wie kleine Pumps. Wände und Gebäude, Brunnen und Fußwege waren mit Mosaiken gekachelt. Gelegentlich hörte man den traurigen Klang einer Gitarre – maurische Melodien. Auf den Plätzen gab es Springbrunnen mit grünblau gekachelten Wänden. Farnzweige streiften Marys Gesicht, als sie sich auf den Weg zu Fannys Haus machte.

Eine Kutsche hatte sie mitgenommen, bis die gepflasterte Straße zu eng wurde, und sie mußte den Rest des Weges mit ihren Taschen zu Fuß gehen. Der Kutscher deutete den Berg hinauf. Mary blieb an einem der blaugrün gekachelten Brunnen stehen, befeuchtete den Saum ihres Kleides, wischte sich über das Gesicht. Sie war müde und schwitzte, und ihr war noch immer ein wenig schlecht.

Fannys Haus stand am Hang, ein schmiedeeiserner, mit Eisenspitzen versehener Zaun umgab es, aber das Tor stand offen. Mary betrat einen gepflasterten Hof voller Bäume und Vögel. Sie stieß die große hölzerne Haustür auf.

»Hallo, bist du's, Mary, bist du schon da?«

Die Stimme kam oben von der Wendeltreppe. »Ja«, sagte Mary, und das Herz schlug ihr bis zum Hals. »Ich bin da.«

»Komm schnell, komm schnell, ich muß dich sehen.«

Mary ließ die Taschen fallen und rannte die Treppe hinauf.

»Im hinteren Schlafzimmer, Mary. Hier bin ich.«

Fanny lag ausgestreckt auf einem breiten, hohen Bett, ihre Wangen waren unnatürlich rot, und ihre blauen Augen glitzerten wie zerbrochenes Glas. Sie sah aus wie eine bemalte Puppe, aus Wachs und Holz.

»Oh, Mary«, weinte Fanny. Sie breitete die Arme aus. »Jetzt kann ich sterben.«

»Aber, Fanny! Niemand wird sterben. Niemand.« Doch Fanny war wie ein Bündel Stöcke in ihren Armen.

»Das Baby ist gestorben, Mary. Die kleine Mary. Ich war schwanger, und sie wurde geboren, Mary, tot geboren.«

Fanny fing an, kläglich zu weinen. Mary lag das Baby überhaupt nicht oder nicht so sehr oder zumindest nicht ganz so sehr am Herzen. Sondern Fanny. Nur Fanny. Fanny lebte. Das war das Entscheidende.

»Du wirst nicht sterben, Fanny, du nicht. Das verspreche ich dir.«

Doch der Geruch des Todes, faul und süßlich – altes Blut mit einer Spur Sirup, genau wie im Zimmer ihrer Mutter – hatte Fannys Umgebung schon durchdrungen. Er hatte um sich gegriffen, war auf Bettücher und Möbel übergegangen, hing in Fannys Haar, haftete an ihren Lippen und war zwischen den Seiten der Bücher und zwischen den Zeilen der Bücher. Er kam Fanny aus Mund und Augen.

»Wir müssen hier mal saubermachen«, verkündete Mary. »Das ist das erste. Und du brauchst Rosmarinblätter zum Kauen.«

Als erstes befahl Mary den Dienern, das Zimmer zu schrubben und die Bettücher zu waschen; sie wurden aufgehängt auf einer Leine zwischen dem zweiten Stock und einem Baum, der nach Harz und Heilkräutern duftete, mit spitzen langen Blättern und einem hohen, glatten rötlichen Stamm. Jede Ecke des Hauses wurde gründlich geputzt. Mary sprenkelte Rosenwasser um das Bett. Und sie wusch Fannys abgemagerten Körper, hob ihn hoch und trug ihn überall im Zimmer umher und nach unten und auf die Straße zu der Bank vor dem Haus.

»Schau mal. Ein Leierkastenmann mit einem Affen.«

Der Affe auf dem Platz trug eine kleine rote Mütze und einen roten Mantel mit Goldknöpfen. Sein Fell war räudig, und er tanzte ganz langsam, hielt seinen Hut in der Hand und den müden kleinen Kopf zur Seite geneigt. »Er macht's nicht mehr lang, mein kleiner Affe macht's nicht mehr lang«, sagte der Mann auf englisch. »Er versucht durchzuhalten, aber er macht's nicht mehr lang.«

»Bitte stirb nicht, kleines Äffchen«, sagte Fanny. »Bitte stirb nicht.«

»Laß uns hier weggehen«, meinte Mary ärgerlich. »Faß den schmutzigen Affen nicht an, Fanny. Komm weg hier.«

Mary beschloß, Seeluft würde Fanny guttun. Sie arrangierte einen Ausflug mit Hugh Skeys. Sie fuhren mit der Kutsche an den Strand. Fannys langes Gazekleid flatterte im Wind. Blutflecke auf ihrem Mieder, vom Husten, sahen aus wie ein Collier aus Rubinen. Fanny klammerte sich an Marys Hals wie ein Kind. Ihr Mann, Hugh Skeys, schaute weg, blinzelte in die Sonne. Er hielt einen Sonnenschirm, den Mary in dem Bemühen um etwas Unbeschwertheit gekauft hatte. Der Sand rieselte durch Marys Zehen und bildete winzige Hügel. Fanny hing an ihr. Das Meer sah unschuldig aus, doch Mary wußte es besser.

Wenn Fanny Hustenanfälle bekam, wurde Dr. Santos gerufen. Er trug feine kleine schwarze Stiefel, ein seidengefüttertes Cape. Wenn er auf Fannys Brustkorb drückte, wenn er ihren Puls fühlte, wenn er ihr Schröpfköpfe auf den Rücken setzte, flüsterte er: »Sch, sch.«

Mußte Fanny zur Ader gelassen werden, tropfte das Blut in die Porzellanschüssel wie die Opfergabe für irgendeinen finsteren Gott.

Dr. Santos, der die Schüssel hielt und das Blut rührte, sagte dann: »*Obrigado, Obrigado.*«

Mary leerte die Schüssel hinter dem Haus. Sie wusch Fannys langes schwarzes Haar, das nicht mehr voll und kräftig war, sondern dünn und glanzlos, mit dem Saft von Zitronen und Seife aus England, die nach Apfel und Preiselbeere duftete.

Sie rieb Fannys Lippen mit Pomade ein und putzte ihre Zähne mit einer Bürste, bis sie wie kleine Perlen schimmerten.

»Du mußt deine Zähne mit Respekt behandeln, Fanny, denn sie führen heimlich ein eigenes Leben. Sie sind hinter Elephanten her, sie wollen durch weite Wüsten in die Schlacht marschieren. Nach vielen Tagen kommen sie an die Mauern der Stadt ... Wer ist da, fragt der Wächter am Tor. Wir sind's, singen die Zähne im Chor ... bist du müde, Fanny?«

»Es geht schon, Mary, mach nur weiter.«

Mary tupfte Fanny das Gesicht und den Hals ab, half ihr, das Hemd zu wechseln. Obwohl Fannys Zimmer einen Balkon und hohe Wände hatte, war es eng und stickig. Mary mußte ihr ständig Luft zufächeln. Und wenn sie es tat, raschelten die Blätter des großen Zitronenbaums, der in einer Ecke stand, wie ein ganzer Wald.

»Es ist wieder einmal Zeit für einen Ausflug«, verkündete Mary verzweifelt. Mary und Fanny und Hugh Skeys ritten auf Eseln über gewundene Pfade in die staubigen Berge hinauf, so daß die Bucht hinter ihnen aussah wie eine Pfütze und das einzig Wirkliche auf der ganzen Welt sie selbst zu sein schienen. Fanny war auf ihrem Esel festgebunden, und ihr Körper ruckelte vor und zurück wie eine leblose Puppe, und sie spuckte Blut, beschmutzte den dicken, grauen Hals des geduldigen Esels. Sie mußten umkehren. Es war das letzte Mal, daß sie zusammen ins Freie gingen; danach blieb Fanny nur noch im Haus und dann nur noch in ihrem Zimmer.

Das Haus war im Alfama-Viertel, einem Teil von Lissabon, der beim Erdbeben von 1755 fast gar nicht zerstört worden war. Es stand in einer der kleinen, winkligen Straßen mit blaugekachelten

Gehwegen und Geranientöpfen; Käfige mit zwitschernden Kanarienvögeln hingen aus Fenstern. Hinter dem Haus tropfte den ganzen Tag über Wasser aus einem offenen Wasserturm an moosigen, weinbewachsenen Mauern herunter, das Plätschern war angenehm; und auf dem Berg mit Blick über die blaue Bucht standen die Ruinen eines Schlosses; Pfauen stolzierten darin umher, hefteten ihre schwarzen Perlenaugen auf kleine Kinder, die ihnen Brot brachten.

Das Portugiesische klang wie sanftes, zärtliches Nuscheln. Die Portugiesen schienen anmutig, aristokratisch im Auftreten und sehr liebenswürdig. Doch eines Tages sah Mary eine Reihe von Sklaven, die um den Hals mit Ketten gefesselt waren und nach Brasilien eingeschifft wurden. Sie trugen kaum etwas auf dem Leib, und ihre Haut war staubig und dreckverkrustet. Bis auf ein Baby, das schrie, gaben sie keinen Laut von sich. Neben Fannys Haus lag ein Schlammhügel voller Schwalbennester. Abends kehrten die Vögel in einem riesigen zwitschernden Schwarm zurück, umkreisten den Hügel, während alle Kirchenglocken zur Vesper läuteten, dann schlüpften sie in ihre Löcher. Die Dämmerung überzog den Himmel mit weichen Streifen aus Rosa und Blau, und die Nacht legte sich fast entschuldigend darüber. Das war die Zeit, wenn Fanny am meisten hustete. Tag für Tag war es heiß wie in einem Backofen. Fannys Ehemann hielt gerne die Fensterläden geschlossen, genau wie es Marys Mutter getan hatte. Aber jeden Morgen stieß Mary sie in wilder Verzweiflung wieder auf, und sie ließ die Diener die Betttücher in einem großen Zuber an der Straßenecke auswaschen. Sie hängten sie entweder auf die Leine am Baum mit der roten Rinde oder auf die Veranda zum Trocknen. Sie ließen sich auf die Knie nieder und schrubbten den Boden mit harten Bürsten und reichlich kochend heißem Wasser. Sie wuschen die Wände ab und alle Tische und Truhen im Haus. Sie schlugen die kleinen Flickenteppiche aus und klopften die beiden Perser, bis der Staub in dicken Wolken aufstieg. Mary lüftete die Wäsche und brachte die Wandschränke in Ordnung. Sie kaufte Töpfe mit Blumen und zündete

Weihrauch an. Wenn es nur sauber genug war, wenn sie sich nur genug Mühe gab ... So dachte sie.

»Es nützt nichts«, sagte Hugh Skeys im Salon.

Mary hatte ihn überrascht, wie er dasaß, den Kopf in die Hände gestützt. Ein großer, schwerer Mann – besiegt, machtlos.

»Ich weiß nicht, was ich sonst tun soll«, sagte Mary.

»Ja, das Gefühl kenne ich.«

»Ich –«

»Ich weiß nicht«, unterbrach er, »was ich ohne sie anfangen soll.«

»Das dürfen Sie nicht sagen. Sie müssen nichts ohne sie anfangen. Es geht ihr bald besser. Dafür werde ich schon sorgen. Gott wird nicht zulassen ... Sie wird bald wieder gesund.«

Hugh schaute sie traurig an.

Also liebt er sie, dachte Mary, er liebt sie wirklich. Die Möglichkeit war ihr nie in den Sinn gekommen.

Jeden Tag gegen zwei, wenn es am wärmsten war, wusch Mary Fanny mit einem weichen Lappen und warmem Wasser und englischer Seife. Jeden Abend bürstete sie Fannys langes, schwarzes Haar, nicht fest, sondern sanft; fünfzig Striche auf jeder Seite, damit es wieder glänzte und wuchs.

»Ah«, rief Fanny dann aus, »das tut gut.«

Mary mischte eine Paste aus Minze und Kampfer, Schmalz und Brotteig, erhitzte sie und rieb damit Fannys Brustkorb und Rücken morgens, mittags und abends ein. Sie sorgte dafür, daß Fanny aufstand, auf der Veranda in der Sonne saß, warme Milch trank und von den fetten Spritzkuchen mit Zuckerguß aß, die die Portugiesen machten. »Damit du etwas auf die Rippen bekommst«, sagte Mary.

In der ersten Woche ließ Mary den Koch einen großen Topf Ochsenschwanzsuppe zubereiten, mit Lauch und Karotten und frisch ausgepreßtem Zitronensaft. Sie gab Fanny frisches Brot, dünn mit Honig bestrichen; eine gebratene Lammkeule wurde tranchiert und der Saft für Fleischpastete verwendet.

»Warum tust du das alles für mich?« fragte Fanny mit matter Stimme.

»Weil du ein Engel bist«, sagte Mary und führte Fannys papierdünne Finger an ihre Lippen.

»Dann bin ich tot.«

»Nein, nein.«

Mary fand, daß der Tod ihrer Mutter eine Kleinigkeit gewesen war, verglichen mit dem hier. Sie dachte daran, wie sie am Feuer gestanden und die Krankenwäsche ihrer Mutter im Kessel gerührt hatte; die Winterlandschaft war trostlos und öd, so weit das Auge reichte, und sie dachte: Meine Mutter liegt im Sterben, doch es ist nicht das Ende der Welt. Aber Fannys Sterben, das war das Ende der Welt.

Eine Nacht im November 1785 blickte Mary, bevor sie die Fensterläden schloß, hinunter auf den Hof und sah einen kleinen roten Mantel plattgedrückt auf den Steinplatten liegen. Es war der Affe; seine Arme waren ausgestreckt, als ob er vor etwas davonliefe, aber an den Knöcheln gepackt und festgehalten worden wäre.

»Holen Sie den Arzt!« schrie Mary.

»Mary«, sagte Hugh Skeys. »Sie sind außer sich.«

»Hugh, holen Sie den Arzt! Bitte!«

Tag für Tag wurde Fanny schmaler, da der Tod sie ein wenig enger umschlang; er zog die Bänder zu, knüpfte die Knoten, schnürte sie ein in das Leichentuch.

Während dieser Zeit waren Marys Nächte voller seltsamer Träume.

Sie geht die Straße entlang. Eine Reihe von Büschen säumt diese Straße, und sie stehen alle in Flammen. Jeder Busch brennt hell. Sie geht zu einem hin und fragt: Wer bist du? Ich bin, der ich bin, antwortet der Busch. Sie geht zu einem anderen, und auch der sagt: Ich bin, der ich bin. Sie antworten alle dasselbe. Ich bin, der ich bin. Aber wer bist du, muß sie immer weiter fragen.

In einem anderen Traum, den Mary hatte, kurz bevor Fanny starb, hörte sie, wie die Katzen, die auf der Straße lebten, sie riefen, ihren Namen riefen: Mary, Mary, Mary. Aber es war Fanny. Fanny, die rief. Mary setzte sich neben sie, hielt ihre Hand.

»Sag ihnen«, flüsterte Fanny. »Sag ihnen, ich liebe sie.«

»Wem?«

»Sag es ihnen allen, Mary. Mary?«

»Ja.«

»Sag es ihnen.«

Mary saß bei Fanny, bis sie einschlief und Mary ihren rasselnden Atem hören konnte, ein und aus. Dann stand sie auf und öffnete die Fensterläden, sah aus dem Fenster. Der Mond schien nicht hell, doch sie konnte die Gestalt erkennen, die aussah wie Dr. Santos und sehr anmutig auf den Spitzen der Hinterpfoten in Cape und elisabethanischem Wams umherschlich. Mary begann zu zittern. Als sie nach den Fensterläden griff, um sie schnell und leise zu schließen, sah sie, daß die Straße dunkel war und leer. Es war ein Hirngespinst gewesen.

»Küß mich«, sagte Fanny leise.

»Was?« Mary drehte sich um.

»Küß mich.«

Mary ging hinüber zum Bett, beugte sich hinunter. Fanny streckte die zarten Arme aus und zog Marys Gesicht an ihren Mund.

Wenn die Leute von Leidenschaft sprechen, dachte Mary – dann ist es das, was sie meinen. Ich bin durchs Feuer gegangen und bis auf die Knochen verbrannt.

Als sie das Zimmer verließ, war Fanny mit einem Lächeln auf den Lippen eingeschlafen, und ihr Haar lag ausgebreitet über dem Kissen, wie die hohen schwarzen Kämme, die die Portugiesinnen im Haar trugen. Mary ging zurück in ihr eigenes Bett, legte sich hin. Sie glaubte nicht, daß sie schlafen könne, aber sie schlief.

Kapitel 10

Im Traum ist sie in einem weißen Haus, in einem riesigen weißen Haus. Die Wände sind weiß, der Boden ist weiß, der Teppich und sämtliche Möbel, alles ist weiß. Vor ihr ein spiralförmiges Treppenhaus. Sie geht langsam hinauf, und während sie höher kommt, kann sie erkennen, daß es etwas gibt, das nicht weiß ist. Es ist ein riesiger Sprung in der Decke. Irgendwie schafft sie es, so weit nach oben zu gelangen, daß sie sich an der Öffnung des Sprungs festhalten und hochstemmen kann. Und als sie nach unten schaut, sieht sie, daß das Haus, in dem sie war, ein gigantisches Ei ist.

»Mary, Mary, du sprichst im Schlaf.«

»Was?« Mary setzte sich auf. »Wo bin ich?«

»In deinem Bett, Mary. Ich bin es, Eliza.«

»Fanny!«

»Erinnerst du dich nicht? Du bist wieder zu Hause.«

Sie erinnerte sich. Fanny war tot. Sie lag in ihrem eigenen Bett, und es war Abend, mit den vertrauten Geräuschen und Gerüchen, mit Eintopf und Porridge, Kleinmädchenparfum, Kreidestaub, Kichern und Schwatzen. Es war feucht, kalt, englisch. Der Mond schien über dem Park, überzog die Spitzen der Zweige und alles, was von den Büschen übrig war, mit Silber. Es war so ein schöner Mond, bemerkte Mary. Bescheiden, blaß, ein insgeheim wissender Mond. Früher am Abend, gleich nach dem Essen, war sie einen Moment hinausgegangen und hatte sich unter die Fliederbüsche gelegt, deren winterliche Zweige kahl in den Himmel ragten. Es war so vertraut, so beruhigend. Ihr Leben konnte weitergehen, sie wußte es, nun, da sie zu Hause war.

Das helle Morgenlicht zeigte das Büro der Schule in seiner ganzen Unordnung. Mary hatte es bis nach dem Frühstück aufgeschoben hineinzugehen. Papiere, Bücher, Kinderzeichnungen, ein Fächer, Dosen mit Gesichtspuder, eine Perücke, irgendein Kleid und ein ausgestopftes Rotkehlchen – alles lag durcheinander. Im Haushaltsbuch entdeckte Mary, daß für Fahrten mit der Kutsche Geld ausgegeben worden war. Zusätzliches Essen war gekauft worden – Pasteten, Süßigkeiten, Leckereien.

»Eliza.«

»Hast du gerufen?« Eliza sah sehr frisch aus in dem blauweiß gestreiften Kleid, und das geflochtene Haar stand ihr gut.

»Was bedeutet das?« Mary zeigte auf den Eintrag im Haushaltsbuch. »Kutschfahrten?«

»Die Kinder waren unleidlich, Mary. Ich wußte nicht, was ich mit ihnen machen sollte«, erklärte Eliza. »Ich dachte, das wäre das einzig Vernünftige, Intelligente.«

»Und da seid ihr alle in die Kutsche gestiegen und habt Pasteten gekauft?«

»Ja, ganz genau.«

»Vernünftig und intelligent und teuer. Hol Everina her, und zwar sofort.«

»Du brauchst gar nicht so streng zu tun.« Eliza zog eine Schnute.

»Hol sie.«

»Bitte sehr«, meinte Eliza beleidigt. »Wenn's sein muß.«

Everina war vernünftig. Mary wußte es. Sie fuhr sich mit der Hand über das Haar, dachte daran, wie die Mädchen eingezwängt in der Kutsche gesessen hatten, jedes mit einer Pastete in der Hand.

»Ja, Liebes, du wolltest mich sprechen?«

Everina schien auch etwas Neues anzuhaben. Einen Spitzenumhang. Hübsche Schuhe.

»Mrs. McCormick, unsere Untermieterin«, fragte Mary, »wo ist ihre Miete eingetragen?«

»Mrs. McCormick ist ausgezogen, Mary«, antwortete Everina.

»Ausgezogen? Ausgezogen?«

»Ja, Mary, ausgezogen.«

»Und warum bitte?«

»Der Lärm, Mary.«

»Der Lärm? Welcher Lärm?«

»Nachts. Von den Mädchen.«

»Warum habt ihr sie dann nicht zum Schweigen gebracht? Es sind nur drei Mädchen, die hier übernachten.«

»Wir konnten sie schließlich nicht ersticken, Mary«, sagte Eliza. »Das wäre höchst unvernünftig, unintelligent und obendrein grausam gewesen.«

Mary sah Everina an; schon ihr Antlitz konnte dem Herzen einer Zehnjährigen Angst einjagen.

»Sie wollten mir nicht gehorchen, Mary. Ich mußte ein Mädchen schlagen, aber sie schrieb ihrer Mutter, und ihre Mutter hat sie von der Schule genommen.«

»Everina, du hast ein Mädchen geschlagen?«

»Das wird in den besten Schulen gemacht, Mary. Das weißt du selbst.«

»Ihr konntet sie nicht zur Ruhe bringen, außer durch Schläge?« Mary mußte sich am Schreibtisch festhalten.

»Das ist schließlich keine Katastrophe, Mary.«

Mary wollte zurück ins Bett, sofort. Sie war gerade von einer Reise über das Meer, von einer Fahrt mit der Kutsche, bei der sie Straßenräuber und Wegelagerer fürchten mußte, und von mehreren Meilen Fußweg zurückgekehrt. Ihre beste, liebste Freundin war gestorben, und jetzt schien es, daß ihre Schule um sie herum am Einstürzen war. Eliza und Everina konnten nicht einmal eine kleine Schule in Gang halten. Mary wollte zu Bett gehen – für immer.

»Also ihr hattet nur die Wahl, die Mädchen zu schlagen oder den Unsinn so weitergehen zu lassen?«

»Ja, so war's.« Everina schien zufrieden mit der Erklärung.

»Du hast ein Kind geschlagen? Hast du als Kind nicht schon genug Schläge bekommen? Mußt du jetzt andere schlagen? Habt ihr Frauen keinen Verstand? Kennt ihr euch denn nicht mit Kindern aus? Versprecht ihnen, daß sie vor dem Mittagessen noch eine Viertelstunde länger draußen spielen dürfen, und sie sind abends kleine Engel. Wie konntest du ein hilfloses Kind schlagen?«

»Es war nicht so schlimm. Sie hielt ganz still.«

Mary beobachtete Everina genau.

»Ich war im Grunde sehr beherrscht.«

»Nach unserer Kindheit, Everina?«

»Wegen unserer Kindheit, Mary. Stell dir mal vor, wie wir ohne Schläge geworden wären.«

»Wir wären glückliche Kinder und glückliche Erwachsene geworden ohne Schläge.« Mary wünschte, sie hätte noch ihren Glauben, den sie im Laufe der letzten Jahre langsam eingebüßt hatte; und sie fühlte, sie hatte ihn völlig verloren, als sie Fanny verloren hatte.

»Nicht unbedingt, Mary. Jedenfalls ist das Kind quietschfidel. Sie ist eine verwöhnte, aggressive kleine Göre. Wir sind besser dran ohne sie.«

»Ja, aber zwei weniger, Mrs. McCormick und das jetzt, da haben wir eine Untermieterin und eine interne Schülerin weniger. Der Verlust dieser Einkünfte, liebe Schwestern, ist etwas, das wir uns nicht leisten können.«

Mary blätterte im Haushaltsbuch. »Schminke und Pinsel? Kandierter Ingwer? Ingwerlimonade. Zehn neue Schiefertafeln? Körbe und Hauben? Rose von der Schule abgegangen? Anne wegen einer Schnittwunde behandelt? Geld geborgt von Dr. Price? Geld geborgt? Ihr habt Geld geborgt?«

»Ja, es war alle, Mary«, gab Eliza zu.

»Aber ich habe euch mehr als genug hiergelassen.«

»Unter normalen Umständen.« Eliza wurde etwas rot. Sie konnte sich aufreizend gelassen geben, wenn sie im Unrecht war. Einen Moment lang hatte Mary Verständnis für Mr. Bishop, der

Eliza grün und blau geschlagen hatte. Sie unterdrückte diesen Gedanken sofort. Aber die Vorstellung, daß die Schule Elizas und Everinas Anstellungsprobleme lösen und Fanny helfen sollte, schloß sich an, die Schule sollte sie alle unabhängig machen. Sie sollte ihnen allen die Chance geben, ein erträgliches Leben zu führen. Jetzt war Fanny tot, und Eliza und Everina waren zugegebenermaßen unfähig. Mary wollte sich hinlegen und auf der Stelle sterben.

Erst letzte Nacht hatte sie oben im Schlafzimmer daran gedacht, den Unterricht vorzubereiten. Sie hatte vor, die Kinder Zeichnen zu lehren, so daß sie die Welt richtig zu sehen lernten. Sie wollte Geographie und Geschichte kombiniert unterrichten und vielleicht darüber sprechen, wie das Vorhergehende das Kommende bestimmte. Während der Reise war sie auf manche Idee gekommen. Wenn sie Fanny schon überleben sollte, mußte wenigstens sie ihr Leben gut nutzen. Denn wie könnte sie sich sonst verzeihen. Der gestrige Abend mit den vielen Geräuschen in den unteren Stockwerken – Geschirrgeklapper aus dem Eßzimmer, die Stimmen ihrer Schwestern, die Rufe der Kinder – hatte ihr Hoffnung gegeben. Ihr wurde klar, daß sie das Leben in der Schule liebte, daß sie sich gern einzeln um die Mädchen kümmerte, daß sie sich freute, wenn sie zum Teetrinken und Plaudern zu ihr ins Büro kamen. Sie würde ihnen Bücher empfehlen, mit ihnen in die kleine Bücherei gehen, die sie unterhielten, ein Buch herausnehmen, es öffnen. Das könnte etwas für dich sein. Lies mal das dritte Kapitel. Nachts schloß sie ab, schloß alle Türen und schob die Riegel vor; nun war alles sicher, fühlte sie sich sicher. Die Schule. Ihre Schule. Ihr einziges Zuhause.

»Ein paar andere Mädchen sind auch gegangen, Mary.«

Mary sah Everina an. Auf ihren gesunden Menschenverstand hatte sie sich verlassen. Eliza war das Gefühl. Zusammen waren sie eine vollständige Person. Abgesehen davon, daß die beiden wirklich nicht miteinander auskamen. Und sie alle drei kläglich scheiterten, egal was sie taten. Es war fast, als ob Eliza und Everina den Fehlschlag geplant hätten, um es ihr zu zeigen, um sie zu zerstören. Konnte das möglich sein?

»Everina, wie konntest du das zulassen?«

Everina zuckte die Schultern, sah Mary direkt in die Augen. Ein herausfordernder Blick.

»Es ist eben passiert«, sagte sie.

Everina drehte sich um, ging in die Küche.

»Jetzt geh nicht raus«, sagte Mary. »Dreh mir nicht den Rücken zu.«

»Das kann ich aber, wenn mir danach ist.«

»Nein, kannst du nicht.«

Mary folgte ihr in die Küche, hinter ihr ging Eliza.

Mary wunderte sich, wo die Köchin war. Ein Stoß schmutziger Teller stapelte sich im Becken unter der Pumpe. Möhrenschalen und Zwiebelstücke lagen auf dem Küchentisch. Mehl bedeckte den Schrank, und irgendwo faulte etwas. Eine Maus oder ein vergessenes Stück Fleisch.

»Wo ist die Köchin?«

»Gegangen.«

»Meine Güte.« Mary mußte sich setzen. »Hier löst sich ja alles auf.«

»Du hast dich immer für etwas Besseres gehalten«, fauchte Everina.

»Aha, und deshalb mußt du mir eins auswischen, und dir selbst gleich mit.«

»Everina«, warnte Eliza, »werd nicht gemein.«

»Das stimmt doch. Mary hat sich immer für etwas Besseres gehalten.«

»Für etwas besser als dich, jedenfalls, wenn es um die Leitung einer Schule geht«, gab Mary zurück.

»Du bist nicht besser als ich«, sagte Everina und erhob die Stimme. »Du bildest es dir ein, aber du bist es nicht. Ich bin die Klügste.«

»Das mag schon sein«, gab Mary zu, »aber es bedeutet nichts. Es kann sogar von Übel sein, wenn die Klugheit nicht für das Richtige eingesetzt wird.«

»Als ob du das tätest.«

»Ich tue es schon. Ich versuche es wenigstens.«

»Mutter hat dich gehaßt. Deine eigene Mutter.«

»Sei nicht so gemein, Everina. Nur weil ich Mutters Liebling war«, unterbrach Eliza.

Everina ließ nicht locker. »Und Vater haßte dich auch.«

»Das war kein Geheimnis«, sagte Mary. Sie sah das Tranchiermesser auf dem schmutzigen Küchentisch. »Nein, kein Geheimnis, und offen gesagt, ich bin froh, daß sie mich gehaßt haben. Ihr Haß machte mich stark. Ihr Haß wird mich im Leben antreiben. Um ehrlich zu sein, es war mir nur recht. Zwei so erbärmliche Leute haben mich gehaßt? Das ist ein Kompliment.« Everina hatte trotz ihres vollen Gesichts ein spitzes kleines Kinn und eine Nase, die wie eine Messerklinge aussah. Es zeigten sich schon Falten, die von ihrem Mund zur Nase führten und ihren Mund kraus zogen wie einen kleinen Geldbeutel.

»Diese Schule war für uns alle gedacht, sie sollte uns befreien. Jetzt ist es damit vorbei.« Mary fühlte sich unendlich erschöpft. Sie müßte einfach nur den Eltern schreiben und sagen, daß die Schule geschlossen würde. Sie müßte alles verkaufen, in der Hoffnung, daß es genug einbringen würde, um Dr. Price sein Geld zurückzuzahlen. Sie müßte eine neue Anstellung finden. »Wenigstens sind wir jetzt von deiner Herrschsucht befreit. Tu dies, tu das, hol dies, kein Durcheinander, könntet ihr mir mein Nachthemd bringen, wer hat mein Geld ausgegeben. Himmel, wißt ihr, was das bedeutet?« Everina stemmte die Hände in die Hüften, machte Mary nach. »Ach, mir schwirrt der Kopf von all den Ideen, die ich habe, o jemine. Und sie kommandiert dich herum, Eliza, weil du sie läßt. Aber Mary hat keine Macht über mich. Du fühlst doch wie ein Mann, Mary, ist es nicht so? Du wünschtest, du wärest als Junge zur Welt gekommen.«

»Ich wünschte, ich wäre als Mensch zur Welt gekommen, Everina, und wenn das bedeutet, als Mann, dann ja. Ja, ich möchte haben, was Männer haben. All ihre Möglichkeiten, ihre Privilegien, die ihnen so viel Macht geben.«

»Und Fanny, du wolltest doch die liebe, tote Fanny heiraten. Sie besitzen und halten, bis daß der Tod euch scheidet. Du wolltest es mit ihr treiben. Streite es nicht ab, ich habe gesehen, wie du sie angeschaut hast. Schmachtend, Mary, schmachtend.«

»Halt den Mund«, schrie Mary und ging auf Everina los. »Du wagst es, die Erinnerung an Fanny in den Schmutz zu ziehen ... zu entweihen? Weißt du, wie es ist, wenn jemand, der dir viel bedeutet, vor deinen Augen hinstirbt, Tag für Tag?«

Everina ergriff das Messer.

»Ah, du greifst mich an, Everina, ja? Meine eigene Schwester? Sag mir, was hast du je für irgend jemanden getan? Du erniedrigst die liebste, beste Freundin, die ich jemals hatte. Du verstehst nichts von Liebe oder Freundschaft, weil du so etwas nie kennengelernt hast.«

»Und du kriegst nicht einmal einen Ehemann.« Everinas Hand zitterte. Das Messer klapperte gegen den Beckenrand.

»Und du? Hast du einen Ehemann, Everina? Vor deinem Gesicht kriegen ja selbst Pferde Angst.«

»Ich hatte einen Ehemann«, heulte Eliza. »Früher hatte ich einen Ehemann.«

»Jetzt heul hier nicht rum wie ein Baby«, zischte Mary.

»Und ein Baby«, jammerte Eliza. »Ich hatte ein Baby, bis du kamst, Mary.«

»Das stimmt. Sie hat dein Baby weggenommen. Der Herr hat's gegeben, der Herr hat's genommen.« Everinas Mund war verzerrt, ihre Augen zusammengekniffen. In der Küche gab es einen eisernen Herd mit einem Wasserkessel. Everina stand mit dem Rücken zum Herd, und als Mary sich näherte, wich sie zurück, bis ihr Kleid die Ofentür berührte. Kohlenglut von der vergangenen Nacht hielt diese Tür sehr heiß.

»Noch einen Schritt, Mary, und ich ...«

»Du willst mich erstechen? Tu's doch. Bitte sehr, tu's doch.«

»Mary«, warnte Eliza, »hier ist nicht der Schulhof. Everina, nimm das Messer runter und sei vernünftig.«

Mary kam näher.

»Hört sofort auf«, schrie Eliza. »Um Himmels willen, hört auf.«

Mary stürzte sich auf Everina. Everina stieß an die Herdkante.

»Au«, kreischte sie, machte einen Satz nach vorn und streifte Mary fast mit dem Messer, ließ es dann fallen. »Ameisen, mein ganzer Arm voll Ameisen. Oh, nein, mein Kleid ist versengt. Schau, was du gemacht hast, Mary. Ich habe mich verbrannt. Oh, nein. Und Ameisen. Holt Wasser. Helft mir.« Everina begann kläglich zu weinen.

Eliza rannte zur Pumpe, kam mit einem Eimer Wasser zurück, schüttete etwas Wasser in die Waschschüssel und wusch Everinas Arm mit einem Tuch ab.

»Dreh dich um, Everina.«

Mary hob Everinas Kleid hoch. Es waren keine Flecke zu sehen, nichts, keine Verletzung, bloß Everinas Hintern, der so schlaff, so riesig und so faltig war wie ein Elefantenohr. Sie tat Mary leid.

»Laß mal dein Kleid sehen, Everina, ob etwas drangekommen ist.« Mary drehte sie sachte um. Nur eine kleine Spur Ruß.

»Dein Kleid ist in Ordnung.«

Everina legte das Messer hin, ließ den Kopf hängen. »Es tut mir leid, Mary.«

»Es tut mir auch leid.« Mary zog Everina zu sich heran, bettete Everinas Kopf auf ihrer Schulter. »Es tut mir für uns alle leid.«

»Was sollen wir jetzt tun?« fragte Eliza und umarmte ihre beiden Schwestern.

»Jetzt muß jede von uns allein zurechtkommen«, antwortete Mary.

»Ich habe Angst«, sagte Everina und zog die Luft durch die Zähne ein.

»Ich wünschte, ich wäre noch verheiratet«, piepste Eliza.

»Nein, das wünschst du nicht«, korrigierte Everina sie. »Bishop war ein bösartiges Schwein, und das weißt du auch.«

»Dann bin ich verloren«, sagte Eliza. »Ich habe noch nie gearbeitet, außer hier.«

»Ich schlage vor, wir suchen jeder nach einer Stellung als Hauslehrerin.«

»Ich dachte, du findest das entsetzlich, Mary«, sagte Eliza. »Du hast gesagt, man wäre ein besserer Dienstbote.«

»Das ist man auch.«

»Haßt du mich, Mary?«

»Everina«, Mary schüttelte matt den Kopf. »Was sollen wir nur mit dir machen? Wie kann ich dich hassen, wie kann ich überhaupt jemanden hassen? Ist das Leben nicht schon schwierig genug, auch ohne Haß?«

»Aber jetzt haben wir keine Schule mehr«, stöhnte Eliza.

»Das stimmt, Eliza. Keine Schule.« Mary schaute aus dem Fenster auf den Park und hinüber zur Kirche von Dr. Price. Kühle Luft kam durch das Fenster herein, ließ den Winter ahnen. Das Ende einer Zeit, dachte Mary traurig, doch sie war sicher, daß die Lektionen dieser Zeit nicht vergeblich erteilt wurden. Der Gedanke an Mrs. Prices Rosen würde sie ihr ganzes Leben begleiten. Dr. Price hatte ihr beigebracht zu denken. Wir machen weiter, dachte sie, bis wir das Ende erreichen.

Kapitel 11

Dr. Price lehrte Mary, daß alle Geschichten eine geheime Bedeutung haben. Zum Beispiel die mittelalterliche Geschichte *Sir Gawain und der Grüne Ritter* handelte von Wales *und* von fortwährender Wiedergeburt. Der abgehackte Kopf kann wieder aufgesetzt werden, hatte Dr. Price betont. Die Natur ist immer da, erneuert sich ständig aus sich selbst, Mary, und der menschliche Geist ist unsterblich.

Aus irgendeinem Grund erhielt die Geschichte bei Dr. Price einen heidnischen Anklang. Ein literarisch gebildeter Edelmann hatte ihn darauf aufmerksam gemacht. Sie handelte davon, wie ein Ritter an König Artus' Hof herausgefordert wird. Am Neujahrsfest, so besagte die Geschichte, erscheint vor den Rittern der Tafelrunde ein Grüner Ritter und fordert denjenigen, der tapfer genug ist, auf, ihm den Kopf abzuschlagen. Sir Gawain nimmt an, vollbringt die Tat. Doch der Grüne Ritter stürzt nicht zu Boden und stirbt auch nicht. Nein, er hebt bloß seinen Kopf auf und erklärt, heute übers Jahr müsse sein Gegner bereit sein, für die Folgen seiner Tat einzustehen. Im Lauf eines Jahres lernt Sir Gawain viel über das Leben, und der Verlust seines Kopfes wird ihm erspart.

Mary hoffte, daß der menschliche Geist unsterblich sei, trotzdem fühlte sie sich sehr erschöpft, als sie nach Irland kam. Es war ihre vierte Anstellung in zehn Jahren. Sie war siebenundzwanzig Jahre alt und mußte ihren Bruder bitten, genug Geld zu schicken, um Stoff für einen Umhang zu kaufen, ihre letzte Bitte an ihn, so versprach sie. Sie fühlte sich noch nicht ganz wiederhergestellt, aber seltsam stark und entschlossen. Sie hatte die Notizen für ihr Buch bei sich. Irland *war* grün. Und sehr arm. Natürlich abgesehen von dem Landsitz der Kingsboroughs, der aus der Landschaft auftauchte wie ein Königsschloß mit Mauern, Ecktürmen, Wendeltreppen, Verliesen, Hallen, Ballsälen, Ankleidezimmern, Wimpeln, die im Winde flatterten, mit allem, was das Herz begehrt. Als die Kutsche sich dem Schilderhäuschen näherte, war Mary vor Beklommenheit und Zweifel ganz flau. Dann eilte der Torwächter in voller Livree heraus. Er sah aus wie eine Spielkartenfigur, sie wie eine Almosenempfängerin. Sie *war* eine Almosenempfängerin. Mary hatte im Frühling durch einen Freund von Dr. Price von der Stellung erfahren. Französischkenntnisse waren erwünscht. Mary sprach nicht gut Französisch und konnte es nur mit Mühe lesen, doch sie bewarb sich trotzdem, so verzweifelt war sie gewesen. Ich bin es leid, sagte sie zu sich selbst, immer verzweifelt zu sein. Doch was konnte sie tun? Die Schule war geschlossen; sie konnte nirgendwo hingehen.

Sie haben eine sehr schöne Handschrift, schrieb ihr Lady Kingsborough, und ich hoffe, Sie sind in der Lage, meine Mädchen entsprechend zu unterweisen.

Mary fragte sich, ob die Mädchen schwer erziehbar oder sonstwie beeinträchtigt waren, denn warum sollte man nicht in der Lage sein, sie zu unterweisen. Wie alt waren diese Mädchen? Lady Kingsborough schien in diesem Brief leicht verwirrt und ein wenig verbittert. Ihre Schrift war spinnenbeinig und stachelig, das *k* ein Speer, das *h* eine Muskete. Aber Mary konnte sich nicht beklagen. Sie war verzweifelt, eine Almosenempfängerin, ihre Mutter war tot, ihr Vater wieder verheiratet, ihre Freundin Fanny Blood tot und ihre Schwestern hilflos. Der Bruder, der helfen konnte, hatte ein Herz aus Stein. Wenn nötig, hätte sie Ungarisch gelernt, um eine Anstellung zu bekommen.

Wie die Dinge lagen, waren die einzigen Berufe, die ihr offenstanden, Lehrerin, das war sie schon gewesen, Gesellschafterin einer reichen Dame, das war sie schon gewesen, Näherin, das war sie auch schon gewesen, und Hauslehrerin, das wollte sie jetzt werden. Selbst wenn sie zehn Jahre lang die Schule besucht hätte, war dies die beste Stellung, die sie annehmen konnte.

Die andere Möglichkeit, vage und doch verführerisch, war das Schreiben. Sie hatte vor zu schreiben. Dr. Price war der Meinung, sie könnte es schaffen. Mrs. Price war der festen Überzeugung. Ja, ja, ja, Frauen schrieben Bücher, Theaterstücke, Romane. Und mehr und mehr Frauen schrieben Bücher zu Hause in aller Abgeschiedenheit, ganz in der Art, wie man Briefe schreibt. Dr. Price erzählte ihr von Eliza Fowler Haywood, die von 1725 bis 1726 jeden Monat eine Novelle geschrieben hatte, um ihre Kinder zu ernähren. Laetitia Pilkington, obwohl mittellos gestorben, hatte eine Zeitlang sich und ihre Kinder mit dem Schreiben ernährt. Wunderbar, hatte Mary geantwortet, und sich vorgenommen, nicht mittellos zu sterben. Aber Dr. Price hatte recht; die meisten Romane *wurden* von Frauen geschrieben, zu Hause in aller Abgeschiedenheit. Sie waren in Alltagssprache geschrieben und lasen sich wie Klatsch, wie eine Unterhaltung oder ein Brief an einen Freund. Man mußte sich nicht in der Antike auskennen, und Griechisch und Latein waren nicht erforderlich. Auf gehobenen Stil und komplizierten Satzbau wurde verzichtet. Außerdem war das Thema der meisten Romane etwas, worüber jeder sprechen konnte – Herzensangelegenheiten. In Romanen spielten die meisten Szenen in Wohnräumen, ein Schauplatz, mit dem jede Frau vertraut war. Die Probleme und Lösungen lagen drinnen – im Haus, im Zimmer, im Herzen. Ein paar Seiten jeden Abend, überlegte Mary, und nach ein paar Monaten wäre ihr Buch fertig. Wenn sie ein Buch schreiben würde, hätte sie vielleicht wieder... etwas. Eine Hoffnung.

Sie fragte ihren Bruder Ned, der die Häuser des Großvaters geerbt hatte und ein erfolgreicher Anwalt war, ob er ihr Geld geben würde für etwas blauen Wollstoff, aus dem sie einen Umhang nähen würde, für Irland. Er willigte ein und ließ sie in sehr deutlichen Worten wissen, daß dies endgültig die letzte Hilfe sei, die sie je von ihm zu erwarten habe. Als ob es eine Liste gäbe, dachte sie traurig.

In einem Traum, den sie ungefähr zu dieser Zeit hatte, war der blaue Umhang lang wie ein Hochzeitskleid, und die Kinder, um die sie sich kümmern sollte, kleine Babys, saßen rittlings auf der Schleppe. Die Herrin, Lady Kingsborough, ähnelte ihrer Mutter, und der Herr war merkwürdig abwesend, wie eben Männer im Leben und in Träumen geisterartig auftauchen und wieder verschwinden.

In Wirklichkeit waren die drei kleinen Mädchen, Marys Schützlinge, fünf, sechs und sieben. Lady Kingsborough war nicht blond, sondern hatte dichtes schwarzes Haar und dunkle Augen, die unstet flackerten.

»Sie haben also eine Schule geleitet«, sagte Lady Kingsborough. »Bravo, ganz großartig, aber hier wird es Ihnen nichts nützen, auch wenn Sie noch so elegante Manieren an den Tag legen mögen. Wir sind auf dem Lande, keine Gesellschaft. Pächter, das ist alles, was wir haben. Schmutzige Stiefel, Schafe und Schweine, die Jagd, Kuhmist.«

Lady Kingsborough selbst waren diese niederen Gefilde keineswegs fremd. Sie war eine Hundekennerin par excellence, hatte Hunde auf dem Schoß und zu ihren Füßen, während andere auf den Hinterpfoten tänzelnd um ihre Aufmerksamkeit buhlten oder spielten und sprangen, sich räkelten und wälzten, und noch andere draußen umhertobten – Spaniels, Setter und Terrier, Retriever und Pudel, alles in allem ungefähr fünfundzwanzig.

»Romular, kommst du hierher, du frecher Lümmel. Pepper, du weißt genau, daß du das nicht darfst. Mitzi, benimm, benimm dich. Ich warne dich. Mitzi, Spot, Spot ... Meine Güte, Miss Wollstonecraft, das Leben einer ... Also niemand soll sagen, daß ich nicht mein Bestes ... Ich tue mein Bestes, weiß Gott, stimmt's, meine Schätzchen?«

Das fellbesetzte, schwanzwedelnde Kontingent blickte erwartungsvoll auf, scharrte auf dem Boden. Romular, oder war es Mitzi, Pepper, es war Pepper, der auf den Schieferboden pinkelte. Und die jungen Hunde machten Häufchen hinter der Chaiselongue und neben dem Windsor-Sessel und drüben am Kamin und unter dem Fenster. Spot hatte Probleme mit Flöhen und Zecken. Andere wiesen ganz merkwürdige Behinderungen auf. Dity wollte nicht fressen. Rover hatte eklige Wunden auf dem Rücken. Bet versuchte dauernd auszureißen.

»Weiß Gott, ich tue mein Bestes«, stöhnte ihre Herrin. »Pepper muß bestraft werden. In den Kerker, Pepper. Geben Sie acht, wo Sie hintreten, Mrs. Wollstonecraft, geben Sie acht.«

Lady Kingsborough trug bei dieser Begegnung ein Taftkleid, und sie trug es fast das ganze Jahr. Das Mieder war lachsfarben und die Röcke silbriggrau. Sie sah aus wie ein großer schimmernder Fisch mit einem Frauenkopf. Sie erinnerte Mary an eine Meerjungfrau. Das Kleid hatte einen Überrock aus Netzstoff und war einfach das schönste, das Mary je gesehen hatte, außer daß es leicht verschmutzt war und stark nach Hund roch. Auch schauten die Unterröcke eine Spur hervor. Und es war ein kleiner Riß im Saum, Flecken hie und da. Löcher unter den Armen. Ein Brandfleck auf der Rückseite.

»Und die Kinder?« fragte Mary schüchtern. Sie stand in einem Raum, in dem Dienstboten und Pächter empfangen wurden, so vermutete sie, einer großen Halle mit einem langen, langen Tisch. Am Ende des Tisches hatte Lady Kingsborough sich auf einer Art Thron niedergelassen.

»Reizend.« Lady Kingsboroughs Blick richtete sich auf Mary, wurde glasig, wurde wieder klar. »Reizende Kinder, jedes für sich genommen. Moment, da haben wir ... Ja, und die beiden Jungen ... Aber die Mädchen, das sind ... ja, die Mädchen sind Ihre Schützlinge.«

»Kann ich sie sehen?«

»Natürlich, ja, gehen wir ... Na ja, eigentlich ... Noch früh genug. Sie sind kleine Feger ... die Mädchen. Die Jungs – um die brauchen Sie sich nicht zu kümmern. Ich selbst gebe ihnen einmal im Monat eine Tracht Prügel. Schule im Herbst ... Reizende Kinder, einfach reizend. Theodora, paß bloß auf, Fräuleinchen. Nehmen Sie nie Neufundländer, Miss Wollstonecraft. Ich denke an Retriever, Miss Wollstonecraft, was meinen Sie? Mariella, komm her zu Mutter.«

»Unbedingt.«

»Das denke ich auch. Wunderbare Tiere, absolut wunderbar. Tja, das wär's, es sei denn, Sie haben noch Fragen. Ich bin sicher, Sie werden es hier entsetzlich finden. Mir geht's so. Auch den Hauslehrerinnen und Erziehern geht es immer so, aber, na ja, ich werde mein Bestes tun. Nicht wahr, meine Schätzchen?« Sie hängten alle die Zunge heraus und hechelten eifrig Zustimmung.

Marys Zimmer lag hoch oben in einem der Ecktürme, weit weg vom Reich der Hunde. Sie öffnete die Tür und warf sich aufs Bett. Ich bin eine Prinzessin, sagte sie zu sich selbst. Als sie aus dem Fenster auf die Parkanlagen schaute, kam sie sich bedeutend vor, obwohl das Zimmer einfach eingerichtet war, wie ein Dienstbotenquartier. Mit mehreren Kerzenleuchtern und einer Tranlampe könnte sie bis spät in der Nacht lesen und in aller Ruhe ein bißchen schreiben. Das Buch, das sie plante, sollte sie über Fannys Tod hinwegtrösten. Sie würde Fanny darin beschreiben und verewigen. Fanny ist tot, sagte Mary zu sich selbst und rollte auf den Rücken, um an die Decke zu starren, aber ich werde über sie schreiben, für sie schreiben.

Mary stand auf, nahm Federn, Tintenfaß und Papierbögen aus ihrer Truhe und stellte alles auf ihr Pult. Da, sagte sie zu sich selbst, jetzt setz dich hin und schreib.

Die Herrin des Hauses hieß die schöne junge Hauslehrerin mit einer graziösen Handbewegung willkommen. Es steht alles zu Ihrer Verfügung, meine Liebe, jedes einzelne Zimmer, der Park. Ich schicke Sie morgen ins Dorf, um Ihnen ein paar neue Kleider machen zu lassen. Ich denke, blaue Seide würde Ihnen stehen. Wir essen früh und musizieren abends. Spielen Sie ein Instrument? Nun, Sie könnten zusammen mit den Kindern lernen. Mr. Tra-la-la kommt jeden Mittwoch. Ein wundervoller Mann, ganz gewiß, und so fähig und geduldig und so gutaussehend. Es ist traurig, daß

seine liebe Frau letztes Jahr starb. Und bitte nutzen Sie unsere Bibliothek.
Leider enthält sie nur einige zehntausend Bände, besonders vertreten sind
Philosophie und Naturwissenschaft. Unterricht ist vormittags, an den
Nachmittagen haben Sie Muße. Wir mögen sehr gern Schokolade, trinken
Schokolade um drei, Tee um sechs, Abendessen ist um acht. Wenn es noch
irgend etwas gibt, womit ich zu Ihrem Wohlbefinden beitragen kann ...
Doch da waren schlimme Geräusche in der Nacht.
Seufzer und Klagen. Die Zweige der alten Weide rauschten im Wind ...
Miranda öffnete die Fensterläden, sah hinaus auf das mondbeschienene
Moor. In der Ferne, kaum erkennbar, war eine Gestalt auf einem Pferd.
Konnte es Marcel sein?

Mary schauderte, packte ihre Sachen zusammen, ging hinunter.
Ich kann nicht schreiben, sagte sie zu sich selbst. Ich kann überhaupt nicht schreiben. Ich bin eine Niete und eine Hochstaple-
rin.

Die Bibliothek im Herrenhaus war eine Männer-Bibliothek – mit
einer Decke so hoch wie eine Kathedrale und Spinnweben überall.
Unbenutzt, trostlos und verlassen war der Raum, überdies zu
feucht für Bücher, und all die Ledereinbände hatten einen grünlichen Belag. Mary ging zum Fenster, um Luft zu schöpfen. Ihr war
nicht nach Erbauung und Weiterbildung. Sie wünschte, sie könnte
einfach einen Brief an Fanny schreiben. Das wäre weit besser, als
über sie zu schreiben. Auch vermißte Mary England. Sie dachte an
Dr. Price, an all die Rosen. Auf dem Gut der Kingsboroughs gab es
keine Straßen. Es gab die Auffahrt und dahinter Wege, die eine
Zufahrt sowie schmale braune Pfade, die in Schleifen durch Wiesen
führten und sich die kleinen Hügel hinaufschlängelten.

Sie sollte froh sein. Sie hatte Anstellung, Essen, Unterkunft. Es
war nicht so schlimm, Hauslehrerin zu sein. Die Sonne schien. Sie
würde bald zum Essen gehen. Die Kinder, die sie dort treffen
würde, wären liebe Kinder. Es war keine Katastrophe, Hausleh-
rin zu sein. Es gab viele, die Hauslehrerinnen waren. Ihre Schwestern waren Hauslehrerinnen. Eine Hauslehrerin muß nie hungern.

Eine Hauslehrerin ist nicht im Armenhaus. Eine Hauslehrerin lebt nicht auf der Straße. Sie sollte sich die Vorteile aufzählen, eins, zwei, drei, vier, und sie sollte froh, froh, froh und glücklich sein. Sie brach in Tränen aus.

»Miss Wollstonecraft?«

Sie drehte sich um, wischte sich schnell mit dem Ärmel übers Gesicht.

»Schöner Tag heute, nicht?«

Es war ein junger Mann oder vielmehr ein Junge, schlank, mit weißblondem Haar, das ihm glatt in die Stirn hing. Sein Teint war äußerst blaß, und er trug eine Kniehose und eine Weste aus rotem Samt, fast elisabethanisch im Stil, und seltsame hohe schwarze Stiefel. Er hatte ihr nachspioniert, sie wußte es.

»Mutter sagt, Sie sind die neue Hauslehrerin der Mädchen.«

»Ja.«

Er hatte eine sanfte hohe Stimme, wie ein Sänger. »Vater wird sich um Sie kümmern, wenn er zurückkommt.«

»Wie lange ist er schon weg?«

»Drei Monate.«

»Und wann kommt er wieder?«

»Ich weiß nicht.«

Sich um sie kümmern? Was sollte das bedeuten? Daß sie ihre Stellung verlieren würde?

»Und wer sind Sie?«

»Der Älteste. Richard der Krüppel.«

»Der Krüppel?«

»Wie Richard der Dritte. Und Sie sind, lassen Sie mich raten, Mary die Traurige.«

»Ich bin nicht traurig.«

»Sie dachten gerade daran, fortzugehen, zu sterben, sie waren verzweifelt, hab' ich recht?«

»Du liebe Güte, nein.« Doch er hatte recht.

»Hab' ich mir's doch gedacht. Übrigens, ich habe oft solche Gedanken. Sobald ich einen Moment Zeit habe.«

Mary lachte. Sie war viel zu vertraulich. Und er auch. Aber er war nur ein Kind. Was konnte er schon anrichten?

»Sie sind ganz hübsch«, sagte er, »für eine Hauslehrerin.«

»Hübsch? Jemand hat einmal gesagt, ich wäre gutaussehend. Und was meinen Sie mit ›für eine Hauslehrerin‹?«

»Hübsch, lassen wir es dabei.«

»Sie sind recht unverschämt für ein Kind.«

»Ich bin kein Kind.«

»Ach so. Dann sind Sie also schon erwachsen.«

»Wahrscheinlich ja. Aber Sie sind ziemlich hübsch, auf sehr subtile Art.«

Mary mit siebenundzwanzig: Augen, die mit dem Licht die Farbe änderten, ein sonderbares Lächeln, ein rundliches Gesicht, schwere Augenlider, kleine Habichtnase, füllige Figur, zarter Teint. Sie konnte sich weder das Pulver zum Pudern der Haare noch eine Perücke leisten, und so trug sie ihr volles Haar recht lang. Allein konnte sie es nicht richtig frisieren; sie machte sich nur unten im Nacken einen engen Knoten.

»Wenn ich hübsch bin«, sagte sie, »so spielt das kaum eine Rolle, denn niemand sieht mich je, und Jahr für Jahr werde ich unscheinbarer.«

»Meine Güte, Sie bemitleiden sich aber wirklich.«

»Sind Ihre Schwestern gute Schülerinnen?«

»Sie können nicht lesen. Warum wechseln Sie das Thema? Ich schau' Sie an.«

»Ach, überhaupt nicht?«

»Nein. Was lesen Sie? Lesen Sie die üblichen Bücher über gutes Benehmen und Kindergeschichten? Meine Mutter liest riesige Mengen, wissen Sie.«

»Meine Mutter konnte nicht lesen«, sagte Mary. Sie war nicht überrascht, daß Lady Kingsborough es konnte, eine Dame, die Herrin dieses riesigen Gutes, auf dem sich Pachthäuser, eine Kapelle, eine Schmiede, eine Apotheke, eine Gaststätte und eine Schule befanden – so hatte sie gehört.

»Was lesen Sie?« Er hatte eine hartnäckige Art. Sie fand ihn reizbar und schwierig.

»Was lesen *Sie*?« konterte sie.

»Ich lese Rousseau und Voltaire, Hume. Tom Paines Pamphlete, die Romane von Henry Fielding, Defoe, Richardson und Doktor Price natürlich. Ich lese auch die *Monthly Review* und das *Gentleman's Magazine*. Ist das gut genug für Sie? Ich verstehe Latein und Griechisch, Französisch, ein bißchen Deutsch. Das Sommerhalbjahr über werde ich nicht nach Eton gehen.«

»Keine empfindsamen Romane?«

»Richardson.«

»Ich schreibe gerade einen«, sagte sie.

»Warum?«

»Wegen des Geldes natürlich. Ich habe auch vor, ein ernsthaftes Buch über Erziehung zu schreiben. Ja, es stimmt. Ich möchte mich in der Literatur hervortun.«

Das war eine plötzliche Eingebung. Sie hatte nie an ein Buch über Erziehung gedacht, und sich hervortun, Himmel, wie fern das schien. Noch. Jedenfalls war er bloß ein Kind. Was konnte es schaden, vor ihm zu träumen.

»Oh«, antwortete er. »Ehrgeizig sind wir auch?«

»Ich hatte das große Glück, mit dem Dissenter und Pfarrer Doktor Richard Price in Newington Green befreundet zu sein; er war so nett, sich um meine Lektüre zu kümmern; und er brachte mir bei, ab und zu meinen Verstand zu gebrauchen.«

Der junge Mann amüsierte sich, wie diese kleinen Herren es immer taten. Mary wußte das. Als Hauslehrerin war sie ohnehin nichts als ein besseres Dienstmädchen. Sie wandte sich wieder zum Fenster. Sie sollte nicht zuviel reden. Die schweren Brokatvorhänge rochen schimmlig, und der Fußboden ohne Teppiche quietschte und knarrte. Draußen luden Bauern Geräte auf Karren. Ich bin siebenundzwanzig Jahre alt, sagte Mary zu sich selbst, und habe noch immer großartige Pläne.

»Miss Wollstonecraft?«

»Ja?« Sie drehte sich zu ihm um. Er war so groß wie sie, doch so zerbrechlich, daß er kleiner schien.

»Miss Wollstonecraft?«

»Ja . . .«

»Richard.«

»Ja, Mr. Richard.«

»Richard.«

»Richard Löwenherz.«

»Richard der Dritte.«

»Kein Richard, den ich je kannte.«

Sie seufzte. »Sie sind klug, Richard, das muß ich zugeben.«

»Und wenn schon. Ich bin sehr unglücklich, Mary.«

»O je.« Sie fuhr sich mit der Hand an die Kehle. »Wirklich?«

»Ja. Und wie.«

»Aber Sie sind doch so reich.«

»Das ist ziemlich egal.«

Sie war natürlich geteilter Ansicht. Sicher, er tat ihr leid, aber dann auch wieder nicht.

»Warum denn?«

»Ich bin . . .«

»Sind Sie krank? Ist das der Grund?« Sie fragte, weil er unwohl aussah. Er war sehr zart, und seine Haut hatte eine wächserne Blässe.

»In gewisser Hinsicht.«

»Werden Sie bald wieder gesund?«

»Nein, nie.«

»Oh.«

»Und Sie?« fragte er sanft.

»Ich?« Sie lächelte, ging hinüber zu ihm. »Bei mir ist es so, daß ich das falsche Leben führe. Ich gehöre nicht hierher oder überhaupt irgendwohin. Meine Ambitionen übersteigen meine Talente und Lebensumstände.«

»Sie gehören in einen literarischen Salon. Sie könnten ein Blaustrumpf sein.«

»Mag sein. Aber ich bin weder reich noch gebildet.«

»Vielleicht werden Sie das einmal.«

»Aber ich bin schon ziemlich alt.«

Mary ging ganz nah an ihn heran. Welche Farbe hatten seine Augen? Sie wirkten bernsteinfarben. Sie legte den Finger auf eines seiner Augenlider.

»Sie haben Augen wie eine Katze.«

Er ergriff ihre Handgelenke, hielt sie fest.

»Richard, was soll das?«

Er zog sie heran, direkt vor sein Gesicht.

»Mein Gott«, rief sie. Sein runder kleiner Mund sah aus wie ein ins Eis geschnittenes Loch, und seine Zunge war ein schneller roter Fisch. Sie schmeckte auch so, roh und schlüpfrig naß.

»Küßt du gern?« fragte er.

Sie hatte nie zuvor jemanden geküßt, außer Annie, die seltsame Dinge verlangt hatte, und Fanny.

»Hast du schon mal jemanden geküßt?«

»Oh, ja«, antwortete er.

»Ja? Wen denn?«

»Verschiedene Dienstboten.«

»Ich bitte um Verzeihung.« Sie wandte sich zum Gehen.

»Warte.«

»Das ist doch lächerlich. Einen Tag hier, und ich küsse den jungen Herrn. Weißt du, daß ich bei jeder Stellung, die ich hatte, gekündigt worden bin? Und das hier, das ist ein schwerwiegender Verstoß. Du, du solltest keinen ausnutzen, der in einer schwächeren Position ist als du. Es ist deine Schuld. Wie alt bist du?«

»Sechzehn.«

»Sechzehn?« Sie stampfte mit dem Fuß auf. »Sechzehn, und du nutzt deine Stellung gegenüber Dienstboten aus? Also, ich bin nicht deine Dienerin. Ich bin die Hauslehrerin. Deine Schwestern sind meine Schülerinnen. Dir schulde ich nichts.«

»Ich nutze dich nicht aus. Ich dachte, du wolltest, daß ich dich küsse. Bitte sag nicht so grausame Dinge zu mir.« Er legte sich die Hand aufs Herz.

»Es ist ein Verstoß, für den ich gekündigt werden könnte.«

»Nein, hier nicht. Hier achtet niemand darauf.«

»Lies mal *Moll Flanders*.«

»Habe ich schon. Ein alberner Roman.«

»Ja, für dich vielleicht. Moll Flanders wurde von der Mutter erwischt, diese Stelle. Erinnerst du dich? Und der junge Herr . . .«

»Miss Wollstonecraft, Sie sind so komisch.«

»Was fällt dir ein, dich über mich lustig zu machen?«

Aber er lachte nur noch mehr, verlor das Gleichgewicht und fiel hin.

»O Gott.«

Mary schauderte. Sie hatte es nicht bemerkt. Das eine Bein war viel kürzer als das andere und steckte in einem seltsamen hohen Schnürstiefel, der sich von dem anderen unterschied. Er lag hilflos der Länge nach auf dem Boden.

»Hilfst du mir hoch?« fragte er gutmütig von unten.

»Ja.« Sie reichte ihm die Hand und fand, er war so leicht, daß sie ihn hätte herumtragen können.

»Danke«, sagte er, nun auf den Beinen, und bot ihr lächelnd den Arm. »Man erwartet uns zu Tisch, Miss Mary.«

Richard der Krüppel, dachte Mary. Meine Güte. Er ist ganz unbefangen.

Das Mittagessen wurde an einem fürstlichen Tisch serviert; er war lang, aus Mahagoni, sehr schwer und überhaupt nicht wie die leichten Chippendale-Möbel in London. Der Wind aus dem geöffneten Fenster strich durch den großen Kronleuchter, und die geschliffenen Glasstücke klirrten leise aneinander wie ganz viele winzige Glocken. Lady Kingsborough saß am Ende des Tisches, Mary zu ihrer Rechten, Richard zu ihrer Linken, die anderen Kinder an beiden Seiten aufgereiht. Das obere Ende blieb leer, da der Herr weg war. Mary hatte ihr schönes grünes Kleid an, aber es erschien unnötig, sich zum Essen umzuziehen. Lady Kingsborough trug dasselbe Kleid wie zuvor. Und ihre Hunde waren um sie versammelt, auf ihrem Schoß und auf dem Fußboden.

»Ich denke, wir sollten einen Toast ausbringen«, sagte Lady Kingsborough. »Einen Toast auf unsere neue Hauslehrerin.«

»Einen Toast, einen Toast«, sagten die kleinen Mädchen.

Alle drei kicherten herum, waren pummelig und hatten braune Zöpfe, die seitlich vom Kopf abstanden.

»Und wie gefällt Ihnen das Gut?« Lady Kingsborough hatte sich noch etwas Wein eingeschenkt.

»Es ist schön.« Mary hatte nicht viel gesehen. Doch war das Anwesen feudaler als alles, was sie kannte.

»Ja, natürlich.« Lady Kingsborough verschüttete ihren Wein. »O je. Bridget, Bridget. Die Iren sind so langsam, haben Sie es bemerkt? Hundchen, kommt mal den Wein auflecken.«

Die kleinen Mädchen mit den roten Apfelbäckchen senkten vor Verlegenheit die Köpfe. Mary hätte am liebsten gesagt: Kopf hoch, Kopf hoch, schaut her. Es ist alles in Ordnung. Es ist mir ganz egal, was eure Mutter tut.

»Morgen dürfen wir nicht vergessen, den Lunch draußen am Moor zu nehmen«, sagte Lady Kingsborough. »Meine guten Hundchen brauchen etwas Auslauf. Die Familie wird sich zu einem großen Picknick versammeln.«

»Ein dreifaches Hoch«, sagte Richard und schaute Mary direkt an.

»Tra-la-la«, sangen die kleinen Mädchen dazu. Der andere Junge, ungefähr sieben, machte ein finsteres Gesicht.

»Ich komme nicht mit«, sagte er.

»William, du mußt mitkommen«, meinte Richard.

»Muß ich nicht.«

»Und danach fahren wir ins Dorf«, fuhr Lady Kingsborough fort. »Und kaufen Obsttorte.«

»Obsttorte, Obsttorte«, riefen die drei Mädchen im Chor.

»Und vielleicht Malzbonbons.«

»Malzbonbons, Malzbonbons.«

»Und Törtchen mit roter, grüner und gelber Marmelade.«

»Gelbe Marmelade?« keuchte William.

»Schade, daß du nicht mitwillst.« Lady Kingsborough schenkte sich noch mehr Wein ein.

»Schade, schade.«

»Ruhig, Kinder.«

»Mutter«, begann William.

»Ja, Liebling.« Lady Kingsborough wandte sich ihm langsam zu, fiel aber trotzdem fast vom Stuhl.

»Ich möchte mit.«

»Mamis braver Schatz. Und wir werden uns alle wunderbar amüsieren. Aber jetzt müßt ihr mich entschuldigen, meine Kleinen. Mami hatte einen anstrengenden Tag und muß sich jetzt zurückziehen. Bis morgen, und Halali – Gentlemen, gehabt euch wohl – und . . .«

Als sie Lady Kingsborough hinausstolpern sah, mußte Mary an ihren Vater und an ihre Kindheit denken.

An diesem Abend ging Mary ernsthaft daran, ihren Roman zu schreiben. Sie begann:

In diesem Roman versucht die Autorin, eine Heldin zu schildern, deren Charakter sich von den sonst in diesem Genre üblichen unterscheidet. Diese Frau ist weder eine Clarissa, eine Lady G., noch eine Sophie . . . In einer einfachen Erzählung, ohne Episoden, wird eine Frau gezeigt, die über intellektuelle Fähigkeiten verfügt.

Intellektuelle Fähigkeiten? Das klang nicht allzu romantisch. Außerdem kamen intellektuelle Fähigkeiten bei ihr selbst kaum zum Zuge. Sie war mit zu vielen Dingen beschäftigt, um klar denken zu können – die Schule, Fanny in Portugal, wie grausam Everina gewesen war, wie hilflos Eliza, die Vorstellung, daß das Gefühl über der Vernunft steht und die Erfahrung über dem bloßen Denken, Gedanken über politische Gerechtigkeit und Freiheit, Erinnerungen an die Zeit in Bath, als der Mann ihr Gewalt antun wollte, weil sie nicht schön war, an Annie, an ihre Mutter und immer wieder an ihren Vater. Es schien ein Wunder, daß sie überhaupt denken konnte. Und nun dieser Junge. Wenn sie nicht bald ihre Bücher schriebe, wäre sie verloren, das wußte sie. Es gäbe nichts, woran sie sich halten, nichts, wofür sie sich einsetzen könnte. Wörter würden ihr entgleiten, farblos, leblos, nutzlos. Sie durfte nicht zulassen, daß Pflichten und die Macht der Vergangenheit sie hinderten oder aufhielten. Am besten würde es sein, auf dem Gut zu genießen, was es zu genießen gab, und zu ignorieren, was Kummer bereiten konnte.

Zum Mittagessen hatte es Geflügel mit Backpflaumen gegeben, ganze Fische in Blätterteig, grüne Erbsensuppe, Konfitüren und eingelegtes Gemüse, Kartoffelauflauf und schweren Gewürzkuchen.

Beim Lunch auf dem Lande gab es dicke Brotlaibe, Apfelgelee, Kohlsalat und Cheshire-Käse. Lady Kingsborough trank ihren üblichen Tee. Natürlich nicht den gleichen Tee wie die Kinder und Mary.

Es war ein trüber grauer Nachmittag, und sie alle waren, im Zweispänner zusammengepfercht, eine gute Stunde zu einer Wiese gefahren, die vor allem aus Schlamm bestand. Es dauerte eine Ewigkeit, bis sie dort ankamen. Richard mußte heruntergeholfen werden. Die kleinen Mädchen gingen in ein niedriges Gebüsch unter Bäumen und spielten Teetrinken mit Täßchen und Untertassen aus Eichelnäpfen, die Richard gemacht hatte. Er mußte mit ausgestrecktem Bein auf einem Baumstumpf sitzen. William las in eine Decke eingewickelt die Geschichte vom Däumling. Lady Kingsborough legte sich auf ihre Decke, um ein Nickerchen zu halten, die Lieblingshunde ließen sich auf ihrem schimmernden grauen Rock nieder. Richard baute ein Schachspiel auf.

»Ich bin nicht besonders gut«, sagte Mary.

»Macht nichts. Ich auch nicht.«

Doch sie wußte, er würde gut sein, und das war er auch; er setzte sie in ungefähr zehn Zügen matt. Von einem Jungen geschlagen. Und die kleinen Mädchen sangen unter den Bäumen: »Schachmatt, schachmatt.«

Richard hatte keinen starken Bartwuchs, nur einen zarten Flaum auf der Oberlippe wie manche Frauen. Mary wollte mit dem Finger darüberstreichen. Von einem Jungen geschlagen.

»Meine Güte«, sagte sie und begann sich unbehaglich zu fühlen, »es ist sicher schon spät.«

Richard stand auf, humpelte zum Wald. »Natur«, sagte er.

Mary hatte ihr Reiseschreibzeug mitgebracht und notierte ein paar Zeilen für ihr Buch über die Erziehung von Mädchen.

Versuche vor allem, ihnen beizubringen, Beobachtung und Denken miteinander zu verbinden. Es ist für ein Kind nützlicher, als man sich üblicherweise vorstellt, daß es lernt, Dinge zu vergleichen, die in einigen Aspekten ähnlich sind und in anderen unterschiedlich. Man muß sie lehren, ihren Verstand zu gebrauchen ...

»Torten, Torten«, sangen die kleinen Mädchen, als sie zurückfuhren.

Am nächsten Tag, als der Unterricht begann, stand Mary früh auf, wusch sich gründlich, kämmte sich sorgfältig das Haar, strich ihr schwarzes Kleid mit der Hand glatt. Der Unterrichtsraum gleich neben dem Kinderzimmer war groß und sonnig, hatte einen blankgeschrubbten Fußboden und Tische in Kindergröße, die mit Strichen und Wirbeln übersät waren, wie Holz sie aufweist, wenn es über Jahre mit Drahtbürsten gereinigt wird. Es gab eine Weltkarte; die Kontinente waren erbsengrün, die Ozeane babyblau. Im Südpazifik waren samoanische Krieger in kleinen Kanus zu sehen, wie Captain Cook sie beschreibt, und auf dem amerikanischen Kontinent gab es Indianer hinter Tannen und Trapper an den Grenzen.

»Das sind die Länder der Welt«, sagte Mary und nahm den Zeigestock. »Kann mir jemand sagen, wo wir uns befinden?«

»Wir sind Engländer, wir sind Engländer.«

»Bitte immer nur eine. Martha, könntest du mir zeigen, wo England liegt? Hier, nimm den Zeigestock.«

»Will aber nicht«, sagte sie schmollend und senkte den Kopf.

»Elizabeth.«

»Ich auch nicht.«

»Anne.«

»Sie antworten nur, wenn sie Schläge bekommen.« William, der jüngere Sohn, stand in der Tür. »Sie müssen Schläge bekommen.«

»Nein, keinesfalls«, sagte Mary.

»Mrs. Marsh hat uns geschlagen«, sagte Anne.

»Miss Wollstonecraft nicht.«

»Schlag uns, schlag uns«, sangen sie.

Die kleinen Gesichter waren ihr zugewandt wie Butterblumen, wie geöffnete Gänseblümchen. Sie waren erwartungsvolle kleine Tiere, gespannt auf Gefahr.

Mary seufzte. »Einen anderen Menschen oder selbst ein Tier zu schlagen, ist eine niedrige und nur vom Gefühl bestimmte Handlung. Menschen, die nachdenken, gute Menschen schlagen keinen, der schwächer ist als sie selber.«

»Oh, aber sie müssen Schläge bekommen, Miss Mary, und zwar von Ihnen.« Lady Kingsborough erschien in der Tür, kam herein und klatschte in die Hände. »Na, stimmt's, Kinder?« Es sah aus, als ob Lady Kingsborough vorne auf ihren Rock getreten wäre, denn ein großes Stück loser Stoff hing heraus. Auch fielen ihr die Haare strähnig und zerzaust über die Schultern.

»Es tut mir leid, Madam.« Mary senkte den Kopf. Sie fühlte sich benommen, in die Enge getrieben wie ein gehetzter Bär.

»Süßigkeiten für brave Mädchen. Brot für die Jungs und die Hunde. Es sind brave Hunde, Miss Wollstonecraft, sehr brave Hunde. Ich habe eine kleine Rute, die nehme ich für die Hunde. Die Mädchen bekommen es mit der Reitpeitsche.«

»Ich kann sie nicht schlagen, Lady Kingsborough.«

»Aber das müssen Sie.«

»Wir sind es gewöhnt«, sagte Elizabeth. »Wir sind es gewöhnt, daß wir geschlagen werden.«

»Ich bin es auch gewöhnt, daß ich geschlagen werde«, sagte Mary. »Als Kind wurde ich geschlagen, und ich fand es widerwärtig, und ich werde euch nicht schlagen.«

»O ja, natürlich, aber alles zu seiner Zeit.« Lady Kingsborough zog von dannen. »Sie werden sie schlagen«, flötete sie. »Sie werden sie schon noch schlagen.«

Ich werde sie schon noch schlagen? Wie seltsam, dachte Mary, und schaute von ihrem Zimmer hinaus auf die braunen Felder. Bin ich an einen Ort der Verdammnis geraten, daß ich Kinder küsse und schlage? Oder ist das hier eine Irrenanstalt oder der Traum von einer Irrenanstalt? Immerhin bin ich auch hergekommen, um über denkende Menschen zu schreiben. Sie wandte sich ihren Papieren zu. Sie waren immer da, egal wie bizarr es unten zuging, im Kinderzimmer, im Hundezwinger, am Eßtisch. Hier oben herrschten Ruhe und Frieden.

Anmerkungen zur Erziehung von Töchtern, so würde sie es nennen. Verschiedene Abschnitte waren schon fertig: »Das Kinderzimmer«, »Sittliche Erziehung« und »Geziertes Benehmen«. Aber wer würde ein solches Buch lesen, fragte sie sich, wen würde es kümmern? Sie zog die Bettdecke fester um sich, beugte sich über ihr Manuskript. Was war das für eine Welt, in der nicht nur die Mutter, sondern auch die Kinder Schläge erwarteten?

Dann hörte sie seine Schritte, wie er sein krankes Bein nachzog, während das andere schwungvoll ausholte. Badam, badam, badam.

»Mary«, sagte er.

Sie streckte den Kopf zur Tür heraus. »Ich bin nicht angezogen«, sagte sie. »Und ich nehme an, du willst auch geschlagen werden.«

»Gegen Schläge von Ihnen hätte ich nichts einzuwenden, Miss Mary, ganz im Gegenteil.«

Sie sprang zurück ins Bett, versteckte sich unter den Decken und zerknitterte die eben beschriebenen Seiten. Als Bauer Christoph Düwels-Eck Fünf Gulden hatte Im Jackett... sagte sie zu sich selbst.

»Mary, bitte komm heraus. Ich möchte dir etwas sagen.«

Sie streckte ihre Finger unter der Decke hervor. Dann erschien ihre ganze Hand, ihr Arm und schließlich ihre Haare, ihre Stirn, ihre Nase, ihr Mund, ihr Kinn.

»Was?«

»Mary.«

»Du benimmst dich richtig kindisch.«

»Nein, du.«

»Ich habe ein Recht dazu.«

Er saß auf der Bettkante, und sie streckte die Hand aus und zog mit der Fingerspitze den Bogen seiner Augenbrauen nach, dann fuhr sie über seine Ohren, seine Nase und um seinen Mund.

»Du bist ein sehr hübscher Junge«, sagte sie. »Du siehst fast wie ein Mädchen aus.«

»Magst du das, Mary?«

»Erwachsene Männer machen mir angst«, sagte sie.

»Warum?«

»Weil sie einen schlagen. Schon neben einem großen Mann zu stehen, macht mir angst. Sie können dich packen, zu Boden werfen. Man kann nie wissen.«

»Ach so.«

Sie streichelte sein Kinn, seinen Hals und seine Schultern. Dann glitt sie sanft zu seinem Gesicht, nahm es fest zwischen die Hände, zwickte ihn in die Nase, strich ihm über den Kopf.

»Das ist schön«, sagte er.

Er betastete ihr Gesicht, ihre Lider, folgte mit dem Finger der Linie ihrer Lippen, zupfte sie an den Ohren, kniff sie in die Wangen. Sie strich über seine Wangen, hielt sein Kinn. Er berührte ihren Hals, ihre Schultern, glitt unter ihre Arme. Sie befühlte seine Ohren, streichelte ihn dahinter. Er ließ die Hände von ihren Ach-

144

selhöhlen zum Brustkorb wandern und strich ihr ganz sanft über den Busen. Sie legte ihm die Hand auf den Bauch. Er öffnete die Beine. Sie legte die Hand auf ihn. Er betastete ihre Brustwarzen mit den Daumen.

Nach dem Essen kam er wieder zu ihr, und der Mond, der durchs Fenster schien, badete sie in einem unwirklichen Schimmer. Sie konnte die blauen Adern an seiner Stirn erkennen und die zarten Äderchen seiner Ohrmuschel, die Linien auf seinen Lippen. Seine Augen änderten die Farbe, als er sie ansah – leuchteten vor Zärtlichkeit, wurden dunkel, als er sie intensiver betrachtete.

Kapitel 12

~~~~~~~~~~~~~~~~~~~~~~

den 3. Juli 1787

Liebe Eliza. Diese sechs Monate bei den Kingsboroughs waren höchst interessant. Es ist eine ziemlich komplizierte Familie. Sie meinen es gut, gewiß, aber ... Lady Kingsborough ist eine wunderschöne Frau, die vom frühen Morgen an Tee mit Brandy trinkt und nachmittags ziemlich betrunken ist. Wenn sie getrunken hat, ist es nicht wie bei Vater. Es äußert sich bei ihr in Schlampigkeit und Verwirrung. Sie schläft zwischendurch und überall. Einmal entdeckte ich sie in der Bibliothek auf dem Fußboden und mußte einen Diener holen, der mir half, sie aufzuheben und ins Bett zu bringen. Später, als ich nach ihr schaute, sah ich, daß sie von oben bis unten voll mit Erbrochenem war. Wir mußten sie baden. Sie war äußerst ungehalten.

Mein Roman, Mary, *eine Erzählung, handelt von einer jungen Frau, die aus materiellen Gründen gezwungen wird, gegen ihren Willen zu heiraten. Sie ist sehr unglücklich, und ihr einziger Trost ist ihre geliebte Freundin, die stirbt. Nach diesem Verlust ist alles, was ihr bleibt, der Menschheit zu dienen, so gut sie nur kann. Das andere Buch,* Anmerkungen zur Erziehung von Töchtern, *ist eher ein Ratgeber. Der Titel spricht für sich. Ich habe Auszüge der beiden Bücher an einen Verleger geschickt, einen Freund von Dr. Richard Price – Du erinnerst Dich doch an den Pfarrer und Dissenter in Newington Green? Er ist derjenige, der mir beigebracht hat, an mich selbst zu glauben, was es mir überhaupt erst möglich machte, zu schreiben. Er vertrat die Ansicht, daß der Glaube an Gott den Glauben an die Menschen einschließt, und – ja, ich bin ein Mensch. Joseph Johnson, der Verleger in London, ist auch Dissenter. Dr. Price war von ihm sehr angetan.*

Richard und Mary waren im Kinderzimmer. Unten auf dem sattgrünen Sommerrasen spielten die Mädchen Ball mit ihrem anderen Bruder. Lady Kingsborough machte ein Nickerchen. Mary trank den Tee gern im Kinderzimmer, weil man vom Fenster aus einen schönen Blick auf die Wälder und den Bach dahinter hatte. Der winzige Turm der Kapelle ragte wie eine Nadel in den Himmel. Man sah Schafe und Kühe. Die Schweine wurden auf der anderen Seite in einem kleinen Koben gehalten. Der Gemüsegarten lag vor der Küchentür, und dahinter war ein kleiner Obstgarten mit Bäumen, an denen schwarze Herzkirschen hingen, reife Nektarinen, goldgelbe Äpfel und verschiedene Sorten Birnen.

»Richard, du wirst bald ein nettes Mädchen in deinem Alter heiraten.«

»Ich will kein nettes Mädchen heiraten.« Er wankte zu ihr hinüber und stellte sich vor sie. »Warum fängst du immer damit an, Mary? Wir sind glücklich.«

»Ich bin nicht glücklich. Das hier ist meine Arbeit, Richard, hier verdiene ich meinen Lebensunterhalt. Ich kann mich nicht dem Hunger ausliefern. Du kennst doch *Moll Flanders*. Die Umstände sind höchst ungewöhnlich.«

»Reden wir über *Pamela*, oder wenigstens über *Clarissa*! Unsere Situation ist ganz harmlos.«

»Denk einmal an mich.«

»Ich denke dauernd an dich.«

»Ich kann das Vertrauen nicht mißbrauchen, das deine Mutter mir entgegenbringt. Ich fühle mich so verlogen...«

»Vertrauen? Vertrauen? Meine Mutter ist die Hälfte der Zeit halb benebelt und die andere Hälfte ist sie es ganz. Sie will, daß du die Mädchen schlägst, und wenn du dich weigerst, schlägt ihr Zorn in gewisser Hinsicht auf dich zurück. Es ist eine Falle. Sie schnappt zu, egal was du tust. Meine Mutter gehört ins Irrenhaus. Du solltest sie nicht als jemanden betrachten, auf deren Urteil man etwas geben sollte.«

»Du bist erst sechzehn.«

»Das ist nebensächlich. Und ich bin es leid, daß du mir mein Alter vorhältst. Ich weiß selbst, wie alt ich bin und wie jung.«

»Trotzdem, ich würde gekündigt, wenn sie ...«

»Ich würde dich heiraten.«

Mary warf den Kopf zurück und lachte herzlich. »Ach, komm.«

»Du lachst über meinen Fuß«, sagte Richard verdrossen.

»Nein, nein.« Sie nahm seinen Kopf zwischen ihre Hände. »Nicht über deinen Fuß, mein Lieber, über dein Alter.«

»Bald werde ich siebzehn. Wie dem auch sei, sechzehn kommt mir alt vor, sehr alt. Es gibt Leute, die heiraten in diesem Alter. Meine Eltern waren sechzehn. Wahrscheinlich lebe ich sowieso nicht sehr lange.«

»Du wirst noch eine ganze Weile leben, da bin ich sicher. Und ich bin nicht sechzehn. Ich bin eine alte Jungfer, achtundzwanzig. Keiner würde mich nehmen.«

»Ich schon. Und keine würde *mich* nehmen. Alle werden zufrieden sein, wenn alles so nett zusammenpaßt. Die alte Jungfer und der Krüppel.«

»Die Schriftstellerin und der Erbe.«

»Natürlich. Alles hängt davon ab, wie man es betrachtet.«

Mary hatte ihre beiden Bücher an den Verleger abgeschickt. Sie war erleichtert und beklommen zugleich. Richard war sicher, sie würden veröffentlicht. Dr. Price, der aus beiden Auszüge kannte, war sich auch sicher. Inzwischen lernten die kleinen Mädchen mit Hilfe von Buchstabenkästen und Kinderbüchern lesen, und die Älteste lernte es, indem sie Stickmuster mit Versen bestickte.

Gehorsamer Diener!

Was machen Ihre Hühner?

Legen sie brav Eier?

Hat die Magd auch Freier?

Was macht denn Ihr Hund?

Ist die Katze noch gesund?
Was macht der Herr Sohn?
Ist er auf und davon?
Sagt, ich laß ihn grüßen,
vom Kopf bis zu den Füßen,
von den Füßen bis zum Bauch,
eine gute Nacht wünsch ich auch.

Das älteste Mädchen konnte schon einfache Geschichten lesen. Das jüngste konnte rechnen. Das mittlere Mädchen begann, sich durchzusetzen. Früh am Morgen, wenn noch niemand wach war, marschierten alle drei manchmal hoch in Marys Zimmer und krochen zu ihr ins Bett. Die Kleinste schmiegte sich gerne an ihren Bauch, die Älteste an Marys Rücken, und die Mittlere kringelte sich zu ihren Füßen. Wenn sie erst einmal bequem lagen, schliefen sie alle wieder ein und rührten sich kaum, als wollten sie einander nicht stören.

»Was ist denn das hier für ein Durcheinander?« Lady Kingsborough stand über ihnen wie ein Riese. Mary wachte auf und war verwirrt.

»Was?«

»Meine Mädchen – in *Ihrem* Bett.«

Lady Kingsborough zerrte jedes Kind einzeln aus dem Bett und warf es zu Boden. Die Hunde rasten umher, jaulten wie wild.

»Ihr seid keine Babys mehr. Und Sie, Miss Wollstonecraft, haben Sie vor, meine Kinder von mir wegzulocken?«

»Bekommen wir heute Süßigkeiten, Mutter?« fragte die Jüngste.

»Süßigkeiten, Süßigkeiten, wir wollen Süßigkeiten.«

Die Hunde sprangen hoch und tänzelten auf den Hinterpfoten. Süßigkeiten, Süßigkeiten, wir wollen Süßigkeiten.

»Kommt mit nach unten, da gibt es Süßigkeiten. Heutzutage... also wirklich.«

Während des Unterrichts, als Mary über den Untergang der

spanischen Armada sprach, sah sie sich die Mädchen genau an. Die Älteste schrieb auf der Schiefertafel und schob bei der großen Anstrengung ihre kleine Zunge zwischen die halbgeöffneten Lippen. Die Strahlen der Sonne streiften ihren Kopf und gaben ihr einen goldenen Schimmer. Meine Kleinen, dachte Mary. Meine Babys. Lady Kingsborough war zu Recht eifersüchtig.

An diesem Abend las sie Richard aus ihrem Roman vor.

Ihre Empfindsamkeit trieb sie, nach einem Objekt zu suchen, das sie lieben könnte; auf Erden war es nicht zu finden: Ihre Mutter hatte sie oft enttäuscht, und die offene Vorliebe, die sie für ihren Bruder hegte, bereitete ihr heftigen Schmerz – gab ihrem Dasein einen melancholischen Grundton, führte dazu, daß sie traurige Geschichten liebte und ließ sie an erdichtetem Unglück lebhaften Anteil nehmen.

Sie hatte keine Vorstellung vom Tod, bis ein kleines Küken vor ihren Füßen starb und ihr Vater in einem Zornesausbruch einen Hund aufhängte.

»*Mary, eine Erzählung?*« Richard kicherte leise. »Das klingt wie *Mary, die Wahrheit.*«

»In dem Buch wird die Heldin nur verheiratet, um zwei Nachbargüter zusammenzulegen. Der Ehemann bricht kurz nach der Hochzeit zu einer Reise auf, und die Heldin, Mary, widmet sich der Pflege ihrer geliebten Freundin. Sie und die Freundin reisen nach Portugal, doch die Freundin stirbt. Dort verliebt sich Mary in Henry, der ebenfalls stirbt, und sie muß zu ihrem Ehemann zurückkehren. Das Buch endet so:

Ihre zarte Gesundheit verhieß kein langes Leben. In Momenten der Einsamkeit und Trauer durchfuhr ein Funke von Hoffnung ihr Gemüt – sie meinte, einer Welt entgegenzueilen, in der man nicht heiratete und erst recht nicht dazu gezwungen wurde.«

»Du brichst mir das Herz.« Richard legte sich die Hand auf die Brust.

»Du findest es also nicht gut, stimmt's?« Mary saß an ihrem kleinen Schreibpult am Fenster. Richard lag quer über dem Bett.

»Es ist ein wunderbares Buch, Mary, wirklich.«

»Nein, sei ehrlich.«

»Ich bin ehrlich.«

»Aber du findest es zu autobiographisch.«

»Nein.«

»Wozu dann deine Bemerkung *Mary, ha, ha, eine Erzählung*?«

»Um dich ein bißchen zu ärgern, Mary.«

»Für dich immer noch: Miss Mary.«

»Und für dich immer noch: Sir. Du weißt, ich werde den Titel meines Vaters, sein Land, dies Haus und seinen ganzen Besitz erben. Willst du mich heiraten, Miss Mary?«

»Sei still.«

»Fahr mir nicht über den Mund, ich bin schwächer als du.«

»Du bist nicht schwächer als ich.«

»Oh, Mary, das bin ich doch. Du bist eine Schriftstellerin, bald sogar eine, die veröffentlicht worden ist.«

»Ich empfinde es nicht so, ich finde nicht, das sich etwas geändert hat, daß ich besonderen Respekt verdiene.«

Richard griff nach den Vorhangschnüren, machte eine Schlinge und steckte den Kopf hindurch.

»Mach keine Späße.« Mary fröstelte.

Er humpelte vor. »Manchmal möchte ich *Ernst* machen. Es würde alles in Ordnung bringen. Wenn ich nur daran denke, daß ich diesen schweren Schuh für den Rest meines Lebens mit mir herumschleppen und hinter meinem Rücken Gekicher und bissige Bemerkungen hören muß.«

»Hör auf, dich selbst zu bemitleiden. Alexander Pope hatte einen Buckel. Überleg mal, was der geleistet hat.«

»Natürlich«, sagte er matt. »Alexander, der Bucklige.«

Richard drehte wieder an den Vorhangschnüren. Die Samtvorhänge waren tief kastanienbraun; wahrscheinlich stammten sie aus einem Schlafzimmer der Herrschaft. Die kleinen Mädchen wickelten sich gerne in sie ein. Jetzt kannst du uns nicht finden, jetzt kannst du uns nicht finden. Kann ich wohl, kann ich wohl. Denn ihre kleinen Beine schauten heraus. Weiße Seide und schwarze Schnallen.

»Du bist doch nicht unglücklich, Richard? Bitte, sag das nicht.«

»Mary, das bin ich aber«, stöhnte er.

Als einige Monate später von dem Verleger Joseph Johnson die Nachricht kam, daß er ihre Bücher veröffentlichen wolle, rannte Mary überall umher, treppauf, treppab, um Richard zu suchen. Sie fand ihn in ihrem Zimmer, auf dem Bett, wie er gerade ihre Notizen las.

»Richard, was machst du da?«

»Ich spioniere, wie du siehst; ich tue so, als wäre ich Verleger...«

»Nicht nötig, Richard, meine Bücher sollen veröffentlicht werden.« Sie zeigte ihm den Brief.

»Himmel«, sagte er, »jetzt *bist* du eine Schriftstellerin.«

An diesem Abend trank Mary eine Menge Wein zum Essen. Lady Kingsborough sagte, es würde ihr guttun. Sie wäre eine zukünftige Schriftstellerin und ein außergewöhnliches Mädchen.

Als Lady Kingsborough sich mit Wein und Hunden zurückgezogen hatte, tranken Mary und Richard weiter. Mary war noch nie so froh und vergnügt gewesen.

In dieser Nacht krochen die kleinen Mädchen *und* Richard zu ihr ins Bett, während sie schlief. Sie lagen alle über- und untereinander. Zwei Hunde gesellten sich zu ihnen. Mary war durcheinander, ihr drehte sich alles im Kopf. Sie wußte nicht genau, wo sie war.

»Ich bin ihre Mutter.« Lady Kingsboroughs schrille Stimme drang an ihr Ohr. »Ich bin *ihre* Mutter. *Ich* bin ihre Mutter.« Es war Morgen. Das Licht war grell.

»Was?« Mary drehte sich herum, erdrückte dabei fast ein Mädchen und einen Hund. Richard hob den Kopf vom Kissen. Lady Kingsborough stand wankend und schwankend vor ihnen.

»Lady Kingsborough«, sagte Mary mit belegter Stimme.

»Ja, ich bin Lady Kingsborough.«

Wahrscheinlich hatte Lady Kingsborough überhaupt nicht geschlafen. Ihr Kleid war fast völlig zerrissen, und die Flecken hatten das Rosa ihres Mieders in ein undefinierbares Beige verwandelt.

»Wir haben alle schlecht geträumt, Mutter«, sagte Richard.

»Bekommen wir eine Belohnung?« fragte eines der Mädchen.

»Nein. Geht bitte ins Kinderzimmer. Miss Wollstonecraft, ich muß Ihnen sagen, es ist nicht schicklich, daß die Zuneigung meiner Töchter auf Abwege gerät. Sie unterrichten sie morgens, spielen mit ihnen nachmittags und schlafen mit ihnen nachts. Wo soll das enden, Miss Wollstonecraft? Wo soll das enden? Es tut kleinen Mädchen nicht gut, wenn sie so sehr an ihrer Lehrerin hängen. Und Sie weigern sich strikt, sie zu schlagen, unerhört, ganz unerhört. Fido, laß das. Mitzi, Mutter gibt dir gleich einen Klaps. Sicher begreifen Sie, um welches Prinzip es mir geht, Miss Wollstonecraft. Die heiligen Werte der Familie stehen hier auf dem Spiel. Sie sind unser höchstes Gut. Es darf nicht soweit kommen, daß meine Kinder, meine kleinen Mädchen, nicht mehr wissen, wo sie hingehören. Rover, bei Fuß, bei Fuß. Und aus diesem Grund, aus diesem Grund allein, Miss Wollstonecraft, muß ich Ihnen nun kündigen. Vertrauensbruch innerhalb der Familie, das wiegt schwer. Es gibt so viele Stellen für Hauslehrerinnen, und natürlich werden Ihre Mutter, Ihre Familie, sie alle werden überglücklich sein, Sie wieder in die Arme schließen zu können. Entschuldigen Sie, ich muß mich setzen. Ein bißchen schwach. Die Hitze, wissen Sie. Pepper, hörst du wohl auf, nach Mamas Röcken zu schnappen. Und so kämen Sie von einer Familie in die andere. Meine kleinen Mädchen sind mir sehr wichtig. Bald werden sie groß sein, und was dann. Ach ja, Mutterschaft. Eine göttliche Berufung. Angemessen für Engel und Heilige. Bitte verlassen Sie uns bis Ende der Woche. Keine häßlichen Szenen, keine Mißstimmung. Verlassen Sie einfach das Anwesen. Das halte ich wirklich für das Beste. Heute, heute nachmittag, so bald wie möglich, mit der größtmöglichen Eile, heute noch – sagte ich das?«

Die Mädchen fingen ein großes Geschrei an.

»Mutter, Mary und ich möchten heiraten.«

»Mach dich nicht lächerlich, Richard.«

»Mutter!«

»Geh sofort auf dein Zimmer.«

»Wir lieben uns«, protestierte Richard und humpelte auf und ab.

»Sie lieben sich«, plapperten die kleinen Mädchen. »Sie lieben sich.«

»So etwas Hirnverbranntes habe ich mein ganzes Leben lang noch nicht gehört.«

»Mutter, bitte.«

»Richard«, sagte Mary. Das Nachthemd war ihr über die Hüften hochgerutscht. Richard hatte die ganze Nacht in seinen Kleidern geschlafen. Die Mädchen saßen kreuz und quer zwischen den Kissen wie Stoffpuppen. Mary fühlte sich vollkommen elend.

»Was du brauchst, Richard, ist ein guter Einlauf«, sagte seine Mutter. »Und vielleicht ein Paar neue Schuhe.«

»Nein, Mutter.«

»Jetzt ist Schluß mit dem Affentheater. Jeder geht sofort auf sein Zimmer.« Lady Kingsborough drehte sich auf dem Absatz um und verließ den Raum.

»Ich warte auf euch«, rief sie aus dem Flur.

In Marys kleinem Zimmer wurde es schrecklich ruhig. Alle waren gegangen. Mary wunderte sich über Richard; wenn seine Liebe zu ihr so groß gewesen wäre, wie er behauptete, hätte er einen Weg gefunden, ihr eine Nachricht zu senden oder selbst zu kommen. Sie wartete auf sein sanftes Klopfen an der Tür. Sie blieb die ganze Nacht wach, lauschte angespannt. War er eingeschlossen? Gab es keinen Diener, dem man trauen konnte? Hatten alle solche Angst? War sie nur eine Hausangestellte, mit der er angebandelt hatte wie mit anderen vor ihr? Und jetzt beachtete er sie nicht mehr? Sie wußte es nicht. Tabletts mit Essen wurden vor ihrer Tür abgestellt, als ob sie ein Sträfling wäre. Die Woche verlief trostlos; Feuchtigkeit und Trübsinn schienen sich durch die Risse in der Decke einzuschleichen, und es war kein Ende abzusehen. Mary faltete ihr Nachthemd lustlos zusammen. Sie fühlte sich so erschöpft, packte ihre Vase und das Portrait von Sarah Siddons – alles, was sie besaß – und die wenigen Bücher – die wertlos waren – in ihre Truhe. Wieder einmal mußte sie gehen. Die Liste der Fehlschläge wuchs. Ihre Mutter hatte sie gehaßt, sie hatte es Mrs. Dawson nicht recht gemacht, die Schule in Newington Green mußte sie schließen, und nun das.

Am Nachmittag des letzten Tages bestieg Mary den Wagen zur Kutschenstation in der Stadt, und die Hunde schnappten nach ihren Fersen. Das ist das Ende, dachte Mary. Die kleinen Mädchen und Richard standen am Fenster und weinten. Lady Kingsborough stand an der Tür, ganz Königin ihres Reiches, in einem neuen Kleid. Mary hatte sich vorgestellt, das alte Kleid von Lady Kingsborough würde sich im Laufe der Zeit ganz in Fetzen auflösen.

Es war Frühling im Jahre 1788. Mary wußte nicht, wohin sie gehen, wen sie aufsuchen sollte, doch sie hatte die Adresse des Mannes, der ihre beiden Bücher, *Mary, eine Erzählung* und *Anmerkungen zur Erziehung von Töchtern,* drucken wollte.

Ihr Verleger, Joseph Johnson, wohnte am St. Paul's Churchyard 72 in London.

Joseph

Kapitel 13

~~~~~~~~~~~~~~~~~

Der Türklopfer hatte die Form einer geschlossenen Hand und war schwarz wie Obsidian.

Es war Abend, und in London hatte es den ganzen Tag genieselt. Der Himmel sah aus wie eine löchrige Decke. Mary hatte von ihrem Gasthaus in der Charing Cross Road eine Kutsche zum St. Paul's Churchyard genommen. Sie betrachtete die roten Backsteinhäuser, die gegenüber der Wren's Cathedral in einer Straßenbiegung standen. Sie erinnerten an den Wall um die Schloßruine von Laugharne, in der sie als Kind gespielt hatte. Während die Kutsche der Straßenbiegung folgte, hatte Mary an den Türen nach St. Paul's Churchyard 72 gesucht und das Haus gefunden.

Mit achtundzwanzig, fast neunundzwanzig Jahren war sie eine alte Jungfer mit kaum einem Schilling in der Tasche; sie konnte sich nicht erinnern, daß in ihrem Leben einmal etwas gutgegangen war; und daher konnte sie, trotz all ihrer Sehnsucht, umzukehren und zurückzugehen, nirgendwohin zurückkehren. Es war, als würde die Welt hinter ihr einstürzen und sie liefe immer nur einen Schritt vor dem Unglück her. Es gab keine Stellung, die sie nicht verloren, und keine Freundschaft, die sie nicht eingebüßt hatte. So säuberte sie also die Stiefel am Schuhkratzer, holte tief Luft, hob den Türklopfer an und ließ ihn gegen die Tür fallen. Doch dann durchfuhr sie ein Gedanke:

Was, wenn Joseph Johnson mich nicht mag.

Was, wenn er mich albern und blöd findet.

Was wenn, was wenn.

Es kommt nichts dabei heraus, wenn man allzuviel grübelt, was sein könnte, nicht sein könnte und sein sollte, entgegnete sie sich selbst. In ihrem Kopf schwirrten hundert Gedanken gleichzeitig herum. Und sie wäre lange tot, bevor sie ihr Schicksal kennen würde.

Sie ließ den Türklopfer gegen die Tür fallen.

Der Schlag hallte durch einen Flur. Im Haus waren keine Schritte zu hören, obwohl das Licht aus den Fenstern goldfarbene Vierecke auf die Straße warf.

»Oh.« Mary seufzte. »Er macht nicht auf. Und ich kann nirgendwo hingehen und muß auf der Straße verenden wie ein Tier.«

Sie dachte an den Leichenkarren, der durch die Straßen fuhr, um die toten Obdachlosen aufzuladen. In ihrem schwarzen Kleid würde sie aussehen wie eine große Krähe oder ein Aal.

»Sieh mal«, würde jemand sagen, »sieh mal, der Brustkorb bewegt sich – das Herz schlägt noch.«

Nun würde man sie nicht im Armengrab bestatten, sondern – schlimmer – ins Armenhaus bringen. Da säße sie mit ihrer frommen Haube an einem langen Tisch bei trübem Licht, würde tagaus, tagein für das Entbindungsheim und das Waisenhaus graue Bettücher und Kleider säumen, Sonnenschein wäre nur eine Erinnerung, Lachen nur ein Echo.

Wo ist dieser Mann, schrie sie beinahe, der mein Leben retten soll. Es war jemand zu Hause. Kerzen brannten. Er mußte da sein. Etwas anderes würde sie nicht ertragen.

Das schwarze Kleid, das sie trug, war unelegant und im April 1788 längst aus der Mode; sie hatte es bei der Beerdigung ihrer Mutter getragen und die Kingsborough-Mädchen täglich darin unterrichtet. Sie wußte, für London war es nicht gut genug. Außerdem hingen die Bänder ihres Strohhäubchens schlaff vom Rand herab wie welke Blätter, und die rotlackierten Holzkirschen hatten ihren Glanz verloren, waren nun matte Abbilder ihrer selbst. Triefnaß und verloren sah sie aus wie eine Bittstellerin, nicht wie eine Schriftstellerin, deren Bücher bald erscheinen würden.

Joseph Johnson wird mich häßlich finden, Mary wußte es; bei meinem Anblick wird sich sein Herz versteinern. Ich sollte lieber zum Gasthaus zurückgehen und bei einem Glas Portwein oder zweien meine Gedanken ordnen, das wäre wohl das beste.

Bei ihrer Ankunft in London, als sie durch die Schenke des Gasthauses ging, hatte ein Mann mit einem Schwein unter dem Arm zu ihr gesagt: »Ich bin ein Tory, aber der Herr Nackedei hier ist ein Whig. Sag mal gut'n Abend zu der Dame, Nackedei.« Herr Nackedei streckte seine rechte Vorderpfote aus, wie es sich für ein braves Schwein gehört.

Ein anderer Mann hatte sie gefragt, wie sie denn bittschön heiße und ob sie Quadrilla tanze. Danke nein.

Sie waren geisteskrank, folgerte sie. Die Welt war verrückt. Außerdem hatte sie nicht genug Geld für ein Zimmer im Gasthaus. Die letzten Guineen, die Lady Kingsborough ihr gezahlt hatte, mußte sie für die Reise von Irland nach London ausgeben. Auf dem Weg von der Küste landeinwärts hatte sich Mary vor Straßenräubern gefürchtet, denn es war bekannt, daß sie sich überall in der Gegend herumtrieben – hinter Bäumen, in Schluchten, am Fuß der Hügel. Sie konnten aus Sträuchern herausspringen und einem die Kehle durchschneiden.

Mary hob den Türklopfer noch einmal an und schlug gegen die Tür.

»Bitte, lieber Gott«, flüsterte sie, obwohl sie seit Fannys Tod nicht mehr gläubig war. Lediglich die Macht der Gewohnheit und schwierige Situationen förderten zutage, was an Frömmigkeit in ihr übriggeblieben war. »Bitte, laß ihn zu Hause sein. Er ist meine einzige Chance.«

»Ich komme, ich komme. Immer langsam mit den jungen Pferden.«

Es war die dünne Stimme eines Dieners, doch viel zu vorlaut für einen Bediensteten. London ermutigte natürlich jedermann, alle möglichen Allüren an den Tag zu legen, stellte sie mit Befremden fest.

Dann wurde die Tür aufgerissen, und ein Lichtschwall drang nach draußen. Kerzenlicht, Lampenlicht und vom Kamin ein Rausch aus Orange und Blau fluteten hinaus auf die Straße, tauchten sie in einen warmen Schein. Erbarmen, dachte sie, das ist entweder Himmel oder Hölle.

»Ja, bitte, Madam, Sie wünschen?«

Der Diener schien mitten aus der Glut zu kommen. Vom Türbogen eingerahmt stand er da, leuchtend, ein bißchen wie ein Zauberer. Mary stellte sich vor, er würde wie der goldene Luzifer sagen: »Ich will nicht dienen.« Denn er wirkte großspurig und vorlaut; er trug keine Perücke, Strähnen seines ungepuderten schwarzen Haars waren mit einem schmutzigen Lappen nach hinten gebunden. Der Rest fiel ihm wirr ins Gesicht.

Und die Nase, die durch die wilden Strähnen herausschaute, war kaum der Rede wert. Klein, eine Kindernase, ganz und gar ohne Charakter. Mary schielte nach den Fingernägeln – tatsächlich, sie waren schwarzgerandet, abgebrochen und sehr unappetitlich. Wie konnte ein berühmter Verleger so einen Diener haben?

»Zu Mr. Johnson, bitte?«

Sie mußte höflich sein, denn ihr Kleid war klitschnaß und tropfte, und sie wollte zu seinem Herrn.

»Haben Sie eine Verabredung mit Mr. Joseph Johnson?« Der Mann war offensichtlich nicht eingearbeitet. Eine Verabredung an einem Sonntagabend?

»Erwartet er Sie? Haben Sie eine Visitenkarte dagelassen?«

»Nein.« Die Wände waren holzgetäfelt. Es schien der Geschmack einer Dame zu sein. Sie hatte gehört, daß Joseph Johnson nicht verheiratet war. Vielleicht hatte seine Schwester das Haus eingerichtet und den Diener engagiert.

»Joseph Johnson ist mein Verleger«, sagte sie knapp. »Er verlegt zwei meiner Bücher.«

Die Kälte kroch ihr den Rücken hinauf. Sie wußte nicht, wie lange sie dieses Verhör noch aushalten würde, denn sie reagierte empfindlich auf Nässe, obwohl sie sich daran erinnerte, daß sie einmal mit ihren Schwestern nach draußen gelaufen war, als es regnete; alle drei Kinder waren mit fliegenden Haaren im Kreis herumgewirbelt, und sie wurden patschnaß, während sie sangen: Regen, Regen, Regen, Regen. Ihr Bruder Ned rief vom Fenster aus nach ihnen: Kommt sofort rein, Vater will euch verhauen.

»Ah, ja, Verleger. Johnson ist Ihr Verleger?«

»Er wird zwei meiner Bücher veröffentlichen, und er möchte mich bestimmt kennenlernen.« Mary war sich natürlich nicht sicher. Alles, was sie wollte, war, sich am Feuer aufzuwärmen, eine Tasse heißen Tee zu trinken und einen Vorschuß auf ein neues Buch auszuhandeln; so könnte sie im Gasthaus bleiben, bis sie Arbeit gefunden hätte. Sie konnte sich vorstellen, eine Zeitlang dort zu leben und sich an das Schwein zu gewöhnen, Nackedei, stehe zu Diensten, und ihren Namen bittschön zu nennen, danke, und zu sagen: Ja, der alte King George ist ein lustiger Vogel. Ich trinke darauf. Verraten Sie mir doch, was Sie denken.

»Und Sie, meine Liebe, sagen Sie, wer mögen Sie wohl sein?«

»Mary, Mary Wollstonecraft.«

»Sie sind also Mary Wollstonecraft?«

»Mr. Johnson ist nicht zu Hause?«

»Er ist durchaus zu Hause.«

»Kann ich ihn sprechen?«

»Sie sprechen ihn gerade. Joseph Johnson, zu Ihren Diensten.« Und er verbeugte sich vor ihr, als wäre sie die Königin und er Sir Walter Raleigh, der eben zu einer Enthauptung gekommen war.

»Sie, Sie sind das?« Und sie hatte sich Sorgen gemacht über ihr Kleid, ihren Hut, ihre Armut. Dieser Mann war der Joseph Johnson, von dem sie gehört hatte? Dieser Emporkömmling war einer der führenden Verleger Londons? Das war *ihr* Verleger?

»Nicht möglich!« sagte sie.

»Doch, ich. Ich. Ich bin Joseph Johnson seit dem Tag meiner Taufe. Es ist ebenso möglich wie gänzlich wahr.«

»Aber Sie...«

»Sehen nicht aus wie ein Verleger?«

»Also, ich meine . . .«

»Na, um so besser. Sagen Sie bitte, wie sieht ein Verleger aus? Muß ich eine Brille tragen? Ein Ben Franklin oder Sam Johnson sein? Alt und fett? Wollen Sie, daß ich knurre? Grr. Sie finden, ich sollte mich besser kleiden. Nein, meine Liebe. Ich sehe lieber wie Mozart aus, wie der *junge* Mozart.«

»Mozart *ist* jung.«

»Da ist etwas dran, doch war er noch jünger, als er jünger war, sozusagen. Er ist doch ein sehr hübscher Junge, nicht?«

»Sie möchten aussehen wie ein Wunderkind?«

»Ich bin ein Kind dieser Welt, denn siehe, meine Tochter, ich habe gesündigt. Oh, ja.«

»Mein Güte. Ich dachte, als ich das Gasthaus verließ, wäre ich dem Irrenhaus entronnen. Hat ganz London solche Anwandlungen?«

»Ganz London. Ja. Alle. Aber, du lieber Himmel, Sie sind ja durchweicht bis auf die Knochen. Kommen Sie zum Feuer, wärmen Sie sich, meine Liebe.«

»Durchweicht?«

»Ja, durchweicht, naß, klitschnaß, patschnaß, wie ein begossener Pudel, na, furchtbar. Kommen Sie mit, hopp, hopp, nur nicht so schüchtern. Ich beiße nicht, ich schnappe nicht, doch ich zwicke. Nein, nein, ich bin harmlos, meine Liebe, ganz harmlos. Man nennt mich den treuherzigen Johnson.«

»Wirklich?«

Er verzog die Oberlippe und gab ein leises Knurren von sich. Sie fröstelte. Dann strich er sich die Haare aus der Stirn und strahlte sie mit breitem Lächeln an. Er hatte die größten blauen Augen, die sie je gesehen hatte. Und jetzt kam er ihr schön vor. Oh Gott, dachte sie.

»Ans Feuer, stellen Sie sich ans Feuer, dahin, ein bißchen weiter nach rechts, ja, ein Stück nach vorn, versengen Sie sich nicht die Röcke, jetzt ein Stück zurück. Nur nicht schüchtern. Ja, ja, so ist's richtig.«

»Mr. Johnson?«

»Joseph, und Sie müssen sofort Ihre Kleider ausziehen, bevor Sie sich den Tod holen. Sie dürfen jetzt ja nicht krank werden. Nein, bloß nicht.« Geschäftig machte er sich daran, ihr einen Platz am Kamin herzurichten, schürte die Kohlen, rückte den Ohrensessel näher ans Feuer. Er schien etwas umständlich, und seine Hände zitterten leicht. Kam das vom Gin, fragte sie sich. Oder war er vielleicht Epileptiker? Vielleicht der Gedanke an eine unbekleidete Frau?

»Ihre Sachen, meine Liebe – trockene Kleider?«

»Meine Truhe ist im Gasthaus.« Mary sprach mit gesenkter Stimme. In Wahrheit gab es nur wenig in ihrer Truhe, was sie zum Umziehen hätte nehmen können.

»Was?«

»Meine Truhe ist im Gasthaus an der Kutschenstation«, wiederholte sie laut. Sie fragte sich, wo die eigentlichen Diener waren. Lauerten sie hinter den Ecken oder unten auf der Treppe? Versteckten sie sich unter dem Teppich, hinter dem Sessel, im Kamin, um irgendwann eilfertig herauszuschießen, jedes Wort ein Feuerball: Wünschen Sie heiße Backsteine im Bett, Madam? Verrenkten sie sich die Hälse, um zu sehen, wer sie sein mochte? Jemand ohne Kleider, ohne irgendwas? Sie schaute sich im Zimmer um. Es war karg eingerichtet. Ein großer Tisch stand in der Mitte des Raumes. Es gab ein paar unbequeme Stühle, eine schöne blattvergoldete alte Uhr, doch vor allem Papiere und Bücher, die überall ausgebreitet herumlagen. Es sah aus wie in einer Schule.

»Und Bordeaux, ich muß Ihnen gleich ein Glas Bordeaux bringen.«

»Bordeaux?«

»Bordeaux, meine Liebe, Alkohol, der in Wein, Bier, Dünnbier und Whisky vorkommt, wenn ich das erwähnen darf, und in allem anderen, was das Herz erwärmt und den Kopf benebelt, und Sie müssen sich jetzt unbedingt umziehen. Und starker, schwarzer Tee. Genau.«

»Ehrlich gesagt, habe ich kaum Kleider zum Wechseln.« Sie stand immer noch, denn hätte sie auf dem Polstersessel Platz genommen, hätte sie ihn durchnäßt und ruiniert. »Meine Truhe ist im Gasthaus, aber selbst dort habe ich keine Kleider zum Wechseln. Die Truhe ist fast leer. Ich habe einen blauen Umhang...« Den Stoff für diesen Umhang hatte sie mit dem Geld gekauft, das sie von ihrem Bruder geborgt hatte, um vor Lady Kingsborough wie eine richtige Hauslehrerin auftreten zu können.

»Das ist alles? Sonst besitzen Sie nichts?« fragte Joseph.

»Rousseaus *Träumereien eines einsamen Spaziergängers*, Shakespeares Tragödien, Youngs *Nachtgedanken*, Lockes *Versuch über den menschlichen Verstand*, Miltons *Verlorenes Paradies* und ein Portrait von Sarah Siddons.«

»Youngs *Nachtgedanken*? Das nenne ich Geschmack. Wir neigen ein wenig zur Melancholie, nicht wahr? Aber, liebes Kind, Bücher und keine Kleider? Und das Portrait einer Schauspielerin? Wir tun uns selbst ein kleines bißchen leid, was? Ausgerechnet Sarah Siddons!«

»Ich weiß, es ist kindisch, aber sie hat mich inspiriert. Ich habe sie in Gays *Bettleroper* gesehen.«

»Ah ja, Captain Macheath, und die arme Polly Peachum.« Johnson stützte seine Hand unters Kinn, knickste, drehte eine Pirouette, wurde zu der gekränkten kleinen Dame.

»Das verstehen Sie nicht, Mr. Johnson. Sie war die erste Frau, die ich je auf einer Bühne sah, sie war das erste weibliche Wesen, das mich beeindruckt hat; eine Frau, so ganz anders als meine Mutter.«

»Und was, bitte, stimmt nicht mit Mutter?«

Mary schwieg.

»Aha, wir wollen also nicht wie Mutter sein? Wie Vater? Möchten wir wie Vater sein?« Johnson preßte in spöttischem Ernst die Fingerkuppen aneinander.

»Kaum.«

»Also Mama und Papa sind nicht gerade nach Ihrem Geschmack. Glücklicherweise, meine Liebe, sind wir nicht auf sie angewiesen.«

Mary wollte sich in den Ohrensessel setzen und ruhig einschlafen. Aber ihr Kleid triefte, und ihr Gastgeber war zu beschäftigt, um ihre Erschöpfung zu bemerken.

»Aber warum haben Sie sich eine alberne Schauspielerin als Vorbild ausgesucht? Es gibt jetzt Frauen, Mrs. Wollstonecraft, die Stücke schreiben, und sie sind viel edler und außerdem große Leidende.«

Er krampfte sich zusammen, taumelte umher, fiel zu Boden. Mary schaute auf ihn herunter, wie er sich wälzte und um sich trat.

»Bravo.« Sie klatschte. Aber sie fragte sich: Ist das ein erwachsener Mann?

»Sie ähneln Dr. Price, aber auch meinem Freund Richard.«

»Ist das gut oder schlecht?«

»Gut.«

»Auch nur zu denken, ich könnte Ihnen mißfallen.« Er legte seine Hand über die Augen. »Ach!«

»Ich kann jetzt wieder ins Gasthaus zurückgehen.«

»Kommt nicht in Frage. Sie sind mein Ehrengast.«

Es war spät am Abend, es regnete stark, und sie war tagelang gereist. »Ich soll hierbleiben?«

»Elizabeth Anspach, Aphra Behn, Mary Manley, ich könnte noch weitere aufzählen und werde es eines Tages tun. Jedenfalls lohnt es sich bei weitem mehr, diesen Damen nachzueifern, als den kleinen Schauspielerinnen, denen sie die Worte in den Mund legen und die mit tralala hier und tralala dort durchs Leben stöckeln.«

»Das hat Dr. Price auch zu mir gesagt.«

»Ein großer Mann, ein edler Mann, ein Gentleman der Kirche, ein wahrer...«

»Machen Sie sich über Dr. Price lustig?«

»Du lieber Himmel, nein. Wie dem auch sei, meine Liebe. Sie müssen sich ausziehen, müssen sich beruhigen, vernünftig sein. Ein wenig Bordeaux, vielleicht eine Fleischpastete, und ich werde Ihnen ein Handtuch holen. Sie sind ein reizendes junges Ding, wissen Sie.«

»Ich bin fast neunundzwanzig.«

»Ja, gut.«

»Ich bin nicht jung, und ich muß mich beeilen.«

»Weshalb?«

»Ich muß anfangen zu leben.«

»Aber, meine Liebe, Sie sind hier, und hier ist Ihr Leben. Lassen Sie sich darauf ein. Es ist Ihr Leben. Sie haben längst angefangen zu leben.«

»Nein, Mr. Johnson, ich habe angefangen zu sterben. Ich habe meine Zeit und das bißchen Talent, das ich besitze, vergeudet. Mein Leben ist...«

»Lassen Sie mich raten.« Er legte den Arm über den Kopf. »Lassen Sie mich nachdenken. Ah, die Vision wird deutlich. Ihr Leben ist ein Trümmerhaufen, eine Ruine, hoffnungslos kaputt, furchtbar, traurig, trübe... und Sie wissen nicht, wohin Sie passen, wohin Sie gehören, ob es einen Platz für Sie gibt auf dieser Insel, auf dem Kontinent, auf der Welt, sagen Sie mal, dann treten Sie doch unserem Club bei. Wir treffen uns jeden Donnerstag. ... Grau, so eine ungewöhnliche Augenfarbe.«

Marys Augenfarbe änderte sich mit dem Licht, doch ihr war nicht danach, es zu erklären. Vielleicht hatte die Farbe sich aufgelöst, als sie durch den Regen ging. Sie besaß keinen Regenschirm und hatte bisweilen das Gesicht erhoben und dem Regen entgegengehalten.

»Ich bin weder jung noch reizend.«

»Oh, hören Sie auf. Ich auch nicht. Und, kümmert mich das? Eine Welt, die nach solchen Maßstäben urteilt, kann mir gestohlen bleiben. Sie sind ein verletztes, empfindsames Mädchen? Dann lassen Sie sich mal sagen, wie *ich* gelitten habe... Mary, hören Sie. Hören Sie mir genau zu. Sie sind jetzt in der Großstadt.«

»Was bedeutet das?«

»Es bedeutet, stark zu sein, lange zu leben. Ich hole Ihnen meinen Morgenmantel. Ich bin gleich wieder bei Ihnen. Laufen Sie nicht weg. Ich werde Ihnen nichts tun. Ich meine es gut.«

Sie hörte seine Schritte auf der Treppe. Er sang *Oh, süßer Vogel Jugend* mit lauter, dröhnender Stimme. Er trug Hausschuhe aus Stoff, die beim Gehen aneinanderstreiften und ein seltsames Geräusch machten. Schh, schh. Beruhigend.

»Bitte sehr.« Der Morgenrock, den er herunterbrachte, war aus echter französischer Seide, kastanienbraun mit blauen Fäden, die sich wie dünne Schlangen durch das Gewebe zogen.

»Das kann ich nicht anziehen«, sagte sie.

»Warum nicht?« Er schaute verletzt.

»Weil es zu schön ist.«

»Ach, kommen Sie. Diese falsche Bescheidenheit und diese ganze Wichtigtuerei.«

»Es ist keine falsche Bescheidenheit. Ich bin nicht wichtig.«

»Mary, ich muß aus dem Zimmer gehen. Sie müssen Ihr Kleid ausziehen, es in den Flur legen, damit Mrs. Mason es morgen trocknen kann, und Sie müssen sich in diesen Morgenmantel wikkeln. Sonst könnten Sie morgen früh als sehr krankes Mädchen aufwachen. Und dann haben Sie wirklich etwas, worüber Sie weinen können.«

Sie stand verloren da.

»Was ist denn jetzt los?«

»Sie lassen mich nie zu Worte kommen«, sagte sie.

»Oh nein, das stimmt nicht.«

»Doch.« Ihre Stimme wurde höher. »Ich kann nicht einmal denken. Ihre ganzen Mätzchen... Sie sagen mir auch noch, was ich zu tun habe. Ich kann das aber nicht.«

»Nicht? Was können Sie denn nicht? Ich meine, Sie sind erst vor einer knappen Minute zu *mir* gekommen. Und schon kritisieren Sie mein Verhalten? Sie können nicht denken? Und sagen, ich halte Sie davon ab? Sie müssen anscheinend ständig denken – wenn Sie herausgehen, wenn Sie hereinkommen, im Eßzimmer, auf dem Abort, selbst wenn Sie schlafen. Wissen Sie nicht, daß Träume eine große Quelle der ... Und für meinen Geschmack übertreiben Sie, machen aus jedem bißchen ein hochtrabendes, schwülstiges Drama. Ich begrüße Sie, und gleich heißt es, Sie könnten nicht mehr denken. Das geht entschieden zu weit.«

»Schwülstig?«

»Na ja, vielleicht nicht schwülstig, vielleicht nicht hochtrabend, aber sicher dramatisch. Niederes Drama, Melodrama. Sie sagen, eine Schauspielerin sei Ihr Vorbild. Sie *selbst* sind eine Schauspielerin. Ist Ihnen das schon mal in den Sinn gekommen? Sie benutzen die reale Welt als Bühne und als Kramladen für Ihre Illusionen ... Sie machen Ihr Leben zu einer Tragödie.«

»Die Tragödie handelt vom Verlust der Illusionen, Joseph. Und das Melodrama handelt von der Gefährlichkeit der Illusionen. Doch wenn ich meine Illusionen nicht hätte, wo wäre ich da? Wieder zu Hause. Allein. Ich hätte nie ein Wort geschrieben, wäre nie hierhergekommen, nie, nie.«

»Sehen Sie, was ich meine«, sagte er. »Sie sind ...«

»Unmöglich?«

»Genau. Unmöglich, das ist das Wort.«

»Und Sie, Joseph Johnson, sind, sind ...«

»Ja, ja, nur nicht schüchtern, nur raus damit. Los. Seien Sie kein Feigling. Ich bin nicht zart besaitet. Los, raus mit der Sprache.«

»Ich ... glaube, ich mag Sie.«

»Wie bitte?«

»Nein, nein, ich habe es nicht so gemeint. Meine Güte, es tut mir leid. Wie konnte ich das nur sagen? Es ist mir herausgerutscht.«

»Ja, nun, dann nehmen Sie es wieder herein. Ich lasse Sie jetzt in Frieden, hole den Bordeaux, sehe nach, was in der Speisekammer ist. Ich glaube, Mrs. Mason hat ... Ja, ja, genau.«

Vor einer Stunde war sie noch in der Postkutsche, vor zwei Tagen auf einem Schiff, das von Dublin kam, und nun war sie in London bei ihrem Verleger. Sie hatte zwei Bücher von geringer Bedeutung geschrieben – eins über Manieren, das andere nur ein Roman –, und jetzt bat er sie herein, sprach mit ihr, nicht wie mit einer Frau, sondern wie mit seinesgleichen, wie mit einem ebenbürtigen Freund.

Ihr Kleid auszuziehen war, wie eine Orange zu schälen; Orangen hatte sie zum ersten Mal in Portugal probiert, und sie waren so sauer, daß sich ihre Lippen zusammenzogen. Als sie ihr Korsett ausgezogen hatte, schien es ihr, als habe sie sich aus einer Rüstung befreit. Einen Moment lang stand sie nackt vor dem Feuer. Was für ein herrliches Gefühl; wo die Korsettstäbe sich eingedrückt hatten, war ihr Körper frei, und nun, da ihre Haut nicht mehr eingeschnürt war, schien sie sich zu dehnen und zu weiten. Sogar ihr Inneres – Herz und Lunge und auch die anderen Organe – schien sich auszudehnen. Schnell wickelte sie sich in den Morgenrock und ließ sich endlich im Sessel nieder.

Tragödie hatte er gesagt? Sie machte aus ihrem Leben eine Tragödie? Sie wußte genau, was er meinte: Hochmut kommt vor dem Fall. Überschwang und Begeisterung waren nicht zeitgemäß. Man schrieb das Jahr 1788, und in schwierigen Zeiten sollte man die Türen schließen und sich nicht zu weit aus dem Fenster lehnen. Er hatte recht. Sie versuchte verzweifelt, wie andere zu leben – beherrscht, maßvoll, vernünftig, in Würde und Wohlanständigkeit. Was war nur mit ihr los? Sie konnte sich selbst nicht verstehen. Sie hatte sich einen Jungen ins Bett geholt, um wie einer von Lady Kingsboroughs Schoßhunden gestreichelt zu werden. Sie hatte Leidenschaft für einen Jungen empfunden. Andererseits – sie konnte ihre Freundin Fanny nicht wieder lebendig machen. Ihre Schule, die in ihrer Art beispielhaft hätte sein sollen, war kläglich gescheitert. Eliza war zu Recht verbittert, denn sie, Mary, hatte Elizas Kind aus Bequemlichkeit und Selbstsucht im Stich gelassen. Sie war anderen gegenüber zu gleichgültig. Ihr Leben hatte keinen Sinn und keinen Zweck. Sie war zu gefühlsbetont. Doch Gefühle konnte sie jetzt nicht gebrauchen. Wenn es überhaupt eine Tragödie in ihrem Leben gab, dann war es das Scheitern an ihren

Gefühlen. Sie wollte nicht ›tragisch‹ leben, lieber römisch, stoisch, mutig, ruhig, ein Vorbild für andere Frauen.

Joseph Johnsons Morgenrock, den er auf den Sessel gelegt hatte, war herrlich, ein Mantel mit kleinen gewundenen Schlangen. Er erinnerte Mary an das vergiftete Gewand, das die eifersüchtige Medea ihrer Rivalin Glauke für die Hochzeitsnacht geschickt hatte; es schmiegte sich an, klebte fest und ging in Flammen auf. Verkohlte Fleischfetzen schälten sich von der jungen Frau, als sie zusammenbrach und sich am Boden wälzte. Wie faszinierend, dachte Mary, wie schrecklich.

Johnsons Feuer zischte und spritzte, das verzauberte Gewand bauschte sich und warf Falten. Mary hatte die Beine züchtig angezogen, sie prickelten und jedes ihrer Härchen stand aufrecht wie ein kleiner Soldat in Grundstellung. Sie nahm an dem Morgenrock Johnsons Geruch wahr. Tinte, Papier und Heidekraut. Dankbar legte sie den Kopf zurück, und im Traum war sie wieder in Irland. Sie saß auf einer Wiese, und der junge Herr, Richard der Krüppel, nahm ihre Hand und legte sie sich an die Wange.

»Ich möchte Kind sein«, sagte sie.

»Du *bist* ein Kind«, antwortete Richard.

Kapitel 14

Leb wohl, du dunkles Kerkerhaus,
  Des Armen letzter Raum!
Macphersons Zeit ist nun bald aus
  Dort unterm Galgenbaum.

Was ist der Tod? Das End der Not!
  Hab oft in Blut und Qual
Ihm schon getrotzt; und hier und jetzt
  Verlach ich ihn noch mal.

Leb wohl nun Welt, vom Licht erhellt,
  Leb wohl, was immer lebt!
Sei feig genannt im ganzen Land
  Der vor dem Sterben bebt.

So froh ging er, so frech ging er,
  So trotzig durch den Raum;
Er spielte auf und tanzte darauf
  Noch unterm Galgenbaum.

Grelles Sonnenlicht flutete durch die Fenster. Als Mary erwachte, befand sie sich noch immer im Sessel. Von der Straße hörte sie Hufgeklapper.

»Guten Morgen, guten Morgen. Kaffee? Ganz bestimmt. Mrs. Mason, wenn es Sie interessiert, und bitte nur keine Bange und raus mit der Sprache, sagen Sie, was Sie wünschen, sagen Sie, was

Sie begehren.« Mrs. Mason beugte sich verschwörerisch vor. »Verraten Sie mir Ihre tiefsten dunklen Wünsche, meine Liebe; montags ist der Tag der Hinrichtungen, deshalb bin ich etwas in Eile. Folgen Sie mir in die Küche, da steht Ihr Kaffee. Ich will Ihnen auch den Braten zeigen.«

Mrs. Mason war ebenso forsch wie ihr Arbeitgeber, doch sicher doppelt so groß und breit; ihr dickes braunes Haar war im Kranz um den Kopf geflochten; sie hatte einen unübersehbaren schwarzen Leberfleck auf der Nase und trug ein blaues Kleid, das wie ein Zelt geschnitten war. Diese Frau brauchte nicht angekündigt zu werden, sie machte sich selber bemerkbar. Sie wabbelte und schwabbelte, wo sie ging und stand, und furzte leise, ohne sich zu entschuldigen.

»Kaffee? Es gibt Kaffee?« fragte Mary. »Der ist doch so teuer.«

»O ja, aber er braucht ihn, der Herr. Er braucht ihn einfach. Und Zucker und Tee und Schokolade, all die neuen Köstlichkeiten aus fernen Ländern. Ich glaube, er würde sich nicht scheuen, Captain Cook als Laufburschen loszuschicken, wenn es eine weitere Delikatesse zu entdecken gäbe.«

»Wo ist er jetzt?«

»Macht seinen Morgenspaziergang, Madam. Wie jeden Morgen.«

»Und mein Kleid?«

»Es ist trocken; leider etwas steif geworden, aber ...«

»Ich hab' nur das eine.«

»Ihre Truhe, Miss Mary?«

»Sie ist im Gasthaus, dem in der Charing Cross Road.«

»Na, wir werden gleich danach schicken.«

»Aber ich weiß noch nicht, wo ich unterkommen kann.«

»Sie sollen hierbleiben. Johnson hat's gesagt.«

»Das hat er gesagt? Und weshalb?«

»Weil Sie kein Geld haben, Madam, und nichts, wo Sie bleiben können, und Schriftstellerin sind und weil Gott gütig ist.«

»Mr. Johnson ist gütig.«

»Das ist er wirklich, Madam. Nun setzen Sie sich erst mal hin und erzählen Sie mir die Geschichte aus Ihrem Buch, die von Mary. Ich heul' so gern mal richtig. Sie hatte doch eine Freundin, eine ganz liebe, nicht? Ich habe noch ein paar Minuten bis zur Hinrichtung.«

»Eine junge Frau, die zu einer Vernunftehe gezwungen wurde, geht mit ihrer kränklichen Freundin auf Reisen«, berichtete Mary.

»Ach, und diese Freundin... jemand, den Sie kennen?«

»Ja, eigentlich schon.«

»Dacht' ich mir's doch, dacht' ich mir's doch.« Mrs. Mason stapfte in der Küche umher. »Ich hab's so gern, wenn jemand stirbt.«

»Die Freundin stirbt.«

»Ach, was ein Jammer, Miss Mary. Freunde sterben in rauhen Mengen. Hier ist Ihr Kaffee. Vorsichtig, er ist heiß. Es ist so schrecklich, wenn jemand stirbt, an dem man hängt. Ich habe drei Kinder begraben. Jedesmal bat ich Gott, mich zu nehmen, mich statt dem Kind zu nehmen oder mich mit ihm zusammen zu sich zu nehmen. Aber hier steh' ich, bin immer noch da, dick und fett. Erklären Sie mir Gottes Wege, und ich gebe Ihnen ein Pfund.«

»Das kann ich nicht.«

»Ja, ich weiß. Ich weiß.« Mrs. Mason verschränkte die Arme. »Trostlos ist es hier in London, traurig und trostlos, Miss Mary, das kann ich Ihnen sagen.«

»Ich habe sehr an meiner Freundin gehangen.«

»Ach, welch ein Jammer, Madam, welch ein Jammer.«

»Als Fanny starb, wollte ich auch sterben, so wie es Ihnen bei Ihren Kindern ging. Ich hatte mich von Fannys Totenbett in Portugal abgewandt, schaute über den Hof und sah Wäsche auf einer Leine. Wäsche. Können Sie sich das vorstellen? Leuchtende Farben, weiße Ärmel, gerüschte Röcke; Männerhosen flatterten im Wind. Und eine Katze strich an einem Zaun entlang. Eine Katze.

Von irgendwoher rief ein Kind nach seiner Mutter. Ein Kind. Die Welt drehte sich weiter. Katzen schlichen herum, und Kinder riefen, Wäsche wurde aufgehängt. Alles ging weiter wie davor. Ich konnte es nicht glauben, konnte es nicht ertragen, konnte es nicht dulden. Halt, wollte ich schreien, Fanny ist tot. Nichts wird wieder so sein wie vorher. Hört sofort mit allem auf.«

»O je, meine arme Miss Mary.«

»Aber ich machte weiter, reiste zurück, kam in die kleine Schule, die ich in Newington Green in England leitete, und mußte feststellen, daß sie in meiner Abwesenheit zugrunde gerichtet worden war. So war ich gezwungen, nach Irland zu gehen. Und von Irland nach London in Joseph Johnsons Haus, wo ich letzte Nacht in seinem Morgenrock geschlafen habe und nun feinen, importierten Kaffee trinke.«

»Ach, schlimmer kann's ja nicht kommen, Madam, muß ich schon sagen. Das klingt wie ein Roman. Sie könnten sich glatt hinsetzen und alles hinschreiben, so traurig, wie sich das anhört.«

»In meinem Buch *Mary* verliebt sich die Heldin in eine sensible Frau, die an Schwindsucht leidet.«

»Habt Erbarmen mit den Kranken, Madam. Aber vor den sensiblen Schwindsüchtigen soll man sich hüten. Mir wurde mein Schicksal vorhergesagt, als ich jung war. Ich bin in Norfolk geboren. Da liest man viel aus der Hand und aus Karten, in Norfolk. Bei mir hieß es, ich hätte ein langes und unglückliches Leben vor mir. Prompt traf ich am nächsten Tag einen ungehobelten Cembalospieler, der mir weismachte, er wäre ein Gentleman, das Übliche halt. Und von Geigern hab' ich auch die Nase voll. Jedermann, der ein Stück Holz unterm Kinn halten kann, bildet sich heutzutage ein, Geiger zu sein. Und von den Sängern schweigen wir lieber.«

Es war Vormittag, und Mary und Mrs. Mason saßen unten in der Küche und tranken Kaffee. Mrs. Mason hatte einen Rinderbraten vorbereitet, der sich am Spieß drehte. Wenn sie zur Hinrichtung ging, sollte Mary den Braten beaufsichtigen und ihn gleichmäßig mit Fett begießen. Die Tropfpfanne, die den Fleischsaft auffing, mußte unter dem Spieß ein wenig hin- und hergeschoben werden, wenn es tropfte. Später würden sie diesen Fleischsaft für Yorkshire-Pudding verwenden.

»Ihr Kleid«, sagte Mrs. Mason. »Sie sollten sich anziehen, bevor Mr. Joseph zurückkommt. Es gehört sich nicht, herumzutrödeln, wenn die Sonne am Himmel steht.«

»Sind schon öfter...« Mary überlegte, wie sie es ausdrücken sollte. »Sind hier schon viele junge Damen morgens, ich meine...«

»Kann ich nicht sagen. Da müssen Sie ihn selbst fragen. Er verlegt viele bekannte und unbekannte Leute. Zu Mr. Johnsons Gästen zählen Tom Paine, ein Mann, der sich selbst verdammen würde, um uns zu retten, und William Blake – seine Visionen steigen ihm aus dem Hosenlatz, glaub' ich. Mr. Johnson verlegt Bücher gegen die Sklaverei in Amerika und den Tod am Galgen hier, obwohl, das dürfen Sie mir nicht übelnehmen, ich für mein Teil seh' mir 'ne anständige Hinrichtung am Galgen gern an. Und er verurteilt es auch, Tiere zu schlagen, und er veröffentlicht Bücher, in denen steht, daß alle Kinder zur Schule gehen müssen, denken Sie nur, *alle*, arme genauso wie reiche, Mädchen genauso wie Jungen. Miss Mary, Sie sind in der Gesellschaft eines Heiligen und eines höchst merkwürdigen Mannes. Mr. Johnson behauptet, alle Religionen sind ein und dasselbe, obwohl er Dissenter ist. Diese Idee hat er von dem gruseligen Mr. Blake. Papisten und Juden gehen zusammen in den Himmel, und die Kirche von England ist mit von der Partie? Aber was junge Damen betrifft, die sich morgens in seinem Schlafrock herumräkeln, das ist wirklich nur seine Sache. Mr. Johnson ist ein Mann, der viele Interessen hat. Er erkundigt sich nicht nach meinen Privatangelegenheiten, und so wecke auch ich keine schlafenden Hunde.«

»Natürlich nicht.«

Mary schaute auf. Sie saßen in der Küche an einem langen Tisch vor der Feuerstelle. Sie war im Souterrain des Hauses, und durch das schmale Fenster konnte Mary Leute sehen, oder vielmehr ihre

Stiefel und Schuhe auf dem Kopfsteinpflaster. Gelegentlich war Hufgetrappel zu hören.

»Ich mische mich nicht in die Angelegenheiten anderer.«

»Natürlich nicht.«

Mit ihrem Haar, das ihr offen auf die Schultern fiel, und dem ungepuderten Gesicht glaubte Mary, wie ein Schulmädchen auszusehen. Doch zumindest im Augenblick fühlte sie sich geborgen, fast glücklich.

»Sehen Sie, ich habe meine Stellung als Hauslehrerin verloren, Mrs. Mason. Ich kannte niemanden, und Joseph hatte zwei meiner Bücher angenommen. Ich hatte gehofft, er würde mir helfen.«

»Wobei?«

»Na ja . . . bekannt zu werden.«

»Du liebe Güte.« Mrs. Mason lachte, während sie den Käse einwickelte, der in den Kühlraum sollte, und die überschüssige Butter vom Butterstößel abkratzte. »Erst wird sie in Ungnade entlassen, und dann will sie Prinzessin sein.«

»Nein, ich möchte nur . . .«

»Was? Sagen Sie's!«

»Ich möchte, daß die Leute mich sehen, mir zuhören. All das, was ich durchgemacht habe, soll für etwas gut, soll nicht vergeblich gewesen sein.«

»Ei, sind wir nicht alle so, meine Liebe, wir möchten beides, festgehalten werden und frei sein. Aber ich muß los. Da kommt auch Mr. Johnson zurück.«

Sie hörten, wie die Tür geöffnet wurde, Schritte hallten durch den Flur, kamen die Treppe herunter.

»Bin grad am Gehen«, sagte Mrs. Mason, während sie an ihm vorbeiging. »Und den Braten nicht vergessen, Liebchen!«

»Ja – hallo«, sagte Joseph. Er lächelte, neigte den Kopf, deutete einen Diener an, richtete sich auf, lehnte sich an die Wand, schluckte, räusperte sich, hängte seinen Übermantel an den Haken hinter der Tür und setzte sich. Er sah müde aus.

»Nicht mehr länger Hauslehrerin bei den Kingsboroughs.« Er

lächelte ihr verschwörerisch zu. »Kaffee. Ich brauche einen Kaffee.« Er langte nach dem Topf auf dem Ofen. »Ich habe von ihnen gehört. Sagen Sie, haben Sie einen Hund aufgehängt oder nur geschlagen?«

»Ich könnte nie einen Hund aufhängen«, sagte Mary ärgerlich.

»Lady Kingsborough ist schon ein Bild von einer Frau, nicht wahr, doch leider auf ziemlich alkoholischen Abwegen. Und der junge Herr? Reizend, aber wirklich arm dran mit dem dummen Beinchen. Ich habe einen Freund, der die Familie kennt.« Josephs Wangen waren rot und sein Haar zerzaust. Er trank gierig seinen Kaffee, ein kleines Bier und nahm ein dickes Stück von dem groben, braunen Brot. »Sie sind Engländer, leben aber in Irland, ist das richtig? Sie bewohnen ein Schloß, war's nicht so?« Er stopfte sich etwas Brot in den Mund, setzte sich. »Wie die königliche Familie.«

»Nicht ganz so.«

»Ja, und Sie schrieben, daß die drei Töchter goldige kleine Mädchen seien. Wie goldig waren sie denn?« Joseph lächelte böse.

»Wie war Ihr Spaziergang, Mr. Johnson?«

»Großartig, wenn Sie's wissen wollen, Miss Wollstonecraft.«

Sie war noch nicht in ihr Kleid geschlüpft, sie saß noch in der Küche. Es war ein warmer, gastlicher Ort. An der Wand gegenüber standen Kupferbecher aufgereiht und Suppen- und Soßentöpfe, Bratpfannen und Nudelhölzer, Backformen und Kuchenbleche, Pastetenformen und Tropfbleche, Zuckerstößel, Bratengabeln und Einmachgläser...

»Die Schwierigkeiten bei den Kingsboroughs hatten mit den Kindern zu tun. Ihr Verhältnis zu mir wurde zu innig, und die Mutter mißbilligte das.«

»Ach, innig, innig geht nie gut; ich vermute, das galt auch für den jungen Herrn. Ts, ts, Distanz, meine Liebe, Distanz ist immer die beste Art, die Dinge anzugehen.«

»Was für Dinge?«

»Alle Dinge, überhaupt alles, besonders Schulkinder und poetische junge Männer. Leute, die auf dem Lande leben, sind versessen auf Drama, Herz und Schmerz.«

Er stellte seinen Becher auf den Tisch und senkte die Lider.

»Sie müssen unbedingt das jämmerliche blaue Kleid, das oben zum Trocknen hängt, ausrangieren, finde ich ganz offen gestanden – ohne mich in Kleiderfragen einmischen zu wollen.«

»Das schwarze.« War es möglich, daß Joseph Johnson Farben nicht unterscheiden konnte?

»Ja, natürlich. Vielleicht sollten wir uns morgen aufmachen, Stoff kaufen und zum Schneider gehen. Ich könnte Sie mir in einem Grün vorstellen oder vielleicht in Rot.«

»Wie soll ich mir Kleider kaufen? Ich habe keine Stellung, keine Mitgift, kein Geld.«

»Das ist ein triftiger Grund. Aber vielleicht ändert sich Ihr Schicksal. Sagen wir, aus dem Norden trifft eine unerwartete Nachricht ein. Der umnachtete König wird aus der Zwangsjacke losgebunden und durchwühlt die königliche Schatzkammer. Vorkehrungen werden getroffen. Ein Bote erscheint. Es sieht danach aus, daß Sie, Miss Wollstonecraft, Erbin eines ziemlich großen Vermögens sind. Ein entfernter Cousin der Kingsboroughs hat Sie aus der Ferne bewundert. Wir werden über all das am Nachmittag nachdenken müssen, wenn's draußen warm ist. Dann fällt das Denken so viel leichter. Ein Spaziergang auf dem Kingsway wird die Dinge vielleicht in Ordnung bringen. Ja, wirklich, wir müssen spazierengehen, wir müssen nachdenken, das ist es.«

Er preßte die Lippen zusammen und legte die Hand in den Schoß. Joseph war leicht und grazil gebaut, als ob sein Schöpfer beides im Sinn gehabt hätte, Männliches und Weibliches. Mary mochte das. Die meisten Männer fand sie unangenehm – die dicken Bäuche, die wulstigen Lippen, den üblen Geruch und wie sie die Augen rollten in dem Moment, wenn eine Dame das Zimmer betrat. Sie erinnerte sich daran, wie Pamela es dem schlaffen, albernen Mr. Soames (dem Freier) in Richardsons gleichnamigem Roman übelgenommen hatte, daß er versehentlich auf den Reifen ihres Rocks getreten war, als er sie bedrängte.

Sie mußte nicht nur zugeben, daß Joseph anmutig und freundlich war, sondern daß sie wirklich in einer wohlausgestatteten Küche saßen mit Eiscrememaschine und Kaffeemühle. Durch das kleine Fenster oben waren dann und wann spitzenbesetzte, gerüschte Unterröcke zu sehen, die unter vornehmen Kleidern hervorschauten, und außerdem glänzende, modische Stiefel bedeutender Herren. Diese Küche unterschied sich von den rußigen Küchen ihrer Kindheit, die für sie stets etwas Bedrohliches gehabt hatten.

Sie sah Joseph von der Seite an. Er hatte seit gestern die Kleider nicht gewechselt; er mußte darin geschlafen haben. Auch sein Gesicht war faltig und zerknittert. Doch er schien keinen Sinn für Äußerlichkeiten zu haben und schnatterte in blendender Laune weiter.

»Sie müssen hierbleiben. Ich bestehe darauf, ich meine, wenn Sie wollen, sind Sie eingeladen, und ich wäre sehr froh. Oben sind die Dienstbotenzimmer, aber, wie Sie sehen, habe ich keine Diener, denn ich glaube – und das ist meine Überzeugung –, daß wir uns selbst bedienen müssen und daß Unterscheidungen wie Herr und Knecht allen nur schaden. Mrs. Mason ist eine hervorragende Frau; sie hilft mir in der Küche. Aber sie ist keine Dienstmagd.«

»Aha.«

»All diese Unterscheidungen zwischen Leuten sind falsch und willkürlich.«

»Ja.«

»Lassen Sie uns in den Wohnraum hochgehen.«

Der Regen hatte am frühen Morgen aufgehört, und durch die Fenster – Joseph hatte sie nicht zumauern lassen, wie es viele taten, um die Fenstersteuer zu sparen – kam genug Licht, so daß sie keine Lampen oder Kerzen aufstellen mußten. Sie war in Josephs Morgenrock im Sessel eingeschlafen. Frühmorgens im Halbschlaf hatte sie gehört, wie die Bauern ihre Gemüsekarren zum Markt fuhren.

»Meine Liebe, ich will offen sein. Ich habe ein ganz und gar eigennütziges Motiv, wenn ich Sie bitte, hierzubleiben.« Joseph faltete die Hände und schritt vor ihr auf und ab. »Lassen Sie mich gleich zur Sache kommen. Ein Freund, Thomas Christie, und ich wollen eine Zeitschrift herausgeben. Als Sie gestern bei mir in der Tür standen, dachte ich, Gott hat Sie geschickt. Wir brauchen Hilfe, Sie obdachloses kleines Ding.«

»Eine Zeitschrift? Ich bin nicht obdachlos und ich bin kein Ding.«

»Ja, eine Monatsschrift. Ich verlege Bücher. Warum sollte ich nicht eine Zeitschrift verlegen.«

»Wirklich?«

»Die Titelseite würde so aussehen.« Und er sprang auf, lief durch den Flur in ein anderes Zimmer und brachte ein Blatt. Darauf stand:

The Analytical Review
Kritische Monatsschrift
Oder
Beiträge zur Geschichte der
Inländischen und ausländischen Literatur
Enthaltend
Wissenschaftliche Zusammenfassungen wichtiger
Und interessanter Werke
Erschienen in der englischen Sprache;
Sowie einen allgemeinen Bericht über solche Werke,
Die von geringerer Bedeutung sind,
Mit kurzen Beschreibungen, Notizen und Besprechungen,
Von wertvollen
Fremdsprachigen Büchern;
Desgleichen mit Beiträgen der
Literarischen Intelligenz Europas, etc.

»Buchbesprechungen«, sagte sie. »Eine Zeitschrift mit Buchbesprechungen?«

»Genau das soll es werden.«

»Und was soll ich dabei tun?« Sie stellte sich vor, Papier und Federkielreste vom Boden aufzukehren, Tinte nachzufüllen, Streusand zu sieben, Besorgungen zu erledigen, Pulte aufzuräumen, den Tee zu kochen und die Manuskripte hinüber in die Fleet Street zum Drucker zu bringen.

»Schreiben. Schreiben – was haben Sie denn erwartet?«

»Ich? Sie meinen, daß ich Kritiken schreiben sollte?«

»Ja, Sie, Sie. Wer ist denn sonst noch im Zimmer?«

»Die Katze.«

»Ich meine aber nicht die Katze, liebes Mädchen.«

»Soweit ich weiß, gibt es keine Frauen, die bei Zeitschriften mitarbeiten, Joseph. Außer bei Frauenzeitschriften...«

»Na, so eine Chance wird Sie ja sicher begeistern. Als einzige Frau.«

»O ja, aber...«

»Was ›O ja, aber‹?«

»Nichts. Aber ich finde, es ist ein Jammer, die *einzige* Frau zu sein.«

»Es gibt im Moment Möglichkeiten für eine Person, für noch eine zusätzliche Person, die mitarbeitet. Haben Sie gegenwärtig andere Verpflichtungen wahrzunehmen?«

»Nein, das nicht. Es ist nur...«

»Meine Liebe, ich versichere Ihnen, daß Sie Zeit finden werden, eigene Bücher zu schreiben. Die *Pamelas* werden Ihnen zu den Ohren rauskommen. *Tom Jones* wird Ihnen von den Fingern tropfen...«

»Joseph, Sie nehmen mich nicht ernst.«

»Aber sicher.«

Er legte ihr den Finger ans Kinn, und sie fühlte sich wie eine Katze, die schnurrt, um ihr Futter zu bekommen.

»Die Kritiken, die ich schreiben würde, Joseph, wie würde das gehen, worüber würde ich schreiben, wie kann ich mich in diese Gebiete einarbeiten?«

»Sie kennen sich darin schon aus, meine Liebe.« Und er tätschelte ihr Knie, denn inzwischen war sein Stuhl sehr nah an ihrem.

»Worin kenne ich mich aus?«

»Sie wissen, was es bedeutet, eine Frau zu sein.«

»Und Sie wissen, was es bedeutet, ein Mann zu sein.«

»Ja, genau, aber ich werde die wissenschaftlichen Artikel schreiben. Sie würden Bücher über Frauen und Kinder, Bücher über Umgangsformen und Kindererziehung besprechen. Frauenthemen, was sonst?«

»Oh.« Einen Moment zuvor hatte sie erwartet, sie solle den Boden fegen, und jetzt, sie wußte nicht warum, war sie enttäuscht. Sie ließ den Kopf hängen, starrte zu Boden. Die Sonne schien etwas weniger hell zu leuchten, denn die Strahlen, die durchs Fenster kamen, waren schwach und zögernd. Mary seufzte. Frauenthemen. Sie wußte, was das hieß: weibliche Hygiene, Geburt, wie man richtig knickst, die Kunst der Täuschung.

»Was ist denn?«

»Wenn ich die Frauenartikel schreibe, warum schreiben Sie nicht die Männerartikel?«

»Es gibt keine Männerartikel in dem Sinn, den Sie meinen. Aber warum halten Sie Ihren Beitrag für belanglos? Sind denn Kinder und ihre Erziehung ohne Bedeutung?«

»Bücher über Kindererziehung rezensieren?«

»Waren Sie nicht Hauslehrerin und Direktorin in Ihrer eigenen Schule?«

»Ja, ja, das stimmt. Aber meine Schule gibt es nicht mehr, und als Hauslehrerin wurde ich gekündigt.«

»Dann müssen Sie doch ein paar Vorstellungen haben. Haben Sie nicht gerade ein Buch über die Erziehung von Töchtern geschrieben?«

»Vorstellungen? Ja, Vorstellungen habe ich schon. Ich meine, daß die frühe Erziehung von Mädchen nicht anders sein sollte als die von Jungen, daß sie genauso zu vernünftigem Denken und Handeln angehalten werden sollten wie ... Ich glaube, daß auch Mädchen ihren Körper trainieren sollten ...«

»Nun, dann.«

»Und ...«

»Und Sie müssen hier in diesem Haus bei mir bleiben. Das steht fest.«

»Ihre Nachbarn, die Leute werden denken ...«

»Was denken?«

»Daß ich eine gefallene Frau bin, daß sie meinen täglichen moralischen Abstieg mitansehen müssen.«

Sie dachte an Luzifer, Miltons Freund, wie er Hals über Kopf durch die Lüfte raste.

»Sollen sie denken, was sie wollen; überlassen wir sie ihren Phantasien, denn schließlich und endlich können sie uns ja egal sein.«

Seine Augen wurden glasig. Sie bemerkte, daß er überhaupt nicht an sie dachte, sondern ganz woanders war. Aber *warum* wollte er, daß sie blieb?

»Denn in Wahrheit ist es nicht so, daß Sie meine ausgehaltene Mätresse sind, daß Sie mir in jener schändlichen Weise zu Willen sind, daß wir in einem Chaos von Sünde und Tod leben ...«

»Schändlich? Zitieren Sie Milton?«

»Wir werden Seite an Seite arbeiten für die große Sache der ...«

»Ja, ja, der Literatur, der Welt des Geistes.«

»Machen Sie sich lustig über mich, Miss Mary?«

»Himmel, nein. Warum sollte ich so etwas tun?«

Er seufzte. »Ich bin müde. Ich zeige Ihnen jetzt Ihr Zimmer.«

Johnson hatte sie am Abend zuvor aufgefordert, die nassen Röcke auszuziehen, und sie mit dem Unterrock im Flur aufgehängt. Sie sahen aus wie Seetang. Ihr Mieder war steif wie ein getrockneter Seestern und roch auch so muffig. Das Fischbeinkorsett lag am Boden – eine gestrandete Seeschildkröte.

Der seidene Morgenrock, den Joseph ihr geliehen hatte, war von französischen Webern in Frankreich und nicht von denen, die in Spitalfields lebten und arbeiteten, hergestellt worden. Am Abend zuvor war Joseph mit einem Kerzenleuchter hinunter in die Küche im Souterrain gegangen, um den Bordeaux zu holen, und später hatte er die Teebüchse aufgeschlossen, Tee herausgenommen und den Kessel aufs Feuer gestellt. Fleischpasteten, Fruchtpasteten, überall waren braune und klebrige Krümel auf ihrem Schoß.

Joseph nährte das Feuer, nährte sie. Nun war es fast Nachmittag, als er sie die Wendeltreppe hinaufführte in ihr Mansardenzimmer mit der niedrigen Decke aus dunklen Holzbalken, den weißgetünchten Wänden und dem Duft von Harz und Rosenwasser.

»Sie werden die Nacht zum Tage machen«, sagte Joseph. Mary dachte an die letzten Zeilen des Gedichts »Zur Nachtfeier« von Jean Racine:

> *Indes der feste Schlaf, die Schöpfung zu erquicken,*
> *Arbeit und Lärm zum Schweigen hat gebracht,*
> *Entreißen wir, o ewig Licht, uns seinen Stricken,*
> *Um dir zu huldigen in tiefer Nacht.*

Das Zimmer war vollkommen. Jedes Möbelstück schien notwendig und natürlich. Wie ein Pilz wuchs der Tisch aus dem Boden, dunkel und stämmig, und sein Glanz lud dazu ein, weißes Papier auf ihm abzulegen. Der Stuhl sproß aus dem Boden; der Geruch von Erde haftete noch an seinen Beinen, und die Armlehnen hielten Mary wie Äste, waren fest und verläßlich. Das flache Bett mit der einfarbigen, mattgrünen Decke sah aus wie ein Beet.

»Niemand ist jemals so gut zu mir gewesen«, sagte sie zu Joseph.

»Das ist ja furchtbar.«

»Mein Leben war eine Reihe von Desastern, Joseph.«

Joseph gähnte. »Ach, Mary. Sprechen Sie mit wem Sie wollen; es ist überall das gleiche. Es fängt damit an, daß man geboren wird.«

»Ja?«

»Und wie geht es Ihnen jetzt?«

»Jetzt bin ich Ihnen dankbar.«

»Ich weiß nicht, was ich sagen soll, Mary. Es ist alles zu, zu« – und er rang die Hände – »bewegend.« Er taumelte zurück und stützte sich gegen die Wand.

»Sie sind schon ein verrückter Vogel«, sagte sie.

»Ein verrückter Vogel? Ich habe vor, dieser Tage im Theater aufzutreten, und dann müssen Sie Geld bezahlen, um das zu sehen.«

Mary ging zu Bett. Es war wie für sie gemacht, und sie fand erquickenden Schlaf.

〜〜〜〜〜〜〜〜〜〜

Kapitel 15

Joseph Johnson
bittet Sie um das Vergnügen Ihrer Gesellschaft
beim Abendessen am Donnerstag
St. Paul's Churchyard 72
London
am Donnerstag, dem 6. Juni 1788
5.00 bis 10.00 Uhr
U.A.w.g. bis 1. Juni, Mary Wollstoncecraft
St. Paul's Churchyard 72

Es war eine Art literarischer Salon, aber was für einer. Da war zum Beispiel der seltsame Mr. Blake. Nicht nur, daß Mr. Blake, der Kupferstecher, Maler, Poet und Visionär, komisch aussah, er behauptete auch, das Antlitz Gottes in einem Baum gesehen zu haben. Als ob Gott ein großer Drachen wäre, der sich in den Zweigen verfangen hätte, oder eine blinzelnde Eule mit langem weißen Bart, die zwischen den Blättern lebte.

»Blake sieht Gottes Antlitz auch in Blumen«, sagte Mrs. Mason und rührte ihren Kuchen. »Der Mann gehört ins Irrenhaus, bei der Menge von Sachen, die er sieht.«

Mary stellte sich vor, wie furchterregend es sein mußte, ein Gänseblümchen zu betrachten und Gott vor sich zu sehen mit den Blütenblättern als Flammenkranz und seinem Gesicht als bodenlose Mitte. Wenn er religiös war, wie konnte William Blake glauben, daß er in dieses Antlitz schauen konnte, ohne zu sterben? Selbst Moses mußte sich von Gott abwenden.

»Ich glaube ihm kein Wort, Joseph.«

»Lassen Sie Blake in Ruhe. Er ist ein Mystiker und ein Poet.«

»Was bedeutet *ciel*?« Sie arbeitete gerade in der Küche an einer Übersetzung. Joseph war auf einen Sprung heruntergekommen, um Kaffee zu trinken.

»Himmel.«

»*Merci.*« Sie tauchte ihre Feder ein, kratzte »Himmel« auf das Blatt, schrieb die Zeile zu Ende, streute Sand darauf. Das Übersetzen hatte eine beruhigende Wirkung. Die andere Sprache war wie ein Haus, in das man hineinging und an das man sich nach und nach gewöhnte.

»*Vérité?*«

»Wahrheit.«

Während Mary an dem langen Tisch unten arbeitete, arbeitete Joseph an dem langen Tisch oben. Er machte gerade ein Manuskript für den Drucker fertig.

»Mr. Blake schwebt immer so auf Wolken, daß man fast nicht mit ihm reden kann«, fuhr Mrs. Mason fort.

»Er lebt ganz eingesponnen in seiner eigenen Welt.«

»Tun wir das nicht alle?« Joseph Johnson wischte sich den Mund an seinem Ärmel ab.

Tatsächlich hatte die Donnerstagsrunde für Blake die Irrenanstalt Bedlam ins Auge gefaßt, als sich herausstellte, daß er seiner Frau draußen im Hof nackt Unterricht im Lesen gab. Ich bringe ihr nur Lesen bei, protestierte Blake, als ob man es durch die Poren der Haut aufsaugen und die Aufnahme beschleunigen könnte, indem man so viel Haut wie nur möglich entblößte. Jeder an Josephs Tisch lachte darüber. »Nackt!« wiederholten sie alle. Mary schaute Joseph an, fragte sich, wie er nackt aussehen mochte, obwohl sie seine Brust, seinen Rücken und seine Waden schon gesehen hatte. Sein Körper war klein, aber kräftig. Sie fragte sich, wie es wohl wäre, unbekleidet umherzuspazieren, wenn Blätter und Zweige ihre Schenkel streiften und ihre Brustwarzen sich in der lauen Brise aufstellen würden wie gespitzte Lippen.

»Und Paine. Der ist eine Pein«, sagte Mrs. Mason. »Noch eine.«

»Auch nur ein Mann, Mrs. Mason«, sagte Joseph, der gerade wieder unten erschien.

Tom Paine, der zum Donnerstagabend herzlich eingeladen war, verfaßte Pamphlete; er hatte die Amerikaner in kühnen Worten ermuntert, die englische Tyrannei abzuwerfen.

»Ich bin die Revolution«, sagte er gern, als ob er in seinem Inneren die ewige Flamme der Rebellion trüge.

Mary fand, er war nur ein häßlicher Korsettmacher mit einem Mund voll kreuz und quer stehender Zähne und roter, pockennarbiger Haut. Er aß wie ein Schwein am Trog, schlürfte seine Suppe, rülpste nach dem Rindfleisch und furzte nach den Pfannkuchen. Mary konnte es nicht ausstehen, neben ihm zu sitzen. Wo sollen wir Paine hinsetzen, lautete die Frage vor jeder Einladung. Ans Ende des Tisches, war stets die Antwort. Doch Paine konnte mit seiner Redekunst Steine erweichen, wäre für andere gestorben, wenn man ihn darum gebeten hätte, und er konnte eiserne Brücken entwerfen. Wenn sie Tom Paine zuhörte, konnte Mary sich vorstellen, daß Leute die Kraft besaßen, ihr Leben zu ändern. Es war tatsächlich passiert, als eine Handvoll Hinterwäldler, Bauern aus Concord und Lexinton, sich mit Musketen hinter Büschen versteckten und die Armee seiner Majestät besiegten.

»King George hielt sich in seinem Kontor auf und war dem Wahnsinn nahe, obwohl sie ihm die Zwangsjacke ausgezogen hatten, als das passierte«, sagte Joseph.

»Ich hoffe, das ist nicht wieder eine von Ihren Skandalgeschichten, Joseph.« Mary wollte sich auf ihre Übersetzung konzentrieren.

»Überhaupt nicht. Sie handelt von Verrat. Bitte lassen Sie mich weiter erzählen. Durch die vergitterten Fenster drang nur sehr gedämpftes Licht in dieses Kontor mit Steinfliesenboden. George versuchte beim Hin- und Hergehen nicht auf die Fugen zu treten (das würde den Tod der königlichen Familie heraufbeschwören), während die Rotröcke in geschlossenen Schlachtreihen, Achtung, Legt an, Feuer, Reihe um Reihe tapfer in den Tod marschierten.

Als der Trommelschlag aufhörte und der Rauch sich verzog, und auf dem Feld sich rote Bäche bildeten, was nutzten ihnen da noch ihre politischen Überzeugungen?«

»Das ist nicht komisch, Joseph. Sterbende Männer...«

»Finde ich schon. Als Adam grub und Eva spann, wo war er da, der Edelmann? Frage ich Sie.«

Joseph hatte Zinnsoldaten, die er an grauen Sonntagnachmittagen zum Spaß in Schlachtreihen aufstellte, Rotröcke und Franzosen, Österreicher und Preußen.

»*Science?*«

»Wissenschaft.«

»Schreiben ist ein revolutionärer Akt«, meinte Paine bei einem Essen.

»Hört, hört.«

»Man postuliert eine andere Welt, eine, die es vorher nicht gab, vielleicht eine ideale Welt, wie man es auch immer nennen mag. Schon allein dadurch ist Schreiben ein revolutionärer Akt.«

»*Vive la Révolution.*«

Joseph gestand Mary, er befürchte, daß es mit Paine ein trauriges Ende nehmen werde. Eine Krankheit, niemand, der hilft, ein schäbiges Zimmer irgendwo, mit Mäusen, die auf dem Boden herumhuschen, und klammen, schmutzigen Bettüchern, schwerem Fieber, Hustenanfällen in der Nacht. Ich bin der Mann, der *Gesunder Menschenverstand* schrieb, würde er den Mäusen erzählen, ich bin der Mann, der die amerikanische Unabhängigkeitserklärung ermöglichte, der Jefferson und Franklin kannte. Die Mäuse würden kichern, an den Laken nagen und piepsen: »Ach, wirklich?«

»Nein«, schimpfte Mary. »*Non, non, non.*« Aber sie fürchtete, es würde ihnen allen passieren, sie würden alle einsam, elend und verarmt, ohne jeden menschlichen Trost zugrunde gehen. Berühmt oder nicht, war das nicht das Schicksal des Alters? Sie wußte, sie würde niemals alt werden.

»Ich bin ein Bücherwurm«, sang Joseph laut durch die Küche. »Ich bin ein Bücherwurm, stolz und froh!«

Als sie einen Monat bei Joseph war, bekam Mary eigens für die Donnerstagabende ein Kleid. Vorher hatten sie keine Zeit gefunden. Der Schneider sagte, es sei die neueste Mode aus Paris, mit einem über Kreuz gebundenen Brusttuch, wie Martha Washington es trug, hochgezogener Taille im Stil Marie Antoinettes. In jenen Tagen gab man sich gern bäuerlich-schlicht, der Einfluß J. J. Rousseaus, und grünweiß gestreift, die Lieblingsfarben von Katharina der Großen. Die Baumwolle kam aus Indien. Ihr Kleid erinnerte auch an das Vordach eines orientalischen Wüstenzelts, und Mary, die in Portugal gewesen war, mußte an die wundervoll grün gekachelten Springbrunnen denken, an die heißen Nachmittage im alten Alfama-Viertel, wenn die Straßen still und menschenleer waren und nur das plätschernde Wasser der Brunnen zu hören war.

»Ich hoffe, mein Kleid zerstört kein Leben in England«, sagte Mary zu Joseph. »Ich hoffe, es bringt keinen englischen Weber um seine Arbeit.«

»Keine Sorge, Mary, Liebes.«

Einige englische Weber hatten aus Protest gegen den billigeren Stoff aus Indien ihre Webstühle zerstört.

Mary hatte gehört, daß die Frauen in Frankreich ihre Kleider naß anzogen, damit der Stoff sich aufreizend an den Körper schmiege, obwohl manche sich dabei den Tod holten. Sie fragte sich, ob Joseph sie genauer anschauen würde, wenn sie ein feuchtes Kleid trüge.

»Haben Sie die *Untersuchung über den Volkswohlstand* von Adam Smith gelesen?« fragte Mr. Fuseli Mary einmal höflich. Er war ein anderer Gast.

»Nein.«

»Sollten Sie aber. Es ist vor zwölf Jahren erschienen und erklärt, wie die Welt funktioniert.«

Fuseli war klein; sein riesiger Kopf gab ihm das Aussehen eines großen braunen Frosches, und mit seinen unschön hervortretenden Augen konnte er eine Frau fixieren, als wären Rock und Mieder, Brusttuch und Korsett, Haube und Strümpfe an ihr heruntergeglitten und lägen zu ihren Füßen. Er war ein berühmter Künstler, und man munkelte, daß er, obwohl verheiratet, Männer in gewisser Hinsicht ebenso mochte wie Frauen. Mary dachte an zwei Schnurrbärte, die sich aneinander rieben. Und seine Kunst war sehr aufreizend. Was liebte ein Mann an Männern? Sie würde Mrs. Mason fragen müssen, sie, die neun Kinder hatte, oder waren es zehn. Zumindest würden sie wissen, wie sie einander die Krawatten abnehmen mußten und auch, wie man sie wieder band. Joseph hatte sie einmal gebeten, ihm zu helfen, seine Krawatte zu binden, und sie hatte kläglich versagt.

»Sie haben wundervolle grüne Augen, wie eine Schlange«, sagte Fuseli zu ihr.

»Hellbraun. Meine Augen sind hellbraun«, entgegnete Mary, obwohl sie wußte, daß sie je nach Licht die Farbe änderten.

War es möglich, daß er als Künstler Farben nicht unterscheiden konnte, so wie Joseph? Das konnte sie sich nicht vorstellen. Wenigstens sah er nicht Gottes Angesicht an jeder Ecke wie dieser William Blake oder glaubte, er sei die Revolution.

»Müssen wir Fuseli wieder einladen, Joseph? Sagen Sie mir ein anderes Wort für monumental.«

»Groß, kolossal, riesig, beeindruckend. Natürlich. Er ist sehr beliebt bei Hofe.«

»Ja?«

»Der König hat die Absicht, ihn zum Hofmaler oder so etwas Ähnlichem zu ernennen. Royal Academy.«

»Schöne Auszeichnung, von King George berufen zu werden.«

»Hören Sie, Mary, wir sind nicht das einzige Land, das von einer Person am Rande des Wahnsinns regiert wird. Ich habe ein paar entsetzliche Geschichten von Katharina der Großen gehört.«

Mary kniff die Augen zusammen.

»Geschichten? *Dites-moi tout.*«

»Sie machen Fortschritte, Sie machen Fortschritte.«

»Was heißt *idiot*?«

Auf Fuselis Bild *Der Nachtmahr* balancierte ein schelmischer Teufel auf dem Knie einer schlafenden Frau; ihr durchscheinendes Gewand war fast heruntergerutscht, und zwischen den Vorhängen stand ein Pferd, das die Frau mit hervortretenden Augäpfeln anstarrte. Es erinnerte Mary an eine Passage aus einem Gedicht von Thomas Campion:

> Darf ich, Süße, bei dir sein,
> Wenn die Sterne sich erheben?
> Läßt du mich zur Tür hinein?
> Wird's kein falsches Hemmnis geben?
>   Laß mich nicht, o hör mein Flehn,
>   Stunden durch im Dunkeln stehn!
>
> Weiß ich denn, ob nicht ein Dieb,
> Höllenschwarz in Nacht verkleidet,
> Durch ein Trugwerk, das er trieb,
> Schon auf meiner Weide weidet?
>   Sei's zuvor, daß man mich henkt,
>   Eh' ein andrer dich umfängt!
>
> Derlei Irrwahn und Verdacht,
> Den ein Liebender verachtet,
> Wächst im Düster trüber Nacht,
> Weil dein Hochmut mein nicht achtet:
>   Liegst im Bett, fragst nicht nach mir,
>   Während ich zu Eis gefrier'!

»Ihre Augen sind blau wie der Morgen«, sagte Blake. »Überhaupt nicht grün.« Blake hielt sein Messer vornehm, fast wie eine Dame. Fuseli hielt seines mit der Faust umklammert wie ein Barbar. Joseph hatte natürlich seine eigene Art. Er schnitt alles in kleine Stücke und aß dann anmutig mit den Fingern. Manchmal steckte er Mary ein Häppchen in den Mund.

»Meine Augen sind bräunlich.«

»Revolutionäres Rot«, behauptete Paine. »Rotunterlaufene Augen von durchwachten Nächten zum Wohle des Volkes.«

»Grau wie der Himmel, wie ein regnerischer Himmel.«

»Ich sehe Grün, grüne Augen«, antwortete Fuseli, als sei damit die Sache erledigt. »Smaragdgrün, Katzenaugengrün, Grün, et cetera.«

»Sehen Sie, was Sie wollen«, schloß Thomas Christie, »aber es kann durch Experimente empirisch bewiesen werden, daß ihre Augen braun sind.«

»Das hier *ist* ein empirisches Experiment«, spottete Fuseli.

»Dann enthalte ich mich«, sagte Thomas Christie. Sie saßen beim Abendessen, und doch sah Christie aus, als wäre er eben aufgestanden. Eigentlich kam er immer gerade aus irgend einem Bett, da er bis spät in die Nacht hinein las und bis in den späten Nachmittag schlief. Wirre blonde Locken umkränzten seinen Kopf. Seine Krawatte saß schief. Wenn Blake seine Visionen hatte, Fuseli seine Phantasien, Paine seinen Fanatismus, Christie seinen Wein und seine Damen, was hatte Joseph?

Dr. George Fordyce, der Arzt, sagte nichts über Marys Augen. Er hatte seinen Beruf, war Mitglied des Königlichen Chirurgenkollegs und war ein mürrischer, äußerst schweigsamer Mann.

»Ich habe gar keine Augen«, sagte Mary schließlich. »Sie sind ein Phänomen Ihres Bewußtseins. Wenn sie also existieren, dann nur als Produkt Ihrer Einbildung, und so stehen sie Ihnen immer zur Verfügung.«

»Sagte das nicht auch Bishop Berkeley?« bemerkte Joseph.

»Außerhalb von uns existieren die Dinge nicht, sondern nur in unserem wahrnehmenden Geist«, zitierte Fuseli.

»Nein, meine lieben Freunde«, beharrte Mary. »Nicht wie bei Bishop Berkeley, sondern wie bei Männern überhaupt, bei Leuten Ihres Geschlechts. Ja, meine Augen sollen so sein, wie Sie es wollen, nicht wie sie sind oder wie *ich* es möchte. Sie sind hellbraun, ändern aber die Farbe, wenn das Licht sich ändert. Es sind *meine* Augen.«

Später wird Fuseli zu ihr sagen: In *diesem* Moment wußte ich, daß ich dich haben muß. Immer zur Verfügung. Was für ein Ereignis.

Mehrere Jahre später wird Godwin sagen: *Damals* habe ich begriffen, was für ein nobler Geist und was für eine prächtige Frau Sie sind, und daß wir vereint sein sollten.

Blake wird sagen, daß sie ihn in diesem Moment dazu angeregt habe, über eine Ehe zu dritt nachzudenken.

Damals wurde Blake auch zu seinem Gedicht »Mary« inspiriert. Und als ungefähr zehn Jahre später Dr. George Fordyce in ihre Augen schaute, sah er sie in vielen Farben schillern, von Rot zu einem leuchtenden, funkelnden Schwarz und vom Grün der Frühlingswiese zu herbstlichem Braun.

»Gentlemen, entschuldigen Sie mich.«

»Mary«, sagte Joseph.

»Ich gehe ins Bett.«

Mary stand auf, Tränen in den Augen, stieß ihren Stuhl zurück, kippte ihn fast um.

»Mary«, sagte Joseph und folgte ihr in den Flur.

»Warum muß ich Gegenstand einer Diskussion sein?« zischte sie.

»War nicht böse gemeint.«

»Ich habe das alles satt.«

»Was alles? Freunde? Gute Gespräche?«

»Sie sind unmöglich, Joseph.«

»Ja?«

»*Silence!* Was heißt das?«

»Ruhe!«

Sie wandte sich zur Treppe. Er ging zu seinen Gästen zurück.

»So ist sie manchmal«, hörte sie ihn erklären. »Sie kann sehr ... aber hochbegabt, eine hochbegabte Frau.«

Und dann öffnete jemand die Tür, und der Wind blies, brachte den Kronleuchter zum Klingen, hunderte von kleinen Glasstücken stießen sacht aneinander.

Kapitel 16

den 14. Juli 1788

Liebe Everina,

*als Dr. Samuel Johnson noch lebte, lud er seine Freunde zum Essen in sein
karges, bescheidenes Haus nahe der Fleet Street ein. Zu dem Kreis gehörten
der Schauspieler Garrick und dieser beflissene Narr Boswell, der mehrfach
Gonorrhöe hatte. Der Mann konnte es einfach nicht lassen. Edmund Burke,
dieser Heuchler und Zauderer, und Sir Joshua Reynolds, der Portraitmaler,
den Blake unermüdlich und aus tiefster Seele haßt. Sie alle versammelten
sich an der Tafel. Dort waren die Aristokraten, die Blaustrümpfe. Wir hier
beackern den Weinberg.*

*Das Essen bei diesen literarischen Abenden fällt bisweilen recht exotisch
aus, da Joseph Johnson es sich leisten kann: Seeschildkröten und eingelegte
Mangos aus Indien, pikante Soßen aus China und Malaysia, ganz zu
schweigen von Cheddar- und Gloucesterkäse aus England. Die Leute hier in
London essen eine Menge. Bei einem normalen Essen kann es Rinderbraten,
Schweinebraten, Huhn, Kalbs- und Schinkenpasteten, Fisch, Torten, Käse,
Aufläufe und Obst geben.*

*Für die Vorbereitung des Abendessens erscheint Mrs. Mason donnerstags
morgens sehr früh. Aufläufe sind ihre Stärke. Gekochtes und Gebratenes,
Reis oder Hafermehl, Fadennudeln, Sago, Custard. Süße Aufläufe können
mit Quark, Früchten und Mandeln gemacht werden.*

*Mrs. Mason liebt auch Erdbeerkuchen und Stachelbeeren, Damaszener-
pflaumen und Sellerie. Manchmal serviert sie Rote-Bete-Pfannkuchen, die
in Elizabeth Raffalds* Die erfahrene englische Haushälterin *als »hübsche kleine Zwischenmahlzeit beim Mittag- oder Abendessen« beschrieben
werden.*

Und hier, Everina, ist das Rezept:

6 Unzen gekochte, geschälte Rote Bete
2 EL Brandy
3 EL dicke Sahne
4 Eigelb
2 EL Weizenmehl
1 TL Zucker
1 TL geriebener Muskat
geklärte Butter

Die Rote Bete fein zerdrücken und mit den anderen Zutaten mischen. Etwas Butter in einer Bratpfanne klären. Den Rote Bete-Teig eßlöffelweise in die Pfanne geben und falls nötig flachstreichen. Die Hitze verringern, da sie leicht anbrennen. Die Pfannkuchen wenden – sie garen schnell. Falls nötig, die Pfanne zwischendurch auswischen. Diese ungewöhnlich delikaten Pfannkuchen schmecken warm und kalt. Garnieren kann man sie mit Zuckerwerk, getrockneten Aprikosen und Myrtezweigen.

Ich bespreche manchmal Kochbücher für die Analytical Review *und weiß, wovon ich rede, und kann daher ohne Einschränkung Mrs.* Glasses Die Kunst des Kochens, einfach und leicht gemacht *empfehlen. In seinem* Leitfaden für vornehme Tischmanieren *von 1788 schärft Trusler uns ein, daß wir vermeiden müssen, »am Fleisch zu riechen, während es auf der Gabel steckt«, denn das würde zeigen, daß man den Verdacht hat, es sei verdorben. Im übrigen »ist es äußerst unfein, sich irgendwo am Körper zu kratzen, zu spucken oder die Nase zu putzen ... die Ellbogen auf den Tisch zu stützen, auf dem Stuhl zu kippeln und in den Zähnen zu stochern, bevor der Tisch abgedeckt wurde«.*

Ich ziehe mich nach dem Essen immer zurück, denn dann werden der Portwein und der Topf herumgereicht, und die Herren erleichtern sich gleich im Eßzimmer, wohl um nicht einen kostbaren Moment der Unterhaltung zu verpassen. Der dafür benutzte Topf ist ein großes, vasenartiges Gefäß,

Wedgwood, mit chinesischem Motiv, das mehrfach die Runde macht. Zwei Männer müssen ihn danach hinaustragen und ausleeren.

Immer Deine Mary

Morgens machte Mary lange Spaziergänge, wanderte die Thames Street hinunter und über die London Bridge bis zum Gasthaus *George Inn* in Southwark. Sie beobachtete Pferde und Kutschen, Stallburschen, Pferdeknechte und Diener, die Teppiche und Bettdecken von den Galerien herunter ausschüttelten. Doch es war noch zu früh für Sänften, in denen sich die großen Damen mit den Hochfrisuren, den pelzbesetzten Schals, den troddelbesetzten Schärpen, der Brüsseler Spitze tragen ließen. Wenn sie an den eleganten Stoffgeschäften in Ludgate Hill vorbeikam, wo nur die reichsten Damen und die erfolgreichsten Kurtisanen kauften, träumte Mary davon, eines Tages ihrer Leidenschaft für schöne Stoffe nachgeben zu können. An manchen Tagen, wenn Mary weniger geneigt war, weit zu laufen, überquerte sie nur die Blackfriars Bridge, mußte sich aber vor Taschendieben und Bettlern in acht nehmen. Es war oft noch zu früh für Prostituierte, nur die kühnsten wagten sich hinaus.

Anschließend kehrte sie zurück, um für mindestens drei Stunden an der Übersetzung zu arbeiten, die sie für Joseph machte; jetzt war es Neckers *De l'Importance des Opinions Religieuses, Über die Bedeutung der religiösen Anschauungen.*

Sie tat weiterhin so, als könne sie Französisch.

Oft gingen Joseph und sie zum Mittagessen ins *Bird-in-Hand* in Cheapside; sie aßen Hammelbraten mit Kohl und Brot und Bier. Nachmittags ging Joseph oft ins *Chapter*-Kaffeehaus in der Paternoster Row, wo Buchhändler und Schriftsteller saßen und ihre Geschäfte besprachen. Frauen konnten dort natürlich nicht hingehen, und so mußte Mary sich im *Thomas Twining Tea Shop for Ladys* trösten, und sonntags in den *Vauxhall Gardens* und manchmal in den *New Tunbridge Wells Tea Gardens*. Sie wünschte, sie könnte den berühmten *Beefsteak Club* in der Fleet Street besuchen, oder ins

Kit-Kat gehen und zwischen Mitgliedern der königlichen Familie speisen. Doch das war nicht möglich.

Die *Analytical Review* ging recht gut. Mary arbeitete hart an ihren Beiträgen. Sie fühlte, daß sie Fortschritte machte.

Artikel XIII, *Analytical Review*, Juli 1788, *Emmeline, das Waisenkind vom Schloß*, von Charlotte Smith, 4 Bde., Preis: 12 Shillings.

> *Wenige der zahlreichen Werke, die als Roman bezeichnet werden, nehmen unsere Aufmerksamkeit in Anspruch; und wenn wir dieses Werk auswählen, können wir doch nicht umhin zu beklagen, daß es dieselbe Tendenz hat wie die meisten, in deren überspannte Gefühlswelt unsere jungen Frauen sich so begierig hineinsteigern. Wird Selbstgefälligkeit derart gefördert, schlägt sie tiefe Wurzeln in einem noch unfertigen Gemüt. Und Affektiertheit vertreibt die natürliche Anmut oder überdeckt sie zumindest . . . Doch müssen wir auch feststellen, daß die falschen Erwartungen, die diese wilden Szenen erwecken, junge Leserinnen dazu verleiten, maßvolle und vernünftige Vorstellungen vom Leben als öde und einförmig zu empfinden. Infolgedessen suchen sie nach Abenteuern und lassen sich darauf ein, während Pflichten vernachlässigt und Verantwortung geringgeschätzt werden . . . Verzweiflung bedeutet nicht Reue, und Zerknirschung nützt nichts, wenn sie nicht dazu dient, den Vorsatz zur Besserung zu stärken.* M.

Wenn Mary das, was sie geschrieben hatte, gedruckt vor sich sah, war sie verblüfft. Wie gut das klingt, dachte sie, wie überzeugt, wie sicher bin ich mir in dem, was Frauen brauchen. War das die triefnasse Gestalt, die vor noch nicht einmal einem Jahr an Johnsons Tür geklopft hatte? Manchmal, wenn sie jetzt im Bett lag, konnte sie wegen der vielen Ideen, die ihr im Kopf herumjagten, nicht schlafen. Die Ideen waren wie weiße Windhunde – Tabula rasa, die Zustimmung der Untertanen, Freiheit, Moralisches Bewußtsein –, komplizierte Eindrücke, einfache Erkenntnisse. Gute Nacht, gute Nacht, gute Nacht.

Kapitel 17

~~~~~~~~~~~~~~~~~~~~~

Mary wußte, daß Joseph Anchovis mit Parmesankäse als Beilage liebte, daß er jede Nacht las, *Tristram Shandy* am Bett liegen hatte, daß er gern Backgammon spielte und Quadrille tanzen konnte und daß *Die Klügere gibt nach* sein Lieblingsstück war.

Sein Schlafzimmer lag genau zwei Stockwerke unter ihrem. Sie stellte sich die flackernde Kerze an seinem Bett vor, die um seine Knie geschlungene Bettdecke und sein bis zur Brust hinaufgerutschtes Hemd. Sie legte sich auf die rauhen, kalten Dielen ihres Schlafzimmers, die Arme wie Christus in erhabenem Flehen ausgestreckt.

Ist das genug? fragte sie das Zimmer, den Himmel, die Nacht, den Mond. Ist es das, was du willst? Bei Richard-Mit-Dem-Kurzen-Bein hatte es diese Qual nicht gegeben. Sie waren zärtlich und liebevoll gewesen und bis zum Schluß ohne eine Spur von Mißtrauen. Sanft fließend hatten sich ihre Gefühle entwickelt. Nun war es genau das Gegenteil.

Draußen war der Himmel finster und still, die Sterne gleichgültig und fern, die Wahrheit dunkel und unverständlich. Warum kann ich nicht einfach sterben, fragte Mary sich selbst. All diese Qual, wofür? Es gab keine Lösung, es gab keinen Sinn. Sie war mit sich selbst nicht im reinen, sie war ein Nervenbündel, es war ungerecht.

Es war nicht viel mehr nötig gewesen als ein paar Blicke, eine flüchtige Berührung hie und da, an der Schulter, einmal an der Taille, und beständiger, täglicher Kontakt. Mary? Ja, Joseph. Sie wandte sich ihm zu wie eine Sonnenblume; ihr Gesicht war weich und gelöst. In ihrem Herzen hörte sie den Wind. Sie bemerkte, daß seine Oberlippe in der Mitte sanft geschwungen war. Dort wollte sie ihn berühren.

Diese Gedanken waren einer Kritikerin der *Analytical Review*, einer Übersetzerin, Autorin und erwachsenen Frau nicht würdig, fand sie. Wie kam sie dazu, sich auf diesen kindischen Unsinn einzulassen? Hatten etwa bedeutende Männer wie Ben Franklin, der so ernsthaft über den Brillenrand schaute, wollüstige Gedanken? Es wurde allerdings behauptet, daß er ein uneheliches Kind hatte. Und Sam Johnson, war er jedesmal in Aufruhr geraten, wenn er zu seiner Frau ins Bett kroch? Ja, so etwas hatte sie gehört, obwohl die Frau ein ganzes Stück älter war als er und die Jungen an seiner Schule über soviel Leidenschaft lachten. Selbst Jefferson hatte eine schwarze Mätresse, so wurde gemunkelt. Mary stellte sich den hellhäutigen, rotköpfigen Jefferson vor, der sich von der anderen Hautfarbe magisch angezogen fühlte. Keiner von ihnen war gegen die Versuchung gefeit.

Sie befürchtete jedoch, daß sie die einzige Frau mit dieser Anfälligkeit war. Zweifellos gäbe es einen besonderen Platz für solche wie sie, eine Art himmlisches Armenhaus, beaufsichtigt von Vater Zeit und überwacht von Mutter Zustimmung. John Wesley selbst würde auf ihre Ausschweifung verächtlich herabsehen. Sie wagte nicht, an Reverend Dr. Price zu denken. An John Calvin. An Thomas Morus. An verschiedene Päpste. Sie stand unter Anklage. Sie liebte Joseph.

Und wie bei Blake führte ihre Obsession dazu, daß sie begann, Dinge zu sehen. Eine ihrer Visionen war eine lange Prozession von spanischen Mönchen, die sich unter Qualen mit Peitschen geißelten. Diese Mönche des dreizehnten Jahrhunderts verzehrten sich in einer so außerordentlichen Liebe, daß sie nur auf Sühne hoffen konnten; sie schlugen sich mit solcher Inbrunst, daß der dumpfe Schmerz, der ihren Körper durchdrang und ihr Denken betäubte, zumindest durch Striemen, Wunden, Kratzer und Blutergüsse sichtbar werde.

Wie sehr schämte sie sich dieser seltsamen Phantasien – und um Abbitte zu leisten, riß sie sich Haarbüschel aus, dachte an Schnee, fastete, drehte sich zur Wand, weinte.

Meist lag das unvermeidbare Ende der Qual außerhalb ihrer Kontrolle. Nicht besser als Annie kam sie auf ihrem Bett oder gegen die Wand gelehnt mit gespreizten Schenkeln oder hingekauert wie ein Tier wieder zur Besinnung; Haut an ihrer eigenen Haut vereinigte sie sich mit sich selbst und in der letzten Sekunde murmelte sie seinen Namen: Joseph.

Dieser Teil ihres Lebens blieb verborgen, wenn sie an dem langen Tisch ihre Übersetzungen aus dem Französischen und Deutschen machte und überall Seiten mit Notizen und Kupferstichen von Blake verstreut herumlagen. Buchbesprechungen gingen schnell; sie verzettelte sich nicht lange, sondern nahm die Arbeit gleich in Angriff. In guten Nächten las sie im Bett, und kurz vor dem Einschlafen begann sie, die *Geschichten aus dem wahren Leben* zu entwerfen, einen Ratgeber für Eltern.

Außerdem hatte sie jetzt genug Geld, um Eliza und Everina, die in Schottland als Hauslehrerinnen arbeiteten, jeden Monat einen festen Betrag zu schicken und Stoff für einen eigenen Morgenrock zu kaufen.

»Einen Morgenrock?« fragte Joseph.

»Ja, dann brauche ich nicht deinen zu tragen.«

»Ah, ja.«

»Ich möchte den Stoff für meinen neuen Morgenrock am Montag kaufen, Joseph. Ich habe schon einen ins Auge gefaßt, indische bedruckte Seide, sehr teuer, bei Gibbons am Ludgate Hill. Rote und blaue Blumen, goldene Borte am Rand.«

Der Stoff wartete auf sie inmitten von Ballen mit Batist und Chintz, persischem Seidentaft, schwarzem Bombasin, Crêpe de Chine, Musselin, Baumwolle, Leinen und Wolle.

»Ich nehme sechs Yards von dem da«, hörte sie sich sagen, während Joseph neben ihr stand. »Ich kann es mir leisten.«

Joseph hatte raschelnde, gerüschte Seide im Sinn, während sie an etwas seidig Fließendes dachte. Er stellte sich eine schöne leuchtende Farbe vor. Sie wußte, es mußte gedeckt sein. Sie wollte wie in jener ersten Nacht, als sie in seinen Morgenrock gewickelt war, das Gefühl haben, daß etwas Lebendiges, Gefährliches sie umgab. Der Morgenrock sollte wie ein Hemd geschnitten sein. Sie würde sich vom Schneider eine weitausgeschnittene Halspartie und eine hochgezogene Taille nähen lassen, so daß sich ihre starken Hüften unter dem Stoff abzeichnen würden, zartes, saftiges Fleisch wie zum Anbeißen; jede Bewegung ein sanftes Wogen, jeder Atemzug ein leichtes Spannen. Unter dem Busen würden kleine Abnäher im Stoff dazu dienen, ihre Brüste wie mit gewölbten Händen anzuheben. Der glatte, schimmernde Stoff würde etwas, das darunter lag, verheißen und konnte leicht von ihren Schultern gleiten. Es wäre das Gewebe ihrer Treue, die Farbe ihres Begehrens, das Muster ihrer Liebe. Der Morgenrock würde ihr Glück bringen; er würde Josephs Herz den Weg weisen.

»Montag«, sagte Joseph, »erwarten wir einen Gast zum Essen, niemand vom Eß-Club, sondern jemand, den ich mir ziehen möchte.«

»Ziehen?« Mary schaute von ihrer Arbeit auf.

»Na, dich habe ich doch auch gezogen, oder?«

»Ich bin keine Treibhauspflanze, weißt du.«

»Oh, die Dame gibt Widerworte.«

»Und auch kein Kind.«

»Das liebe ich so an dir, meine kleine Preisgurke.«

Immer sagte er: »Das liebe ich so an dir.« Nie: »Ich liebe dich.«

Mary ging hinunter in die Küche. Mrs. Mason war an diesem Sonntagnachmittag ins Haus gekommen und rollte gerade Blätterteig aus. Auf der Marmorplatte des Küchentischs lagen die Schichten ausgebreitet. Das Feuer brannte noch nicht, und Mary sehnte sich, ihr Gesicht und ihre Wangen auf die kühle, mehlüberstäubte Platte zu drücken.

»Soll es denn morgen ein richtig großes Essen geben?« fragte Mary.

»Jetzt hören Sie aber auf, Miss Mary. Trinken Sie Ihren Kaffee und seien Sie vergnügt.«

»Was ist denn das für eine Person, die da kommen soll?«

»Kind, Sie sehen müde aus.«

Sah man es ihr denn an, hatte Mrs. Mason etwas bemerkt, fragte sich Mary. Neben der Eingangstür hing ein geschliffener Spiegel an einer goldenen Kette; im Vorbeigehen konnte Mary nicht widerstehen hineinzuschauen; sie sah eine verworfene Frau mit schwarzen Ringen unter den Augen wie ein Waldtier, mit wild zerzausten Haaren und einem liederlichen Zug um den Mund.

»Oje, oje, ich sehe ja zum Fürchten aus«, sagte sie mit Fistelstimme zu sich selbst und machte sich ernsthaft Sorgen, daß man ihr die verzweifelten Nächte und die verworfenen Praktiken ansehen könnte.

»Also, wer ist nun diese Person, Mrs. Mason, sagen Sie es mir!«

»Ach, Miss Mary.«

»Ich, Mary Wollstoncecraft, befehle es Ihnen kraft der mir von unserem guten King George verliehenen Vollmacht.«

»Ein junger Mann.«

»Ein junger Mann?«

»Ein Schriftsteller.«

»Ein junger Mann?« Marys Stimmung besserte sich schlagartig. Sie war überglücklich. »Nur ein Mann? Sind Sie sicher, daß es ein junger Mann ist, Mrs. Mason? Versprechen Sie es? Nicht eine junge Dame?«

»Guter Gott, Mary, ich verspreche es beim Grab meiner Mutter und bei der Ehre meines Vaters und...«

»Ich bin beruhigt. Das ist wunderbar. Ein Mann. Ich bin glücklich. Ihre Majestät und alle Kinder des Reiches danken Ihnen.« Mary machte eine tiefe Verbeugung.

»Jetzt hören Sie aber auf.«

»Nein, wirklich, ich *bin* ausnahmsweise einmal glücklich.«

»Wirklich?«

»Ohne jeden Zweifel, Mrs. Mason, ohne jeden Zweifel. Morgen wird ein wunderbarer Tag.«

»Sie bauen Ihr Glück auf etwas so Geringfügiges?«

»Ist es geringfügig?«

»Ein Fädchen, meine Liebe, das jeden Augenblick reißen kann.«

»Nein, das verstehen Sie nicht.«

»O doch, meine Liebe.«

Kapitel 18

Das Wetter, um damit zu beginnen, erwies sich nicht als so wunderbar. Es war einer dieser seltenen heißen Tage in London, an denen die Luft stickig ist und räudige Hunde durch die Straßen streunen. Die mattgrüne Kuppel von St. Paul's schimmerte in der Hitze wie eine Brust. Als Mary an diesem Tag erwachte, fühlte sie sich nicht ganz auf der Höhe. Trotz ihrer großen Erleichterung war sie verdrießlich zu Bett gegangen; Mrs. Masons Bemerkungen hatten sie beunruhigt, und nachts träumte sie schlecht, so daß sie im Schlaf weinte. Elizas Baby war ihr, unter den dunklen Dachbalken schwebend, erschienen. Einmal war Mary sogar vom Bett aufgestanden und zur Tür gegangen, ohne es zu merken.

Trotz der Hitze trug Joseph bei ihrem Morgenspaziergang ungewöhnliche Kleidung. Er erschien in Weste und Cutaway, Kniehosen und weißen Seidenstrümpfen. Er hatte neue Schnallen auf den Schuhen, und seine Krawatte war elegant zu einer Schleife mit herabhängenden Enden gebunden. Sie sah aus wie ein großer Seidennachtfalter an seinem Hals. Und sein Mantel war von einem Grün, das ihm nicht stand.

»Morgenrock«, zwitscherte er, als sie in die Straße einbogen, in der sich Robert Gibbons Stoffgeschäft befand.

»Morgenrock«, antwortete sie singend und gewann ihre gute Laune zurück.

Als sie eine Woche zuvor ins Geschäft gekommen waren, hatte Mr. Gibbons sie begrüßt: »Chinesischer Brokat, italienische Seide, indische Seide, feiner Satin, gestreift und uni, Wolle, Baumwolle, Mohairseide, Crêpe de Chine und Schottenstoffe.«

Aber nun war die Straße leer, wirkte unheimlich. Als sie zu dem Geschäft kamen, war es mit Brettern vernagelt. Auf der Straße gab es keine Ausrufer, keine Händler, keine Bücherstände, keine Wagen, keine feinen Damen in Zweispännern oder Kaleschen. Die Straße war vollkommen leer.

In einem heißen Windstoß wirbelte Mary ein Blatt mit einer gedruckten Ballade entgegen und verfing sich in ihren Röcken; eine dreibeinige Katze humpelte vor ihr her, eine Frau eilte auf sie zu.

»Warum ist es denn hier so leer?« fragte Mary.

»Heute ist Hinrichtung, Liebchen, vier sollen gehenkt werden.«

Mary mußte sich bei Joseph anlehnen.

»Natürlich«, sagte er. »Montag ist Hinrichtungstag, da gehen alle hin, zugucken.«

»Himmel«, sagte Mary, und sie fühlte, wie Frühstücksbrötchen und Kaffee wieder hochkamen.

»Warst du etwa noch nie bei einer Hinrichtung, Liebes?« fragte Joseph und wirbelte seinen Spazierstock durch die Luft.

»Nein.«

»Niemals?« Er klopfte leicht auf ihren Rock.

»Ich will mir so was nicht ansehen.«

»Oh, dann erst recht, dann unbedingt. Es ist ein bedeutendes Schauspiel unserer Zeit.«

»Ich will mir so was nicht ansehen.«

»Ein ehrwürdiger englischer Brauch. Das gehört zur Bildung.«

»Du machst dich über mich lustig.«

»Bestimmt nicht. Es *gehört* zur Bildung. Bist du nicht eine Dame, die über ernste Dinge schreiben möchte?«

»Ja, aber ... ich muß mich nicht nach Bedlam ins Irrenhaus einliefern lassen, um über das Irrenhaus schreiben zu können, und wenn ich drin wäre, könnte ich wahrscheinlich nicht darüber schreiben.«

»Mary, Mary, so emotional.«

»Das ist nicht gut, stimmt's?«

»Nein, überhaupt nicht.«

»Ein weiblicher Zug?«

»Eindeutig.«

»Joseph . . .«

»Sollten wir uns nicht bemühen, unerschrocken alles kennenzulernen, was zur Wirklichkeit gehört?«

»Aber du bist doch grundsätzlich gegen das Aufhängen, Joseph, du hast selbst . . .«

»Nicht nur grundsätzlich, meine Liebe, sondern weil ich es gesehen habe. Ich kenne es aus Erfahrung. Haben nicht Locke und Hume und . . .«

»Willst du behaupten, daß wir nur über das sprechen und schreiben können, was wir direkt . . . Das behauptest du?«

»Nein, natürlich nicht. Aber wenn wir es können, sollten wir es tun, denn schließlich wäre es feige, dem Feind nicht ins Gesicht zu blicken. Meinst du nicht auch?«

Joseph veröffentlichte Bücher gegen die Sklaverei in Amerika, vergegenwärtigte sich Mary. Er war ein guter Mensch und ein Dissenter, der glaubte, daß jeder das Recht auf Religionsfreiheit haben müsse, sogar Juden und Katholiken, Methodisten und Quäker. Wie Blake meinte er, daß Kinder nicht zur Arbeit, sondern zur Schule geschickt werden sollten. Er war der Ansicht, daß Tiere nicht gequält werden dürften und Frauen Berufe erlernen sollten. Er hatte sich mit vielem auseinandergesetzt, seinen eigenen Standpunkt entwickelt. Sie führte sich töricht und kokett auf.

Die Hinrichtungsprozession setzte sich von Newgate, dem Gefängnis in der Innenstadt von London, aus in Bewegung. Angeführt von den Karren mit den vier Verurteilten, zog eine lange Schlange grölender, betrunkener Leute an St. Sepulchre's Church entlang. Langsam wanderte die Menschenschlange an Snow Hill vorbei, kam wieder und wieder ins Stocken, zog weiter zum Holborn Hill und von dort herunter zur Oxford Street, zur Tyborn Road und zum Baum von Tyborn, dem eigentlichen Ziel. Die Trommeln schlugen einen Trauermarsch.

Die Sonne stand schon hoch am Himmel, und der leichte Morgenwind war einer drückenden Schwüle gewichen. Nun bildeten sich Schweißperlen auf Marys Oberlippe. Sie fühlte, daß ihr Korsett durchnäßt war; seine Stäbe drückten sich durch ihr Mieder und würden unter ihren Brüsten eine Reihe von Striemen hinterlassen, als wäre sie dort geschröpft worden. Beim Laufen rieben ihre Schenkel aneinander, sicher waren sie an den Innenseiten rot.

Drei von den Verbrechern, die gehenkt werden sollten, waren erwachsene Männer um die Zwanzig, aber einer war noch ein Junge; er war schmal und weinte wie ein Baby.

Alle vier standen allein in einem Karren, jeder auf seinem Sarg, während ein Kaplan im ersten Karren lauthals Psalmen rezitierte.

Zuvor hatte der Presbyter von St. Sepulchre's beim Klang der Totenglocke intoniert: »Ihr, die Ihr verurteilt seid zu sterben, bereut mit bitt'ren Tränen Eu'r Vergehn, erflehet Gnade von dem Herrn des Himmels, daß er sich Eurer Seel' erbarmt.«

»Was haben sie denn getan?« fragte Mary eine Frau. Es war dieselbe, die sie schon in Ludgate Hill gesehen hatten. Sie schien sich ihnen angeschlossen zu haben.

»Na, geklaut ham se, Liebchen.« Die Frau hatte keine Zähne mehr und mußte den Mund wie eine Kuh bewegen. Auf dem Weg war sie mehrere Male stehengeblieben, hatte die Beine breit gemacht und sich erleichtert wie eine Kuh auf der Weide. Sie hockte sich nicht wie die anderen Frauen in eine Ecke und trat danach mit hochgehobenen Röcken anmutig beiseite. O nein, die da scherte sich nicht um so was. Ihre großen Brüste baumelten wie Euter. Aus dem Gesicht wuchsen ihr Haare wie Stacheln. Doch sie war recht zufrieden mit sich selbst, das konnte man sehen.

»Hat der Junge auch geklaut?« fragte Mary.

»Na, der is' doch der Schlimmste von den viern. Der hat sei'n Herrn die Schublade aufgebrochen, rums, ein Pfund rausgenommen, der Gauner, Tee und Zucker gekauft, könn' Sie sich das vorstell'n, 'n bloßer Lehrling geht mir nichts, dir nichts ins

Geschäft, na und dann 'n Becher Gin, Weißbrot vom Feinsten, und dann ham sie ihn am hellichten Tage – sieben oder so – gefunden, wie er draußen vor'm Bordell seinen Rausch ausgeschlafen hat, 'n freches Grinsen im Gesicht. Sicher seine erste und einzige Frau.«

Die Frau roch selbst nach Gin. Nach Gin und Verwesung. Sie war in ihr Kleid eingenäht, wie es Brauch war, eingenäht für das ganze Jahr bis zum Bad an Weihnachten oder Ostern. Nur die Röcke konnten hochgehoben werden für verschiedene Bedürfnisse. Inzwischen nistete Ungeziefer in den Falten des einst blauen Stoffes. Entlang dem Saum hatten Wanzen Löcher hinterlassen. Fliegen folgten den Rüschen der Turnüre, die den Hintern bauschig überwölbte, und braune Flecken von altem Blut waren hie und da erkennbar. Mary dachte an zerquetschte Larven zwischen ihren Brüsten, an Filzläuse, die sich in ihren Unterleib gruben, und Läuse, die ihr wohl oder übel durchs Kopfhaar krochen.

»Die andern«, fuhr die Frau fort, »die ham Brot, Kartoffeln und ein dickes Ende Pökelfleisch geklaut.«

»Ach – so ein hübscher Bursche«, sagte Joseph.

»Hübschsein rettet ihn nicht vor'm Galgen – nee, Sir.«

»Ist doch noch ein Kind«, sagte Mary.

Das waren nicht schöne und kühne Straßenräuber, die ihren Anbeterinnen eine Haarlocke zuwarfen; keine Blumenkränze zierten die todgeweihten Häupter, keine tränenvollen Gedichte, mitreißenden Lieder, flammenden Reden begleiteten die rollenden Karren. Und es wurde auch nicht auf halbem Weg in Holborn für einen Abschiedstrunk und Trinkspruch angehalten.

Das Ganze war ordinär und erbärmlich, kein Stoff für Balladendichter.

Doch die Menge lärmte in begieriger Erwartung. Es herrschte Festtagsstimmung; man ließ die Arbeit Arbeit sein und amüsierte sich bei Wurst und Schweineohren, Rettichen und Zwiebeln, Gin und Bier. Straßenhändler mischten sich gleich bei den Galgen unters Volk, und Huren machten sehr gute Geschäfte; sie lehnten sich gegen Karren und Kutschen, lagen mit gespreizten Beinen unter Büschen, so daß das dichte Haar zu sehen war, das ihnen wie ein wilder Bart über den rosa Falten ihrer gierig klaffenden Münder wuchs.

Ja, dachte Mary, so sieht das aus, und sie schämte sich, denn die Lippen dieser Münder waren groß und weich, während der Hahnenkamm, an dem sie in verzweifelten Nächten gern herumspielte, sich schrumpelig und eingerollt angefühlt hatte. Genau wie damals als Kind bei der sitzenden Annie, ein Aroma von gesalzenem Hering und Anisplätzchen.

»Drei Reihen Nadeln ein Penny«, rief ein Straßenhändler. »Kurze, lange und mittlere.«

»Aalsuppe, frische Aalsuppe!«

»Lieder, einen Penny das Blatt!«

»Gefüllte Klöße, gefüllte Klöße!«

»Joseph, mir ist schlecht«, sagte sie. »Ich möchte nach Hause.«

»Gleich«, sagte er. »Gleich. Noch einen Moment.«

Der Junge, höchstens zwölf, mit verfilzten Locken und einem lieben Kindermund, starb nicht sofort, sondern tänzelte und baumelte, würgte und wand sich, bis sein Vater und sein Onkel aus Mitleid nach vorne traten und an seinen Beinen zogen. Und der arme Kleine schnappte noch einmal nach Luft, beschmutzte sich und starb.

In diesem Moment übergab sich Mary auf die Straße; zwei gierige Hunde leckten alles sogleich auf. Joseph mußte sie zum nächsten Baum führen.

»Ein Kind, Joseph, noch ein Kind.« Sie setzte sich erschöpft hin. Der Baumstamm roch nach Urin. Jemand hatte sich in der Nähe übergeben. Mary holte tief Luft und lehnte den Kopf zurück, schloß die Augen. Ich muß wieder zu mir kommen, sagte sie zu sich selbst.

»Was ist das Leben andres, Liebchen, als ein Jammertal«, sagte die Frau. »Der Bursche ist zu beneiden.«

»Aber, was er getan hat...«

Mary dachte daran, wie sie als Kind heimlich in die Speisekammer geschlichen war, ihre Finger angeleckt und in den Zucker getaucht hatte (sie liebte Süßigkeiten). Dafür wurde sie verprügelt, bis sie sich in die Hose machte, aber nicht gehenkt.

»Jetzt ist's genug, Mister Wollstonecraft«, hatte Annie damals gesagt. »Dem Kind tut es leid.«

Später brachte Annie ihr Brot und Wasser zum Kinderzimmer, gurrte vor der Tür: »Miss Mary, Miss Mary.«

Mrs. Wollstonecraft hatte ihr Essen, Tee und warme Waschlappen verboten.

Marys älterer Bruder hielt Wache an der Tür und ritt auf seinem Schaukelpferd.

»*Ich* bin hier der Herr.«

»Kannst du stehen, Mary?«

»Als Bauer Christoph Düwels-Eck...«

»Was?«

»Irgendwie dachte ich, die Aussetzung des Todesurteils würde jeden Moment kommen, Joseph, wie in der *Bettleroper*, und ihn vor dem Galgen bewahren. Die Reiter würden Aufstellung nehmen, das Dokument entfalten, Siegel und Unterschrift: King George III., Seine Majestät, der König. Eine Begnadigung.«

»Oh, Mary, das hier ist kein Theaterstück.« Joseph sagte es traurig, doch sein Gesicht war gerötet, und er konnte die Hände nicht ruhig halten. So war es auch, wenn er im Eifer eines guten Gesprächs zwischen Blake und Paine etwas beisteuern wollte und nicht zu Wort kam.

»Oder wie bei Sir Gawain und dem Grünen Ritter. Ein neuer Kopf. Ein neues Leben. Eine Chance.«

»Nein, Mary.«

Mary mußte sich abends noch einmal übergeben. Yorkshire-Pudding, Roast Beef, Taubenpastete und schwerer Gewürzkuchen. Zwei Mahlzeiten an einem Tag.

Diesmal war es ihr äußerst peinlich, denn der Gast war da. Das große Ereignis, der junge Schriftsteller. Als erstes erzählten sie von der Hinrichtung.

»Der Kleine war ein hübscher Kerl«, sagte Joseph.

In diesem Moment mußte Mary in den Garten eilen, und Joseph, der ihr folgte, stand bei ihr und strich ihr über den Nakken.

»Na, na, Mary, jetzt sei mal ein vernünftiges Mädchen.«

Alle Gänseblümchen, die um den Abort herum wuchsen, hatten zur Nacht ihre Kelche geschlossen, obwohl der Mond fast so groß und hell schien wie die Sonne. Er ging über der grünen Kuppel der Wren's Cathedral auf wie eine große, schimmernde Untertasse.

»Wie können wir so etwas zulassen?«

»Ach, Mary, wie können wir überhaupt irgend etwas zulassen?«

»Aber er war ein Kind, Joseph, bloß ein hungriges Kind.«

»Ich weiß«, sagte er. »Ich weiß.«

Doch schien es, als wäre er nicht richtig da, oder zumindest als wäre der Joseph, den sie kannte, nicht da. Den ganzen Tag war er konfus umhergelaufen, in seltsamer Erregung, und die Hinrichtung berührte ihn nicht, machte ihn nicht traurig, im Gegenteil, sie schien ihm irgendwie Auftrieb zu geben. Sie haßte den bloßen Gedanken daran, doch er war wie alle andern in der Menge hochrot im Gesicht und aufgeregt gewesen. Dauernd leckte er sich die Lippen, strich sich die Hose glatt; und er lief nicht vorsichtig, ein wenig auf den Zehenspitzen wie sonst, sondern eher tänzelnd wie bei einem Fest.

»Vielleicht solltest du früh schlafen gehen«, sagte Joseph liebevoll.

»Ja«, stimmte sie zu. »Ich finde alles furchtbar.«

»Mary.«

»Ja, wirklich.«

»Du bist überanstrengt; denk nicht so viel daran.«

»Ein Kind ist aufgehängt worden, Joseph.«

»Ja, ja, genau.«

Mrs. Mason hatte tagsüber das Essen vorbereitet und war vor einer Stunde gegangen. Sie waren allein im Haus – Mary, Joseph und dieser Mr. Smith. Ein Hauch von Einsamkeit lag über dem Abend. Mary wünschte, im Eßzimmer würde das angeregte Stimmengewirr herrschen wie jeden Donnerstag, wenn alle versuchten, zu Wort zu kommen. Dieser Mr. Smith war äußerst schweigsam, er und Joseph tauschten lange Blicke, als bewahrten sie ein Geheimnis, das nur sie beide kannten. Er hatte dunkelrote Rosen mitgebracht, mit Blütenblättern wie aus Samt. Sie standen in einer Vase in der Mitte des Tisches und sahen aus, als ließen sie nichts Gutes ahnen.

Mary ging hinunter in die Küche, um etwas Wasser zu holen. Als sie die Pumpe bediente, sah sie all die Fliegen, die auf dem Boden lagen. Die Wände waren mit Fliegenleim bestrichen. Die Decke natürlich nicht, denn sonst wären die Fliegen ins Essen gefallen, das auf dem Tisch zubereitet wurde.

Sie betrachtete die traurigen kleinen Reihen toter Fliegen entlang der Wände, die zarten, starren Beinchen, die welken Flügel, die trockenen, federleichten Körper.

Von wohlmeinenden Bürgern waren Vorschläge eingebracht worden, die Pferde unter dem Schwanz Beutel tragen zu lassen, aber sicher würden die Fliegen auch dann noch den Beuteln folgen und ihren Weg in die Küchen finden.

Mary trank einen Schluck Wasser. Ihre Kehle war wie ausgetrocknet, und ihr Mund fühlte sich an, als habe sie Sägemehl gegessen. Das muß der Yorkshire-Pudding sein, dachte sie. Dann ging sie ins Eßzimmer, entschuldigte sich bei dem Gast, Mr. Smith, und kletterte die Stufen zu ihrem Zimmer hinauf.

Es war eine heiße Nacht, so ungewöhnlich drückend, daß Mary sogar bei geöffnetem Fenster und beiseite geschobener Decke nicht schlafen konnte.

Wenigstens, sagte sie zu sich selbst, weiß ich nun, was wirklich grauenvoll ist, und ich weiß, daß ich ein verworfenes, leichtfertiges Mädchen bin. Vielleicht sollte ich sterben. Dieser Gedanke stieg oft in ihr hoch und mußte zurückgedrängt werden. Manchmal überfiel er sie ganz unvermutet an einem sonnigen Tag oder sogar, wenn Joseph und sie die Vauxhall Gardens besuchten und unter Bäumen spazierten, die mit Papiermonden und -sternen geschmückt waren. Auf ›Ich muß sterben‹ folgte sofort ›Ich muß berühmt werden‹, oder die Reihenfolge war: ›Ich muß berühmt werden und ich muß sterben.‹ Und manchmal kam der Gedanke direkt aus der Tiefe ihres Verlangens, bohrte sich hinab in ihre eigene Dunkelheit. Ich muß sterben. Solche Gedanken lagen hinter ihrer munteren, schnippischen Klugheit. Sie wußte, sie war nicht besser als die Frau bei der Hinrichtung, die sie verachtet hatte. Sie war schlimmer, denn bei ihr nistete das Ungeziefer im Inneren. Ihr Herz war wurmzerfressen, und ihr Hirn wimmelte von unzüchtigen Gedanken. Ihre Pflicht war es zu leben, aber sie scherte sich wenig um Pflichten und noch weniger ums Leben.

Sie mußte auf den Nachttopf. Doch in solch einer Nacht konnte sie sicher hinauslaufen und auf den Abort gehen. Sie hörte die Glocken von St. Paul's zwölfmal schlagen. Oje, dachte sie, oje, schon so spät.

Als sie auf Zehenspitzen die Treppe hinunterstieg, konnte sie hören, daß sie sich noch immer unterhielten, Joseph und Mr. Smith, doch die Stimmen kamen nicht aus dem Eßzimmer. Die Tür zu Josephs Schlafzimmer war angelehnt. Dort waren sie. Wie merkwürdig, dachte sie, dann blieb sie stehen, warf einen Blick hinein. Lieber Gott. Ihr Herz krampfte sich zusammen, sie dachte, sie würde gleich in Ohnmacht fallen.

Sein Zimmer.

Das Bett.

Die Bettlaken zerwühlt.

Licht genug um zu sehen, denn der Mond schien mitten durchs Fenster, blieb dort unverwandt, als ob auch er den Blick nicht abwenden könnte.

Das Bett, die Laken, der Teppich neben dem Bett, der Boden schimmernd gewachst, ein braunes Meer aus Holz. Und wie gerne hätte sie sich in den Holzwirbeln verloren, statt die Füße zu erblicken, die Füße auf dem Teppich, die nackten Füße, und den Blick an den Beinen hochwandern zu lassen, den Männerbeinen.

Der Junge hatte glatte Wangen wie ein Mädchen, das Haarband war gelöst, und seine langen blonden Locken fielen ihm in den Nacken.

Lieber Gott im Himmel, dachte Mary, gib mir Kraft, das auszuhalten.

Denn der Hintern des Jungen, des Mannes, des Schriftstellers, war weiß wie Milch und rund wie eine pralle Schweinsblase.

Und Joseph Johnson war über den Rücken des jungen Mannes gebeugt, der sich mit dem Bauch gegen das Bett stützte, und Josephs Beine drängten sich an ihn. Die beiden Männer hatten sich vereinigt. Haut an Haut.

Der junge Mann hatte den Kopf zur Seite gedreht; Mary starrte ihn an.

Das ist der Traum von der Liebe, dachte sie und fühlte einen unvorstellbaren Schmerz.

Die Szene am Galgen tauchte wieder vor ihr auf, der bestürzte Blick des Kindes. Sie erinnerte sich an Josephs Gesicht, wie er sie einmal ansah, als er dachte, sie bemerke es nicht. Sein Ausdruck war voll Kummer und Mitleid. Was ist denn, Joseph, hatte sie fragen wollen. Was soll ich nur mit dir anfangen, hatte er schweigend geantwortet. Nun verstand sie es und konnte die einzelnen Bruchstücke zusammenfügen, bis ein deutliches Bild entstand.

Sie erinnerte sich, so jemanden schon einmal gesehen zu haben, einen Sodomiten. Man hatte ihn in den Gefangenenblock gesteckt. Es war in Yorkshire, zur Zeit ihrer Kindheit. Dieser Mann sah nicht weibisch oder zart oder irgendwie anders aus als jeder normale Mann, aber es wurde behauptet, er sei ein Sodomit, und so brachte man ihn zu dem Holzblock, steckte ihm Arme und Beine durch die passenden Balkenlöcher. Den ganzen Tag saß er so, und anfangs, am Morgen, kamen nur johlende Schulkinder und später

Frauen, die zum Markt gingen und ihn anspuckten. Um die Essenszeit versammelte sich eine große Menge Männer, die ihn mit schweren Steinen bewarfen.

Als schließlich die Gefängniswärter kamen, um ihn abzuholen, war sein Körper ganz schlaff und sein Kopf hing seitlich herab. Er war tot.

Henry

Kapitel 19

Im achtzehnten Jahrhundert wurden Aale lebendig gehäutet und Gänse geschächtet, Pferde geprügelt, Bären gehetzt und Kinder verstümmelt, um sie zum Betteln auf die Straße zu schicken, während die Zähne, die man ihnen gezogen, und das Haar, das man ihnen geschoren hatte, verkauft wurden. 1787 gab es in London 166 Vergehen, für die ein Mensch gehenkt werden konnte. In Frankreich wurde Robert François Damiens 1757 nach seinem mißglückten Anschlag auf Ludwig XV. mit glühenden Zangen Fleisch ausgerissen, die Hände sengte man ihm mit Schwefel ab, sein Körper wurde an Armen und Beinen von vier Pferden an Stricken auseinandergezerrt, um ihn zu vierteilen, und schließlich – er lebte wahrscheinlich noch – wurde sein Rumpf auf dem Scheiterhaufen verbrannt. Englische Soldaten und Matrosen erhielten regelmäßig Schläge. 1727 behauptete einer von ihnen, er habe insgesamt 26 000 Peitschenhiebe bekommen.

Als Mary bei ihrem Großvater in Spitalfields lebte, war einmal ein Schornsteinfeger in einem Kamin steckengeblieben, weil er zu beleibt und für seinen Beruf schon zu alt war, und er starb eingezwängt in den Mauern.

Boswell, Dr. Johnsons treuer Biograph, litt neunzehnmal an Gonorrhöe. In London starb eins von fünf Babys während des ersten Lebensjahres. In *Grundlagen einer Neuen Wissenschaft* konstatierte Vico, daß jedes Zeitalter von unverwechselbaren Eigenschaften und Standpunkten geprägt ist. Voltaire machte in seinem *Candide* deutlich, daß dies nicht die beste aller möglichen Welten ist. Rousseau glaubte daran, daß der Mensch seine Anlagen entwickeln kann, um die Fähigkeiten der Frau kümmerte er sich nicht.

Mary Wollstonecraft schrieb in ihrem Buch *Anmerkungen zur Erziehung von Töchtern*: »Die meisten Frauen und auch die meisten Männer haben überhaupt keinen Charakter. Nur Ansichten und tugendhafte Vorlieben, die zufällig entstehen und vergehen.«

In ihrem dritten Buch, *Geschichten aus dem wahren Leben*, zeigte Mary Wollstonecraft das unbarmherzige soziale Klima ihrer Zeit an der Geschichte vom verrückten Robin. Sie ging folgendermaßen: Tagsüber gingen die Kinder betteln und nachts schliefen sie bei ihrem unglücklichen Vater. Schmutz und Armut schwächten ihre Gesundheit und beraubten sie bald der rosigen Frische, die gesunde Landluft auf Kinderwangen malt. Frühzeitig erkrankten sie an Typhus – und starben. Der arme Vater hatte nun all seine Kinder verloren und stand über ihr Bett gebeugt in stummer Pein; kein Seufzer, keine Träne entrang sich ihm, während er zwei oder drei Stunden in derselben Haltung verharrte und auf die Leichen seiner Kinder starrte. Der Hund leckte ihm die Hände, bemüht, die Aufmerksamkeit seines Herrn auf sich zu lenken; eine Zeitlang schien dieser die Liebkosungen nicht wahrzunehmen; als er sie bemerkte, sagte er traurig: Du wirst mich nicht verlassen – und dann bekam er einen Lachkrampf. Die Leichen wurden abgeholt; er blieb weiterhin verstört, war oft außer sich vor Verzweiflung; mit der Zeit legte sich jedoch die Raserei, und er wurde melancholisch und harmlos.

Ein Kupferstich von William Blake illustriert diese Szene in der zweiten Ausgabe des Buches.

Kapitel 20

Das Atmen fiel Mary schwer an jenem Morgen, nachdem sie Joseph mit seinem Freund gesehen hatte. Sie schaffte es kaum, Rock und Mieder anzuziehen. Sie wusch sich Gesicht und Hände in der Schüssel und mußte sich zureden, mit dem Weinen aufzuhören. Schließlich hatte sie Hände, ein Gesicht, Beine, und sie lebte. Der Lappen fiel ihr herunter. Sie wollte ihn aufheben, verlor dabei das Gleichgewicht und fiel fast hin. Und als sie hinaus zum Krämerladen ging, um Brot und Käse einzukaufen (sie wußte, sie mußte essen, und was, wenn Joseph unten in der Küche wäre?), spürte sie ihre Füße auf den Pflastersteinen nicht.

Im blendend hellen Licht des Tages fand sie die Welt verwandelt vor. Über Nacht hatten die Gebäude sich verschoben und die Form verändert. Umrisse fremdartiger Tiere ragten groß wie Riesen über die London Bridge und St. Paul's. Eins der Gebäude hatte ein Gesicht wie ein Bär mit roten Augen. Der einzige Bär, den Mary je gesehen hatte, war bei einem kleinen Jahrmarkt aus Italien aufgetreten. Er hatte sich von der Leine gerissen und stürzte auf den Kreis der Zuschauer los. Einige Männer hatten Gewehre herausgeholt und schossen auf ihn. Peng, peng. Artig fiel er zu Boden, diese winzigen Gewehre, diese Spielzeuggewehre, konnten sicher keinen Schaden anrichten. Dann war er artig gestorben, hatte das Spiel mit dem Anflug eines Lächelns aufgegeben. Wie ein hellroter Faden kam ihm das Blut aus den Nüstern und tropfte auf die Straße. Armer Bär. Der Gedanke an ihn brachte sie zum Weinen. Die Gleichgültigkeit ihrer Mutter, was Annie von ihr verlangt hatte, daß Eliza ihr Baby verloren hatte, Fannys Tod – alles brachte sie zum Weinen. Was für ein vergebliches Leben habe ich geführt, sagte sie zu sich selbst und weinte von neuem über die ganze Unordnung.

Außerdem sah sie die Dinge nicht, wie sie es gewöhnt war. Die St. Paul's Church kam ihr vor wie eine Höhle von krächzenden Greifvögeln mit gespaltenen Zungen und Klauen, die bereit waren zuzupacken. Die Geistlichen hatten eine seltsame Haut, fand sie, metallisch schimmernd, schuppig, kalt. Die Kirchtürme schienen Mäuler zu haben – so ähnlich wie die Aale, die sie bei einem Stand an der Themse in Bündeln aufgehängt gesehen hatte. Im Geiste sah sie vor dem Londoner Tower abgeschlagene Köpfe auf Spießen, wie in den alten Tagen. Offensichtlich waren die Straßen nicht sicher.

Aufgeregt und durcheinander kehrte sie nach Hause zurück, sah mit Erleichterung, daß Joseph noch im Bett war. Zittrig drückte sie Brot und Käse an sich, lief schnell die Treppe hinauf und schlüpfte wieder ins Bett, aß aus der Hand, verstreute Krümel auf dem Laken.

Alle Knochen taten ihr weh, das Zahnfleisch auch. Sie hatte das Gefühl, als würden ihr gleich die Zähne aus dem Mund fallen. Wie konnte sie essen? Wie konnte sie weiterleben?

den 30. September 1789

Liebe Eliza, warst Du schon einmal so unglücklich, daß Du sterben wolltest? So geht es mir im Augenblick. Ich habe keine Hoffnung, denn ich kenne jetzt die Wahrheit. Mein Leben ist vorbei. Der Schmerz hat mich ganz überwältigt, und ich bin ohne jeden Trost. Hätte ich geahnt wie es ist, wenn man sich so fühlt, hätte ich mich niemals so weit aus meinem Schneckenhaus hinausgewagt. Es lohnt sich nicht, die Arme auszustrecken, zu lächeln, zu nicken, liebenswürdig zu sein. Was soll ich tun? Sag es mir. Schreib mir. Rette mich.

den 24. Oktober 1789

Liebe Mary, ich nehme an, Du hast Liebeskummer. Und das in Deinem Alter. Neunundzwanzig bist Du jetzt? Hast Du kein Gefühl für Würde?

Laß Dir das eine Lehre sein. Hauslehrerin in Schottland zu sein ist schon schwer genug für mich, auch ohne verzweifelte Briefe von Dir. Ich wünschte, ich hätte einen Mann, von dem ich träumen könnte. Jetzt reiß Dich zusammen, übertreib nicht so, lebe und spiel nicht verrückt, Herrgott noch mal. Dir ist anscheinend überhaupt nicht klar, was für ein Glück Du hast, von Deinem Verstand leben zu können. Du behauptest doch, von Deinem Verstand zu leben? Bitte schicke mir, was Du an Geld erübrigen kannst. Ich brauche einen Umhang für den Winter, Garn für Handschuhe und einen Hut. Es grüßt Dich Deine Schwester Eliza

Mary warf Elizas Brief in die Themse. Als sie von der Putney Bridge hinunter auf die brackigen Wasserstrudel blickte, konnte Mary die Leiden des jungen Werther, Goethes unglücklich Verliebtem, verstehen. Sie konnte nachempfinden, wie Werther durch unerwiderte Liebe früh zu Tode gekommen war. Obwohl er nur eine Gestalt aus einem Buch war, noch dazu aus einem Roman, erschien ihr sein Schicksal sehr real. Er war eine Warnung, eine Lehre für den Leser. Der erste Blick auf Lotte, seine Geliebte, hätte dem armen Werther die Katastrophe schon andeuten müssen. In den *Leiden* deutete Lottes Händedruck schon auf die Pistole in Werthers Hand: fühlte er nicht das kalte Rohr des Gewehrlaufs in ihrer gepuderten Hand? Und konnte er in ihrem scheinbar so liebreizenden Lächeln nicht das tückische Grinsen des Todes erkennen? Alles war doppelbödig.

den 15. November 1789
Liebe Everina, wir leben in einer Welt voll Grausamkeit und Verzweiflung, in der es Bedlam, Newgate und die Armee Seiner Majestät, öffentliche Hinrichtungen und bettelnde Kinder gibt und Menschen, die in Tretmühlen arbeiten und an Webstühlen sitzen, bis sie vor Hunger ohnmächtig werden, und welche, die unter sich machen, weil sie ihre Maschinen nicht unbeaufsichtigt lassen dürfen; wie ist es angesichts all der Schrecken dieser Welt möglich, daß ich, daß man durch die Gleichgültigkeit eines anderen so sehr verletzt werden kann? Ich verstehe es nicht. Bitte hilf mir, daß ich mich nicht gehenlasse.

Everina antwortete:

Mary, benimm Dich und achte auf Deine Pflichten gegenüber Deiner Familie. In diesem traurigen Zustand bist Du ihnen keine Hilfe.

Mary dachte daran, sich vor ein Pferd zu werfen oder von einer Brücke zu stürzen. Einfach nicht mehr zu essen und zu trinken oder in die Küche hinunterzugehen, wo die Messer hingen, sie in einer Reihe auf den Tisch zu legen und sich nacheinander ins Herz zu stoßen. Es wäre nicht schwierig. Obwohl sie den Kopf voll schrecklicher Bilder hatte, konnte sie klar denken. Doch sich zu bewegen fiel ihr schwer. Selbst das Kämmen war eine zu anstrengende Arbeit für sie. Ihr Körper schien in eine dicke Stoffdecke gewickelt, die all ihre Bewegungen behinderte. Das Tageslicht tat ihren Augen weh. Sie mußte sie vor dem grellen Schein schützen. Die Geräusche vermischten sich und waren nicht mehr auseinanderzuhalten – der Schrei eines Esels, das Weinen eines Babys, das Quietschen der Kutschenräder, das Knallen der Peitsche.

Die einzige Alternative war, tief in der kühlen Erde zu ruhen, wie wohltuend, wie heilsam das wäre. Sie empfand die Vorstellung nicht als abstoßend, daß Würmer ihr die Augen ausfressen und sich durch ihre Augenhöhlen winden würden, daß Fliegen mit ihren messerscharfen Flügelchen sich gierig über ihre Zunge hermachen oder daß kleine krabbelige Käfer ihr in die Ohren kriechen würden. Sie konnte sich Schwärme schwarzer Käfer vorstellen, die in ihr Herz ein rotes Muster von kleinen verzweigten Gängen und Wegen hineinfressen würden.

Everina antwortete:

Himmel, jetzt wird es langsam ärgerlich. Der Mann weiß noch nicht einmal, daß Du ihn magst, sagst Du, und trotzdem willst Du seinetwegen sterben. Was soll das? Sag's ihm oder laß es bleiben, aber lebe mit den Konsequenzen. Kannst Du Dir nicht zur Abwechslung mal die Vorzüge Deines Lebens aufzählen? Manche von uns müssen für ihren Lebensunter-

halt hart arbeiten. Übrigens, ich habe mich gefragt, ob Du mir ein Pfund
oder zwei schicken könntest, jetzt, wo Du eine richtige kleine Schriftstellerin
geworden bist. Zähle Dir die Vorzüge auf, mein Liebes.

Mary setzte sich oben in ihrem Zimmer mit Feder und Papier hin
und zählte sich die Vorzüge auf. (1) Sie war fast dreißig;
(2) schrieb für eine Zeitschrift; (3) hatte drei Bücher verfaßt;
(4) war gesund; (5) hatte ein Dach über dem Kopf; (6) war
gesund; (7) hatte ein Dach über dem Kopf; (8) schrieb für eine
Zeitschrift; (9) hatte zwei Beine, (10) zwei Arme, (11) zwei Arme,
(12) zwei Beine und ein Gesicht; und manchmal, wenn sie im Bett
lag, (13) liebte sie es, den Regen auf das Dach trommeln zu hören
und die Geräusche von unten, wenn Mrs. Mason die Küche
saubermachte und Joseph seine Vorkehrungen für eine Lesenacht
traf; ein Dach über dem Kopf, und sie war fast dreißig, sie hatte es
sich nicht ausgesucht, und wo sie auch hinsah, überall erblickte
sie Menschen, die froh und gesund waren, und auch sie selbst war
froh und gesund.

Natürlich hatte sie Eliza und Everina nicht in die Details einge-
weiht. Könnten sie diese Details verstehen? Eliza schrieb:

Mary, hat dieser Mann Dir irgendeinen Hinweis darauf gegeben, daß er
Dich liebt? Warum kannst Du nicht jemanden lieben, der Dich heiraten
will, Himmel noch mal. Irgendeinen netten Gentleman, der keine Mitgift
verlangt und eine junge Frau wünscht. Einen netten Witwer.

Mary antwortete:

Einen Witwer? Vielen Dank, Eliza. So siehst Du mich? Ich soll zu einem
tatterigen alten Mann passen. Bloß weil ich neunundzwanzig bin? Ich habe
weder Falten, noch bin ich häßlich, und mein Körper funktioniert sehr gut.
Ich bin hübsch und lebhaft. Wie kannst Du es wagen, mich an einen Witwer
zu verkuppeln, der schon nach Tod riecht?

Nachts galoppierten Pferde aus den Falten ihrer schmuddeligen Kissen, ließen sich auf den rauhen Holzdielen ihres Zimmers nieder und donnerten in Formation um ihr Pult und ihre Frisierkommode. Sie träumte von den vier Pferden der Apokalypse: das weiße Pferd mit dem Sieger auf dem Rücken; das rote Pferd mit dem Blutrünstigen; das schwarze Pferd mit dem Mann, der die Waagschalen der Gerechtigkeit hält; und das fahle Pferd, das den Tod auf seinem knochigen Rücken trägt.

In einem ihrer Träume waren diese Pferde zu einem einzigen scheckigen Geschöpf unbestimmbaren Geschlechts verschmolzen. In einem anderen war das Pferd ein Rotschimmelhengst; in noch einem anderen ein Araber. Eine ganze Herde raste durch die Wüste, wirbelte staubige Sandwolken auf. Dann blieben sie stehen, drehten die Köpfe zur Seite, als würden sie etwas vernehmen – einen Trommelschlag oder einen Vogelruf. Ein Pferd trat vor, ein riesiges graues mit gesprenkelter Kruppe – es ähnelte dem Pferd, das sie als Kind in Laugharne gesehen hatte –, und begann, zu ihr zu sprechen. Mary versuchte angestrengt, es zu verstehen. Seine Stimme war laut und gleichzeitig dumpf. Sie erfüllte die Wüste, verscheuchte die Geier, trieb die Herde davon. Mary konnte nicht verstehen, was das Pferd sagte, obwohl sie die Schwingungen der Stimme wahrnahm und seinen heißen Atem am Hals fühlte und sehen konnte, wie es seine großen gelblichen Zähne beim Sprechen zeigte. Was? Was sagst du da? Könntest du das wiederholen?

Sie schreckte aus dem Traum auf. Die Kommode, das Pult, das Fenster hatten unheimliche Umrisse angenommen. Ihre Kissen quiekten. Dann sah sie einen Schwarm Mäuse auf dem Fußboden. Sie huschten herum, sprangen übereinander, suchten nach Krümeln, die ihr aus dem Bett gefallen waren. Mary setzte sich auf und schimpfte. Husch, husch, verschwindet. Sie stand auf, nahm den Besen, tastete sich barfuß über den kalten Boden, vorsichtig, um nur ja nicht auf eine Maus zu treten. Ihr Mund schmeckte nach angetrocknetem Haferbrei. Als sie aus dem Fenster schaute, konnte sie erkennen, daß der Himmel begann, sich aufzuhellen. Es wurde Tag.

»Guten Morgen«, sagt Joseph, als Mary herunterkommt. »Gut geschlafen?«

»Ja. Wir sehen uns später, Joseph. Ich muß mich jetzt an die Kritik setzen, wenn sie morgen in der Druckerei sein soll.«

»Ja, sehr gut – das wäre ausgezeichnet. Ich hatte letzte Nacht einen ganz merkwürdigen Traum, Mary – eine Herde von Pferden raste in panischer Flucht durchs Haus. Sie schienen wirklich im Haus zu sein. Ich habe es genau gehört, Mary. Sie stürmten die Treppe hinauf, direkt in dein Zimmer. Dort galoppierten sie wie wild um dein Bett; Staub wirbelte auf; und sie sangen aus voller Kehle.«

»Konntest du die Worte verstehen, Joseph?«

»Schwer zu sagen. Es war so laut. Doch ich glaube, sie riefen verzweifelt um Hilfe. Sie verzogen ihre Mäuler, knirschten mit den Zähnen und stießen schreckliche Laute hervor. Diese Mühe, sich verständlich zu machen! Es klang wie Schreie.«

Mary floh den Ludgate Hill hinunter, ging über die Fleet Bridge, hielt sich die Nase zu, lief ohne stehenzubleiben an all den Müll- und Abfallhaufen vorbei, kam zum Fleet Prison, hörte nicht auf das Jammern und Klagen jener, die wegen Schulden dort in Verwahrung saßen, sah links die Temple Church liegen und erreichte The Strand. Am St. James' Park blieb sie stehen. Im Sommer trugen die Bäume ihr Laub, es gab Phloxbeete, violette Nelken und Kapuzinerkresse, den See mit Enten und Kranichen. Jetzt war es grau und kalt. Josephs neues Kaffeehaus war das St. James', das schon Dr. Johnson und der Dramatiker Oliver Goldsmith besucht hatten. Joseph hatte Mary einmal dorthin mitgenommen, um ihr eine Freude zu machen. Von der jungen Frau an der Theke abgesehen, die den Kaffee servierte, war sie die einzige Frau. Sie stellte fest, daß alle Gäste Schnupftabak nahmen. Ein großer Wasserkessel hing über dem Feuer und kochte über. Einige Herren führten an ihren Tischen geschäftliche Gespräche. Damals war Mary hingerissen gewesen. Das ist London, hatte sie zu sich selbst gesagt. Das ist das Leben.

»Du siehst schlecht aus, meine Liebe«, sagte Joseph abends beim

Tee. Sie hatte sich immer wieder gezwungen, zu laufen. »Hast du irgend etwas?«

»Nein, Joseph, nichts.« Sie sah ihm nicht in die Augen, hielt den Kopf gesenkt.

Das Teeservice war im chinesischen Stil, blau gerandet, mit grüngoldenen Nachtigallen auf gelborangefarbenen Blütenzweigen. Plötzlich glaubte Mary, sie habe noch nie so etwas Schönes gesehen. Aus irgendeinem Grund hatte Joseph sein bestes Teegeschirr herausgeholt.

»Und du bist ziemlich kurz angebunden in letzter Zeit.«

»Ich mein's nicht so.«

Für den Spätherbst war es ein warmer Tag, die Luft war lau, und die kahlen Bäume glänzten braun und dunkelgrau.

»Dann wäre es vielleicht an der Zeit für einen Ausflug.«

»Einen Ausflug?«

»Solange es noch warm ist. Vauxhall Gardens?«

Mary lächelte. Das Teegebäck duftete köstlich. Mrs. Masons Johannisbeergelee paßte wunderbar dazu. Das zarte, blätterige Teegebäck, das sie machte, war sicher das beste in ganz London.

»Na, sie lächelt wieder, sie ißt. So gefällt es mir schon besser. Heute abend?« Joseph lehnte sich vor, tätschelte ihr die Knie.

»Ich habe kein passendes Kleid für Vauxhall Gardens.«

»Meine Liebe, an dir ist jedes Kleid schön.«

»Du tust es schon wieder.«

»Was?«

»Du flirtest.«

»Oje, wie furchtbar.« Er machte eine abfällige Handbewegung.

»Ich möchte, daß du in meiner Gegenwart ernsthaft bleibst.« Sie runzelte die Stirn.

»Wie kann ich ernsthaft bleiben. Ich *bin* verrückt. Schau. –« Er hielt ihr den Kopf hin. »Ich habe keinen Verstand. Ach, als ich noch ein winziger Bursche in Birmingham war, hat meine Mutter mich . . .«

»Joseph.«

»Mylady?«

»Ich mag nicht, wenn du dich so närrisch aufführst.«

»Ich *bin* aber ein Narr.«

»Ein wirklicher Narr, wenn du mich aus dem Haus treibst.«

Er hielt den Atem an.

»Dich aus dem Haus treiben? Bin ich derjenige, der dich traurig macht in diesen letzten Tagen von Pompeji?«

»Siehst du, was ich meine? Du kannst nicht einmal ernst bleiben, auch nicht, wenn es ernst *ist*.«

»Also gut, ich schwöre, ich schwöre, ich werde...«

»Brav sein.«

»Brav sein. Ich schwöre es auf Boswells Hosenlatz.«

»Nicht darauf.«

»Und auch erst nach seiner Behandlung, nach einem kleinen Abstecher zur Apotheke und nach einem Versprechen an den armen Dr. Johnson und an die Damen vom Kingsway und die Akrobaten von Covent Garden und die Schauspielerinnen vom Globe Theatre und an die diversen Burschen und Mädchen, mit denen er herumgetollt ist.«

»Mit Burschen, Joseph? Dafür kommen Leute in den Gefangenenblock. Da ist doch zum Beispiel der...«

»Ja«, sagte Joseph leise. »Ich weiß, Mary. Ich weiß sehr wohl.«

»Vauxhall Gardens«, sagte sie aufmunternd, als sie seinen Kummer sah.

»Wunderbar. Eine gute Idee.«

Durch die Vauxhall-Lustgärten zogen sich viele Kieswege. Unterwegs bestaunten sie Säulen und Statuen, Pavillons und Grotten. Hecken und Bäume säumten kunstvoll die Spazierwege. Joseph und Mary kehrten in den Erfrischungspavillon ein. Joseph bestellte Wein und kalten Braten, Mary Tee und Kuchen.

Mary hakte sich bei Joseph unter. Denn sie waren schließlich Freunde, oder?

»Sollen wir zum Konzertsaal gehen?«

»Ja«, sagte sie. Sie waren Freunde.

In einem riesigen, runden Kuppelsaal mit Reliefs und Schnitzereien fanden die musikalischen Darbietungen statt. Sie saßen auf einer Bank an der Wand und hörten ein Divertimento für fünf Traversflöten und ein Cembalo von Joseph Bodin de Boismortier. Die Damen und Herren, die in der Halle promenierten, trugen leuchtende Farben, Scharlachrot und Rosa.

»Bist du glücklich, Mary?« Joseph sah sie direkt an.

Sie schaute umher. »Ich denke, ich könnte es sein.« Irgendwie war die Last von ihren Schultern genommen, und sie konnte freier atmen. »Eigentlich sollte ich dich unsympathisch finden, Joseph, aber ich kann nicht.«

»Bist du es gewöhnt, Leute unsympathisch zu finden?«

»Oh, ja. Aber man lernt, wann man sich in acht nehmen muß.«

»Es liegt nicht gerade in deiner Natur, Gefühle zu verbergen.«

»Lernen hat *nichts* mit der Natur zu tun.«

»Und doch bist du eine fähige kleine Schülerin. Vielleicht können wir nur lernen, was wir sind, und so wirken Natur und Zivilisation zusammen.«

Natur und Zivilisation. Die beiden Begriffe erinnerten sie an Wälder und Säulen.

»Ich glaube«, sagte sie, »ich habe mich wie eine alberne Gans benommen.«

»Oh, meine Liebe, willkommen in der Herde.«

Kapitel 21

»Die Träume, meine Lieben, die Träume! Sie sind das unbekannte Land, das wir Künstler erforschen müssen«, sagte Henry Fuseli bei einem von Josephs Essen am Donnerstagabend. Mary schenkte ihm wenig Beachtung. Die Donnerstagabende übten nicht mehr die Anziehungskraft auf sie aus wie zu Beginn ihres Aufenthaltes in London. Sie nahm daran teil, weil sie im Haus wohnte und weil diese Essen etwas Abwechslung in ihr Leben brachten. Die Tage kamen ihr lang und eintönig vor. Zu Beginn des Winters schien ganz London trüb und öde.

Träume, unerforschte Gebiete, Kunst. Niemand antwortete. Fuseli war anerkanntermaßen das Genie in der Runde, und Joseph hatte gesagt, man solle ihn einfach gewähren lassen. Später würde Mary erkennen, daß diese Aufforderung sie verleitet hatte, ihn einfach gewähren zu lassen. Ein Genie zu sein, ist keine Entschuldigung für alles, überlegte sie, keine Entschuldigung, aber eine Erlaubnis. Wie dem auch sei, sie hätte es ahnen müssen. Am Tag, nachdem sie mit Fuseli in dieser Taverne war, konnte sie noch klar denken.

den 5. Dezember, 1789

Liebe Schwester, ich habe Dir von diesen Essen am Donnerstag erzählt, bei denen von den Teilnehmern erwartet wird, daß sie intelligente Dinge von sich geben, was alle auch tun, bis auf mich, denn ich bin nicht nur ungebildet und fehl am Platze, sondern obendrein die einzige Frau. Wenn ich etwas sagen möchte, muß ich schreien. Aber alle anderen schreien auch. Wir schreien, wenn es um die Revolution oder um die Frage der Armut oder die Anzahl der Prostituierten auf der Straße geht, oder darum, ob es notwendig ist, den Kampf gegen die Tyrannei mit dem eigenen Leben zu bezahlen. Wir schreien aus Leibeskräften. »Freiheit, Freiheit«, geht der Ruf, und unsere Fäuste halten Gabeln und Messer umklammert, und wir hämmern auf den Tisch, und Josephs kostbare Teller hüpfen und klappern. Wichtige Dinge, wie Du siehst. Und wenn Du glaubst, ich säße da wie eine Figur aus dem Wachsfigurenkabinett, dann hast Du Dich getäuscht! Als Joseph über die Grausamkeit gegen Tiere sprach, brüllte ich: »Ich habe oft ganz außergewöhnliche Träume, in denen Pferde eine wichtige Rolle spielen.«

»Ach, ja? Ich male Pferde«, sagte Mr. Fuseli.

Mr. Fuseli hat ein sehr arrogantes Auftreten und eine ekelhafte Art, seine Suppe zu schlürfen, und läßt bedauerlich ungeniert jederzeit seine Darmwinde abgehen. Furzen ist gesund, pflegt er mit verschlagenem Kichern zu sagen. So etwas von abstoßend. Er hat einen riesigen Kopf, einen kleinen Körper, vorstehende Augen und einen starken deutschen Akzent. Ein muffiger, stickiger Froschdunst umgibt ihn, wohin er auch geht. Ich will beileibe nicht die Nase über ihn rümpfen. Ich habe nichts gegen Frösche. Solange sie in ihrem Tümpel bleiben. Nichtsdestoweniger scheint er eine hohe Meinung von sich selbst zu haben, als ob er ein verzauberter Prinz wäre. Unnötig zu sagen, daß ich Josephs Meinung über seine geniale Begabung nicht teile. Der Mann ist ein Frosch, durch und durch. Und wenn Du einem Genie mit Nachsicht begegnest, wer weiß, welches Chaos entfesselt werden kann.

Und noch etwas, Everina, dieser Fuseli ist die fleischgewordene Lehre des Bishop Berkeley. Hochwürden spazieren durch die Abendkühle, und die Welt entsteht durch die Wahrnehmung seiner vorstehenden Augen. So führt er sich auf.

Mary konnte die Art, wie Fuseli sagte: »Ich male Pferde« einfach nicht ausstehen. Sie fand, er sagte es so, daß man annehmen mußte, er erfinde die Pferde durch den Akt *seiner* Wahrnehmung.

Mary kniff die Augen zusammen, konzentrierte sich auf ihre Himbeertorte. Fuseli machte, ebenso wie Blake, Kupferstiche. Er hatte eine Reihe von Illustrationen zu Shakespeares Stücken geschaffen. Es wurde behauptet, daß einige seiner Bilder sehr suggestiv seien. Mary konnte es sich vorstellen. Sicherlich war *Der Nachtmahr* ein Beispiel dafür. Ebenso Fuselis Stich von Zettel, dem Weber, der in Shakespeares *Sommernachtstraum* selig lächelnd mit Eselskopf erwacht und von Titania, der Königin der Elfen, liebkost und gestreichelt wird. Zu gefühlvoll, zu lyrisch, schließlich zu zweideutig.

Die Donnerstagabende: Paine und Blake, Fuseli, Johnson, Godwin, Christie. Die Schriftsteller, die Kunstkenner, die Berühmten. Weiter unten in der Straße bei Lady Pomeroy waren die Dekadenten und Schwachen versammelt. Keiner wußte, was sie aßen oder worüber sie sprachen, außer, daß es in Französisch war.

Josephs Gäste schwelgten in gebratener Rehkeule, herzhafter Currysuppe und geschmorten Backpflaumen.

»Träume«, fuhr Fuseli fort, »Träume zeigen, was wir wirklich denken.«

Was dachte Mary *wirklich*, als sie sich umsah im Eßzimmer mit dem sauberen weißen Tischtuch, dem Wedgwood-Porzellan, dem Kamin mit den Delfter Kacheln, dem Nachttopf, der zum Geschirr paßte, der Uhr, dem Kronleuchter, an dem die vielen Glastropfen leise klirrten. Mary dachte: Ich wünschte, Fanny lebte noch und könnte mich hier sehen, und auch meine Mutter, die mir nicht verzeihen konnte, daß ich ein Mädchen und kein Junge war, auch Mrs. Dawson, die kein gutes Haar an mir gelassen hat, auch Lady Kingsborough, der ihre Hunde wichtiger waren als die Erziehung ihrer Kinder, auch mein Bruder Ned, der immer so überlegen tat, und auch mein Vater, der mich haßte. Ich möchte, daß sie mich alle in diesem vornehmen Eßzimmer sehen, wie ich dieses gute Essen zu mir nehme und mit berühmten Leuten über das Leben diskutiere, wie es ist und wie es sein sollte.

»Träume sagen uns, wer wir sind.« Fuseli wedelte mit seiner Gabel herum, als dirigiere er die Unterhaltung, als beschwöre er einen Traum.

»Dann bin ich also ein Pferd?« fragte Mary schelmisch. »Gott bewahre.«

Fuseli stützte das Kinn auf die Hand, spielte an seiner Brust. Mary beobachtete, daß er mit seinem Körper umging, als wäre er in sich selbst verliebt; er streichelte, tätschelte, kraulte sich und knetete seine Schenkel, als wären sie Brotteig.

»Wenn Sie im Traum ein Pferd sind, Mary, vielleicht erlaubt Ihnen das, die Zügel schießen zu lassen.« Er lächelte schief.

»Ein Packpferd?«

»Nein, meine Liebe, ich sehe Sie bei Rennen, ganz eindeutig, denn Sie haben die schönen braunen Augen eines Vollblutpferdes.« Er schenkte ihr einen zärtlichen Blick, und für einen Moment dachte sie, er würde mit seinem Fuß über ihren streichen.

»Früher haben Sie gesagt, meine Augen wären grün.«

»Sie haben wunderschöne Augen, Mary, große Augen, liebe Augen, aber zappeln Sie nicht so herum und halten Sie still – und dieses nervöse Lachen, Sie sind viel zu angespannt. Beruhigen Sie sich, meine Liebe, beruhigen Sie sich. Ihre Augen verraten Sie.«

»Meine Augen verraten mich? Was sage ich denn?« Sie sah ihn direkt an.

»Rette mich, rette mich. Das höre ich Sie von tief innen rufen.«

»Sie sind von der Wahrheit nicht weit entfernt«, sagte Joseph.

»Das ist er doch. Er ist von der Wahrheit meilenweit entfernt.« Sie dachte: Ich hasse dich, ich hasse dich. »Ich kann mich selbst retten, verbindlichen Dank.«

Fuseli ergriff ihre Hand. Natürlich sahen alle hin – William Blake und Tom Paine und William Godwin und Joseph Johnson. Christie, der unter dem Tisch ein Schläfchen hielt, tauchte in diesem Moment unter der Tischdecke hervor und zog sie sich über die Ohren wie ein Frauenkopftuch.

»Haben Sie Mitleid mit einer armen Witwe«, jammerte er mit Fistelstimme.

»Christie, kommen Sie da heraus.«

»Ich hasse Pferde, ich hasse Rennen.« Mary zog energisch ihre Hand zurück, prüfte, ob sie Flecken aufwies – vielleicht ein unromantischer Austausch von Ungeziefer. Würde sie nun auch wie ein Frosch riechen? Wie konnte er es wagen, sie anzufassen. Wie dem auch sei, war er nicht derjenige, dem Männer genauso gefielen wie Frauen? Diese Art von Überlegungen fand sie langsam ermüdend.

»Sie erinnern mich an meinen Vater, an die Jagd, an Hunde, an Sport, deswegen.«

Aufdringlicher Kerl, der es wagt, nach meiner Hand zu grabschen, wollte sie hinzufügen. Bei Joseph und ihr waren – mit einigen Ausnahmen – bestenfalls die Kleider aneinandergestreift, ihre Röcke hatten über seine Schuhspitzen gefegt, und lediglich ihre Fingerspitzen hatten sich flüchtig berührt. Da, direkt gegenüber am Tisch saß Joseph, anmutig und gelöst und jeden Moment bereit zu einem Streich. Währenddessen schimmerte auf Fuselis fleischigem Kinn eine Spur von herunterlaufendem Fett golden im Kerzenlicht.

»Meine Liebe, was hast du?« fragte Joseph und beugte sich über den Tisch. »Dir dreht sich der Magen um, stimmt's? Oder was ist mit dir?«

»Oh, nichts«, antwortete sie. »Es ist nichts.«

»Ich wollte Sie mit meinen groben Bemerkungen nicht kränken«, sagte Henry Fuseli. »Sie sind so empfindsam, so zerbrechlich.«

Sie wandte sich ihm zu, lächelte.

»So ein trauriges Lächeln, *ma petite*.« Fuseli griff wieder nach ihrer Hand, besann sich eines Besseren, zog sie zurück. »Warum so melancholisch?«

»Warum so melancholisch, kleiner Spatz?« echote Blake.

»Melancholie ist ein Luxus, den sich die höheren Schichten leisten«, bemerkte Paine.

»Paine, hören Sie mit diesem ewigen Revoluzzergehabe auf«, sagte Joseph.

»Wenn mein Bauch leer ist, dann bin ich melancholisch.«

»Dann essen Sie, Paine, essen Sie und lösen Sie Ihre Probleme.«

Mary versuchte, freundlich zu lächeln. »Es liegt nur daran, daß meine Kindheit, na ja, nicht gerade glücklich war.« Sie konnte ihnen genausogut davon erzählen. Es war langweilig genug. »Damit fing es schon an.«

»Na, dann lassen Sie es damit auch bewenden. Wessen Kindheit war schon glücklich?« fragte Fuseli und warf die Arme in die Luft, als wolle er die Welt umfassen. »Kindheit.«

»Ihre auch nicht?«

»Natürlich nicht. Ich konnte nicht das tun, was ich wollte. Ich wurde geschlagen, gekniffen, geschubst, geschüttelt. Ich wurde herumkommandiert, und mir war ganz klar, daß keiner eine Ahnung hatte.«

»Sie hat Launen«, sagte Joseph. »Mal gute Laune, mal schlechte Laune. Immer abwechselnd.«

Mary wußte, daß Fuseli nicht nur Künstler war, sondern Altphilologe, der Griechisch und Latein fließend beherrschte. Er war Gelehrter gewesen, ein Wunderkind. Sicherlich kann man sich in so frühen Jahren nicht hervortun, wenn zu Hause das Chaos regiert, dachte sie. Ihre eigene Entfaltung, sollte es je dazu kommen, würde in fortgeschrittenem Alter stattfinden. Denn sicher dauert es eine Weile, bis man eine unzureichende Erziehung und ein Familienleben ohne Zuneigung überwunden hat. Man versucht, das Schwere zu verarbeiten, glaubt, es geschafft zu haben, will sich nun neuen Aufgaben widmen und ist im Handumdrehen alt.

»Was ich vorschlagen würde, meine liebe Mary«, meinte Fuseli, »wenn Sie mir noch einmal erlauben, so kühn zu sein, wäre, daß wir einen Spaziergang machen und einander entdecken. Sind wir nicht *zwei* unglückliche Kinder?«

Sie saßen an einem Ende des Tisches, und der Rest hatte über etwas anderes gesprochen. Doch jetzt richteten sich aller Augen auf Mary.

»Mich entdecken?«

»Ja, das Entdeckenswerte. Und Sie werden mir erzählen, von wo Sie gekommen sind und wohin Sie gehen und was auf dem Weg passieren soll. *Die Wahrheit.*«

Aber ich kann Sie nicht einmal leiden, wollte sie sagen. »Ich kenne Sie ja gar nicht«, sagte sie statt dessen.

»Na, das ist doch die Gelegenheit. Horaz sagt ... ja, nütze den Tag. *Carpe diem*. Und nehmen Sie Ihren Umhang. Es ist ziemlich kühl draußen.«

Mary trug noch immer den blauen Umhang. Der grüngestreifte Taftstoff, den sie im Spätsommer für ihr neues Kleid ausgesucht hatte, war jetzt zu dünn. Sie mußte sich Lappen ins Korsett stopfen und noch einige Unterröcke unterziehen. Es herrschte ein paar Minuten lang fiebrige Aufregung in ihrem Mansardenzimmer. Jetzt sei nicht albern, sagte sie zu sich selbst, du magst diesen Mann nicht einmal.

»Ist Ihnen kalt?« fragte Henry und reichte ihr seinen Arm, als sie hinaustraten.

»Nein.«

Er drückte ihren Arm. Sie schauderte ein wenig.

»Wir werden irgendwo einen Brandy trinken. Wir müssen uns aufwärmen.«

Im Herbst wurde in ganz London das Laub, das von den Bäumen fiel, in großen Haufen zusammengeharkt und verbrannt. Es erinnerte Mary an den Krieg, an Karthago, an schwelende Ruinen. Das Wetter war zu dieser Zeit des Jahres voller Rätsel; einen Tag warm, fast schwül, und den nächsten Tag kalt, als ob über Nacht Monate vergangen wären. Ein tags zuvor belaubter Baum konnte am Morgen nackt dastehen. Als sie die Cheapside Poultry hinuntergingen, sahen sie eine Gruppe Soldaten bei der Parade.

»Wir werden in ein Gasthaus einkehren«, sagte Henry und geleitete sie sacht zu einem Kutschenstand und einem Schild mit einem Schweinekopf, um den ein rotes Spruchband drapiert war. »Da ist eine angenehme, ruhige Kneipe. Dort können Sie mir in aller Ruhe Ihre Lebensgeschichte erzählen.«

»Warum sollten Sie sich die anhören?«

»Weil ich Sie mag, deswegen.«

»Aber Sie mögen auch Männer, nicht?«

»Ja, natürlich. Ich mag Männer und Frauen und Kinder und kleine Hunde.«

Sie ließ die Antwort für diesmal gelten. Sie war noch nie in einer Kneipe gewesen, um zu trinken, nur, um ihren Vater abzuholen. Diese Kneipe, die zu einem Gasthaus gehörte, bestand aus einem großen Raum mit dicken Holzbalken und gußeisernen Kerzenleuchtern. Nahe der rauhen Holztheke war eine riesige Feuerstelle mit einem wild lodernden Feuer. Sie fühlte sich erwachsen und etwas anrüchig.

»Ist Ihnen warm?«

»Ja.« Ihre Wangen brannten sogar. Sie mußte den Umhang ablegen und wünschte, sie könnte die Lappen aus ihrem Korsett und aus den Ärmeln ziehen und sagen: Schau, ich bin dünn.

Ein Schankmädchen kam zu ihnen, beugte sich so vor, daß ihre Brüste fast in Henrys Gesicht fielen.

»Hallo, Süßer. Was darf's denn sein?«

»Ein Dunkles, ein Helles.«

Sie bemerkte, daß Henry auf das Dekolleté der Frau starrte und als sie sich umdrehte auf ihren Hintern, der beim Gehen wogte und schaukelte. Mary nahm an, daß er als Künstler verpflichtet war, seine Umgebung gründlich zu studieren, Eindrücke zu sammeln. Trotzdem fühlte sie sich unbehaglich. Er mußte es gespürt haben, denn als die Frau mit ihren Getränken zurückkam und die Arme hochheben mußte, um einige Haarsträhnen in die Haube zu schieben, schaute Henry nicht auf, sondern starrte Mary direkt an.

»Fang mit deinem Vater an, mit den Pferden«, befahl er.

»Yorkshire, North Riding, Richmond.«

In ihrer Erinnerung ist Mary fünfzehn. Sie fragt sich, ob es jenseits der feuchten Mauern ihres Elternhauses einen Platz für sie gibt und ob harsche Worte und Wutanfälle, Geheule und Geflenne die Art sind, wie der Rest der Welt sich aufführt.

Ihr Vater hat eine Farm in Yorkshire, wieder so ein erfolgloses Unternehmen – räudige Schafe, stoppeliges Gras, eine verfallene Scheune und das kalte ungemütliche Haus, das die ganze Zeit voller Mißverständnisse und böser Worte ist. Die Wollstonecrafts haben sechs neue Hunde, natürlich dürre und knurrige, und jetzt gibt es Pferde mit Senkrücken, die dazu neigen zu lahmen, keine echten Rennpferde.

»Richmond war ein Zentrum für Pferderennen, Henry. Mein Vater wettete bei Pferderennen.«

»Auf dich, Mary.« Er hob sein Glas.

»Danke, Henry.« Sie hob das ihre.

»Nichts geht über eine gute Flasche Dunkles«, sagte er.

»Wirklich? Nichts?«

»Fast nichts.«

»Soll ich die langweilige Geschichte meines Lebens zu Ende erzählen?«

»Ja, ja, erzähl weiter, sehr interessant.«

»Jeden Morgen wurden die Rennpferde herausgebracht und auf dem Rasen bewegt. Jede Woche war ein Rennen. Aus ganz Yorkshire kamen die Leute dorthin. Mein Vater verlor immer eine ganze Menge Geld bei den Rennen, was zu Hause zu einem Chaos führte. Ich hörte die ganze Nacht Hufe. Wir hatten nie Geld. Meine Mutter weinte.«

»Nun ja, um die Wahrheit zu sagen, wir waren auch arm. Ich stamme aus der Schweiz.«

»Außerhalb der Stadt lagen Kalkwerke, wo Mörtel und Gips hergestellt wurden, und auf dem Berg stand eine Burg, die Alan der Rote, ein Verwandter von Wilhelm dem Eroberer, errichtet hatte. Für gewöhnlich stieg ich mit meinen beiden Schwestern Eliza und Everina und meinem Bruder Edward, wenn er dazu aufgelegt war, auf den Turm, um König und Königin zu spielen. Genau wie in Wales, im Schloß von Laugharne.«

»Möchtest du noch ein Glas?«

»Nein, danke.«

»Du weißt ja, daß ich verheiratet bin.«

»Ja. Aber ich dachte auch, Sie würden...«

»Gerade jetzt mag ich dich sehr gerne, dich im besonderen; du bist sehr stark, aber auch verletzlich wie ein Kind. Du bist anziehend. Bemitleidest dich selbst. Bist gebildet. Du bestehst aus einem Bündel von Widersprüchen, meine Liebe. Ich denke, wir werden uns prächtig verstehen. Deine Unterlippe ist so voll und bebend – ein sicheres Zeichen von Sinnlichkeit. Du . . .«

»Sie sind *verheiratet*!« Seine Bemerkungen brachten sie aus der Fassung.

»Ich glaube, es war eine interessante Entscheidung. Damals gab es verschiedene Möglichkeiten. Ich brauchte eine Ehefrau. Das ist etwas ganz anderes als eine Geliebte oder eine Gefährtin . . . Du weißt, wie das ist.« Er schlürfte geräuschvoll sein Bier.

»Nein, ich glaube nicht.«

»Na ja, ich sagte zu ihr, ich brauche jemanden, der sich um meine Bedürfnisse kümmert.« Er räusperte sich.

»Ja.« Sie fuhr sich über das Haar.

»Das ist sehr wichtig. Aber laß dich nicht unterbrechen. Mach nur weiter. Dieser Bericht von York ist faszinierend.«

»Yorkshire.«

»Habe ich ja gesagt.«

»Ich war die Königin, und meine Schwestern waren Hofdamen. Edward war natürlich der König, und er gab den Mädchen Befehle: Knie dich hin, küß mir die Hand, solche Dinge.«

»Ich war ein übellauniges, trübsinniges Einzelkind, Mary, um ehrlich zu sein. Meine Mutter machte sich immer darüber Sorgen, daß mein Kopf zu groß war. Zu viele Gedanken im Kopf sind eine Last, sagte sie immer.«

»Und Ihre Frau, was sagt sie dazu?« Mary schaute ihn an.

»Wenn mein Kopf heiß wird, macht sie kalte Umschläge.«

»Die Bürde des Genies.«

»Ich schlafe nicht mit meiner Frau, weißt du.«

»Nein, das wußte ich nicht.« Sie senkte schnell den Blick.

»Ich unterbreche ja schon wieder. Schlag mich, wenn ich es noch einmal tue. Kann ich deine Brüste sehen?«

»Nein.«

Er sah sie an, hielt ihrem Blick stand.

»Oh, du bist eine weise Frau, Mary, bitte erzähl weiter.«

Während der Zeit in Yorkshire begann Mary, sich für Kinderspiele zu alt zu fühlen; ohnehin stieg sie manchmal lieber allein auf den Turm. Wenn sie traumverloren dort oben saß, konnte sie meilenweit ins Land sehen; vor ihr lagen Hügel, Täler, der Fluß, Gerste- und Roggenfelder. Überall blühten Glockenblumen. Sie konnte sogar die Stadt erkennen mit ihren Vorratslagern, ihren Galgen und dem Teich, an dem die Leute einen Schwatz hielten.

»Neulich habe ich mit Blake gesprochen. William, sag' ich, wer soll uns eigentlich davon abhalten, genau das zu tun, was wir wollen. Die Welt ist doch voll von Ignoranten. Du und ich, Mary, wir sind besondere Menschen. Wir fallen aus dem Rahmen heraus und sind nicht mit gewöhnlichen Maßstäben zu messen.

»Was?«

»So ist es, Mary, so ist es. Ich bin vielleicht noch nicht so lange in England wie du, aber die Welt . . . Jetzt unterbreche ich schon wieder, ich weiß, wie es in der Welt zugeht. Du lachst mich doch nicht wieder aus?«

»Sie haben mich unterbrochen, und jetzt setzt's was.« Sie zwickte ihn in die Schulter.

»Keine Unterbrechungen mehr, meine Liebe, ganz bestimmt. Ich würde so gerne deine Brüste sehen, nur als Künstler. Dein Körper wirkt so sanft und geschmeidig.«

»Dort oben in der Burgruine fand ich ein totes Baby«, sagte Mary schnell. »Es war in ein zerlumptes Tuch gehüllt, und es sah aus, als hätten Hunde oder vielleicht Ratten seine Füße abgefressen. Die winzigen Augen waren fest geschlossen, um nicht sehen zu müssen, was mit ihm geschieht, und die kleinen Fäuste waren geballt, wie um sich zu verteidigen.«

»Hast du es jemandem erzählt?«

»Natürlich nicht. Denn sicherlich . . .«

»Die Mutter wäre auf den Scheiterhaufen gekommen.«

»Angenommen, nur angenommen, ich bekäme ein Kind und hätte keinen Ehemann – ich würde es behalten und großziehen.«

»Niemand würde je wieder mit dir sprechen.«

»Jetzt spricht auch niemand mit mir, außer Joseph. Er würde weiterhin mit mir sprechen.«

Dessen war sie sich sicher. Sie glaubte nicht, daß Joseph je aufhören würde, mit ihr zu sprechen, egal was passieren würde. Mrs. Mason mit ihren neun Kindern spräche auch weiterhin mit ihr.

»Für Kinder sind nicht nur die Mütter verantwortlich.« Als sie das sagte, vergaß sie einen Moment lang Elizas zurückgelassenes Baby. Die kleine Mary Frances war nach ihr und Fanny Blood, ihrer liebsten Freundin, benannt. Du bist die Patin, sagte Eliza wieder und wieder. Empfindest du gar nichts?

»Nur einen kurzen Blick, Mary. Ich werde dich nicht anfassen.«

»Nein.«

Sie merkte, daß er begann, sich zu ärgern.

»Ich gehe mit dir aus, lade dich zum Bier ein und...«

»Und dafür muß ich mich nackt zeigen?«

Seine Unterlippe hing herunter. Seine Augen schienen sich zu verengen. »Soviel ich weiß, benutzen die Französinnen Meeresschwämme«, sagte er.

»Wie bitte?«

»Sie tragen sie an Bändern um die Taille gebunden immer griffbereit bei sich und können sie jederzeit einführen.« Er zog etwas aus der Weste.

»Um Mädchen zu töten?« fragte sie.

»Mädchen?«

»Das ist sicher der Grund, weshalb das Baby in die Burgruine gebracht worden war. Niemand möchte ein Mädchen.«

»Niemand? Du bist doch ein Mädchen.«

»Ja, ich weiß. Ich war eins von drei Mädchen.«

»Nein, meine Liebe, der Schwamm wird nicht benutzt, um einen Jungen oder ein Mädchen direkt zu töten, sondern um die Zeugung zu verhindern. Man führt ihn ein, man verstopft den Eingang.« Er hielt es hoch. Es war ein Meeresschwamm, aber er sah aus wie ein kleines Stück gekautes Fleisch.

»Sie führen es also ein . . . hoch . . .«

»Genau. Vor dem Koitus.«

Mary begann zu husten, erstickte fast.

»Wenn die Engländerinnen solche Praktiken übernehmen würden . . .«

Ihr Hustenanfall begann von neuem.

»Wird es nicht besser?«

Er erhob sich, kam zu ihr herüber und klopfte ihr leicht auf den Rücken.

»Na, na.«

Er hörte auf zu klopfen, und seine Hand wanderte hoch zu ihren Schultern, strich unter den Achselhöhlen hinunter zur Taille.

»Mir geht es gut«, sagte sie und stand abrupt auf. »Lassen Sie uns zurückgehen.«

»Ich glaube, wir müssen einen Wagen nehmen. Es ist dunkel, und überall sind Taschendiebe. Hast du es so eilig, daß ich nicht einmal zahlen kann?«

»Nein.«

Sie seufzte, holte tief Luft. Sie fühlte sich wirklich sehr seltsam, all ihre Nerven waren angespannt, ihre Brust wie zugeschnürt, ihr Mund trocken, und ihre Beine prickelten und brannten. Bevor sie losfuhren, mußte sie sich in eine Seitengasse kauern, um sich zu erleichtern. Er stand am Ende der Gasse und hielt Wache. Sie ekelte sich vor sich selbst, doch was konnte sie tun.

»Englische Frauen täten gut daran, von der Schwamm-Methode Notiz zu nehmen«, sagte er in der Kutsche. »Möchtest du diesen haben? Er ist noch unbenutzt.«

»Nein danke, Henry.«

»Dann wärst du sicher.«

»Ich kümmere mich nicht um solche Dinge.«

»Warum nicht, Mary?«

»Weil ich nicht an persönlichen, sondern an politischen Angelegenheiten interessiert bin.«

»Ja, natürlich. Das behauptet jeder von sich.«

Als sie zum schwarzen Himmel hinaufblickte, fragte sie sich, was Richard der Krüppel wohl gerade tat. Sicher las er, weinte vielleicht ein wenig. Es mußte jetzt kalt und windig in Irland sein.

Immer, wenn sie in diesem Winter und im darauffolgenden Frühjahr und Herbst mit Henry spazierenging, auswärts aß, und danach zu Joseph nach Hause kam, war sie gereizt und verärgert. Sie hatten häufig kleine Streitereien. Er sagte, sie sei schlecht gelaunt. Sie sagte, er sei verwöhnt. Manchmal nahm sie sich vor, ihn nie wieder zu sehen. Es war eine merkwürdige Freundschaft, die zwischen Liebe und Haß schwankte. Oft wollte sie alles aufgeben. Aber dann, wenn er an den Donnerstagabenden ein- oder zweimal hintereinander nicht erschien, wollte sie sterben.

Kapitel 22

Josephs Zirkel nahm großen Anteil an der Revolution in Frankreich. Mary verfolgte mit großer Aufmerksamkeit die Reformen, die für die Erziehung von Mädchen diskutiert wurden, und die Ehegesetze.

Am 4. November 1789 hielt Marys Freund und früherer Mentor, Reverend Dr. Richard Price, vor der *Gesellschaft zur Bewahrung des Andenkens an die ruhmreiche Revolution von 1688* eine Rede, in der er die Ziele der Französischen Revolution unterstützte. Zum Jahrestag dieser Rede veröffentlichte der Unterhausabgeordnete Edmund Burke, der mit der amerikanischen Unabhängigkeitsbewegung sympathisiert hatte, seine *Betrachtungen über die Französische Revolution*. Burke äußerte Bestürzung über die revolutionären Angriffe auf die Aristokratie und verteidigte die Königin, Marie Antoinette. Er trat für die von den Gesetzen geschützten Privilegien der begüterten Klasse in England ein. Er stand in direkter Opposition zu Price und den englischen Jakobinern.

»Dr. Price ist derjenige«, sagte Mary zu Joseph beim Tee, »der mich mit den Werken von Rousseau und Locke und Hume vertraut gemacht hat. Bei unseren Gesprächen über das geistige Leben in England machte er mich auch auf Aphra Behn, Susanna Centlivre, Mary Manley, Miss Astell und Lady Montagu aufmerksam. Er legte mir nahe, selbst Schriftstellerin zu werden. Er hat mich an dich verwiesen. Das weißt du alles. Sicher ist das mindeste, was ich tun kann, ihn und seine Ideen in einer öffentlichen Stellungnahme zu verteidigen.«

»Vor ihm hat niemand mit dir über so etwas gesprochen?«

»Niemand. Er war wunderbar. Und er nahm mich einfach bei der Hand. Das war zu der Zeit, als ich mit meinen Schwestern und Fanny Blood zusammen die kleine Schule in Newington Green führte. Jeden Samstagnachmittag ging ich durch den kleinen Park zum Pfarrhaus, um mit Dr. Price und seiner Frau Tee zu trinken, und wir sprachen über das Thema der Predigt, die am Sonntag gehalten werden sollte. Price korrespondierte über den Ozean mit Jefferson und Franklin und über den Kanal mit Condorcet in Frankreich. Er kannte Dr. Johnson gut und ist mit Joseph Priestley befreundet. Er war es, der mir riet, daß ich mein Buch – wenn ich je eines schreiben sollte – einem gewissen Joseph Johnson schicken solle, der wie er selbst ein Dissenter sei. Jetzt verstehst du, warum ich diese Verteidigung schreiben muß.«

»Welchen Titel soll diese Schrift tragen?« Joseph schien niedergeschlagen.

»*Eine Verteidigung der Rechte des Menschen.*«

»Geht es dir gut, Mary?«

»Ja, warum?«

»Du wirkst so . . .«

»Der Winter steht wieder vor der Tür. Du scheinst selbst nicht so ganz auf der Höhe zu sein.«

»Diese Verteidigung von Dr. Price kommt mir ziemlich umfangreich und ehrgeizig vor.«

»Nein, nur ein kleines Pamphlet, der Linie folgend, die Paine vertritt. Ich werde Burke angreifen, die Revolution in Frankreich verteidigen und kurz die Geschichte der Auseinandersetzung schildern.«

»Oh, ist das alles?«

»Ich fange morgen an.«

Am nächsten Tag arbeitete Mary gerade an dem Pamphlet, als Joseph nach oben kam und ihr einen Umschlag mit einem roten Wachssiegel überreichte. Mary nahm ihren Brieföffner mit dem Elfenbeingriff, ein Geschenk von Joseph, schlitzte den Umschlag oben auf, nahm einen weißen Bogen Papier heraus und faltete ihn auf..In der rechten oberen Ecke war die Zeichnung eines Pferdes und in der Mitte der Seite stand in dekorativer Schrift: Ich muß dich sehen. Ich habe dauernd Träume.

»Darf ich mal sehen?« fragte Joseph höflich.

»Nein.«

»Laß mich doch mal sehen.«

Sie kritzelte etwas hin und schob ihm das Papier hinüber.

Kümmere dich um deine eigenen Angelegenheiten, stand darauf.

»Was ist denn? Was ist denn los?«

»Du bittest mich, bei der Zeitschrift mitzuarbeiten. Ich arbeite bei der Zeitschrift mit. Ich schreibe viele, viele Artikel. Du möchtest, daß ich Übersetzungen mache. Ich mache Übersetzungen. Ich schreibe ein Buch für Eltern. Du sagst, du möchtest, daß ich mich ernsthaften Dingen zuwende. Nun, da ich mich ernsthaften Dingen zuwende, willst du mich dabei stören.«

»Nein, nein, im Gegenteil. Ich dachte, du hättest einen persönlichen Brief bekommen.«

»Doch, doch, und nicht nur du, sondern Henry auch. Ich kann jetzt keine Liebesbriefe gebrauchen und keine Erkundigungen nach meiner Gesundheit. Laß mich einfach in Ruhe.«

»Laß mich nur lesen, was du gegen Burke geschrieben hast, und ich werde still sein wie eine Maus.«

Sie zeigte ihm einige Seiten.

Schutz des Eigentums! Da haben wir in wenigen Worten die Definition des englischen Freiheitsbegriffes... Aber sachte – nur das Eigentum der Reichen ist geschützt; der Mensch, der im Schweiße seines Angesichts arbeitet, findet keine Zufluchtsstätte vor der Unterdrückung; der starke Mensch verschafft sich Zutritt... Ich komme nicht umhin, meiner Überraschung darüber Ausdruck zu verleihen, daß, als Sie unsere Regierungsform als Vorbild empfahlen, Sie die Franzosen nicht vor dem englischen Brauch warnten, Männer zum Marinedienst zu zwingen. Sie hätten ihnen andeuten müssen, daß Eigentum in England viel geschützter ist als Freiheit, und Sie

hätten nicht verheimlichen dürfen, daß die Freiheit eines ehrenhaften Hand-
werkers – und das ist alles, was er besitzt – oft geopfert wird, um das
Eigentum der Reichen zu schützen. Denn es gleicht einer Farce, so zu tun,
als kämpfe ein Mann für sein Land, sein Heim oder seine Kirche, wenn er
weder über Freiheit noch über Besitz verfügt.

»Mein Gott, Mary, du bist ja radikaler als Paine.«

»Es ist die Wahrheit, und jeder weiß es. Und ich brauche weder Fuselis Aufmerksamkeit noch deine Einmischung.«

»Ja, da stimme ich dir zu.«

»Ich habe meine Pflichten. Ich lebe mein Leben. Ich habe alles unter Kontrolle.«

»Du hast deine Pflichten.«

»Ja, ich habe meine Pflichten. Und ich bin unabhängig.«

Tatsächlich, obwohl sie bei Joseph wohnte, besorgte sie für sich allein Brot und Käse zum Frühstück; mittags gab es Kalbsfüße oder mariniertes Schweineohr, dazu Kohl oder Kartoffeln oder Kürbis. Abends aßen sie und Johnson zusammen, kalte Rinderzunge mit Apfelsoße, Roast Beef. Auch den Tee tranken sie täglich gemeinsam, mit Gebäck und Torten.

Sie mußte nur Kohle für ihren Kamin kaufen und Seife, um ihre Kleider zu waschen. Ihre wöchentlichen Ausgaben lagen unter einem Pfund, denn Johnson verlangte keine Miete von ihr und zahlte ihr eine kleine Summe für ihre Arbeit. Wenn sie ihren Schwestern nicht regelmäßig Geld schickte, hätte sie beim Krämer, beim Pastetenmann, beim Bäcker oder auf dem Markt einkaufen können. Sie kaufte ihre Kleider aus zweiter Hand auf dem Markt in der Monmouth Street. Sie hatte zwei neue Kleider, das grünweiß gestreifte, dessen Stoff sie bei Gibbons am Ludgate Hill gekauft hatte und ein wunderschönes weißes Kleid im französischen Stil. Später kaufte sie sich noch eine Stola und hübsche Schuhe, neuen Musselin und einen Streifen Brüsseler Spitze, um sich ein neues Nachthemd zu machen. Und sie hatte ihren Morgenrock.

»Du hast deine Pflichten, aber *hast* du alles unter Kontrolle?«

Alles war in Ordnung. Welches Interesse, sagte sie zu sich selbst, habe ich an der besonderen Aufmerksamkeit eines Menschen, an seinen Träumen, seinen Schwämmen, seinen Ehefrauen, seinen Vorlieben? Wenn er sie zu sehen wünschte, mußte er bis Donnerstag warten.

Mrs. Mason hatte für diesen Donnerstag einen Salat zubereitet nach einem Rezept aus Hanna Glass' *Die Kunst des Kochens einfach und leicht gemacht*; das heißt, die Zutaten wurden einzeln auf einer Untertasse angerichtet und serviert. Im Hochsommer wäre der Tisch mit Brunnen- und Kapuzinerkresse dekoriert worden.

»Mary arbeitet gerade an einer ziemlich wichtigen Sache«, ließ Joseph beim Essen jedermann wissen.

»Soll das ihr großes, ihr berühmtes Buch werden?« fragte Fuseli.

»Los, lacht mich aus«, sagte sie und warf den Kopf zurück. Sie trug ihr weißes Gazekleid im französischen Stil und dazu ein passendes Tuch zu einem Turban um den Kopf geschlungen.

»Ich glaube nicht, daß es ihr großes Buch wird, aber es ist nahe daran.«

»Hört, hört«, sagte Christie.

»Es gibt Talente unter uns, denkt an meine Worte«, sagte Paine. »Einige von uns werden noch berühmt werden.«

»Wer von uns wird es sein, Herr Großmaul, Sie?« fragte Christie.

»Vielleicht. Vielleicht ich. Vielleicht Blake. Vielleicht Fuseli. Vielleicht Mary«, sagte Paine.

»Gewiß nicht Blake«, konterte Christie. »Er ist zu verrückt.«

»Vielleicht wir alle«, sagte Mary.

»Wir werden zu den führenden Geistern gehören«, sagte Joseph und hielt sein Portweinglas hoch, »zu den führenden Geistern dieses Landes und dieser Zeit.«

»Aller Länder«, brummte Paine, »und aller Zeiten.«

»Mrs. Mason, bringen Sie noch Portwein«, rief Joseph. »Das verlangt nach einem Toast.«

»Alles verlangt nach einem Toast«, bemerkte Christie, »wenn es nach dir geht.«

»Das ist doch nicht schad, mein Kamerad.«

»Ich wünschte, wir würden für unsere Intelligenz bezahlt.«

»Ich sehe, Sie fühlen sich als Teil dieser erleuchteten Konstellation.«

»Ich muß Ihnen meine letzte Vision erzählen«, sagte Blake und rollte die Augen. »Und ich muß Ihnen sagen, daß ich wenig auf den Ruhm der Welt gebe.«

»Reichen Sie mal bitte die Kartoffeln herüber, liebste Mary.«

Fuseli stellte seinen Fuß über ihren. Sie zog ihn weg.

»Ein Baum voller Engel, leuchtende Engelsflügel bedeckten jeden Ast und funkelten wie tausend Sterne«, sagte Blake.

»Haben wir diese Vision nicht schon einmal gehört, Blake, alter Junge?«

»Nein, Joseph, bei der anderen war es Gott. Gott im Baum. Jetzt sind es Engel.«

Mary warf Joseph einen gequälten Blick zu, als wolle sie sagen, nein, nicht noch ein heiliger Baum.

»Soße, bitte.«

Joseph stieß Mary unter dem Tisch an.

»Au.«

»Was haben Sie, mein Liebes?« Fuseli war ganz besorgt. »Haben wir uns irgendwo verletzt? Soll ich pusten?«

Joseph lächelte hämisch.

Mary stieß Joseph unter dem Tisch an.

»Jemand hat mich gestoßen.« Das war Godwin, der in Marys Büchern nicht vorkam, da er langweilig *und* häßlich war.

»Tut mir leid, alter Knabe.«

Joseph sah auf seinen Teller.

Mary sagte: »Price verteidigte den Sturm auf die Bastille, Burke griff ihn deswegen an.«

»Dieser lausige Monarchist«, sagte Paine. »Wir werden ihm noch zeigen, wo es langgeht.«

»Na, ich sage Ihnen, das muß schon ein Anblick für sich gewesen sein«, sagte Joseph zu Paine, »die Frauen, die nach Versailles marschiert sind, um Brot zu verlangen.«

»Marie Antoinette hat *nicht* gesagt: ›Dann sollen sie doch Kuchen essen.‹ Ich weiß, daß dieser Ausspruch überall kursiert«, fügte Blake hinzu, »aber er stimmt nicht.«

»Sagen Sie bloß, Sie verteidigen sie, so wie Burke. Ich verabscheue Königinnen und Könige. Sie werden alle gestürzt werden.«

»Nein, Paine«, sagte Blake. »Ich verteidige sie nicht. Aber gelegentlich sollte auch die Wahrheit zum Zuge kommen, egal aus welchem Lager sie stammt.«

»Die Revolution in Frankreich ist das Aufregendste, was seit Amerika passiert ist«, sagte Mary.

»Ich würde diese Engel im Baum gern in einer Zeichnung festhalten, Blake«, sagte Fuseli.

»Ich habe mir einmal vorgestellt, es war in einer Nacht in Newington Green, als ich meine Schule hatte, ich stellte mir vor, daß die Zweige eines Baumes, den ich im Mondlicht silbrig glänzen sah, wehende Haare wären, die wunderschöne Ornamente bildeten, oder ein Netz im Meer voller Fische mit schimmernden Schuppen.«

»Lang lebe das Volk von Atlantis«, rief Fuseli.

»Lang lebe Locke«, konterte Paine.

»Was hat Atlantis mit dem zu tun, worüber wir diskutieren«, fragte Joseph und wischte sich anmutig den Mund mit der Serviette.

»Einfach alles«, antwortete Fuseli.

»Locke ist schon lange tot«, sagte Mary.

»Jahrzehntelang sind ihnen Kiemen am Hals gewachsen«, sagte Blake.

»Daß sie den König und die Königin gezwungen haben, nach Paris zurückzukehren … diese plötzliche Macht der Menge, des Volkes. Dann sollen sie doch Kuchen essen, meinen Fuß, meinen

Arsch, meinen kleinen Finger. Antoinette *hat* das gesagt, diese Xanthippe.«

»Lockes Ideen werden ewig leben«, ergänzte Paine. »Wir haben ein Recht auf Leben, auf Freiheit.«

»Die Forderungen der Revolution«, sagte Mary, »stimmen so sehr mit dem überein, was ich denke.«

»Sie haben einfach die *Philosophen* genommen – Voltaire, Rousseau –, sie ein wenig mit den Amerikanern vermischt – Jefferson, Franklin...«

Joseph hielt die Hände hoch. »Und was haben sie bekommen?«

»Eine schöne Bescherung, wenn Sie mich fragen.« Mrs. Mason räumte die Teller ab.

»Einen kleinen Paine, Joseph.«

»Ja, Paine, einen kleinen Paine. Und ich glaube, Sie haben das Eigentum ausgelassen. Locke sagte, Recht auf Leben, Freiheit und Eigentum. Die Amerikaner haben das Streben nach Glück dazugenommen.«

»Ich habe geträumt, daß das Volk von Atlantis geweint hat. Oh, sie flennten, was das Zeug hielt, standen da, Reihe an Reihe, als ihr Land unterging.« Fuseli sah traurig aus.

»Wie kann man nur das Streben nach Glück dazunehmen?« sinnierte Paine.

»Fuseli, diese Gedanken werden sich in ganz Europa ausbreiten. Die Welt wird sich grundlegend ändern. Das Zeitalter der Unschuld ist vorbei.«

»Ha, ha, ha, Paine«, sagte Christie.

Wunderbar, dachte Mary und blinzelte mit den Augen. Fuseli träumt. Er sagt, dem Volk von Atlantis wuchsen Kiemen. Blake wird Engel sehen, die in den Bäumen singen. Paine zufolge wird überall in der Welt die Monarchie zu Fall kommen. Wenn König Ludwig gehen muß, was ist dann mit unserem verrückten König?

»Entschuldigung.« Jemand hatte seinen Fuß auf ihren gestellt.

»Würden bitte alle auf ihre Füße achtgeben«, verkündete Mary.

»Atlantis wird wieder auftauchen«, sagte Fuseli mit erhobenem Zeigefinger.

»Wollen wir hoffen«, sagte Tom Paine, »daß ihre Regierungsform demokratisch ist. Keine dämlichen Könige.«

Ohne Zweifel würde die *Analytical Review* über dieses große Ereignis berichten, vermutete Mary.

»Das Team der *Analytical Review* sollte in Frankreich sein«, sagte sie. »Du weißt, wie voreingenommen die englische Presse ist, besonders gegenüber den Franzosen.«

Mary stellte sich grüne Gefangene in Netzen und Seetangketten vor. *Merry Old England* würde solch einen Unterschied nie tolerieren, das wußte sie, denn wenn braune Menschen in Amerika trotz des Geredes über Freiheit auf Plantagen versklavt wurden, dann wurden in England grüne Leute sicher ins Newgate Gefängnis gesteckt. Gab es überhaupt irgendwo eine gerechte Gesellschaft?

»Opiumträume«, neckte Joseph. »Das ist alles, was diese Geschichten von Atlantis sind.«

Opium. Alle lächelten, das war jedermanns liebste Droge. Oder Laudanum, jedermanns zweitliebste Droge, bestehend aus Opium und Alkohol. Oder einfach nur Alkohol. Sherry oder Portwein, Gin, weil er so billig war. Oder Tabak aus Amerika. Noch ein Vergnügen. Oder Schnupftabak. Oder Schokolade. Kaffee. Tee. Vergnügen in Hülle und Fülle.

»Haben Sie welches da?« Fuseli sah Joseph an.

»Nein. Mary hat es aufgebraucht.«

»Das stimmt gar nicht.«

Manchmal rauchten sie abends Opium, sie und Joseph. Wenn es kalt war und der Wind peitschte und ihr besonders trostlos zumute war, saßen sie mit der Pfeife am Feuer, reichten sie sich gegenseitig. Es war nicht nötig, viel zu sprechen. Nach einer Weile verschwanden die Schatten im Raum, und das Feuer goß seine Wärme wie flüssiges Gold über die Wände, und ein goldener Fluß strömte über den Boden. In solchen Momenten konnte Mary ihrem Vater fast verzeihen, ihre Mutter ein wenig verstehen, ihren Schwestern irgendetwas Gutes wünschen, und viele böse Worte, die sie noch in der Erinnerung hörte, verloren ihren Stachel. Während solcher Nächte schien in der Zukunft alles möglich zu sein.

»Kein Wunder, daß die Franzosen zu den Waffen gegriffen haben. Die Weizenernte war ein Fehlschlag«, sagte Godwin bei Tisch in gemäßigtem Ton.

»Ja, Godwin, sprechen Sie, sprechen Sie.«

»Das verschärfte die Lage angesichts jahrhundertelanger ungerechter Besteuerung und Vernachlässigung. Der Adel ist so maßlos. Die Könige so unfähig. Das Land bricht vor ihren Augen zusammen.«

»Wohingegen in England alles wunderbar ist«, sagte Joseph.

»Opium wird unser Niedergang sein«, meinte Paine. »Es ist die Geißel der Menschheit.«

»Allerdings«, sagte Christie. »Aber eine willkommene.«

In England wurde Kindern Opium gegeben, damit sie schliefen, und junge Damen aßen es klebrig schwarz und pur nach dem Tee. Es wurde in Salons und Schlafzimmern genommen, in Kaffeehäusern und Teestuben, in Bädern und an Kutschenstationen, in Clubs und bei Bällen, in Geschäften und Kneipen. Mary hatte gehört, daß Fuseli ebenfalls ein Freund davon war und seine Visionen aus einem Nebel von Laudanum entstanden. Während Blake ohne Hilfsmittel Visionen bekam. Mary hatte keine Visionen, außer sie träumte, aber sie nahm gelegentlich Opium und Laudanum, wenn sie Kummer hatte, Brandy zum Feiern und Gin, weil er billig war.

»Wir brauchen etwas«, sagte Christie, »sonst werden wir verrückt.«

»Ich weiß, an was Sie denken, alter Junge, aber lassen Sie mich nur auf Hogarths Bild *Bedlam* hinweisen. Hirnerweichung durch Syphilis«, sagte Henry Fuseli. »Erinnert an einen gewissen Mr. Boswell.«

»Warum wird hier immer über den armen Boswell hergezogen. Kennt irgend jemand den Burschen?« fragte Joseph.

»Möchte ihn irgend jemand kennen?« konterte Fuseli. »Der verdammte Tory.«

Mary fand Henry Fuseli unerträglich.

»Henry, Sie sind dekadent.« Joseph sah ihn in einer Weise an, daß ein leiser Verdacht über die beiden in Mary aufstieg. Aber schließlich war Fuseli verheiratet. »So dekadent.«

»Wir sind nicht dekadent«, beharrte Fuseli. »Wir sind Engländer.«

»Ich bin die Revolution«, rief Paine laut.

»Paine, Sie sind abstoßend, wenn Sie betrunken sind.«

»Und was ist mit den *Memoiren eines Freudenmädchens*? Ist das nicht ein englisches Buch?«

»Sie kennen *Fanny Hill*, Mary?« Fuselis Froschaugen traten hervor.

Mary wollte sagen: Behalten Sie Ihre Froschaugen bei sich.

»Jeder kennt *Fanny Hill*.«

»Wirklich?« fragte Blake.

»Ich bezweifle es.«

»Manche Leute werden blind geboren, Joseph«, gab Christie zu.

»Nicht die Franzosen«, fügte Paine hinzu. »Die Männer dort drüben tragen ganz selbstverständlich hohe Absätze.«, sagte Paine.

»Interessant ist, was sie sonst noch damit anstellen«, warf Christie ein.

»Was *stellen* sie denn noch damit an?« wollte Godwin wissen.

»Völlerei ist unser Laster«, sagte Joseph. »Reichen Sie bitte mal den Lammrücken herüber. Und Gicht ist unsere Volkskrankheit. Den Auflauf, bitte. Das steht fest. Das Roast Beef ist alle«, rief er Mrs. Mason nach unten zu.

»Nein, Völlerei ist es ganz und gar nicht. Andere Laster greifen um sich. Denken Sie an unseren Freund Boswell«, meinte Blake.

»Ja, der arme Dr. Johnson mußte tagelang stumm bleiben, niemandem konnte er seine Memoiren diktieren, weil Boswell damit beschäftigt war, in die Apotheke zu rennen.« Mary hatte einmal die *Apothecaries Gardens* in Chelsea besucht. Sie waren voll von seltenen und exotischen Pflanzen aus der ganzen Welt, Heilpflanzen und anderen. Sie fragte sich, welche Boswell wohl nehmen mußte.

»Zu hinken, meinen Sie. Mit so etwas kann man nicht zur Apotheke *rennen*, mein Guter, meine Gute.«

»Ja, hinken wollte ich sagen.«

»Nun, das muß in der Zeit gewesen sein, als Johnson am *Dictionary* gearbeitet hat«, meinte Paine.

»Das kann nicht sein. Boswell hat erst nach dem *Dictionary* Johnsons Bekanntschaft gemacht«, korrigierte Mary.

»Genau«, antwortete Paine. »Dank Johnson haben wir eine einheitliche Schreibweise.«

»Man sagt, Johnsons Frau war alt«, sagte Joseph, »der arme Kerl. Und, daß sie eine richtige Xanthippe war.«

»Nicht älter als du«, warf Mary ein. »Eine richtige Xanthippe, ist das von dir, Joseph?« Mary reagierte empfindlich bei Anspielungen auf das Alter einer Frau. Ein Schriftsteller hatte die Frage gestellt, was Frauen über vierzig noch auf der Welt zu suchen hätten. Sie hoffte, lange genug zu leben, um es ihm zu zeigen.

»Mrs. Mason«, rief Joseph. »Portwein! Portwein! Bringen Sie noch etwas Dekadentes. Noch mehr.«

»Still«, mahnte Blake. »Still, nicht über Dekadenz sprechen.«

Mary stellte sich Blake und seine Frau im Garten vor, im Garten der Urzeit. Eine warme Brise weht, fährt Mrs. Blake durch das lange Haar. Ansonsten ist sie nackt. Ihre Brustwarzen sind ein wenig aufgerichtet, sind das helle Sonnenlicht nicht gewöhnt. Mr. Blakes Glied zeigt auf zwölf Uhr. Sie haben vergessen, wann Gott erscheinen soll, denn es ist der Morgen der Welt. Meine Liebe, dies ist der Baum der Erkenntnis. A ist der Apfel. Alle Religionen sind eins. Er, der das Lamm schuf, schuf auch dich.

»Dieser schreckliche Lammrücken hat über drei Stunden geschmort. Ich sagte Mrs. Mason, sie solle sich Zeit nehmen. Mrs. Mason, wo bleiben Sie denn?«

»Was dieses Land braucht, ist eine gute Erdbeertorte«, stellte Fuseli fest.

Mrs. Mason erschien mit einem Silbertablett.

»Gerade rechtzeitig«, sagte Joseph. Der Portwein war in einer großen Karaffe, und sie stellte Josephs plumpe, geschliffene Gläser auf. Gefülltes Gebäck stand auf dem Tisch; eine Ameisenreihe bewegte sich über das weiße Tischtuch und bildete eine Traube um die Erdbeertorte und die Gebäckkrümel. Einige Mäuse rannten an den Fußleisten entlang.

»Das ist Portwein, nicht Sherry«, sagte Joseph.

»Das ist richtig, Mr. Johnson.«

Während der Wohnraum karg und schmucklos aussah, war das Eßzimmer luxuriös eingerichtet. Die Tischdecke, der Kronleuchter, die Anrichte mit Wedgwood-Porzellan, Stühle aus Rosenholz mit Petitpoint-Stickerei auf den Sitzflächen, ein Mann und eine Frau, die aus einer Kutsche aussteigen.

»Wollen wir mal den guten alten John Locke hochleben lassen«, sagte Henry. Sie erhoben ihre Portweingläser. Hoch, hoch, hoch.

»Mary, Sie träumen ja«, sagte Henry.

»Ich träume nicht, ich habe lediglich nachgedacht.«

Mary sollte später ihrer Schwester schreiben: Während dieser komischen, weitschweifigen Unterhaltung über Atlantis und die Rechte des Fischvolks von Atlantis begann ich über ein Buch nachzudenken, in dem ich John Lockes Forderungen, all die revolutionären Gedanken auf das Frauenproblem oder, besser gesagt, auf die Frauenfrage anwenden könnte, unsere Entwicklung, die Notwendigkeit *unserer* Rechte.

»Denk nicht so viel«, erwiderte Fuseli. »Das steht einer Frau nicht. Deine gerunzelten Brauen sehen aus wie verfeindete Baumwurzeln.«

»Es steht Mary sehr gut, wenn sie denkt, wirklich sehr gut, Henry.«

»Ich mache jetzt mit Mary einen Spaziergang an der frischen Luft«, beschloß Fuseli. »Die Luft wird ihr guttun, Joseph.«

259

»Sie hat alle Luft, die sie braucht, hier im Haus«, sagte Joseph. »Mehr Luft braucht sie nicht.«

»Ich glaube, Mary kann für sich selbst sprechen«, sagte Mary. »Und für ihren Bedarf an frischer Luft. Aber ich möchte jetzt für ein, zwei Stunden an meinen Schreibtisch.«

»Ich weiß einen Witz, meine Freunde, hört mal zu: John Locke, Rousseau, Hobbes, Boswell und Voltaire werden auf einer Insel ausgesetzt. Wer kommt als erster weg?«

»Christie, ist das wieder eins von deinen albernen Rätseln?«

»Nein, Joseph, wirklich nicht. Die Geschichte demonstriert ein wichtiges Prinzip kontinentaler Philosophie.«

»Sicherlich«, meinte Paine. Alle sahen gelangweilt drein, niemand hatte die Antwort, und Joseph selbst wußte sie auch nicht. Mary für sich tippte auf Hobbes, weil er rücksichtslos war. Boswell würde natürlich Probleme haben, sich zu bewegen. Für Voltaire wäre es eine Notwendigkeit, die Insel zu verlassen, da die Insel nicht Frankreich war. Rousseau würde dadurch aufgehalten, daß er über alles abstimmen ließ.

»Ich gebe auf, sagen Sie es uns, Christie.«

»Nein, auf keinen Fall. Sie müssen raten.«

»Wir können nicht.«

»Ich bin kein Philosoph. Wie kommen Sie darauf, daß ich es weiß?«

»Das ist ja wirklich schlimm, Christie«, sagte Joseph. »Das ist die Lösung: Freitag, unser edler Wilder, erschien, und er führte all die illustren Philosophen von der Insel auf das Festland. Allein konnten sie keinen Fuß vor den anderen setzen.«

»Warum muß für Sie alles so ordentlich verlaufen, Joseph. Lassen Sie sie doch auf der Insel bleiben.« sagte Fuseli. »Wenn sie glücklich sind.«

»Glücklich? Es geht nicht um Glück, mein lieber Freund.«

»Christie«, bemerkte Fuseli, »Ihr Witz ist sehr lahm.«

»Ja, mein guter Freund, werden die Dinge nicht alle so in einer durchzechten Nacht?«

Kapitel 23

~~~~~~~~~~~~~~~~~~~~

Während des gesamten Abendessens wollte Mary nach oben an ihren Schreibtisch gehen, um ihre Gedanken zu sammeln. Sie hatte eine Idee, sie wollte etwas aufschreiben, denn jetzt erinnerte sie sich, wo sie diese Bemerkung zu Frauen über vierzig gelesen hatte. Es war in dem Roman *Evelina* von Fanny Burney. Ein grober, habgieriger Mann sagt: »Ich weiß nicht, was zum Teufel eine Frau über vierzig noch auf der Welt zu schaffen hat: Sie ist anderen nur im Weg.«

Mary war einunddreißig. Mrs. Johnson war siebenundvierzig, Samuel Johnson war sechsundzwanzig, als sie heirateten. Sie hatte gehört, daß sie sich liebten. Wenn sie noch gelebt hätte, was hätte Mrs. Johnson von Dr. Johnsons Eskapaden gehalten, von seiner Affäre mit dem wollüstigen Mr. Boswell?

Mary mußte sich kleine Notizen machen. Sonst vergaß sie die Dinge. Ihr Pult war mit vollgekritzelten Zetteln bedeckt. Sie wollte ein paar schnelle Sätze über Locke, Atlantis, Frauen, Alter aufschreiben, für später festhalten. Dann wandte sie sich ihrem Projekt zu, Dr. Price und die Revolution in Frankreich zu verteidigen. Sie griff Burkes Eitelkeit, Mißgunst, Ehrgeiz, infantile Haltung an. Ein persönlicher Angriff, das wußte sie, aber war es nicht schon schlimm genug, daß er Price angegriffen hatte?

Wenn sie mit ihrer Kerze und ihrer Feder, ihrem Tintenfaß und Papier bis tief in die Nacht wach blieb, fühlte sie sich wie eine Insel im Ozean. Sie arbeitete ohne Korsett. Draußen war alles dunkel, bis auf die wenigen Straßen, die Tranlaternen hatten, oder die Fenster mit Kerzen, vielleicht Kranke, andere Schriftsteller, einsam wie sie selbst. Ab und zu hörte sie unten ein Lachen, eine Kutsche, Pferdehufe auf Kopfsteinpflaster, holla, wer geht da. Dann wurden alle Geräusche von der Nacht verschluckt. Außer dem Gekratze ihrer Feder auf dem Papier, dem Rascheln ihres seidenen Morgenrocks, einem Seufzer oder Joseph, der sich auf der Treppe die Nase putzte.

»Mary, wie läuft es denn?«

»Nicht gut, Joseph, überhaupt nicht gut.«

»Wirklich?« Er stützte den Kopf auf den Arm.

»Wirklich. Ich ziehe ernsthaft in Erwägung, das Projekt fallenzulassen.« Sie stand vom Stuhl auf. Ihr Rücken schmerzte, ihre Augen brannten, ihre Finger hatten rote Stellen, wo sie die Feder gehalten hatte.

»Du siehst wirklich müde aus«, sagte er und keuchte beim Atmen.

Sie sah Joseph an. Eine neue Ausgabe der Zeitschrift sollte in einer Woche erscheinen. Sie hatte zwei Artikel dafür geschrieben. Sie waren schon beim Drucker, vier Seiten. Joseph sah schmal aus. Er bekam es immer auf der Lunge, kurz bevor eine neue Ausgabe erschien. Er und Christie waren immer der Verzweiflung nahe, bevor sie die Ausgabe in Druck gaben. Wenn das Feuer unten ausging und sie nicht die Zeit hatten, es wieder anzufachen, umwickelte Joseph seine Hände mit Lappen, um sie warm zu halten. Christie aß und schlief überhaupt nicht mehr, sondern arbeitete unter dem Tisch auf dem Fußboden. Dann wurde Joseph krank, und sie mußten im Küchenherd Feuer machen, die Töpfe zum Kochen bringen, damit Joseph den Dampf inhalieren konnte.

»Es klang so eindrucksvoll, auch der Titel.«

»Es ist nicht gut, Joseph. Es wäre peinlich für dich, so ein Gefasel zu publizieren.«

»Wirklich?«

Joseph trug Kniehosen mit Schnallen, gestreifte Strümpfe, eine enge Weste und keine Krawatte; sein hoher Kragen war in Unordnung. Wie immer trug er keine Perücke, wie immer war sein Haar ungepudert, um seine republikanische Gesinnung zu demonstrieren, und wie immer gaben ihm seine blauen Augen einen Anflug von Unschuld, Verantwortungslosigkeit und Trauer. William Blake hatte begonnen, einen roten Hut zu tragen, aus Verbundenheit mit den Franzosen. Frauen auf der Straße trugen Schürzen und Hauben wie die französischen Bäuerinnen; oder vielleicht wollten sie wie Marie Antoinette gekleidet sein, die damit kokettierte arm auszusehen, nicht aus Loyalität zu ihren Untertanen, sondern weil es durch Rousseau in Mode gekommen war, die einfachen Dinge, das Landleben zu schätzen. Mary trug noch immer ihr schwarzes Kleid. Ihr neuer Morgenrock war fertig. Sie wußte, daß sie ohne Korsett und mit herabhängenden Haaren wie eine Marktfrau aussah, aber es war ja nur Joseph.

»Ich möchte nicht, daß du dich überanstrengst, meine Liebe«, sagte Joseph.

Vor einiger Zeit, bevor sie Josephs Neigungen verstand, schrieb Mary kleine Schulmädchennotizen über gemeinsame Ausflüge mit Joseph auf.

UNSERE REISE

Während ich aus dem Kutschenfenster hinausschaue und Kühe und Schafe sehe, liegt seine sanfte Hand auf meiner. Und als die Sonne untergeht und die Dämmerung aufsteigt, nimmt er unseren Proviantkorb auf den Schoß und versucht, ihn geradezuhalten, während die Kutsche hin- und herschwankt. Er ißt eine Hühnerkeule, ich eine Scheibe Braten. Wir schlafen aneinandergelehnt, meine Hand auf seiner Brust. Was für ein liebevolles Paar, sagen die anderen Fahrgäste und nicken beifällig.

Als wir dort angekommen sind (bei einer Bauernhütte an einem See), schauen wir um uns her und sagen Oh, sieh mal, die Butterblumen und die Elritzen und die majestätischen Felsen. Sieh mal hier. Und wie sanft sich das Wasser kräuselt. Es sind Grillen im Gras, es gibt natürlich Enten und vielleicht größere Tiere, und während ich vorsichtig durch das hohe Gras streife, treffe ich auf einen Wolf. Doch ich habe keine Angst. Ich sehe ihn respektvoll an.

Morgens müssen Joseph und ich in die Stadt und einige Vorräte kaufen. Ich muß unbedingt die Zutaten für die Obstspeise haben – Sherry, Wein, Zitronen- oder Orangensaft und geriebene Zitronenschale. Joseph verlangt lediglich Dünnbier. Die Männer am Eingang des Ladens, Landvolk in Strohhüten, sagen uns, daß ein Wetterumschwung bevorsteht, doch wir sagen, daß wir schon vorher abreisen werden.

Leider unternahmen sie nie ausgedehnte, romantische Reisen. Solche Phantasien hatte sie vor langer Zeit aufgegeben. Statt dessen hatten sie Unterhaltungen über schlanke Männer mit schmalen Handgelenken und langen Fingern. Und als ihr Umgang miteinander vertrauter wurde, erörterten sie Haarfarbe, Größe, Temperament und Gesinnung, sie sagte dies, er sagte das, sie fühlte, daß sie insgeheim gegen ihre eigenen Gefühle vorging, und ihm wurde wohler und wohler. Und damit nicht genug. Auf ihren Morgenspaziergängen deutete Joseph manchmal mit dem Spazierstock auf einen Mann: Oh, der da ist hübsch, magst du ihn?

Es war Erntezeit, und sie schauten beide in denselben Obstgarten. Ihr blutete das Herz bei diesen Ausflügen. Sie war krank vor Sehnsucht und Scham, und gleichzeitig fühlte sie sich angenehm erregt durch solche Gespräche. Sie hatte einen faden Geschmack im Mund. Sie wollte schreien: Halt! Doch sie konnte es nicht. Sie haßte sich, hatte das Gefühl, sie verrate sich selbst. Doch sie konnte sich nicht helfen. Ja, der sieht gut aus. Und zur Buße begann sie, ein schwarzes Samtband ums Handgelenk zu tragen, ein geheimes Zeichen der Trauer um verlorene Illusionen. Sie erinnerte sich daran, was er über ihre Liebe zum Theater gesagt hatte, daß dieser offizielle Ort der Illusionen eine Quelle für *ihre* Illusionen war. Sie hatte genug von ihnen, um fünfzig Stücke zu bevölkern.

»Also, Mary, mach es so, wie du es für richtig hältst. Arbeite nicht weiter an dieser *Verteidigung* von Price. Paine will etwas herausbringen, sagt er.«

»Was soll das heißen?« Manchmal konnte Joseph sie wirklich aufregen. »Was will er herausbringen? Was redest du da?«

»Weiter gar nichts als: Wenn du nicht damit fertig wirst, dann versuch's nicht weiter. Ich kann beurteilen, wie schwer es ist, ein Pamphlet über ein politisches Thema zu schreiben, besonders für eine Frau.«

»Besonders für eine Frau?« Mary drehte sich um, stellte sich ihm direkt gegenüber und stemmte die Hände in die Hüften.

»Mühsame Arbeit, langweilig, strapaziös und verlangt Beharrlichkeit, Mary.«

Er konnte so konservativ, so kleinkariert sein. Und er war auf dem Holzweg.

»Besonders für eine Frau? Du bist tyrannisch und doppelzüngig. Jetzt werde ich es erst recht schreiben. Du wirst staunen. Jedermann wird staunen.« Bei ›jedermann‹ hatte sie auch ihren Vater im Sinn, den es nicht kümmerte, was sie tat. Niemanden kümmerte es. Im Grunde ihres Herzens wußte sie es.

»Die Menschen werden staunen«, sagte sie lahm. Welche Menschen, fragte sie sich. Alle Menschen? Die Menschheit? »Mein zukünftiger Mann wird staunen.«

»Wer soll das bitte sein?«

»Weiß ich noch nicht«, antwortete Mary bockig.

»Dann laß es mich wissen, wenn du es weißt.«

»Du glaubst nicht, daß ich es schaffe, das Pamphlet zu Ende zu schreiben, stimmt's?«

»Ich glaube es, wenn ich es sehe, Mary.«

»Auch Frauen, die lesen können, werden es sehen.« Vielleicht würden Frauen sie lesen, kam ihr in den Sinn, weil sie eine Frau war, eine Frau mit Verstand. »Du *wirst* es sehen.«

»Sehr gut. Mach, was du willst«, sagte Joseph lächelnd und wandte sich zum Gehen. »Ach, übrigens, Fuseli möchte, daß du mit ihm irgendwo hingehst. Er ist unten.«

»Sag ihm, ich habe zu tun.«

»Mary, sag es ihm selbst.«

»Sag ihm, ich habe Anfang nächster Woche Zeit.«

»Bist du dann fertig?«

»Ja, dann bin ich fertig, fix und fertig. Und ich werde nie und nimmer noch einmal so ein Projekt übernehmen, das verspreche ich dir. Nicht für dich und nicht für irgend jemanden sonst. Darauf kannst du dich verlassen. Kannst du gleich Mrs. Mason mein Abendbrot hochbringen lassen?«

»Wäre das alles?«

»Joseph«, sagte sie schwermütig. »Joseph.«

»Was.«

»Ach, nichts.«

»Bist du sicher?«

»Ja.«

Kapitel 24

〰〰〰〰〰〰〰〰〰〰〰

Aus seiner Haut wollen sie einen Mantel machen, aus seinem
Schwanz eine Rute, aus seinen Hufen Leim, aus den Augen Glas-
murmeln, aus den Zähnen Hackmesser. Mary folgt ihm hinaus auf
die Straße, folgt nur seinem Geruch, denn sie kann ihn nicht richtig
sehen. Es ist eine warme, duftende Nacht. Das Pferd wartet, und sie
steigen auf, reiten zur Küste. Sie sprechen leise miteinander. Doch
sie können einander nicht hören, denn das Rauschen des Windes
verschluckt alle Geräusche. Um ihn zu hören, muß sie die Finger
auf seinen Mund legen, und ihre Worte sinken in seinen Nacken.
Einmal schläft sie ein, und ihr Kopf fällt auf seinen Rücken, und in
ihrem Traum träumt sie, daß sie im Kinderzimmer auf einem
Schaukelpferd reitet und daß ihr Bruder wie immer sagt: Ich bin
hier der Herr. Als sie aus dem Traum im Traum erwacht, ist ihr
Mund voll Schlaf, und der Duft um sie her sagt ihr, daß sie durch
den Wald reiten, und dann nimmt sie den warmen Salzgeruch des
Meeres wahr. Sie schaut hinunter und erblickt Sand. Auf den glit-
zernden Sandkörnchen – für eine Sekunde machen sie halt – liegt
eine kleine tote Maus, deren rote Eingeweide zu sehen sind. Rot.
Doch als sie näher hinschaut, sind es Erdbeeren, aus denen wie ein
Bart grauer, flaumiger Schimmel sprießt.

»Du weinst im Schlaf«, sagte Joseph und rüttelte sie wach.

Sie öffnete die Augen. Sein Haar stand ihm vom Kopf ab und fiel
ihm auf die Schultern. Er war barfuß und trug seinen Morgenrock
mit den Satinschlangen. Er sah aus wie ein Wolf oder ein roter
Fuchs, der auf ihrer Bettkante saß, wie eine seltsame Figur aus
einem Puppentheater, halb Mensch, halb Tier.

»Ich habe schlecht geträumt«, flüsterte sie.

»Schh«, sagte er und streichelte ihr Gesicht. »Schh, schlaf wieder ein. Bist du mit dem Pamphlet fertig?«

»Ja, es liegt auf dem Pult.«

Joseph ging hinüber, nahm den Stapel Seiten.

»Morgen früh gleich als erstes: Fleet Street«, sagte er. »Das ist der Anfang.«

Wovon, dachte Mary, und schlief wieder ein.

Am nächsten Morgen schleppte sie sich mühevoll durchs Haus. Fuseli erschien nachmittags, herausgeputzt und ziemlich nervös.

»Sie wirken müde, meine Liebe.«

»Nein, Henry, überhaupt nicht.«

»Das ist aber ein schönes Kleid.«

»Danke.« Sie war erschöpft, fühlte sich nicht ganz auf der Höhe.

Sie ergatterten einen Zweispänner und rasten – als wären sie zur Sonne unterwegs oder, in diesem Fall, zum Mond, denn es war schon spät und die Luft kühl – hinüber zu Lincolns Inn Fields, um in einem großen, vornehmen Haus einen Mr. Andrews zu besuchen, einen guten Freund von Henry Fuseli. Einen abstoßenderen Mann konnte Mary sich nicht vorstellen. Außerdem, als Mr. Andrews den Raum verließ, packte Fuseli sie und küßte sie hart und fordernd direkt auf den Mund.

»Sind Sie wahnsinnig geworden?« sagte sie.

»Ja, ja! Schh, Mr. Andrews kommt zurück.«

Mr. Andrews' Haus hatte eine Wäscherei und eine Vorratskammer, einen Weinkeller, ein Backhaus, eine Molkerei und eine Brauerei. In jedem Stockwerk gab es einen Abort mit einem System von Rohren und Klappen. Es war fortschrittlich, sehr beeindruckend. Mr. Andrews war Wissenschaftler. Er hatte eine Sammlung, besaß Scherben und Überreste von antiken Tongefäßen, griechische Statuen, einen ägyptischen Sarkophag. Das Haus hatte Atelierfenster und eine Bildergalerie mit Gemälden von Hogarth; in seiner Bibliothek standen goldverzierte Lederbände hinter Glas –

Swift, Defoe und Richardson – und gebundene Ausgaben des *Gentleman's Magazine*, des *Tatler* und des *Spectator*. Doch das Glanzstück der Sammlung wurde in einem verschlossenen Wandschrank aufbewahrt.

»Da ist ein Skelett im Schrank«, rief Mary atemlos und öffnete die Tür.

»Ah, das ist ganz groß in Mode«, sagte Fuseli.

»Jedermann muß eins haben«, bestätigte Mr. Andrews.

»Aber wer ist das, wo haben Sie ihn, sie, es herbekommen?« Das letzte, was sie wollte, war, im Wandschrank irgendeines Gentleman zu enden.

»Ziemlich teuer«, meinte Fuseli.

»Grabräuber«, gab Mr. Andrews zu. »Wir privaten Sammler müssen mit dem Königlichen Chirurgenkollegium konkurrieren. Ein Kopf-an-Kopf-Rennen.«

»Das kann ich mir vorstellen«, sagte Mary eisig. Sie mochte Mr. Andrews' Beute nicht. Sie zog die Sammlung im Britischen Museum vor. Der kleine Alligator mit der trockenen staubigen Haut, dem gelben Fleck auf dem Bauch und der Reihe von winzigen Babyzähnen war für sie fast wie ein Familienmitglied. Das große Bärenfell und die tote Seeschildkröte im British Museum schienen eher zu einer Sammlung in einem privaten Haus zu gehören. In Mr. Andrews' Haus dagegen herrschte eine Atmosphäre wie im Museum. Das dämmerige Licht des Spätnachmittags verlieh den düsteren, verstaubten Gegenständen eine seltsame Aura, so als existierte die Welt nur, um unterzugehen und dann ausgestellt zu werden.

»Ich möchte nicht als Ausstellungsstück in einer Sammlung enden, Henry.«

Sie saßen in der Bibliothek und tranken Portwein, als sie das Bedürfnis verspürte, dieses Haus zu verlassen. Sie mußte unbedingt weg.

»Henry«, sagte sie leise.

Mr. Andrews mußte sich noch einmal kurz entschuldigen; er würde gleich zurück sein.

»Geht er in sein Ding?« flüsterte sie. Mary stellte ihn sich vor, wie er, eingeschlossen in einen seiner Aborte, zwischen all den Leitungen und Rohren oben auf einer Porzellanschüssel saß. »Sagen Sie ihm, ich muß nach Hause.«

»Du mußt nicht nach Hause.«

»Ich will nach Hause.«

Bevor sie mit der Wimper zucken konnte, kniete Henry vor ihr. »Ich habe davon geträumt«, sagte er und strich mit seinen Händen über Marys Mieder. »Wir waren am Meer«, fuhr er fort, »und du lagst nackt auf dem Holzsteg, bedeckt von einem weißen, seidenen Laken. Ich fuhr mit den Händen über das Tuch und sagte, laß uns hineingehen und uns lieben. Du sagtest: Ja.«

»Ich möchte zurück, zurück nach Hause«, sagte sie zu Henry und befreite sich aus dem Griff seiner Hände, die ihre Brüste umschlossen hielten wie zwei Seemuscheln. »Ich hasse das Meer.« Sie stand auf. »A wie Affe«, fauchte sie ihn an. »B wie Biest, C wie Clown, D wie Dummkopf, E wie Esel und F wie Feigling und Flegel.«

»Warum möchtest du gehen? Es ist doch nett hier.«

»Dieses Haus stammt aus einem Schauerroman, Henry, ein Schloß des Schreckens. Es ist nichts für lebende Menschen. Hier ist alles tot. Mr. Andrews möchte uns ausstopfen, uns ausstellen, und du willst mich entehren. Ich habe gerade eine fundierte Arbeit abgeschlossen, von großem Interesse für die Allgemeinheit, und du behandelst mich wie eine Hure. Ich bin müde.«

»Nein, ich behandle dich zur Abwechslung wie eine Frau.«

»Was meinst du damit?«

»Ich meine, jeder behandelt dich wie einen Mann, wie ein Stück Holz. Ich sehe die Frau hinter all der Gelehrsamkeit.«

»So?«

»Sie bebt, nimm mich, nimm mich.«

»So?«

»Sie will überwältigt werden.«

»So?«

»Ja, Mary, das möchte sie.«

»Mr. Andrews«, sagte Mary, als dieser den Raum wieder betrat. »Wir müssen aufbrechen. Es war wunderschön. Haben Sie vielen Dank.«

»Oh, aber Mrs. Wollstonecraft.«

»Miss Wollstonecraft.«

»Sie sind gerade erst angekommen.«

»Ja, ja, aber meine Mutter ist sehr krank und meine Schwester außer sich vor Verzweiflung, und mein Bruder, mein Bruder ist Meister im Hinken, ein Reitunfall, wissen Sie, und mein Vater, ja, der ist tot.«

»Meine Güte. Henry hat mir nichts davon erzählt.« Mr. Andrews legte die Hand auf sein wohlbekleidetes Herz. Er trug ein kurzes, rotes Jackett und eine Krawatte aus grüner Seide, enge gelbe Hosen, die in weichen Lederstiefeln steckten, sein Haar war kurzgeschnitten und nach vorne gekämmt. Er blickte überheblich und müde drein, als wäre die Welt einfach viel zu öde.

»Nun ja, Henry wollte Ihnen die Details ersparen. Auf Wiedersehen und frohe Weihnachten, Mr. Andrews. Ein reizendes Haus, ganz gewiß.«

»Ich kann dich nirgendwohin mitnehmen«, sagte Henry, sobald sie draußen waren, »ohne daß du eine Szene machst. Du bist nicht auf der Bühne, weißt du. Und diese Alphabet-Geschichte ist einfach unhöflich. Du bist kein Kind mehr. Du meinst, mit deinem bißchen Intelligenz... bist du schon eine intelligente Frau. Hör zu, Männer interessiert das nicht, besonders, wenn es bedeutet, daß sie kritisiert werden. Männer mögen seltsame Frauen nicht. Sie mögen Bequemlichkeit. Es gibt genug Schwierigkeiten auf dieser Welt, man kann zu Hause und in seinem Bett auf weitere verzichten. Intelligente Frauen glauben, daß sie der Welt eine Menge zu bieten haben. Schüttle nicht den Kopf. Ich weiß, du tust das. Nun, meine kleine Freundin aus York...«

»Yorkshire, Wales und davor Spitalfields.«

»Wo auch immer deinesgleichen groß wird, laß dir sagen«,

brummelte er ihr ins Ohr und trieb sie die Straße entlang, »du glaubst, du hättest der Welt eine Menge zu bieten, tja, mein Kind, es könnte sein, daß die Leute nicht mögen, was du zu bieten hast. Und so ist es. Hast du das je in Betracht gezogen? Die Leute, wie auch die Männer mögen unkomplizierte Frauen, sanfte Frauen, glückliche Frauen, anmutige Frauen, kultivierte Frauen, dankbare Frauen, liebe Frauen, hübsche Frauen, freundliche Frauen ...« Bei jeder Bezeichnung stieß er mit dem Spazierstock auf den Boden. »Vor allem mögen wir treu ergebene Frauen. So sieht es aus in der Welt. So funktioniert sie. Akzeptiere es oder ...«

»Stirb?«

»Nein, dramatisiere nicht schon wieder, akzeptiere das oder nimm die Folgen auf dich. Das wollte ich sagen. Wo bitte hat Joseph dich aufgelesen, unter einem Dornbusch?«

»In einem großen Haus in Irland, Henry. So, da sind wir«, sagte Mary. Sie stieg aus dem Zweispänner. »Nein, nein, bemüh dich nicht. Das ganze Gerede über Mann und Frau hat diese kleine Dame ein wenig ermüdet. Vielen Dank für den reizenden Nachmittag, Henry. Es war mir ein Vergnügen. War ›höflich‹ auf der Liste, höfliche Frauen? Unkomplizierte Frauen, kultivierte Frauen, Frauen mit großen Brüsten und breiten Hüften, Frauen mit Schwämmen zwischen den Beinen. Das mögen die Männer? Vielen Dank, daß du es mir gesagt hast. Jetzt kann ich mein Leben entsprechend planen.«

»Mary, Glückwunsch zu dem Buch. Joseph sagt, es ist brillant.«

»Ach, Blödsinn, Henry.« Sie schlüpfte ins Haus, rannte die Treppe hinauf, zog Umhangtuch, Röcke und Mieder aus, die Schuhe, Strumpfbänder und Strümpfe, den Kragen und das Korsett. Sie nahm vorsichtig die künstlichen Veilchen, die sie seitlich in der Frisur trug, heraus und ließ ihr Haar auf die Schultern herabfallen. Sie wusch sich den Puder aus dem Gesicht, das Rouge von den Wangen, den Lidschatten von den Augen. Nackt zog sie den Morgenrock an. So, nun fühlte sie sich besser.

»Was gibt's zum Abendessen«, rief sie nach unten.

»Gebratene Ente und Plumpudding«, rief Mrs. Mason zurück. »Obst und Käse.«

»Ich kann es kaum erwarten.«

Ihre gute Stimmung dauerte während des Essens an und begann dann nachzulassen. Beim Dessert brach sie in Tränen aus.

»Nanu«, sagte Joseph. »Was ist denn?«

»Ich bin traurig«, sagte sie.

»Mein Liebes, sei nicht traurig.«

»Und müde.«

»Dann solltest du vielleicht ins Bett gehen.«

»Ich habe das Buch beendet, und gibt es einen Menschen auf der Welt, der sich mit mir freut?«

»Ja. Zwei.«

»Du und Mrs. Mason. Wunderbar. Du weißt, was ich meine, Joseph.«

Joseph trug Morgenrock und Hausschuhe. Sie aßen im Wohnraum vor dem Kamin.

»Ich muß lernen«, sagte sie, »wie man das Niemandsland zwischen Einsamkeit und Freiheit betritt.«

»Einsamkeit und Freiheit.« Joseph schüttelte den Kopf. »Das ist schwer.«

»Vielleicht zu schwer.« Womit, fragte sie sich, habe ich so einen Angriff von Fuseli verdient? Gegen ihren Willen hatte sie begonnen, ihn zu lieben.

»Und was ist mit dem Ruhm? Ist das kein Trost, meine Liebe? Bisher war er dir doch wichtig?«

»Ach, Ruhm«, sagte sie müde. »Was kann er einem geben, wenn niemand da ist, der sich mit einem freut. Meinst du, damit kann ich zurechtkommen? Vielleicht *bin* ich schon berühmt oder ich werde es noch, aber ich empfinde nichts dabei. Ist dies das neutrale, nichtssagende Niemandsland?«

»Nein, der Ruhm ist eher eine Hauptstraße, auf der man einsam und frei ist.«

»Ich möchte geschätzt und geliebt werden für das, was ich bin, eine ganze Persönlichkeit – eine erwachsene Frau, was immer das bedeutet.«

»Ja.«

»Und ich möchte nicht, daß jemand, der weniger intelligent ist als ich, mir Vorschriften macht.«

»Ja, vielmehr nein. Ich meine...«

»Und ich möchte, daß mir jemand morgens den Kaffee bringt.«

»Ja.«

»Kein Dienstbote. Und ich möchte, daß jemand sagt: Na komm, ist ja schon gut.«

»Na komm, ist ja schon gut.«

»Ach, Joseph, doch nicht du.«

Kapitel 25

Auch Fuseli war Sammler. Er besaß eine Sammlung von ausgestopften Säugetieren, kleine Säugetiere in seinem Atelier, die er im Sommer auf den Zweigen des Baumes vor seinem Fenster in Fallen fing. Die Fuselis lebten in einer engen, schattigen Straße, der Foley Street. Henry Fuseli und seine Frau bewohnten drei Stockwerke, und sie hatten oben in der Mansarde einen Untermieter aufgenommen, einen armen Poeten. Mary spazierte um den Häuserblock, ging auf und ab und versuchte, in den Zeiten, in denen er sie ignorierte, einen flüchtigen Blick auf Henry zu erhaschen. Doch alles, was sie zu sehen bekam, waren Aktivitäten in der Küche, der Koch, der Früchte kandierte, Marmeladen einkochte, Gemüse einlegte.

Mary konnte Henry selbst niemals durch die Fenster sehen, doch an seinen Stiefeln, die er draußen am Schuhkratzer stehenließ, konnte sie erkennen, wann er zu Hause war. Der Diener war nachlässig; sie hätten leicht gestohlen werden können. Oft wollte Mary an die Tür klopfen. Hier, hier sind deine Stiefel. Doch sie tat es nicht, sie wollte wirklich nicht, daß er bemerkte, wie sie ihm nachspionierte. Ihr genügte es eigentlich, vor seinem Haus zu stehen, in seiner Straße, in seinem Stadtteil. Es erschien ihr wunderbar, daß sie zur selben Zeit lebten und einander irgendwie begegnet waren. Sie wünschte sich aber, sie könnte in Gedanken durchs Schlüsselloch hineingelangen und alles hören und sehen – zum Beispiel Henry in Nachthemd und Nachtmütze. Sicherlich würde er seine Frau auf die Stirn küssen, bevor jeder in sein Schlafzimmer ging. Und beide würden das Baby küssen. Und sie, Mary, wäre dort und könnte seinen Atem spüren.

»Ich liebe meine Frau«, sagte Henry von Zeit zu Zeit, wenn er in der Stimmung war, Mary zu sehen.

»Natürlich liebst du deine Frau.« Es konnte sein, daß sie gerade in Kew Gardens waren und das Vogelhaus und die Menagerie mit den chinesischen Fasanen betrachteten. Das Becken war mit Wasservögeln bevölkert, als er diese Erklärung abgab.

»Ich liebe sie wirklich.«

Doch als Mary Fuselis Frau zum ersten Mal sah, war sie erstaunt. Sie fand die Frau rundlich und hübsch; ein fetter kleiner Spatz, braun und munter, doch ohne eine Spur von Intelligenz in ihrem Gesicht. Die Frau eilte aus dem Haus, hielt mit der Hand ihren Hut fest, die Röcke wehten hinter ihr her. Wie kann er sie lieben, fragte sich Mary. Wie kann ein Künstler von *so was* inspiriert werden. Die Frau war so gewöhnlich. Als Mrs. Fuseli einmal zu einem von Josephs Essen am Donnerstagabend kam, sah Mary, daß die Frau weit auseinanderstehende Zähne hatte, wie die Frau von Bath in den *Canterbury Tales*, ein sicheres Zeichen von Lüsternheit. Doch Henry hatte sie als kalt, als eiskalt beschrieben, mit ganz gewöhnlichem Charme. Henry hielt den Kopf gesenkt, blickte während des Essens nicht auf. Seine Frau hatte auch nichts zu sagen und starrte Mary bei Tisch an, als wäre sie ein exotisches Tier mit Pelz und grünen Klauen.

Ungefähr einen Tag nach diesem Essen sagte Mary zu Joseph: »Ich verstehe die Welt nicht mehr. Ich glaube, ich werde langsam verrückt. Und ich fürchte mich. Sag etwas, irgend etwas.«

»Was denn?« Joseph stocherte in seiner Pfeife herum.

»Über die Welt. Etwas über die Welt.«

»Halte dich an deine Arbeit, Mary«, sagte Joseph, legte die Pfeife beiseite und schniefte ein wenig, als er etwas Schnupftabak aus der Dose nahm. In der abendlichen Dunkelheit war sein Gesicht nicht zu erkennen, und seine Beine sahen aus wie Stöcke. Verglichen mit Henry war er viel zu dünn und schmächtig.

»Gerade das möchte ich nicht hören.«

»Ich weiß. Ich weiß, *was* du hören möchtest. Warum hast du dir jemanden in den Kopf gesetzt, der dir Kummer machen wird? Möchtest du das? Findest du, du hast das verdient? Mary, hab etwas Geduld. Seit wann hast du denn diese fixe Idee? Deine Arbeit bietet dir doch sicher viel mehr Möglichkeiten, Erfolg und Glück zu finden.«

Das Pamphlet, in dem sie Burke angegriffen hatte, wurde nun seinerseits von allen Seiten angegriffen. Joseph war überzeugt, es lag daran, daß sie als Frau über die Menschenrechte geschrieben hatte. Wie dem auch sei, die Leute kauften es, und das war das Wichtigste.

»Meine Gefühle für ihn sind entstanden, ohne daß ich es bemerkt habe«, antwortete sie. Verglichen mit Richard war Henry ein erwachsener Mann. Verglichen mit Blake war er lustig. Verglichen mit Paine war er tolerant. Verglichen mit Joseph war er männlich. Verglichen mit Christie war er ernsthaft. Er war nicht schmal und zerbrechlich, zartgliedrig und verträumt, sondern ein Mann von Bedeutung, von Bildung, ein berühmter Künstler. Wenn er sie ansah, waren seine Augen wie Feuer. Sie hatte das Gefühl, von diesem Feuer verzehrt zu werden.

»Niemand sonst hat Interesse an mir, Joseph«, sagte sie.

»Ist das wahr, Mary?« Joseph seufzte.

»Ja.«

»Ich habe Interesse an dir.«

»Als Freund.«

»Und was stört dich daran? Du wirst sehen, daß ein Freund sich auf Dauer viel eher bewährt als diese Liebhaber, die kommen und gehen und an jeder Straßenecke zu finden sind. Solche Sachen bringen meist eine Menge Kummer und Leid.«

»Ich werde bald zweiunddreißig, Joseph.«

»Ich bin hundertundzwei, Mary.«

»Ich bin einsam, Joseph.«

»*Ich* bin einsam«, antwortete Joseph gereizt. »*Jeder* ist einsam. Was ist mit dem Niemandsland zwischen Freiheit und Einsamkeit?«

»Henry kennt sich in so vielen Dingen aus.«

»Auch im Niemandsland? Das bezeifle ich. Ach, Mary.« Joseph schüttelte den Kopf, steckte sich ein größeres Stück Schnupftabak ins linke Nasenloch und nieste. »Er kennt die Klassiker, beherrscht sein Handwerk. Er ist ein brillanter Mann, aber er kennt sich mit praktischen Dingen nicht besonders gut aus, geschweige denn mit dir.«

»Er ist dein Freund, du lädst ihn zu uns ein, wie kannst du ihn schlechtmachen, wie kannst du ihn nicht mögen.«

»Ich mag ihn ja, es ist nur . . .«

»Glaubst du, er liebt mich, Joseph?«

»Ich fühle mich alt«, sagte Joseph. »Uralt.«

»Versprich mir, daß er mich liebt. Versprich es. Versprich es!«

»Zum einen ist der Mann verheiratet«, sagte Joseph und drückte sich die Nasenlöcher zu.

»Und zum anderen?«

»Das weißt du doch.«

Joseph hatte sich einen Schaukelstuhl, wie ihn Benjamin Franklin besaß, gekauft. Er schaukelte stundenlang. Das ist mein Denker-Stuhl, pflegte er zu sagen. Hier überfallen mich die Gedanken geradezu; oder: kommen Sie später wieder, Mr. Johnson sitzt auf seinem Denker-Stuhl; oder: in meinem Denker-Stuhl werde ich gleich die Antwort haben.

Mary dachte: Er wird tatsächlich alt.

»Was macht es schon, daß er verheiratet ist?«

»Natürlich macht es etwas aus. Sicher macht es etwas aus, Mary. *Du* kannst ihn nicht heiraten.«

»Weißt du, was ich von der Ehe halte, Joseph?«

»Ich weiß, was du darüber sagst, meine Liebe.«

»Er muß mich lieben, Joseph, oder ich bin am Ende.«

»Nein, du bist nicht am Ende. Warum ist denn das so wichtig? Bist du etwa darauf angewiesen, geliebt zu werden, von *ihm* geliebt zu werden?«

»Ja.«

»Aber du bist nicht geliebt worden seit ... seit einiger Zeit, seit vielen Jahren bist du nicht leidenschaftlich geliebt worden.«

»Und jetzt auch nicht, das denkst du doch? Jeden Tag könnte ich sterben.«

»*Ich* werde sterben, und das bald, ich weiß es, denn ich glaube, ich habe Wechselfieber oder irgendeine andere schreckliche Krankheit. Ich freue mich nicht gerade auf den Aderlaß. Vielleicht solltest du das Chinin holen. Blutegel, Gott bewahre! So eine scheußliche Angelegenheit.«

»Versprichst du, daß er diesen Donnerstag zum Essen kommt?«

Sie war vom Stuhl aufgestanden und kniete vor Joseph.

»Versprich es, bitte versprich es mir.«

Joseph schüttelte den Kopf. »Vielleicht lebe ich bis dahin nicht mehr, also mach dir keine Sorgen.« Joseph zog eine Schnute. »Und das ist die Frau, die so viele Artikel und drei Bücher geschrieben hat, die an ihrem vierten arbeitet – diese kniende, bettelnde, erbarmungswürdige Kreatur? Wo ist dein Stolz?«

»Ich habe keinen.«

»Das mußt du aber.«

»Du willst es nicht versprechen, ist es nicht so?« Sie war den Tränen nahe.

»Mary, das geht zu weit. Wenn du dich sehen könntest. Und der Mann sieht nicht einmal gut aus. Er ist knollennasig und fett.«

»Er ist klug und faszinierend, gutes Aussehen hin, gutes Aussehen her.«

»Ja, aber ist er liebenswürdig?«

»Nicht besonders. Überhaupt nicht.«

»Das dachte ich mir. Bist du nicht schon genug verletzt worden?«

»Was meinst du damit?«

»Deine Kindheit, deine Anstellungen, deine ganzen Erfahrungen.«

»Das ist vorbei, Joseph.«

»Es ist nie vorbei, Mary, außer du siehst den Dingen ins Auge. Und wenn du das nicht tust... Merkst du nicht, wie sich alles wiederholt, mein Liebes?«

»Hör auf mit dieser Philosophie für Anfänger, Joseph.«

»Oder ist es so, daß du nur den Schmerz kennst und ihn daher wieder und wieder suchst?«

»Jetzt wirst *du* albern.«

»So?«

»Du mußt es versprechen. Du mußt. Ich will sterben, wenn du mir nicht versprichst, daß er mich liebt.«

Joseph schüttelte traurig den Kopf, nahm ihr Kinn in beide Hände.

»Ach, meine Liebe, du bist so verzweifelt. Hier wird niemand sterben.«

»Du mußt es versprechen. Du mußt.«

»Ich verspreche es«, sagte er. »Ich verspreche es, ich verspreche es.«

Kapitel 26

〰〰〰〰〰〰〰〰〰

»Ich liebe den Mann als meinen Gefährten«, notierte Mary auf einem Zettel, den sie in eine Hutschachtel mit der Aufschrift *Rechte der Frau* legte, »doch sein Herrschaftsanspruch, ob berechtigt oder nur angemaßt, berührt mich nicht, es sei denn, die Vernunft eines einzelnen Mannes verlangt meinen Respekt; und selbst dann unterwerfe ich mich der Vernunft, nicht dem Mann.«

den 23. November 1791

Eine ganze Welt von Ideen existiert draußen vor meinem Fenster, liebe Eliza, aber auch in meinem Kopf: Ich habe Fanny versprochen, etwas aus meinem Leben zu machen. Manchmal, oft, immer fürchte ich, daß ich scheitern könnte. Ich bin, na ja, Du merkst es an meinem Zögern, durcheinander. Manchmal weiß ich nicht, wie ich die Arbeit an der Zeitschrift, an den Übersetzungen oder an meinem Buch schaffen soll. Mir ist schwindlig. Und meine Sehkraft hat nachgelassen. Manchmal habe ich das Gefühl, meine Beine geben unter mir nach. Liebe Schwester, im Moment kann ich die Details nicht preisgeben.

Eliza schrieb zurück:

Eine ganze Welt von Ideen draußen vor Deinem Fenster und in Deinem Kopf? Dann muß Dir ja wirklich schwindlig sein. Spiel doch Backgammon. Ist bei weitem nicht so anstrengend wie diese ständige Beschäftigung mit Männern. Hab' ich nicht recht? Manche Frauen können es genießen; anderen fehlt eben diese Veranlagung. Sicher nimmst Du alles zu ernst. Der Adel hat nichts anderes zu tun, als den lieben langen Tag zu kokettieren. Du

kannst Dir so einen Zeitvertreib nicht leisten. Warum mußt Du Dich un-
bedingt aufführen wie eine Heldin aus den Kitschromanen, die von Verkäu-
ferinnen und nichtsnutzigen Frauen gelesen werden. Bei Deiner Bildung
solltest Du Dir dafür zu schade sein. Wie Du weißt, verläuft mein eigenes
Leben sehr unaufregend; ich bin Hauslehrerin von zwei verwöhnten Mäd-
chen. Ich kenne niemanden, und meine Tage verrinnen ohne gelehrtes
Geschwätz und ohne daß tatterige Männer um mich herumscharwenzeln.
Die Farben hier sind Schwarz und Braun. Habe ich die Möglichkeit, etwas
aus meinem Leben machen? Kaum. Denn Du weißt sehr wohl, daß ich
ruiniert bin. Meine einzige Chance, glücklich zu werden, ist aus und vorbei.
Du plapperst mir etwas von Büchern und Tändeleien vor. Wie kannst Du es
wagen, Du, die mich von der einzigen Freudenquelle meines Lebens getrennt
hat. Danke, Mary. Vielen Dank.

Mary haßte es, wenn Eliza sie beschimpfte, ihr das Gefühl gab,
schuldig und gemein, häßlich und selbstsüchtig zu sein. An diesem
Morgen – es war ein frischer Morgen – schrieb sie eilig zurück:

Eliza, Du sprichst von meiner Bildung. Welche Bildung? Und, mein liebes
Mädchen, wir haben das Richtige getan. Du weißt, wir haben das einzige
getan, was wir tun konnten. Ich bin so unglücklich wegen des Babys,
wirklich, ich habe Dir das schon so oft gesagt.

Mary zögerte, das Wort ›Baby‹ zu gebrauchen. Sie strich es heraus
und schrieb statt dessen »Ich bin so unglücklich über alles«. Denn
wie hätten sie ahnen können, daß das Baby bei Mr. Bishops Schwester sterben würde? Deren Schuld war es auch nicht. Es wäre so
gekommen, auch wenn Eliza das Kind behalten hätte. Das Kind
war nicht kräftig, nicht gesund. Sie fuhr fort:

Wie hättest Du Mr. Bishop anders verlassen können, als Du es getan hast?
Du vergißt die Umstände. Aber vergiß die Umstände ruhig, vergiß das
Ganze. Bitte, ich muß jetzt stark sein. Eliza, Liebling, sei nicht böse. Auch
ich bin todunglücklich über das Ganze. Ich leide.

282

Mary schrieb eine andere Notiz für ihr Buch auf und legte sie in die Hutschachtel, die oben auf ihrem Schrank stand.

Männer sind Frauen an Körperkraft überlegen, doch wenn sie nicht an falschverstandenen Schönheitsidealen hingen, könnten Frauen ausreichende Kräfte entwickeln, um in der Lage zu sein, ihren Unterhalt selbst zu verdienen – das eigentliche Kriterium für Unabhängigkeit; und um sich jenen körperlichen Unannehmlichkeiten und Anstrengungen auszusetzen, die den Geist stärken.

Laßt uns also darum kämpfen, daß wir, ebenso wie Jungen, unseren Körper durch Leibesübungen vervollkommnen dürfen, und das nicht nur während der Kindheit, sondern auch in der Jugendzeit, damit wir herausfinden können, wie weit die natürliche Überlegenheit des Mannes geht.

Mary blickte von der Seite auf, an der sie gerade schrieb.

»Mein Gott, Henry, ich habe dich ja seit Wochen nicht mehr gesehen.«

Henrys Gesicht war rot vom Treppensteigen. »Ich habe geträumt, daß ich hierher zu dir gekommen bin, hoch in dein Mansardenschlafzimmer, und dich beim Frühstück mit einem winzigen Löffel gefüttert habe. Du warst nackt. Ich war nackt.«

»Das hast du schon einmal geträumt, Henry.«

»Ich möchte nie aufhören, es zu träumen, Mary.«

Es war früh am Morgen, und der Geruch von Porridge durchzog das Haus. Sie fragte sich, ob er sich den Traum passend zum Porridge und zu den neuen roten Bändern, die sie ums Handgelenk trug, ausgedacht hatte.

»Hol das Porridge und einen kleinen Löffel.«

»Henry, ich finde, das ist keine gute Idee.«

»Es ist eine wunderbare Idee. Außerdem ist es gar keine Idee. Es ist ein Traum. Er wird Wirklichkeit und ist weder Idee noch Traum, wenn wir ihn erst einmal ausleben. Ein Traum wird Wirklichkeit. Erregt dich das nicht? Es hat sich schon so lange vorbereitet.«

»Henry, ich schreibe gerade. Außerdem ist es zu bizarr.«

»Es ist wunderbar bizarr. Warum nicht bizarr? Ich liebe das Bizarre. Es ist die Freude meines Lebens. Das weißt du.«

»Aber ich weiß nicht, wie.«

»Wie was? Bizarr?«

»Du weißt schon.«

Er fing an zu lachen. »Ach, Mary, du komisches Mädchen.«

»Ich bin kein Mädchen, Henry. Ich war Näherin, Gesellschafterin, Lehrerin, Gouvernante und Schriftstellerin. Ich habe einen Roman geschrieben, ein Buch über Manieren, ein Buch über die Erziehung von Mädchen, ein politisches Traktat und zahllose Buchbesprechungen. Ich arbeite gerade an einer weiteren politischen Schrift, einem Buch, das für die Rechte der Frauen eintritt. Auch wenn es im Moment nur als Zettelsammlung in meiner Hutschachtel existiert. Henry, ich bin eine erwachsene Frau.«

»Offenbar noch nicht ganz erwachsen. Deine Bildung weist in mancher Hinsicht Lücken auf, liebes Kind. Ist es nicht so? Wie kannst du dich als Frau bezeichnen? Bist du gar nicht gespannt, nach so langer Zeit?«

»*Das* macht eine Frau nicht zur Frau.« Sie fühlte sich beleidigt.

»Wie dem auch sei, ganz unerfahren bin ich nicht. Es gibt *andere* Formen der Zuneigung. Richard und ich haben uns immer...«

»Was? Wer ist Richard?«

»Ein Junge.«

»Was habt ihr? Davon hast du mir noch nie erzählt. Was habt ihr euch immer...?«

»Berührt.«

»Berührt?«

»Berührt.«

»Ist das alles, was ihr gemacht habt, Mary?«

»Es war schön, einander zu berühren. Es war wundervoll. Es gibt auch andere Formen der Zuneigung, man ist nicht unbedingt darauf angewiesen, *es* zu tun, wie ich schon die ganze Zeit versuche, dir begreiflich zu machen.«

»Wirklich?« Er schaute verblüfft.

»Henry, du mußt wissen, daß ...«

»Ich liebe dich, wenn du dich dumm anstellst.«

»Das glaube ich dir.« Sie stieß den Stuhl zurück, sah ihm fest in die Augen. »Die Sache ist nämlich die, Mr. Fuseli ... ich weiß nicht, was ich tun muß.«

»Mein teures, liebes, süßes Mädchen, ich werde dir zeigen, was du tun mußt. Es ist nicht schwer. Du wirst schon selbst merken, was du tun mußt. Es geschieht. Wie von selbst. Vertrau mir. Aber was du jetzt als erstes tun mußt, ist, hinuntergehen, eine Schüssel Porridge und den kleinsten Löffel holen. Das ist alles. Und dann kommst du wieder nach oben.«

»Henry.«

»Geh«, sagte er. »Und beeil dich.«

Sie ging nach unten, suchte in den Schubladen nach einem kleinen Löffel und füllte etwas Porridge in eine Schüssel.

»Braucht Henry eine Schüssel?« fragte Joseph schelmisch.

»Ja.« Ihre Stimme klang ein wenig schwach, ihre Hände zitterten.

»Geht es dir auch gut, Mary?«

»Ja. Mir geht's gut.«

Ich werde nie mehr dasselbe fühlen wie vorher, sagte sie zu sich selbst. Ich werde nie mehr dieselbe *sein* wie vorher. Langsam, als traue sie ihren Füßen nicht, stieg sie die Treppe hinauf. Mit zitternden Händen – fast hätte sie alles verschüttet – stellte sie die beiden Schüsseln auf den Tisch und reichte Henry den Löffel.

»Setz dich«, sagte er.

Sie setzte sich auf den Stuhl.

»Nein, auf's Bett, auf die Bettkante.«

Sie setzte sich auf die Bettkante.

»Gut.«

Er schaute ihr in die Augen und öffnete das Mieder, band die Röcke auf, löste ihr das Haar. Sie fühlte sich schutzlos, als ob auch ihre Haut aufgeknöpft wäre.

»Zieh du das Korsett aus«, flüsterte er.

»Ich kann nicht.« Ihre Hände zitterten.

»Ich helfe dir.«

Er machte sich an den Spitzenbändern ihres Korsetts zu schaffen. Sie mußte ihm behilflich sein. Er küßte ihren Hals. Sie stand auf, zog es selbst aus, und dann stand sie nackt vor einem Mann. Sie versteckte sich nicht, doch ihr war peinlich bewußt, daß ihr Bauch weich und füllig und ihre Schenkel prall und etwas zu lang geraten waren. Ihre Brüste hingen herab, doch die Brustwarzen hatten sich aufgerichtet, und ihr Hügel war wie ein Stock voll summender Bienen. Sie schämte sich, aber als sie aufschaute, sah sie, daß seine Augen sanft blickten.

»Du bist eine schöne Frau«, sagte er, »und ich werde dich malen.«

»Wann?«

»Bald.« Er schnupperte an ihrem Ohr, biß sie kurz hinein.

»Ich habe Angst«, sagte Mary.

»Du mußt mir vertrauen.«

»Das tue ich ja, aber . . .«

»Jetzt zählt nur Vertrauen.«

»Ich werde bald zweiunddreißig, Henry.«

»Du meine Güte. In diesem Fall sollten wir lieber aufhören, und zwar sofort.«

»Ja, das glaube ich auch.« Ihr war zum Weinen zumute.

»Ich habe nur Spaß gemacht. Mary. Mary!«

Er begann ihr Gesicht zu küssen, ihre Augen, ihren Mund.

»Du bist schön«, sagte er. »Und ich liebe dich.«

»Wirklich?«

»Ja. Aber erst mußt du dich hinsetzen und dein Porridge essen, wie ein braves Mädchen.«

Er brachte es herüber. Dann stieg er gewandt aus seinen Kniehosen, nachdem er aus den Schuhen geschlüpft war. Da stand er in Strümpfen, Hemd und Weste; sein Glied, das aus seinem Hemd wie eine Tulpe hervorragte, sah sie an.

»Ich möchte, daß du das alles aufißt«, sagte er.

Es passiert, sagte sie zu sich selbst. Es passiert mir. Sie wollte, daß es vorbei wäre, und gleichzeitig wollte sie es hinauszögern. Sie wollte, daß es die ganze Welt bedeute, so daß es nichts anderes gäbe.

»Mach deinen Mund weit auf«, sagte er und stellte die Porridgeschüssel auf den Boden.

Das Ding, das er George nannte, nach dem König, war glatt und salzig. Er wiegte sich vor und zurück, rieb es an ihrem Gaumen, stieß es tief in ihren Mund hinein, so daß sie glaubte zu ersticken. Ich könnte es jetzt abbeißen, dachte sie. Das Porridge wäre ihr lieber gewesen, denn das alles erinnerte zu sehr an Annie und den Mann in Bath.

»Stülp die Lippen über die Zähne, um Himmels willen. Laß den Mund locker.«

Sie dachte, sie müsse sich übergeben.

»Noch alles in Ordnung?« fragte er. »Knie dich hin, streck das Becken vor.«

Sie wollte ihren Mund wiederhaben.

»Deine Zunge ist wundervoll. Ganz rauh. Wie eine Katzenzunge.«

Mary ging noch immer verschiedenes durch den Kopf. Sie dachte an ihren Vater und an ihre Mutter, an ihre Schwester und Mr. Bishop. Sie dachte an Dr. Price und Lady Kingsborough und Richard und die kleinen Mädchen. Sie dachte, wenn meine Gedanken ständig abschweifen, wie kann ich diesen Moment für so bedeutsam und wichtig halten. Als er begann, mit den Fingern an der Innenseite ihrer Schenkel entlangzufahren, hörte sie auf zu denken, doch dann klatschte er ihr wie einer Schinkenkeule auf die Schenkel, warf sie auf den Rücken, biß ihr fest in die Brustwarzen, was weh tat, und drang dann wild wie ein Stier in sie ein.

Sie wollte aufschreien, denn es brannte wie Feuer. Sie dachte, sie würde gleich sterben. Sie dachte, sie würde auseinanderreißen. Sie wollte ihn herausstoßen, aus sich selbst, aus dem Zimmer, um wieder Herrin ihrer Sinne zu werden. Er saß rittlings auf ihren

Schenkeln, so daß sie sich nicht bewegen konnte. Und als sie ihr Becken anhob, stieß er nur noch kräftiger zu, stöhnte seinen eigenen Namen: »Henry, Henry, Henry.«

Er machte weiter, es schien zu dauern, er hörte nicht auf, gab grunzende Laute von sich wie ein Schwein am Trog, seufzte und ächzte, bis er schließlich begann, heftig zu pulsieren und die Augen wie ein Wahnsinniger zu verdrehen.

»Fertig.«

»Henry«, murmelte sie.

»Wie bitte?«

»Henry«, schluchzte sie.

»Es hat dir gefallen. Ich wußte es.«

»Ach, Henry«, sie weinte kläglich.

»Ich wußte, du würdest mir dankbar sein.« Er beugte sich herab, gab ihr einen dicken, feuchten Kuß und einen leichten Klaps auf den Hintern. »Ich wußte, du würdest dankbar sein. Es ist eines der schönsten Dinge im Leben. Vielleicht das schönste.« Er gab ihr noch einen leichten Klaps. »Ich weiß. Ein Moment der Rührung. Genug geweint? Du solltest jetzt hier ein bißchen saubermachen. Alles blutverschmiert, hm? Ich muß jetzt los. Tritt nicht in das Porridge. Bis dann.«

Kapitel 27

~~~~~~~~~~~~~~~~~~~~

MUSS JETZ LOS. Saubermachen. Mary schrieb noch eine kleine Notiz und legte sie in ihre Hutschachtel. Sie lautete:

> *Frauen könnten gewiß die Heilkunst erlernen und Ärzte werden, ebenso wie Krankenschwestern ... Sie könnten auch Staatswissenschaft studieren und ihre Güte grundlegend wirksam werden lassen ... Desgleichen könnten sie verschiedenen Geschäften nachgehen, wenn sie eine ordentlichere Ausbildung erhielten, was viele vor gewöhnlicher und legaler Prostitution bewahren könnte.*

Mit legaler Prostitution meinte sie die Ehe.

Ledige Frauen nahmen aus ökonomischen Gründen ein Leben als Prostituierte in Kauf, wurde behauptet.

Sie mochte auch seine Bisse nicht.

Gewöhnliche Prostitution war jene, die man auf den Straßen sah.

Trotzdem, sie wünschte, er wäre nicht verheiratet.

Es gab dreißigtausend Prostituierte in London.

Sie wünschte, sie liebte ihn nicht. Man liebte doch seine Liebhaber, oder? Zweifellos war er ihrer Liebe nicht würdig. Gab es jemanden, der es war?

Sie wünschte, mit ihrem Buch liefe es besser.

Vielleicht war sie keine richtige Schriftstellerin. Vielleicht bildete sie sich nur ein, eine zu sein, um ihrem kümmerlichen Dasein etwas Bedeutung, einen Anstrich von Besonderheit zu verleihen.

Sie wünschte, sie wüßte, weshalb sie lebte.

Sie wünschte, sie hätten das Baby nicht zurückgelassen.

Sie wünschte, Fanny wäre nicht gestorben.

Sie wünschte, sie würde den Sinn ihres Lebens kennen. Es war so verwirrend.

Eliza und Mary kamen an jenem verhängnisvollen Tag bei Fanny in Hoxton an; die Kutschpferde waren schweißgebadet. Nichts entsprach ihren Erwartungen; Mary hatte sich ein bescheidenes, doch behagliches Häuschen vorgestellt, Spitzenvorhänge an den Fenstern, dicke Scheiben Brot mit Honig zum Frühstück, milde, erholsame Tage. Was sie vorfanden, war eine winzige, zugige und feuchte, spärlich möblierte Bruchbude. Bittere Armut beherrschte das Leben der Familie Blood. Fanny war schwer krank. Was hatte das zu bedeuten? Warum war es immer so?

Als sie einmal am Eingang zu Josephs Küche stand, während Fuseli auf einem Stuhl saß, die Sonne durchs Fenster hineinschien und die Stimmen von spielenden Kindern auf der Straße zu hören waren, sagte sie: »Henry, dies ist ein kostbarer Moment, fühlst du es? Als würde die Zeit stillstehen.« Sie fühlte Zufriedenheit und Erfüllung.

Da streckte er die Hand nach ihrer Hand aus, nahm sie, drückte sie fest. »Ich muß jetzt gleich nach Hause.«

»Oh.«

»Ich bete dich an.«

»Ja?«

»Du bist schön.«

So angenehm es war, das zu hören, wünschte sie doch, er hätte etwas anderes über sie zu sagen. Sie hatte sich wahrlich nie für schön gehalten, und wäre so eine Feststellung getroffen worden, als sie achtzehn war, wäre es vielleicht ganz nützlich gewesen. Sie hätte sich vollkommen anders entwickeln können. Jetzt bekam sie es zu hören, Jahre nachdem der Mann in Bath sie umbringen wollte, weil sie so häßlich war. Der Mann beschränkte sich dann auf das, was sie auch mit Fuseli tat. Fuseli sagte, sie sei schön und er wolle es mit ihr tun, weil sie schön war. Sie hatte den starken Verdacht, Henry sagte es, weil er trotz seiner sattsam bekannten Brillanz wirklich nichts anderes zu sagen hatte. Waren Männer so?

Danach kam Henry Freitag nachmittags, wenn seine Frau ihre Mutter besuchte, Mrs. Mason den Nachmittag frei hatte und Joseph sich mit Christie im Gasthaus traf.

»So schön du mich auch finden magst, Henry«, antwortete Mary an diesem Tag, »ich wäre lieber reich.«

»Bist du nicht reich?«

»Kaum.«

Das Armenhaus lauerte immer im Hintergrund. Wieviel Geld sie auch bei der *Analytical Review* und durch den Verkauf ihrer Bücher verdiente, es schien gerade für ihre Schwestern, ihre Kleidung und einfache Bedürfnisse auszureichen.

»Ich werde wahrscheinlich für immer bei Joseph leben, immer arm bleiben.«

Sie hatte in ihrem Mansardenzimmer Vorhänge aufgehängt und eine Truhe für ihre Kleider angeschafft. Auch hatte sie eine Schwäche für schöne Schuhe; sie besaß ein Paar blauseidene, ein Paar mit einem Rosenmotiv in Petit-point-Stickerei, ein Paar grünbezogene mit zierlich geschwungenem Absatz und ein elegantes schwarzes Paar mit Schnallen. Das war alles, was sie besaß. Und einige Bücher.

»Und ich bin alt.«

»Also bist du eine schöne, alte Frau.«

»Du findest also, ich bin alt, ja?«

»Nein, nein, du lieber Himmel, so meine ich es nicht. Ich wollte dich nur ein bißchen hänseln.«

»Ach, wirklich?«

»Nicht bös gemeint.«

»Jetzt sag schon.«

»Mary, mach's doch nicht so kompliziert.«

»Ich – kompliziert?«

»Mary, du bist mein, und ich bin dein.«

»Fast, Henry, fast.«

Warum fühlte sie sich so unwohl bei dem Gedanken an Henrys Ehe? Hatte sie nicht geschrieben, daß diese Institution legale Prostitution sei? Wie konnte man auf eine Ehefrau eifersüchtig sein, Himmel Herrgott noch mal.

Wenn sie ins Britische Museum gingen, standen Henry und sie vor den Kuriositäten, die Captain Cook bei seinen Reisen um die Welt gesammelt hatte. Sie hatten gerade Mr. Garricks Sammlung von Theaterstücken durchgeblättert und das Original der Magna Carta gesehen. Natürlich sind all diese Rechte nur für die Männer da. War das nicht immer der Fall?

»Ich liebe meine Frau«, sagte er.

»Natürlich.« Noch eine Strophe der Litanei.

»Sie ist eine wunderbare Frau.«

»Natürlich.« Versuchte er, sie wütend oder verrückt zu machen?

Mary dachte nicht wirklich an Henrys Frau. Oder selbst an Henry. Worüber sie wirklich nachdachte, war ihr Buch. Sie hatte alle Notizen aus der Hutschachtel genommen, sie wie Spielkarten auf dem Boden verteilt und angefangen, sie in eine logische Abfolge zu bringen.

Die oberste Notiz rechts:

Die Angehörigen meines eigenen Geschlechts werden mir, so hoffe ich, verzeihen, wenn ich sie wie vernunftbegabte Wesen behandle, statt ihren faszinierenden Reizen zu schmeicheln und sie als ewige Kinder zu sehen, die nicht selbständig leben können. Ich habe ernsthaft vor darzulegen, was echte Würde und menschliches Glück sind.

Zweite Reihe von unten, mittlere Notiz:

Aus jedem Lager höre ich Protestgeschrei gegen maskuline Frauen; doch wo sind sie zu finden? Wenn Männer mit dieser Bezeichnung über weibliche Begeisterung für die Jagd, fürs Schießen oder das Spiel um Geld herziehen wollen, werde ich in das Geschrei freundlich einstimmen; aber wenn man dagegen ist, daß Frauen männliche Tugenden nachahmen oder, genauer gesagt, jene Talente und Tugenden erlangen dürfen, deren Ausübung den menschlichen Charakter edler macht, wenn sie auf der Stufenleiter der Lebewesen nach oben rücken, den Männern ebenbürtig werden dürfen, dann meine ich, alle, die sie mit philosophischem Blick betrachten, müssen mit mir wünschen, daß Frauen jeden Tag maskuliner werden mögen.

Unten rechts, letzte Reihe:

Das vornehmste Ziel unseres Trachtens sollte es sein, unseren Charakter als menschliche Wesen zu entwickeln, unabhängig von der Zugehörigkeit zum jeweiligen Geschlecht.

Beobachtungen über die Erniedrigung:

Ich möchte Frauen ermutigen, sich anzustrengen, um stark zu werden an Geist und Körper; und ich möchte sie davon überzeugen, daß sanftes Sprechen, Empfänglichkeit des Herzens, Zartheit der Empfindung und Verfeinerung des Geschmacks beinahe gleichbedeutend sind mit den Attributen der Schwäche.

Mary staunte über die Wirkung ihrer Sätze. Konnten diese Notizen, vielleicht nur durch einfache Aneinanderreihung, die radikale Umwandlung einer Gesellschaft bewirken, bei der die Vernunft siegte und eine totale Aufhebung der Unterscheidung zwischen Männern und Frauen stattfand? Wohl kaum. Und doch schwang da so etwas mit. Konnte es sein, daß die Notizen nur im Zusammenspiel wirkten? Daß jede Notiz die andere dazu brachte, mit einer Stimme zu sprechen und sich in den großen Chor des ICH BIN DIE REVOLUTION zu verwandeln?

Die Schatten von Paine – wie waren sie hierher gelangt? Konnte sie die Verantwortung für ihre eigenen Eindrücke und Beobachtungen übernehmen?

Als sie in der *Verteidigung der Rechte des Menschen* ihre Entgegnung an Burke schrieb und die Gültigkeit von Traditionen und die Weisheit des Altertums bestritt, hatte sie sich vielleicht an eine neue, von Fesseln befreite Denkweise gewöhnt? War sie also frei? Und wenn sie erst einmal frei war, bedeutete dies, daß ihr Geist sich in alle Richtungen entfalten konnte?

Ich bin zu früh auf die Welt gekommen, sagte sie zu sich selbst.

Doch vielleicht sind wir alle zu früh auf die Welt gekommen, entgegnete sie sich.

Es ist noch zu früh, um auf die Welt zu kommen.

Oder gerade jetzt ist der richtige Moment dazu.

»Warum«, fragte sie Joseph, als sie abends gemeinsam beim Tee saßen, »warum bestehe ich aus zwei verschiedenen Personen? Bei Henry bin ich unterwürfig und befangen, gefesselt und geknebelt. Ich werde zu diesem hübschen Mädchen, seinem Mädchen, einem Spielzeug. Doch ich liebe ihn wirklich. Wenn er freitags nicht kommt, ist mir die Woche verdorben. Wenn er donnerstags nicht zum Essen kommt, möchte ich sterben. Wenn er nicht gut zu mir ist, möchte ich zehn Fuß tief begraben sein. Doch in meiner Arbeit bin ich frei, mehr noch, ich trete für ein Leben ein, daß ich selbst nicht lebe. Sieh mal, Joseph, ich schreibe darüber, wie notwendig Vernunft für unser Geschlecht ist. Für mein Geschlecht. Ich drehe mich um und betrüge mich selbst. Ich betrüge alle, die mich lesen. Ich bin nicht die Person, die ich sein möchte. Ich bin nicht vernünftig. Ich bin nicht unabhängig. Ich bin eine Betrügerin.«

Sie schlug sich aufs Knie. Sie war wirklich drauf und dran, ihre Teetasse gegen die Wand zu werfen.

»Also?«

»Also.«

»Also, Joseph, sag mir, was ich tun soll. Sag's mir.«

»Erschieß dich.«

»Ich habe schon daran gedacht.«

»Ich meine es nicht ernst, das weißt du.«

»Sei doch mal ernst, Joseph, nur einmal.«

»Na, dann gib auf, geh nach Hause, steck den Kopf unter die Decke.«

»Das kann ich nicht.«

»Du gibst doch gerade Frauen den Rat, selbst zu denken. Also, denk selbst!«

»Das kann ich nicht. Ich bin hoffnungslos schwach.«

»Mary, du bist zu streng mit dir. Haben wir nicht alle, ob Mann, ob Frau, viele Seiten, viele Facetten, mein Liebes?« Er schlug gelassen die Beine übereinander, tauchte den Finger in den Tee und befeuchtete damit die Lippen.

»Haben wir viele Facetten, die sich direkt widersprechen, Joseph?«

»Ganz sicher.«

»Was ist mit der Vernunft? Wenn wir uns selbst als vernünftige Wesen betrachten, wie können wir das mit unserem unvernünftigen Verhalten in Einklang bringen?«

»Wir sind nicht nur Engel, meine Liebe, sondern auch Tiere. Innerhalb der großen Kette des Daseins befinden wir uns ungefähr in der Mitte. Wir kämpfen – das möchte ich behaupten –, um weiter nach oben zu gelangen. Doch wir sind, wo wir sind.«

Mary errötete. »Dann meinst du also, wir sind im Grunde Wilde.«

»Ich meine, wir sind im Grunde alles mögliche. Wir sind im Grunde sogar Pflanzen, wie Blake uns sieht. Würmer, weniger als Würmer. Aber, mein liebes Mädchen, auch Sterne. Das macht uns letzten Endes einzigartig; nicht unsere Distanz zu den Tieren, sondern unsere Nähe *und* unsere Distanz.«

»Oh, nein.«

»Warum ›oh, nein‹? Seien wir stolz auf unseren Platz. Er ist einzigartig und wundervoll. Er ermöglicht uns, so viel zu verstehen.«

»Was ist, wenn sich herausstellt, daß mein Buch, an dem ich gerade schreibe, wichtig ist, Joseph, was dann?«

»Dann wirst du berühmt, wolltest du das nicht? So daß Mrs.

Dawson, Lady Kingsborough, dein Vater, deine Schwestern, jeder Mann auf der Straße sich nach dir umdrehen und sagen wird: Das ist Mary Wollstonecraft. Leute, die dich schlecht behandelt haben, werden sich schuldig fühlen. Leute, die freundlich zu dir waren, werden sich bestätigt fühlen. Harmonie und Ausgewogenheit werden überall herrschen. Du wirst die Königin des Universums sein.«

»Aber das paßt überhaupt nicht zu mir.«

»Warum nicht?«

»Geboren und aufgewachsen bin ich ...«

»In einem Dreckloch?«

»So ungefähr.«

»Ach, bitte nicht das schon wieder.« Joseph klopfte sich Zucker von den Fingern.

»Meine Mutter ...«

»Tot, wie ich hörte.«

»Aber sie hat es nie für möglich gehalten, daß ich mich einmal hervortun könnte.«

»Aber sie ist tot. Und sie war eine ungebildete Frau. Wie kannst du die Meinung einer ...«

»Sie war meine Mutter. Und mein Vater ...«

»Ja, dieser ehrenwerte Bursche, ist er nicht ein Trinker?«

»Was sagst du da, Joseph?«

»Und deine Schwestern. Die treten paarweise auf. Sie werden sich dein Leben lang wie Steine an dich hängen.«

»Meine Schwestern?«

»»Liebe Mary, ich weiß, Du genießt Dein Leben, doch mir geht es miserabel, bitte schicke mir ... umgehend ... immer Deine verarmte Schwester Eliza und Everina. Oh, und ich bräuchte ... und nächstes Mal ... Es ist kalt hier. Fausthandschuhe und einen kleinen Hut, ein Halstuch, wenn Du kannst, und vergiß nicht die ...««

Mary starrte ins Feuer.

»Wer auch immer diese Welt von uns übernimmt, Mary, diese

neue Welt wird dich lesen und schätzen. Stell sie dir als deine Gefährten vor, jene, die kommen werden.«

Mary stand auf, ging hinüber zu Joseph, drückte ihm einen Kuß auf die Stirn.

»Ich wünschte, du wärst mein Vater, mein Ehemann, irgend so etwas.«

Er strich ihr über das Haar, klopfte ihr auf den Rücken.

»Manchmal wünschte ich auch, es könnte anders zwischen uns sein, Mary. Aber das ist es nicht. Und wenn es anders wäre, wären *wir* anders, und vielleicht würden wir einander nicht so mögen. Laß uns Freunde sein. Laß uns beweisen, daß Freundschaft die beste aller möglichen Welten ist. Hör zu:

> *Doch denk ich dann, mein teurer Freund, an dich,*
> *Ist der Verlust ersetzt, der Kummer wich.*

William Shakespeare, Mary, William Shakespeare.«

»Dieser Theaterbesitzer.«

»Und Wanderschauspieler.«

»Dieser Fanatiker der Undankbarkeit.«

»Und der Eifersucht.«

»Und des Todes.«

»Und des Todes.«

Kapitel 28

~~~~~~~~~~~~~~~~~~~~~~

Marys Buch *Eine Verteidigung der Rechte der Frau* kam 1792 heraus. Sie schrieb es innerhalb von nur sechs Wochen. In den ersten Wochen stellte sie ihre sämtlichen Notizen zusammen. Sie arbeitete Tag und Nacht und kam selten dazu, die Kleider zu wechseln oder gar zu baden. Sie aß an ihrem Schreibtisch, trank Josephs kostbaren Kaffee und rauchte sogar aus seiner Pfeife, um länger aufbleiben zu können. Nachdem sie zwei Wochen lang die Eintragungen nach Themen geordnet hatte, wäre es nicht verwunderlich gewesen, wenn sich ihr Blick getrübt und ihr Geist verwirrt hätte, doch ihr Verstand arbeitete klar und präzise. Später, als sie daran ging, zu schreiben und zu überarbeiten, war es nicht so, daß die Wörter flossen, sondern eher so, daß ihr jeder Satz vorschwebte und aus der Luft auf's Papier gebracht werden wollte. Mary gehorchte. Sie ließ die Wörter in Reihen antreten, sorgte für Disziplin, achtete auf ein gleichmäßiges Erscheinungsbild. Sie begann: »Beim gegenwärtigen Zustand der Gesellschaft erscheint es notwendig, auf der Suche nach den einfachen Wahrheiten zu den elementaren Grundsätzen zurückzukehren und gegen einige herrschende Vorurteile den Kampf um jeden Zentimeter Boden anzutreten.«

In ihrer *Verteidigung der Rechte der Frau* vertrat Mary die Auffassung, daß Frauen die Verantwortung für eine aktive Gestaltung ihres eigenen Schicksals übernehmen sollten; sie legte dar, daß Unterdrückung, in welcher Form auch immer, alle Beteiligten herabsetzt; sie behauptete, daß Diskriminierung durch das Leugnen wertvoller menschlicher Talente eine Gesellschaft teuer zu stehen kommt; forderte, daß geschlechtliche Zugehörigkeit sich aus Stärke und nicht aus Schwäche herleiten sollte, und sie versicherte, daß Familienpflichten *menschliche* Aufgaben sind, wert, von jedem vernunftbegabten Individuum wahrgenommen zu werden.

In ihrem Werk dehnte sie den Glauben an die Menschenrechte – eine Errungenschaft der Aufklärung – konsequent auf die Rechte der Frauen aus. Sie regte an, daß Frauen dazu erzogen werden sollten, vernünftig zu sein, vernünftig, um tugendhaft zu sein, und tugenhaft, damit alle Mitglieder der Gesellschaft glücklicher werden können. Wenn die Männer nicht vernünftig wären, würden sie zu Lüstlingen und die Frauen zu Sklavinnen werden.

Die Salons und philanthropischen Zirkel bezogen sofort Stellung gegen sie. Horace Walpole nannte sie eine »Hyäne in Unterrökken«. Hannah More, ein Blaustrumpf, erklärte, die Idee, Frauen das Recht auf Staatsbürgerschaft, das Wahlrecht und vielleicht das Recht auf ein öffentliches Amt zu gewähren, sei schon an sich so lächerlich, daß sie sich nicht die Mühe machen werde, die *Verteidigung* zu lesen.

»Hier nennen sie mich ein ›geschlechtsloses Weibsbild‹«, zitierte Mary, während Joseph zornig in seinem Schaukelstuhl schaukelte.

»Beachte das alles am besten gar nicht«, sagte Joseph. »Die Leute kaufen dein Buch. Wir werden über kurz oder lang eine zweite Auflage mit deinen Korrekturen drucken müssen.«

»Und diese Kritiker sind nicht daran gewöhnt, sich mit etwas Wichtigem auseinanderzusetzen, wenn es aus der Feder einer Frau stammt«, sagte Christie, auf dem Boden hockend.

»Du bist im Begriff, wirklich berühmt zu werden, Mary. Ich könnte sogar sagen, du wirst berühmt-berüchtigt«, fuhr Joseph fort.

Doch niemand erkannte sie auf der Straße. Nichts hatte sich geändert. Sie spazierte an den Bücherständen entlang, ließ die Finger über die Buchrücken ihrer Bücher gleiten. Meins, schnurrte sie, meins. Fassen Sie die Bücher nicht an, warnte der Händler. Und donnerstags abends mußte sie immer noch schreien, um gehört zu werden. Es blieb alles beim alten.

Die Straßen um den Russel Square waren matschig, mit Schlamm und Abfällen bedeckt. Überall Pfützen. Es war Freitagnachmittag.

»Um Himmels willen«, sagte Henry, »der Russel Square wird jeden Tag schlimmer.«

»Ich bin das Britische Museum leid, Henry, mit all den Altertümern, den ägyptischen, etruskischen und römischen Altertümern, und ich bin die Kew Gardens leid mit dem Tempel der Diana, dem Tempel des Pan, dem Tempel der Einsamkeit, und ich bin die Geschäfte in der Whitechapel Street und Cheapside leid und die Vauxhall Garden und . . .«

»Bist du mich leid?«

»Nein, das meine ich nicht.« Sie wußte, er nahm sie an Orte mit, die, sollten sie Bekannten von ihm begegnen, ihrem Ausflug den Anschein von Harmlosigkeit verliehen.

»Na, dann komm mal mit.«

Die Sonne schien grell, doch es war ein kühler Tag. Sie trug ihr neues blaues Seidenkleid. Ihre Schuhe waren mit milchig blauen Bändern geschnürt. Sie besaß jetzt einen Mantel. Ebenfalls blau, dunkelblau mit einem Pelerinenkragen. Mary hatte eine Vorliebe für Blau, obwohl Indigo die billigste Farbe, die Farbe der Schuluniformen war. Die Mitglieder des Zirkels der Blaustrümpfe waren ironischerweise feine, reiche Damen, die weiße Seidenstrümpfe trugen, doch der eine Mann in ihrer Mitte hatte es gewagt, blaue Wollstrümpfe zu tragen, daher ihr Name.

»Woran denkst du, Mary?«

Sie dachte an eine der Thesen aus Catherine Macaulays *Briefe über Erziehung*.

»Oh, an dich. Ich denke gerade an dich, Henry. Du bist so gutaussehend.«

»Bitte mach dich nicht über mich lustig, Mary. Sei lieb.«

»Rousseau meint, Frauen sollten kokett sein. Stimmst du zu? Catherine Macaulay sagt, Rousseau sei ein ›lasterhafter Pedant‹. Gehst du mit ihr *d'accord*?«

»Besser beides zusammen als eins davon allein. Aber, was redest du da? Ich dachte, du verehrst Rousseau.«

»Ja, bis auf seinen *Emile*, denn darin läßt er die Sophie nichts anderes als Emiles Konkubine sein.«

»Du möchtest nicht jemandes Konkubine sein?«

»Gewiß nicht.«

»Geliebte?«

»Du liebst deine Frau, so wie jeder gute Ehemann es tun sollte«, sagte sie streng und legte ihren Finger an seine Nase. »Es wäre nett, wenn ich bei euch beiden einziehen könnte. Ich könnte im Wandschrank unter der Treppe sitzen und nachts herauskommen, da du, wenn ich mich recht entsinne, nicht mit ihr schläfst.«

»Sei nicht so, Mary.«

»Wie denn? So, daß ich die Tatsachen sehe?«

»Sie ist eine wundervolle Frau, meine Frau.«

»Sie ist so wundervoll, daß du sie heute nicht mit ins Britische Museum nimmst. Ich bin es leid zu hören, wie wundervoll sie ist und wie schön ich bin. Ich habe den Verdacht, beides sind Unwahrheiten.«

»Wieso das? Wieso jetzt? Was habe ich getan?«

»Was du getan hast? Ich kann dich nur sehen, wenn es für dich bequem ist. Ich kann dich nicht besuchen, kann dir nicht schreiben, kann dich nicht auf der Straße grüßen.«

»Ja. Behandle ich dich nicht gut? Habe ich dir verheimlicht, daß ich verheiratet bin?«

»Das sagen Männer also? Jemanden gut behandeln, was heißt das genau? Ich bin kein Pferd, das du nicht prügelst. Freundlicher Besitzer, gnädiger Herr.«

»Führ dich nicht so unmöglich auf, Mary, nicht hier.«

»Du meinst, nicht auf dem Russel Square? Manchmal habe ich das Gefühl, ich verliere den Verstand, Henry. Ich weiß nicht, was ich will, was ich tue. Was ich auch versucht habe, ich bin dem, was ich möchte, nicht näher gekommen. Und so stehe ich jetzt hier auf dieser gräßlichen Straße.«

»Und ich dachte, ein Ausflug würde dir Spaß machen.«

»Das macht er ja auch. Ausflüge machen mir Spaß.« Sie schwenkte die Arme und Beine. »Ausflüge machen mir riesigen Spaß, ich bin nur ein bißchen weinerlich in den letzten Tagen. Ich weiß nicht, was mit mir los ist. Ich muß mir etwas einfallen lassen, eine Veränderung. Es kann nicht so bleiben, wie es ist.«

»Du steckst offenbar in einem Dilemma.«

Wie kommt es, daß ich immer, wenn es am schönsten ist, alles zerstöre, fragte sie sich selbst. Ich schlage so lange auf mein eigenes Glück ein, bis ich das Elend erreicht habe, das ich immer zu vermeiden hoffte. Was ist los mit mir? Wenn alles so wunderbar ist, warum fühle ich mich nicht wie im Paradies?

Er faßte sie an der Schulter, drehte sie zu sich hin. »Du bist zu klug für diese Art von ...«

»Von was, Henry?« Mary hielt die Fäuste geballt und stampfte jetzt heftig mit dem Fuß auf. »Ich weiß, was du meinst. Ich bin zu intelligent für Gefühle, für Stimmungen. Ich brauche die einfachsten menschlichen Liebenswürdigkeiten nicht. Eine intellektuelle Frau hat kein Herz, und deshalb kann ihr alles mögliche angetan werden. Sie wird es verstehen. Sie wird nicht weinen.«

»Die Dinge, die du über die Gleichheit der Frauen schreibst, sind dir zu Kopf gestiegen, meine Liebe. Ich bin der liebenswürdigste Mann. Ich wünsche dir nichts Böses. Du bist eine völlig verwirrte Person. Du weißt nicht, *was* du willst. Du beschreibst eine ideale Welt, doch du lebst in der wirklichen. Was ist Schlimmes an der Liebe? Du wußtest, ich bin verheiratet. Möchtest du, daß wir mit allem aufhören? Ich kann gehen. Wir können für eine Weile aufhören.«

»Du darfst nicht gehen«, sie schrie beinahe. »Bleib. Bitte, es tut mir leid, es tut mir leid, Henry.« Sie klammerte sich an seinen Arm wie ein Kind. »Ich würde es nicht überstehen, wenn du weggingst.«

Als er sie küßte, war sie selig. Es war wie ein besiegeltes Versprechen. Doch sie wollte nicht, daß er es in aller Öffentlichkeit tat.

»Nicht hier, Henry, nicht jetzt.« Sie stieß ihn weg.

»Hier und jetzt.« Er zog sie näher.

»Henry, hör auf. Henry, du weiß . . .«

Henry wußte viel. Er beherrschte acht Sprachen, er konnte einen ständigen Strom gewagter Bilder produzieren, und er wußte, wie man sich in die Royal Academy wählen läßt.

»Das war's, was du wolltest, nicht? Liebe und Küsse, Mary.« Er schob sie gegen einen Eisenzaun. Die Stäbe drückten sich in ihren Rücken. »Liebe und Küsse, Mary, alles für dich.«

»Werde ich das immer von dir bekommen, Henry? Wenn ich alt werde, älter werde? Wenn ich alt bin?«

»Bis du tot bist, Mary, bis du tot bist«, sagte er und preßte sich heftiger an sie.

Kapitel 29

Die ganze Nacht davor hatte sie nicht schlafen können, weil sie immer daran denken mußte. Und nun war es Montag, und alle drei saßen im Salon der Fuselis. Mrs. Fuseli in ihrem getupften Musselin-Kleid mit rosa Schärpe schwitzte stark, und Haarsträhnen klebten in ihrem fetten Gesicht. Die Zofe fächelte ihrer Herrin Luft zu, während das Baby der Fuselis in einem anderen Zimmer schrie. Mary trug ein tief ausgeschnittenes, modisches Kleid, mit hoher Taille und Musselin-Überrock. Ihre Korsettstäbe drückten sie. Sie hatte ein Strohhäubchen mit Spitzenbesatz auf und trug neue Schuhe. Ihr Haar war einfach im Nacken zusammengebunden. Wären Henry und sie allein gewesen, hätte er ihr Haar hochgehoben und sie auf den Nacken geküßt. Doch jetzt stand er auf der anderen Seite des Raumes hinter seiner Frau, schaute streng und distanziert und sah ziemlich albern aus mit der grünen Weste und der lavendelfarbenen Krawatte. Sie waren alle wie für ein Fest gekleidet, aber Mary kam es eher wie ein Verhör vor.

»Was ich vorschlage« – Mary sprach sehr schnell und sah Henry, dessen Augen vor Ärger funkelten, direkt an. »Was ich vorschlage, ist ein kleines, einfaches Arrangement. Und zwar: daß wir alle drei zusammenleben, natürlich als Freunde, rein platonisch, und daß wir nach Frankreich reisen, um die Revolution zu beobachten. Ich bin von Condorcet gebeten worden, die Frauenbildungsprogramme zu begutachten. Wegen meines Buches. Er hat mein Buch über Frauen gelesen. In einigen Teilen der Welt bin ich jetzt wohl ziemlich berühmt. Ich habe gehört, John Adams hat seiner Frau Abigail mein Buch laut vorgelesen, und sie mögen es beide. Und Joseph möchte, daß ich für ihn etwas über die Revolution schreibe, während ich drüben bin. Sie sehen, die Leute möchten lesen was ich schreibe.«

Mary brüstete sich ein wenig damit, doch weder Mr. noch Mrs. Fuseli schienen beeindruckt.

»Wer ist diese Frau«, fragte Mrs. Fuseli, »daß sie uns hier einfach überfallen kann?«

»Ein armes, unglückliches Wesen, Liebes. Mach dir keine Gedanken um sie.«

Marys Buch *Eine Verteidigung der Rechte der Frau* wurde innerhalb von zwei Monaten zweimal aufgelegt. Es wurde nicht nur in England, sondern auch auf dem Kontinent und neuerdings in Amerika gelesen. Sie war nach der russischen Zarin Katharina der Großen die bekannteste Frau der Welt.

»Miss Wollstonecraft, ich muß Sie nun bitten zu gehen.« Er tat, als kenne er sie nicht. Miss Wollstonecraft.

»Ich könnte mich mit um das Kind kümmern, eine zweite Mutter sein. Sehen Sie, ich hatte nie eine richtige Familie«, bot Mary an. »Ich mag Ihren Mann sehr« – Mary sah Fuseli kurz an, der ihren Blick mied – »und ich denke, wir Frauen sollten Freundinnen werden. Wir wären ein fröhliches Trio.« Diese Lösung war eine plötzliche Eingebung gewesen.

»Mein Gott.« Mrs. Fuseli legte die Hand auf ihr Herz. »Was soll das? Wer hat sie hereingelassen?«

»Als Freunde«, sagte Mary schnell. »Lediglich als Freunde. Alles als Freunde.«

Sie schielte noch einmal verstohlen nach Henry. Er rollte die Augen zum Himmel, als wäre sie verrückt und dies der endgültige Ausbruch. Als sie unangemeldet erschienen war, sah er aus, als wolle er sie auf der Stelle umbringen, mit der Axt oder dem Schürhaken. Doch sie hatte es nicht geschafft, sich zu beherrschen.

»Wünscht jemand Tee?« Das Mädchen kam hereingetrottet und brachte ein Tablett mit dem Teegeschirr, das sie auf den Tisch stellte. Die Silberkanne und das Milchkännchen waren angelaufen;

hätten einmal gründlich geputzt werden müssen. Henry öffnete die Vitrine und holte eine Flasche Whisky heraus.

»Also, ich möchte ehrlich sein, Mrs. Fuseli. Ich habe ihren Mann lange und intensiv bewundert, Mrs. Fuseli. Das will ich gar nicht leugnen. Aber platonisch. Mein Geist seinen Geist. Dieses Arrangement wäre ausschließlich keuscher Natur, Mrs. Fuseli. Geist. Wissen Sie, Geist.« Mary zeigte auf ihren Kopf, auf Fuselis. »Eine geistige Ehe.« Mary war nicht sicher, wie weit die Auffassungsgabe dieser Frau reichte. »Geist«, sagte sie noch einmal. Im Grunde bezweifelte sie, daß Fuseli ihren Geist respektierte.

»Ehe?« kreischte Mrs. Fuseli.

»Wie Engel«, sagte Mary. »Wir könnten alle nach Frankreich gehen wie Engel. Wie Sternenstaub.«

Mrs. Fuseli sagte: »Sie sind wahnsinnig. Sie möchten mit meinem Mann zusammenleben?«

»Ja, woher wissen Sie das?« Endlich drang sie zu der Frau durch.

»Aber er hat Sie nie berührt, und Sie ihn auch nicht und werden es auch niemals tun?«

»Keinesfalls, Mrs. Fuseli. Nichts Körperliches.«

»So ein Quatsch.«

Henry nahm einen großen Schluck Whisky gleich aus der Flasche, einen großen geräuschvollen Schluck. Dann rülpste er.

»William Blake hat seiner Frau das gleiche vorgeschlagen«, verteidigte sich Mary. »Es ist in Mode heutzutage.«

»Dieser Verrückte hätte längst nach Bedlam geschafft werden müssen«, fauchte Mrs. Fuseli.

»Er ist nur idealistisch, ein Idealist«, beharrte Mary. »Was gibt es daran auszusetzen?«

»Wir leben nicht in einem platonischen Reich, in einer idealen Welt, wo das Gute, das Wahre und das Schöne unser Leben bestimmen, Mary«, sagte Fuseli. »Bist du blind? Wir leben in der realen Welt. Hatten wir diese Diskussion nicht schon einmal? Bist du nicht Empirikerin, wie du immer bekundest?«

»Ihr habt Diskussionen?« rief Mrs. Fuseli entgeistert.

»Wir bestimmen, was real ist«, sagte Mary.

»So ein Quatsch«, sagte Fuseli.

»Manchmal bin ich Idealistin.«

»Ausgemachter Quatsch.«

Mary war bestürzt, daß Ehemann und Ehefrau den gleichen Ausdruck gebrauchten. Er sagte, er gäbe der Frau nur einen Gute-Nacht-Kuß. Doch sie hatten ein Kind, eine Tatsache, die sie vergessen hatte. Und all die Tiere auf diesem Baum. Ausgestopfte tote Tiere. Sie sahen aus, als wären sie aus dem Grab gestiegen, eine pelzige Brigade mit schwarzen Perlenaugen.

»*Wir* erschaffen die Welt«, fuhr Mary fort. »Es ist alles eine Frage der Voraussetzungen. Hume und Locke ... Henry, das ist eine wunderbare Vorstellung, kannst du das denn nicht erkennen? Nur weil anderen Leuten die Phantasie dazu fehlt. Es würde endlich unser Problem lösen, wo und wann wir uns treffen können.«

»Ihr trefft euch?« schrie Mrs. Fuseli auf.

»Wir treffen uns nur geistig«, versicherte Mary. »Nichts Körperliches, wo denken Sie hin. Pure Perzeption. Metaphysik.«

»Verlassen Sie augenblicklich mein Haus«, sagte Mrs Fuseli und ballte die Hände zu Fäusten. »So eine schmutzige Sprache.«

»Was?«

»Verschwinden Sie.«

»Aber, aber, Sophia, deshalb brauchen wir Mrs. Wollstonecraft doch nicht so unhöflich zu behandeln.«

»Wer ist denn hier unhöflich? Diese Frau, diese Frau ... zieht unser Heim in den Schmutz. Wer ist sie denn? Wer gibt ihr das Recht, hier hereinzukommen und unsere Ehe zu beleidigen. Ist das der Grund, warum du Freitag abends immer so schwach bist und deiner ehelichen Pflicht nicht nachkommen kannst? Ist das der ekelhafte Geruch, den ich auf deiner Haut und in deinem Haar entdeckt habe? Wer gibt ihr das Recht, hier einfach in mein Haus hereinzuplatzen ...«

»Nicht göttliches Recht, Mrs. Fuseli, aber die weltliche Freiheit jedes Bürgers, sein oder ihr Schicksal zu bestimmen, und ich versichere Ihnen . . .«

»Wo kommt sie her, wer ist sie?«

»Ein Teufel. Ich bin ein Teufel, Mrs. Fuseli.«

Mrs. Fuseli sank zurück in die Kissen. Na, zufrieden? dachte Mary. Na, zufrieden? Ja, dein Mann nimmt mich jeden Freitag morgen, tief und hart. Er ruft jedoch seinen eigenen Namen aus, immer wieder: Henry. Wir könnten doch die Bemerkungen vergleichen. Welche Zeilen liest er in Ihrem Stück?

»Eine Lüge«, sagte Fuseli zu seiner Frau. »Die komplette Unwahrheit, Sophia. Liebling!«

Mary hatte erwartet, daß Henry über die Sache mit dem Teufel lachen würde. Nichts dergleichen. Mrs. Fuseli, die aufgestanden war und auf- und abging, pflanzte sich nun vor ihrem Mann auf. »Schaffst du sie nun hier raus, Henry? Oder sollen wir nach der Polizei schicken?«

»Aber wir können alle zusammen nach Paris gehen«, fuhr Mary fort und schenkte sich etwas Tee ein. »Mrs. Fuseli? Etwas Tee?«

»Dieser närrische Blake hat ihr ein paar völlig verrückte Ideen in den Kopf gesetzt. Sie ist zu weit gegangen. Diese Donnerstagsgespräche bei Johnson haben ihr das Hirn benebelt. Über *was* redest du da eigentlich?«

»Atlantis«, antwortete Mary.

»Atlantis? Was ist das?«

»Ein imaginäres Land, eine Insel am Grund des Atlantischen Ozeans.«

Mrs. Fuseli schlug die Augen zum Himmel. »Gott hilf mir.«

»Gott hilft denen, die sich selbst helfen, stimmt's, Henry? Nicht, daß ich religiös wäre. Gott existiert als Idee, genau wie Atlantis«, sagte Mary.

»Bring sie zum Schweigen. Sie lästert Gott. Ich falle gleich in Ohnmacht.«

Henry stand stocksteif da, wie erstarrt. Mrs. Fuseli schien nicht weiterzuwissen.

»Hast du gehört, Henry, ich falle gleich in Ohnmacht.«

»Ja, Liebes.«

Die Frau streckte ihr Gesicht so nahe an Mary heran, daß Mary die Poren auf ihren Wangen erkennen konnte.

»Henry ist mein Mann, und Sie sind eine Hure. Wir sind verheiratet. Das hier ist unser Haus. Verschwinden Sie. Ich möchte Sie nie wieder sehen, und er auch nicht.«

»Aber, Liebes, sei doch nicht so streng mit dem Mädchen.«

»Mädchen? Mädchen? Wir haben es nicht mit einem Kind zu tun, sondern mit einer verrückten alten Jungfer.«

»Sie sind nicht mehr wert, bloß weil ich unverheiratet bin.«

»Henry, entweder sie geht oder ich. Henry.«

»Henry?« fragte Mary mit leiser schwacher Stimme. »Henry?«

Er würde sie betrügen. Sie fühlte es. Für sie sah er wie ein Verräter aus. Er hatte die kleinen Schweinsaugen eines Verräters. Und die gedrungene Knollennase eines Verräters. Und die dünnen, gekräuselten Lippen eines Verräters. Und die Frau schien ein unbedarftes Weib zu sein, deren Vorstellungen über die Ehe, über das Leben spießig und veraltet waren. Mary hatte gehört, daß sie aus einer Metzgerfamilie stammt. Für einen Moment tat Henry ihr leid. Erinnerte er sich nicht, daß sie an einem Donnerstagabend bei Johnson über die Institution der Ehe gesprochen hatten, und daß alle, auch er selbst, gefordert hatten, sie dürfe weder einschränken noch unterdrücken. Der Geist *mußte* frei sein. Das hatte *er* gesagt.

Danach hatte Mary sich vorgestellt, wie sie alle drei nach Frankreich segelten und mitten in der Revolution lebten. Sie würde sich eine Zeitung halten. Henry würde seine Kupferstiche machen. Mrs. Fuseli würde sich um die häuslichen Obliegenheiten kümmern, nach dem Tee sehen, etwas in dieser Art. Nach dem Abendessen würden Henry und sie reden, reden, reden. Mrs. Fuseli, die in einiger Entfernung an einer Petit-point-Stickerei säße, würde bitten, sie zu entschuldigen, und sich bald in ihr Zimmer zurückziehen. Bis morgen früh, würde sie zu ihnen sagen. Sie würden die Tür hören. Henry würde sie anschauen, und sie würde ihn anschauen. Er würde ihr mit dem Finger über Kinn und Wangen streichen. Dann würde er die Zungenspitze über ihre Augenbrauen gleiten lassen.

»Mach die Augen zu«, würde er sagen und sie in die Küche führen.

In der Küche würde er sie flach auf den Boden drücken.

»Tu so, als würdest du schlafen«, würde er sagen. Gehorsam würde sie alle Glieder entspannen. Sachte würde er sie vor den Herd ziehen. Dann würde er sich daran machen, sie auszuziehen, ganz bedächtig, ganz behutsam. All ihre Gliedmaßen wären vollkommen schlaff, denn sie schliefe ja. Er hätte Schwierigkeiten, ihr aus den Ärmeln zu helfen, das Korsett aufzuschnüren, doch sie könnte ihm nicht helfen. Sie schliefe ja. Draußen vor dem Fenster würden sie die Revolution hören. Von weither würden Stimmengewirr, Gelächter und Fetzen der Marseillaise durch die nächtlichen Straßen schwirren. Der Duft von Wein, französischem Brot, Schokoladenéclairs würde aufsteigen. *Liberté, fraternité.*

Statt dessen saß sie da in diesem häßlichen englischen Salon. Wie konnte ein Künstler so einen Mangel an jeglichem Sinn für Ästhetik aushalten? Der Orientteppich paßte in Farbe und Stil nicht zu den leuchtend rotweiß gestreiften satinbezogenen Sesseln, und der Ofenschirm mit einem goldumrandeten Löwen in Petitpoint-Stickerei, der verhindern sollte, daß die Schminke im Gesicht schmilzt, war zerfetzt, als hätte eine Katze ihre Krallen daran ausprobiert. Außerdem gab es in der Mitte des Raumes einen Kronleuchter, der zu tief hing und herunterzufallen drohte, sowie ein Spinnrad mit abgebrochenem Bein; es stand unter einem mahagonigerahmten Bild, das ein vereistes Schloß zeigte (nicht von Henry). Es gab ein Klavichord. Beige Vorhänge hingen an den Fenstern, und kleine griechische Figuren saßen auf dem Kaminsims, als warteten sie darauf, zu einem Botengang geschickt zu werden. Merkur, Venus, jemand mit einem Diskus. Henry hatte seiner Frau freie Hand gelassen.

»Ich verlasse jetzt den Raum«, sagte Mrs. Fuseli und stand steif auf. »Ich will, daß sie verschwunden ist, wenn ich wiederkomme.«

»Das ist ausgesprochen lächerlich«, flüsterte Henry, sobald seine Frau den Raum verlassen hatte. »Wie kannst du es wagen, zu mir ins Haus zu kommen, meine Familie zu stören und dann auch noch mit so etwas. Mein Gott, hast du kein Taktgefühl, kein Erbarmen, keinen Sinn für Anstand? Und zu sagen, ich nehme dich.«

»Das habe ich nur gedacht. Ich habe es nicht gesagt.«

»Du hast es gesagt.«

»Ich bin ein bißchen durcheinander, um ehrlich zu sein. Ich habe nicht geschlafen. Ich verbringe anscheinend meine ganze Zeit damit, hin- und herzulaufen und mir Sorgen zu machen.«

»Worüber machst du dir Sorgen? Du bist berühmt.«

»Liebst du mich noch?« flüsterte Mary.

»Natürlich liebe ich dich nicht mehr. Wie kann ich dich nach alldem lieben?«

»Du hast mich geliebt.«

»Schh.«

»Aber ich liebe *dich*, und es begann, schlimm zu werden, Henry. Das weißt du. Es wurde mir zuviel. Und wenn wir uns getroffen haben, war es immer so belastend. Wir sind jetzt viele Monate zusammen. Es war Zeit für die nächste Stufe. Weißt du, Henry, ich konnte diese Heimlichtuerei, diese Verlogenheit nicht mehr ertragen. Es wäre die perfekte Lösung gewesen. Aber das Wichtigste ist, daß wir zusammen sind. Das ist das Wichtigste.«

»Das Wichtigste ist, daß dein Hirn benebelt ist und daß du vollkommen verrückt bist.«

»Und wie ist es, bitte, dazu gekommen?«

»Ich wollte es nicht dazu kommen lassen.«

»Und was wolltest du?«

»Ich brauche meine Ruhe. Ich bin Künstler.«

»Ich bin Schriftstellerin.«

Fuseli lachte.

»Ich *bin* Schriftstellerin. Das kann ich jetzt behaupten. Ich bin auch ein Mensch. Du kannst mir das nicht antun.«

»Leute foltern einander, Miss Wollstonecraft. Sie tun einander alles mögliche an.«

»Weil sie vergessen, daß sie Menschen sind, daß beide, Folterer und Gefolterter, Menschen sind.«

»Blake hat dich dazu angestiftet, stimmt's?«

»Blake ist ein Genie.«

»Blake ist ein Stümper. Er kopiert mein Werk.«

»Blake ist ein Genie.«

»Ich hoffe, du hältst dich nicht selbst für ein Genie. Wenn du eins wärst, könntest du nicht tun, was du tust. Und was hat Blake überhaupt mit dem Ganzen zu tun?«

»Blake will eine neue Welt des Friedens und der Harmonie erschaffen, Henry. Und Paine will Gleichheit für alle. An unserem Donnerstagabend-Tisch wird eine neue Welt entworfen.«

»Richtig.«

»Und ich verlange nichts Unfreundliches, Ungerechtes von dir.«

»Du zerstörst meine Ehe, bereitest mir unermeßlichen Kummer.«

»Unermeßlich? Wie kannst du ermessen, was du mir angetan hast? Ich war, ich war ...«

»Noch Jungfrau«, sagte er.

»Ja. Und jetzt wird mich niemand mehr heiraten.«

»Dich würde auch so niemand heiraten.«

»Das ist nicht wahr.«

»Es ist wahr. Du bist zu alt, zu fett, zu groß, zu häßlich, zu klug und zu arm. Du redest zuviel. Männer wollen liebe, stille, unkomplizierte Ehefrauen.«

»Ach, Henry, wie kannst du wieder solche Sachen sagen.« Sie legte den Kopf in die Hände, begann zu weinen. »Ich bin nicht mehr arm, wie du weißt.«

»Gut, dann kauf dir einen Ehemann. Ich habe eine Frau.«

»Sie hat nicht eine einzige Idee im Kopf, Henry, nicht eine.«

»Sie ist meine Frau«, sagte er streng.

»Oh, gepriesen sei sie.«

»Hast du vor niemandem Respekt?«

»Doch, vor dem, der ihn verdient, Henry.«

»Steh augenblicklich auf und verlasse dieses Haus. Und hör endlich auf, dich wie ein verzogenes Kleinkind aufzuführen. Dieses dauernde Geheule und Geplärre.«

»Du, du bist pompös, präpotent, profitgierig und du riechst nach Frosch. Was machen diese ausgestopften Tiere in deinem Baum? Ein Museum von abgeschlachteten kleinen Tieren. Füchse und arme kleine Eichhörnchen und Ferkel ... mit diesen Glasaugen ... sie hocken auf den Zweigen wie in der freien Natur. Und dieses Wiesel! Es ist ekelhaft.«

»Frischlinge, nicht Ferkel. Das wäre keine Kunst. Kleine Wildschweine.«

»Ich dachte, du bist Künstler, ich dachte, du liebst die Freiheit.«

»Jetzt wird es mir aber zu bunt. Geh endlich! Du hast irgendeinen Anfall. Alles war wunderbar, und du hast es kaputtgemacht.«

»Was ist mit Paris?«

»Wenn du nach Paris gehen willst, geh. Uns brauchst du nicht dafür. Und jetzt verlaß mein Haus. Geh, geh jetzt, geh für immer.«

Er packte sie am Kragen, zog sie aus dem Sessel und schob sie energisch zur Tür. Mit festem Griff umfaßte er ihre Taille und schubste sie hinaus. Die Tür schlug hinter ihr zu.

»Oh, Gott.« Das Schlimmste war geschehen. Sie stand allein auf den Stufen. Sie war so schwach, daß sie kaum stehen konnte. Sie stand da, so ausgelaugt, daß sie kaum atmen konnte. Sie befürchtete zusammenzubrechen.

»Was soll ich jetzt tun?« fragte sie den Himmel.

Der Himmel war unergründlich.

313

»Als Bauer Christoph Düwels-Eck«, begann sie.

Die Idee, sich der Familie Fuseli anzuschließen, war ihr wirklich durch Blake und die Donnerstagabende gekommen; es schien das einzig Wahre und Vernünftige. Zuletzt hatte sie die Zeit ohne Henry damit verbracht, an ihn zu denken, und wenn sie mit ihm zusammen war, dachte sie an andere Dinge. Sie schien nicht mehr fähig, sich zu konzentrieren. In Paris, der Stadt der Gleichheit, Freiheit und Brüderlichkeit, wäre so eine Regelung sicher etwas ganz Gewöhnliches.

»Komm heraus, komm heraus, du Feigling. Sieh mir ins Gesicht, mir, die du geliebt hast, sieh dir selbst ins Gesicht«, rief sie auf der Eingangstreppe.

Henry kam nicht heraus. Das Haus wurde geschlossen wie ein Buch am Ende der Geschichte. Die Vorhänge wurden rasch zugezogen. Eine Magd kam heraus und schloß die Fensterläden. Die Türen wurden verriegelt. Und das Haus wurde zu einer uneinnehmbaren, undurchdringlichen Festung.

Hätte Mary einen Backstein oder irgendeinen anderen Stein gefunden, sie hätte ihn auf dieses häusliche Glück geschleudert, das erstens gar kein Glück war, dessen war sie sicher, und das zweitens nur ein Zugeständnis an Anstand und Sitte darstellte. Sie stellte sich vor, wie der Backstein sich auf seinem Flug um sich selbst drehte, durch den Fensterladen krachte, die Scheibe zerschlug und in hohem Bogen ins Haus stürzte, so wie ein Stein in einen Teich fällt. Beim Aufschlag würden konzentrische Wellen entstehen. Das würde die Verlogenheit ihrer Maskerade enthüllen. Ein Backstein auf dem Boden.

Sie wollte die adrette, selbstgefällig Mrs. Fuseli wissen lassen, daß das, was sie ihre Ehe nannte, auf tönernen Füßen stand, am Rande der Katastrophe. Mrs. Fuseli, wollte sie verkünden, Ihr Mann hat mich im Britischen Museum gestreichelt und geküßt, und in Mr. Andrews Haus am Bedford Square hat er vor Liebe und Verlangen gezittert, und auf dem Russel Square hat er versprochen, mich zu lieben, bis ich sterbe, und in den Kensington Gardens hat

314

er mir ewige Liebe geschworen. Sie wäre dankbar, informiert zu werden. Hochachtungsvoll, Ihre sehr ergebene Mary Wollstonecraft, verstorbene Autorin und liebe Schwester im Herrn ... Er liebt seine Frau.

Doch Mrs. Fuseli erschien nicht. Mary, die eine Zeitlang in dem kleinen Gärtchen neben dem Haus der Fuselis gestanden hatte, setzte sich nun auf die Erde, und schließlich legte sie sich, erschöpft und elend, wie sie war, auf den Boden unter einen Baum. Nach einer Weile wurde der Himmel dunkel. Die Sterne waren warm und nah. Liebe Sterne, flüsterte sie weinend, ich liebe euch.

Im Traum schwebten Henry und sie durch den schwarzen Himmel, in einem Kuß vereinigt. Sterne kamen ihnen entgegen. Sie wiesen Seefahrern mitten auf dem Meer den Weg.

Am Morgen sah Mary, die noch immer unter dem Baum lag, die Fuselis mit dem Baby und einer Magd, alle in Reisekleidung. Eine Kutsche fuhr vor, und der Kutscher ging hinein, um einen großen Reisekoffer zu holen. Dann verschwand die Kutsche am Ende der Straße. Die Fuselis hatten sie nicht gesehen, und sie hatte nicht die Energie gehabt aufzustehen.

Es war wieder ein warmer Tag, und um die Mittagszeit marschierten lange Reihen von Ameisen um sie herum; sie mieden sorgfältig die Urinpfütze, die unter ihrem Kleid durchsickerte. Die ausgestopften Tiere blickten mit ihren schwarzen Glasperlenaugen kläglich vom Baum herunter. Das Wiesel schien zu fauchen.

In dieser Nacht zogen die Sterne, mutiger geworden, nahe heran und starrten auf ihr Gesicht herab. Mary, Mary, sie ließen die Strahlen sanft über ihr Gesicht streifen, Mary, steh auf, Mary. In glitzernden Schauern stoben und sprühten die Funken über den Himmel. Sie schlief nicht, und sie war nicht wach. Sie fühlte sich wundervoll. Sie dachte an den lieben Richard.

Am nächsten Tag begann die Sonne, sich auf sie zuzubewegen und hielt in einem Baum inne, genau wie Blake es vorhergesagt hatte, in dem Engelbaum, so daß der ausgestopfte Fuchs und das Frettchen in Flammen standen und all die kleinen Tiere einen gold-

315

umrandeten Heiligenschein trugen. Mary sah ein Gesicht, aber es war nicht Gottes Gesicht. Es war ihr eigenes. Geh weg – sie bewegte stumm die Lippen – geh nach Hause. Um sie herum und unter ihr wimmelte es von Ungeziefer, kleinen Würmern und leuchtenden, metallisch schimmernden Käfern. Ein Mann kam aus dem Haus gegenüber. Er sah sie nicht. Er betrat das Haus, die Tür verschluckte ihn ganz, wie ein Mund, und die Fenster starrten sie mit stechendem Blick an. Als nächstes kam eine Frau mit Haube heraus, ihr Gesicht war verschrumpelt wie ein alter Apfel.

»Missy, was ist los mit Ihnen. Missy, wachen Sie auf.«

Und kurz darauf, oder war es am folgenden Tag oder zwei Tage später, erschienen ein paar Männer mit Perücke in einer Kalesche.

»Mistress Wollstonecraft, wir sind die Aufsichtskommission der Heilanstalt Bedlam, ich bin Dr. Monro, und *Sie* sind eine gemeingefährliche, unheilbar Geisteskranke.«

Kapitel 30

Sie wollte ihnen sagen, daß sie keine gemeingefährliche Geisteskranke sei, doch irgendwie hatte sie ihre Fähigkeit zu sprechen
verloren. Alle Wörter schienen sich unten in ihrem Bauch abgesetzt
zu haben wie ein Haufen Steine, sie ließen sich nicht ausgraben,
nicht ausspucken.

Ich bin keine Geisteskranke, ich muß nicht in Bedlam eingeliefert werden, versuchte sie den erlauchten Mitgliedern der Kommission zu sagen. Im Gegenteil, ich bin die Autorin der *Verteidigung der
Rechte der Frau* und zahlreicher Zeitungsartikel sowie der *Verteidigung
der Rechte des Menschen* und eines Romans, *Mary, eine Erzählung*. Ich
bin dreiunddreißig Jahre alt und habe mein Leben im Dienst anderer verbracht. Ich war Lehrerin an einer Schule und Hauslehrerin und eng befreundet mit einer gewissen Fanny Blood aus
Hoxton, die inzwischen verstorben ist, und Joseph Johnson, St.
Paul's Churchyard, einem Gentleman (in gewisser Hinsicht) und
Gelehrten. Ich bin eine wichtige Frau. Ich habe in meinem Leben
einiges geleistet. Ich bin lediglich müde, das ist alles. Sie fühlte sich
völlig erschöpft. Eine berühmte Frau kann es sich gewiß erlauben,
im Schatten eines Baumes auf der friedvollen Erde eines Hofes aus-
zuruhen.

Fuseli hatte einmal gesagt, sie spräche mit den Augen, und was
sie sage sei: Rette mich, rette mich. Doch das war vor hundert
Jahren und lag auf der anderen Seite der Wahrheit. Wenn Geistes-
krankheiten Ihr Forschungsgebiet sind, wollte sie den Männern
sagen, würde ich Ihnen vorschlagen, einmal bei den Fuselis anzu-
klopfen. Doch nein. Die Fuselis waren weg. Die Männer hüllten sie

in eine Decke und brachten sie so schnell sie konnten nach Bedlam. Sie lag auf dem Boden der Kutsche und wurde durchgerüttelt wie ein Sack Kartoffeln; die Wörter in ihrem Bauch raschelten wie trockene Blätter im Herbst. Sie behandeln mich bereits wie ein Tier, dachte sie.

»Es ist eine Schande«, sagte einer aus der Kommission.

»Das kann man wohl sagen.«

»Eine Schande und ein Jammer.«

»Das kann man wohl sagen.«

»Jammerschade und eine Schande.«

»Das kann man wohl sagen.«

»Also heutzutage ...«

»Es liegt an der Revolution in Frankreich, daß sie so sind. Es ist wie bei einer Tarantella, diesem verrückten spanischen Tanz, der durch den Biß einer einzigen Tarantel ausgelöst wird. Wahnsinn ist eine Raserei oder eine Gewohnheit. Er ist im Brot oder in Orangen, manchmal im Wasser.«

»Es ist ein italienischer Tanz.«

»Ich habe gehört, daß die Frauen in Frankreich in der Schlacht ihre Brüste entblößen, wie die Amazonen in der Antike.«

»Tatsächlich? Ich würde gern mal sehen, wie sie angreifen.«

»Manche tragen sogar Hosen.«

»Herr, erbarme Dich.«

Die Kutsche hielt an, einer der erlauchten Herren warf Mary über seine Schulter und trug sie durch einen Hof, wo Hühner im Dreck herumpickten, Enten in einem Gehege schnatterten und Kinder kauernd Murmeln spielten. Das Tor wurde geöffnet, und der Mann setzte seine Last auf dem kalten Steinfußboden ab.

»Diese hat zwei Tage im Schlamm gelegen. Sie kann nicht sprechen und läuft nicht. Sie hat keinen Anstand und hat sich selbst beschmutzt. Einige sagen, es ist Liebeskummer.«

»Liebeskummer.« Die Oberschwester lachte schallend. »Das werden wir ihr schon austreiben.«

Mary wurden die schmutzigen Kleider ausgezogen, man wusch

sie und zog ihr ein Hemd an; es war so rauh, daß sie sich die Haut wundscheuerte, bis sie blutete. Die Oberschwester führte sie zwei Treppen hinauf in einen Raum mit vielen Betten.

»Sie kann also laufen. Gut«, sagte die Frau.

Mary wurde mit einem Arm an die Wand gekettet, so daß sie den ganzen Tag und die ganze Nacht mit erhobenem Arm auf ihrem Bett sitzen mußte. Sie betete zu dem Gott, an den sie nicht mehr glaubte, daß sie entweder ihren Arm befreien oder ihn abhackten. Sie betete zu ihrer Mutter, die tot war, sie zu retten. Sie betete zu ihren Schwestern, die jetzt in Wales arbeiteten, und sie betete zu Joseph. Niemand kam, und morgens saß sie immer noch da, mit angekettetem Arm. Die Qual war unvorstellbar.

Sie waren zwanzig Frauen, die so angekettet auf ihren Betten saßen; sie litten an Mißgeschicken, Kummer, Enttäuschungen, Trauer, Liebe, Eifersucht, Stolz, Ängsten, Manien, Melancholie. In dem Raum neben ihrem waren Männer in den ›Englischen Sarg‹ gesperrt, eine Vorrichtung, die wie eine Tür aussah, mit einem Loch für das Gesicht und Handschellen auf beiden Seiten und einem Rad, das ihre Gliedmaßen jedesmal, wenn die Geisteskranken sich bewegten, enger zusammenschnürte. Es gab eine Maschine, die Männer und Frauen so lange drehte, bis sie ruhig waren. Andere, denen etwas Bewegungsfreiheit erlaubt war, steckten in Zwangsjacken.

Die wirklich Sanftmütigen lagen auf Stroh. Sie waren die Strohmenschen. Sie erhielten Einläufe, sie wurden zur Ader gelassen und kalt gebadet. Den hoffnungsvollen Fällen wurde Opium, Hyoscyaminextrakt, Kampfer, Julep und Natron verabreicht. Mary hoffte, ein hoffnungsvoller Fall zu sein und genügend Opium zu erhalten, um den Herrn persönlich und Hosianna singende Engelschöre zu sehen.

Ein Mann sang den ganzen Tag lang: »Trinke und denk nicht an morgen, der Wein, der verteibt alle Sorgen – holleri und hollero, wir heben die Becher und sind wieder froh.« Andere, die nicht angekettet oder durch Klistier und Aderlaß erschöpft waren, liefen in den

Sälen auf und ab. Und freitags erwarben Damen und Herren aus London Eintrittskarten, um sich von dem absonderlichen Gebaren der Geisteskranken unterhalten zu lassen. Die Geisteskranken zeigten sich kooperativ und streckten die Zunge heraus, stellten ihre Geschlechtsteile zur Schau und urinierten ins Stroh.

Am zweiten Tag wurde Mary die Kette abgenommen. Sie hatte weitaufgerissene Augen und konnte den Arm nicht herunternehmen. Sie weinte, doch sie schaffte es nicht, ein Wort hervorzubringen. Am fünften Tag konnte sie den Arm senken, und sie hörte auf zu weinen. Sie lehnte den Kopf gegen die Wand und schlief ein. Ihr Arm fühlte sich immer noch so an, als würde er gleich abfallen. Die Oberschwester sagte, da sie friedlich sei, würde sie bald auf's Stroh kommen.

Nach einer Woche war sie in der Lage, herumzuspazieren und ausgestreckt auf ihrem Bett zu schlafen; sie hockte nicht mehr zusammengekauert an der Wand wie ein junger Vogel, der Schutz sucht. Jetzt nahm sie ihre Umgebung bewußter wahr.

Da war eine Frau, die glaubte, in ihr lebe ein Tier, nicht ein Bandwurm, sondern ein rundliches, pelziges Tier mit scharfen kleinen Zähnen, das an ihrem Bauch nagte und bald von innen durchkommen würde. Eine andere Frau bildete sich ein, ein Tier habe sich an ihrem Arm festgeklammert, etwas wie ein Faultier. Ein Mann stand unter dem Zwang, sich beim Essen zu entblößen. Das kümmerte niemanden, denn überall waren Nackte. Von den zweihundert Insassen waren einige unauffällig. Ein Mann lud Mary zu Comus' Tafelrunde ein, in der der Teufel den Vorsitz führen sollte. Ein anderer Mann, der glaubte, vor Adam gelebt zu haben, lief nur in seiner Decke herum, weil Adam seine Haut als Kleidung trug. Die anderen nannten ihn einen Methodisten.

Im allgemeinen litten die Insassen an Manien oder an Schwermut; sie gerieten entweder aus der Fassung und neigten zu gewalttätigen Handlungen oder sie steckten in tiefster Verzweiflung. Andere kauerten den ganzen Tag in einer Ecke, die Beine angezogen, die Arme um die Beine geschlungen, die Gesichter in Kummer erstarrt. Es gab einige, die von einem Extrem ins andere wechselten. Derselbe Mann konnte an einem Tag vergnügt plaudern, lachen und fröhlich sein und gleich am nächsten Morgen wünschen, er wäre tot.

Mary schlief manchmal tagelang, und dann wieder blieb sie jede Nacht wach. Ein Lied geisterte ihr durch den Kopf, das lautete: Ich muß tot sein, ich muß tot sein.

Die dunklen Säle und die verschlossenen Zellen, die Ketten, die nackten Männer, das eindringliche Rufen und Stöhnen, die kläglichen Schreie in der Nacht, das regelmäßige Erscheinen neugieriger Zuschauer war manchmal mehr, als sie ertragen konnte. Soweit ist es mit mir gekommen, dachte sie. Und doch kam es ihr so vor, als wäre sie immer schon dort gewesen, als wäre Bedlam ihr Leben. Sie verlor die Spur zu der Person, die sie einmal gewesen war. Henry, seine Frau, die Donnerstagabend-Essen, ihre Bücher, sogar ihre Schwestern tauchten nur verschwommen auf. Die schwarze Silhouette eines Tisches am Ende der Welt, am Rande der Wüste, war mit Scherenschnittfiguren bevölkert – Blake mit Hut; ein kauernder, warziger Krötenmann – das mußte Paine sein; ein strahlender, knabenhafter Gott, Christie; und Godwin, ein schemenhaftes Etwas; und Joseph, der liebreizende Puck, der Prinz der Feen. Mary schwebte unbekümmert am Rand.

Sie hatte keine Lust mehr, der Aufsichtskommission zu erklären, daß sie Schriftstellerin sei, daß sie ihren Lebensunterhalt selbst verdiene, daß sie von ihrem Verstand lebe, daß man sie sofort herauslassen müsse. Sie war nicht sicher, wer sie war, was sie getan hatte. Sie dachte über Fanny nach, die teuerste, liebste Freundin, die man haben konnte, doch Fannys Bild verschwamm. Im Augenblick galt Marys Hauptsorge anderen Dingen; Brot und Wasser, Soße am Sonntag, der Gang hinunter zum Abort mit einem Dutzend anderer Frauen, das Bad am Samstagabend – ein eintöniger, seltsamer Wechsel von Wachsein, Schlafen, Aufstehen. Sie war froh, nicht angekettet zu sein, froh, noch eine Brotrinde zu bekommen, und sie versank in einen fast hypnotischen Zustand von

Glückseligkeit, wenn ihr jemand das Haar nach Läusen absuchte oder wenn nachmittags das Sonnenlicht auf ihre Füße fiel und langsam bis zum Kinn an ihr hochwanderte. Das war wie ein warmes Bad.

Eines Tages erinnerte sich Mary, was sie über einen Verwandten von Susannah Cibber gelesen hatte, den Hühnermenschen, der wegen einem kleinen Schuldenbetrag nach Newgate eingeliefert worden war und schließlich halb erfroren in seiner Decke hockte, von oben bis unten mit Federn bedeckt, die an seinem exkrementverschmierten Körper klebten.

»Der Hühnermensch«, erzählte Mary jemandem, »kroch in seine Decke – es war so kalt. Als sie die Tür öffneten, rannte er hinaus; die Federn klebten an seinem verdreckten Körper, doch sie faßten ihn und brachten ihn zurück.«

»Armer Kerl«, sagte eine Frau, die mit Lumpen im Arm herumlief.

»Wir haben Glück, stimmt's?« warf ein Mann ein. »Wir haben unser Stroh.«

»Wir haben ganz entschieden kein Glück. Ja, manche Leute auf dieser Welt sind fein raus. Meine frühere Herrin, zum Beispiel, die mich hier hat einsperren lassen. Ist die vielleicht was Besseres als irgend jemand sonst? Nein, nein – Geburt. Geburt ist alles«, sagte die Dienerin, die wegen unanständigem Betragen eingekerkert war. Sie brummelte stundenlang vor sich hin, daß der Tag der Rache noch kommen werde.

»Wir sind nicht wie der Hühnermensch.«

»Aber ich habe den Verstand verloren«, protestierte Mary.

»Du wirst ihn schon wiederfinden, Liebchen. Ich bin sicher, er ist nicht weit weg. Laß ihn in Ruhe, und er wird schwanzwedelnd zurückkommen.«

Es gab Tage, an denen Mary glücklich war. Sich wohl fühlte. Als wäre sie schließlich dort angelangt, wo sie hingehörte. Dies war ihr Zuhause, ihr Leben. Niemand wußte, wo sie war. Sie schlang die Decke um sich. Ihre Decke und ihre Haut, die sie durch eine tägliche Schicht Urin und Spucke undurchdringlicher machte, schützte den Haufen von Worten unten in ihrem Bauch.

Manchmal hatte sie lichte Momente und konnte nicht begreifen, was ihr widerfahren war. Dann starrte sie sehnsüchtig aus dem Fenster auf die Zweige eines einsam stehenden Baumes. Seine Blätter waren gelb geworden und dann in einer windigen Nacht abgefallen.

Ich befinde mich nicht in einer fahrenden Kutsche, aus der wir alle bald aussteigen, sagte sie zu sich selbst, oder auf einem Schiff wie dem nach Protugal, sondern in einem Gebäude aus Stein mit Gitterstäben vor den Fenstern. Ich bin berühmt, und niemand weiß, wo ich bin oder wer ich bin oder was ich bin oder warum ich bin.

Sie träumte gelegentlich von Fuseli. Sie sah ihn in ihrem Baum, nicht wie Blake seinen Engel, sondern mit all seinen ausgestopften Tieren, den Bibern und Füchsen, einem Frettchen, den Eichhörnchen, dem Murmeltier und dem Waschbär. Allerdings waren sie lebendig und streiften durch die Zweige, wenn der Wind wehte. Die Blätter zitterten dann wie Glasstücke an einem Kronleuchter. Mary konnte sich nicht mehr genau daran erinnern, wie er aussah. Lebhafter stand ihr das Bild seiner Frau vor Augen, rundlich, verschwitzt, unerfreulich. Die Donnerstagabend-Essen, ihre Schwestern, ihr anderes Leben, wann hatte es stattgefunden und wie? Vielleicht lebten sie in Atlantis, unter Wasser, bewegten sich ganz langsam. Vielleicht war das Stroh Seegras. Vielleicht waren sie Nixen und Wassergeister und aßen nicht wässerigen Fleischeintopf aus hölzernen Schüsseln, sondern wässerigen Fischeintopf aus Muschelschalen. Vielleicht war sie zurück auf dem Gut der Kingsboroughs. Vielleicht war sie tot und befand sich im Himmel, und Gott war die Oberschwester. Die Welt draußen wurde von der Realität der Anstalt ausgelöscht. Doch an einem Besuchstag näherte sich eine Person ihrem Bett, die ihr vertraut war, mit schmalem, fuchsähnlichem Gesicht, tiefblauen Augen, einem zögernden Lächeln.

»Drei Wochen lang«, schrie Joseph ihr ins Ohr, »habe ich nach dir gesucht. Als du nachts nicht zurückgekommen bist, wurde ich fast verrückt. Ich war außer mir vor Sorge.« Er deckte die Hand über seine Augen und begann zu weinen. Ihm gegenüber entleerte ein Mann seinen Darm im Stroh. Daneben kopulierte ein Paar. Das Essen war gerade gebracht worden. Marys Hemd war zerrissen, ihr Gesicht schmutzig.

»Ich weiß, es ging dir nicht gut, Mary, aber das hier?«

Zunächst hatte sie ihn nicht erkannt. Aber als er zu sprechen begann, wußte sie, wer er war. Und er war so sauber. Dieser Mann war so sauber.

»Die Fuselis sind auf dem Lande«, sagte er. »Ja, ich bin zu ihnen gegangen, doch das Haus war verschlossen. Ich schrieb deinen Schwestern nach Wales, aber sie konnten nicht kommen. Das hier war eine Vermutung, nur eine Vermutung. Mein Gott, Mary, was ist nur mit dir geschehen?« Er begann wieder zu weinen, drückte sie an sich. »Ich habe mir solche Sorgen gemacht.« Er fuhr zurück. Sie stank furchtbar, und auf ihrer Haut wimmelte es von Läusen und anderem Ungeziefer. »Mein Gott«, rief er, »halten sie dich hier nicht sauber? Kannst du sprechen? Mary?«

»Sie kann nicht mehr sprechen, kann sie nicht«, sagte die Frau mit dem Lumpenbündel. »Nur manchmal kann sie's.«

»Das kümmert mich nicht. Ich hole dich jetzt sofort hier heraus. Ich werde dir das Sprechen wieder beibringen.«

Mary blinzelte heftig.

Er öffnete ihren Mund, blickte hinein. »Da ist sie ja. Da ist die Zunge. Sag mal was. Sag: Joseph, du blöder Kerl.«

Sie zuckte mit den Schultern.

»Mary, ich möchte, daß du mit mir hinausgehst, ich möchte dich nach Hause bringen.«

Sie zuckte mit den Schultern.

»Mary, du bist nicht geisteskrank. Verstehst du? Es war nur zuviel – Fuseli, dein Buch, und überhaupt. Das ist alles. Du bist mit all dem nicht mehr fertig geworden. Aber jetzt geht es dir besser, und alles kommt wieder in Ordnung. Du fühlst zu tief, denkst zu

viel. Es ist die Anstrengung. Du bist zu melancholisch. Mein Gott,
Mary, reiß dich doch zusammen. Diese Sache mit Fuseli – ich habe
nicht gemerkt, wie ernst es war. Wie können die es wagen, jemand
anderen für geisteskrank zu erklären. Die haben dich hier herein-
gebracht, um dich loszuwerden. Da bin ich sicher. Dir fehlt nichts.
Ein warmes Bad, ein gutes Essen, neue Kleider. Und deine Stimme
wird wiederkommen. Wie kannst du hierbleiben wollen in diesem,
diesem Loch. Du bist doch ein vernünftiges Mädchen.«

Sie zuckte mit den Schultern.

Der Mann, der das Trinklied sang, schlenderte vorbei ohne einen
Faden Kleidung am Leib.

»Trinke und denk nicht an morgen, tral-lala«, sang der Mann.

»Sir, wer ist der Mann in der blauen Decke«, fragte Joseph. »Der
da drüben?«

»In der braunen Decke, Sir. Er ist der Methodist, ein Mensch
aus den Zeiten vor Adam.«

»So etwas gibt es nicht.«

»Nun, jetzt natürlich nicht.«

»Niemals.«

Mary bekam Kopfschmerzen. Es war zu verwirrend. Warum erwarteten alle ständig etwas von ihr, warum mußte sie ständig etwas
tun, etwas sein, sprechen, schreiben. Sie fühlte sich unsagbar erschöpft. Konnte Joseph denn nicht sehen, wie erschöpft sie war?
Joseph sah auch erschöpft aus. Warum sollte sie aufbleiben. Ihr
Hemd rutschte ihr über die Schultern.

»Mein Gott, Mary, zieh dein Hemd hoch.« Er zog es ihr zurecht.
»Demnächst gehst du doch nach Paris, nicht, um für mich etwas
über die Revolution zu schreiben. Nach deiner *Verteidigung der Rechte
der Frau* wird ganz England sicher gespannt sein ...«

Marys Blick wanderte in die Ferne.

»Mary, was ist los mit dir?«

Sie klopfte sich auf die Brust.

»Ach, dein Herz.«

Laß doch, o du werter Gast
Gottes Segen, den du hast
Und verteilst nach deinem Willen
Mich an Leib und Seele fühlen.

Das war aus dem Kirchenlied, das Mrs. Price immer sang. Mary wollte erklären: Ich bin nicht wie der Hühnermensch, der in seine Decke kriechen mußte, um sich warmzuhalten, mit all den Federn, die an seinem stinkenden Körper klebten. Ich bin keine Verwandte von Susannah Cibber ... Ich bin mehr als Lady Kingsborough, die eine Dame ist. Ich bin nicht Eliza und nicht Everina. Schön wäre es, Fanny zu sein. Doch ich bin es nicht.

Die Frau, die Dienerin gewesen war, hatte in der Nähe herumgelungert und kam nun näher.

»Meistens ist sie sehr ruhig, und dann weint sie.«

»Danke, Miss.«

»Mary, weißt du, daß du überall auf der Welt gelesen wirst, daß die Leute dich kennenlernen möchten, daß deine Intelligenz und dein Talent geschätzt werden ... Mein Gott, wenn die Leute wüßten, daß du hier bist. Wie bist du bloß hierhergekommen und so geworden? Noch vor weniger als einem Monat hast du Tag und Nacht wie wild geschrieben. Ich verstehe das nicht.«

Mary war sehr müde. Sie ließ ihren Oberkörper, den sie schon nicht mehr geradehalten konnte, aufs Bett zurücksinken.

»Nein«, sagte Joseph. »So nicht. Du kommst mit nach Hause. Ich werde dich selbst kurieren. Bleib nur liegen. Ich hol dich hier raus.«

Joseph verschwand für eine Weile, kehrte dann zurück.

Die Sonne schien grell, als Mary herauskam, und die Straßen waren voller Lärm und Spektakel. Joseph mußte sie stützen. Er geleitete sie nach Hause und brachte sie in ihr eigenes Bett. Draußen vor ihrem Fenster konnte sie Spatzengezwitscher hören, und Joseph hatte eine Vase mit frischen Lilien auf ihren Schreibtisch gestellt. Ihr neues Hemd war gewaschen und gebügelt worden.

Mrs. Mason kam mit einer Schüssel heißem Wasser nach oben und einem Lappen, einem Teller mit Früchten, etwas Käse und einer Kanne Tee.

»Ich bin Mrs. Mason«, sagte Mrs. Mason. »Und wir fangen noch einmal von vorne an.«

Gilbert

Die ganze Welt ist eine Bühne, so kommt es mir vor; und es gibt nur wenige, die nicht eine auswendig gelernte Rolle spielen; jene, die sich nicht an ihre Rolle halten, wurden, so scheint es, vom Schicksal als Zielscheiben aufgestellt, um mit Wurfgeschossen bombardiert zu werden; oder eher als Wegweiser für die anderen, während sie selbst gezwungen sind, stillzustehen inmitten von Staub und Dreck.

Mary schrieb dies in ihren *Reisebriefen aus Südskandinavien*. Aber nahezu alle Empfehlungen der zeitgenössischen Literatur über weibliches Verhalten standen im Gegensatz zu dem Weg, den Mary eingeschlagen hatte.

In seinen *Mahnreden an junge Frauen* (1765) bezeichnete Dr. James Fordyce alle Frauen, die Philosophie studieren wollten, als »männlich«, und forderte sie auf, lieb und brav zu sein wie Lämmchen.

Dr. John Gregory warnte in seinem *Vermächtnis eines Vaters an seine Töchter* (1774) die Frauen davor, ihren gesunden Menschenverstand zu verbergen und flatterhaft zu erscheinen.

Außerdem war Mary von Catharine Macaulay beeinflußt. Sie empfand Macaulays fundierte Kenntnisse der Philosophie nicht als besonders männlich, sondern als solche eines hochintelligenten menschlichen Wesens.

Lady Mary Wortley Montagu vertrat 1739 in *Frauen sind Männern nicht unterlegen* den Standpunkt, daß eine Frau zwar Sklavin sei, aber dennoch Lehrerin, Ärztin, Anwältin, ja sogar Soldatin werden könne.

Abigail Adams schrieb am 7. Mai 1776 an ihren Mann, John

Adams, der gerade den *Continental Congress* in Philadelphia besuchte: »Ich kann nicht behaupten, daß ich Dich den Frauen gegenüber für besonders großzügig halte; denn während Du für Männer Frieden und Wohlwollen forderst, um alle Nationen zu befreien, bestehst Du auf der Beibehaltung der absoluten Verfügungsgewalt über Ehefrauen.«

Mary schrieb in ihrer *Verteidigung der Rechte der Frau* 1792:

Frauen wird von Kindheit an eingeprägt – und das Beispiel ihrer Mütter bestätigt es –, daß sie durch eine gewisse Kenntnis menschlicher Schwäche, die man zu Recht als Gerissenheit bezeichnet, durch Sanftheit des Gemüts, den Anschein von Gehorsamkeit und die gewissenhafte Einhaltung eines infantilen Anstands den Schutz eines Mannes erlangen können; und sollten sie schön sein, ist, für mindestens zwanzig Jahre ihres Lebens, alles andere unnötig.

Der Begriff ›Schutz‹ hatte Mary lange Zeit mit Skepsis erfüllt. Freundlichkeit und zivilisiertes Benehmen schienen bei Männern die Ausnahme, nicht die Regel zu sein. Für Mary war Sanftheit des Gemüts bei einer Frau nicht unbedingt erstrebenswert. Die Ehe, so hatte sie erfahren, bedeutete nicht immer Schutz. Vieles, was sie an den Beziehungen zwischen Männern und Frauen beobachtet hatte, war enttäuschend. Fuseli hatte ihr erzählt, daß in der Charlotte Street in London Männer sich von Frauen mit Ruten schlagen, auspeitschen, prügeln, geißeln, mit Nadeln stechen, halb erhängen und die Adern öffnen ließen. Und im Berkeley House, einem anderen Etablissement dieser Art, konnten Frauen auf einer stuhlähnlichen Maschine zum Vergnügen der Männer angehoben oder gesenkt werden.

Eine Schätzung dieser Zeit ging von fünfzigtausend Prostituierten in London aus.

Im achtzehnten Jahrhundert waren die Prostituierten häufig Frauen aus der Mittelschicht, Frauen, die nicht Landarbeiterin oder Hausiererin werden wollten, die von ihren Familien keine ausreichende Mitgift erhielten und denen nicht gestattet wurde, im Haus von Brüdern oder anderen Verwandten zu bleiben, und die nicht, wie Mary, Gesellschafterin, Schul- oder Hauslehrerin werden konnten.

Das Gehalt einer Hauslehrerin betrug zu dieser Zeit zwischen zwölf und vierzig Pfund im Jahr. Ein Erzieher erhielt mindestens fünfzig Pfund. Das Friseurhandwerk, die Herstellung von Modewaren und die Zahnheilkunde, ursprünglich weibliche Domänen, wurden von Männern übernommen, und Hebammen wurden durch Ärzte ersetzt, die am Königlichen Chirurgenkollegium ausgebildet worden waren.

Frauen waren Metzgerinnen, führten Imbißläden, sponnen Seide, nähten Korsetts. Sie arbeiteten am Webstuhl, waren Schauspielerinnen. Frauen kamen zu Fuß aus Shropshire, um in den Gemüseanbaugebieten rund um London zu arbeiten. Sie pflückten Obst, jäteten Unkraut, sie schleppten Obst zum Covent Garden. Sie übernahmen die unangenehmsten Arbeiten: Kohlen schleppen, Abort reinigen, Lumpen sammeln. Sie verkauften Balladen und Schwefelhölzer. Sie boten Fisch-, Katzen- und Hundenahrung feil, eine besonders ekelhafte Beschäftigung. Für Frauen gab es keine zu harte oder zu schlecht bezahlte Arbeit.

Aus einem Bericht über das Leben von Obstpflückerinnen: »Die Frauen tragen Körbe auf dem Kopf, die 40 bis 50 Pfund wiegen, und gehen ihre Strecke zweimal täglich, dreizehn Meilen pro Tag. Ihre Nahrung ist derb und einfach. Sie trinken Tee und Dünnbier. Sie schlafen auf Stroh in Viehschuppen und Scheunen, und häufig platzt ihnen eine Arterie oder sie fallen wegen Hitze und Überanstrengung tot um.«

Kapitel 32

Als Mary noch klein war und in Laugharne lebte, saß sie oft in der Küche bei Annie. Während Annie mit Scheuersand die Töpfe schrubbte, las Mary ihre Bücher, die sie bei einem fahrenden Händler gekauft hatten. Sie las *Jack, der Riesenbezwinger* und *Die Geschichte vom Däumling* und *Tod und Begräbnis von Robin, dem Hahn.* Als sie älter war, las sie *Das Leben und die seltsamen Abenteuer des Robinson Crusoe, eines Seemanns aus York* und *Die Geschichte Englands in einer Reihe von Briefen eines Edelmanns an seinen Sohn* von Oliver Goldsmith.

Sie las *Zwei geh'n um die ganze Welt* und *Die Geschichte der kleinen Fanny*, die Geschichte eines ungehorsamen kleinen Mädchens, das, unnötig, es zu sagen, von zu Hause wegläuft und eine schmutzige Bettlerin wird. Eine großzügige Dame bringt Fanny zu ihren Eltern zurück, und sie erkennt ihren Irrweg. Ein anderes Buch der kleinen Mary war *Die Schule der Manieren oder Wie Kinder sich zu benehmen haben.* Kapitel I führte verschiedene, kurze Vorschriften auf:

1. Fürchte Gott.

2. Ehre den König.

3. Bezeige deinen Eltern Respekt.

4. Gehorche deinen Vorgesetzten.

Kapitel IV behandelte »Das Benehmen bei Tisch«.

1. Erscheine nicht ungewaschen oder ungekämmt bei Tisch.

2. Halte dein Messer nicht aufrecht in der Hand, sondern lege es rechts neben den Teller...

In ihren beiden Büchern über Kinder, *Anmerkungen zur Erziehung von Töchtern* und *Geschichten aus dem wahren Leben*, beschäftigte sich Mary in einem größeren Zusammenhang mit Moral und Manieren, Tugend und Aufrichtigkeit und bekundete ihre Wertschätzung der menschlichen Güte.

»Dünn gesät sind die Möglichkeiten, sich den Lebensunterhalt zu verdienen«, schrieb Mary in ihrem Buch über die Erziehung von Töchtern, »und sie sind ziemlich erniedrigend.« Sie fuhr mit einer Aufzählung fort: »Gesellschafterin, Schul- und Hauslehrerin und einige Gewerbe, die nach und nach von Männern übernommen werden.«

Mary rezensierte für die *Analytical Review* ein Buch mit dem Titel *Das Übel des Ehebruchs und der Prostitution; mit einer Untersuchung der Ursachen ihrer gegenwärtig alamierenden Zunahme und mit der Empfehlung einiger Maßnahmen, ihre weitere Ausbreitung aufzuhalten.*

Doch weder in ihrer Kindheit noch als sie erwachsen war gab es ein Buch, das Mary auf das Leben mit ihrem Vater oder mit Mrs. Dawson, auf die Reise nach Portugal oder Fannys Tod, auf Elizas Flucht oder ihre Einlieferung nach Bedlam vorbereitet hätte. Es schien zwischen dem geschriebenen Wort und den Ereignissen, mit denen sie konfrontiert wurde, keine Beziehung zu geben. Es gab keinen Führer, kein Handbuch, kein Vorbild, nichts, was ihr den Weg weisen und ihr Herz trösten konnte.

Bei Joseph sprach sie vier Tage lang nicht. Am fünften Tag – das morgendliche Sonnenlicht strömte durch ihr Fenster, und Mrs. Mason saß am Schreibtisch – sagte sie: »Ich bin nicht der Hühnermensch.«

»Natürlich nicht, Liebes.«

Dann begriff Mrs. Mason, was passiert war.

»Joseph, Joseph«, rief sie und rannte die Treppe hinunter, »Mary spricht!«

Mary hörte Getrappel und Geschlurfe, und Joseph erschien im Nachthemd auf ihrer Treppe.

Mary sagte: »Ich bin nicht der Hühnermensch.«

»Wer bist du denn?« fragte Joseph.

»Ich bin Mary Wollstonecraft vom St. Paul's Churchyard zwei-undsiebzig.«

»Und?«

»Ich bin Schriftstellerin.«

»Sehen Sie«, rief Mrs. Mason aus, tanzte und klatschte in die Hände. »Es geht ihr besser!«

Mary blinzelte. Eine Träne lief ihr über die Wange.

»Wir wollen es langsam angehen lassen«, sagte Joseph. »Es geht ihr *ein wenig* besser. Wir wollen nicht zu hastig sein.«

»Miss Mary, würden Sie gern einen Spaziergang machen?«

Mary schauderte.

»Ich glaube, es ist noch nicht soweit«, sagte Joseph. »Wir wollen sie zuerst nach unten bringen.«

»Ja.«

»Heute ist Montag. Wir können doch zusehen, daß sie bis Don-nerstagabend wieder quietschfidel ist.«

»Kein Donnertag-Essen«, protestierte Mary.

»Du kannst sicher sein, Mary, daß eine gewisse Person aus dem Verkehr gezogen und für uns tabu ist, ein gewisser Donnerstagsgast ist nicht mehr willkommen in unserer Mitte. Eindeutig eine persona non grata, eindeutig.«

»Für immer?«

»Selbstverständlich. Kannst du nur einen Moment lang annehmen, ich könnte ihm verzeihen, was er dir angetan hat? In aller Ewigkeit?«

»Joseph?« Eine Stimme mit starkem Akzent rief von unten. Dann erschien ein Kopf, ein Rumpf, Beine, Füße. Ein Fremder.

»Lars, das sind Mary und Mrs. Mason. Mary, Mrs. Mason, Lars ist aus Norwegen und bleibt für eine Weile.«

Strohblond, jungenhaft, große braune Augen, kurz und zottelig wie ein Pony und obendrein in Josephs Morgenrock. Mary sah wieder Bedlam vor sich – das Stroh, die Ketten an den Wänden, die umherwandernden Leute, den aufwirbelnden Staub, Nomaden des

Geistes. Akzeptiere es, sagte sie zu sich selbst. Akzeptiere Lars in Josephs Morgenrock. Du mußt, oder es ist aus mit dir. So ist er nun mal. Akzeptiere es, akzeptiere ihn.

»Ich möchte niemals wieder verrückt sein«, sagte sie verzweifelt.

»Das wirst du auch nicht.« Joseph streckte den Arm aus, um sie zu halten. Mrs. Mason kam auf Marys andere Seite.

»Ihr Engländer«, sagte Lars. »So gefühlvoll.«

Mary schauderte ein wenig.

»Das ist die Melancholie«, erklärte Mrs. Mason. »Alle Dichter bekommen sie. Wenn sie eine Feder zu lange in der Hand halten, gelangen Visionen in ihr Hirn. Dämpfe und dergleichen. Es liegt an der Tinte.«

»Ach, tatsächlich?« Lars war erstaunt.

»Du brauchtest nur etwas Ruhe, das ist meine Meinung«, sagte Joseph.

»Sie war verrückt? Dieses Mädchen?« Lars sah sie zweifelnd an.

»Sie war nicht richtig verrückt«, sagte Mrs. Mason. »Also haben Sie keine Angst. Sie war nur so viel verrückt.« Mrs. Mason hielt die Finger hoch und deutete einen Inch an.

»Ich möchte nie verrückt sein«, sagte Lars. »Auch nicht so viel.« Er hielt Daumen und Zeigefinger zusammengepreßt hoch.

»Paine ist gerade nach Paris gegangen«, sagte Joseph. »Christie und seine neue Frau sind auch in Paris.«

»Christie ist verheiratet?«

»Alle dürfen nach Frankreich, nur wir Köchinnen nicht«, Mrs. Mason hatte die Hände in die Hüften gestützt.

»Ach, wer will schon dahin. Die schießen einen über den Haufen, bumm, und schwups – ab ist der Kopf«, meinte Lars.

»Vielen Dank, Lars, für die anschauliche Beschreibung der Revolution.«

»Es stimmt aber, Joseph. Das kannst du mir glauben.«

»Ich möchte nach Frankreich«, sagte Mary.

»Erst nach unten«, befahl Joseph.

»Heute nach unten«, stellte Mary fest, »und morgen nach Frankreich.«

»Sie ist ein couragiertes kleines Ding«, sagte Lars.

Mary war so groß wie Lars und ein ganzes Stück älter, und sie wunderte sich, warum er in der Verkleinerungsform von ihr sprach.

»Ich bin so groß wie Sie«, sagte sie.

»Ach, ja?« antwortete Lars.

Kapitel 33

Im Dezember 1792 kam Mary nach Paris und wohnte in der Rue Meslée in einem Herrenhaus, das französischen Freunden von Christie gehörte. Gleich in der ersten Woche sah sie, als sie aus dem Fenster blickte, wie Ludwig XVI. in seiner Kutsche zum Hochverratsprozeß gebracht wurde. Er sah blaß und verhärmt aus – eigentlich ein ganz gewöhnliches Gesicht –, und obwohl Mary mit der Revolution sympathisierte, tat ihr der König leid.

den 28. Dezember 1792

Lieber Joseph,
der König soll leider hingerichtet werden. Ich habe die Befürchtung, daß England sich dem Krieg gegen Frankreich anschließen wird. Erinnerst Du Dich, wie begeistert wir bei den Donnertag-Essen die Entwicklung in Frankreich seit dem Sturm auf die Bastille 1789 und dem Zug der Frauen nach Versailles verfolgt haben. Und dann unsere ersten Zweifel, als wir von der Erfindung eines gewissen Joseph-Ignace Guillotin erfuhren?
Revolutionäre Grüße, Deine Mary

den 3. Januar 1793

Lieber Joseph,
ich lebe in einem riesigen Herrenhaus mit funkelnden weißen Wänden und zahllosen Fenstern, die von efeugrünen Fensterläden umrahmt sind. Die Straße liegt in der Nähe des Temple, wo die königliche Familie gefangengehalten wird. Es ist schwer, sich der Atmosphäre von drohendem Verhängnis zu entziehen, die hier herrscht. Die Nachbarn können einen wegen antirevolutionärer Handlungen beim Sicherheitsausschuß anzeigen. Jeder beobachtet jeden.

den 16. April 1793

Eliza, die Franzosen sind immer noch Gecken, sogar die blutrünstigen Revolutionäre. Da habe ich wohl leider ein altes englisches Vorurteil übernommen.

Ich spreche ihre Sprache nicht gut und fürchte täglich um mein Leben. Neulich sah ich auf dem Kopfsteinpflaster Blut, und mir blieb das Herz stehen. Eine Frau riet mir, nicht zu lange hinzuschauen, nicht zu deutlich meine Neugier zu zeigen. Die Guillotine, Du weißt schon.

den 17. Mai 1793

Als es für mich an der Zeit war, Everina, das Fest bei Christies zu verlassen, begegnete ich marodierenden Sansculotten, die mit Fackeln durch die Straßen liefen. Dennoch bin ich sicher, daß all dies ein Ende nehmen und die Revolution zu ihren ursprünglichen, zivilisierten Zielen zurückfinden wird.

Mein Haus – ich sage mein Haus – eigentlich ist es ihr Haus ... was ich sagen wollte, ist, die Leute, bei denen ich wohne, sind aufs Land gezogen, ich glaube, sie sind geflohen; denn obwohl es begüterte Leute sind, sympathisieren sie mit der Revolution, hatten aber möglicherweise Kontakte zum Adel. Daher bin ich jetzt allein in der Rue Meslée. In meinem Zimmer steht ein Damenschreibtisch mit Messingbeschlägen und Löwenbeinen. Mein Nachttisch ist aus Mahagoni mit Rosenholzintarsien, und die Frisierkommode hat Schubladengriffe, die von geschnitzten Putten gehalten werden.

den 18. Juni 1793

Liebe Eliza, ich muß sagen, ich habe sehr viel Sympathie für die Girondisten. Sie vertreten die Auffassung, daß die Familie in ihrem gegenwärtigen Zustand, mit dem Vater als Oberhaupt, der Monarchie mit dem König als Oberhaupt gleicht, und sie möchten, daß das geändert wird. Sie meinen, daß Frauen in der Familie die gleichen Rechte haben sollten wie Männer und daß wir auch die gleichen Eigentumsrechte haben sollten. Doch jetzt liegt Frankreich mit der Welt im Krieg, nicht nur mit sich selbst. Österreich, Preußen, Belgien, England, alle kämpfen gegen Frankreich. Ausländer werden verhaftet. Wer weiß, was noch alles

340

geschehen wird. *Die Leute sagen, ich solle abreisen. Meine Geschichte der Revolution, die geplanten Frauenbildungsprogramme, verschieben Sie das alles, sagen die Leute. Das Chaos regiert. Sie sagen, benutzen Sie Ihren Kopf, oder Sie werden bald keinen mehr haben. Manche behaupten, die Revolution sei verraten worden, habe sich verselbständigt, sei zu weit gegangen.*

Doch zur gleichen Zeit entstehen überall in Paris revolutionäre Frauenklubs. Immerhin waren es die Frauen, die die königliche Familie aus Versailles geholt haben. Und, so einsam ich hier bin, irgendwie hat mich die allgemeine Erregung erfaßt. Es ist Geschichte, meine Liebe, was wir hier erleben. Die Leute hier und überall wollen selbst über ihr Leben bestimmen. Ich kann das verstehen. Es liegt in der Natur der Menschen, wenn ich so kühn sein darf, über unsere Natur Vermutungen anzustellen. In der Natur jener Männer und Frauen, die es zugeben, die stark genug sind, darauf zu beharren.

Obwohl ich sie nicht mag, bin ich traurig, daß man vorhat, auch die Königin hinzurichten. Die Königin soll unter das Fallbeil. Ist das ein Schritt zugunsten der Freiheit der Frau? Ich klinge selbst ziemlich verwirrt. Kommen? Gehen? Bleiben? Abreisen? Ich würde mich selbst niemals zu den Konterrevolutionären zählen, doch ich zittere bei dem Gedanken, dieser Brief könnte in falsche Hände geraten.

den 3. Oktober 1793

Lieber Joseph, ich gehe ein Risiko ein, wenn ich Dir diesen Brief an die Adresse nach England schicke. Es soll Krieg geben zwischen den beiden Ländern, n'est-ce pas? Sie haben Madame Guillotine als permanente Einrichtung etabliert. Erinnerst Du Dich noch an die Hinrichtung, zu der wir gegangen sind? Hier ist jeden Tag Hinrichtungstag. Die Köpfe fallen in einen kleinen Korb, und sie halten ihn mit ausgestreckten Armen hoch. Die Menge johlt. Mütter stricken Strümpfe für ihre Söhne, gleich unter der Guillotine. Ich muß an Sir Gawain und den Grünen Ritter denken. Erinnerst Du Dich? Der Grüne Ritter trug seinen eigenen Kopf fort. Man würde sich so etwas wünschen, stimmt's? Alles müßte erneuert und von neuem versucht werden. Die Welt ist grün, wie neugeboren. Oder wie in der Bettleroper, *wo die Begnadigung des Königs in letzter Minute eintrifft.*

Knapp, aber gerade noch rechtzeitig. Jetzt gibt es natürlich keinen König, wer also soll die Begnadigung aussprechen. Der Tod ist allgegenwärtig. So viele Köpfe jeden Tag.

Die Kirchen sollen abgeschafft werden. Nicht, daß ich religiös wäre. Aber es ist doch sehr schade. Es gibt keine Entschuldigung, keine Ausnahme. Es gibt nur noch die Hinrichtung.

Kapitel 34

Nur ein paar Häuserblocks von der Stelle entfernt, wo Menschen unter dem Fallbeil starben, war im Hause der Christies um acht Uhr abends Teestunde, im französischen Stil. In einer Ecke des Salons spielte ein Streichquartett Boccherini. Die Musiker trugen schäbige gepuderte Perücken und goldene Satinwesten. Tee und alle anderen Getränke, die man sich nur vorstellen konnte, wurden auf Silbertabletts serviert. Der Raum war verschwenderisch ausgestattet mit Brokatstoffen, Rosenholzmöbeln und Teppichen aus malven- und lachsfarbener, weißer und beiger Wolle.

Christie hatte ein reiches, übermütiges Mädchen geheiratet, das eine lange Haarmähne trug so wie er selbst und das er Jelly nannte, eine Kurzform für Rebecca. Sie liebten es, große Gesellschaften zu geben, und beherrschten die vornehme Lebensart des Ancien Régime mit den erlesenen Tafelfreuden, dem üppigen Blumenschmuck, der livrierten Dienerschar. Christies sahen keine Diskrepanz zwischen dem, was auf den Straßen passierte, und ihrer Art zu leben und führten diesen gastfreundlichen Haushalt mit revolutionärer Inbrunst. Christie selbst, so bemerkte Mary, hielt sich aufrecht, lümmelte nicht mehr auf dem Fußboden herum und benahm sich zur Abwechslung wie ein Erwachsener. Seine Frau war eine vollendete Gastgeberin, die sich mit Charme und Anmut zwischen ihren Gästen bewegte.

»Mary«, sagte Jelly, »ich möchte Ihnen Gilbert Imlay vorstellen.«

Mary sah sich den Mann an. Daß er Amerikaner war, sprang sofort ins Auge, denn er war groß wie ein Riese, braun wie ein

Neger und hatte pechschwarzes Haar. Noch etwas schwärzer, dachte Mary, und es wäre Nacht und er müßte eine Schlafmütze aufsetzen. Es war keine Spur Puder an ihm. Puder war natürlich auch in Frankreich aus der Mode, und eine richtige Perücke aufzutreiben war nicht möglich, weder für Geld noch für gute Worte. Besser, keine Perücke tragen, wenn einem etwas an seinem Kopf lag. Er roch nach Kernseife, und die Kleidung dieses Amerikaners war aus Leder, als sei die Haut des Tieres seine eigene und er selbst nackt.

»Er ist mit Daniel Boone befreundet«, flüsterte Jelly, als sie wieder herangeschwirrt kam und Mary vor sich her schob. »Land. Amerika. Geld, meine Liebe.«

»Ach, ja?« antwortete Mary. Sie verstand nicht ganz, was Jelly meinte. Der Staat Kentucky erschien ihr wie Henry Fuselis Baum mit den ausgestopften Tieren. Die Tierwelt, Flinten, Mützen aus Waschbärfell und Wälder zogen sie einfach nicht an.

Doch dieser Amerikaner streckte die Hand aus, um ihre kräftig zu schütteln, und blickte ihr direkt in die Augen. Kein Handkuß, kein Diener, kein Kratzfuß. »Es ist mir eine Ehre, eine Schriftstellerin, eine Kollegin, kennenzulernen«, sagte er mit sonorer Stimme.

Mary amüsierte sich immer über all die Leute, die sich als Schriftsteller bezeichneten. Viele von ihnen hatten kaum eine Zeile zustande gebracht. Selbst bei ihrem fünften Buch, das die Revolution in Frankreich schildern sollte, hielt sie sich nicht wirklich für eine ›Schriftstellerin‹.

»Ehrlich gesagt, ich maße mir nicht an, mich als echten Schriftsteller zu bezeichnen«, räumte er ein. »Das einzige, auf das ich verweisen kann, ist eine eher technische und ziemlich langweilige Dokumentation: *Eine topographische Beschreibung des westlichen Territoriums von Nordamerika.*«

»Nun, Mr. Imlay, Sie sollten nicht unterschätzen, wieviel Arbeit in einem Buch steckt, selbst in einem schlechten oder langweiligen. Sie sind zu bescheiden, ganz zweifellos.«

Er lächtelte sie an und schlug gegen seine Tasse, wie um einen Trinkspruch auszubringen. »*Touché*, Miss Wollstonecraft.«

»Nicht der Rede wert, Mr. Imlay.«

»Tja, soweit ich verstanden habe, gehen Sie mit uns Männern hart ins Gericht in ihrer *Verteidigung der Rechte der Frau*, irgend etwas darüber, daß Frauen begabt genug sind, alles mögliche zu tun, wie Männer zu leben . . . diese neuen Sitten sind mir . . . Was Sie meinen ist, daß wir wie vernünftige menschliche Wesen leben sollten. Das ist doch, was Sie meinen, oder? Da sind wir uns einig. So ist es. Ich hoffe allerdings, diese Gleichheit, von der Sie sprechen, endet am Hals. Die Anatomie ist jedoch nicht mein Spezialgebiet. Sind Sie vernünftig, Miss Mary? Unter allen Umständen? Ich nicht. Doch das tut nichts zur Sache, oder? Wunderschöne Augen haben Sie.«

»Welche Farbe haben meine Augen denn, Mr. Imlay?«

»Sie sind haselnußbraun wie meine, ändern sich aber, wenn das Licht wechselt, Miss Wollstonecraft. Sie haben schöne Augen, und Ihr Haar ist braun.«

»Ihr Haar ist schwarz. Es ähnelt sehr dem Haar einer Freundin von mir.«

»Ich würde Ihre Freundin gern kennenlernen.«

»Meine Freundin ist tot.«

»Das tut mir leid. Ich habe ebenfalls Freunde verloren. In der Schlacht. Und großartige Zähne. Sie haben Zähne wie eine Amerikanerin, Miss Wollstonecraft. Sind es noch Ihre eigenen? . . . Nun, also, die Engländer haben doch sonst so schlechte Zähne.«

»Ich bin kein Pferd, Mr. Imlay, dessen Zähne vor dem Kauf begutachtet werden müssen.«

»Natürlich nicht. Aber das Pferd ist ein edles Geschöpf. Hat nicht Jonathan Swift selbst darauf hingewiesen: Edler als der Mensch. In Amerika, ach ja . . . Amerika.«

Er blickte sie wissend an, und ihr schauderte. Sie wollte sagen, daß sie erst vor ein paar Monaten aus Bedlam entlassen worden war und daß sie gerade erst gelernt hatte, wieder zu sprechen, zusammenhängend zu denken, sich in Gesellschaft ordentlich zu benehmen, gerade erst gelernt hatte, Fuseli nicht zu lieben, und daß sie kaum die Feder aufs Papier zu setzen vermochte. Sie fühlte sich so schwach und hinfällig, als könnte der leichteste Stoß sie umwerfen. Ihre Augen brannten. Sie liebte Fuseli nicht mehr, aber dort, wo sie diese Liebe gespürt hatte, an den Fingerspitzen, in der Brust, in ihrem Mund, fühlte sie sich leer und wund. Sie war in ernsthafter Mission nach Frankreich gekommen, um an dem Entwurf einer Erziehungsreform mitzuwirken und um für Joseph über die Revolution zu schreiben.

In Frankreich fühlte sie sich ohnehin wie ein Flüchtling. Sie wollte lediglich auf die Beine kommen, wieder heil und ganz werden und niemals, niemals wieder – wie Bunyan sagen würde – ihr Leben im Sumpf der Niedergeschlagenheit vergeuden. Dies bedeutete ganz besonders, daß sie niemanden kennenlernen wollte, am allerwenigsten einen amerikanischen Emporkömmling. Sie hatte in Paris schon einige von seiner Sorte erlebt, und alle betraten Räume, Salons, Geschäfte, als wären sie die Besitzer. Und sie hatten das Geld, die Besitzer zu werden. Gott weiß, wie sie es anstellten, in dieser Viehweide von einem Land so reich zu werden.

Er legte die Hand nachdenklich ans Kinn und trat einen Schritt näher. »Wie kommt es, daß Sie so radikal geworden sind, Miss Wollstonecraft?«

Sie zog die Brauen zusammen. »Ich habe gelitten.«

»Als Frau?«

»Als Mensch, als Person ohne Geld, als verachteter Teil der Menschheit, als eine Frau, die weniger wert war als ... und ich habe Bücher gelesen über das Leiden, und ich habe es überall um mich herum studiert und mit Leuten gesprochen und Bücher über die Natur des Menschen gelesen und darüber, was uns als menschlichen Wesen möglich ist. In Amerika sprechen Sie doch vom Streben nach Glück, stimmt's, und das nicht nur für die Reichen. Es scheint ...«

»Ich verstehe.«

»Verstehen Sie wirklich?«

»Ich versuche zu verstehen.«

»Ich bezweifle, daß Sie in Ihrem Leben schon sehr gelitten haben.«

»Wie kommen Sie darauf?«

»Sie sind Amerikaner. Sie sind ein Mann. Sie sind groß. Sie sind schön. Also, was wissen Sie schon davon?«

Seine Lederkleidung, die weichen schwedischen Kniehosen, die Wildlederweste, das Baumwollhemd, die beigen Baumwollstrümpfe, die nachlässig zugeschnallten Schuhe waren nicht ohne Eleganz, noch wirkte er naiv. Er hatte das kultivierte Auftreten eines Europäers, der in der Stadt geboren und aufgewachsen ist. Doch schien er darauf bedacht, sich als bäuerlich schlichtes Gemüt zu geben. Sein langes, lockiges Haar war hinten mit einem einfachen Lederriemen zusammengebunden. Er hatte ein jungenhaftes Gesicht. Er war wirklich sehr attraktiv, der attraktivste Mann, den sie je gesehen hatte.

»Es tut mir leid, daß ich das eben gesagt habe«, sagte sie und blinzelte heftig. »Wirklich, ich weiß ja gar nichts von Ihnen. Wahrscheinlich haben Sie ebensoviel gelitten wie wir alle.« Sie war verlegen. In seiner Gegenwart begann sie, sich ihrer selbst bewußt zu werden.

Er begleitete sie in die Rue Meslée, weil es spät war und Sansculotten die Gegend unsicher machten. Er folgte ihr wie selbstverständlich ins Haus. Und dann schlenderte er vor ihr her durch das Herrenhaus, hob hie und da etwas auf, befühlte Tische, strich über Stühle, streichelte Bücher.

»Schön ist es hier«, sagte er. »Ich mag dieses Haus, wer spielt denn hier Cembalo, mögen Sie Händel, wer mag ihn nicht? Spielen Sie Schach, nicht viele Frauen tun es, Sie sind also eine berühmte Autorin? Ich habe gehört, in Ihrem Buch behaupten Sie, daß brutale Gewalt die Welt beherrscht. Habe ich recht? Na, und was schlagen Sie vor? Sind Sie nicht selbst ein bißchen zänkisch? Verstecken Sie sich nicht! Ich habe Ihre scharfen Zähne gesehen. Sie meinen, Frauen sollten für ihr eigenes Glück verantwortlich sein? Sind Sie glücklich? Ich habe gehört, Sie waren in Fuseli verliebt. Sind seine Bilder nicht pornographisch, besonders dieses eine von ihm – *Der Nachtmahr*? Meine Güte, haben Sie so etwas schon einmal geträumt, ein Dämon als Liebhaber, der Ihnen rittlings auf den Knien sitzt, und ein wildes, weißäugiges Pferd, das durch die Vorhänge starrt, ein ziemlich überfülltes Schlafzimmer, meinen Sie nicht auch? Ach ja, die Engländer, ziemlich blasse Knaben. Ich habe gehört, Fuseli hat eine Schwäche für blasse Knaben. Ist Joseph Johnson sein Verleger? Er ist auch Ihr Verleger, stimmt's? Die Welt ist klein. Sehr klein. Sind Sie deshalb in Frankreich, um über alles hinwegzukommen? Seien Sie ein gutes Mädchen, und bringen Sie mir ein Glas Wein. Ich würde Sie so gerne einmal mit in die Weinberge nehmen, einen Tag in der Sonne verbringen, mir fehlt die Sonne. Wir Amerikaner lieben die Sonne. Was meinen Sie dazu?«

Sie lief in großer Eile hinunter in die Speisekammer und in den Weinkeller, mein Gott, lehnte sich gegen die kühlen Wände, die mit Fliegenleim bestrichen waren. Er war vollkommen außer Rand und Band. Sie hörte ihn oben auf- und abgehen. Schnell zog sie eine Flasche aus ihrem Fach an der Wand. Die Flasche fühlte sich schlüpfrig an. Sie betrachtete ihre Hände: Schweißnaß.

»Mary, Mary«, rief er. »Berühmte Autorin, kommen Sie heraus, kommen Sie heraus, wo Sie auch sind.«

»Gleich, Gilbert.« Oder sollte Sie Mr. Imlay sagen? Oder Gil? Mary wunderte sich: Berühmte Autorin? Bin ich berühmt? Ist er deshalb jetzt hier bei mir? Ihr war schwindlig. Berühmte Autorin? So berühmt bin ich gar nicht. Und weshalb das Zittern?

»Mary.«

»Ja.« Sie warf schnell einen prüfenden Blick in den Spiegel im Flur. Ja, sie war Mary. Aber nicht die Mary, die sie kannte, die Mary, die in der Mansarde von Joseph Johnsons Haus lebte.

»Hier in Europa fühle ich mich immer so beengt«, sagte er und schlug die Beine nicht übereinander, wie Engländer und Franzosen es tun – dafür waren seine Schenkel zu kräftig und muskulös –, sondern er ließ die Beine gespreizt. »In Amerika«, sagte er, »gibt es Raum. Hier ist alles so eng, so klein. In Amerika kann man sich nicht nur frei bewegen, man kann sich auch entfalten. Man kann alles mögliche tun.« Und dann schaute er zu Boden. »Man kann auch erbärmlich scheitern.«

»Ich würde gerne nach Amerika gehen«, sagte Mary und trank von ihrem Wein.

»Tatsächlich?« Er grinste sie breit an. »Vielleicht tun Sie es ja«, sagte er. »Bald.«

Sie blickte rasch auf. Es wurde dunkel. Sie mußte Kerzen anzünden, die Fensterläden schließen. Doch im Dämmerlicht schimmerten die Blattgoldornamente der getäfelten Wände wie in mattem Feuerschein, die Rokokovitrinen mit den Intarsien knackten und knarrten, die Marmoruhr schlug, und der Sekretär aus Rosenholz, Palisander und geschnitzter Buche ächzte.

Ich bin in einem Wald voller Bäume, dachte Mary, und sie knarren und ächzen alle in ihrer eigenen Sprache.

»Nur keine Angst«, sagte Gilbert, lehnte sich ein wenig vor und hielt sein Glas unter ihr Kinn. »Haben Sie schon einmal jemandem mit einer Butterblume über das Kinn gestrichen, um zu sehen, ob er Butter mag?«

»Mögen Sie Butter?« fragte sie.

»Ich liebe Butter«, antwortete er.

»Manchmal vertrage ich Butter nicht.«

Er stand auf, begann wieder herumzulaufen. »Ich bin eine rastlose Natur. Können Sie Noten lesen?« Er nahm ein Notenblatt vom Cembalo. Es war die Arie, in der Don Giovanni Elvira durch Liebesbeteuerungen zu täuschen sucht. Er pfiff die ersten Takte. »Nun gut.« Er leerte sein Glas mit einem Zug. »Also, ich muß mich auf den Weg machen.« Er streckte die Hand wieder zu einem herzlichen Händedruck aus.

Als er gegangen war, fiel Mary zitternd vor Erschöpfung auf ihr Bett. Der Mann hatte die ganze Luft im Haus verbraucht. Sie mußte das Fenster aufreißen; sie saß eine gute Stunde und blickte hinaus auf die Straße, um sich zu beruhigen. Dann begann sie langsam und ruhig, sich auf's Schlafengehen vorzubereiten, hängte ihr Kleid auf, stopfte Papier in die Schuhe, löste ihre Hochsteckfrisur und bürstete sich das Haar. Im Spiegel sah sie eine nicht mehr so junge Frau mit vollen Wangen und gerötetem Gesicht. Mein Haar wird ein wenig dünner, dachte sie, doch ihre Brüste waren noch prall und fest. Das Geschnatter von diesem Amerikaner, sagte sie zu sich selbst, macht mich närrisch. Er ist zu sprunghaft, zu forsch, zu überheblich, zu groß, zu gutaussehend, zu intelligent, zu, zu, zu.

In dieser Nacht träumte sie, sie wäre in St. Paul's Cathedral in der Flüstergalerie, von der aus das leiseste Flüstern als lautes Echo durch die Kirche hallt. Alle Kirchenbänke, die ganze Einrichtung war verschwunden. Die Tore standen sperrangelweit offen, und ein zugiger Wind peitschte wie Eiswasser durch das Kirchenschiff. Wo sind denn die Leute, wieso ist alles so kahl, dachte sie und zog ihren Umhang fester um sich. Können Sie Noten lesen, fragte eine Stimme hinter dem Altar, doch es klang wie: Können Sie das Zeichen an der Wand lesen. Sie blickte hinauf, und es stand nichts an der Wand, überhaupt nichts.

Kapitel 35

〜〜〜〜〜〜〜〜〜〜〜

Thomas Paine wohnte in White's Hotel in Paris, und die Abendessen, die er dort für seine Landsleute gab, glichen den Donnerstagabenden bei Joseph viel mehr als die Teegesellschaften der Christies. Die Veranstaltung war laut und politisch. An Portwein wurde nicht gespart. Nicht nur Mary, auch Gilbert Imlay konnte man dort antreffen. Die Küche war herzhaft. Im White's Hotel hatte Paine im Dezember 1792 einer Gruppe von Gästen angedeutet, daß der König so gut wie tot sei.

»Der Prozeß dient lediglich der formellen Anklage. Angeklagt zu sein, heißt schuldig zu sein.«

Paine kannte Danton, möglicherweise hatte er von ihm etwas über das Schicksal des Königs erfahren. In England war Paine wegen seiner republikanischen Gefühle geächtet, und man hatte seine Puppe verbrannt, doch in Paris plädierte er noch immer gegen die Hinrichtung des Königs.

Auch Mary war der Ansicht, daß das Leben des Königs geschont werden sollte. Der König war als König geboren worden. Konnte er etwas dafür? Ja, antworteten Paines Gäste. Ihnen schien der Heilige Franziskus vorzuschweben, der auf ein Leben als reicher Sohn verzichtete und nackt in die Welt ging. Könige sind keine Heiligen, antwortete sie. »Warum nicht?« schrien sie und schlugen auf den Tisch. »Wir wollen Gerechtigkeit.«

Als Mary im Juni 1793 Imlay kurz nach ihrer ersten Begegnung bei einem von Paines Abendessen wiedersah, zwinkerte er ihr zu. War das, fragte sie sich, eine amerikanische Sitte? Was wollte er?

Sowohl Mary als auch Paine sympathisierten mit den Girondi-

351

sten. Sie waren weniger radikal als die von Robespierre angeführten Jakobiner, die Machiavellis These befürworteten, daß der Zweck die Mittel heilige. Mary war gebeten worden, für den Rechtsausschuß der Girondisten Vorschläge auszuarbeiten. Dieser Ausschuß strebte danach, die Macht der patriarchalisch geprägten Familie zu brechen und den Frauen größere Unabhängigkeit zu geben. Mary kannte Imlays Standpunkt in diesen Fragen nicht. Sie hätte ihn gerne als einen idealistischen Amerikaner gesehen, einen Amerikaner mit kühnen, revolutionären Ideen.

Sie hatte jedoch den starken Verdacht, daß er sich während der Revolution in Paris aufhielt, um Geld zu verdienen.

»Und wissen Sie«, sagte Imlay nach dem Essen bei Paine in dieser Juninacht 1793, als sie wieder in Marys ›riesigem Hotel‹ waren, »daß Diderot, der Philosoph, die traditionellen christlichen Vorstellungen von Familie, Familienleben und so weiter angreift? Er stellt Keuschheit und Ehe in Frage. Der Akt, wissen Sie ...«

»Ja, Gilbert.«

»Natürlich und befriedigend.«

»Und die Kinder, Gilbert, die aus solchen Verbindungen geboren werden, wie soll für sie gesorgt werden?«

»In der Gemeinschaft.«

»Ich verstehe.«

»Warum sagen sie ›Ich verstehe‹ mit so einem Unterton, Mary? In Ihrem Werk bezeichnen Sie die Ehe als legalisierte Prostitution. Wie sollte denn Ihrer Ansicht nach für Kinder gesorgt werden?«

Sie sagte ›Ich verstehe‹ in der Art, wie er es sagte. Sie begann sogar, sich das Haar glattzustreichen, so wie er es tat. Sie tranken Wein und aßen Kekse. Imlay hatte sich auf die Chaiselongue geworfen. Mary hatte Kopfweh. Sie fragte sich, ob es bei Rousseau oder Voltaire oder bei einem anderen der *philosophes* einen Anhaltspunkt dafür gab, daß zur Verwirklichung einer Idee Gewalt notfalls in Kauf zu nehmen sei. Und wenn nicht, wurden ihre Ideen von Freiheit, Gleichheit, Brüderlichkeit durch die gegenwärtigen Ereignisse nicht entweiht, ja pervertiert? Und war es Verrat an der

Sache, an der ursprünglichen Sache, daß sie die Meinung vertrat, das Leben des Königs müsse geschont werden?

»Wirklich, Mary, wir leben in der aufregendsten Stadt der Welt, und obendrein in ihrer aufregendsten Epoche. Sind Sie nicht entzückt?«

Mary lächelte. »Ein bißchen.«

»Ein bißchen?« Er sprang auf, stützte die Hände auf die Knie.

In seiner Begeisterung ist er wie ein Junge, dachte sie. Er erinnerte sie an Richard.

»Ein bißchen?« wiederholte er, lief auf und ab und warf die Arme in die Luft. »Ein bißchen? Nur ein bißchen?«

Sie hatte vergessen, worauf sich sein ›ein bißchen‹ bezog. »Also gut: Sehr!«

»Ach ja, natürlich, das habe ich mir gedacht. Ich weiß, Sie spielen gern die nüchterne junge Miss, die gelassene und beherrschte und ach so englische, stimmt's? Doch, Madam, ich vermute, daß Ihr Kopf in Flammen steht wie eine ganze Stadt. Wie die Feuersbrunst in London zur Zeit Pepys. Und wodurch wurde sie entfacht? Durch ein kleines Feuer in einer Bäckerei.«

Sie lachte.

Es war schwer, ihm zu widerstehen. Und sie gab sich wohl auch nicht besonders viel Mühe; denn als sie sich wieder einmal für ein Essen bei Paine ankleidete, bemerkte sie, daß sie dabei Imlay im Kopf hatte. Das Kleid, das sie an diesem Abend trug, war aus einfachem weißen Musselin, mit hoher Taille im französischen Stil und einem Band unter dem Busen und einem, das um den Hals geschlungen war. Zwei rote Bänder. Ein blauer Saum – und schon war sie ganz französische Patriotin, oder amerikanische. Wenn sie ihn sah, wurden ihre Wangen rosig, als käme sie gerade mit schnellem, energischem Schritt von einem Spaziergang.

»Sie sehen heute abend wunderschön aus«, sagte er, als sie wieder in der Rue Meslée waren. Sie hatten sich angewöhnt, nach den Essen dort noch ein wenig zu plaudern. »Aber ich hätte gern, daß Sie etwas anderes tragen.«

Als er in seine Tasche griff, wurde Mary warm ums Herz. Ein Geschenk. Außer von Joseph hatte sie noch nie etwas geschenkt bekommen. Ein Freudenschauer durchlief sie – er hatte ihr ein kleines Geschenk besorgt. Sie kannte ihn erst seit kurzer Zeit. Doch er war impulsiv und konnte Interesse und Zuneigung spontan zeigen.

»Hier«, sagte er und zog einen schwarzen Seidenstrumpf aus der Tasche.

Nervös und unsicher sagte sie: »Ein Strumpf, nur einer, wie soll ich den tragen?«

»Über Ihren Augen, meine Liebe.«

Blitzschnell war er bei ihr und band ihn ihr um die Augen, so daß sie nichts mehr sehen konnte.

»Tun Sie so, als wären Sie blind«, sagte er. Nun wurde sie mit verbundenen Augen ins Schlafzimmer geführt, wo er sorgfältig die roten Bänder löste und ihr Mieder und Korsett auszog, so daß er ihren Oberkörper ganz sehen konnte, und dann öffnete er die Bänder ihrer Röcke.

»Gil, ich habe seit Wochen nicht gebadet.« Sie wußte, daß die Amerikaner in bezug auf das Baden Fanatiker waren.

»Das macht nichts, Mary. Entspannen Sie sich nur.« Und er zog ihr die Schuhe aus und schob ihre Strümpfe herunter. Schnell war sie nackt und machte sich Sorgen um ihre langen Schenkel und ihren rundlichen Bauch. Ihre Augenbinde war durchnäßt, doch er konnte nicht erkennen, daß sie weinte. Eine Weile lag sie da und vermutete, daß er sie genau betrachtete, während er mit einem Finger an ihren Seiten entlangstrich; dann drehte er sie um und rieb eine ganze Zeitlang ihren Hintern, als müsse sie nach einem langen Ausritt entspannen. Dann zog er sie ganz sacht wieder an, half ihr die Röcke überzustreifen. Das Korsett band er nicht so stramm, wie sie selbst es tat, doch war sie kaum in der Verfassung zu verlangen, enger eingeschnürt zu werden, denn sie hatte das Gefühl, davonzuschweben oder einzunicken, eine beruhigende und etwas prickelnde Empfindung. Sie wagte nicht zu denken: Ich bin nackt, ich bin traurig. Ich bin nackt. Ich bin enttäuscht. Ich bin nackt, und ich bin gedemütigt. Ich bin nackt, und es ist wieder ein Mann bei mir; diese Dinge sind gefährlich, es ist jetzt nicht die Zeit dafür, ich bin nackt, und ich bin noch nicht bereit dafür, und wie erniedrigt ich mich fühle. Ich bin müde, alt, ich hasse ihn, ich sollte ihm Einhalt gebieten, es erklären. Mein Körper ist so unansehnlich, ich bin nackt und habe seit zwei Wochen nicht gebadet, nur Hände und Gesicht gewaschen, benimmt sich so eine intelligente Frau, wie komme ich weg von hier, ich bin nackt, und ich bin häßlich, und er ist der attraktivste Mann, den ich je gesehen habe.

»Mary«, sagte er und nahm den Strumpf von ihren Augen.

»Ja.« Sie setzte sich auf, blinzelte.

»Danke.« Er saß neben ihr auf dem Bett.

»Wofür?«

»Daß ich dich ansehen konnte.«

»Ach das.« Sie tat, als bedeutete es nichts.

»Die Leute verlieren hier ihre Köpfe. Ich möchte nicht, daß du deinen verlierst.«

»Natürlich nicht, natürlich nicht.«

»Gut.«

Habe Imlay wiedergesehen, Joseph, er warnte mich, meinen Kopf nicht zu verlieren. Ja, diese Zeiten können einem leicht zu Kopf steigen. Doch er meinte mein Herz, nicht meinen Kopf. Die Guillotine steht nicht weit von hier. Ich bin daran vorbeigegangen, habe die Blutflecken auf dem Kopfsteinpflaster gesehen und das schimmernde Beil. Es ist ein Monument des Terrors. Wir leben hier mit dem Terror. Er ist etwas Alltägliches geworden. Die Leute müssen um Brot anstehen, und jederzeit kann man wegen seiner Papiere angehalten werden. Wir müssen uns an jeder Straßenbiegung ausweisen. Doch bitte mich nicht, zurückzukommen. Jetzt möchte ich mehr denn je bleiben. Dir alles Liebe, mein Schatz. Bürgerin Mary.

Liebe Mary, bei Deinem letzten Brief höre ich so einen traurigen Ton heraus. Bitte sag mir nicht, daß Du Dich wieder verliebt hast. Mußt Du immer verliebt sein? Und in einen Amerikaner? Paine machte solche Andeutungen. Christie hat ihn auch erwähnt. Meine Liebe, ich habe meine Quellen. Denk dran, Amerikaner sind unkultiviert und verantwortungslos. Die reinsten Kinder, wie ich gehört habe, besonders die Männer, die Indianer und Soldat spielen, doch in Wirklichkeit bringen sie Menschen um. Ihre Verfassung gibt ihnen das Recht, Waffen zu tragen. Und dann die Sklaverei; weißt Du nicht, daß trotz ihrer ganzen revolutionären Rhetorik Afrikaner dort schlimmer behandelt werden als der armseligste Kohlenträger?

Mein Vorschlag an Dich ist, die Entwicklung zu beobachten, Dir Notizen zu machen und so bald wie möglich abzureisen. Es wird ein Blutbad geben, und als englische Staatsangehörige bist Du in großer Gefahr. Du kannst das Buch in England schreiben, denn trotz all der Übergriffe auf die persönliche Freiheit mußt Du hier wenigstens nicht befürchten, Deinen Kopf zu verlieren. Und Du hast einen schönen Kopf. Ich liebe Dich. Gott schütze Dich.

Joseph

Kapitel 36

»Gilbert Imlay ist nichts als ein billiger Abenteurer aus New Jersey, obwohl er sich selbst als Grenzsiedler bezeichnet«, erzählte Joseph William Godwin, einem der wenigen Gäste der Donnerstags-Essen, die in London geblieben waren.

Johnson war von dem schwerfälligen Godwin nicht übermäßig angetan, doch was blieb ihm übrig? Niemand war da. Christie hatte aus Paris geschrieben, daß Mary anscheinend von einem gewissen Amerikaner mit zweifelhaftem Ruf recht eingenommen sei.

»Er scheint ein Betrüger zu sein«, fuhr Joseph besorgt fort.

»Sind wir das nicht alle?« fragte Mrs. Mason, als sie ihre neueste Kreation vor die beiden hinstellte, eine schaumige Köstlichkeit aus in Sherry getränktem Biskuit, Vanillecreme und Himbeergelee mit einem Hauch Zimt.

»In größerem oder kleinerem Umfang, vielleicht.« Godwin war in seinen Kommentaren klug und vorsichtig. Er hatte kürzlich seine *Untersuchung über politische Gerechtigkeit* herausgebracht.

»Man wird sehen, man wird sehen. Imlay ist übrigens in Europa als ›Hauptmann‹ bekannt, obwohl er in Washingtons Truppe beim amerikanischen Unabhängigkeitskrieg nur als Leutnant gedient hat, und das nur sehr kurze Zeit.«

»Ein Sommersoldat«, sagte Godwin, Paine zitierend.

»Im Grunde«, sagte Joseph und bot Godwin von seinem ausgezeichneten Tabak an, »im Grunde ist Imlay ein Justizflüchtling und Hochstapler. Bei den Gerichten von Kentucky sind Verfahren wegen Hausfriedensbruch, Zahlungsunfähigkeit und Betrug gegen ihn anhängig. Er hat unter Berufung auf eine angebliche Beziehung zu Daniel Boone Land verkauft, das ihm nicht gehörte. Er kam nach Paris, um dem Sicherheitsausschuß den Plan zu unterbreiten, die Grenzsiedler unter französischer Führung zu bewaffnen, um gegen die spanische Präsenz im Mississippi-Tal zu kämpfen. Die Vereinigten Staaten würden sich dadurch auf einen Krieg mit den europäischen Mächten einlassen. Bei einer Investition von 750 000 Pfund wäre seiner Auffassung nach der Erfolg garantiert.«

»Mein Gott, von ihm stammt dieser Plan? Ich dachte, es war Brissots Idee.« Im Gegensatz zu Johnson hatte Godwin für gefährliche Unternehmungen nicht viel übrig. Der Tisch, an dem nur sie beide saßen, erinnerte ihn an einen Sarg.

»Nicht nur Imlay, sondern auch Mary hat Kontakte zu Brissot, wegen ihrer Mitwirkung an der Erziehungsreform. Wissen Sie, Brissot ist Mitglied im Sicherheits- und im Auswärtigen Ausschuß. Doch was, wenn er in Ungnade fällt? Das politische Klima ist so unbeständig. Sehen Sie, Brissots Louisiana/Mississippi-Plan würde Frankreich nicht nur ein Standbein auf dem amerikanischen Kontinent verschaffen und eine Menge wertvolles Land dazu, sondern er würde auch einige der Kampfhandlungen von Frankreich ablenken. Sie wissen ja, die Österreicher, die Preußen, die Belgier und zweifellos bald auch wir.«

»Und Mary?« Godwin kannte Mary nicht gut. Bei den Donnerstags-Essen hatten sie gelegentlich einander gegenübergesessen, jedoch selten miteinander gesprochen.

Kapitel 37

Als Gilbert und Mary sich im Weinberg liebten, war das Gras glatt und weich wie Seide, und der schwere Duft der reifenden Trauben betäubte die Sinne. Die Sonne stach ihr wie ein gelber Splitter in die Augen, so daß sie tränten; sie hatte das Gefühl, hochoben in den Wolken zu schweben. Hundert Meilen nördlich von ihnen stieg Kanonenrauch auf.

Es schien, als küsse er sie stundenlang – ihre Augen, jedes Lid, ihre Nase; er umkreiste mit der Zunge ihre Nasenlöcher und ihre Ohrmuscheln. Er machte die Augen auf und zu, um mit seinen langen Wimpern ihre Ohrläppchen zu streicheln, so daß sie das Gefühl hatte, er male ihre Ohren mit den Pinselstrichen seiner Wimpern schwarz. Er sagte, er liebe alles, was sie mit ihrem Mund tun könne. Er meinte Sprechen, er liebte es, sie sprechen zu hören. Sie hatte eine schöne Stimme. Und Küssen. Er meinte Küssen. Er liebte es, sie zu küssen. Sie küßte wunderbar.

Sie hatten eine Leiche im hohen Gras gesehen; sie lag da ohne sichtbare Verletzung. Beide taten, als sähen sie sie nicht.

Er stieß ihr seine Zunge nicht in den Mund, wie Fuseli es getan hatte. Fuselis Zunge erschien ihr, nun, da sie ihn nicht mehr mochte, wie eine große, grüne Essiggurke, die im Faß eines Straßenhändlers in der Lake schwamm. Fuseli küßte mit einer Stoßkraft, die dem Fechtmeister Seiner Majestät zur Ehre gereicht hätte. Manchmal drückte Imlay sie sanft, schnappte und zwickte, biß sie zärtlich, fuhr mit der Zunge an ihren Lippen entlang, erst außen, dann innen; dann öffnete er mit Zunge und Fingern vorsichtig ihren Mund und erkundete mit sanftem Druck ihren Gaumen.

Wenn er blind wäre, dachte sie, könnte er mit seiner Zunge sehen.

Der Tote im Gras war ein Bauer. Er trug weite blaue Hosen und Holzschuhe. Seine verdrehten Augen starrten in die Sonne; sie erinnerten an hartgekochte Eier.

Gilbert glitt mit seiner Zunge unter ihre, tastete ihre Zahnreihen ab. Sie mochte es nicht, daß er an ihren Zähnen herumspielte.

Das Haar des toten Mannes war braun und fettig. Ameisen krochen die Strähnen entlang, als überquerten sie rittlings eine Brücke.

»Ich habe gehört, du zettelst auf dem amerikanischen Kontinent einen Krieg an.«

»Wer hat dir das erzählt? Sprecht ihr über so etwas in euren Frauenklubs? Gefährlicher Klatsch, meine Liebe, gefährlicher Klatsch.«

»Ich fühle mich so ...«

»Schwach?«

»Nein, seltsam.«

»Wir leben in seltsamen Zeiten.«

Später, als sie wieder in England war, fand sich bei den Aufzeichnungen für ihr Buch über die Französische Revolution auch diese:

HINGERICHTETE FRAUEN

Olympe de Gouges, die Frauenklubs gegründet, einen Aufruf zur Abschaffung des Sklavenhandels verfaßt und die Einrichtung öffentlicher Werkstätten für Arbeitslose und eines Nationaltheaters für Frauen vorgeschlagen hatte, wurde wegen Hochverrats auf die Guillotine gebracht. (Sie ging mutig in den Tod.)

Madame Roland, eine Girondistin. (Sie machte einem ängstlichen Verurteilten Mut, seiner Hinrichtung tapfer ins Auge zu blicken, dann stieg sie selbst auf die Guillotine.)

Charlotte Corday, eine überzeugte Girondistin; sie ermordete Marat, weil sie meinte, er verrate die Revolution. (Sie glaubte, daß eine Frau, die nach

Wissen strebt, für romantische Liebe und andere zärtliche Gefühle immer weniger empfänglich wird.)

Marie Antoinette – Mirabeau hielt sie für den einzigen Mann im Hause – folgte ihrem Ehemann, Louis Capet. In der Nacht vor ihrer Hinrichtung wurde ihr langes braunes Haar weiß. (Sie trat versehentlich einem ihrer Scharfrichter auf die Füße und sagte: Entschuldigung. Ich hoffe, ich habe Ihnen nicht weh getan.)

Viele der Frauen, die nach Versailles marschiert waren, um Brot zu verlangen, die den König und die Königin zurück nach Paris gebracht hatten, die dem Klub der revolutionären republikanischen Frauen angehört und sich für eine Liberalisierung des Scheidungsrechts und für das Recht auf Erziehung und Bildung eingesetzt hatten, wurden hingerichtet.

Mary hatte das Gefühl, jeden Moment könne es passieren, ein Klopfen an der Tür, Schritte auf der Treppe, der stete Schlag der Trommel. *L'état, c'est Robespierre.*

Die Beschuldigungen: Hochverrat, Verschwörung, Unterstützung der Feinde der Revolution, konterrevolutionäre Gedanken und Handlungen – der Staat muß von mißliebigen Elementen gesäubert werden –, Verbrechen gegen das Volk, anti-französische Aktivitäten, ein Lächeln zur falschen Zeit.

Ein Beispiel: Auf deiner Schwelle macht ein Bäcker eine Verschnaufpause. Er verkauft Brot an eine Frau, die mit einem Mann verheiratet war, der die Cousine einer Frau kannte, die auf der Guillotine starb, weil sie Stoff gehortet hatte – Batist, Chintz, Persische Seide. Des weiteren vergießt dieser Bäcker bei den unpassendsten Gelegenheiten Tränen, zum Beispiel, als ein Soldat der Revolutionsarmee in seiner Straße einen kleinen Hund durch Fußtritte beinahe umbringt, und einmal, als er ein Bild der toten Königin sieht, die Hand auf die Brust legt und leise sagt: *Mon Dieu.* Er wird hingerichtet, eindeutig schuldig, und du, der du mit ihm gesprochen hast, ebenfalls, so wie der Nachbar, der euch vom Fenster aus gesehen hat, und seine Frau, die mit ihm verheiratet ist. Auf dem Weg denkst du über dein verschwendetes Leben nach. Du hoffst, du wirst dich nicht selbst beschmutzen. Es heißt, das Beil tue nicht weh, doch man spüre seine Kühle deutlich im Nacken. *Mon Dieu.*

Danton, der einen mächtigen Kopf hatte, einen Kopf wie ein Löwe, wurde unter das Beil gebracht, weil er sich gegen die Auswüchse des Terrors aussprach.

Brissot (Marys Freund und Verbündeter) kam wegen seiner gemäßigten Ansichten unter das Beil.

Die Guillotine wurde zur *Place de la Révolution* transportiert, in die Nähe der Tuilerien, die im Frühling und Sommer schattig und angenehm waren.

Condorcet selbst, einer der Begründer der Revolution, der in seinem Versteck aufgespürt, gefangengenommen und öffentlich zum Tode verurteilt wurde, nahm im Gefängnis Gift. Er war einer der wenigen *conventionnels*, die für die Gleichberechtigung der Frauen eintraten.

Das Beil war eine Sirene, die nachts sang, das Beil war ein Vampir, der frisches Blut brauchte, um leben zu können. Das Beil besaß ein Eigenleben. Wenn die Guillotine nicht benutzt wurde, verhüllte man sie mit einem großen schwarzen Tuch, ihr Kleid, sagten die Leute. Madame geht tanzen.

»Was ist nur mit der Revolution geschehen? Was soll man tun, wenn alles, wofür man eingetreten ist, fehlschlägt?« fragte Mary Gilbert im Spätherbst 1793, als sie sich oben in ihrem Zimmer liebten. In solchen Situationen führten sie oft politische Gespräche. Sie war Republikanerin gewesen, hatte so wie Blake eine rote Mütze getragen, hatte dem Klub der Jakobiner angehört. Sie war für die Freiheit eingetreten, hatte an die Gleichheit geglaubt, und wessen Herz würde sich nicht für die Idee der Brüderlichkeit erwärmen?

»Nimm doch die Politik nicht so ernst«, sagte Gilbert. »Sie ist ein Spiel mit Gewinnern und Verlierern, das ist alles.« Er zog sich gerade an. Dies war ein ungünstiger Moment, sie wußte es. Man ist verlegen, man wendet sich voneinander ab, wendet sich wieder der Welt zu.

»Was hältst du von Gleichheit und Freiheit?«

»Das sind Schlagwörter, um die Leute aufzurütteln. Du schmeckst so gut«, sagte er.

»Ich habe zuviel Angst, um so weiterzumachen, Gilbert.«

»Es ist die beste Zeit, um so weiterzumachen. Und jetzt sei mal ein braves Mädchen, Mary.«

»All meine Ideale sind dahin. So, ich bin angezogen.«

»Deine Ideale? Nicht deine Illusionen? Du hast sehr schöne Beine.«

Sie wußte, sie konnte Eliza oder Everina und besonders Joseph nicht mehr schreiben, denn die Post zwischen England und Frankreich wurde abgefangen. Sie konnte sich nicht mehr mit ihren Freunden in Paris treffen, denn sie mußten untertauchen. In der Dämmerung, wenn die Leute abgeholt wurden, hörte sie die Trommel; die Verhaftungskommission wurde von einem Kind angeführt, das die Trommel schlug. Dann erschienen die Männer mit den Dokumenten und mit Handfesseln. Die Frauen weinten und lamentierten. Im Namen der Republik. Alle Engländer wurden zusammengetrieben.

»Ich besorge dir einfach Papiere, in denen steht, daß du meine Frau bist. Amerikaner sind sicher. Amerika führt keinen Krieg gegen Frankreich. Als meine Frau bist du amerikanische Staatsbürgerin.«

»Mich als deine Frau ausgeben, Gilbert?«

»Ja, nur eine leichte Täuschung, um am Leben zu bleiben, meine Liebe. Eine richtige Trauung ist für zwei erwachsene Leute wohl kaum nötig.«

Sie sagte nichts.

»Ich weiß, wieviel dir deine Freiheit bedeutet, Mary. Das wäre nur eine praktische Maßnahme.«

Gilbert und Mary befinden sich jetzt im Salon. Es ist ein leeres,

363

zugiges Haus. Als die Bewohner fortgingen, verließen sie es leise durch die Hintertür und nahmen nur mit, was sie tragen konnten. Es ist ein vornehmes, aristokratisches Haus, ein Haus, in dem man sich nicht sehen lassen sollte. Jetzt kommen sich Mary und Gilbert in den vielen Räumen sehr verloren vor, ihre Schritte hallen, und ihre Stimmen klingen hohl, als sprächen sie durch einen Trichter aus Blech. Um sie herum stürzt die Welt ein, und niemanden kümmert es. Du liegst so verführerisch auf dem Bett, raunt er ihr ins Ohr und bindet sie am Pfosten fest. Bleib noch ein wenig so liegen. Wo sollte sie sonst auch hingehen? Ganz Paris war im Gefängnis, verurteilt oder tot. Man mußte auf Folter gefaßt sein. Es lag in der Luft. Der Tod war allgegenwärtig.

Sie standen in der Küche. Der Terror schien greifbar. Die Luft war undurchdringlich, und der Blutgeruch legte sich wie eine schwere Decke über die Stadt. Mary kochte Nieren. Der Geruch von Urin mischte sich mit dem Blutgeruch. Manche Leute kamen aus ihren Häusern, standen mit den Händen in den Hüften vor der Haustür, doch die meisten blieben drinnen und ließen die Vorhänge zugezogen. Manchmal schlief Mary mitten am Tag tief ein, aß, was sie gerade fand, vergaß sich zu kämmen. Gilbert eilte hinaus, brachte Brot, Wein, Blumen.

»Du bist meine Gefangene«, sagte er jedesmal, wenn er sie festband. »Die berühmteste Frau Europas.«

»Schone mich, ach, schone mich«, mußte sie dann sagen. Sie fühlte sich unsicher, verlegen, fast unwirklich. Er tat ihr weh, aber es schien darum zu gehen, stark zu sein, sich nichts anmerken zu lassen.

Doch einmal hatte sie gesagt: »Hör auf.«

»Du weißt, was es bedeutet, wenn ich aufhöre«, sagte er.

Zunächst waren die Blutergüsse grün und rot, dann blau und schwarz, und schließlich verwandelten sie sich in ein verwischtes Braun. Er liebte es, wie ein kleiner Hund an ihnen herumzulecken. Sie erinnerten Mary an Elizas Blutergüsse; Mary dachte, mein Gott, vielleicht liebte sie ihn wirklich.

Sie sind im obersten Stock in der Mädchenkammer. Leere Flaschen stehen um das Bett herum wie eine grüne Armee in Grundstellung.

»Was meinst du, woran der Mann im Weinberg gestorben ist, Gilbert?«

»Ihm wurde in den Rücken geschossen. Der Tod eines Feiglings.«

»Aber jetzt werden Weinranken in seinem Haar wachsen, sein Mund wird ein Blatt sein, seine Augen Blumen ... war er Soldat?«

»Mary, jetzt fang nicht wieder mit diesen ekelhaften Dingen an.«

»Was meinst du, wie wir sterben werden?« Der Tod schien wirklich nah. Manchmal, wenn er sie schlug, hatte sie das Gefühl, der nächste Schritt *sei* der Tod. Es war alles eins, drinnen im Haus und draußen auf den Straßen. Sie hatte das Gefühl, in einem Strudel fortgerissen zu werden. Die Zeit kam ihr unwirklich vor. Mary fühlte sich verloren und gleichzeitig ertappt, das heißt, sie vergaß sich selbst, vergaß, was sie einmal gewesen war – Schriftstellerin, Gelehrte –, und sie erinnerte sich an gewisse Dinge aus ihrer Kindheit: die zornige Stimme des Vaters, Annies beharrliches Fordern, und daß sie sich manchmal naß gemacht hatte, während sie Schläge bekam. Wieder einmal war sie das erniedrigte kleine Kind. »Ich kann nichts dafür, wenn ich ekelhaft bin, Gil. Ich bin in Frankreich. *Wir* sind in Frankreich.«

»Es gibt doch so eine Redensart: Bevor den Engländern beigebracht wird, Gott zu lieben, lehrt man sie, die Franzosen zu hassen. Als Frankreich England den Krieg erklärte, beeilten sich einige Mitglieder des Konvents klarzustellen, daß der Feldzug gegen King George und seine Regierung geführt werde, und nicht gegen das englische Volk. Marat, der damals noch lebte, lachte laut auf. Er wußte, wie sehr die Engländer die Franzosen hassen.«

»Ich hasse die Franzosen auch«, sagte Mary. »Sie machen es unmöglich, jemals wieder Hoffnung zu haben. Was sollen wir von der menschlichen Natur halten? Was von der Möglichkeit, die Gesellschaft zu verändern?«

Die ganze Nacht über hatten sie Schreie gehört. Marys Ansicht nach waren die Engländer zu so etwas wie Terror nicht fähig, ebensowenig wie die Amerikaner.

»Sie tun es vielleicht nicht so schnell«, sagte Gilbert, »doch sie tun es, du tust es, die Engländer bringen genauso Menschen um wie andere auch.«

»Aber gegenseitig? Bringen wir einander gegenseitig um?«

»Selbstverständlich. Es kommen doch täglich Arme ums Leben, oder nicht? In Armenhäusern und Waisenhäusern, in Newgate und Bedlam, am Galgen, in Geschäften und Manufakturen, auf der Straße, in den Kolonien, überall.«

Bedlam. Sie hatte es ihm noch nicht erzählt. Manchmal kam es ihr so vor, als wäre sie wieder dort. Sie fühlte sich krank, elend.

»Gilbert, ich möchte dir etwas sagen.« Sie stand jetzt im Salon, ihr war etwas schwindlig, doch sie versuchte, sich gerade und aufrecht zu halten, stark zu sein.

»Ich muß dir etwas sagen, Gilbert.«

»Die Engländer stellen es vielleicht raffinierter an.« Er hatte die Opiumpfeife angezündet, reichte sie ihr. »Mary, bitte, setz dich.«

Also ließ sie den Moment verstreichen.

Ein paar Tage später saß er im Hemd auf dem Bett, ein Fuß baumelte nach unten.

»Ich liebe es, mich in deiner Schüssel zu waschen«, sagte er und blickte zärlich zu ihr hinüber. Er ging zum Kleiderschrank. »Vielleicht sollten wir etwas aufräumen, uns waschen.«

»Ich muß dir etwas sagen, Gilbert.«

»Ja«, sagte er. »Kratz mich mal bitte am Rücken.«

Er kam herüber, setzte sich auf die Bettkante. »An der rechten Schulter, ja, da, etwas höher, weiter unten, noch weiter, ah, ja, genau da.«

»Liebst du mich«, fragte sie.

»Manchmal.«

366

»Jetzt im Moment?«

»Ja.«

»Es gibt etwas, das du wissen solltest, Gilbert.«

»Himmel, Frau, es gibt viele Dinge, die ich wissen sollte.«

»Was ich dir sagen wollte – ich bin schwanger.« Sie fühlte, wie sein Rücken sich sofort verspannte. Er drehte sich nicht um.

»Was?«

»Ein Baby. Wir bekommen ein Baby.«

»Mein Gott.« Er faßte sich an die Brust wie ein Verwundeter. »Laß uns nach unten gehen.«

»Wo liegt denn die Schwierigkeit, Gilbert?« Sie hatte nichts an und verspürte plötzlich das dringende Bedürfnis, in ein Kleid zu schlüpfen, besser noch in eine Rüstung. Sie bückte sich nach ihren Röcken, die am Boden lagen.

»Du hast dir in der gesamten Geschichte der Menschheit so ungefähr die schlechteste Zeit und den schlechtesten Ort für so etwas ausgesucht, Mary. Ich nahm an, du trägst einen Schwamm, wie jede fortschrittliche Frau, das müßte doch für eine Frau wie dich selbstverständlich sein. Bist du so rückständig, daß du keine Verantwortung für dich selbst übernehmen kannst?«

»Hast du je gesehen, daß ich einen eingeführt habe?«

»Man kann sie vorher einführen. Man kann damit herumlaufen, alles mögliche anstellen. Ich dachte, du kennst dich in diesen Dingen aus.«

»Ja, aber ich bin keine lüsterne Französin«, sagte sie eingeschnappt.

»Ihr Engländer seid solche Snobs.«

»Ihr Amerikaner seid so beleidigend.« Er machte sie krank.

»Was soll das heißen?«

»Und prüde. Prüde Amerikaner.«

»Wenn wir prüde sind, dann seid ihr lüstern.«

»Wir sind überhaupt nicht lüstern, Gilbert.«

»Unser Land wurde von den Puritanern gegründet, Mary.«

»Das würde ich nicht an die große Glocke hängen.«

»Dein Land wurde von Heuchlern gegründet«, sagte er. »Soll ich dir mal aus den Anzeigen im *Covent Garden Magazine*, besser bekannt als die *Amouröse Fundgrube*, vorlesen? Ich zitiere: *fünf Schillinge für ein Schäferstündchen, eine halbe Guinee für die ganze Nacht.*«

Sie sang:

> *Nach Banbury kam ich vor einem Jahr.*
> *Wo ich einen Puritaner sah,*
> *Der erhängte seine Katze draußen vor dem Haus,*
> *Denn sie hatte gefressen 'ne kleine Maus.*

»So sind wir Amerikaner überhaupt nicht.«

»Ach, nein? Reich mir meine Röcke und mein Mieder.«

»Willst du, daß ich gehe? Ich sollte jetzt sofort gehen, statt mir dein närrisches Gerede anzuhören.«

Sie sah ihn an. Panik ergriff ihr Herz. »Oh, Gilbert, verlaß mich nicht. Ich brauche dich.«

Sie stellte sich das Zimmer ohne ihn vor, wie leer würde es sein, und das Haus ohne ihn, wie riesig würde es ihr vorkommen, und Paris, unerträglich, und die ganze Welt eine öde, entvölkerte Wüste, in der sie mit ihrem Baby, mit ihrem Waisenkind, umherirren würde.

»Ich werde dich nicht verlassen, Mary«, sagte er sanft. »Nein, ich verlasse dich nicht.« Er tätschelte ihr die Hand.

»Versprichst du es?«

»Ja, ich verspreche es.«

»Alle verlassen mich. Immer!« sagte sie zaghaft.

»Ich nicht.«

»Versprichst du, mich *niemals* zu verlassen?« In dem Moment, als die Worte heraus waren, wurde ihr bewußt, daß sie zu weit gegangen war. Seine Haltung wurde steif.

»Ich muß mich übergeben. Entschuldige.« Sie stieg aus dem Bett, tappte zur Waschschüssel und erbrach das Frühstück – zwei Brötchen, ein Stück Käse, starken französischen Kaffee.

»Könntest du mir bitte eine Tasse Wasser bringen?«

Als er hinausgegangen war, schüttete sie hastig den Inhalt der Schüssel aus dem Fenster, aus Furcht, ihr könne wieder übel werden, dann schlüpfte sie in ihre Röcke und zog das Mieder ohne Korsett an.

»Nimm kleine Schlucke, mein Liebes, nur kleine Schlucke. Wir wollen nicht, daß der Junge hungrig und durstig ist.«

»Der Junge?«

»Jeder Mann wünscht sich einen Sohn.«

»Ach so. Erst heißt es ›Du bist unerträglich‹ und dann ›Paß gut auf meinen Sohn auf‹. Wie schaffst du solche Sprünge?«

»Schh, du sollst dich jetzt ein bißchen ausruhen. Du darfst dich nicht über alles aufregen.«

»Ich bin nicht müde. Es ist noch früh am Tag.«

»Du bist müde. Du mußt dich ausruhen. Von jetzt an mußt du genau das tun, was ich dir sage.«

Kapitel 38

~~~~~~~~~~~~~~~~~~

Es war Winter 1793. Der Sieg über den Aufstand der Vendée kostete 250 000 Menschenleben. Mary liebte es, auf dem Rücken zu liegen und ihren Bauch zu betrachten, so wie sie als Kind versucht hatte zuzuschauen, wie ihre Beine wuchsen. Manchmal blieb sie bei Kerzenschein die ganze Nacht wach, konnte aber nichts erkennen. Es passierte, wenn man nicht hinsah, vermutete sie. Doch ihre Brustwarzen, die stets empfindlich gewesen waren, reagierten nun überempfindlich auf Berührung und Geräusche. Wenn Gilbert eine simple Melodie sang, richteten sie sich auf und wurden fest. Kleidung, ein Lufthauch, eine leichte Temperaturschwankung – und sie fuhr vor Schmerz zusammen. Zwischen ihren Brüsten zeigte sich eine lange, dunkle Linie, die zum Bauchnabel führte. Sie sah aus wie ein dämmeriger Sahara-Pfad. Ein windiger Weg zu den Wäldern. Die lange Straße zur ewigen Verdammnis.

Von gewissen Gerüchen wurde ihr übel. Dampfende Fleischgerichte oder verwelkende Blumen verursachten bei ihr einen Würgreiz. Sie haßte Eier, Butter und Milch. Lebensmittel wurden in Paris knapp, und selbst Brot war teuer. Brot hätte sie vertragen können. Sie ernährte sich von Tee und trockenem Seemannszwieback.

»Wenigstens«, sagte Gilbert, »bringen sie schwangere Frauen nicht auf die Guillotine.«

»Sie warten, bis das Kind geboren ist.«

»Dann wird der Terror vorbei sein.«

»Wir werden ja sehen.« Sie sagten solche schrecklichen Dinge im Spaß, denn Mary war als Gilberts Frau registriert. Aus Vorsicht.

Am frühen Abend fühlte Mary sich immer am wohlsten. Dann hatte sich ihr Magen beruhigt, und sie hatte nachmittags geschlafen. Sie saß gerne am Fenster zur Straße und nähte aus dem Stoff von Kleidern und Vorhängen, die ihre Freunde zurücklassen mußten, Sachen für das Baby. Hemdchen aus blauem Satin und schwarzblauem Taft, rote Samtjäckchen, Stiefelchen aus Brüsseler Spitze, Hosen mit bortenbesetzten Nähten. Das Haus war nun geputzt, die Küche aufgeräumt. Keine Fesselspiele mehr und keine blauen Flecken (nicht gut für's Baby), keine verschlafenen Tage mehr, die in lange Nächte mündeten (nicht gut für's Baby).

Nun plauderte sie mit Nachbarsfrauen über das Stillen und Wickeln und wie man den Nabel behandelt und in welchem Alter sie krabbeln, laufen, sprechen. Sie mußte sich die geschwollenen Knöchel bandagieren und die Beine hochlegen.

»Was ist denn aus deiner *Geschichte der Französischen Revolution* geworden?« fragte Gilbert, während er ihr den Bauch mit Aloe abrieb. Er liebte ihren Bauch und ihre Brüste und ihren langsamen, schwerfälligen Gang.

»Oh, alles zu seiner Zeit.«

Nie zuvor hatte sie so wenig Lust verspürt zu lesen und zu schreiben. Sie wollte nur sitzen, in der milden Wintersonne ruhig dasitzen. Sie war eingeschlossen von der Revolution, konnte nicht nach Hause schreiben, konnte niemandem schreiben; sie war froh, ihre Schwangerschaft in aller Abgeschiedenheit ganz allein für sich zu genießen. Sie hätte für immer dasitzen und das Wachsen des Babys in ihrem Bauch spüren mögen. Besonders da Gilbert immer verliebter wurde, je mehr sie an Leibesumfang zunahm.

So schliefen sie miteinander:

1. Sie sitzt auf seinem Unterleib, während er mit angewinkelten Beinen auf dem Rücken liegt, sein starker Körper sie hochstemmt und seine Hände ihre Hüften umfassen. Dieser erste Nachmittag war ganz ruhig, Sonnenschein flutete durch das Fenster, und irgendwo erklang Trommelschlag. Kündigte er eine Hinrichtung an? Einen Prozeß? Eine Beerdigung?

2. Sie liegt auf der Seite, ein Bein ist angewinkelt; er gleitet zwischen ihre Schenkel, und sie stößt mit dem Becken hart gegen ihn. Schreie in ihrer Straße. Mary stellt sich vor, daß es Frauen sind; sie klammern sich an die Rockschöße der Mitglieder des Sicherheitsausschusses, die ihre Männer wegbringen. Kinder und Babys stimmen ein großes Geheul an.

3. Sie liegt flach auf dem Bauch: er ist auf ihr; er muß ihr ein wenig helfen, auf die Knie zu kommen, und ihr Rücken ist naß von Schweiß. Mary muß daran denken, daß die Leute, denen das Haus gehört, vielleicht gerade wie Tiere auf der Suche nach Nahrung durch den Wald streifen, von Wurzeln und Beeren leben, in Höhlen und Schlupfwinkeln im Dickicht schlafen.

4. Dann liegen sie Bauch an Bauch, ihre Hüften bewegen sich. Sie sieht auf der Straße einen Blutfleck in der Form eines Eichenblatts. Er dehnt sich aus und wird groß wie eine Krake.

5. Eine andere Position: Er ist auf der Seite, sie hat beide Beine über seine Hüfte gelegt, sein Penis wird von ihren Schenkeln umschlossen. Wenn der Kopf von der Guillotine rollt, so wurde behauptet, habe das Gesicht einen bestimmten Ausdruck, es schneide Grimassen und zwinkere.

6. Er kniet über ihr, sie dreht sich zur Seite, und er legt eines ihrer Beine über seine Schulter. Wurde noch gefoltert? Ja, natürlich, so wie eh und je. Die Folterbank. Strecken und Vierteilen. Die Eiserne Jungfrau. Wie in Bedlam.

7. Sie rollt sich auf den Rücken, beide Beine liegen über seinen Schultern. Gil, Gil, sie kommen uns holen, der Sicherheitsausschuß. Schh, sagte er dann. Nein, nein, nein, das können sie nicht. Bei den Behörden hatte er sie als seine Frau gemeldet, beide waren Amerikaner, ihr Land lag nicht im Krieg mit Frankreich. Sie war in Sicherheit.

8. Sie steht, und er stellt sich hinter sie (wegen seiner Größe ist es schwierig), während sie einen Fuß auf die Bettkante gestützt hat. Obwohl sie in Sicherheit war, meinte sie manchmal, sie höre ein Klopfen an der Tür.

9. Gil liebte es, wenn sie auf der Marmorplatte der Kommode lag; ihre Brüste waren flachgepreßt wie Herzmuscheln, und ihr Hintern hing herab. Das Klopfen ist leise und wird zunehmend lauter und schneller.

10. Er hält sie hoch, sie hat ihre Beine um ihn gelegt. Er trägt ihre Kleider, ihre Haube, ihre Röcke und ihr Mieder. Da *ist* ein Klopfen an der Tür.

»Zieh deine Kleider an«, zischte Gil.

»Du hast sie an«, flüsterte sie.

»Gott noch mal.« Er begann, sie herunterzureißen.

»Gil.«

»Schh.«

»Gil, ich habe Angst.«

»Kriech unters Bett«, flüsterte er.

Noch nackt, kroch sie auf allen vieren zum Bett, zwängte sich darunter, schob vorsichtig den Nachttopf beiseite und versuchte, kein Geräusch zu machen.

Gilbert legte ihre Röcke und das Mieder ab, vergaß das flache Strohhäubchen mit den Seidenschleifen abzusetzen, schlich auf Zehenspitzen zum Fenster und näherte sich vorsichtig dem Vorhang. Er hielt ihn vor sich und schaute hinunter auf die Straße.

»Erbarmen«, stieß er hervor.

»Was denn? Ist es ... ist es?«

Er nickte. »Ich bin nicht sicher, es sind Fremde.« Er kam zu ihr hinüber, kroch neben sie.

»Ist es besser, wenn wir uns im Kleiderschrank verstecken, Mary?«

»Nein, dort sehen sie zuerst nach.«

Das Klopfen wurde lauter.

»Gibt es irgendein Geheimversteck? Den Wäscheschrank, die Speisekammer. Einen Raum, den man von innen abschließen kann?«

»Das Schlafzimmer der Hausherrin und darin ihr Puderraum.«

»Wir dürfen kein Geräusch machen.«

»Werden wir festgenommen?« schluchzte Mary.

»Sei still.«

Mary glitt millimeterweise vorwärts, wie eine Schlange, Gilbert, dicht hinter ihr, hielt ihren Fuß umfaßt. Das Klopfen war ohrenbetäubend, oder vielleicht war es die Trommel oder war es ihr Herz oder vielleicht war sie schon tot und der Klang kam aus dem Inneren der Erde. Sie stieß die Tür auf, schob sich in den Raum. Der ganze Boden war mit Puder überstäubt aus der Zeit, als Hausherrin und Hausherr sich hier das Haar pudern ließen. Es schien wie Staub aus längst vergangenen Zeiten, Staub von ganzen Jahrhunderten. Gilbert stand auf, verriegelte die Tür. Ihr fiel ein, daß die Haustür mit einem langen Querriegel versehen war wie ein Stadttor. Das war gut. Um diese Tür aufzubrechen, würden sie einen Rammbock zu Hilfe nehmen müssen. Es erschien ihr wie eine Ironie des Schicksals, daß sie ausgerechnet an einem Ort Schutz gefunden hatten, der wie kaum etwas anderes das *Ancien Régime* symbolisierte.

»Mein Herz«, sagte Gilbert. »Laß uns für unsere Befreiung beten.«

»Gilbert, ich kann nicht.«

»Warum nicht?«

»Du siehst so komisch aus mit meiner Haube.« Sie kicherte. »Nackt und mit meiner Haube.«

Er riß sie sich vom Kopf.

»Jetzt mußt du beten.«

»Liebster, ich kann nicht.«

»Bist du Atheistin geworden?«

»Ich bin Atheistin.«

»Wie dieser Gauner Tom Paine?«

»Der ist kein Atheist. Er ist Deist.«

»Und du bist nicht mal das? Mary, wäre es nicht gescheiter, wenigstens vorsichtshalber ...«

»Wenn es Gott gäbe, wüßter Er, daß ich nicht aufrichtig bete.

Und wenn es Gott gäbe, hätte Er nicht zugelassen, daß meine Freundin Fanny elend zugrunde geht, noch würde Er den Terror zulassen. Es steht also ganz schlecht für Ihn, wenn es Ihn gibt. Folglich ist Er – falls es Ihn gibt – als bewegende Kraft des Universums für mich vollkommen inakzeptabel. Selbst als Schöpfer des Universums kann ich Ihn mir nicht vorstellen. Für mich ist die Sache erledigt. Also, wenn ich unbedingt beten soll, kann ich zu den Sternen beten.«

Er seufzte.

»Es tut mir leid«, sagte sie.

»Schh, hörst du etwas?«

»Nein.«

Sie setzten sich. Gilbert mußte niesen.

»Das liegt nur an diesem blöden, adeligen Puder, Gil.«

»Ich nehme an, demokratischer Dreck wäre dir lieber. Ich hoffe, diese Kammer rettet uns das Leben.«

Er sagte »Leben«, »unser Leben«, als wären sie eins. In diesem Moment hatte sie das Gefühl, sie *könnte* in den Tod gehen, gemeinsam mit ihm. Natürlich wäre die Guillotine nicht die Todesart, die sie sich aussuchen würde, aber dennoch . . .

»Wir müssen hier drin bleiben, bis die Gefahr vorbei ist.«

»Aber Gilbert, eigentlich bräuchte ich doch nur zu sagen, daß ich die *Verteidigung der Rechte der Frau* geschrieben habe.« Das war ihr eine ganze Weile nicht in den Sinn gekommen.

»Mary, bist du verrückt geworden? Glaubst du vielleicht, das interessiert jemanden?«

»Das interessiert sie nicht?« Sie war geknickt. »Ich bin die berühmteste . . .« Sie war es einmal. Sie konnte sich an eine Zeit erinnern, als . . .

»Komm schon. Niemand weiß es, niemanden interessiert es. Jetzt sei still.«

»*Als Bauer Christoph Düwels-Eck Fünf Gulden Hatte Im Jackett* . . .«, flüsterte sie.

Kapitel 39

Sie warteten den ganzen Nachmittag über und starrten an die Wände. Es gab keine Fenster, kaum Licht, und es war sehr eng. Es war wie in Bedlam, und Mary hätte am liebsten geschrien. Mary glaubte, sie fürchtete sich zu sehr, um schlafen zu können, außerdem wollte sie nicht nackt schlafen; sie bat Gil, eine Bettdecke zu holen, doch er meinte, jemand könne unten auf der Straße lauern und sehen, wie er zum Bett kroch. Sie weinte leise, schaukelte den Oberkörper hin und her, dachte an Fanny, an den lahmen Richard, an Dr. Price, an Joseph. Irgendwann schlief sie ein. Als sie aufwachte, war es um sie herum ganz still. Gil lag zusammengerollt neben ihr, den Daumen im Mund, eine Hand zwischen den Beinen. Mit seinem Haar, das ihm lockig ins Gesicht fiel, sah er aus wie ein zu groß geratenes Kind. Er hatte keine Haare auf der Brust. Sie wußte nicht, ob es Tag oder Nacht war, sie sah nur einen Streifen Licht unter der Tür durchschimmern. Beinahe glücklich schlief sie wieder ein.

»Mary, Mary.«

Sie befand sich in einem großen Haus, in dem es von Kindern und Haustieren wimmelte: leuchtend bunte Vögel in Käfigen, Aquarien, zottige Hunde und exotische Katzen mit schräggestellten Augen, die ständig schnurrten. Das Haus war komfortabel eingerichtet. Erlesene Bilder an den Wänden, Körbe voll Obst, schöne Vorhänge, bequeme Stühle, luxuriöse Teppiche. Die Kinder riefen: Mutter, Mutter, schau mal. Die Frauen, alle waren Mütter, schauten von einem großen, mit Steinfliesen ausgelegten Innenhof, in dem Kletterrosen sich an Lauben rankten und wilder Wein von

den Wänden hing. Jemand, es war der königliche Gärtner, der eine
bläuliche Perücke, einen taubenblauen Anzug und blaue Strümpfe
trug, ging mit einer riesigen Schere umher und köpfte die Rosen.
Ich liebe dich wie niemand sonst, mehr als alle anderen, raunte ihr
jemand mit warmem Atem ins Ohr. Es war Joseph, der in ihre
Kleider gehüllt war. Sie blickte auf. Von Osten nahte ein Unwetter.
Wolkenberge wälzten sich heran, überschlugen sich, sandten Blitze
aus. Eine männliche Stimme sagte: Mary, Mary.

»Ich sehe mal nach, ob sie noch da sind.«

Ihr Mund war klebrig vom Schlaf. Das Muster des Bodens hatte
sich in ihre Haut gedrückt, und in die Rillen hatte sich dreckiger
Puder gesetzt. Sie fühlte sich wie eine zerknitterte Weltkarte.

Gilbert schob vorsichtig den Riegel zurück. Auf Zehenspitzen lief
er in den Flur. Sie blieb im Schlafzimmer, sah ihn die Treppe hinuntergehen. Die Sonne malte gelbe Flecken auf den Flurteppich.
Links und rechts sah sie seltsame orangefarbene Spiralen herum-
wirbeln. Sie sah auch große schwarze Flecke. Dies alles schien
hinter ihren Lidern zu entstehen. Ihre Eingeweide gluckerten und
drückten. Sie mußte auf den Nachttopf.

»Sie sind weg«, sagte Gilbert und rannte die Treppe hinauf.
»Aber ich bin sicher, sie kommen zurück.«

»Nein.«

»Oh, doch.«

»Was sollen wir tun, Gil?«

»Wenn sie wiederkommen, sind wir nicht mehr da. Wir sollten
am besten jetzt gleich aufbrechen.«

Mary schaute an sich herunter. Ihre Brüste waren durch die
Schwangerschaft angeschwollen und schmerzten. Ihr Bauch wurde
dicker und dicker. Der Geruch und der Anblick von Essen machte
sie krank. Allein der Gedanke an eine Reise erschöpfte sie hoffnungslos.

»Ich kann nicht.«

»Du mußt, wenn dir dein Leben lieb ist.«

»Mir ist schlecht, Gilbert.«

»Das tut mir leid.«

»Ich kann mich kaum bewegen. Mir sitzt wahrscheinlich noch der Schreck in den Gliedern. Sie kommen schon nicht zurück. Du hast gesagt, wir sind in Sicherheit. Die wagen sich nicht an Amerikaner heran. Vielleicht hatte das Ganze überhaupt nichts zu bedeuten, und wir regen uns unnötig auf.«

»Zieh dein Mieder an, pack ein paar Kleider zusammen. Wir müssen sofort los. Wenn sie zurückkommen, bringen sie einen Rammbock mit, um die Eingangstür aufzubrechen, und Werkzeug, um sämtliche Türen im Haus ohne Schwierigkeit zu öffnen. Stell dich nicht so an, Mary. Wir haben jetzt keine Zeit für Schwächeanfälle. Brich mir nicht zusammen, Mary, nicht jetzt.«

»Aber wo sollen wir hin? Ich kann nirgendwohin gehen. Bestimmt kommen wir nicht aus Frankreich heraus, bestimmt kommen wir nicht über den Ärmelkanal. Es kann nur schlimmer werden. Hier sind wir wenigstens in einem Haus.«

»Wir mieten eine Kutsche, eine mit Vorhängen, behalten unsere Koffer drinnen. Wir fahren hinaus aufs Land. Wir werden etwas finden. Sie kommen wieder, ein Haus bietet keinen Schutz, Mary. Nicht den geringsten. Verstehst du?«

»Was ist, wenn wir gefaßt werden, Gil, wenn man uns zurückbringt?«

»Wenn, wenn, wenn. Was ist, wenn wir hierbleiben?«

»Der Terror legt sich wieder.«

»Du weißt ganz genau, daß der Terror jeden Tag schlimmer wird. Sie werden uns abholen. Wir kommen vor das Revolutionstribunal, vor den Sicherheitsausschuß, man wirft uns ins Luxembourg-Gefängnis, dann holt man uns heraus und führt uns aufs Schafott. Mach dir nichts vor. Bitte beeil dich.«

Mary faßte mit ihrer Hand um ihren Hals. »Aber unsere Unschuld wird sich herausstellen. An der Haustür steht *citoyen américain* und *citoyenne américaine* unter unseren Namen.«

»Sie werden uns unter Anklage stellen, so heißt es doch, und man wird uns für schuldig befinden.«

»Schuldig weswegen?«

»Wegen allem und jedem, Mary. Du weißt, wie das geht. Du bist Engländerin, das genügt. Wir waren mit Brissot befreundet und haben mit ihm zusammengearbeitet. Jetzt ist er hingerichtet worden. Sie suchen nach Condorcet, auch einer unserer Freunde.«

»Man schlägt uns den Kopf ab, weil wir Freunde haben, deren einziges Verbrechen darin besteht, zur falschen Seite zu gehören?«

»Meine Gute, sie brauchen nicht einmal diesen Vorwand.«

Mary sah sich selbst auf der Guillotine knien, in dem schrecklichen Moment, wenn das Beil hochgezogen ist und gleich fallen wird.

»Packst du jetzt endlich deine Sachen zusammen, Mary, und hörst auf zu jammern. Wir haben keine Zeit dafür. Bist du nicht das mutige Mädchen, das gesagt hat, Frauen sollten wie Männer sein?«

»Wie Menschen.«

»Stark?«

»Stark.« Sie fühlte sich nicht stark. Sie versuchte, sich schnell zu bewegen, doch ihre Füße schienen halb im Boden verwurzelt. Mitten auf der Treppe blieb sie stehen, wandte sich um. »Aber wo soll das Baby zur Welt kommen?«

»Auf dem Lande, Mary.«

»Was ist, wenn . . .«

»Mit abgeschlagenem Kopf wirst du nirgendwo gebären. Du wirst umkommen. Das Kind wird umkommen, zwei auf einmal. Tot, aus und vorbei, *tu comprends?*«

»Ich dachte, du hättest gesagt, sie köpfen schwangere Frauen nicht.«

»Vom Gebärstuhl zum Schafott, meine Liebe.«

Plötzlich mußte sie daran denken, wie sie ihre Schwester gedrängt hatte, ihren Mann zu verlassen. Jetzt konnte sie Elizas Zögern, ihre Unfähigkeit, sich von der Stelle zu rühren, verstehen. Sie sah sich nun selbst in der Rolle ihrer Schwester. Von dem

Wunsch beseelt, alles möge sich zum Guten wenden, klammerte sie sich verzweifelt an das Vertraute. Doch dann wurde ihr wieder bewußt, daß sie nicht wie ihre Schwester war. Sie, Mary, war stark, resolut, ohne Angst.

Sie eilte ins Schlafzimmer, raffte ein paar Kleider zusammen, holte ihr Korsett, das sie in der Hoffnung, es eines Tages wieder tragen zu können, wie einen Schatz hütete. Sie stopfte alles in ihre große Truhe, die Kleidung, all ihre Bücher und Aufzeichnungen, ihre Arbeit über die Französische Revolution, die Wedgwood-Vase, ihren Hume, ihren Voltaire, das Portrait von Sarah Siddons und die Babykleider, die sie genäht hatte. Dann hielt sie inne. Kleider zusammensuchen, eine Kutsche besorgen, fliehen, bevor jemand zurückkehrt. Mutters Medaillon, das Baby. Sollte sich in ihrem Leben immer nur alles wiederholen?

»Mary, Mary, die Kutsche kommt gleich.«

Sie trug das Medaillon, das sie sich selbst gekauft hatte, um den Hals und das Baby im Bauch. Dieses Baby würde nicht zurückgelassen werden.

Sie lief nach unten, ergriff einen Laib Brot aus der Speisekammer, ein großes Stück Käse und Wurst, ein Glas Gelee, den Rest Kaffee, eine Büchse Tee, zwei Flaschen Wein für Gilbert, Seemannszwieback für sich selbst. Sie füllte zwei grüne Weinflaschen mit Wasser, verschloß sie mit Korken. Dann erinnerte sie sich an Bürste und Spiegel, rannte wieder hinauf, ging zweimal auf den Nachttopf, leerte ihn am Fenster aus, kam zurück. Gil stand vollständig bekleidet an der Haustür, nur sein Haar war zerzaust.

»Hast du alles?«

»Ja«, sagte sie und schaute ihn an, die Hand auf dem Bauch.

»Ich habe eine Kutsche«, sagte er. »Bist du bereit?«

»Ich bin bereit.«

In der Kutsche wurden die Vorhänge zugezogen, doch Mary konnte hindurchsehen. Aus der fahrenden Kutsche wirkten die Leute auf der Straße unwirklich; wie Vermummte, die mit leerem Blick einen schwerfälligen Tanz aufführen. Es waren Franzosen, keine Engländer, aber als sie und Eliza flohen, sahen die Leute genauso aus. Die Häuser waren von glitzernder Feuchtigkeit überzogen, die Menschen nur schemenhaft zu erkennen; es war ein Traum und die Stadt ein verzauberter Wald. Ich reise auf ewig durch ein weites, unbegreifliches Land, dachte sie. Die Kutsche mußte sich durch einen dicken Nebel durcharbeiten, durch einen dicken, graubraunen Nebel. Die Menschen dieses Landes gehen schweigend und in Schmerzen durchs Leben, ohne ihre eigene Schönheit auch nur zur ahnen.

»Du hast mir das Leben gerettet«, sagte Mary zu Imlay. »Warum?«

»Warum nicht?«

»Nein, wirklich warum?«

Weil ich dich liebe, hoffte sie zu hören.

»Du bist die Mutter meines Sohnes«, antwortete er. »Meines Sohnes.«

»Ach so.« Sie legte die Hände über ihren Bauch. »Es scheint, daß ich immer aus der Stadt entkomme, so oder so.«

Kapitel 40

~~~~~~~~~~~~~~~~~~~~~~~~~~~~~~~~

Können Sie Noten lesen?

Gil hatte sie das am ersten Tag gefragt, als er in der Rue Meslée am Cembalo stand.

Aus irgendeinem Grund klang es wie: Können Sie Noten *essen*?

Sie mußte an die knisternden, geriffelten Papierhütchen denken, in denen Konfekt und Rosinen serviert werden. Marzipan mit Lakritzstreifen. Da wäre Haydn dann sehr wohlschmeckend, Händel zerginge auf der Zunge, Mozart würde in der Dämmerung bei einem Glas Bordeaux genossen, Menuette würde man verschlingen, in sich hineinstopfen, runter mit dir, eins, zwei, drei.

Jetzt lasen Gilbert und sie Rezepte im Bett. Aufläufe und Kuchen, Selleriesuppe, Taubenpastete und pikante Häppchen aller Art. Ah, hmm, sagte er.

Einmal, als er sie von hinten geliebt hatte, während sie vor der Bettkannte kniete und seine Hand zwischen ihren Schenkeln lag, sagte er: »Du bist so geschwollen, so naß, es tropft in meine Hand.«

Und am nächsten Tag waren diese Partien wie die weichen Falten einer Kaninchennase. Sie dachte an Annie, die Hausmagd, und an das Kind, das sie selbst gewesen war, und an den üblen Geruch eines Körpers, der nur zu Weihnachten und zu Ostern gewaschen wurde. Wie sie das damals gehaßt hatte, und doch fühlte sie sich seltsam hingezogen, als ob das Ding, das unter den Röcken schlief, Beachtung und Aufmerksamkeit brauchte.

Sie und Gilbert fanden ein Haus in Neuilly, einem idyllisch gelegenen Dorf am Rand des Bois de Boulogne. Es war ein Ort mit

Bäumen und weinbewachsenen Mauern. Jeder Tag kündigte sich mit weichem rosafarbenem Licht an und verabschiedete sich ebenso, liebenswürdig, höflich. In einigen Wochen würde das Baby geboren werden. Sie genossen es, abends ohne Kerzen oder Lampe beisammen zu sitzen. Tagsüber saß sie in dem kleinen Salon ihres Häuschens, die Füße auf den Schemel gelegt, wo sie zu einer bestimmten Tageszeit die wärmenden Strahlen der Sonne genoß. Wenn sie aus dem Fenster in die blaue Klematis schaute, die die Gartenmauer mit ihren üppigen Ranken überwucherte, verträumte sie die Stunden, glücklich und zufrieden über das Baby, das in ihrem Bauch wuchs. Es war ein neues Leben. Paris, die Ströme von Blut, das riesige Gerüst der Guillotine, die Verkündung der Todesurteile, das alles erschien Mary weit entfernt, es war unwirklich geworden.

Morgens war ihr häufig übel, dann ging sie zu der Wiese hinter dem Garten und erbrach sich in das grüne Gras. Wenn sie ins Haus zurückkam, mußte sie sich eine Weile still hinsetzen und ihren Körper zur Ruhe kommen lassen. Mary liebte es, sich zu konzentrieren, indem sie die Augen schloß und sich in sich selbst versenkte. Ich forme deine Glieder, sagte sie in sich hinein. Sie sah einen kleinen Hals vor sich, der war fest, stark, unverwundbar, und einen Kopf, der sich wie eine Blume auf dem Stengel entwickelte. Jetzt mache ich deine Zehen. Sie konnte sie erkennen, kleine rosa Knospen, die sich öffneten. Ich bilde deine Arme. Sie streckten sich aus, stark und geschmeidig. Werde ein Junge, werde ein Junge, murmelte sie, während sie am Fenster saß und Babykleidung nähte. Sie stellte sich vor, wie er im Garten hinter einem Schmetterling hertapste oder die Arme ausstreckte, um hochgehoben zu werden. Ihr kleiner Mann. Sie sah ihn auf einem Holzpferd. Nicht wie Ned: Ich bin hier der Herr. Doch ein munterer Kerl.

Gil war viel auf Reisen. Paris und Le Havre, natürlich in geheimer Mission. Nachts brach er auf und kehrte eine Woche später in den frühen Morgenstunden zurück. Die Gefahr war nicht vorüber. Er sprach davon, nach Schweden zu gehen. Er handelte nun mit

Getreide, Truppenverpflegung; er lieferte auch Taue und anderes Nachschubmaterial. Doch er mußte vorsichtig sein. Durch den Tod von Brissot war der Mississippi/Louisiana-Plan zusammengebrochen. Für lange Zeit hatte Gilbert keine Freunde in der Regierung. Man muß es nehmen, wie es kommt, erklärte er.

Wen beliefert er, fragte sich Mary, daß er so vorsichtig sein muß. Wenn er die Revolutionstruppen mit Brot und Waffen versorgte, würde der Sicherheitsausschuß nicht nach ihm fahnden. Sie verstand nicht, weshalb Gilbert und sie überhaupt zu einer Zielscheibe der Revolution geworden waren. Und doch wurden unter Robespierre viele Freunde der Revolution hingerichtet. Zum Beispiel Danton. Desmoulins. Madame Roland. All die anderen.

»Verstehst du nicht«, sagte Gil beim Abendbrot – es gab Rindereintopf, den die Nachbarin gebracht hatte – »daß ich versuche, unsere Lage zu verbessern und daß ich dich nur deswegen alleinlassen muß? Deshalb bin ich in Paris, nur für dich, mein Liebes, und für das Baby.«

»Ja, ich verstehe.« Manchmal gab er Mary das Gefühl, ein törichtes Kind zu ein. Sie starrte auf ihren Teller. »Warum ist es eine Sünde«, schniefte sie, »dich zu vermissen?«

»Es ist keine Stünde. Das behaupte ich doch gar nicht, oder?«

»Ich weiß, ich bin fett und unattraktiv.«

»Und voll Selbstmitleid.« Er fuhr mit dem Finger über ihre Stirn. »Sei nicht so kindisch. Und wie geht es meinem Sohn?« Er legte seinen Kopf auf ihren Bauch. »Hallo, da drinnen! Gilbert der Vierte?«

»Gilbert der Vierte?«

»Wer sonst? Diesmal muß ich wahrscheinlich für eine Woche weg. Meinst du, du kommst zurecht? Hallo Gilbert.« Er klopfte. »Jemand zu Hause?«

Wer wollte jetzt schon gerne mit ihr zusammensein? Sie übergab sich am Morgen und schlief am Nachmittag. Großartige Gesellschaft. Sie mußte häufig den Abort aufsuchen. Sehr romantisch. Wenn die Zeit des Abendessens kam, versuchte sie, ein ansprechenderes Benehmen an den Tag zu legen, doch da war sie schon wieder erschöpft. Und wäre ihr nicht schlecht gewesen, hätte sie einfache Gerichte zubereiten können. Manchmal versuchte sie es, mit unterschiedlichem Erfolg. Der Plumpudding, den sie machte, mißriet vollkommen. Sie konnte sich nur schwer konzentrieren. Daran lag es. Ihr Gehirn schien sich in eine breiige Masse zu verwandeln. Es fiel ihr schwer zu lesen, es war ihr unmöglich zu schreiben. Sie hatte nicht nur ihre Figur und ihren Verstand eingebüßt, auch ihr Teint litt. Ihre Blässe war nicht edel, sondern fahl und teigig, ihr Kinn wies rote Dellen auf, und das Haar fiel ihr in dünnen, fettigen Strähnen um den Kopf. Gil nannte sie hänselnd ›Zigeunerin‹. Sie konnte nicht darüber lachen.

»Geh, schreib dein Buch, Mary. Dann hast du eine Beschäftigung.«

»Sag mir nicht, daß ich *gehen* soll, um ein Buch zu schreiben.«

»Macht einen die Schwangerschaft schwachsinnig? Du warst einst die intelligenteste Frau Europas.«

»*Einst*?«

»Einst.«

»Aber nun, da ich mich krank und erschöpft fühle, fett und häßlich bin und mich überhaupt nicht intelligent benehme, weiß ich, daß du mich nicht mehr liebst. Ich bin es leid, gescheit und witzig sein zu müssen. Andere Frauen sind es auch nicht, und sie werden von ihren Ehemännern geliebt.«

»Ich bin nicht dein Ehemann.«

»Das weiß ich«, keifte sie.

»Mary. Mir reißt bald der Geduldsfaden.«

Er ließ den Blick durchs Zimmer wandern. Der Gärtner hatte Beeren gebracht, die in der Mitte des Tisches auf einem Silberteller lagen: Auf dem Herd stand eine Kartoffelsuppe mit Lauch, die eine Nachbarin gebracht hatte. An der Wand hing ein Bild von einer Mutter, die ihren Kindern eine Geschichte vorlas; die vorigen Mieter hatten es nicht mitgenommen. Alles wirkte gepflegt. Das winzige Landhaus war zwar zu eng für die vielen großen Möbel, doch die einzelnen Stücke zeugten von gutem Geschmack und verbreiteten eine helle, freundliche Atmosphäre. Mary hatte Bücher. Sie nahm einen Anlauf, wieder Shakespeare zu lesen. »Mary, ich habe versucht, dich mit allem zu versorgen, was dich aufmuntert und deine Stimmung hebt. Was willst du denn noch?«

»Aufmuntern und Stimmung heben. Das klingt wie eine Medizin. Gilbert, liebst du mich?« Sie sah ihn fragend an.

»Und frag mich das nicht immer. Ich habe es zu oft gehört.«

Es war eine ständig wiederkehrende Frage, sie wußte, daß er sie leid war, und doch konnte sie nicht anders, als sie immer wieder zu stellen, es lag in ihrer Natur. Sie mußte es wissen. Sie mußte es immer wissen. »Liebst du mich?«

»Manchmal.«

»Manchmal? Und jetzt im Moment?«

»Nein, und je öfter du mich fragst, desto weniger liebe ich dich.«

»Ach, Gil.« Sie hatte das Gefühl, ein schweres Gewicht sei ihr auf die Brust gefallen. »Gil, du mußt.«

»Mary, ich bin es leid, dich dauernd beruhigen zu müssen. Hast du kein Vertrauen in mich, in dich selbst? Ich begreife nicht, was das alles soll. Ich rette dir in Paris das Leben, lasse dir Papiere als meine Frau ausstellen. Ich habe dich nicht im Stich gelassen. Ich sitze hier bei dir. Ich habe mich nicht aus dem Staub gemacht. Was kannst du mehr verlangen?«

»Mein Vater . . .«

»Ich bin nicht dein Vater.«

»Joseph Johnson und Fuseli.«

»Ich bin nicht Johnson und auch nicht Fuseli. Gibst du *mir* eine Chance? Schau mich an. Was siehst du?«

Sie schaute ihn an. Sie hörte nie auf, ihn anzuschauen. »Du bist der attraktivste Mann der Welt, und ich bete dich an.«

»Komm schon, warum sagst du nicht, der attraktivste Mann in Frankreich und Amerika. Ich habe gehört, daß es in China sehr attraktive Männer gibt.«

Sie lachte.

»Sag mir ehrlich, was siehst du, Mary?«

»Schwörst du, daß du mich liebst?«

»Nein, das tue ich nicht. Ich werde dir sagen, was du siehst: Ich bin nur ein Mann. Ich kann dich nicht für alles entschädigen, was du im Leben durchgemacht hast. Ich bin nicht unfehlbar. Ich mache Fehler.«

Irgendwie krampfte sich bei diesen Worten ihr Herz zusammen.

»Wie fehlbar, Gil?«

»Fehlbar.«

Kapitel 41

～～～～～～～～～～

Als die Hebamme vom Gärtner gerufen wurde, lebten sie in Le Havre. Gil war nicht da. Mary stellte sich vor, wie der Gärtner mit seinen erdverkrusteten Händen und seinem Strohhut, an dem sich Weinranken verheddert hatten, durch das Dorf am Hafen lief. Er mußte die herabhängenden Ranken auseinanderschieben und den Kopf durchs Fenster stecken. Verzeihung, ist Mistress Beauchamps zu Hause. Das war bestimmt ein Anblick, der leibhaftige Grüne Mann.

Mary stellte sich vor, wie sie in dem schmuddeligen Haus der Hebamme durcheinanderhasteten und die Utensilien in eine große Tasche stopften und dann, während sie sich den Hut auf dem Kopf festhielten, den Hügel zu Marys Haus hinaufeilten; andere Ehefrauen und neugierige junge Mädchen folgten; Hunde und Katzen schlossen sich dem Zug ebenso an wie eine kleine Gruppe Violinspieler. Das ganze Dorf war mobilisiert und strömte den Hügel hinauf.

Eine Menge Dorfbewohner hatten sich im Zimmer versammelt, und es ging fröhlich zu. Es gab reichlich Wein, Käse und Brot, das mit Butter und Kräutern geröstet wurde. Als Mary auf dem Gebärstuhl saß, rieb die Hebamme ihr den Bauch mit Aloe ein. Aus einem heißen Topf unter ihr stiegen warme, beruhigende Dämpfe auf, die die Schmerzen lindern sollten. Einige Frauen sangen freche Lieder, und ein Mann aus dem Dorf kam herein, um für Mary zu tanzen; er hob sein Hemd hoch über den Bauch. Magst du mich? Magst du mich? fragte er Mary auf englisch. Und ein kleines Mädchen saß in einer Ecke und wand einen Blumenkranz, den Mary nach der Geburt tragen sollte. Es passierte so viel um sie herum – der Wein, der Lärm, das Kochen –, daß Mary die schmerzhaften Wehen in ihrem Bauch nur undeutlich wahrnahm. Und dann hielten plötzlich die Hebamme und drei andere Frauen ihre Arme fest und baten sie zu pressen.

Mary preßte so fest sie konnte, und während sie es tat, durchfuhr sie der Gedanke, daß sie für diesen Moment noch gar nicht bereit war, daß sie noch keinen Gedanken darauf verwandt hatte, tatsächlich ein Kind zu bekommen, und daß dieses Kind ihr Leben verändern würde. Was mache ich hier, fragte sich Mary, und warum, warum mache ich es? Als ihr Körper sich im Schmerz aufbäumte, hatte sie das Gefühl, als habe etwas von ihr Besitz ergriffen. Sie, Mary, hatte nichts damit zu tun. Dieses Baby ging einfach durch sie hindurch, ohne sich um eine Erlaubnis zu kümmern. Als sie sich wieder aufbäumte, kam es ihr einen Moment lang vor, als sei sie dem Gefängnis ihres Körpers entkommen und flöge hoch über das Dach in den Himmel hinein. Es war ein äußerst schmerzhaftes Gefühl, das ihr dumpf in den Ohren summte. Als ihr Körper sich nochmals aufbäumte, schrie Mary: Jetzt weiß ich, warum ich lebe. Nach all den Jahren bin ich eins mit dem Universum.

Es war ein Mädchen.

Einen Moment lang kam in Mary der Gedanke auf, diesen Umstand geheimzuhalten. Sie konnte das Baby einwickeln, es wie einen Jungen kleiden. Doch als Gilbert zwei Tage später von der Reise zurückkehrte, traf er sie an, als sie gerade die Windeln wechselte.

»Es tut mir leid, Gilbert. Es tut mir so leid. Bitte sei nicht böse.«

Er blickte herab, schürzte die Lippen, als wolle er spucken, schluckte es hinunter. Mary hatte das Gefühl, versagt zu haben.

»Ach, jetzt hör auf zu weinen. Es ist ein Mädchen. Da kann man nichts machen.«

»Ich bin auch ein Mädchen«, sagte Mary, »und, und . . . na ja.« Sie setzte sich und entblößte die Brust, um sie dem Baby zu reichen. Sie hatte beim Stillen noch kein besonderes Geschick entwikkelt. Das Kind verfehlte immer die Brustwarze oder es saugte eine Weile daran, wurde dann ärgerlich, ballte die kleinen Fäuste, strampelte und schrie enttäuscht.

»Bist ein tapferes Mädchen, Mary, ein wunderbares Mädchen. Bist ja mein Mädchen. Jetzt habe ich *zwei* wunderbare Mädchen.« Und er küßte sie aufs Haar und ließ den Finger auf dem weichen Kopf des Babys ruhen. »Es ist nur wegen meines Namens. Ein Stammhalter...«

»Das nächste Kind, Gilbert, ich verspreche es.«

»Ja, ja. Genau.«

Sie wußte bereits, daß es kein nächstes Kind, kein nächstes Mal geben würde. Er schaute das Kind nicht einmal an, schaute sie kaum an, sondern ging ins Nebenzimmer, um eine aus England geschmuggelte Flasche Stoutbier zu holen. Er sagte, er müsse bald wieder fort, diesmal für ein oder zwei Wochen. Mary beschäftigte der Gedanke, wo er wohl wohnen würde, sie fragte aber nicht. Bei Christie, sagte er einmal, doch sie bezweifelte es. Im White's Hotel bei Paine? Sie wußte, daß Paine seit Januar im Gefängnis saß – es hieß, er sei zum Tode verurteilt.

»Wie geht's dem alten Paine in letzter Zeit?« fragte Mary.

»Gut, der ist quietschfidel. Er läßt dich grüßen.«

»Grüß ihn wieder«, sagte Mary.

»Wie wirst du es nennen?« fragte Gilbert und holte seine Pfeife hervor.

»Sie. Ich will sie Fanny nennen, Gilbert, Frances Elizabeth, nach meiner lieben Freundin, die gestorben ist, und nach Eliza, meiner Schwester. Fannys Baby hieß Mary, und Elizas Baby hieß Mary. Beide Kinder sind gestorben. Elizas Kind starb an der Ruhr, als Mr. Bishop das Baby zu seiner Schwester gab. Und Fannys Mary starb kurz vor ihrer Mutter. Sie wurden beide auf dem kleinen, protestantischen Friedhof beerdigt, der außerhalb von Lissabon auf einem Hügel liegt und von dem aus man einen wunderbaren Blick auf den Hafen hat. Dieses Kind...«

»Erspare mir die Einzelheiten.«

»Ich habe dir doch von meiner Freundin Fanny Blood erzählt, Gil, die mit mir zusammen zur Schule gegangen ist und in Portugal starb?«

»Ja, du hast es mir schon hundertmal erzählt.«

»Ach so.«

»Wie du willst, Mary. Nenn das Kind wie du willst.«

»Die Hebamme hat gesagt, es wäre immer am besten, wenn das erste ein Mädchen ist, dann kann es bei den anderen Kindern helfen.«

»Ja, ja.«

»Und ich bin sehr stark.«

»Kann ich?« Gil legte die Hand auf ihren Schoß. Sie zuckte zusammen.

»Es geht für ein Weilchen nicht, Gilbert. Es ist eingerissen und mußte wie ein Kleidersaum genäht werden.«

»Und das?« Er berührte ihre Brust mit den Lippen. Sie fuhr zurück.

»Du weißt doch, daß solche Geschichten die Milch vergiften können, Gilbert.«

Er schüttelte den Kopf, seufzte. »Mit dir ist nichts anzufangen. Stimmt's? Taugst zu gar nichts.«

»Ich kann dich küssen, Gilbert, und mit meinem Mund kann ich ... Du hast immer gesagt, wie sehr du meinen Mund liebst.«

»Ist nicht so wichtig.«

»Nein?«

»Nein, nichts ist wichtig. Das habe ich dir schon gesagt. Ist dir klar, daß ich meine ganze Reise nach Paris möglicherweise für nichts und wieder nichts unternommen habe? Mein ganzes Leben ist ein ewiges Hin und Her, und das einzig Gewisse ist die Ungewißheit. Vielleicht werde ich es nie zu Reichtum bringen. Vielleicht werde ich immer nur mit viel Geld zu tun haben, aber niemals selbst welches besitzen.«

»Mir ist das egal.«

»Aber *mir* nicht.«

»Taue, Getreide, lassen sich damit keine guten Geschäfte machen?«

Er sah sie mit erhobenen Augenbrauen an.

»Du hast nur in Paris zu tun, stimmt's?«

»Im Moment, ja. Wer weiß, was morgen ist. Vielleicht Schweden.«

Er war so verärgert, wie sie ihn noch nie erlebt hatte. Er trug kein Wildleder mehr und sah in Stoffhose und Weste recht englisch aus. Es stand ihm nicht. Er wirkte wie ein Kind, das aus seinen Kleidern herausgewachsen ist.

»Es ist nicht so einfach, eine Familie zu ernähren, weißt du.«

»Ich weiß.«

»Und ich versuche mein Bestes.«

»Binde mich wieder fest, Gilbert. Bitte. Laß es uns tun.«

»Das meinst du nicht ernst.«

»Doch.« Sie zuckte ein wenig zusammen, als sie an die Stiche dachte, falls alles wieder auseinanderriß. »Mach dir keine Sorgen«, sagte sie. »Es wird schon gehen.«

»Und die Stiche?«

»Es wird schon gehen.«

»Meinst du es ernst?

»Ja. Aber beeil dich, denn das Baby wird gleich aufwachen. Ich möchte dir gehören, so wie du mich magst. Ich möchte dich glücklich machen.«

Mit vorsichtigen Bewegungen zog sie ihr Hemd aus. Gerade in diesem Moment erwachte das Baby und begann zu schreien.

»Verdammt«, sagte er. »Verdammter Mist.«

Mary begann zu weinen.

»Ach, ihr könnt mich mal, alle zusammen.« Er zog seine Kleidung zurecht und wandte sich ihr zu, bevor er ein sauberes Hemd und eine Weste in seinen Koffer warf.

»Du weißt, so kann es nicht weitergehen«, sagte er.

»Was? Was meinst du?«

»Du weißt, was ich meine.«

Als er die Tür zuschlug, wollte sie ihm hinterherlaufen, doch sie hatte das Baby im Arm, konnte nicht besonders gut laufen, und außerdem war es dunkel. Die Nacht war schwarz und undurchdringlich. Sie wollte sterben.

»Ich hasse dich«, fauchte sie dem kleinen Baby ins Gesicht und schüttelte den kleinen Körper wie eine Stoffpuppe. »Ich hasse dich, weil du mein Leben ruinierst.«

Kapitel 42

~~~~~~~~~~~~~~~~~~~~

Mary bemerkte es zuerst am Geruch, einem neuen Geruch. Es war nicht *sein* Sommerschweiß, noch der Geruch der Babywindeln, noch ihr eigener Duft von Rosenwasser oder der köstlich frische Geruch des Babys. Es war ein billiges Zwei-Penny-Parfum vom Straßenhändler, nicht aus einem richtigen Geschäft. Es war ein penetrantes, auf französisch getrimmtes Odeur. Übel werden konnte einem davon.

Er ist also bei einer Hure gewesen, dachte sie. Ein verletzender Gedanke; aber er bedeutete nicht das Ende. Eine Hure war keine Geliebte, und sie stillte noch, was sollte der arme Mann tun.

Dann gab es Momente, in denen er ihrem Blick auswich oder sie ihn dabei überraschte, wie er sie wehmütig ansah, als sei es zum letzten Mal. Wenn sie ihm gegenübertrat, seinem Blick begegnen wollte, schaute er schnell weg, seine Augen glitten an ihrem Gesicht ab wie zwei rohe Eier, die von einem Teller rutschen.

»Ich bin es leid«, sagte er.

»Bist du mich leid?«

Ihr Mund war wie ausgetrocknet. Das winzige Schlafzimmer des Häuschens schien jetzt stickig und beengend, der Stoff des Bettüberwurfs, eine Rosendecke, zum Gedenken an Mrs. Price, kam ihr welk und töricht weiblich vor. »Bist du mich leid?« wiederholte sie.

»Nein, das Streiten.«

»So bald?« Sie sagte das mit der frostigen Heiterkeit der Verlorenen und Vergessenen. »Ich werde Fanny nicht mehr stillen, Gilbert.«

»Laß nur.«

»O Gott, Gilbert, du bringst mich um.«

»Warum so melodramatisch?«

»Was ist denn nur los?«

»Du hast ein so schönes Lächeln«, sagte er und drehte sich zu ihr. »Wirklich.«

»Ein Lächeln ist von Natur aus schön, Gilbert.«

Aus ihrer Erfahrung mit Henry wußte sie, daß »schön« ein Euphemismus war für »Ich liebe meine Frau« oder »Deine Tage sind gezählt« oder »Das alles war ein großes Mißverständnis« oder »Es gibt noch so viel zu sehen und zu tun, Lebewohl« oder »Du gehörst in eine Anstalt«.

Wenn sie ein Bild für die Eifersucht finden müßte, die sie empfand, würde sie zunächst einmal eine Torte nehmen, sie erst in Viertel-, dann in Achtel-, dann in Sechzehntelstücke aufteilen und Stück für Stück in sich hineinstopfen. Schließlich wäre ihr Körper bis in die Haarwurzeln, bis in die Fingerspitzen durchdrungen von dem, was sie selbst gesucht, was sie sich selbst bereitet hatte. Gilbert verströmte keinen Lorbeerduft, auch nicht seinen eigenen, warmen Ledergeruch; er roch nicht nach Baby, so wie Fanny nach dem Bad nach Butter und Milch duftete.

»Ich treffe mich mit niemandem, in der Art, wie du meinst, aber natürlich *treffe* ich Leute. Ich treffe eine Menge Leute, Männer *und* Frauen. Was ist Schlimmes dabei? Ja, ich weiß, du bist hier den ganzen Tag über mit dem Baby zusammen. Ja, ich weiß, du hast nicht viel Kontakt zu Erwachsenen. Wie kommt es, daß du nicht schreibst? Das ist doch der Grund, weshalb du nach Paris gekommen bist, und jetzt bist du hier, hast jeden Tag frei. Du brauchst dir keine Sorgen um deinen Lebensunterhalt zu machen. Damit muß ich mich herumschlagen. Du brauchst dir keine Sorgen zu machen, daß du verschleppt und umgebracht wirst. Damit muß ich mich herumschlagen.«

Er vermied es, sie anzusehen, blickte direkt über ihre Schulter hinweg aus dem Fenster. Nachts lag er auf dem Rücken, starrte zur

Decke und rollte sich dann ein wie eine Schnecke in ihr Haus. Manchmal saß er auf dem Stuhl mit der Decke über den Beinen.

»Eine Dirne«, sagte sie. »Eine armselige Schlampe und widerliche Hure.«

Tom Christie, der sie für einen Tag auf dem Land besuchte, hatte erwähnt, daß er Gilbert mit einer von Marys Freundinnen gesehen hatte. Jungenhaft und töricht wie eh und je, redete er unentwegt. Er hatte wirklich keine Ahnung, daß Mary mit einer Schauspielerin aus einer Wandertruppe befreundet war. Hunde, die auf den Vorderpfoten laufen konnten, ein Mann im Narrenkostüm, der mit Bällen jonglierte und dreckige Witze zum besten gab. Zum Schluß hatten sie den Hut herumgehen lassen.

> *Komm, du gräßlich-süße Maid*
> *Und mach' mir 'ne kleine Freud'!*
> *Doch nimm das Schwämmchen stets vorher,*
> *Denn du weißt, daran liegt mir sehr;*
> *Auch sollst' dir die Läuse vom Venusberg picken,*
> *Dann will ich dich die ganze Nacht lang ... erquicken.*
> *Tralala fideralala, ja daran liegt mir sehr.*

»Meine Freundinnen sind Erzieherinnen, Lehrerinnen, Schriftstellerinnen, Künstlerinnen«, sagte Mary. »Sie treiben sich nicht röckeschwingend auf der Straße herum. Wie sieht diese Person denn um Gottes willen aus?« Ich habe keine Freundin, sagte sie zu sich selbst, überhaupt keine, in keinem Beruf.

Christie scharrte ein wenig mit den Füßen, räusperte sich und blickte zu Boden. »Winzig wie ein Mädchen, vorne und hinten nicht viel dran, aber solche Augen und eine Riesenmähne, rotblond, dürre Arme.«

Er machte Anstalten, sich zu verabschieden, mußte eilig zurück, manövrierte sich umständlich zur Tür. Hastig wurde sich verabschiedet. Aufwiedersehen, Aufwiedersehen. Aufwiedersehen, Christie.

Mary blieb in dieser Nacht lange auf, saß sehr aufrecht mit dem Baby im Schoß. Sie hatte den Boden geschrubbt und sich und das Kind gebadet.

Als Gil nach Hause kam, betrat er das Haus wie ein Dieb. »Oh, hallo, Mary, noch wach?«

»Nett, daß du nach Hause kommst, Gil.«

»Natürlich komme ich nach Hause, Mary, wo sollte ich denn sonst hingehen?« Er setzte sein Gepäck ab, zog Jackett und Schuhe aus.

»Zu deiner Hure, deiner Dirne, deiner Schlampe. Oder lebt sie auf der Straße, wo sie die Röcke schwingt.«

»Agnes ist Schauspielerin, Mary, wie deine Sarah Siddons«, sagte er müde, versuchte nicht einmal, Ausflüchte zu machen.

»Wohl kaum.«

»Egal.« Er setzte sich, streckte die Beine aus, faltete die Hände, blies hinein, um sie zu wärmen.

»Wie sieht sie aus?«

»Nicht besonders.«

»Antworte, Gil, ist sie schön?«

Er stand auf, wankte ein wenig. Das Haus war in dichten Nebel gehüllt, die Umrisse von Bäumen und Häusern ließen sich nur erahnen; eine schimmernde Spur deutete an, daß es eine Straße gab, daß sie nicht irgendwo durch die Tiefen des Raumes trieben.

»Gil?«

Er seufzte.

»Ist sie schön, Gil?«

»Sie ist nicht schön, Mary.« Und mit ganz verträumter Stimme begann er, sie zu beschreiben. Ein kleiner kirschroter Mund, zierliche Knöchel, lebhafte, kindliche Ausdrucksweise. Sie war schlank und hatte schmale, zerbrechliche Hände. Ihr Lachen klang wie kleine Glocken, und man konnte sie leicht zum Lachen bringen. Agnes war jung, stark und süß. »Lieb und kostbar, nicht schön.«

Jung, dachte Mary und fühlte sich uralt. Jung. Er liebte ein

Mädchen, und sie war nicht einmal schön. Man mußte nicht schön sein. Jung zu sein genügte.

»Sie ist immer glücklich«, fügte Gilbert hinzu. »Sie ist mit ihrem Los zufrieden. Sie klagt nicht.«

»Ich nehme an, ich bin niemals wirklich glücklich.«

»Kaum. Du bist eine der unglücklichsten Personen, die ich kenne, Mary, und ich kann dich nicht glücklich machen.«

»Warum sagst du das?« Sie setzte sich, Schwermut überkam sie. Sie stand auf, ging ins Schlafzimmer, legte sich hin. Das passiert nicht wirklich, sagte sie zu sich selbst.

»Sie wäre beinahe zur Göttin der Vernunft gewählt worden«, rief er ihr nach.

»Göttin der Vernunft? Das tun sie also für die Frauen, das tun sie ihnen an; sie lassen sie Königin spielen, anstatt ihnen Rechte zu geben.«

»Eine Art Trostpreis.«

»Ja, ja. Jedes Dorfmädchen darf einmal in seinem Leben eine Krone tragen ... Das ist ja widerlich. Du solltest so was doch durchschauen, Gil. Wie konntest du bei so einem verdummenden, törichten Quatsch mitmachen? Wie dem auch sei, Robespierre hat jetzt den Vernunftkult abgeschafft und das Höchste Wesen wieder eingeführt.«

»Die Sache ist die, Mary, ich bin verliebt.« Er sagte das wehmütig. »Gott helfe mir, ich bin verliebt.«

Er legte seine Hände über das Gesicht und begann zu weinen.

Einen Moment lang wollte Mary ihn trösten. Dann fiel ihr ein, weshalb er weinte. Sie brauchte selber Trost.

»Erinnerst du dich an die Zeit, als wir uns draußen liebten, Gil?«

»Vage.«

»An die Bank unter dem Geisblatt, den Duft von frisch gemähtem Gras? Du sagtest: Wir wollen ganz langsam beginnen. Du schautest mir ins Gesicht, als du mich auszogst.«

»Der tote Mann.«

»Der tote Mann.«

»Ja«, sagte er ausdruckslos.

»Und daß du, wenn wir uns lieben, immer sagst: Ja, ja, ja.«

»Ich kann nicht länger hierbleiben, Mary. Das verstehst du doch.«

»Wie lange ...«, kreischte Mary, »triffst du ... dich schon ...« Ihre Stimme versagte.

»Seit Fanny, seit Fanny geboren wurde.«

Mary stützte den Ellbogen aufs Bett, bedeckte die Augen mit der Hand. Er stand noch immer vor ihr.

»Weil ich dir keinen ... Weil Fanny ein Mädchen ist? Deshalb?«

»Nein.«

Doch sie wußte, daß es der Grund war.

»Das ist es nicht, es ist nichts Bedeutendes.«

»Was denn?«

»All die Kleinigkeiten.«

»Was denn zum Beispiel?«

»Du sprichst zu viel, zu schnell. Du schulmeisterst mich dauernd, weißt alles besser. Nie komme ich zu Wort. Ich weiß, du bist klüger als ich, aber ...«

»Ich werde nie mehr sprechen, Gil. Dies sind meine letzten Worte.«

»Du bist zu hitzig, zu fordernd, du zermürbst mich, Mary.«

»Ich werde mäuschenstill sein, nie mehr ein Wort sagen und dich nie mehr nötigen, mit mir zu schlafen, oder dich küssen, wenn du es nicht möchtest.«

»Siehst du, wieviel du jetzt redest?«

»Das sind meine letzten Worte, ich verspreche es.«

»Und dauernd liest und schreibst du. Deine Bücher sind überall, unter dem Bett, auf dem Boden ums Bett verstreut und auf dem Tisch, wo wir eigentlich essen sollten, und auf der Chaiselongue. Du stapelst sie auf den Sesseln und im Küchenregal, und da, wo Teller stehen sollten, stehen Bücher und ...«

399

»Bücher sind mein Lebensinhalt und mein Lebensunterhalt. Sie bedeuten mir alles, Gilbert. Seit Monaten habe ich an nichts gearbeitet. Du selbst hast mir doch immer wieder gesagt, ich solle das Buch schreiben. Aber weil du es bist, bitte sehr – nie mehr.«

Mary stand auf und begann, alle Bücher einzusammeln. Sie öffnete die Haustür und warf sie nach draußen.

»Mary, du wirst doch nicht . . .«

»Ich bestehe darauf. Wenn dich mein rechtes Auge ärgert, reiß ich's heraus. Ein für allemal. Und das sind meine letzten Worte.«

»Du führst den Haushalt nicht gut. Und wie du mit der Magd umgehst. Erst kommandierst du sie herum, dann setzt du dich hin und ißt mit ihr.«

»Du hast vollkommen recht.« Mary knallte die Haustür zu. Das Haus wirkte steril ohne Bücher, ohne ihre Bücher. Es lagen noch viele im Regal und unter dem Bett und in der Küche, doch sie hatte einen Anfang gemacht. »Ich verspreche, daß ich mich mehr um den Haushalt kümmern werde. Und nun, da ich meine Bücher nicht mehr habe und nicht mehr spreche, müßte es ganz einfach sein.«

»Sind das jetzt deine letzten Worte?«

»Ja. Meine allerletzten Worte.«

»Du weißt auch nicht, was ein Mann braucht, um sich in seiner Haut wohl zu fühlen. Du bist nicht liebevoll.«

»Ich dachte, du hast gesagt, ich sei zu liebevoll.«

»Nicht auf die richtige Art.«

»Oh.« Sie versuchte herauszufinden, wie sie sein sollte.

»Und du kaust an den Fingernägeln.«

»Sicher, Gil . . .«

»Du kannst keine Melodie halten, und dein Bauch steht vor . . .«

»Ich werde Gesangstunden nehmen, und mein Bauch entwickelt sich zurück.«

»Du hast Flecken drauf.«

»Ich habe die Flecken bekommen, Gil, weil ich von dir schwanger war.«

Sie kämpfte auf verlorenem Posten, sie wußte es.

»Laß uns nach Amerika gehen, Gil. Ich möchte dort leben, im Land der Freiheit. Ich möchte für immer und ewig mit dir zusammenleben. Ich möchte Puritanerin werden und in den Wäldern jagen gehen. Ich werde Brot backen, Strümpfe weben, Friedenspfeifen rauchen.«

»Amerika ist keine besonders gute Idee.«

Er ging zum Schrank, holte seine Hemden und Hosen heraus, eine Weste, Strümpfe und ein Paar Schuhe.

»Gil«, schrie sie. »Geh nicht fort.«

»Du versuchst ständig, an mir herumzuerziehen, statt mich zu akzeptieren wie ich bin.«

Sie hielt den Atem an, versuchte, sich zurückzuhalten, konnte sich aber nicht mehr beherrschen:

»Das ist eine dreiste und unverschämte Lüge. Du bist dumm und schwach, das kann ich dir schriftlich geben, aber ich nehme es hin, ich akzeptiere was du bist, nicht bist, nie sein wirst. Du bist dauernd hinter dem großen Geld her, aber du schaffst es nicht, deinen Lebensunterhalt auf anständige Weise zu verdienen. Die Armen behandelst du von oben herab, die Reichen unterwürfig. Und überhaupt bist du ein Narr. Du bist arrogant, obwohl du sehr wenig Grund dazu hat. Du bist groß und stark, aber du hast ein fliehendes Kinn. Du hast Hände wie eine Frau. Dein Hintern ist zu dick. Deine Darmwinde entweichen in den unpassendsten Momenten, und du bekleckerst dein Hemd. Du ißt wie ein Schwein, trinkst wie ein Ochse, schnarchst wie ein Pferd, liebst wie ein Stier und läufst den Frauen nach wie ein Hund. Mit einem Wort, du bist ein Vieh. Außerdem bist du ein Feigling und ein Intrigant. Ich hasse dich.«

»Gut.« Er griff nach seinem Koffer. »Du widersprichst dir. In einem Moment liebst du mich, akzeptierst mich, im nächsten haßt du mich.«

»Ich liebe dich, wahrhaftig. Gil, es tut mir leid. Bitte, ich nehme alles zurück. O Gott, was habe ich da nur gesagt?« Sie schlang die

Arme um ihre Schultern. »Ich habe kein einziges Wort ernst gemeint.«

»Da du mich haßt, und ich all diese schrecklichen Eigenschaften
habe, dürfte es dir leichtfallen, auf mich zu verzichten.«

»Verlaß mich nicht, Gil.« Sie begann, sich die Haare zu rau-
fen.

»Ich will und ich werde es tun. An Geld wird es dir wohl nicht
fehlen, bist ja ein so berühmter Autor.«

»Berühmte Autorin.«

»Siehst du, selbst jetzt kannst du den Mund nicht halten und
mußt mich korrigieren.«

»Ich werde nie wieder ein Wort sagen, Gil. Niemals.«

»Tja, ich bin jedenfalls nicht mehr hier, um dein Schweigen zu
hören.«

Er ging durchs Haus und sammelte seine Sachen ein. Einen
Briefbeschwerer. Papier und Federn. Eine Miniatur mit dem Portrait seiner Eltern. Tom Paines frühe Pamphlete.

»Ich teile dich mit ihr.« Mary fuchtelte mit den Armen herum,
rang die Hände.

»Nein, Mary.«

»Wenn du zweimal in der Woche nach Hause kommen könntest,
Fanny braucht ...«

»Nein.«

»Einmal in der Woche, Gil. Nur einmal!«

»Nein, Mary, die Antwort ist nein, nein, nein.«

Er stand an der Tür. Im Licht der fahlen Morgendämmerung
sah sie sein Gesicht, das sie liebte, das sie anbetete, ohne das sie
nicht leben konnte.

»Ich gehe jetzt, Mary.«

»Du kannst nicht gehen. Du hast ein Kind.«

»Wir sind nicht verheiratet, Mary.«

»Wir sind so gut wie verheiratet.«

»Du hast geschrieben, ich zitiere: ›Ehe ist legalisierte Prostitution‹, und du hast mir selber gesagt...«

»Ich glaube das jetzt nicht mehr.«

»Das ist mir jetzt egal.«

»Bitte, Gil, bitte.«

»Mary, du bist wie ein Fieber, das ich überstanden habe.«

Mary spürte, wie ihr Bauch sich zusammenzog. Ihre Eingeweide rebellierten.

»Ist das dein letztes Wort, Gilbert? Ich bin ein Fieber, das du überstanden hast?«

»Ja. Wir sind tot, Mary, wir sind alle tot.«

»Nein, nein, das ist nicht wahr, Gilbert. Wir leben, werden ewig leben.«

»Mary, bitte erspare mir das Theater.«

Und dann begann Schnee auf den Weinberg zu fallen; er hüllte Gilbert Imlay und Mary Wollstonecraft in eine weiche, weiße Decke ein, ihre Glieder waren in einer ewigwährenden Umarmung verschlungen. Alles, was den Atem angehalten hatte, erstarrte im Frost: Der schwere Duft der sonnengereiften Trauben, die süßen Honigblumen, das metallische Zirpen der Grillen, das hohe Gras, die Leiche des Bauern, ein Hund, der irgendwo bellte, und das Rumpeln eines Pferdewagens auf der Straße.

Kapitel 43

~~~~~~~~~~~~~~~~~~~~~~~~

War das das Ende ihrer Geschichte, erstarrt in Raum und Zeit? Nein, es war nicht das Ende. Keiner von beiden hatte den Mut dazu. Es zog sich noch eine ganze Weile mühselig hin. Einige Monate nach dem Geständnis folgte eine hastige Rückkehr, eine verdrossene Rechtfertigung. Eine ganze Stunde lang dachte Mary, das Herz müsse ihr vor Dankbarkeit zerspringen, als sie zusammen auf dem Bett lagen und er ihr die Augenbrauen küßte, die Nasenspitze, die Ohrläppchen, sie Häschen nannte, sie fragte, ob sie hungrig sei, aufstand und sie mit Brotstückchen fütterte, die er einzeln vom Laib abbrach. Sie konnte sich nicht erinnern, schon einmal so glücklich gewesen zu sein. Dann, als Fanny fast ein Jahr alt war, machte Gilbert ihr einen Vorschlag.

»Ich möchte, daß du etwas für mich erledigst«, sagte er im Dunkeln und zeichnete ein Muster auf ihren Rücken. »Es ist etwas Geschäftliches.«

»Alles, was du willst«, sagte sie.

Und so kam es, daß Mary sich eines Tages auf einem Schiff befand – dem durchdringenden Wind, dem kalten Regen und den bewegten schwarzen Wassern der Nordsee ausgesetzt. Bei ihr waren Fanny und ihr französisches Mädchen Marguerite, die Tag und Nacht darum betete, auf festen Boden zurückzukehren, nach Europa, wenn möglich, und bitte, lieber Gott, am liebsten heim nach Frankreich. Mary wünschte, Marguerite würde den Mund halten. Ihr Auftrag lautete, nach Göteborg, Kopenhagen und Oslo zu fahren. Gilbert hatte Mary, »meine Frau und beste Freundin«, zu seiner »bewährten Gesandten und Stellvertreterin« bestimmt. Ihr, die Paris fluchtartig verlassen hatte, wurde die Aufgabe übertragen, für die Revolutionsarmee Getreide, Eisen, Bauholz und Taue zu kaufen. Gilbert hatte ihr zwar versichert, eine Reise nach Skandinavien sei so ungefährlich wie die Fahrt über einen englischen Gartenteich; doch sie erwies sich als tückisch. Mary hatte den Eindruck, zur Vertragsunterzeichnung auf feindliches Territorium geschickt zu werden. Sie dachte, vielleicht hat er mit einem Unwetter auf hoher See gerechnet, auf ein tödliches Ende ihrer Beziehung gehofft. Sie wußte nicht, was sie denken sollte. Wie Marguerite sehnte sie sich nach Festland, und, sterbenselend wie ihr war, wußte sie, daß diese Reise ihr letztes Liebesopfer für Gilbert sein würde. Und tief im Inneren ahnte sie, daß es nichts mehr bewirken konnte. Schon nach einem Tag war Gilbert unaufmerksam geworden. Und zwei Tage später, als sie das Haus abschloß, hatte Mary ein Stück Spitze, das nicht ihr gehörte, in einem Band mit Shakespeare-Sonetten gefunden, den Gilbert liegengelassen hatte.

»Es wird schon klappen«, sagte Gilbert und klopfte ihr auf den Rücken. »Ich habe die Fahrt selbst ein paarmal gemacht. Es wird dir guttun, mal aus dem Haus zu kommen. Du und das Baby, ihr braucht eine Luftveränderung.« Er hatte vom Fenster auf die Wiese unterhalb des Hauses geblickt wie auf ein ruhiges Meer. »Ein neues Abenteuer«, hatte er vage hinzugefügt. »Es wird dir gefallen.«

»Die Reise ist nicht gerade ein Spaziergang an der frischen Morgenluft«, gab Mary zurück.

»Würde ich je zulassen, daß du in gefährliche Situationen gerätst?« Das Lächeln auf seinem Gesicht war dümmlich. Es erinnerte sie an den Affen, den sie in Portugal gesehen hatte.

»Nein, natürlich nicht. Ich weiß, du liebst mich, Gilbert.«

Das Schiff hatte Möbel und Küchenutensilien für Finnland geladen; am Morgen, als sie sich der felsigen Küste Schwedens näherten, herrschte rauher Seegang, das Schiff konnte nicht anlegen. Mary, Fanny und das Mädchen wurden in ein Ruderboot gesetzt, und man deutete auf die Küste.

»Ein paar Züge«, sagte der Kapitän, »und Sie sind am Ufer.«

Es schien wirklich nicht weit zu sein. Mary war auf dem Avon gerudert, und als Kind war sie in Yorkshire den Swale entlanggeschippert. Doch sobald das Boot losgemacht war, mußte sie feststellen, daß sie es hier nicht mit einem ruhigen englischen Fluß an einem heißen Sommertag zu tun hatten. Das Wasser war schwarz und bewegt. Schaumgekrönte Wellen schlugen vor die Bootswand und schwappten über den Rand. Sie stellte sich vor unterzugehen, doch nicht in das zivilisierte Reich von Atlantis; sie würde allen Schrecknissen begegnen, die Mythos und Aberglaube der Seefahrer beschreiben – Schlangen und Meeresungeheuer, todbringende Wirbel und Strudel.

»Sie rudern«, sagte Mary zu dem Mädchen. »Ich halte das Baby.«

»Ich weiß nicht, wie das geht«, schrie Marguerite, »und ich kann nicht schwimmen, und ich habe nicht gebeichtet, und ich bin noch Jungfrau.«

»Nonnen sterben auch als Jungfrauen, was ist dabei? Um Gottes willen, rudern Sie, Marguerite, rudern Sie.«

Die Wolken ballten sich bedrohlich zusammen. Seevögel taumelten in Schwärmen durch die Lüfte, schrien und klagten. Der Leuchtturm, der mit seinen schwarzweißen Ringen auf einer Insel vor dem Festland stand, schien zu hüpfen und zu wanken, als das Boot auf dem Wasser hin- und herschaukelte. Eine einsame Gestalt auf einem Felsvorsprung, die sie mit den Armen fuchtelnd einlotste, trug einen langen Rock, der wie eine Fahne flatterte.

»Gilbert, du verfluchter Kerl«, zischte Mary zwischen den Zähnen. »Fahr zur Hölle.«

»Madame?«

»Hier, nehmen Sie das Baby. Ich rudere. Als Bauer Christoph Düwels-Eck. Gilbert, du Schurke, du bringst mich noch ins Grab.«

»Madame.«

»Halten Sie sich fest, Marguerite, halten Sie sich fest.«

»Gott ist gütig, Madame.«

»Auch jetzt?«

Mary hatte Lust, Gott zu verfluchen und zu sterben. Du, der du nie da bist, nimm ruhig zur Kenntnis: Ich verfluche dich. Und Gilbert: Du Nagel an meinem Sarg, dich soll ein Blitzstrahl zwischen die Beine treffen. Ihr Vater: Ich hasse dich, ich hasse dich bis in den Tod. Und ihr Bruder Ned: Das Leben soll aus deinem Körper weichen, und Würmer sollen dir den Mund zerfressen. Doch, als ob ihr Zorn sie antriebe, näherten sie sich stetig der Küste, und schließlich tauchte eine schmale, sandige Bucht auf.

»Gott *ist* gütig«, rief Marguerite aus und sank auf die Knie; in dem lecken Ruderboot stand schon das Wasser.

»Mag sein«, gab Mary widerwillig zu und fühlte den Schmerz in ihren Armen.

Als die Frau des Leuchtturmwärters am Strand ihren rechten Arm berührte, zuckte Mary zusammen. Es schmerzte genauso wie in Bedlam, als sie mit dem Arm angekettet gewesen war. Um das Boot an Land zu ziehen, war sie durchs Meer gewatet, und von ihren Röcken triefte jetzt die salzige Brühe. Der Leuchtturmwärter zog das Boot auf den Sand und half Mary und Marguerite, mit dem Baby den Strand und die Felsen hochzuklettern. Die beiden Frauen schleppten sich einen kleinen Pfad hinauf, der durch eine Gruppe von sturmgebeugten Bäumen führte; die Zweige sahen aus wie zerzaustes Haar, das im Wind weht. Marguerite schluchzte leise. Das Baby war während der Überfahrt vor Schreck ganz still gewesen; jetzt fing es an zu schreien. Die Frau des Leuchtturmwärters murmelte in ihrer gutturalen Sprache etwas, das wie Verwünschungen klang. *Das* ist die Hölle, dachte Mary, nicht Feuer und Schwefel. Sie stellte sich vor, in diesem kalten, kargen Land begraben zu werden. Man würde den Boden aufhacken müssen, um ein Loch zu graben, und es müßte obendrein ein ganz flaches Grab sein. Dort begraben, würde sie die Wellen gegen die schwarzen Felsen krachen und nachts den Wind seufzen hören. Hochbeinige Störche würden an ihren Knochen picken, und Druidenpriester würden über ihren toten Augen und ihrem nackten Schädel feierliche Gesänge zu Ehren heidnischer Götter anstimmen.

Doch der Leuchtturmwärter sprach Englisch, und im Herd brannte ein Feuer. Er holte Marys Truhe aus dem Boot, und während seine Frau emsig den Tee und eine Art heißes Porridge zubereitete, das in Holzschüsseln serviert wurde, sprach er von einem nahegelegenen Dorf und einer Kutsche, die direkt nach Göteborg fuhr. Marys alte Schatztruhe stand in der Ecke. Es war dieselbe, die sie auf das Gut der Kingsboroughs mitgenommen hatte, mit der sie bei Joseph angekommen war und die sie nach Paris mitgebracht hatte. Im Ruderboot hatte die Truhe zwischen ihnen gestanden, und jetzt kam sie Mary wie ein Symbol der Sicherheit und Unverletzbarkeit vor. Sie hatte das Gefühl, dem Tode wieder einmal entronnen zu sein. Sie besaß immer noch ihren Rousseau, ihren Locke, das Portrait von Sarah Siddons, ein paar Kleider und ihr Korsett. Sie war noch immer Mary. In diesem Moment, so vermutete sie, zündete Gilbert eine Kerze an, aß, schaute in den Himmel. Er schien in einer anderen Welt zu sein, doch er war ihr um so teurer. Sie vergab ihm. Es würde schon alles gut werden.

Nach einer Mahlzeit, die aus gesalzenem Fisch, Erdbeeren und frischer Milch bestand, nahm der Leuchtturmwärter Mary die lange Wendeltreppe mit hinauf, um ihr den Leuchtturm zu zeigen. Die Treppe schien kein Ende zu nehmen. Als Mary zur Frau des Leuchtturmwärters, die die kleine Fanny hielt, hinunterschaute, war diese so klein wie eine Puppe. Endlich kamen sie zu einer runden Plattform, in deren Mitte ein riesiges Feuer aus Eichenholz brannte. Das Feuer war mit einem runden Gitter aus dicken, versilberten Metallstreifen umgeben. Sie waren kunstvoll miteinander verflochten und leuchteten prächtig wie Kronleuchter. Nachts und bei Nebel hatte der Leuchtturmwärter dafür zu sorgen, daß die Reflektoren ununterbrochen rotierten, was er mit Hilfe einer Kurbel und eines Seils bewerkstelligte. Eine kleine Tür führte hinaus auf einen schmalen Rundgang um den Leuchtturm, der mit einem

morschen Geländer versehen war. Als sie hinunterschaute, wurde
Mary übel. Der Sand der Bucht war schiefergrau und schwarz, und
an einer verlorenen kleinen Wäscheleine flatterten ein blaues
Hemd, eine blaue Hose und ein Küchenhandtuch. Diese Wäsche-
leine erzählte ein ganzes Leben, bildete eine armselige kleine
Geschichte.

Schweden erinnerte Mary an eines jener strengen, unversöhn-
lichen Märchen, in denen überlebensgroße Gestalten – der Troll,
die Hexe, die schöne Prinzessin und der schneidige Prinz – vorka-
men. Die Menschen waren groß wie Riesen, hellhäutig, mit vollen
roten Lippen, Holzschuhen, fleckigen roten Wangen, Händen groß
wie Pranken und kräftigem, weißblondem Haar. Die Frauen trugen
es in Zöpfen um den Kopf geflochten, mit Bändern und schmutzigen Schnüren geschmückt. Die Männer hatten kurzgeschnittenes
Haar, das ihnen in glatten Strähnen um den Kopf hing. Mary
fühlte sich klein, schäbig, unbedeutend und verweichlicht.

Als sie auf dem Weg nach Göteborg mit der Kutsche durch Wälder aus Kiefern und Tannen, Wacholderbüschen und Brombeer-
sträuchern fuhr, rechnete sie jeden Moment mit Rentieren, lauern-
den Wölfen, Tieren mit dickem Fell und schwarzen Augen. Die
Häuser waren aus Baumstämmen gebaut, und die Geweihe über
den Türen kündeten vom Sieg über wilde Mächte. Mary, das Baby
und Marguerite übernachteten in einem Gebäude, das weitläufig
wie der Audienzsaal eines Wikinger-Königs oder wie eine riesige
Jagdhütte war. In der Nacht fuhr der Wind durch die Bäume, und
sie fegten mit ihren Zweigen wie ein gewaltiger Besen über das
Dach des Gasthofs, als wollten sie die ganze Welt sauberfegen. Die
drei lagen aneinandergeschmiegt in einem Bett. Mary hatte alle
Kleider aus ihrer Truhe genommen und sie über die Bettdecke gelegt. Sie hatte gehört, daß die Männer des Dorfes im Winter Löcher
ins Eis hackten und in den winterlichen Teichen badeten, während
sich unter ihnen die Fische wie Bären im Winterschlaf in den
Schlamm gewühlt hatten. Marguerite rief Gott noch einmal um
Hilfe an. Sie wollte gewärmt werden.

»Wir müssen stark und tapfer sein«, sagte Mary mit sanfter Stimme zu Marguerite. Doch sie gestand sich ein, daß ihr im Moment nicht nur die dunkle Leere des Zimmers Angst einjagte, sondern daß sie erkannt hatte, daß für sie alles verloren war, daß sie in Wirklichkeit ein einsamer Spaziergänger, daß ihre Liebe zu Gilbert einseitig gewesen, daß er sie in Wirklichkeit nicht liebte und sie fortgeschickt hatte, weil er zu feige war, sie zu verlassen. In der öden Landschaft wurde sie sich darüber klar. Es gab keine Ablenkungen.

Am nächsten Tag quengelte das Baby, es hatte Durchfall, und die Kutsche roch nach verdorbenem Teig und saurer Milch. Während Mary den Mund des Kindes immer wieder mit Wasser befeuchtete, erinnerte sie sich an Elizas Baby. Wasser und Salz. Wasser und Salz. Als sie in Göteborg eintrafen, war Fannys Po zwar noch wund und blutig, doch ihre Lippen waren nicht mehr aufgesprungen, sie trank vom Wasser und kam wieder ein wenig zu Kräften. Mary selbst, erschöpft, halb erfroren, unsagbar traurig, erhoffte sich Trost in der Stadt. Wenigstens würde sie imstande sein, ihr Baby richtig zu versorgen.

Göteborg erwies sich jedoch als Stadt, die nur wenig Trost spendete. Ihr Zimmer im Gasthof war mit Babywindeln drapiert. Nichts schien zu trocknen. Mary stellte sich vor, daß unter ihnen Wasserratten lebten. Ihre Röcke waren noch feucht, als sie den Anwalt traf, mit dem sie verhandeln sollte. Ihre Nase lief. Sie hatte wunde Stellen auf den Lippen. Sein Büro war klein und eng, roch nach Tinte und Moder. Auf den Fugen der Wand und auf den Fußleisten war ein grünlicher Belag, und in den schimmeligen Ekken sprossen Pilze. Die Unterredung verlief träge und zäh. Das Kratzen der Feder auf dem Papier erinnerte an Rattenpfoten, die über Steinfliesen huschen. Selbst die Sonne schien matt und ohne tröstende Wärme.

»Ja, ja«, sagte der Mann, rollte die Schriftstücke zusammen und klopfte auf die Enden. »Unsere Eichen sind Hunderte von Jahren alt. Sagen Sie Ihrem Gatten, daß der Winter bevorsteht.«

Mary schrieb vertrauensvoll an Gilbert, so als zweifelte sie nicht an seiner Liebe. Das Schreiben war eine Gewohnheit. Sie behielt Notizen über den Inhalt ihrer Briefe. Wer weiß, dachte sie, vielleicht kann ich sie eines Tages veröffentlichen. Sie erinnerte sich daran, wie sie in Portugal ihren Glauben an Gott verloren hatte. An dem Tag, als sie ihren Glauben verlor, wurde die Welt plötzlich ganz leer: Farbe und Geschmack, Maß und Bedeutung – die ganze Freude war verschwunden. Sie erinnerte sich an ein Bild aus ihrer Kindheit, auf dem Zephir, der Wind, mit aufgeblasenen Backen und Schlitzaugen aus den Wolken auftauchte. Jetzt war es genau umgekehrt. Lufthauch, Brise, Strömung, zwitschernde Vögel, alles flüchtete zurück in die Wolken, wurde aufgesogen, verschwand für immer. Die Welt wurde sehr still. In diesem Moment wußte sie, wenn ich sterbe, bin ich für immer und ewig tot. Es war kein Paradies zu erwarten, kein Höllenfeuer zu fürchten. Es fiel ihr schwer, sich zu bewegen, und sie konnte nicht essen. Entsetzen packte ihr Herz. Doch sie mußte ein Schiff finden, zu den Kindern nach Newington Green zurückkehren, denn die Schule war ihr Leben. Als sie nach England kam, kam sie wieder zu sich, und sie machte einfach weiter, als habe sich nichts verändert.

Sie fragte sich, wie sie den Verlust von Gilbert verkraften würde. Ihre Beziehung war bestenfalls anstrengend, schlimmstenfalls quälend, doch sie war etwas Vertrautes und hatte ihrem Leben Sinn gegeben. Ich bin Autorin, überlegte sie, doch auf diese Geschichte habe ich keinen Einfluß. Also schrieb sie ihm über die Landschaft. Es waren die geschwätzigen Briefe einer Ehefrau.

Einmal war sie mit Gilbert in einer Kutsche nach Versailles gefahren und durch den Spiegelsaal spaziert. Es schien ihr, als ob ihr Bild hundertfach reflektiert wurde. Ich bevölkere den Saal, sagte sie zu sich selbst, ich bin die Welt. Verglichen mit den harten Entbehrungen, die sie nun in sich und um sich herum wahrnahm, erschien ihr ihr damaliges Leben reich, erfüllt und fremdartig. Draußen, im Park von Versailles, hatte die Sonne die Statuen in goldenen Glanz getaucht. Die Sonne war in Frankreich anders als in Skandinavien, leuchtend und voll Fröhlichkeit; unbekümmert goß sie ihr Licht über Wagen und Straßen, Kinder und Bauern. Das Licht war hellgelb wie Butter. Marys Leben war wie in Butter gebettet gewesen. Hast du dir schon einmal, hatte Gilbert gefragt, mit einer Butterblume übers Kinn gestrichen?

Kapitel 44

»Du weißt«, sagte Joseph Johnson mit verhärmten Lippen am Tag ihrer Rückkehr nach London, »du weißt, daß er nicht mehr nach Kentucky gehen kann. Er ist ein Justizflüchtling. Hausfriedensbruch und Zahlungsunfähigkeit. Und dieser aberwitzige Plan, die spanischen Kolonien im Mississippital wieder in französische Hände zu bringen! Meine Güte, Kind, er hat doch nicht das Allgemeinwohl im Sinn, er hat doch keinerlei selbstlose Ziele. Der Mann ist ein Krimineller. Er schleppt eine ganze Sammlung von unehrenhaften Entlassungen und Degradierungen mit sich herum. Leider wimmelt es in den Kolonien von solchen Subjekten.«

Joseph schien gealtert, geschrumpft und angespannt zu sein.

»Das sind jetzt die Vereinigten Staaten, nicht mehr die Kolonien.«

»Da ist was dran, meine Liebe. Und bis vor kurzem haben sie dort Frauen verbrannt, die angeblich Hexen waren.«

»Wir haben auch Hexen verbrannt.«

»Dort gibt es Sklaverei.«

»Wir machen Sklaventransporte, und in all unseren Kolonien gibt es Sklaverei.«

»Das liegt an der Regierung.«

»Es liegt an den Menschen. Menschen halten Sklaven, Menschen sind Sklaven.«

»Da ist was dran.«

»Tausende und Abertausende von Menschen sind im Jahr der Terrorherrschaft in Frankreich umgekommen, Joseph. Die Amerikaner haben nicht das Monopol auf Grausamkeit.«

»Ja, aber du – du hast amerikanische Grausamkeit aus der Nähe kennengelernt.«

»Wir sind gut miteinander ausgekommen. Wir waren uns ähnlich.«

»Oh, nein, wie kannst du so was behaupten. Du bist die Stadt, mein Liebes. Er ist irgendein Kaff. Diese Schlampe, mit der er sich trifft, ist nichts als eine Viehweide. Du bist so kultiviert, so verfeinert. Du hast Straßenlaternen, Kopfsteinpflaster, Kutschenstationen, Bäder, Theater, vornehme Häuser und Teegärten. Mary, du bist London. Er ist ein Dorf mit ein paar Hütten, einer Kneipe, einer Kirche, einem Samstagsmarkt und einer lehmigen Dorfstraße. Die Schauspielerin ist nur Ackerland. Laß dich nicht mit dem Pöbel ein.«

»Wenn ich mich nicht mit dem Pöbel einlasse, werde ich immer allein bleiben, denn etwas anderes gibt es nicht.«

»Doch, Mary, doch.«

Der Wohnraum war mit neuen Stühlen vollgestellt, und Joseph schien ein wenig durcheinander zu sein. Als er ihr die Tür geöffnet hatte, begann Mary zu weinen, ihre Tränen fielen auf die kleine Fanny, die ebenfalls zu weinen anfing. Manchmal konnte Mary sie nicht beruhigen. Fanny wurden die Windeln gewechselt, sie wurde gefüttert, im Arm gehalten; Mary versuchte alles Erdenkliche, und doch weinte sie ununterbrochen weiter. Am Ende ihrer Weisheit, mußte Mary ihr mit einem kleinen Babylöffel Laudanum geben, mit demselben, den Henry einmal für das Porridge benutzt hatte.

»Hat sie Hunger, hat sie Schmerzen, was ist los?« Joseph wurde sehr nervös, wenn das Baby schrie. Mary war nun schon eine Woche in dem alten Haus in St. Paul's Churchyard, in ihrem alten Schlafzimmer, und Fanny hörte nicht auf zu weinen. Fanny schlief in einer Wiege, und Mary hatte ein neues Bett, doch Mary wußte, sie würden sich eine eigene Wohnung suchen müssen, aber wo? Sie hatte das ganze Geld, das sie mit *Eine Verteidigung* verdient hatte, ausgegeben, und mit ihrem neuen Werk über die Französische Revolution hatte sie gerade erst angefangen. Der erste Band war im

Dezember 1794 erschienen. Er verkaufte sich nicht gut. Außerdem nahm das Kind ihre ganze Zeit in Anspruch. Und leider war das Baby häufig mißgestimmt. Es war nicht besonders hübsch, runzelte meist die Stirn, hatte trübblaue Augen, pechschwarzes, in Strähnen abstehendes Haar und biß Mary oft wund, wenn sie es stillte. War Gilbert als Baby so gewesen?

»Der Mann taugt nichts, meine Liebe, ist dir das wenigstens klar?«

Joseph kam von dem Thema nicht los.

»Ja, ja, ist mir klar. Es *ist* mir klar. Er taugt nichts.« Aber im Grunde kümmerte sie das nicht. Sie liebte ihn noch immer.

»Und sich eine Schauspielerin auszusuchen, eine oberflächliche junge Gans, wie ich gehört habe, nach dir, der intellektuellsten Frau in Europa. Wie gewöhnlich.«

»Es ist gewöhnlich. Du hast recht. Die meisten Männer, selbst intelligente Männer, mögen intelligente, intellektuelle Frauen nicht. Sie mögen junge, schöne Frauen, nicht gescheite, alte. Es ist *ganz* gewöhnlich.«

Mary hielt die Schauspielerin, die Gil sich ausgesucht hatte, für ein Mädchen, nicht für eine Frau, obwohl sie sicher erwachsen war. Er nannte sie sogar »das Mädchen«, wenn er von ihr sprach. Darüber wunderte Mary sich. Sie hieß Agnes. Als er mit Mary Schluß machte, hatte Gilbert sie genau geschrieben. Sie war zierlich, das stimmte, und kindisch und nicht einmal eine richtige Schauspielerin, sondern eine Bänkelsängerin von der Straße, mit langen kupferfarbenen Locken, erstaunlich blauen Augen und einem großen Mund mit vollen Lippen, der ein wenig offen stand. Dieses Mädchen liebte es, sich zu verkleiden. Zweifellos war das ihre Vorstellung von Kunst. Doch ihre Haut war glatt und nicht durch Schwangerschaft verunstaltet, Mary konnte das alles verstehen; *ihre* Haut war schlaff, und über ihren ganzen Bauch liefen purpurfarbene und rosa Streifen. Jede Nacht rieb sie sie dick mit Creme ein, doch es half nicht. Die Hebamme hatte sie Tigerstreifen oder Babyflecken genannt.

»Als ich Fanny bekam, wurde ich häßlich«, sagte Mary.

»Mary, du mußt aufhören, dir wegen seiner Abreise Vorwürfe zu machen«, sagte Joseph.

Er konnte einem auf die Nerven gehen. Mary fand, daß sich in Josephs Haus am St. Paul's Churchyard nichts Wesentliches geändert hatte. Sie hatte eine Revolution überstanden, ein Kind zur Welt gebracht und war zerstört worden. Inzwischen erschien Mrs. Mason noch immer fast täglich mit einem vergnügten »Hallo, Mistress Mary.« Am ersten Tag hatte sie hinzugefügt: »Und was für ein schönes Kind. Ihres? So, sie ist fortgegangen und mit einem Baby wiedergekommen.« Und die großväterliche Standuhr, Josephs Stolz und Freude, tickte noch unverdrossen im Flur und schlug zu jeder vollen Stunde. Noch immer ölte Joseph sie einmal im Monat. Er gab in unregelmäßigen Abständen noch immer die *Analytical Review* heraus. Und es gab weiterhin die endlosen Essen am Donnerstag. Christie arbeitete nicht mehr mit an der Zeitschrift. Und Paine war noch in Paris, hatte den Terror hoffentlich überlebt. Übriggeblieben war ein trauriger Verein, ein alter, griesgrämiger Haufen.

»Ich war eifersüchtig und besitzergreifend«, fuhr Mary fort. »Ich wurde uninteressant. Das war mein Fehler.«

»Mary, wie kommt es, daß du dich weigerst, ihn zu sehen, wie er ist. Imlay war ein Schuft und ein Herumtreiber. Wann verliebst du dich mal in jemanden, der gut für dich und gut zu dir ist? In einen guten Menschen?«

»Wie dich, Joseph?«

»Na ja« – er wurde sehr nervös – »nicht unbedingt. Nein, in einen netten Mann, einen freundlichen Mann.«

»Egal, wer das sein soll, es klingt langweilig, unattraktiv.«

»Fuseli war auch nicht attraktiv.«

»Richtig, er war häßlich, aber so häßlich, Joseph, daß er schon wieder schön war. Er war eine Art Weltwunder. Du weißt, er hatte etwas Außergewöhnliches.«

»Nun, siehst du, genau hier liegt das Problem. Warum findest du

Erniedrigung aufregend? Fuseli hat dich auch schlecht behandelt. Erinnere dich, von Anfang an habe ich dir gesagt . . .«

»Es war mein Fehler. Ich hätte Fanny zu einer Amme geben, sie nicht selbst stillen sollen.«

Während dieser kleinen Diskussion standen sie im Zimmer. Keiner von beiden mochte sich setzen, trotz der vielen Stühle.

»Aber du hast gesagt, er wollte, daß du sie stillst.«

»Ja, das stimmt, aber ich hätte es besser wissen müssen.«

»Mary, du mußt versprechen, daß du mir nicht krank wirst wegen diesem Imlay, oder in die Heilanstalt gehst oder weiß ich was. Er ist es nicht wert.«

»Wie kann ich krank werden. Joseph? Ich bin tot. Er hat mich umgebracht.«

Kapitel 45

Am Ende einer Affäre sammeln die Liebenden Gegenstände ein, geben Schmuckstücke zurück. Bücher und kleine Andenken, Bänder und Zettel, Federn und Blätter ... Wenn man die einzelnen Gegenstände zurückverlangt, scheint es leichter, wieder Halt zu gewinnen und in der Welt Fuß zu fassen. So war mein Leben, bevor du kamst, scheinen wir zu sagen, und da werde ich anknüpfen; ich kann weiterexistieren, auch ohne dich.

Ich schreibe Dir in großer Traurigkeit, Eliza. Ach, er war ein übler Kerl. Und meine Leidenschaft für ihn war dunkel und abgründig. Ich träumte und wurde geträumt. Wir küssen uns, und ich öffne die Augen, um seinen halbgeöffneten Mund zu sehen. Seine Unterlippe ist voll, und seine Zähne sind entblößt. Er ähnelt so sehr einem Kind und einem wilden Tier – die weißen, ebenmäßigen, vollkommenen Zähne und die rosa Innenseite der Lippen, so zart und verletzlich – daß ich ganz ergriffen bin.

Eliza, ich konnte nicht vor ihm einschlafen, denn ich mußte wach bleiben, solange er wach war. Wir waren immer zusammen, und es war völlig natürlich. Wenn er überhaupt von etwas fasziniert war, dann von meinem Geist. Ich glaube, unsere Geschichte war aus Worten gewebt. Das kommt davon, wenn du eine kluge Frau bist. Wäre ich eine schöne Frau, hätte es vielleicht genügt, mich anzuschauen, und vielleicht wäre er länger bei mir geblieben, denn was bedeuten schon Worte: die findet man auch in Büchern. Eliza, ich sammelte meine Kleider auf. Wenn ich nackt war, konnte ich keinen Streit ertragen. Du liebst es, sagte er einmal, dich in Kleider und Lügen zu hüllen. Das nicht. Der Kampf erfordert eine Rüstung. Man muß seine Würde schützen.

Doch Gilbert spazierte nackt umher, wenn wir stritten, und hob Sachen auf, denn er mußte ständig Dinge berühren, als ob ihm die Hände abfallen würden, wenn er sie nicht benutzte. Las er ein Buch, wendete und glättete er die Seiten, als übermittele es ihm seine Botschaft durch die Fingerkuppen. So aß er auch; er legte seine Gabel beiseite wie einen fremdartigen Gegenstand, der nicht zur Benutzung bestimmt ist.

»Du Wilder«, sagte ich zu ihm. »Edler Wilder.«

Er liebte es, mir mit den Fingern durchs Haar zu fahren, und er tätschelte, streichelte und betastete jeden Teil meines Körpers, er massierte meinen Kopf, als wolle er unter die Kopfhaut dringen, und mit seinen Zehen knetete er meinen Rücken; er trieb Humes Vorstellung von der Erkenntnis durch die Sinne zum Äußersten; er bevorzugte den Tastsinn.

Seltsam, daß er eine Schauspielerin liebte und meine erste Liebe auch eine Schauspielerin war, Sarah Siddons, die mich dazu inspirierte, in die Welt hinauszugehen und ein Zeichen zu setzen.

Kannst Du Dich erinnern? Wir saßen in der Galerie. Großvater war zu Besuch und er lud uns alle ein, die Bettleroper von John Gay anzuschauen. Mrs. Siddons spielte die liebreizende Polly Peachum, die Frau des Räubers.

Dieser Abend im Theater war der wunderbarste Abend meiner Kindheit, Eliza. Alles entzückte mich: die Reihen von Kerzen an der Rampe, die die Bühne erleuchteten, die Dichternamen, die in Goldschrift auf den Logen standen: Shakespeare, Sheridan, Jonson, Goldsmith. Der Bürgermeister von Richmond saß in der Loge von Congreve. Im Parkett boten Händler lauthals Erfrischungen feil, überhaupt herrschte dort ein lebhaftes Treiben, doch als Mrs. Siddons an die berühmte Stelle kam, hielten wir alle den Atem an.

»Oh, Macheath, mußten wir uns trennen, damit ich dich nun ganz verlieren soll? Gefaßt! Eingekerkert! Verurteilt! Gehenkt! Grausamer Gedanke! Ich bleib' bei dir bis in den Tod. Keine Macht der Welt wird nun dein treues Weib von deiner Seite reißen.«

Die Leute im Parkett schrien und riefen ihr zu, daß ihr Geliebter sie betrüge.

Am nächsten Tag, als ich meiner Freundin Fanny Blood von dem Stück erzählte, konnte sie nicht verstehen, weshalb es so wichtig für mich war.

»Fanny, erkennst du nicht, was es bedeutet, eine Frau zu sehen, die ihr Talent genutzt hat?«

»Nein, wirklich nicht.«

»Meine Süße, es bedeutet, daß es möglich ist, unser Talent zu nutzen.«

»Wie das? Wir sind weder so begabt noch so sehr darauf aus.«

»Da sprichst du nur für dich«, sagte ich.

Eliza, wenn unsere Illusionen, ach, ich werde diesen Brief nie abschicken, ich schreibe ihn nur für mich selbst. Ja, Eliza, wenn die Illusionen, die wir uns über einen Menschen gemacht haben, zerbrechen, müssen wir feststellen, daß unsere Liebesgeschichte nur ein Produkt unserer Hoffnungen und Sehnsüchte war; wir konnten nur sehen, was wir uns wünschten, und sahen nicht die Wirklichkeit. Gilbert war ordinär, schwach, treulos. Und auch wenn er die Züge eines goldenen Engels trug, eines schönen, strahlenden, dann hatte ich ihn nach dem Vorbild von Miltons Engel geschaffen, diesem edlen Rebellen, der Gott nicht dienen wollte und für immer stürzte. Wir lebten ein Jahr zusammen, zuerst in Paris, und dann, als die Geburt des Kindes näherrückte und Paris zu gefährlich wurde, zogen wir nach Neuilly, später nach Le Havre. Paris wurde von Ausschüssen beherrscht: Dem Sicherheitsausschuß, dem Überwachungsausschuß, dem Untersuchungsausschuß. Gerichtsverhandlungen, Verurteilungen und die Guillotine. Die Frauen, die nach Versailles marschierten, um den König zur Verantwortung zu ziehen, um Brot zu bekommen, das sie für ihre Kinder brauchten, um die Unzufriedenheit zu schüren, um eine Revolution in Gang zu setzen, um den König zu töten, um einen Krieg im Inland anzuzetteln, Franzosen gegen Franzosen, und einen mit dem Ausland: England, Preußen, Österreich – diese Frauen haben verloren.

Um uns herum ereignete sich Geschichte, und auch in uns selbst, das ist es, was ich meine, Eliza, doch Gil und ich – abgesehen von seinen Fahrten zu den Pariser Lagerhäusern, nach Le Havre und Schweden – lebten in unseren paar Zimmern und versuchten, die Geschichte zu ignorieren; statt dessen spielten wir ein altes, ehrwürdiges Drama durch. Wir waren Liebende, die eine Welt, die um sie herum einstürzte, anscheinend vergessen

konnten. Läßt sich daraus etwas lernen? Wir selbst sind ebenfalls einge-
stürzt, denn Gil war grausam wie die Revolution und ich glücklos wie die
hingeschlachteten Massen.

Melancholie verdirbt die Muttermilch. Meine Schwester, ich liebe Dich,
und ich vermisse Dich. Unser Leben ist gebettet in ein Gewebe von Treue
und Verläßlichkeit, das sich Vernunft und Logik entzieht.

Kapitel 46

An einem Dienstag nahm Mrs. Mason sie mit zum Metzger. Die Innereien des Schweins, das sie kauften, mußten drei Tage lang gekocht werden. Dann wurden sie zerkleinert und Zunge, Herz und Leber des Tieres mit Kräutern und Zwiebeln gebraten. An diesem Donnerstag wurde noch spät ein Auflauf zubereitet, mit Äpfeln, Eiern, Sahne und in Brandy getauchten Brotkrümeln. Mary fühlte sich schlecht, doch sie setzte sich zu Tisch. Nach dem Essen gingen die Herren des Donnertag-Clubs zu einem Hahnenkampf.

»Wie kannst du nur«, sagte sie zu Joseph, als er es ihr erzählte.

»Es ist ein Riesenspaß, es wird viel gewettet.«

»Es ist grausam.«

»Sie kämpfen sowieso.«

»Bis zum Tod?«

»Ja.«

»Ich bin sehr enttäuscht von dir.«

»Ach, du liebe Güte. Ich bin kein Heiliger, das weißt du doch.«

»Ich meine es ernst. Sie tragen silberne Sporen, habe ich gehört, und reißen sich damit die Körper blutig.«

»Ach, Mary, ich wünschte, ich könnte so sein, wie du mich gern hättest, aber ich bin es nicht.«

»Aber du publizierst doch Bücher gegen Tierquälerei, Joseph!«

»Praktizierst du denn alles, wofür du in deinen Büchern eintrittst?«

»Ich versuche es.«

»Ich auch.«

»Du gibst dir aber keine große Mühe.«

»Woher willst du das wissen?«

Sie ging nach oben, um an ihrem Buch über Frankreich weiterzuarbeiten.

Seite, sagte sie zu dem Blatt, das vor ihr lag, du täuschst mich nie, du enttäuschst mich nie, du betrügst und verläßt mich nie. Du bist immer da und wartest auf mich. Du bist meine tabula rasa.

Das Problem war jedoch, daß Mary die Ereignisse in Frankreich nicht systematisch und mit der notwendigen Aufmerksamkeit verfolgt hatte. Der erste Band ihres Werks handelte lediglich von den ersten sechs Monaten der Revolution. Nachdem sie Gilbert getroffen hatte, waren ihre Aufzeichnungen immer spärlicher geworden, einige Thesen hier, gelegentliche Beobachtungen dort. Sie hatte gehofft, über die Ereignisse von 1793 und 1794 Augenzeugenberichte vorlegen zu können. Und nun schien sein Gesicht ihr aus jeder Seite, die sie füllen wollte, entgegenzublicken. *L'état c'est Gilbert Imlay.* Hör auf damit, sagte sie zu sich selbst, hör sofort auf.

Ihre finanzielle Situation zwang sie, das Buch zu schreiben; sie würde andere Dokumente hinzuziehen müssen, denn sie konnte den Bericht nicht nur aus eigenen Beobachtungen zusammensetzen.

So konnte es nur eine staubtrockene Übung werden. Sie sehnte sich danach, draußen zu sein. Es war Herbst, der Himmel schien blaß und durchsichtig, aber es war nicht kalt. Sie wollte ausgehen und Tee trinken. Sie wollte durch die Straßen fahren. Sie wollte ins Museum gehen. Sie wollte Mozart, Haydn und Händels *Wassermusik* hören. Sie wollte einen großen Ballen eisgrünen Taft und getupften Musselin kaufen und daraus neue Kleider, gestufte Röcke und gefältelte Mieder machen. Sie wollte sich auf Romane und Süßigkeiten stürzen und neues Schreibpapier kaufen, schwere cremefarbene Bögen. Sie wollte einen Liebhaber, der sie an den Fußsohlen kitzeln, sie Maria nennen, ihr Kaffee ans Bett bringen würde, der behutsam mit ihr schlafen und sie sonst in Ruhe lassen würde. Sie wollte eine Freundin, die lachen und ihr Geheimnisse ins Ohr flüstern würde, während sie beide in ihrem großen Bett Krümel verstreuten. Du bist schön, würde ihre Freundin sagen. Nein, *du* bist schön. Nein *du*. Mary wollte einen Roman schreiben, der die Gedanken und Ideen lebendig machen könnte, die sie in *Eine Verteidigung der Rechte der Frau* zum Ausdruck gebracht hatte. Sie wollte eine wirklich unabhängige Frauenfigur schaffen, sie in die Welt setzen und beobachten, wie sie ihren Weg machte. Sie wollte ihren Lesern Wahrheiten nahebringen, die zur Verdeutlichung eine Geschichte benötigten.

Nein. Sie wollte nichts von alledem. Sie wollte nicht leben. Sie konnte nichts genießen, und alles erschien ihr gleichermaßen uninteressant. Sie hatte keinen Willen, keinen überzeugenden Grund, um morgens aufzustehen.

Sie saß an ihrem Schreibtisch. Wegen des neuen Betts mußte der Schreibtisch an die Wand gerückt werden. Jetzt konnte sie den Himmel durchs Fenster nicht mehr sehen. In ihrem Buch war sie gerade beim Verdächtigungsgesetz, das die Verhaftung und Verurteilung aller Personen vorsah, die zwar nichts gegen die Freiheit, aber auch nichts dafür unternommen hatten. In Frankreich brauchte eine Person nur von einer anderen beschuldigt zu werden, um vor Gericht erscheinen zu müssen, wo dann ihr Leben auf dem Spiel stand. Wie sollte man beurteilen, ob ein Mensch etwas für die Freiheit getan hatte? Mary fand Frankreich abstoßend. Es würde sicher bald an seinen eigenen Kriegen zugrunde gehen. Außerdem hatten die Ereignisse eine Krise im politischen Denken Europas heraufbeschworen, denn jene, die für die Revolution oder die Idee der Revolution eingetreten waren, hatten nun keine intellektuelle Heimat mehr. Worauf sollten sie nun ihre Hoffnungen richten, wo sollten sie sich ihre Inspirationen holen, welche Regierungsform konnten sie unterstützen, wo gab es noch Helden und Heldinnen, welchen Einfluß hatten die Erkenntnisse der neueren Philosophie auf das politische Handeln, und mußte man nun Hobbes' pessimistische Ansichten über die menschliche Natur teilen? Frankreich stand für den Mob, den Aufruhr, das gemeine Volk, den Bauern und den Arbeiter. Mary war darüber erstaunt, daß das gewöhnliche Volk sich als weit bösartiger herausstellte als die Despoten, die es unterdrückt hatten. Wenn das der Fall war, was wurde nun aus den Idealen der Demokratie?

Im Ausland machte man sich gern über den britischen Hang zur Ausschweifung und Gewalt lustig: Besoffen für einen Penny, zu Tode gesoffen für zwei. Ben Franklin hatte festgestellt, daß es innerhalb eines Jahres, nämlich 1769, in England zahlreiche Aufstände gegeben hatte. Die Gründe waren Getreidepreise, Wahlen, Arbeitshäuser, Schmuggel. Angezettelt wurden sie von Bergleuten, Webern, Kohlenträgern. Zollbeamte und Steuereintreiber waren ermordet worden. Lord North war ausgeraubt, auf Horace Walpole war geschossen worden. Früher waren um den Tyburn Tree, den Galgenbaum, große Tribünen errichtet worden, und bei jeder passenden und unpassenden Gelegenheit zogen Männer ihre Hemden aus und veranstalteten Faustkämpfe. Doch verglichen mit der Französischen Revolution erschien das alles wie ein Kinderspiel.

Fanny weinte.

Den ganzen Nachmittag lang hatte sie ununterbrochen und enervierend vor sich hin gegreint. Manchmal wünschte Mary sich, sie wäre taub oder Fanny stumm. Ungeduldig nahm Mary das quengelnde Kind aus der Wiege und öffnete ihr Mieder. Fanny saugte einen Moment lang gierig an ihrer Brust, dann wandte sie sich ab und fing wieder an zu weinen.

»Meine Güte«, dachte Mary. »Jetzt trink schon.«

Als Mary den Kopf des Babys wieder an ihre Brust drückte, biß es hinein.

»Du bist unmöglich«, zischte Mary. »Was willst du eigentlich?«

Mary riß das Kind von der Brust und schüttelte es. Fannys Kopf schleuderte hin und her, ihr Gesicht wurde dunkelrot, und sie weinte lauter als je zuvor. Mary nahm sie zurück an die Brust. Das Baby drehte den Kopf weg, trommelte mit den kleinen Fäusten, strampelte mit den Füßen. Mary war selbst zum Weinen zumute. Sie legte das Baby wieder zurück.

»Für ein Pound«, sagte sie zu sich selbst. »Für einen Schilling würde ich . . .« Mary schüttelte den Kopf. »Mein Gott. Himmel, steh mir bei.«

Sie versuchte, einen klaren Kopf zu bekommen, ging nach unten, trank eine Tasse Tee, um sich zu beruhigen, blieb unten, solange es ging. Als sie wieder nach oben kam, weinte das Baby immer noch. Mary beugte sich hinunter, hielt ihr Gesicht ganz nah an Fannys. Die winzigen Augen sahen sie, verengten sich zu Schlitzen, und das Kind begann wieder zu weinen. Mary nahm es hoch, gab ihm ein paar kleine Klapse und legte es unsanft in die Wiege zurück.

»Da«, sagte Mary zu sich selbst. »Mehr Aufmerksamkeit bekommst du nicht.«

Das Baby schrie umso heftiger.

»Still«, zischte Mary. Sie lief auf und ab. Sie nahm Fanny wieder hoch, öffnete ihr Mieder, hielt ihr eine Brust an das kleine Gesicht.

»Willst du das?« Sie kochte vor Wut. »Oder willst du's nicht?«

Das Baby drehte den Kopf weg, krümmte sich und machte in die Windeln. Mary wechselte die Windeln und legte Fanny wieder hin.

»Du bist dreckig, ich hasse dich.«

Das Kind strampelte, ballte die Fäuste und heulte. Mary nahm es hoch und hielt es sich nah ans Gesicht, Auge in Auge.

»Deinetwegen werde ich in meinem Leben nie wieder einen Satz schreiben können«, sagte Mary. »Wofür lebe ich denn noch? Warum kann ich nicht einfach sterben? Willst du, daß ich sterbe? Versuchst du, mich umzubringen? Deinetwegen hat dein Vater mich verlassen. Ja, deinetwegen. Und du bist nicht einmal hübsch, nicht einmal gutmütig, nicht einmal leise. Und Verstand hast du auch keinen, was?«

Fanny krümmte sich, dann streckte sie die Beine aus, verbreitete einen schrecklichen Gestank und begann wieder zu weinen.

»Du bist ein häßliches Ding, ein gerupftes Huhn, ein lästiger Nichtsnutz. Hör auf zu heulen, sonst bring ich dich um.«

Mary rüttelte sie heftig. Als ihr bewußt wurde, was sie tat, wiegte sie Fanny in den Armen, bettete sie an ihre Schulter und ging mit ihr auf und ab. Dann legte sie das Baby zurück in die Wiege.

»Na komm, ist ja gut.«

Mary war in Tränen aufgelöst. Sie dachte daran, einen Federkiel zu nehmen und ihn Fanny ins Auge zu stoßen. Sie dachte daran, Fanny am Bein zu packen und aus dem Fenster zu halten. Sie dachte daran, dem Säugling mit bloßen Händen sämtliche Knochen zu brechen.

»Wenn du wüßtest, was ich denke, würdest du aufhören zu heulen«, sagte sie.

Doch es schien, als ob Fanny vorhabe, bis in alle Ewigkeit weiterzuschreien, komme, was da wolle.

»Jetzt reicht's mir aber.«

In diesem Augenblick hatte Mary das Gefühl, als befände sie sich in einem ihrer Träume. Ganz langsam ging sie zu dem Baby hinüber, nahm es hoch, hob es über ihren Kopf und warf es gegen die Wand.

Es gab einen dumpfen Aufschlag. Das Stoffbündel zitterte einen Moment, dann blieb es reglos liegen. O Gott, dachte Mary, ich habe es umgebracht. Ein Schauder durchfuhr sie. Auf Zehenspitzen schlich sie hin und drehte es mit der Fußspitze um. Das Baby starrte sie aus weitgeöffneten Augen an. Wie der Tote im Weinberg.

So ruhig, so still.

»Es *ist* tot«, stellte Mary fest. »Ich habe mein eigenes Kind umgebracht.«

Mary setzte sich auf's Bett und starrte auf den Fußboden, wo das Bündel lag. Ich habe mein eigenes Kind umgebracht. Lieber Gott, ich habe mein eigenes Fleisch und Blut umgebracht. Mary stand auf, ging hinüber. Wenn Fannys Gesichtszüge unbewegt waren, sah sie hübsch und sehr traurig aus. Und ich fand dich häßlich und habe dich umgebracht. Wie der Mann in Bath, der sagte, du gefällst mir nicht. Und sie dachte daran, daß ihre eigene Mutter sie gehaßt hatte. Es hatte sich nichts geändert.

Mary stützte den Kopf in die Hände und begann zu weinen. »Mein armes Kind.« Sie erinnerte sich an die Frau in Bedlam, die ein Lumpenbündel in den Armen trug und jeden bat, ihr Baby anzuschauen. Mary fragte sich, ob sie in Newgate das gleiche tun würde.

Dann bemerkte sie, daß das Baby blinzelte, ein wenig zitterte; und es begann wieder zu weinen, heulte ein paar Minuten kläglich vor sich hin. Dann schlief Fanny unter erstickten Seufzern ein.

Marys Zähne klapperten, und ihre Kniekehlen waren weich. Sie wollte das Kind nicht anfassen.

»Joseph«, schrie sie. »Joseph.«

Dann fiel ihr ein, daß er beim Hahnenkampf war.

»Mrs. Mason, Mrs. Mason.«

»Was ist denn?« Mrs. Mason trocknete sich die Hände an den Röcken, als sie die Treppe hinaufgestampft kam.

»Da drüben.« Mary deutete auf das Bündel, das sie gegen die Wand geworfen hatte.

»Fanny«, rief Mrs. Mason und eilte zu ihr hinüber. »Was machst du denn da?« Sie hob sie auf. »Was machst du denn da auf dem Fußboden, mein Lämmchen?«

Das Baby ließ ein Glucksen vernehmen.

»Sie sieht aus wie Sie, Mary.«

»Ja?«

»Was für ein hübsches kleines Mädchen.«

»Finden Sie wirklich?«

»O ja, Mary. Sie haben ein Kind, etwas, für das Sie leben können, etwas auf der Welt, das nur Ihnen gehört.«

»Ich habe meine Bücher.«

»Natürlich, Mary, aber Bücher sind Bücher. Das hier ist ein lebendiges Wesen, eine Tochter, die Sie lieben und sich an Sie erinnern wird, die sich um Sie kümmern wird.«

»Mrs. Mason, ich möchte sie zu einer Amme geben, bis sie älter ist.«

»Sie wollen sie weggeben?«

»Ja.«

»Warum denn?«

»Sie wird es dort besser haben.«

»Ohne Sie? Wie soll das gehen?«

Mrs. Mason bettete Fanny in ihre Wiege.

»Ich bin keine gute Mutter. Babys machen mir Angst. Bei einer Amme wird sie es besser haben, Mrs. Mason. Ich bin nicht geduldig genug. Und wenn sie entwöhnt ist, kann sie zu mir zurückkommen und bei mir glücklich aufwachsen. Wenn sie Worte verstehen kann, Geschichten. Ich bin ganz sicher, daß es ihr ohne mich viel besser gehen wird.« Mary war außer Atem.

»Sie glauben, ohne Sie wird es ihr gutgehen?«

»Ganz bestimmt.« Mary saß an ihrem Schreibtisch, den Kopf gesenkt.

»Aber Sie sind die Mutter, Mary.«

»Ich weiß.«

»Und all das, was Sie über Eltern und Kinder geschrieben haben, daß Eltern ihre Kinder aufziehen sollten, nicht Großmutter und Kindermädchen. Und ihre *Anmerkungen zur Erziehung von Töchtern*?«

»Ich weiß«, sagte Mary mit gesenktem Kopf. »Aber es ist zu Fannys eigenem Wohl. Damit sie gedeihen kann.«

»Mary, wie kommt das nur? Sie sagen ... Ihre Bücher ... aber ...«

»Ich weiß.«

»Mary, Sie müssen nur öfter mal raus hier.«

»Ja, aber das ist nicht die Lösung. Ich, ich mag ... kleine Kinder nicht. Ich bin also kein menschliches Wesen, keine richtige Frau, keine gute Mutter. Ich bin ein Biest, Mrs. Mason, sagen Sie selbst.«

»Nein, Sie sind kein Biest.«

»Na ja, vielleicht bin ich nicht dazu geschaffen, Mutter zu sein, eine gute Mutter zu sein. Ich mag Babys nicht. Ich bin nicht gut zu ihnen, nicht gut für sie.«

»Jeder ist dazu geschaffen. Tiere sind dazu geschaffen.«

»Na ja, vielleicht bin ich einfach nicht gut genug.«

»Sie sind gut genug. Sie können gut reden.«

»Man kann, wie King George, eine Menge reden und trotzdem verrückt sein.«

»Wollen Sie behaupten, daß Sie verrückt sind?« Mrs. Mason stemmte die Hände in die Hüften.

»Nein, das behaupte ich nicht. Das meine ich nicht. Ich meine, im Moment bin ich nicht gut für sie. Fanny braucht eine gute, mütterliche Mutter.« Mary wußte, daß es in Mrs. Masons Augen schlimmer war, sein Kind abzulehnen, als einen Mord zu begehen. Doch Mary wollte keinen Mord begehen.

»Die Ammen nehmen viele Kinder an, Miss Mary, wirklich. Die Leute schicken ihre Kinder aufs Land zum Sterben. So läuft das, Mary. Fünf Babys bei einer Amme in einer engen Hütte. Niemand bekommt genug. Es ist dunkel und feucht.«

»Fannys Chancen sind besser. Ich werde viel Geld für eine gute Amme zahlen. Wenn Fanny hier bleibt, wird sie bei mir sterben. Ich glaube, ich liebe sie, aber, ich muß es wirklich noch einmal sagen – es ist ein schmerzliches Eingeständnis –, es wird ihr besser gehen, sie wird glücklicher sein – ohne mich.«

»Sie sind noch nicht lange Mutter. Es dauert ein Weilchen. Sie werden in diese Aufgabe hineinwachsen. Sie werden es lernen.«

»Nein, das werde ich nicht.« Mary fuchtelte mit den Armen herum. »Meine Güte, Mrs. Mason, ich habe sie durch's Zimmer geworfen.«

»Es war ein Unfall.«

»Nein, das war es nicht.«

»Jeder von uns tut mal etwas, das er bereut.«

»Ich möchte nicht eines Tages bereuen, daß ich sie umgebracht habe.«

Kapitel 47

Man sagt vom Tod, daß er auf einem blassen Pferd erscheint. Doch wenn ein Tier wie geschaffen dafür ist, den Tod zu bringen, dachte Mary, dann müßte es ein wilder Eber sein, mit seinen schaumtriefenden Hauern und den in wilder Verzweiflung rollenden Augen. Seine gespaltenen Hufe würden den Boden aufwühlen, und hinter ihm würden braune Staubwolken aufsteigen. Der scharfe Geruch von Kot und Unzucht würde ihn begleiten. Sein wurmartiger Ringelschwanz stünde steil empor. Wenn der Eber losstürmte, würde das Gewand des Reiters im Winde wehen, und seine gespreizten Schenkel würden keine verschrumpelte Schnecke, keine geöffnete Lilie enthüllen, sondern ein klaffendes Loch.

Sie fand, daß Pferde, besonders weiße Pferde, zu edle Geschöpfe waren, um so einen Boten zu tragen, es sei denn, der Tod käme wie friedlicher Schlaf, wie Erlösung nach einem entbehrungsreichen Leben. Wenn sie oben in Josephs Mansarde tagträumend aus dem Fenster starrte, malte sie sich aus, der Tod sei weiß und sanft wie der erste Schnee des Winters. Zarte Flocken fielen draußen auf die Dächer von London, wehten durcheinander, bis die Straßen bedeckt und die Häuser in einen weißen Pelz gehüllt waren.

Andere weiße Dinge:

Sie erinnerte sich, daß sie als Kind in Wales beobachtet hatte, wie ein blasses Pferd mit gesprenkelter grauer Kruppe auf dem Friedhof graste. Sie erinnerte sich an weißbrüstige Möwen und Reiher, wilde Gänse im Winter und weiße Schlüsselblumen im Frühling, an weiße Schafe auf hügeligen Wiesen, die aussahen wie kleine tiefhängende Wolken, die mit den Beinen das Gras streiften.

Und sie wollte endlich ausruhen, ihre Kräfte wiedergewinnen. Sie wollte, daß es Fanny bei der Amme wohl erginge; daß Joseph aufhörte, sich Sorgen zu machen; daß ihre Schwestern aufhörten, sie um Geld zu bitten; daß die Leute aufhörten zu fragen: Wo ist denn der Vater des Kindes, wie war die Revolution – wie man sieht, haben Sie Ihren Kopf behalten, ha, ha, ha –, ist Robespierre wirklich so häßlich, wie behauptet wird, wann kommt Ihr nächstes Buch heraus?

An diesem Tag war Joseph Johnsons Arzneischrank unverschlossen. Da standen sie, die kleinen Glasflaschen, alle mit Etiketten. Sie las: Odontal. Mixt., Croc., Radix Jalapae, Lamium, Amygdalin. Aufschriften in Griechisch. Ein kleines Büchlein, das zwischen den Flaschen steckte, war etwas verständlicher:

Bei einem Schlaganfall ein Glas Urin einer gesunden Person trinken, Salz dazugeben, um den Brechreiz zu fördern.

Bei Gicht lebende Regenwürmer auf das befallene Gelenk setzen, bis sie anschwellen.

Bei grauem Star getrocknetes, pulverisiertes menschliches Exkrement in das erkrankte Auge geben.

Es gab Mittel gegen alle möglichen Gebrechen, von Verstopfung bis zu nervösen Störungen – Sennesblätter, Myrrhe, Teufelsdreck, außerdem Mörser und Stößel, eine Apothekerwaage, Klistiere für Einläufe.

Doch was sie suchte, war nicht da.

O je, dachte sie. Aber Mrs. Mason war nicht da, und nachdem Mary fast einen ganzen Tag lang das Haus durchstöbert hatte, fand sie es. Nicht im Arzneischrank, nicht in einem der Schlafzimmer, sondern unten in der Speisekammer, zwischen Apfelgelee und Essiggurken. Mrs. Mason war in Josephs Auftrag beim Tuchhändler oder sonst irgendwo. Joseph war auch nicht zu Hause, sondern in seinem Kaffeehaus.

Laudanum, dachte sie bei sich. Balsam für mein Herz, Laudanum, Laudanum. Mrs. Masons Laudanum war hell wie der Samen des Geliebten, hell wie die Milchstraße, hell wie der Große Bär der

Visionen und genau jene Essenz, die nach qualvoll durchwachten Nächten wohltuenden Schlummer schenkt, ein weiches, weißes Federbett, flüssiges Vergessen. Laudanum schmeckte süß und rauchig, es rann sanft und angenehm die Kehle hinab. Aphrodisisch, betäubend.

Mary ging nach draußen, hielt die Arme über den Kopf. Es war Donnerstag, ein nieseliger Spätnachmittag im Jahre 1795, und obwohl es erst Herbst war, verhieß die Luft nichts Gutes mehr. Mary hielt zwei Seiten eines Briefes an Imlay über ihren Kopf. Eine Seite trug die Überschrift »Meditation über die Eifersucht«; die andere »Meditation über den Selbstmord«. Im Regen lief die Tinte an ihren Händen hinunter und kreuzte in bläulichen Rinnsalen ihre Venen. Da geht das Leid dahin, dachte sie, und das Wort »Leid« lief aus, die Seite herab, an ihrem Handgelenk entlang und bildete in der Beuge ihres Ellbogens eine kleine Pfütze.

Den Entschluß hatte sie am Tag zuvor gefaßt, als sie mit Joseph bei einer Tasse starkem, schwarzem Tee saß.

»Du siehst schon viel besser aus«, hatte Joseph gesagt. Eigentlich war sie glücklich. Sie fühlte sich von allem befreit. Joseph war froh, sie lächeln zu sehen. Mary hatte sich ausgiebig mit Mrs. Mason unterhalten und fühlte sich fast lebendig. Sie war zu Bett gegangen, ohne sich vor ihren Träumen zu fürchten. Sie war mit neuen Energien aufgewacht. Sie hatte an diesem regnerischen Donnerstag zunächst an die Battersea Bridge gedacht, doch dort war es zu belebt. Sie fürchtete, entdeckt zu werden. Es kam ihr fast so vor, als habe sie eine heimliche Affäre und müsse der mißtrauisch gewordenen Ehefrau aus dem Weg gehen. Sie stand am Rand der Brücke und fühlte sich außerhalb jeglicher Ordnung. Da die Verzweiflung für sie etwas Vertrautes war, gestand sie sich ihre eigene Ordnung *und* ihre eigene Welt zu. Es war eine Art höhere Berufung. Sie vermutete, daß Heilige sich ähnlich fühlten. Sie lehnte sich an die glitschigen Ziegelsteine des Brückengeländers. Die dünnen Sohlen ihrer Schuhe waren durchgeweicht, boten keinen Schutz. Das war ihr nur recht.

Die Kleidung hatte sie ebenfalls sorgfältig ausgewählt – keine fließenden Gewänder einer Bühnentragödin, sondern Röcke aus einem möglichst schweren Stoff, um das Ertrinken zu beschleunigen. Sie wollte nicht wie eine Seerose flußabwärts treiben, mit dem Kopf nach oben und Beinen wie schwimmenden Ranken. Ihr Mieder sollte sie nicht wie eine Boje oben halten. Sie wollte schnell sinken. Daher hatte sie Wollröcke an, denn Baumwolle oder Leinen wäre viel zu leicht gewesen, und ihr Überrock, mindestens zehn Yard Stoff, war seitlich in schweren Falten hochgerafft, die von großen Schleifen gehalten wurden. Schließlich bin ich berühmt, sagte sie zu sich selbst, da kann ich es mir erlauben, mich so prächtig auszustaffieren, wie es mir passend und für einen schnellen Tod notwendig erscheint. Der Unterrock war zwar aus Baumwolle, jedoch abgesteppt, mit Rüschenvolants und gefältelten Verzierungen. Der Gürtel über ihrem Mieder war bestickt und mit Bändern besetzt.

Als sie an der Putney Bridge angekommen war, regnete es stark, und sie ging auf und ab, bis ihre Röcke mit Regenwasser vollgesogen waren. Sie wußte, sie würde sofort sinken. Sie zitterte und befürchtete, sie könne sich einen Schüttelfrost holen. Wie albern, sagte sie zu sich selbst, bald bist du jenseits von Schüttelfrost und allen anderen Krankheiten. Sie betastete ihr Gesicht. Es war glatt, faltenlos. Wenn sie nicht zu lange im Wasser liegen würde, könnte sie eine schöne Leiche sein.

Gil, aus Frankreich zur Beerdigung gerufen, würde sich hinunterbeugen, ihr schönes blasses Gesicht betrachten, das unversehrt war wie das von Hamlets Ophelia, ihren schmalen, mädchenhaften Körper – kein Bauch würde mehr vorstehen – und ihre Hände, die liliengleich auf ihrer Brust gekreuzt lägen. Man würde ihr das Haar in zwei fließenden Wellen über die Schultern frisieren. In der Fulham-Kirche würden Hunderte von Kerzen ihr wehmütiges Lächeln beleuchten, und ach, er würde weinen, daß es dazu hatte kommen müssen. Das habe ich nicht gewollt, würde er schluchzen, und wenn doch nur … Er würde an ihre großen Brustwarzen denken, an ihre glatte Haut, an ihren hellen Verstand, an die Art, wie sie beim Lachen die Lippen öffnete und die Nase krauszog, und an die Nacht, in der sie rittlings auf ihm saß und »Ich bin ein dickes Pferd und galoppiere nach Banbury Cross« aufsagte.

Am meisten fürchtete sie jedoch, was sie einmal in Bath gesehen hatte: Eine Ertrunkene, die schon mehrere Tage tot war, wurde aus dem Wasser gezogen. Das Gesicht der Frau war voller Algen, und in ihrem Haar hatten sich Abfälle und kleine tote Fische verfangen. Ihr Kopf war der einer Hexe, länglich, wie gewaltsam zusammengedrückt, und übersät mit Geschwüren. Der Bauch war aufgedunsen und die Finger so geschwollen, als ob sie mit Schwimmhäuten versehen seien. Da lag kein edles Wesen aus den grünen Tiefen von Atlantis ausgestreckt am Ufer. Diese Frau war blau angelaufen, schlammverschmiert und grotesk deformiert.

Die andere furchteinflößende Aussicht war für Mary der eigentliche Moment des Sterbens. Sie wollte einfach tot sein. Auf der anderen Seite sein. Sie wollte, daß es ohne Verzögerung und ohne Schmerz passiere. Als sie daran dachte, von der Brücke zu springen, krampfte sich ihr Magen zusammen, und ihr Atem stockte. Das Gefühl, von sehr hoch oben hinunterzufallen, würde entsetzlich sein. Doch andere Methoden, wie sich die Pulsadern zu öffnen, waren undenkbar. Zu schmerzhaft, zu unsauber. Sie knüllte die aufgeweichten Seiten mit ihren Meditationen über Eifersucht und Selbstmord wie einen Blumenstrauß zusammen, ein Nonnenbukett.

Marys Kleider waren nun vollkommen durchnäßt. Sie ging weiter auf und ab; zwar verzögerte sich hierdurch ihr Vorhaben, doch gleichzeitig war ein schnelles Untergehen gewährleistet, die Röcke würden nicht an der Oberfläche treiben. Sie sollten nach unten ziehen. Aus ihrer Brust sickerte etwas Milch und befleckte das Mieder. Wunderbar, dachte sie. Mehr Gewicht. Ein paar Minuten gewonnen.

Sie stellte sich vor, wie das kalte Wasser ihre brennenden Augen kühlen und in das Loch in ihrer Brust fließen würde, in dem einst ihr Herz gewesen war; wie es alle Schmerzen, alle Qualen von ihr nähme und wie die Gedanken an Gil ausgelöscht würden. Sie mußte nicht mehr klug oder witzig oder unterhaltsam oder verführerisch sein. Sie mußte keine Angst mehr vor Kränkung, Demütigung, vor dem Verlassenwerden haben. Sie konnte sich ausruhen. Die aufgewühlten schwarzen Wellen nickten ihr zu. Weißkuppige Finger lockten.

Spring, spring.

Mary preßte die zerknüllten Meditationen an sich, als ginge es um ihr Leben, schaute sich um und sah niemanden auf der Brücke oder in der Nähe. Schnell stieg sie auf das niedrige Geländer, machte die Augen fest zu und versuchte, sich zu sammeln, indem sie an seinen Körper dachte – die schmale Brust, die langen Beine, das weiche schwarze Haar – und an seinen wachen Verstand. Aber natürlich hatte er keinen so wachen Verstand, sicherlich keinen, den sie vermissen würde. Oder sollte sie an ihre Schriftstellerei denken, an ihren literarischen Rang? Doch wie wenig bedeutete er in Situationen wie dieser. Oder an ihr liebes Kind?

»Fanny«, rief sie über die Themse. »Fanny.«

Doch sie dachte an ihre Freundin.

Der Wind riß an Marys Haaren, schlug ihr gegen den Bauch, und ein Schwall eisiger Luft fuhr ihr in den Mund. Sie erinnerte sich daran, wie sie auf der Reling des Schiffes nach Portugal gestanden hatte. Dann sprang sie.

Es schien endlos abwärts zu gehen.

Dann, plötzlich, schlug sie auf.

Der Aufprall war ein kalter Schock.

Sie spürte, daß sie allmählich das Bewußtsein verlor.

Dann war schwarze Nacht.

Komm nach Hause, sagte Everina, komm nach Hause, unsere Mutter macht's nicht mehr lang. Sie bittet dich, daß du sie pflegst.

Wie kann sie nach mir rufen, sie haßt mich.

Böses Mädchen.

Warum nicht Ned.

Ein Mann.

Ihr Sohn.

Oder du.

Du weißt, ich kann den Geruch von Krankenzimmern nicht ertragen. Eliza muß ihren Mann versorgen, ihr Kind.

Ich nehme an, du hältst meine Stellung für unwichtig.

Mrs. Dawson wird Verständnis haben. Mutter hat höchstens noch ein paar Wochen zu leben.

Mrs. Dawson hatte kein Verständnis. Und Mary reiste von Bath nach Richmond ohne zu wissen, wo sie den nächsten Schilling hernehmen sollte.

Die Dünste des Krankenzimmers, die Everinas Nase beleidigten, erinnerten an faulendes Fleisch, rochen wie die Abfälle, die Metzger den Hunden auf die Straße werfen. Das Zimmer war eng und dunkel, die Vorhänge zugezogen. Selbst die Fensterläden hatte man zugeschlagen und verriegelt. Die Gestalt auf dem Bett lag reglos da, und das blonde Haar hing in filzigen Strähnen über die Kissen.

Niemand hat sie gekämmt, sagte Mary.

Gekämmt? Sie liegt im Sterben, antwortete Everina.

Sie ist noch nicht tot.

Am Bett stand ein Nachttopf mit Erbrochenem, und eine Katze leckte es auf.

Bring das raus, sagte Mary. Auf der Stelle.

So ein Tamtam, ist doch egal, ob die Katze es hier frißt oder draußen im Hof.

Mamma, sagte Mary sanft.

Wer ist da? Die Stimme klang wie der schnarrende Flug des Nachtfalters an der Zimmerdecke.

Ich bin es, Mary.

Mary, und weiter?

Mary mußte tief Luft holen. Mary, deine Tochter Mary, Mary Wollstonecraft.

Ach, du bist's.

Ich bin den ganzen Weg von Bath gekommen, Mutter, ich komme von weit. Ich bin tagelang gereist.

Ich liege im Sterben, weißt du.

Es geht ihr sehr schlecht, berichtete Mary Everina, die draußen vor der Tür mit dem Nachttopf in der Hand wartete.

Überrascht dich das?

Ihr Vater saß in der Küche, die Beine auf dem Tisch. Innerhalb eines Jahres war sein Haar weiß und schütter geworden, und sein Kinn ging direkt in den Hals über.

Annie war in Schottland. Zweifellos schiebt sie Schottenröcke hoch, sinnierte Mary.

Vater wird wieder heiraten, sagte Everina. Das tun sie immer.

Mr. Bishop, Elizas Mann, ähnelte ihrem Vater in Aussehen und Gang. Vielleicht war das einfach die Art, wie Männer gehen. Wenn Mr. Bishop das Essen nicht mochte, fegte er es mit einer Handbewegung vom Tisch.

Elizas kleines Baby quengelte unaufhörlich.

Marys Aufgabe war es, den Verband ihrer Mutter zu wechseln. Jeden Morgen schälte sie den Mull von ihren Brüsten. Er klebte fest, und Mary mußte mit dem Fingernagel ein Stück lösen, es sehr langsam und sachte abziehen, während ihre Mutter vor Schmerzen schrie.

Das dauerte gut zehn Minuten, und dann wurde ein neuer Verband angelegt. Der Krebs wölbte sich in dicken Knoten und Beulen vor.

Ihre Mutter wehrte sich dagegen, daß der Verband entfernt wurde, doch es war nicht schwer, sie festzuhalten; sie war so schwach. Ihre Arme waren wie Stöcke, das Fleisch hing lose und wabbelig herab. Die Beine konnte Mary gar nicht mehr ansehen, und die weiblichen Partien waren zu einem Zerrbild ihrer selbst zusammengeschrumpft.

Blutegel und Aderlaß, Einläufe und Heilsalben waren ausprobiert worden. Der örtliche Wundarzt mit seinem Arsenal von

Rasierklingen und Messern wurde gerufen, doch er setzte nichts davon ein. Heiße und kalte Kompressen, sauberes Leinen und viel Gin, das war die Strategie, die er empfahl. Ihre Mutter konnte den Gin nur schlückchenweise herunterbringen.

Marys Aufgabe war es auch, die Lappen und Tücher auf einem Feuer im Hof auszukochen und zum Trocknen aufzuhängen. Es war kalt, der Boden gefroren. Den Dampf, der aus dem Kessel in die Luft stieg, konnte man meilenweit sehen. Wasser, das aus dem kochenden Kessel schwappte, zog Furchen in die Erde; Hühner pickten darin und hoben beim Laufen geziert ihre Krallen. Inzwischen hatte der Frühling begonnen, aber die Landschaft, öde und trostlos, ließ noch nichts davon ahnen. Mary erinnerte sich, daß die Landschaft sich bald in einen Rausch aus Rosa, Lavendel und Zartgelb verwandeln würde. Als Kind hatte sie vom Schloßturm aus zum Swale hinuntergeblickt und davon geträumt, fortzugehen und eine berühmte Schauspielerin zu werden wie Sarah Siddons.

Als sie eines Tages das Zimmer ihrer Mutter betrat, war diese tot.

Sie holte eine Schüssel Wasser und einen Schwamm und entkleidete ihre Mutter behutsam, schob sacht die Ärmel von den Schultern, als ob ihre Brüste noch schmerzen könnten. Dabei lagen sie kalt und still da, kein Gefühl, kein Fieber, kein Pochen. Das Geschwür war nur ein Geschwür, die Brust eine Brust, die Frau eine Frau, einst ihre Mutter, jetzt nicht mehr.

Die Haut sah aus wie nackte Hühnerhaut. Das wird also einmal aus uns, dachte Mary, kämmte das matte Haar und legte Rouge auf die Wangen. Am Tag zuvor hatte ihre Mutter geseufzt: Noch ein wenig Geduld, und alles wird vorüber sein.

Wie kommt es, dachte Mary, als sie auf den toten Körper herabblickte, daß wir, obwohl wir unsere Väter vielleicht gehaßt haben, ihnen doch vergeben, während wir unseren Müttern niemals vergeben können.

»Mutter, Mutter.«

»Sie wacht auf, sie lebt, schnell, schnell, heb ihren Kopf hoch.«

Kalte, feuchte, schwarze Nacht, Fackeln mit orangehellem Lichtschweif.

Sie hörte die Nebelglocke. Nebel in der Hölle?

»An Land, Missy, Sie sind am Ufer.«

»Haltet sie warm.«

»Schh, schh.«

»Sie wären fast ertrunken.«

Ein Mann mit einer großen roten Nase beugte sich über sie und zog sich wieder zurück. Mary war schwindlig. Ihre Zähne begannen aufeinanderzuschlagen.

»Hol mal jemand einen Umhang, eine Decke, Brandy, heißen Tee.«

Unter sich fühlte sie etwas Weiches, Matschiges.

»Wir haben Sie gerettet«, sagte ein Mann. »Aus dem Fluß.«

»Wir dachten, Sie wären tot.«

Ein anderer Mann, der ein Stück Spiegel hielt, sagte: »Wir haben damit nachgesehen, ob Sie noch atmen. Sie sind am Ufer. Diese Fährschiffer haben Sie gerettet, als Sie heruntergestürzt sind; Sie hatten sich zu weit nach vorn gelehnt, um ihre Papiere aufzufangen.«

»Meine Meditationen.« Sie hörte das Rauschen der Wellen. »Meine Meditationen.«

»Sie trieben auf dem Wasser, Sie waren in Ohnmacht gefallen, aber ihr Kopf ging nicht unter.«

Die Brücke, der kalte Wind, der eisige Zugriff des Wassers, sie erinnerte sich.

»Wo wohnen Sie?«

»Wer sind Sie?«

»Sie ist eine berühmte Schriftstellerin.«

Mary setzte sich auf, griff nach dem Spiegel, hielt ihn hoch. Zuerst konnte sie ihr Gesicht nicht sehen, doch allmählich tauchte es auf, kam an die Oberfläche. Sie schaute sich selbst in die Augen.

Mary starrte in den Spiegel. Was ist das, dachte sie. Was geschieht mit mir? Weshalb bin ich so glücklich? In diesem Augenblick empfand Mary Liebe zu sich selbst.

Warum?

Weil sie lebte und nur das von Bedeutung war.

William
~~~~~~~~~~~~~~~~~~~~~~~~~~~

Kapitel 48

Ende des achtzehnten Jahrhunderts gab es in London zwanzig Hospitäler oder Heilanstalten für Kranke und Lahme, hundertsieben Altenasyle, achtzehn Armenhäuser, sieben Ambulanzen für Bedürftige, einundvierzig gebührenfreie Schulen, siebzehn andere Schulen für verlassene und arme Kinder und 165 Gemeindeschulen.

Außer den Bädern, die vielen der großen Hotels und Kaffeehäuser angeschlossen waren, gab es – das Meerwasserbad einbegriffen – elf öffentliche Bäder. Die Postkutschen hielten bei den wichtigsten Gasthöfen. Eine gute Adresse, um Mittag zu essen, war das Cheshire Cheese jenseits der Fleet Street. In der Nähe war das Barley Mow, wo täglich gekochte Kartoffeln und während der Wintersaison jeden Abend gebratene Kartoffeln serviert wurden. Im Queen's Arms Eating House in Bird-in-Hand Court, Cheapside, konnte man täglich um drei oder vier Uhr ein ausgezeichnetes Mittagessen bekommen. Es gab achtzehn Teestuben und zahllose Kaffeehäuer und Schenken. Für einen Schilling konnte man in einer Garküche eine reichliche Mahlzeit zu sich nehmen.

In Geschäftsstraßen betrug die Miete für ein Haus zwischen dreißig und vierzig Pfund im Jahr und an den großen Plätzen zwei- bis dreihundert Pfund. Für ein möbliertes Zimmer wurden ein bis zwei Guineen verlangt, im zweiten Stock zwei Drittel des Preises. Die Kutschen, deren Halteplätze über die Stadt verteilt waren, z. B. Islington Green, Shoreditch-Kirche und Fleet Street, gegenüber Mitre Court, kosteten einen Schilling pro Meile.

Kew Gardens, ein beliebter Erholungspark, lag vier Meilen südlich von Kensington, jenseits der Themse. Er war mit sehr viel Geschmack eingerichtet. Das 1761 erbaute Gewächshaus war 145 Fuß lang, dreißig Fuß breit und fünfundzwanzig Fuß hoch. Im Park gab es ein Vogelhaus, einen Blumengarten, eine Menagerie mit chinesischen Fasanen, und inmitten eines künstlichen Sees, der von Wasservögeln bevölkert war, stand ein chinesischer Pavillon. Darüber hinaus gab es auf dem Gelände verschiedene Tempel; für Bellona, Pan, Solitude und Augustus. Mary saß natürlich im Tempel der Solitude. Das war zu der Zeit, als sie begann, sich von ihrem Selbstmordversuch zu erholen und ohne Hilfe ausgehen konnte. Manchmal begleitete William Godwin sie. Mary empfand ihn als Heilmittel gegen Gilbert Imlay, denn Godwin glaubte, daß »unsere einzige und wahre Glückseligkeit darin besteht, unsere intellektuellen Kräfte auszubilden, die Wahrheit zu erforschen und tugendhaft zu leben«.

In der Princess Street, beim Hanover Square, war Merlin's Mechanical-Museum; dort gab es eine Uhr, eine hydraulische Pumpe, das Modell einer kreuzenden Fregatte, einen mechanischen Jongleur, der mit Schüsseln und Bällen spielte, ein Walzen-Cembalo und eine Laterna magica. Godwin gefiel die hydraulische Pumpe am besten. Mary gefiel die Laterna magica. Auf einer Scheibe waren die Silhouetten kleiner Figuren befestigt; in der Mitte stand eine Kerze, die die schwarzen Schatten auf einen Wandschirm projizierte; die Scheibe wurde wie eine Drehorgel von einer Kurbel angetrieben, drehte sich im Kreis, und auf dem Wandschirm erschienen tanzende Damen, ein Schiff auf dem Meer oder ballspielende Kinder.

Kapitel 49

Mary erinnerte sich daran, wie ihr zum ersten Mal weh getan wurde. Es war auf einem kleinen runden Platz am Ende einer Straße. Das geheimnisvolle Licht der Abenddämmerung gab ihm das Aussehen einer Arena. In den schrägen Strahlen der sinkenden Sonne wirbelte Staub auf, und Rosenblätter fielen zu Boden. Ihre Nase war dreckverstopft, und sie konnte nicht atmen. Hört auf, hört auf, rief sie, doch sie hörten nicht auf. Die bösen Jungen bewarfen sie weiter mit Dreckklumpen.

Als sie am Ufer der Themse aus ihrem Todestraum geweckt wurde, packte sie ein wilder Freudentaumel. Alle ihre Sinne erwachten, und sie wurde sich ihrer selbst schmerzlich bewußt. Der faulige Geruch, der aus ihren nassen Kleidern stieg, erinnerte sie an ihre Kahnfahrten auf dem Avon bei Bath und auf dem Swale. Das gedämpfte Stimmengewirr der Leute, der bange Klagegesang ihrer Anteilnahme erinnerte an Paris während der Revolution. Die Lichter, die Mary am anderen Ufer sah, schienen erleuchtete Fischerboote zu sein, die in der Bucht von Lissabon schaukelten. Lisboa sagten die Portugiesen. Sie sank in den Sand zurück.

Der Regen hatte aufgehört, und der Vollmond stand leuchtend am Himmel; er versprach Mary, daß sie eines Tages Großes vollbringen werde. Sie *hatte* schon Großes vollbracht. Doch schien es nicht darauf anzukommen, Großes zu vollbringen. Es schien darauf anzukommen, eine Perspektive zu haben, ein »Eines Tages«. Für sie gab es ein »Eines Tages«.

Warum hat sie es getan, flüsterten sie am Flußufer. Warum hat sie versucht sich umzubringen?

Aus Liebe, sagte jemand.

Ach, aus Liebe.

Aus unerwiderter Liebe.

Wo ist ihre Mutter?

Wo ist ihr Vater?

Wo ist ihr Mann?

Es heißt, sie habe nur schwarze Kleider getragen.

Eine Schande und ein Jammer.

Es heißt, sie sei eine berühmte Schriftstellerin.

Dann ist sie reich.

Wenn ich reich wäre, würde ich mich nicht umbringen. Ich würde mein Geld ausgeben.

Eine Frau, die durch eigene Arbeit reich geworden ist? Sie muß einsam sein. Sie muß ein verkleideter Mann sein.

Geschwätz von Hebammen.

Geruch von Kloakenmännern.

Blicke von Näherinnen auf ihren Schoß.

Gepfeife von Kutschern.

Ich für meinen Teil würde so etwas nie tun.

Weil du dein Bier zu sehr vermissen würdest.

Es gibt kein Vermissen, es gibt keine Tränen im Grab.

Die Fährschiffer, die Mary gerettet hatten, ruderten sie flußabwärts nach Blackfriar Stairs, zwei Boote mit Neugierigen folgten ihnen. Sie trugen Mary in einer Decke, die sie wie eine Hängematte an den Enden festhielten. Es war eine Prozession im Fackelschein. Gelegentlich wurde ein Gesicht beleuchtet – aufgerissene Münder, eine schmale Wange, rotgeränderte Augen, schiefstehende Zähne.

»Wir sind da, hier ist es«, erklärte Mary.

Joseph öffnete die Tür.

»Mein Gott, Mary. Was ist passiert?«

»Die Dame ist in den Fluß gefallen«, sagte einer der Männer.

Der Trupp wurde hereingebeten, mit Brandy versorgt. Mrs. Mason brachte Brot, Essiggurken, kalten Braten. Sie aßen, sie tranken, sie verschwanden wieder. Währenddessen war Mary zum Kaminfeuer gebracht worden, Mrs. Mason hatte sie gewaschen und umgezogen, und dann wurde sie in warme, saubere Decken gewikkelt und in einen Sessel gesetzt.

»Mary, du hast uns zu Tode erschreckt«, rief Joseph aus. »Mein Liebes, wie konntest du nur so etwas tun. Fanny. Deine Arbeit. Ich. Wie konntest du mir das antun? Du bist bereit, dein Leben wegzuwerfen, weil irgend so ein Idiot einer armseligen Schlampe nachläuft, einer Hure von Schauspielerin, einer Straßendirne. Und obendrein schadet das, und nicht nur das jetzt, sondern auch ein gewisser Ausflug nach Bedlam, du weißt, was ich meine ... also solche Eskapaden schaden deinem literarischen Ruf – beträchtlich ... drücke ich mich deutlich aus? Verstehst du, was ich meine?«

»Tut mir leid, das sehe ich anders«, warf Mrs. Mason ein. »Das Publikum liebt menschliche Tragödien. Als ich erfahren habe, daß – jetzt habe ich ihren Namen vergessen – war es Mrs. Burney oder Miss More oder vielleicht Miss Foster, die von ihrem Großvater enterbt und von ihrem Mann verlassen wurde und in tiefer Verzweiflung gestorben ist, na, jedenfalls wollte ich ihre *Alte Magd* nun erst recht lesen.«

»Mrs. Mason ...«

»Tut mir leid, Sir, ich wollte nicht ...«

»Mason ...«

»Hopp-hopp, runter in den Laden und her mit dem Brandy. Kenne kein Problem, das sich nicht mit Brandy lösen läßt, und ich sag zu ihm, benimm dich gefälligst, sag ich, und steck dein Hemd rein. Die Männer sind heutzutage so liederlich, Miss Mary ...«

»Mrs. Mason, wir müssen mit Mary sehr behutsam umgehen.«

»Ich bin so sanft wie ein Lamm«, beteuerte Mrs. Mason.

»Mary, sag doch mal etwas.«

»Sie wird ihre Sprache schon wiederfinden, Mr. Johnson, da bin ich ganz sicher, genauso wie nach ihrem Aufenthalt in der Irrenanstalt.«

»Mrs. Mason, den Brandy. Weg mit Ihnen.«

»Ich habe das schon oft erlebt. Sie können sich dann nicht mehr räuspern. Sind stumm geworden, gucken erstaunt in die Welt wie Idioten ...«

»Mary, nicke mit dem Kopf, wenn du ja meinst. Hörst du uns?«

Mary nickte.

»Sehen Sie, sie hat verstanden, daß Sie *Idioten* gesagt haben, Mrs. Mason. Entschuldigen Sie sich auf der Stelle.«

»Möge Gott mir vergeben, möge er mich ans Kreuz nageln und mir die Augen rausreißen und mir heißes Öl auf die Füße gießen ... Aber sie hat den Leuten gesagt, wie sie hierherkommen. Sie *kann* sprechen.«

»Mason.«

»Tut mir leid.«

Mary trug wieder Josephs seidig-glatten Morgenrock. Vielleicht hatte sie ihn nie abgelegt. Das Zimmer war weitgehend unverändert. Während ihres Frankreichaufenthalts hatte er ein paar neue Möbel gekauft – einen Kaminrost aus poliertem Stahl, ein Sofa, einen Marmortisch mit einem vergoldeten Adler als Fuß und einen chinesischen Stuhl. Er besaß eine Nußbaumvitrine, Bücherregale, einen Sandelholzklapptisch, einen Sheraton-Sessel und einen Kerzenleuchter. Sie hatte diese Dinge schon vorher gesehen, aber nicht wahrgenommen. Mrs. Mason trug ein neues Kleid, diesmal ein grünes, gemustertes. Marys Sehvermögen schien sich geschärft zu haben. Es fiel ihr leichter, Schlußfolgerungen zu ziehen. Sie hatte den Verdacht, daß ihre *Verteidigung der Rechte der Frau*, die sich sehr gut verkauft hatte, Joseph eine Erweiterung seiner ausgesuchten Innenausstattung und Mrs. Mason die Anschaffung üppiger Garderobe ermöglicht hatte.

»Und, Missis Mason, dieses ganze Gerede. Überfordern Sie sie nicht.«

Alles überforderte Mary. Die Welt war laut und überrollte sie mit riesigen Wogen. Sieh mich an, sieh mich an, schien es von allen Seiten zu rufen. Wohin sie sich auch wandte, von überall bestürmten sie Menschen und Dinge. Selbst ihr eigener Körper forderte sie heraus. Die nassen Haarsträhnen ringelten sich um ihren Nacken wie Würmer, die ihr den Rücken hinunterkriechen wollten. Im Kaminfeuer sah sie das Gesicht ihrer Schwester auflodern. Der Petitpoint-Löwe auf der Rücklehne des Sessels fauchte und brüllte. Mary konnte sprechen, doch sie wollte noch nichts sagen. Es hätte nur größere Verwirrung gestiftet.

»Nur ein kleines Stückchen«, sagte Mrs. Mason und stopfte Kuchen in Marys Mund.

»Mary«, sagte Joseph.

»Nur ein Biß, mein Schatz.«

Mary erinnerte sich an Paris zur Zeit der Hinrichtungen. Wenige, die vor das Tribunal gebracht wurden, entkamen der Guillotine. Die roten Karren waren voll von Verurteilten, wenn sie über den Pont Neuf ruckelten, in die Rue Saint-Honoré einbogen und am Louvre, der ehemaligen Residenz der französischen Könige, vorbeifuhren. Neugierige blockierten die Straßen, so daß sie nur langsam vorwärtskamen. Sie ließen die Tuilerien hinter sich, die Manège, den Jakobiner-Club, und gelangten über die Rue Nationale zur Place de la Révolution, wo die wartende Menge in roten Mützen einem lodernden Feld glich, einem langsamen Abstieg zur Hölle. Inzwischen boten die Händler ihre Waren feil: Kuchen, kleine Kuchen. Mary wollte schreien: Kleine Kuchen, kleine Leben. Jetzt wollte sie sagen: Kleine Kuchen, nur ein Biß.

»Sie hat einen Schock erlitten, Mrs. Mason. Wir müssen sie nach oben bringen.«

»Das weiß ich, Sir. Aber man muß essen, um zu leben.«

»Mir macht mehr Sorge, daß sie nicht spricht«, sagte Joseph. »Zwingen Sie sie nicht zu essen.«

»Also, Miss Mary, ich weiß, Sie haben einiges durchgemacht mit diesem schlimmen Mr. Inlaws, so heißt er doch? Ich meine, ein Amerikaner, mein Liebes, was können Sie von dem schon erwarten. Das sind doch Wilde ... und sonst nichts. Manche sind sogar Zuchthäusler. Und sie steigen allem nach, was sich bewegt. Ja, wirklich, so sind sie. Braucht sich bloß was zu bewegen. Ich will Ihnen ja nicht das Herz schwer machen. Und jetzt müssen Sie von dem leckeren Porridge probieren. Und wenn Sie es nicht brav schlucken, dann hole ich jemanden her, der Ihnen den Mund aufhält, bis Sie es schlucken. Seien Sie ein braves Mädchen.«

Mary machte den Mund auf. »Wo ist Fanny?« fragte sie. »Ich will kein Porridge.«

»Sie spricht«, rief Mrs. Mason. »Miss Mary kann wieder sprechen.«

Joseph seufzte. »Gott sei Dank.«

»Sie ist bei einer Amme, Miss Mary, so wie Sie es haben wollten. Es geht ihr gut. Und Sie müssen auf Ihre Leser Rücksicht nehmen. Sie sind der Öffentlichkeit gegenüber verpflichtet, Missy. Sie gehören nicht nur sich selbst, Sie können nicht völlig frei über sich verfügen. Ihre armen Schwestern werden sich zu Tode sorgen. Sie hängen nun mal an Ihnen. Familie bleibt Familie. Und denken Sie an die Männer, die Ihnen das Leben gerettet haben, die Sie aus dem schmutzigen Wasser gefischt haben. Meine Güte, Sie können doch nicht einfach gar *nichts* essen. Denken Sie einmal an mich. Wenn ich Sie nicht wieder auf die Beine bringe, wird Mr. Johnson mich entlassen, da können Sie Gift drauf nehmen. Also, seien Sie jetzt brav, essen Sie Ihr Porridge, dann bringe ich Ihnen noch etwas Brot.«

Was ist wohl aus den Broten geworden, fragte sich Mary, die in der Bäckerei verlorengegangen sind, aus den Broten, die ihren Vater wütend gemacht hatten und ihre Mutter elend. Schimmelten sie noch in einer Ecke vor sich hin – war das W für Wollstonecraft mit pelzig-grünem Schimmel überzogen oder mit der Zeit versteinert?

»Mrs. Mason, sie braucht jetzt Schlaf.«

»Den Balsam kranker Seelen?«, fragte Mary.

»Was sollte ich sonst den Leuten am Donnerstag sagen, Mary, daß alles in Ordnung ist, daß du dich gut erholst, daß du diesen Schurken von einem Amerikaner vergessen hast, daß du soweit bist, an deinem Buch über die Französische Revolution weiterzuarbeiten?«

»Stimmt das, was ich über die Königin gehört habe«, warf Mrs. Mason ein, »daß sie, als sie die Stufen zur Guillotine hochstieg, aus Versehen dem Scharfrichter auf den Fuß getreten ist und sich bei ihm entschuldigt hat? Dann war sie also doch eine richtige Dame. Meine Güte, mich brächten keine zehn Pferde in die Nähe der Guillotine. Sie soll furchterregend sein. Können Sie sich vorstellen, daß man Lord North hingerichtet hätte – nur weil er unser Premierminister war? Und Pitt, unser jetziger Premier, was, wenn wir ihn absetzen und köpfen würden. Einen Tag ganz oben, am nächsten Tag unten durch. Mein Gott, wenn ich nur daran denke, läuft es mir kalt über den Rücken. Sie können von Glück sagen, daß Sie sicher aus dem Land rausgekommen sind. Wir haben uns hier solche Sorgen gemacht. Und Mr. Paine, ausgerechnet Mr. Paine, im Zuchthaus. Es heißt, das Haar der Königin wurde über Nacht weiß. Was Sie brauchen, Mary, um wieder zu sich zu kommen, ist gutes englisches Roastbeef.«

Mrs. Mason und Joseph halfen ihr die Treppe hinauf. Glücklicherweise gingen sie gleich wieder nach unten und ließen sie allein. Eine Zeitlang konnte Mary Mrs. Mason brummeln hören, und dann wurde es ganz still. Mary kroch in ihr eigenes Bett.

In ihrem Traum trug Gilbert ihre Röcke und ihren Hut. Er steckte seine Finger in sie hinein. Sie war ganz naß. Sie standen im Weinberg, und als sie den Toten umdrehten, war es Marat mit seinen kurzen Beinen und Wunden am ganzen Körper. Sein Haar war zu einem Zopf geflochten, der in einer schwarzseidenen Hülle steckte. Um ihn herum wuchsen englische Wildblumen: Weidenröschen, Kuckucksnelken, Johanniskraut, Fingerhut, Taubnesseln und Malven.

Er ist tot, sagte Mary.

Vom vielen Wein, erklärte Gilbert.

Nein, vom Arm des Gesetzes.

Wieso, fragte Gilbert.

Es gibt einen Erlaß zur Bestrafung, Gilbert, der dem Mann das Recht gibt, seine Frau zu schlagen, solange er einen Stock benutzt, der nicht dicker ist als sein Daumen. Es ist die Daumenvorschrift. Du siehst, er ist eine Frau in Hosen.

»Ich möchte sie nicht aufwecken.« Joseph sprach leise; er stand am Fußende ihres Bettes. Jemand mit einem großen Kopf und Brille stand bei ihm. Mary blinzelte, tat so, als schliefe sie.

»Sie hat einen ernstzunehmenden Schock erlitten«, sagte der Fremde.

»Aber sie wird sich wieder fangen. Die meisten schaffen es.«

»Dieser Imlay ist so ein richtiger Frauenheld, wie Squire Western in Fieldings *Tom Jones*, habe ich recht, Joseph?«

»Eher der zügellose Viscount Squanderfield aus Hogarths *Mariage à la Mode*, nach dem, was ich gehört habe. Wir haben schon endlos über Imlay diskutiert. Er ist es gar nicht wert.«

»Jetzt hat er sie jedenfalls zugrunde gerichtet. Joseph, er hätte sie wenigstens pro forma heiraten können.«

»Ich dachte, Sie halten nichts von der Ehe, William?«

»Nein, aber ich halte auch nichts davon, einen Menschen zu zerstören.«

»Was bleibt dann übrig?« Joseph räusperte sich.

»Enthaltsamkeit, mein Freund. Mit der Zeit gewöhnt man sich daran.«

Das Bett, das Joseph für Mary gekauft hatte, als sie aus Frankreich zurückkehrte, war wuchtig. Es nahm in der kleinen Mansarde viel Platz ein, hatte geschnitzte Bettpfosten und Vorhänge. Sie versteckte sich jetzt in den Kissen. Wer war diese Person? Sie schielte verstohlen über die Bettdecke, erblickte spitze, rote, marokkanische Slipper, einen grünen Mantel und eine purpurrote Weste. Wer war dieser Narr? Er sah irgendwie vertraut aus.

»Opie will sie wieder porträtieren. Wir haben noch andere Nachfragen.«

»Von Reynolds? Der ist tot. Gott sei Dank ist Hogarth auch tot. Wenn ich daran denke, wie er sie darstellen würde!«

Das Fenster war offen. Mary konnte Vögel hören. War es Morgen?

»Allein die *Verteidigung der Rechte der Frau* wird ihr einen Platz in der Geschichte sichern. Ich bin vor allem so erstaunt, daß sie immer noch das triefnasse, hilflose Geschöpf ist, das vor meiner Haustür stand und um Unterkunft bat. Als ich sie das erste Mal sah, sagte ich mir: Wollen wir doch wenigstens eine Frau von der Straße holen. Gestern abend, als ich sie in meinem Schlafrock sah, fiel mir alles wieder ein, der Kreis war eindeutig geschlossen, als ob sie in den letzten acht Jahren nichts getan hätte. Von der Straße geholt, nur, um in eine Heilanstalt eingeliefert zu werden, und dann springt sie in den Fluß. Dieser Gegensatz zwischen ihrem Können und dem, was sie von sich selbst hält ... ganz erstaunlich. Sie arbeitet sehr schnell und ohne Sorgfalt. Hochbegabt, aber schludrig. Die *Verteidigung* war nach ein paar Wochen fieberhafter Arbeit fertig. Und wenn dann alles erledigt ist, hält sie nach einem Mann Ausschau, der sie möglichst schlecht behandelt. Freundlichkeit ist für Mary ein Fremdwort. Sie müßte mich bitten, es zu übersetzen, und dann würde sie die Bedeutung immer noch nicht verstehen. Eigentlich hat sie sehr wenig Erfahrung, trotz all ihrer Abhandlungen über das, was unter zivilisierten Menschen möglich und selbstverständlich sein sollte.«

»Aber sie selbst ist doch freundlich, Joseph, oder?«

»Sogar zu freundlich, doch das tut ihr nicht gut. Allerdings kennt sie Dr. Price und andere gute Männer.«

»Vielleicht braucht sie ...«

»Was kann noch passieren, William? Was kann sie sich noch antun?«

»Vielleicht ist es jetzt damit vorbei, und sie kommt zurück.«

Zurück wohin, fragte sich Mary.

Joseph klopfte mit der Fußspitze auf den Boden, die Hände hinter dem Rücken verschränkt. »Wie kann sie unter solchen Umständen etwas zustande bringen, bei diesem ständigen Hin und Her. Mal himmelhochjauchzend und dann am Boden zerstört.«

»Bei Dichtern ist das ziemlich normal, Joseph.«

»Ihr Schmerz geht mir sehr nahe, und deshalb ist es nicht ohne Risiko, wenn ich mich um sie kümmere.« Er schüttelte den Kopf. »Denn das Dumme ist, ich schaue Mary an und sehe mich selbst in ihr. Ich versuche, es zu vermeiden, denn wenn ein so vitaler, intelligenter, couragierter Mensch so mutlos werden kann, wer ist dann sicher.«

»Ja, und sehen Sie sich Collins an und Christopher Smart, William Cowper, den unglücklichen Chatterton – mit achtzehn tot, wahrscheinlich war er ein Genie oder ein großer Betrüger, je nachdem, wie Sie es betrachten – das sind alles Melancholiker.«

»Aber sie ist doch keine Dichterin.«

»Doch, Joseph. Sie hat dieses Naturell, diese Sensibilität. Phantasie, Begeisterungsfähigkeit, Leidenschaft und einen ungewöhnlichen Blick auf die Welt.«

»Was für einen Blick?«

»Einen melancholischen.«

»Aber manchmal ist sie so vergnügt! Plappert und plaudert stundenlang.«

Das stimmt nicht, dachte Mary. In Josephs Gegenwart war es schwer genug, zu Wort zu kommen, geschweige denn stundenlang zu plaudern.

»Wie King George, der neunzehn Stunden ununterbrochen geredet hat, bis er zusammenbrach. Es ist nicht nur Melancholie, mein Lieber, sondern wie bei einem Pendel, das hin- und herschwingt. Sehr interessante Menschen. Sie scheinen zu sein wie wir, und dann werden sie plötzlich aus heiterem Himmel von lähmender Traurigkeit ergriffen und sind für Tage, Wochen, ja Monate vollkommen unzugänglich. Oder sie sind euphorisch, bleiben die ganze Nacht auf, um an etwas zu arbeiten, und reden, reden, reden, oder sie schlafen rund um die Uhr.«

William kratzte an seinem kahlen Kopf. »Ein exzessives Leben kann eines Tages zu Weisheit führen, sagt Blake.«

Joseph lehnte an der Wand, die Hände in den Taschen.

»Manchmal kann es aber auch zur Selbstzerstörung führen. Ist sie religiös? Ist sie Methodistin, Joseph?«

»Guter Gott, nein. Diese Schwätzer und Phantasten? Überhaupt nicht. Sie ist durch Dr. Price vom Gedankengut der Dissenter beeinflußt, doch im Grunde gehörte sie der Church of England an. Price war der erste, der ihre hohe Intelligenz erkannte und sich um ihre Lektüre kümmerte. Sie hatte es im Leben ziemlich schwer. Eigentlich von Kindheit an. Ihr Vater ... und ihre Mutter ... Mary hat immer das Gefühl, ihnen etwas beweisen zu müssen. Aber was, frage ich mich. Ihre Mutter ist tot, ihr Vater wieder verheiratet und ein Trinker. Alle Männer haben sie ... Schließlich hat sie das Vertrauen in Gott und in die Männer verloren. Ist es ein Wunder? Ich meine, wir müssen unsere Väter lieben, um Gott lieben zu können, meinen Sie nicht auch, William?«

»Viele Männer, Joseph?«

»Nein, nicht viele. Ich weiß von zweien, William. Vielleicht sind es mehr. Es gab ein paar Gerüchte über den ältesten Sohn der Kingsboroughs. Doch ich glaube nicht daran. Er war sechzehn und ein Krüppel. Fuseli war gut fünfunddreißig. Wie alt dieser Imlay ist, weiß ich nicht. Vielleicht ein bißchen jünger als sie. Aber er war körperlich ein reifer Mann.«

Mary mußte laut auflachen, aber sie stopfte sich das Bettuch in den Mund.

Joseph ging zum Fenster. »Wissen Sie, es ist seltsam, daß Sie auf den Gedanken kommen, sie sei womöglich eine Dichternatur, denn sie schreibt ... nun ... Prosa und tritt für die Vernunft ein. Sie fordert die Frauen immer wieder auf, vernünftig zu sein.«

»Vielleicht fordert sie sich selbst auf, Joseph. Das Schreiben ist eine Art ständiges Entstehen, ist Entdeckung und Aufbruch und nicht unbedingt ein Ankommen. Wir schreiben, weil wir schreiben müssen, weil wir hoffen zu bestehen.«

Das machte Mary neugierig. Der Mann klang wie Dr. Price.

»Sie schreibt, um es all denen zu beweisen, die sie verletzt haben.«

»Vielleicht schreibt sie auch, um es sich selbst zu beweisen.«
William Godwin schaute hinüber zu Mary.

»Um sich was zu beweisen?«

»Daß sie es kann. Es ist eine Möglichkeit zu sagen: Ich lebe.«

»Für sie ist es: ›Ich lebe.‹ Ha!« sagte Joseph. »Sie meint, anderen
liegt nichts daran, daß sie lebt.«

»Also, sagen Sie mir, ist es wirklich Selbstmord oder eher etwas,
das man die Englische Krankheit nennen sollte? Mehr als ein
Spleen? Ausländische Besucher sind immer erstaunt, wie leicht wir
uns für unseren eigenen Tod entscheiden. Haben Sie mal Cheynes
*Die natürliche Heilmethode für die Krankheiten des Körpers und jene Störun-
gen der Seele, die durch den Körper hervorgerufen werden* gelesen? Frische
Luft, frische Milch, solche Dinge empfiehlt er. Raus aus London.«

»Sie wissen sicher, was Samuel Johnson sagte: Wenn ein Mann
London leid ist, dann ist er das Leben leid, und wir sind eine Nation von Rindfleischessern. Dafür brauchen wir die Rinder, nicht
nur für die Milch.«

»Ja, mein Guter, sie ist lebensmüde. Genau das ist es, und es gibt
dreihundert Irrenanstalten in diesem schönen Land«, sagte Joseph.

»Es gibt alle möglichen Arten von Selbstmord, mein Freund.
Sich aufzuhängen ist Selbstmord, von einer Brücke zu springen ist
Selbstmord, doch es gibt noch andere Wege der Selbstzerstö-
rung.«

Mary hörte genau zu. Wer war das?

»Und sie ist eine der berühmtesten Frauen der Welt. Traurig,
dieser Kampf, nicht?« sagte Joseph.

Mary fragte sich, ob sie glaubten, die berühmteste Frau der Welt
habe das Gehör verloren. Warum sprachen sie über sie, als wäre sie
nicht da?

»Letzte Nacht saß ich ungestört über einem Manuskript von
Blake, das ich durchsehen mußte.«

»Blake ist bemerkenswert, Joseph.«

»Das meine ich auch, William.«

»Er ist bemerkenswert und hat etwas ganz Merkwürdiges.«

»Ja, etwas sehr Interessantes. Er ist ein Mystiker.«

»Meinen Sie?«

»Jedenfalls war es Nacht, als ich ein Klopfen hörte. Ist das Old Bailey, der mich auffordert, mich für meine politischen Ansichten zu rechtfertigen? Sind die Franzosen in Dover gelandet? Kurz und gut, sie brachten Mary. Sie war weder tot noch lebendig.«

»Kam es Ihnen nicht merkwürdig vor, daß sie nicht zu Hause war?«

»Ja und nein. Ich habe nicht viel nachgedacht. Vielleicht hatte sie jemanden getroffen, ich dachte, es könnte sein, ich weiß nicht. Ich kann nicht immer an alles denken, wissen Sie. Jetzt muß ich allerdings nachdenken, wie ich sie wieder gesund und froh machen kann.«

»Das Donnerstags-Essen. Ermuntern Sie Mary, zu kommen. Legen Sie ihr nahe, jeden Tag aufzustehen, sich anzuziehen, auszugehen; ermutigen Sie sie, ihre Pflichten wahrzunehmen.«

»Das könnte schwierig werden, William. Manchmal ist sie ziemlich stur.«

»In der Tat. Aber bedenken Sie eines: Leute wie Burke würden sie gern wieder in Bedlam sehen. Über dem Tor von Bedlam stehen zwei Statuen: die eine symbolisiert den Wahnsinn, die andere die Melancholie; zwei furchteinflößende Gestalten.«

»Nein, nein, nie wieder Bedlam. – Es hat mir sehr geholfen, einfach nur mit Ihnen zu reden. Danke für Ihren Rat und Ihren Trost, William.«

»Nicht der Rede wert, mein Lieber.«

Nicht der Rede wert? Jetzt erkannte sie, daß dieser große Spezialist für melancholische Störungen niemand anderer war als William Godwin, der Schriftsteller und Philosoph. Sie gab nur ungern zu, daß seine Ansichten den ihren sehr ähnelten. Wie alle, die Dissenterpfarrer gewesen waren und aus einer Familie von Dissentern stammen, war auch dieser Godwin im Leben und in der Literatur ein Spätentwickler. Daß er eine Feder in der Hand halten konnte, hatte er als seine Berufung zum Schriftsteller gedeutet.

Leider war er *wirklich* Schriftsteller. Denn wenn sie die berühmteste Frau war, so war er sicherlich der berühmteste Mann. Bereits die *Untersuchung über politische Gerechtigkeit* und der Roman *Caleb Williams oder Die Dinge wie sie sind* hatten seinen Ruhm begründet. Der Roman begann mit dem Satz: »Seit mehreren Jahren ist mein Leben ein Schauplatz der Katastrophen.« Doch er war aufgeblasen und häßlich. Unglaublich, daß dreitausend Exemplare von *Caleb Williams* verkauft worden waren, obwohl sie in der ersten Auflage über ein Pfund pro Stück kosteten. Außerdem mußte sie widerwillig zugeben, daß seine Ideen nicht nur ihren ähnelten, sondern noch weitaus radikaler waren. Er vertrat die Auffassung, privates Eigentum müsse abgeschafft werden, Laster entstehe durch ungünstige Lebensumstände, die Regierung sei die Quelle aller Übel, und die notwendige Revolution müsse ohne Blutvergießen vonstatten gehen.

Sobald Godwin gegangen war, rief sie Joseph.

»Mary, was ist denn?« fragte Joseph, als er die Treppe hinauflief.

»Ich hasse ihn«, sagte sie. »Ich hasse seine Schuhe, seinen Mantel, seine Ratschläge, sein großes Gesicht. Ich hasse *ihn*.«

Kapitel 50

Die Geisblattranken dufteten betäubend, und sie hatte den Geschmack von Gras im Mund.

Ein Stück entfernt sah sie einen Mann im Gras liegen, der Blutflecke auf der Weste hatte, doch sie tat, als sähe sie ihn nicht, denn Gilbert und sie lagen sich gerade in den Armen. Als sie Gilbert über die Schulter schaute, erblickte sie den Himmel, Wolken, die über den Weinberg zogen, die Sonne, eine blendende Feuerscheibe, und die kühlen, schwarzen Schatten der Blätter. Der Wind trug aus der Ferne Kanonendonner und Gewehrschüsse heran. Auf einem Tischtuch war etwas zu essen angerichtet: Pfannkuchen, Taube, Madeira, Wiltshire-Käse. Auch Fanny, ihr Baby, war dabei; es wuchs in ihrem Bauch.

Mary wachte auf und rief nach Mrs. Mason. Es ging ihr nicht gut. Schauer liefen ihr über den Rücken, und sie zitterte am ganzen Leib. Sie wickelten sie in warme Decken, bis sie das Gefühl hatte zu ersticken. Wenn die Fieberanfälle kamen, tauchten sie sie in einen Waschzuber mit kaltem Wasser.

»Es wäre ein Jammer«, sagte Mrs. Mason, »wenn Mary uns jetzt sterben würde, nachdem sie gerettet worden ist.«

Mary fror und schwitzte, fror und schwitzte tagelang. Sie hatte die Vision einer Entscheidungsschlacht, die in Irland ausgetragen wurde. Sie und ihre Schützlinge saßen oben an einem Fenster und beobachteten das blutige Treiben auf der grünen Heide. Im Traum spazierte sie in ihrem langen, blauen Umhang auf dem Gut der Kingsboroughs umher. Auf der Schleppe ihres Mantels saßen die drei kleinen Mädchen im Schneidersitz. Richard, ihre erste Liebe, begleitete sie humpelnd wie Dr. Santos in Portugal. Und ihre Freundin Fanny stieg am Himmel auf wie ein Drachen. Richard hielt die Schnur und fragte Mary, ob sie sie nehmen wolle, doch als sie danach griff, glitt sie ihr aus der Hand, und der Drachen trieb in Spiralen davon, höher und höher, bis er nicht mehr zu sehen war.

»Sie können sich doch aufsetzen, um einen Happen zu essen, oder?«

Mary öffnete die Augen. Mrs. Mason erschien undeutlich über ihr und verdeckte das Fenster. Mary fragte sich, ob die Sonne schien. Im Kamin brannte ein Feuer.

»Porridge?« fragte Mary.

»Ei, dann geht's uns ja schon besser, wenn wir am Essen herummäkeln können.«

Mary setzte sich auf.

»Ich vermute, Euer Ehren würden Roastbeef und Yorkshire-Pudding mit verschiedenen Soßen, Gelee und frischem Brot bevorzugen.«

»Ja.«

»Dann geht's uns ja schon viel besser.«

Mary *ging* es besser.

Das Zimmer war warm. Durch's Fenster sah sie einen schiefergrauen Himmel.

»Haben meine Schwestern geschrieben?«

»Kein Wort.«

Mary schüttelte den Kopf und ließ sich ins Bett zurückgleiten.

»Kein Wort, Miss Mary, obwohl Joseph ihnen geschrieben hat – über zwei Wochen ist das jetzt her.«

»War ich so lange krank?«

»Tja, es kam vom Flußwasser an diesem Regentag. Sie sind von dem Wasser krank geworden.«

»Und Fanny?«

»Immer noch bei der Amme.«

»Wie sehe ich aus?«

»Uns geht's ja immer besser – wenn sie sich schon Sorgen um ihr Aussehen macht ... Sie sind abgemagert. Sie sind abgemagert, meine Liebe. Ihre Backen sind eingefallen, und Ihre Augen sind größer geworden, und Ihre Ohren stehen ab, und Ihr Hals sieht aus wie ein Hühnerhals und Ihre Nase wie ein großer Schnabel ...«

»Wunderbar, Mrs. Mason. Sie machen mir Mut.«

»Die Beine lasse ich außer acht, und, Missy Mary, vorn ist nicht mehr viel dran, und hinten ...«

»Wo ist Joseph?«

»Joseph ist ausgegangen.«

»Aha, ich verstehe.«

»Meine Güte, er kommt doch heute abend wieder.«

»Oh.«

»Sie sollten das hier essen. Ich lasse es auf Ihrem Nachttisch stehen, und dann sollten Sie sich noch ein bißchen ausruhen. Ich komme später wieder und sehe nach Ihnen; aber versuchen Sie nicht, allein aufzustehen. Sie werden sonst merken, daß Ihre Beine nicht so wollen wie Sie.«

Doch sobald Mrs. Mason gegangen war, stand Mary auf und ging zu ihrem Schreibtisch. Sie mußte sich an den Wänden abstützen. Sie hatte das Gefühl, mit ihrem Nachthemd, dem abgemagerten Gesicht und dem wild zerzausten Haar auszusehen wie ein verrückter Poet oder ein Prinz im Exil.

den 3. November 1795

Ich hoffe, Joseph hat Dir keinen unnötigen Schrecken eingejagt. Mir geht es wieder gut. Ich nehme an, ich war dem Tode nahe. Im Angesicht des Todes sieht die Welt anders aus. Man nimmt eher Einzelheiten als die großen Zusammenhänge wahr. Man hat kaum noch eine Beziehung zur Welt. Das Leben und Treiben scheint sich ganz unabhängig von dir zu vollziehen, und es ist, als würde sich ein Schleier heben. Zum Beispiel ist da zunächst der Anblick einer Straße mit Händlern, Hausierern, Gebäuden, Kutschen und Leuten, die mit Stock und Schirm spazierengehen. Und dann bemerkst du, daß das kleine Kind in der Ecke leise vor sich hin weint, der Händler keine Zähne mehr hat, der Hund auf drei Beinen humpelt, wie auf Hogarths Bild

›Gin Lane‹, auf dem die betrunkene Mutter nach Schnupftabak greift, das Baby die Treppe hinunterfällt, der Hund sich mit dem Mann einen Knochen teilt, ein Leichnam in einen Sarg gelegt wird, ein Pfandleiher eine Säge prüft, ein Selbstmörder an einem Balken hängt und Ziegelsteine aus einer Mauer fallen.

Der Brief kam Mary ziemlich albern vor, außerdem enthielt er nicht das, was sie eigentlich hatte sagen wollen: Daß sie sich verändert hatte, daß sie nun einfachere und profanere Dinge zu schätzen begann. Die Alltäglichkeit des Lebens, an der sie manchmal fast verzweifelt war, hatte nun etwas Triumphierendes. Sie brauchte keine große Leidenschaft oder dramatische Krise, um Herzklopfen zu bekommen oder ihre Einbildungskraft anzuregen. Es genügte ihr, aus dem Fenster zu blicken oder Kaffeeduft einzuatmen oder Joseph unten pfeifen zu hören. Sie brauchte keine romantische Liebe, um glücklich zu werden. Und sie hatte vor, ihre Erfahrungen mit Imlay für ein Buch zu nutzen. Sie würde die Aufzeichnungen, die sie am Schluß in ihre Briefe aus Dänemark, Norwegen und Schweden hatte einfließen lassen, für eine Veröffentlichung überarbeiten.

Kapitel 51

Mary beendete ihre Arbeit an den *Briefen*, und Joseph veröffentlichte sie im Januar 1796. Sie arbeitete als Herausgeberin an der *Analytical Review* mit, machte mit William Godwin, der sich um ihre Gesundheit sorgte, kurze Ausflüge, nahm an den Donnerstags-Essen teil und zog sich früh zurück. Es war eine ruhige Zeit für sie. Mary befand sich auf dem Weg der Besserung.

Und dann kam der Sommer, überall blühten Blumen. Pfingstrosen, Nelken, Kapuzinerkresse, York- und Lancasterrosen, blauer Enzian, rosa Wicken, Geranien und Rittersporn. Bäume säumten mit ihren ausladenden Kronen die Straßen. Buchen, Eichen, Ulmen, Weiden, Birken, Kiefern und Eschen. Grünüberwucherte Wege, grünberankte Lauben, grünbewachsene Mauern, Grün, überall Grün.

Marys Körper schien auch zu erblühen – zuerst ihre Zehen, zart und rosig, dann ihre Knöchel, die sich sanft wölbten. Sie spürte die Sonne auf ihren milchweißen Waden, und wenn sie darüber strich, fühlten sie sich glatt und seidig an. Ihre Knie stießen aneinander wie frisch geschlagenes Holz. Ihre Augen waren noch empfindlich. Das Sonnenlicht schmerzte. Doch sie konnte laufen. Und sie konnte sprechen. Mrs. Mason frisierte ihr das Haar im französischen Stil, und Mary zog ihre schönsten Schuhe an.

»So, nun bin ich zu allem bereit, trala.«

»Wissen Sie, Mary, Sie müssen sich aber nicht wieder in irgend etwas hineinstürzen.«

Sie saßen in der Küche. Mrs. Mason machte Fischsuppe. Mary hörte Pferdehufe auf dem Kopfsteinpflaster, hörte Ausrufer ihre

Waren feilbieten. Es schien, als hätte sie hundert Jahre geschlafen.

»Die Welt lebt, Mrs. Mason. Ich lebe.«

»Allerdings. Aber Sie wissen trotzdem, was ich meine.«

»Sie meinen . . .« Mary lächelte wissend.

»Ja, genau das. Ich meine, lassen Sie sie gucken. Sie können sich ruhig die Augen aus dem Kopf gucken . . .«

»Aber nicht sprechen?«

»Nicht sprechen. Denn wissen Sie, erst kommt der Mund, dann kommen die Hände. Und wo Hände sind, sind Hüften nicht weit. Dann folgen die Schenkel, die Knie und . . .«

»Und dann die bösen Füße.«

»Ja, lachen Sie nur.«

»Ich lache nicht. Aber Blake ist verheiratet.«

»Ihr Wort in Gottes Ohr.«

»Und er ist ziemlich häßlich.«

»Das haben wir doch schon mal gehabt, oder? Wenn er Ihnen schöne Augen macht, ist's mit der Häßlichkeit vorbei.«

»Mrs. Mason, ich bin aus dem Alter heraus. Schauen Sie mich doch an.«

»Sie sehen hinreißend aus, Miss Mary, und Sie wissen, daß Sie eine anziehende Frau sind. Ihr Alter spielt gar keine Rolle; es gibt eben Frauen, die sind heißblütiger, für die Liebe empfänglicher als andere. Und Alter schützt . . .«

»Vor Torheit nicht? Ein Freund, Mrs. Mason. Darf ich denn keinen Freund haben? Er ist ein alter Freund.«

Blake hatte geschrieben: Sie müssen kommen und mich besuchen.

»Was will Blake Ihrer Ansicht nach wirklich, Miss Mary?«

»Das weiß Gott allein.«

»Allerdings, Blake spricht ja täglich mit Ihm, wie ich gehört habe.« Mrs. Mason leckte an ihrem Zeigefinger und hob ihn in die Luft. »›William‹, sagt Gott, ›benimm dich anständig und sei ein braver Junge.‹«

»Blake *ist* ein braver Junge, Mrs. Mason.«

»Ach, und ein garstiger.«

In der Küche roch es wie am Meer bei Ebbe. Mrs. Mason putzte Venusmuscheln, Herzmuscheln und Miesmuscheln für die Suppe. Mary mochte es nicht, wenn Fischköpfe sie mit ihren offenen Augen anstarrten, wenn glänzende Fischschuppen oben auf der Brühe im Schaum schwammen, der wie dreckige Seife vor sich hin blubberte. Sie war froh, daß sie zum Essen nicht zu Hause war.

»Ich sollte ihn auf jeden Fall besuchen, Mrs. Mason. Er hat doch die Illustrationen zu meinen *Geschichten aus dem wahren Leben* gemacht.«

»Halte ich Sie davon ab? Ich will Sie lediglich warnen. Ich weiß, wie es anfängt. Alte Zeiten, gemeinsame Erinnerungen, anregende Stunden, und währenddessen machen Sie sich selbst etwas vor, fühlen sich wie neugeboren, wie frisch aus der Taufe gehoben. Die Zeit läßt sich nicht zurückdrehen, o nein, alte Ansprüche sind verjährt, glauben Sie. Sie plaudern nur, denken Sie, nur ein angenehmes Plaudern. Nichts Schlimmes. Keine Gefahr. Doch die Vergangenheit kann einem schwer auf der Seele lasten, Miss Mary. Manchmal wird man sie nicht los. Blake ist Teil dieser Vergangenheit, stimmt's? Fuseli war ein guter Freund von ihm. Die Donnerstag-Essen, der revolutionäre Geist und was weiß ich. Bald sind Sie wieder die Person, die Sie einmal waren, alte Wunden reißen wieder auf, und Joseph und ich, wir laufen zum Hospital, wir ziehen Sie aus dem Fluß oder wir durchkämmen die Landschaft. Mehr Babys, mehr Schweigen, mehr Arbeit.«

»Mehr Bücher, Mrs. Mason.« Mary stand auf.

»Brauchen Sie das Unglück, um Bücher zu schreiben?«

»Nein. Ich behaupte nicht, daß ich das Unglück dazu brauche. Von jetzt an nur noch Bücher. *Ohne* Unglück. Ich bin nicht so ein dummes Mädchen wie Sie glauben. Sie brauchen sich keine Sorgen zu machen. Außerdem ist Blake harmlos.«

»Wie eine Schlange, Miss Mary, wie eine Schlange im hohen Gras.«

Blakes Atelier in Lambeth war ein flacher Holzbau mit einer wackeligen Tür zur Straße. Die Fenster waren schief, und das Dach stand kurz vor dem Einsturz. Mary stieß vorsichtig die Tür auf und trat ein. Überall lagen Kupferplatten herum, wie zerbrochenes Geschirr nach einem Familienkrach. Meißel, Spachtel und Feilen waren über die niedrigen Tische verstreut wie schmutziges Silberzeug. Die Luft im Raum war heiß und stickig. Mary konnte kaum atmen. Es roch nach Tinte, frisch geschnittenem Papier und etwas anderem, das Mary nicht identifizieren konnte. Vielleicht Orangen. Dieser Geruch erinnerte sie immer an Portugal. Eine hohe Leiter lehnte an einer Wand. Die Wände waren mit breiten, blassen Streifen bemalt – sandiges Gelb, blasses Rosa, Lavendel und mattes Grün. Als ob man von einem tropischen Regenbogen eingeschlossen wäre. Der Boden klebte vor Ruß. Mary hatte Mühe, sich einen Weg durch den Raum zu bahnen. Ihre Füße klebten fest, lösten sich. Blake stand hinten in einer Ecke dieses dampfenden Hexenkessels bei der Druckerpresse, sang fröhlich vor sich hin und löste gerade das riesige Holzgewinde, das die Druckplatte hob und senkte; darunter lag ein Papierbogen. Blake sah aus, als wäre er einem großen Kuhfladen entstiegen. Sein Gesicht war schmutzig. Sein Hals verschwitzt. Und seine Arme waren in Farbe getaucht. Das schüttere Haar stand ihm strähnig vom Kopf ab wie einem Haubentaucher. Mrs. Mason brauchte sich keine Sorgen zu machen, daß Mary sich in ein amouröses Abenteuer verstricken könnte. Blake war bestenfalls als unappetitlich, schlimmstenfalls als abstoßend zu bezeichnen.

»Mary, wie schön, Sie zu sehen«, rief er durch den Raum.

Sie ging auf ihn zu, rutschte beinahe auf dem Boden aus, kam wieder ins Gleichgewicht, lachte.

»Mary, Liebste, Sie sehen wundervoll aus.« Er schloß sie in die Arme, ließ sie wieder los. »Meine Güte, jetzt habe ich Ihr schönes Kleid beschmutzt. Na, macht nichts. Ich muß Sie noch mal anschauen. Meine Güte, Sie haben die Revolution überstanden. Madame Guillotine. Lassen Sie mich Ihren Hals ansehen. Sind die

Franzosen nicht kriegsmüde? Ich muß Ihnen sagen, ich habe viel an Sie gedacht. Wir alle haben viel an Sie gedacht, voll Sorge. Und mir wurde klar, daß ich Sie immer vernachlässigt habe und Ihnen nicht der Freund war, der ich Ihnen sein sollte und sein wollte, nicht der Freund, meine Liebe, den Sie brauchten, muß ich mehr sagen?«

Ebenso wie Fuseli hatte Blake einen großen, beeindruckenden Kopf, der auf einem kleinen Körper saß. Blakes Körper erschien jedoch unwichtig, ein bloßes Vehikel, um den Kopf umherzubewegen. Kopf und Hände waren das Wichtigste für Blake.

»Ich habe von Ihrem neuen Gedichtzyklus gehört, William, *Lieder der Unschuld – Lieder der Erfahrung*«, sagte Mary, löste die Bänder ihres Hutes und versuchte zu atmen.

»Aha?«

»Und ich wünschte, ich würde *Das Buch Urizen* verstehen.«

»Es handelt von Trennungen, meine Liebe, von Trennungen.«

Mary schwitzte, und ihr war ein wenig übel. Sie schaute sich um, doch es gab keine Stühle im Atelier. Wenn sie sich nicht bald setzte, würde sie zusammenbrechen.

»Ich wollte Sie etwas Bestimmtes fragen, William.«

»Noch ein Druck, und ich bin ganz der Ihre, Mary.«

Er senkte die Druckplatte wieder, indem er das riesige Gewinde anzog. Sie wurde auf einen Bogen Papier gepreßt. Blake ließ sie einige Minuten dort, dann löste er behutsam das Gewinde und brachte die Apparatur nach oben.

»Es ist wieder der Giftbaum«, erklärte Blake. »Ein illuminierter Druck. Die ganze Seite auf einmal, Illustrationen und Schrift.«

»Ich habe von Ihrer Erfindung gehört. Und das Gedicht *Ein Giftbaum* ist mir vertraut. Ich habe selbst darüber geschrieben, wie man seine Launen meistern kann.«

»Ja, ich bin ein Genie, falls jemand danach fragt.« Blake lachte, wischte sich die Hände an einem dreckigen Lappen ab.

Mary pustete sich Luft ins Dekolleté, hob die Röcke ein wenig.

»O ja, dieser Baum, den ich gerade gedruckt habe, ist der Baum des Mysteriums. Meine Liebe, hier haben wir nicht nur den Baum des Menschen, sondern auch den Baum Gottes. Sehen Sie, Mary? Es ist ein Baum des Lebens, der Erkenntnis, der Wiedergeburt, der Vergebung, und er ist voller Gift. Ja, Gift. Es ist der Baum, den der Demiurg, der Weltbaumeister, der Helfer Gottes, mit seinen Tränen gegossen hat, und Adams Baum, auch der Baum, an den Christus geschlagen wurde – ›Der Giftbaum‹, ganz wie im Kindergedicht – Sie werden sehen.«

Blake stand steif und aufrecht.

»*Ich war zornig auf meinen Freund:*«, begann er.

»*Ich sagt es ihm, da schwand mein Zorn.*« Er beugte sich herab und wedelte mit dem Lappen über den Boden.

»*Ich war zornig auf meinen Feind:*« Er grüßte zum Himmel.

»*Ich sagt ihm nichts, da wuchs mein Zorn.*« Er strich sich über die Stirn, seufzte tief.

»*Hab in Tränen mich gehärmt*«,

»*Spät und früh den Zorn genäßt*«; er tat, als müsse er weinen und sich eine Träne trocknen.

»*Und mit Lächeln ihn gewärmt*«,

»*Ihn gesonnt mit zäher List.*« Er drehte graziös eine Pirouette, während er mit dem Finger von oben auf die Mitte des Kopfes zeigte.

»*Und er wuchs bei Tag und Nacht*«, seine Stimme wurde lauter.

»*Trug mir einen Apfel ein*«; er zeichnete einen Apfel in die Luft und rief mit dröhnender Stinme:

»*Und mein Feind hat's rausgebracht*«,

»*Wußte gut, daß er war mein*«, er erhob den Zeigefinger.

»*Stahl sich durch den Gartenzaun*«, er schlich auf den Zehenspitzen durch das Atelier wie ein Dieb.

»*Als ihn Nacht und Nebel deckt':*
Morgens find ich unterm Baum,
Ei, meinen Feind lang hingestreckt.« Blake fiel zu Boden, als wäre er tot.

»Blake, stehen Sie auf.« Mary war über seine Vorstellung ziemlich verblüfft.

»Blake!«

Er lag reglos auf dem verdreckten Boden.

»William Blake!«

Ein Auge öffnete sich. »Ich bin tot«, sagte er.

»Sie sind nicht tot. Himmel. Bitte stehen Sie auf.«

Er rappelte sich hoch. »Dachten Sie, ich sei tot?«

»Keine Sekunde.«

»Sie glauben, ich bin ein Narr.«

»Ich glaube, Sie sind närrisch.«

»Wenn ich schon ein Narr sein soll, dann ein heiliger Narr.«

Sie hatte diese Diskussion schon mehrfach geführt. Sie war sehr in Mode. Warum wollte jeder unbedingt ein Narr sein?

»William, ich möchte Sie fragen . . .«

»Der Einfaltspinsel heiratet immer die Prinzessin. Wollen Sie mich heiraten, Mary?«

»Soweit ich weiß, sind Sie schon verheiratet, William, und ich bin keine Prinzessin.«

»Da haben Sie recht. Aber wie Sie wissen, ist die Drei eine mystische Zahl. Wir haben beide eine Vorliebe für die Drei, stimmt's?« Er lächelte wissend.

Mary dachte: Vielleicht hatte Mrs. Mason recht. Sie befand sich in gefährlichen Wassern. »Hören Sie, William, ich habe nicht mehr viel Zeit.«

»Wollen wir mal sehen, was es zum Mittagessen gibt, ja? Sie können nicht weggehen, ohne einen Happen zu essen, und essen ohne wegzugehen würde bedeuten, daß Sie für immer und ewig hier in der Falle sitzen. Schnee würde fallen, Mary. Haus und Garten, alles wäre weiß verhüllt. Und Regen, wie er in der Geschichte Albions noch nie vorgekommen ist. Tag und Nacht. Eine wahre Flut. Und schließlich, mitten in der Nacht, wenn die Menschen in Häusern, Schlössern und Gasthöfen auf den Knien lägen . . .«

»Sie sind ja verrückt, so verrückt wie Joseph, doch ich will gerne noch für die Dauer eines leichten Mahls bleiben – aber dann muß ich weg.«

»Für die Dauer eines leichten Mahls, wunderbar. Folgen Sie mir, und ich werde Sie sogleich zum Licht des Mysteriums führen.«

»Das Licht der Erkenntnis wäre mir lieber.«

»Ach, ihr modernen Frauen.«

Blake tänzelte voran. Mary folgte ihm durch eine Hintertür in einen Garten, der von einer Mauer umschlossen war.

»Siehe, da ist der Garten.« Blake verneigte sich tief.

Der »Garten« war ein Urwald. Büsche wuchsen in wütendem Wettstreit um das Sonnenlicht in die Höhe. Unbeschnitten wie sie waren, ähnelten sie bärtigen Bettlerbanden, die wild und verzweifelt durch die Straßen irren. Weinranken hingen an den Wänden wie wuchernde Girlanden. Wurzeln krallten sich grimmig in den Boden. Blumenstengel verhedderten sich und erdrosselten einander. Maiglöckchen und Stiefmütterchen wurden von Kapuzinerkresse und Geranien niedergerungen. Purpurne und gelbe Malven trotzten rissigen Mauern. Efeu erstickte die Stämme kränklicher Bäume, und Statuen versteckten sich in Büschen wie bockige Kinder, die nicht zum Essen kommen wollen. Es war eine Orgie von Farben. Es war ein Aufruhr von Blumen, die ihr Innerstes nach außen stülpten. Klebrig gelber Blütenstaub setzte sich ins Haar, fette Hummeln hingen angriffslustig in der Luft und hielten Ausschau.

»Meine Güte.« Mary bekam Kopfschmerzen. »Ist das Rousseaus unschuldige Natur oder Gottes Gartenbaukunst, William? Sagen Sie, was ist das hier?«

Es sah aus wie ein Werk des Teufels.

»Meine liebe Mary, wir leben in einem gescheiterten Utopia. Spuren und Überreste einer großen Kultur umgeben uns.« Blake machte eine Handbewegung, die auf etwas Grandioses hindeutete. »Ich möchte, daß Sie einen anderen Zugang zu den Toren des Himmels kennenlernen. Verweilen Sie nicht bei den irdischen Dingen.«

»Zu den Toren des Himmels? Ich liege noch nicht im Sterben.«

»Aber einmal wird es soweit sein.«

»In nächster Zeit aber noch nicht, Blake. Ich möchte lernen zu leben, nicht, zu sterben. Wenn das der Eingang zur nächsten Welt ist, dann auf Wiedersehen. Ich bin noch nicht bereit.«

»Leben und Sterben sind ein und dasselbe.«

»Ich glaube, Leben und Sterben unterscheiden sich wie das Alles vom Nichts.«

»Ach, die Metaphysik.«

»Ich fürchte, sie ist nicht meine Stärke.«

»Das *sollten* Sie fürchten. Die Metaphysik wird Sie eines Tages einholen und Ihren Körper zermalmen. Catherine, Catherine«, rief Blake. »Wir haben einen Gast. Komm heraus, komm heraus, wo immer du bist.«

Blakes Frau trat aus der Tür eines Hauses, das an der Längsseite des Gartens stand. Zunächst dachte Mary, sie trüge ein enganliegendes braunes Kleid, doch als sie näher kam, erkannte Mary, daß sie nichts anhatte. Die Geschichten stimmten also. Für einen Moment war Mary entzückt. Sie konnte kaum erwarten, es Mrs. Mason zu erzählen.

»Meine liebe Catherine«, sagte Blake, nahm die Brüste seiner Frau in die Hände und gab jeder einen flüchtigen Kuß.

»Entschuldigen Sie«, sagte Mary, »wenn ich störe.«

»Aber gar nicht, Mary«, beruhigte Blake sie.

Mrs. Blake kicherte und hielt die Beine anmutig geschlossen. Sie hatte längliche braune Brustwarzen, wie Schokoladenstäbchen, und wenig Haare auf ihrem Hügel. Er sah aus wie ein praller, mit duftenden Rosenblättern gefüllter Seidenbeutel, den man in den Schrank zwischen die Wäsche legt.

»Ich denke, ich sollte mich langsam auf den Weg machen.« Mary hatte ein plötzliches Bedürfnis, zu lachen, zu schreien, zu urinieren, zu laufen.

»Nein, bleiben Sie«, sagte Mrs. Blake. »Ich werde gleich das Mittagessen servieren. Sie dürfen nicht erschrecken, wenn ich so herumlaufe, wie Gott mich schuf. Im Sommer trage ich fast nie

Kleider, wenn ich es einrichten kann. Lassen Sie sich nicht irritieren. William und ich lieben es, der Natur so nah wie möglich zu sein.«

»Ganz richtig, mein Liebes.« Blake sah seine kleine Frau zustimmend an. »Es ist ziemlich warm draußen, stimmt's Mary?«

Mary warf einen verstohlenen Blick auf Mrs. Blake. Es fiel ihr doch ein wenig schwer, die Fassung zu bewahren. Sie war verlegen. Captain Cook hatte auf seinen Reisen Nackte getroffen, die es als unehrenhaft betrachteten, Kleidung zu tragen. Die amerikanischen Indianer und die afrikanischen Sklaven trugen nicht viel auf dem Leib. Und es gab Robinson Crusoes Gefährten Freitag in Defoes Abenteuerroman. In allen heißen Gegenden der Welt war es praktisch, nackt zu sein. Große Künstler malten Nackte. Sie selbst war beim Liebesakt nackt gewesen. Sie sollte sich durch so einen harmlosen Anblick nicht in Verlegenheit bringen lassen. Engländer konnten so beschränkt und spießig sein. Sie war in der Welt herumgekommen, sie wußte Bescheid.

»Der menschliche Körper ist etwas Wunderbares«, sagte Blake.

»Wenn man sechzehn ist«, sagte Mary.

»Was war das? Ich habe ein seltsames Geräusch gehört. Waren das die Trompeten von Jericho?«

»Nein, William, Lieber. Das war gar nichts. Nur ein kleiner Wind.«

Die Hitze des Tages ließ Mary an Portugal denken. Sie erinnerte sich an die letzten vergeblichen Versuche – die Esel auf dem Berg, die wie schwarze Scherenschnitte in einer Laterna magica für immer und ewig im Kreis zu trotten schienen, Fannys quälender Husten, und dann die Tortur am Strand. Mary hatte Fannys Körper nur selten gesehen, und das meist, wenn sie krank war. Nun war er so ausgezehrt, daß er kaum aussah wie der einer Frau. Sie hatte den Körper eines Kindes. Mary hatte sich vor dem Körper ihrer kranken Mutter geekelt, wie vor dem toten Fisch, den sie einmal aufgedunsen und eiterverschmiert am Strand der Swale-Mündung

474

gesehen hatte. Mrs. Blake war braun und rundlich, ein keckes Püppchen und überhaupt nicht unerfreulich anzusehen.

»Setzen Sie sich, Mary.« Blake wies auf einen Platz unter einem Baum.

»Nun, essen Sie mit uns?« fragte Blakes Frau, wartete jedoch nicht auf die Antwort, sondern wandte sich zum Haus, das dem Atelier im Stil ähnelte. Die Sonne stand hoch und glitzerte durch die Zweige der Bäume. Mary war ein wenig schwindlig. Mrs. Blake hatte am Po Grübchen, wie die auf den Wangen eines Gesichts. Merkwürdig. Mary kam sich vor wie in einem ihrer Träume.

»Ich habe gehört, Miss Mary«, begann Blake, »daß Ihre Seele sich verdunkelt hat.«

»Ich habe Atlantis besucht«, antwortete Mary, steckte ihre Handschuhe in die Tasche und schluckte trocken.

»Haben Sie unter Wasser den grünen König gesehen?«

»Ich sah die Präsidentin. Sie haben keine Könige.«

»Und was hat sie gesagt, Mary?«

»Sie sagte, ich solle zurück zu meiner eigenen Gattung gehen, mein Leben sei noch nicht zu Ende, das Leben sei das Leben, im Guten wie im Bösen, und etwas anderes gäbe es nicht.«

»Ach ja, der Traum des Atheisten, das Beste, was der Materialismus zu bieten hat.«

Mary schwitzte, und ihre Korsettstäbe drückten sie in die Brust. Zum ersten Mal seit mehreren Wochen trug sie Korsett, Mieder und Unterröcke. Ihre Haut war noch zart. Unter dem engen Rockbund schmerzte ihre Taille. Die Ärmel schnitten an den Achselhöhlen ein. Wie wohl mußte sich Mrs. Blake fühlen.

»Es ist meine feste Überzeugung, daß wir aus einer spirituellen Welt in unsere materielle Existenz hinabsteigen. Als mein Bruder Robert starb, sah ich ihn zur Decke hochschweben, und er klatschte vor Freude in die Hände.«

»Sie haben doch den menschlichen Geist eingehend studiert, Blake; was glauben Sie, gibt es noch Unschuld nach der Erkenntnis?«

»Ich muß mich waschen, Mary, bevor wir essen. Bitte entschuldigen Sie mich.«

Mary war froh über die Gelegenheit, einen Moment allein zu sein, denn sie mußte sich überlegen, wie sie sich elegant verabschieden könnte.

Es war sehr schön bei Ihnen, aber ich habe Joseph versprochen, gleich zurückzukommen.

Danke für den anregenden Nachmittag, aber ich fühle mich nicht ganz wohl.

Nein – wie spät es geworden ist.

Ja, ich arbeite an einem neuen Buch. Und das ist auch der Grund, weshalb ich mich nun leider verabschieden muß.

»Sie haben doch nichts dagegen, Mary, wenn ich mich auch entkleide?« rief Blake hinter den Büschen.

»Nein, überhaupt nicht«, rief Mary etwas zu schrill. Gott steh mir bei, murmelte sie. Was muß ich noch alles durchstehen?

Blake hatte blaue Kniehosen, ein weißes Baumwollhemd mit hochgekrempelten Ärmeln und eine große Schürze getragen, als er in den Hintergrund des Gartens zur Pumpe schlenderte, um sich vor dem Essen die Hände zu waschen. Er tauchte wie die Natur ihn schuf hinter den Büschen auf. Sein Körper war nicht zart, wie sie im Atelier angenommen hatte, sondern kräftig und braun, wie der seiner Frau. Sein Hodensack schien aus Marmor gemeißelt, und der kleine purpurrote Wurm bebte, schwoll an und wedelte hin und her.

»Blake, sagen Sie ihm, er soll sich benehmen.«

»Sie haben sicher schon einmal einen nackten Mann gesehen, Mary.«

»In letzter Zeit nicht.«

»Dann erst recht.« Er nahm ihre Hand und legte sie in seinen Schoß. »Mein bester Freund«, sagte er.

Mary seufzte. Sie war die Männer und ihren besten Freund mehr als leid.

»Ich bin mit all dem fertig, William.«

476

»Meine Liebe.«

»Ich lehne es kategorisch ab . . .«

»Meine Liebe.«

Als seine Frau mit einem Tablett erschien, ließ Blake Marys Hand augenblicklich fallen.

»Sie sollten wirklich Ihre Kleider ablegen, Mary«, sagte Mrs. Blake. »Sie sehen furchtbar eingeschnürt aus. Als hielte eine Boa Constrictor Sie im Würgegriff. Heute ist so ein heißer Tag. Sie würden staunen, was für ein wunderbares Gefühl es ist, wenn eine sanfte Brise Ihre Haut umspielt. So bin ich Gott näher – auf unschuldige Weise. William sagt, es ist ein Akt der Ergebenheit gegenüber dem Geist und dem Gesetz.«

»So unbequem es ist nicht, danke, Mrs. Blake. Dürfte ich ein Glas Wein haben?«

»Als wir noch unschuldig waren, vor dem Sündenfall, waren wir uns unserer Nacktheit nicht bewußt«, fuhr Mrs. Blake fort und legte Mary die Hand auf die Schulter.

»Das habe ich schon gehört«, sagte Mary, »doch jetzt ist es anders.«

»Jetzt ist der Moment gekommen, Catherine«, unterbrach Blake, »wo du Mary den weißen Lisbon holen solltest.«

»Natürlich.« Mrs. Blake machte sich summend davon.

»Sie ist ein sehr, sehr lieber, wertvoller Mensch«, sagte Blake und schüttelte traurig den Kopf. »Ich . . .«

»Ja, Sie lieben sie.«

»Woher wissen Sie das?«

»Weil Sie, Blake, ein Narr sind.«

»Weil ich meine Frau liebe?«

»Weil Sie es mir sagen, während . . .«

»Aber sie *ist* sehr liebenswert.«

Und Mary war froh festzustellen, daß es jemanden auf der Welt gab, der einen dickeren Hintern hatte als sie.

Als sie Platz genommen hatten, sprach Blake das Tischgebet und dankte einer Reihe von Wesen, deren Namen Mary noch nie gehört hatte. Sie klangen wie assyrische Fabeltiere oder zoroastrische Gottheiten. Dann dankte er den Speisen selbst dafür, daß sie ihr Leben hingegeben hatten, damit er, William Blake, seines erhalten könne, und seiner Frau, daß sie so eine glänzende Köchin war, und dem Tag, daß er so schön war, und dem Baum, daß er ihnen Schatten spendete, und allen Kreaturen Gottes, daß es sie gab. Mrs. Blake sagte, nun wäre es genug, sie sei hungrig wie ein Wolf.

»Sehr gut. Und Dank Ihnen, Mary Wollstonecraft, daß Sie unseren bescheidenen Tisch mit Ihrer Gegenwart beehren.«

Sie saßen an einem kleinen Tisch, der unter einem Baum stand. Die Bänke waren aus rohem Holz. Mary dachte an die Splitter, denn inzwischen hatte sie mehrere Gläser Wein getrunken und sich ebenfalls die Kleider ausgezogen, die nun in einem Haufen am Boden lagen und aussahen wie ein exotischer Pilz, der nur emporgesprossen war, um die Szene zu vervollständigen. Mary fühlte sich blendend. Kleider *waren* ziemlich lästig. Mrs. Blake hatte recht gehabt, was die Luft betraf. Mary hatte das Gefühl, ihre Brustwarzen wären so lang und hart, daß Vögel sich darauf niederlassen könnten. Ihre Hüften wölbten sich wohlig unter ihr, und sie ließ den Bauch hängen. Warum auch nicht?

Mrs. Blake hatte ein handgewebtes Tuch auf den Tisch gelegt und große Tonschüsseln darauf gestellt. Es war eine einfache Mahlzeit mit kalten Linsen, heißem Senf, Löwenzahnblättern, geröstetem Brot und kleinen säuerlichen Äpfeln. Mary trank honiggesüßten Kamillentee und noch etwas Wein.

»Die einfachen Freuden sind die besten«, sagte Blake und furzte laut.

»Höre ich da Jericho?« Mrs. Blake kicherte.

»Ich habe neulich die Kirche von Dr. Price in Newington Green besucht«, sagte Mary schnell, um die Unterhaltung in eine andere Richtung zu lenken. Sie schlug die Beine damenhaft übereinander. »Es ist dort eine Gedenktafel angebracht worden. Ich habe sie abgeschrieben.« Mary holte ein Stück Papier aus ihrer Handtasche. »Lesen Sie.« Sie gab es Blake.

Dem Gedanken an Richard Price,
Der 26 Jahre Pfarrer dieser Gemeinde war und
Der am 19. April 1791 in Hackney, Middlesex, verstarb.
Theologe, Philosoph, Mathematiker,
Freund der Freiheit und der Tugend,
Dem Menschen ein Bruder,
Liebte er die Wahrheit ebenso wie Gott;
Seine hervorragenden Talente wurden nur noch
Übertroffen von seiner Integrität, Bescheidenheit
Und Herzensgüte;
Seine moralische Würde von seiner tiefen Demut.

»Sehr schön, Mary. Ein Vorbild zum Nacheifern.«

»Mein mageres Talent wird leider nicht von meiner Demut übertroffen«, gestand Mary.

»Demut ist eine Eigenschaft, die auch ich nicht besitze«, gab Blake zu.

»Ich auch nicht«, schaltete Mrs. Blake sich ein. »Ich bin wenig demütig in allem, was ich tue und sehe und bin.«

»Ich bin den Menschen keine gute Schwester«, fuhr Mary fort.

»Ich bin den Menschen auch keine gute Schwester«, pflichtete Mrs. Blake bei. »Ich bin eindeutig eine böse Schwester. Böse, böse.« Sie schlug sich selbst auf den Hintern, klatsch, klatsch. Blake sah interessiert zu. »Ich bestrafe mich regelmäßig, Mary.«

»Wirklich?«

»Also, Sie sind den Menschen gewiß eine gute Schwester, Mary«, sagte Blake.

»Ich habe das Gefühl, ich bin Ihre Schwester«, tröstete Mrs. Blake sie. »Ihre Zwillingsschwester. Ich habe das Gefühl, wir sind irgendwann zusammen aufgewachsen. Ihre Mutter war meine Mutter, und meine Mutter war Ihre Mutter, und ...«

»Catherine, ich denke, es wäre vielleicht ...«

»Blake, du verstehst nicht. Ich möchte ein besserer Mensch sein.«

»Ich finde, du bist ein absolut wunderbarer Mensch.«

Mrs. Blake streichelte Marys Haar. Mary hätte am liebsten wie eine Katze geschnurrt. Ein wohliges Gefühl durchströmte ihre Beine. Als Catherine Blake aufstand, bemerkte Mary, daß sie kräftige Beine hatte, die mit vernarbten Kratzern und Bissen, winzigen blauen Flecken und Wunden übersät waren. Wie die Beine eines Kindes, das beim Herumlaufen ständig ausrutschte und hinfiel. Marys eigene Beine sahen früher so aus. Fannys ebenfalls.

»Ich möchte kein besserer Mensch sein«, sagte Blake.

»Nein?«

»Ich auch nicht. Ich möchte bei allem, was ich tue, ein vollkommen ekelhafter Mensch sein.«

»Catherine.«

»Aber sie muß doch sagen können, was sie möchte, William.«

»Sie hat zu viel getrunken. Catherine, möchtest du auf dein Zimmer gehen?«

»Nein.« Sie senkte schmollend den Kopf.

»Die Idee der Vollkommenheit ist willkürlich – eine Kopfgeburt«, sagte Blake.

»Nein, mein lieber Mann. Gott ist vollkommen. Daher haben wir diese Idee. Nach Gottes Willen können wir nicht ›wie Gott‹ sein – deswegen scheiterte Luzifer –, wir können Gut und Böse nicht auseinanderhalten; wir können nur nach Göttlichkeit, nach Vollkommenheit streben, was immer das bedeuten mag. Nur das bleibt uns in dieser beschwerlichen Welt. Oh, je.« Mrs. Blake gähnte.

»Genau danach wollte ich Sie fragen – kann es nach der Erkenntnis noch Unschuld geben?« Mary seufzte. Das Ende dieses Nachmittags war in Sicht. Es war nichts allzu Schlimmes passiert. Es würde nicht mehr viel passieren. Was bedeutete es schon, an einem Sommertag mit Freunden nackt im Garten zu sitzen?

»Sie meinen«, nahm Mrs. Blake das Gespräch auf, »wie können wir uns ein offenes Herz und einen offenen Geist bewahren, nach all dem Leid, das wir durchgemacht und anderen verursacht haben.«

»Ja«, sagte Mary und blickte Mrs. Blake interessiert an. Die Frau war nicht dumm. Die Leute hatten sich geirrt.

»Ich glaube nicht, daß wir nach Güte streben können, Mary. Glauben Sie das? Haben Sie mein Gedicht ›Nach Göttlichem Bilde‹ gelesen? Es wurde herumgereicht.«

Blake stand auf.

»*Grausamkeit hat ein menschliches Herz*«, begann er.

»William«, bat Mrs. Blake.

»*Und menschliches Antlitz Eifersucht-Neid*«, Blake machte ein mißmutiges, ärgerliches Gesicht.

»Ich glaube, Mary ist müde, William.«

»*Schrecken die göttliche Menschenform*«, Blake sprang auf und ließ seinen Penis hüpfend kreisen.

Mrs. Blake schlug die Augen zum Himmel. »William, ich glaube, du hast ein bißchen zuviel getrunken.«

»*Und Verstellung das menschliche Kleid*«, Blake knickste und ergriff etwas Haut seines Schenkels, als schürze er einen Rock.

»*Die Menschenform ist eine feurige Schmiede*«, er marschierte umher.

»*Das menschliche Kleid geschmiedetes Erz*«, er hämmerte mit den Fäusten in die Luft.

Mrs. Blake zuckte die Schultern. »Es ist sinnlos. Sinnlos.«

»*Das menschliche Antlitz versiegelter Schmelzherd,*
Sein hungriger Schlund das menschliche Herz.«

»Danke, William, und ißt du jetzt bitte deinen Teller leer.«

»All unsere sogenannten menschlichen Tugenden sind eine Reaktion auf Armut und Furcht; sie sind vom Menschen geschaffen, Mary.« Er stocherte in seinen Linsen. »Aber kümmern Sie sich nicht um mich. Nehmen Sie Ihre eigenen Geschichten. Sie mögen die von Sir Gawain und dem Grünen Ritter. Sie mögen die Vorstellung von einem Kontinent unter Wasser, der sich wieder aus den Fluten erhebt. Wir alle haben die Fähigkeit zu Wachstum und Erneuerung. Doch während die Geistesgrößen unseres Jahrhunderts – Rousseau, Locke, Hume, Voltaire – Ihnen sagen können, was ist, was sein sollte und wie wir denken, kann keiner von diesen Denkern Ihnen wirklich sagen, Mary, wie Sie Ihr Leben führen sollen. Sie müssen es selbst herausfinden.«

Mrs. Blake erhob den Zeigefinger. »Selbst herausfinden.«

»Catherine«, sagte Blake.

»Sie finden, wir sollten wie Christus leben, stimmt's?« Mary grinste.

»Nein, eher wie Hiob, würde ich sagen.«

»Sie würden sagen, leben Sie wie Maria, die Mutter Jesu.« Mary wußte, das Neue Testament lag irgendwo im Haus. Jedermann bezog sich darauf.

»Nein, ich würde sagen, Mary, sein Sie Sie *selbst*. Nehmen Sie noch etwas Wein.«

»Ja, nehmen Sie noch Wein, Mary.«

Die Luft, die ihre bloße Haut umspielte, war köstlich. Mrs. Blake hatte wirklich recht gehabt. Nun küßten Mrs. Blake und Blake selbst Marys Rücken. Mrs. Blakes Küsse waren klein und feucht. Blake küßte hart und trocken. Ein wohliges Gefühl durchströmte Mary.

Sie war betrunken. Ihre Sinne waren gleichzeitig abgestumpft und empfänglich. Noch vor einer Minute wollte sie gehen. Jetzt wollte sie hier einziehen.

»Ich habe vor, mich mit Lernen zu beschäftigen«, verkündete Mary und blickte zum Himmel; sie hatte das Gefühl, sie müsse irgend etwas wiedergutmachen. »Sobald ich nach Hause komme.«

»Gute Idee, Mary.« Mrs. Blake arbeitete sich mit ihren Küssen zu ihrem Nacken hinauf.

»Catherine und ich sind Ihre Handlanger«, sagte Blake und rieb sachte Marys Schultern.

»Wir wollen Hand an Sie legen, Miss Mary.«

Mary hatte sich immer gefragt, was Handlanger waren.

»Ich denke, wir sollten sie salben«, sagte Mrs. Blake.

»Salben?« Mary erinnerte sich, daß das in der Bibel vorkam.

Blake ging nach hinten zu den Büschen. Der hohe Bogen seines glitzernden Urinstrahls traf auf ein Blatt wie willkommener Regen.

»Sie ist so blaß, William«, meinte Mrs. Blake, als er zurückkam.

»Ich habe das Gefühl, ich kippe gleich um, wenn ich ehrlich sein soll, Mrs. Blake.«

»Unser Planet kippt dieser Tage auch um«, bestätigte Mrs. Blake. »Wir haben bald Tagundnachtgleiche.«

»Die hatten wir im Frühling, Liebes. Die nächste ist im Herbst.«

Die Sonne zeichnete durch die Blätter der Bäume ein Muster, als lägen blinkende Zinnstücke eines Kesselflickers auf dem Boden verstreut. Mary fragte sich, ob sie dabei war, den Verstand zu verlieren oder in Ohnmacht zu fallen.

»Wir leben inmitten von Ruinen«, sagte Blake.

»Das ist der Wein, Mary.« Mrs. Blake hatte Marys Frisur gelöst, kämmte ihr mit den Fingern durchs Haar und schmückte es mit Rosenknospen. »Wenn ich Sie wäre, würde ich mein Haar offen um die Schultern tragen wie die arme Ophelia.«

»Ich weiß nicht, was ich tun soll, Blake. Ich habe schon soviel überstanden. Ich fühle eine Verantwortung, den Rest meiner Zeit zu nutzen.«

»Folgen Sie Ihrem Herzen«, riet Mrs. Blake.

»Wer weiß denn sicher, was richtig ist und was er tun soll?« fragte Blake.

»Ich weiß es, mein Lieber. Ich mache nur, was mir gefällt.«

»Catherine, bitte.«

»Und wie handeln Sie?« wollte Mary wissen, aber nicht dringend wissen. Alles zu seiner Zeit. Die Sonne stand noch hoch am Himmel.

»Ich mache die Augen zu und springe – allerdings blinzele ich immer ein wenig«, gestand Mrs. Blake.

»Das klingt nach Selbstmord, nach dem Sprung von der Brücke.«

»Nein, nicht das.«

»Doch was ist, wenn Sie an der falschen Stelle gesprungen sind?«

»Nur Gott ist vollkommen, haben wir das heute nachmittag nicht schon erwähnt? Mary, ich finde Sie sehr schön. Meinen Sie, mein Hintern ist eine Spur zu dick?«

»Überhaupt nicht, Mrs. Blake. Er ist gerade richtig. Kein Hintern kann zu dick sein, so sehe ich das und die Männer ebenfalls. Sie mögen es, wenn ein Hintern dick ist. Nur Gott ist vollkommen, erinnern Sie sich?«

»Ich glaube, jetzt ist die Zeit zum Händeauflegen gekommen«, sagte Mrs. Blake. »Es wirkt heilend. Es ist immer wohltuend. Man kann dabei nichts falsch machen. Es ist ein alter Brauch der Römer, soviel ich weiß. Ich wünschte, meine Brüste wären wie Ihre, Mary, so elegant und zart.«

»Solange das, was wir tun, Mary, der Leidenschaft entspringt, solange wir eine leidenschaftliche Wahl getroffen haben, kann es nicht falsch sein«, sagte Blake.

»Was meinen Sie mit Leidenschaft?«

»Ich meine«, erklärte Blake, und sein Gesicht schien groß über ihr wie der Mond, »unser Geist wird von Menschen, von Dingen angezogen, sie lassen ihn nicht mehr los, und eines Tages folgt unser Körper dem Beispiel.«

»Er meint, mit dem Herzen, nicht mit dem Willen«, ergänzte Mrs. Blake.

Mrs. Blakes Brüste wippten vor und zurück. Sie sah bei weitem interessanter aus als er. Blake hatte jedoch einen aufregenden Geist. Herz und Geist mußten nicht schön sein. Mary stellte sich ihr Herz wie eine schlüpfrige schwarze Krake mit sich windenden Tentakeln vor, die sie auf dem Fischmarkt in Portugal hatte hängen sehen. Kraken konnten einen in ihrer Umarmung zerquetschen, so hatte sie gehört, selbst wenn sie schon halb tot waren.

»Wie fühlen Sie sich, Mary?«

»Ganz gut, Blake.« Wenigstens mußte sie nicht die Fischsuppe essen. In diesem Augenblick schien es ihr natürlich und gut, ohne Kleider auf dem Boden zu liegen und von zwei bräunlichen Menschen gestreichelt und getätschelt zu werden, einem Mann und einer Frau, die sich eigentlich nicht besonders voneinander unterschieden. Hände, Arme, Beine, Herzen, Seelen.

»Laß los«, sagte Blake.

Mary drehte sich zur Seite und schaute in den Garten.

»Laß los«, wiederholte seine Frau.

»Verschwinde«, intonierte Blake.

»Verschwinde«, wiederholte seine kleine Frau.

Versuchten sie, die bösen Geister in ihr zu exorzieren? Was sollte losgelassen werden? Die Zeichen der Zivilisation? Die materielle Welt? Versuchten sie, Mary zu irgendeinem seltsamen östlichen Ritus zu bekehren? Sie hatte gehört, Hexen tobten nackt durch die Wälder. Entwichen ihrem Körper kleine Teufel wie rasende Sternschnuppen, die mit ihrem Feuerschweif im Unterholz verschwanden?

»Es ist sehr angenehm«, sagte Mary. Sie war in Träumen versunken und doch hellwach. Körper und Seele schienen ineinander verschmolzen. Richtig und Falsch vermischten sich. Gott blickte auf die Welt und sah, daß sie gut war.

Und dann bemerkte sie plötzlich hinter den wuchernden Weinranken und den Büschen den Tiger und das Lamm aus dem berühmten Gedicht von William Blake.

Der Tiger war wild und furchteinflößend, das Lamm sanft. Aus einer Rosenblüte kroch ein Wurm heraus. Das Licht spielte in den Blättern der Baumkronen, die Hitze flirrte, die Bienen summten. Sie war müde. Ihr war schwindlig. Und ihr war ein wenig übel.

»Blake«, flüsterte Mary. »Blake, ich habe Angst.«

»Hab keine Angst«, sagte er.

»Es ist ein sehr merkwürdiger Nachmittag.«

»Es ist alles nur eine Vision, Mary. Beruhige dich.«

»Beruhige dich«, flüsterte Mrs. Blake und küßte Mary auf den Mundwinkel. »Es ist alles sehr real.«

Kapitel 52

~~~~~~~~~~~~~~~~

Die Kirche von St. Pancras konnte man von Godwins Haus zu Fuß erreichen. Mary hatte gegenüber ein paar Zimmer gemietet. Sie waren übereingekommen, daß es das beste sei, in getrennten Wohnungen zu leben. Als unabhängige Geister brauchten sie beide ihr eigenes Reich. Die Kirche stand auf einem Hügel. Um sie herum lagen Felder; deshalb sah sie fast wie ein Denkmal aus, doch war sie nicht so protzig wie andere Kirchen. Im Inneren herrschte eine fast anheimelnde Atmosphäre. Der Gedanke an eine Heirat war natürlich für beide sehr unangenehm. Es würde nicht einfach sein, diese Entscheidung gegenüber ihren freidenkerischen Freunden zu vertreten. Die Umstände erforderten jedoch solch einen Schritt.

Die Kirche hatte weißgetünchte Wände und breite Balken. Ein Baldachin, der über dem Altar befestigt und mit einer Sonne bestickt war, gab ihr einen mediterranen Charakter. Eine Heirat würde Godwin und Mary wirklich in große Verlegenheit bringen, angesichts all der Traktate, die sie gegen die Ehe verfaßt hatten. Ein Triptychon hinter dem Altar zeigte Christus am Kreuz. Im Seitenschiff hingen mittelalterliche Gemälde. Mary gefiel eines, das Maria auf einer Mondsichel darstellte, wie sie mit halbgeöffneten Augen nach Hilfe schmachtend zum Himmel blickte. Andere himmlische Anspielungen, wie Leda mit dem Schwan oder Eva, die Luzifer verführt, hätten sich dort auch sehr gut gemacht, wenn man ein wenig von althergebrachter Rechtgläubigkeit abgerückt wäre. Es hätte fast eine heidnische Kirche sein können, die verschiedene pantheistische Elemente miteinander verband. Diese Heirat wird aus praktischen Gründen vollzogen, sagte sich Mary.

Sie trug ein neues Kleid aus rosa Seide mit Spitzenmanschetten, engen Ärmeln, gerafften Röcken über ihrem dicken Bauch und einem breiten Spitzenkragen. Passend zum Kleid hatte sie einen Strauß rosa Pfingstrosen ausgesucht; ihr Haar war hochgesteckt, nur einzelne Locken ringelten sich unter der Spitzenhaube hervor. Mary war noch nie so elegant aufgetreten und sie wünschte, Gilbert könnte sehen, wie sie den Gang hinunter auf Godwin zuging. Wenn William Gilbert wäre, würde er durch den Gang hüpfen, Purzelbäume schlagen und im Augenblick der Trauung den Kopf zurückwerfen und ansteckend lachen; die Welt wäre in Harmonie. Ihm wäre es egal, wenn jemand seinen großen wilden Körper mit den ausgestellten Ellbogen und den zu kurzen Ärmeln schräg ansehen würde. Bin ich die Liebe deines Lebens, würde er fragen, na? hm? und vor ihr ein paar Schritte zurückgehen, sag's mir ehrlich, sag mir die Wahrheit. Bin ich die Liebe deines Lebens? Du bist die Liebe meines Lebens, würde sie antworten. Wenn sie in Paris ins Schlafzimmer gingen, konnte er nicht bis zum Bett warten, sondern begann an der Tür, sie zu küssen und nahm sie gleich da. Und so kam es, daß sie auf die Frage: »Nimmst du, Mary Wollstonecraft, William Godwin zu deinem rechtmäßig angetrauten Ehemann?« benommen und ungläubig antwortete.

Godwin trug einen blauen Mantel, Kniehosen aus gelbem Kaschmir und leuchtend weiße Strümpfe. Sein Haar war hinten zu einem Zopf geflochten, und Mary fand, er sah lächerlich aus.

Im Grunde ihres Herzens wollte sie hinauslaufen, hoffte, das Dach würde einstürzen oder ein Blitzschlag den Boden zwischen ihnen aufreißen und den zerklüfteten Abgrund und die aufgewühlten Wasser des Ozeans sichtbar machen.

Liebe Brüder und Schwestern im Herrn, diese Hochzeit kann nicht vollzogen werden.

In der Kirche würde es sehr still werden. Langsam würde sich jeder zu der Gestalt im Hintergrund umdrehen, zu dem hochgewachsenen Mann in Wildleder mit dem rabenschwarzen, zerzausten Haar und den blitzenden Augen.

Ja, es ist so: Sie kann keinen anderen heiraten. Ich liebe sie. Ich habe sie immer geliebt. Ich werde sie immer lieben. Ich möchte sie mit nach Amerika nehmen. Mein Pferd wartet.

Sie würde zu ihm gehen, sich mit beflügelten Schritten auf ihn zubewegen, denn sie hatte sich immer nur auf ihn zubewegt, und sein Lächeln war ihr so vertraut wie ihr eigenes. Er würde sie auf das falbe Pferd heben, sie würde den Hals des geduldigen Tieres tätscheln, er würde sich hinter ihr auf den Sattel schwingen, sie würde sich an ihn schmiegen und der erstarrten Gemeinde und dem Wind Küsse zuwerfen. So würden sie in eineinhalb Tagen in stetem Galopp den Ozean überqueren und bei Boston dem Schaum der Brandung entsteigen. Meine Frau ist müde, haben Sie ein Bett? Wir sind weit gereist.

Godwin unterzeichnete die Urkunde: Junggeselle. Mary unterschrieb: Jungfer.

Wie war es dazu gekommen?

Sie erinnerte sich genau daran, daß Godwin sie an Josephs Tisch eine »philosophische Schlampe« genannt hatte. Beschrieb er ihre Kleidung oder ihren Geist? Eigentlich war *er* ziemlich schlampig. War sein plötzlicher Sinneswandel nur dem Tod, dem sie knapp entronnen, und ihrer Krankheit zu verdanken? Sie erinnerte sich an seinen Vortrag über Melancholie an ihrem Bett. Mitleid mit der Armen.

Nun waren sie also verheiratet. Es war sehr schnell gegangen.

Bei ihrem ersten Besuch fand sie, daß Godwins Haus mit sonderbaren Gegenständen vollgestopft war. Wie viele seiner Zeitgenossen, schien er eine Art Sammler zu sein – Schildkröteneier, eine ausgestopfte Eule, Papierbögen, Notenblätter. Mit Ausnahme der Eule war hier wenigstens keine ausgestopfte Tierwelt wie in Fuselis Haus versammelt.

Die Trauung besuchten nur Joseph Johnson und die kleine Fanny mit ihrer Amme; danach wollten sie zum *Adam and Eve Tea Garden* gehen. Anschließend sollte Mary in ihre Wohnung, die seiner gegenüberlag, zurückkehren. Sie waren übereingekommen, daß sie nach einer Heirat zumindest ihre Bewegungsfreiheit aufrechterhalten wollten. Sie hatten vor, sich jeden Tag zum Tee zu sehen oder sich kleine Briefchen zu schicken. So ist es sicher am besten, meinte Godwin, denn müssen wir nicht beide Bücher schreiben und lesen und sind wir nicht überhaupt sehr beschäftigte Leute? Mary sagte: Ja, so ist es am besten.

In ihrem ersten Buch, *Mary, eine Erzählung*, in dem sie die Ehe als legalisierte Prostitution bezeichnete, sehnte sich die Heldin nach einer Welt, in der man nicht heiratete und erst recht nicht dazu gezwungen wurde. Doch angesichts der Tatsache, daß sie schwanger war, erschien dieses Arrangement mit Godwin doch die beste Lösung. Und sie bemühte sich, alles nüchtern zu betrachten. Dennoch verschlug es ihr die Sprache, als Godwin den Vorschlag machte, getrennte Wohnungen zu behalten. Nicht nur getrennte Betten oder getrennte Schlafzimmer, sondern getrennte Häuser, als wären sie ein reiches Paar mit einem Haus auf dem Lande und einem in der Stadt, nur daß sie beide in der Stadt waren und einander gegenüberwohnten.

»Werden wir uns nachts besuchen?« fragte sie scheu und blickte nicht auf.

»Aber natürlich«, antwortete er, trat hinter sie und gab ihr, wie einem guten Kameraden, einen Klaps auf den Rücken.

Als sie nach ihrer Krankheit begann, wieder auszugehen und nach Erklärungen und Antworten zu suchen, fragte er sie bei ihrem ersten Besuch in seinem Haus von Schriftsteller zu Schriftstellerin: »Na, woran arbeiten Sie denn im Moment?« Er räumte einen Sessel frei, setzte sich und ließ sie stehen. »Deshalb sind *Sie* doch gekommen, stimmt's, um über Ihre Arbeit zu sprechen? Ach, Sie brauchen einen Stuhl, nicht?«

»Meine *Reisebriefe aus Südskandinavien* sind eben herausgekommen, und jetzt arbeite ich an einem Roman, der die wichtigsten Gedanken der *Verteidigung* veranschaulichen soll – ähnlich wie Sie es nach Ihrer *Untersuchung über politische Gerechtigkeit* bei *Caleb Williams* versucht haben«, rief sie ihm nach, als er ins Nebenzimmer ging.

»Wie interessant«, rief er zurück.

Mary wurde ein Stuhl gebracht, der zwei intakte Beine hatte, eins, das man zurechtdrehen mußte, und eins, das abzubrechen drohte.

»In diesem Buch, *Das Unrecht an den Frauen oder Maria*, wird Maria von ihrem Mann in eine private Irrenanstalt geschafft, damit er ihre Mitgift an sich bringen kann. In der Anstalt arbeitet Jemima, eine Wärterin, die früher von Diebstählen gelebt hat. Diese Wärterin war eine Zeitlang auch Prostituierte. So unterschiedlich die beiden Frauen auch sind, sie werden gute Freundinnen.«

»Sie schildern eine Prostituierte mit Wohlwollen?«

»Natürlich.« Sie schaute über den angeschlagenen Rand ihrer Teetasse, sah ihm direkt in die Augen, senkte den Blick, räusperte sich. »Können Sie mir bitte einen anderen Stuhl bringen? Ich fürchte, dieser hier bricht gleich zusammen.«

Mary wartete. Godwin erschien mit einem riesigen, vorsintflutlichen Polstersessel. Mary mußte ihm helfen, ihn ins Arbeitszimmer zu schleppen. Nun konnte sie sich endlich bequem hinsetzen.

»Es hat nur wirtschaftliche Gründe, William, wenn Frauen sich für die Prostitution entscheiden. In der *Times* steht ein Bericht über zwei unglückliche Schwestern, die einsam und unbemerkt in ihrem Salon verhungert sind. Könnten Frauen selbst bestimmen, wie sie ihren Lebensunterhalt verdienen, würden sie den Beruf des Arztes, Anwalts, Apothekers oder Handwerkermeisters ergreifen, anstatt als Jungfern zu verhungern oder als Prostituierte zu verkommen.«

Als sie an ihrem Hochzeitstag aus der Kirche kamen, regnete es. Auf dem Kirchhof stand kein falbes Pferd mit gesprenkelter Kruppe. William hielt den Regenschirm über sie. Es war ein schwarzer Regenschirm, und er trug nicht gerade dazu bei, die gedrückte Stimmung zu heben. »Ich fühle mich seltsam«, sagte Mary zu Godwin.

»Ich dachte, du magst Friedhöfe und Ruinen.«

»Ich habe meine Zukunft vor Augen.«

»Mein Liebes, es ist unsere gemeinsame Zukunft, die jetzt vor uns liegt.«

»Nein, ich sehe nur meine.«

»Sei nicht so dramatisch«, sagte Godwin. »Du mußt mal richtig durchgekitzelt werden, das brauchst du jetzt, und eine starke Tasse Tee.«

»Was ich brauche, was ich brauche ist ...«

»Sag es nicht, Liebes. Du bist jetzt eine ehrbare, verheiratete Frau.«

»Ich habe so eine Vorahnung, William.«

»Ich auch. Von unserem Hochzeitsessen: Schinken, gedünstetes Geflügel, Entenbraten, Pflaumentorte, Apfeltorte, Birnen, Nüsse, Wein, Apfelmost und Bier. Was meinst du?«

Als Mary Godwin zum zweiten Mal besuchte, saß sie ihm gegenüber. Er hatte in einem großen Schaukelstuhl aus Kirschbaum Platz genommen. Die Wände seines Arbeitszimmers waren mit Stuckornamenten – Medaillons, Trophäen und Urnen – verziert und bis auf halbe Höhe holzgetäfelt. Das ganze Haus wirkte so wüst zusammengestellt wie seine Kleidung, als ob er sich nicht dazu durchringen könnte, eine Auswahl zu treffen.

»Soweit ich verstanden habe, *waren* Sie in Bedlam, wie Ihre Romanfigur«, sagte William Godwin.

»Ja. Aus Liebeskummer.«

»Und als Sie von der Brücke gesprungen sind?«

»Liebeskummer.«

»Ah, ja. Ich habe schon oft von solchen Sachen gehört, doch ich selbst war noch nie verliebt.«

»Sie waren noch nie verliebt?« Es wurde wirklich behauptet, daß er nur mit seinen Büchern lebe, wie ein Mönch.

»Nein.« Er zuckte sehr charmant die Schultern, lächelte traurig und schüttelte sich die Haare aus dem Gesicht. »Es gibt auch noch *andere* Dinge.«

»Natürlich.«

»Wo ist Ihr Kind?«

»Auf . . .«, sie stockte. »Auf dem Lande. Frische Luft, wissen Sie. Das Klima in der Stadt tut Kindern nicht gut.«

»Ja, ja, ganz recht. Aber letztlich haben Sie vor nichts Angst. Sie stellen sich immer wieder.«

»Ich stelle mich?«

»Der Welt, Sie stellen sich der Welt, Sie versuchen . . .«

»Was versuche ich?«

»Immer wieder von vorn anzufangen, immer wieder mit der gleichen Kraft . . . Ich wünschte, ich wäre ein bißchen mehr wie Sie.«

Sie mußten nach der Trauung sehr langsam nach Hause gehen. Die Amme folgte mit Fanny. Marys Bauch fühlte sich riesig an, und ihre Beine schmerzten. Sie war durchnäßt. Sie war gereizt. Dann hörte der Regen auf. Die Sonne kam heraus. Weinbergschnecken säumten den Weg. Godwin trug schwarze Schnallenschuhe, Mary zierliche rosa Seidenpumps, passend zu ihrem Kleid. Marys Achselhöhlen fühlten sich an wie gebackene Muscheln.

»Bist du an deinem Hochzeitstag traurig, Mary?«

»Ich bin nicht traurig.«

»Du kommst mit der Arbeit an deinem neuen Buch nicht recht voran. Daran liegt es.«

»Daran liegt es *nicht*.«

»Liegt es daran, daß Fanny so einen unglücklichen Eindruck macht?«

»Fanny ist erst zweieinhalb. Warum sollte sie ein unglückliches Kind sein. Sie ist manchmal ein bißchen schwierig, das ist alles.«

Fanny war zu ihrer Mutter in den St. Paul's Churchyard zurückgekehrt und sollte auch weiterhin bei ihr leben.

»Du vermißt Joseph, die Atmosphäre in seinem Haus.«

»Nein.«

Sie vermißte Joseph und die Atmosphäre in seinem Haus sehr wohl. Sie vermißte sogar die Wände, den Mischmasch seiner neuen Stühle, den Blasebalg am Kamin, den Geruch von Anis und Mehl, die Luft, ihr Zimmer in der Mansarde. Sie war mit all dem verwachsen, und die Einrichtungsgegenstände des Hauses halfen ihr bisweilen, sich selbst mit der Welt in Einklang zu bringen. Zwei Schritte hinter der Eingangstür hing rechter Hand der blinde Spiegel. Die Porzellanvitrine sah sie bei jedem Essen an. In einer Ecke lagen Krümel, die vor Jahren dorthin gefegt worden waren, und im Wohnraum hing ein Gemälde von Reynolds, das Blake nicht ausstehen konnte, auf das sie aber stets blickte, wenn sie das Zimmer verließ. Wenn sie Joseph ein Manuskript überarbeiten sah oder Mrs. Mason in der Küche einen Pastetenteig ausrollte, fühlte Mary sich wohl, fühlte sie tiefen Frieden. Immer kamen irgendwelche Besucher, immer passierte etwas, und es war immer aufregend.

»Laß uns für heute Schluß machen und irgendwo in der Stadt anständig Tee trinken«, sagte Joseph bisweilen.

»Komm mal schnell runter, Mary, ich möchte dir jemanden vorstellen.«

»Heda! Wer fährt mit aufs Land?«

»Ich muß in die Fleet Street zum Drucker, will mich jemand begleiten? Ich spendiere eine Fleischpastete.«

»Mary, stell dir vor, ich bin auf dem Weg zu meinem Kaffeehaus in der Cheapside, da stellt sich mir ein Riesenkerl in den Weg. Ich versuche, um ihn herumzugehen, und mache einen Schritt, er auch. Werter Herr, sage ich, was wollen Sie haben? Einen Schilling? Eine Ohrfeige? Berühren Sie mich, berühren Sie mich nur, sagt er. Mich hat seit Jahren niemand berührt. Er beugt sich herunter, Mary, und ich lege ihm sanft die Hand auf die Wange.«

Mary begann heftig zu blinzeln.

»Als ich auf dem Weg zu Barley Mow war, Mary, drückte mir am Ludgate Hill eine Dame ein Kästchen in die Hand. Ich wollte mir gerade ein schönes Stück Braten kaufen. Sir, sagt die Dame, ich werde dieses Kästchen jetzt Ihrer Obhut anvertrauen. Sie müssen es bewachen – und wenn es Sie das Leben kostet. Sollten Sie es verlieren, bin ich erledigt. Seien Sie am dritten Freitag nächsten Monats mit dem Kästchen an der London Bridge. Ich werde ein Strohhäubchen mit Holzkirschen und ein kariertes Taftkleid tragen. Haben Sie keine Angst.«

Mrs. Mason, Joseph und Mary hielten den Atem an, als das geheimnisvolle Kästchen geöffnet wurde. Mary erwartete Schlangen, Mrs. Mason Geld, Joseph ein paar wichtige Dokumente. Als sie verstohlen hineinschauten, war absolut nichts darin. Gar nichts.

»Das Leben ist ruchlos, schändlich und kariös«, meinte Joseph.

»Du meinst, kurios.«

»Ich meine kariös.«

»Ich habe dieses Wort noch in keinem Wörterbuch gesehen, Joseph.«

»Es wird schon noch auftauchen. Gib ihm etwas Zeit.«

»Ja, ich vermisse Joseph, Mrs. Mason, den ganzen Haushalt, William. Ich kann es nicht ändern.«

Als sie Godwin zum dritten Mal besuchte, wurde Tee serviert. Mary schob spielerisch die Fußspitzen unter ihrem Kleid hervor, zog sie wieder zurück, schob sie vor, zog sie zurück und fragte sich, ob im Hof ein Abort sei. Godwin sah anders aus, sah besser aus als bei den Donnerstag-Essen oder am Tag, als er mit Joseph in ihrem Zimmer herumgeflüstert hatte, viel besser als bei ihren Ausflügen zu den Kew Gardens oder zum Mechanical-Museum, und viel, viel besser als bei ihren ersten beiden Besuchen in seinem Haus. Sie begann, ihn zu mögen.

»Ich sollte jetzt vielleicht gehen«, sagte Mary abrupt. Sie wehrte sich gegen dieses Gefühl.

»Gehen Sie nicht«, sagte Godwin und nahm ihre Hand.

Am nächsten Morgen, als sie wieder in Josephs Haus zurückgekehrt war, schrieb sie ihm diese Zeilen:

Betrachten Sie das, was passiert ist, als einen Fieberanfall Ihrer Phanta-
sie; als einen leichten Todesschauer, der Sie überlaufen hat – und ich – werde
wieder eine Einsame Spaziergängerin *werden. Adieu.*

Godwin antwortete:

Wir durchlebten eine nüchterne Glückseligkeit, die ihre eigene Würde besaß;
und gerade diese Nüchternheit verlieh ihr noch zusätzliche Wollust.

»Heute ist unser Hochzeitstag, und du liebst mich überhaupt
nicht«, sagte Godwin und schüttelte traurig den Kopf.

»Du bist mein Mann. Heute *ist* unser Hochzeitstag.« Sie sehnte
sich nach weichem Schnee, wochenlangem grauen Himmel,
schlechtem Wetter. Sie wünschte, er wäre still.

»Na ja, dann . . .«

»Doch ich habe gute Gründe, traurig zu sein. Mein Vater war
brutal, meine Mutter dumm, meine Schwestern lebensuntüchtig,
mein Bruder gleichgültig, meine Geliebten treulos . . .«

»Ich bin nicht treulos, Mary. Und daß du diesen Geliebten begegnet bist, hatte einen Grund.«

»Welchen denn?«

»Sie waren wie Stationen des Kreuzwegs.«

»Ach, komm. Stationen des Kreuzwegs? Schließlich soll ich am
Ende nicht Gottes Angesicht sehen.«

»Nein, dein eigenes.«

»Und außerdem, William, weiß ich, daß du mich nicht liebst.«

»Ich liebe dich.«

»Du hast mich geheiratet, weil ich schwanger bin.«

»Das ist der Grund, weshalb ich dich *heirate*, nicht, weshalb ich
dich liebe. Du bist schwanger, weil ich dich liebe, weil ich dich
liebte.«

Godwins Zärtlichkeiten waren sanft und bedächtig gewesen. Er
war ziemlich ungeschickt, doch rührend romantisch. Er begann
damit, ihr Gesicht zu streicheln. Niemand hatte je zuvor ihrem
Gesicht soviel Aufmerksamkeit geschenkt, nicht einmal Gilbert.

Godwins Haus war ein stattliches Gebäude mit Stuckreliefs an der Fassade, Erkern, Bogenfenstern und zwei klassischen Säulen, die das Eingangsportal flankierten. Nichts deutete auf das Durcheinander in seinem Inneren hin. Er schüttelte die Tropfen vom Regenschirm.

»Legen Sie Fanny jetzt zum Mittagsschlaf hin«, ordnete Mary an. Dann wandte sie sich Godwin zu. »Ich verstehe deine Logik über Ehe und Liebe nicht, William.«

»Weil es logisch ist, Mary.«

»Ich schreibe darüber, logisch zu sein.«

»Das weiß ich.«

»Ich dachte, wir würden zum *Adam and Eve Tea Garden* gehen«, sagte Mary.

»Wollen wir an unserem Hochzeitstag Streit anfangen?«

»Wir sind ja schon mittendrin«, sagte sie.

Sie gingen in den Wohnraum.

»Nein, du bist nicht treulos, William. Doch das hat nichts mit mir zu tun.« Mary warf sich auf einen wackeligen Stuhl, streckte die Beine von sich, streifte sich die Handschuhe ab, Finger für Finger, warf sie durch das Zimmer; einer traf die ausgestopfte Eule mitten an den Kopf.

»Du brauchst deine Enttäuschung nicht an der armen Peckie auszulassen.«

»Ich wünschte, Peck würde einfach krepieren.«

»Sie ist schon tot.«

»Dann eben verschwinden.«

»Peckie ist seit drei Generationen in meiner Familie.«

»Das hast du mir schon hundertmal erzählt.«

»Mit wem soll meine Treue zu dir denn zu tun haben, wenn nicht mit dir?«

»Mit dir selbst. Mit deinen Idealen, deinen Gewohnheiten. Ich brauche einen anständigen Stuhl, William, meine Güte, ich bin schwanger. Du setzt dich immer hin und läßt mich stehen oder du bietest mir ein Wrack von einem Stuhl an.«

»Wir können nicht der Welt die Schuld für unser Leben geben. Es liegt an jedem von uns, etwas aus unserer Zeit auf Erden zu machen, das Schicksal selbst in die Hand zu nehmen.«

»Den Stuhl, William, nicht das Schicksal. Könntest du einen Stuhl in die Hand nehmen?«

»Sofort, mein Geliebtes.« Er stürzte ins Nebenzimmer und schleppte einen schweren Polstersessel herbei.

Mary setzte sich hinein. »Endlich.«

»Ja, natürlich, mein Liebes.«

»Bitte erspare mir solche Platitüden, William. Ich bin weder ein Methodist, der im Zelt eine Predigt hört, noch eine Schnapsleiche, die geistigen Beistand benötigt.«

»Es ist *deine* Schwangerschaft«, sagte Godwin.

»Es war *deine* Methode, die Empfängnis zu verhüten, das ist es.« Sie zeigte auf ihren Bauch.

»Sie ist wissenschaftlich erwiesen.«

»Dann ist es eine miese Wissenschaft.«

»So etwas gibt es nicht.«

»Du kannst noch so viel reden, William. Ich bin trotzdem schwanger, aber du brauchst dich nicht groß darum zu kümmern. Frauen sind geboren, um zu leiden.«

»Quatsch.« Er ging zum Fenster. »Ich glaube, wir können jetzt gehen. Du bist wütend auf mich, weil ich nicht Gilbert bin.«

»Das ist lächerlich.«

»Wirklich?« Er schaute verletzt.

»Es ist lächerlich.«

»Glaub mir, dieser Mann wäre dein Tod gewesen, Mary.«

»Das glaube ich dir.« Wenn sie nur gemeinsam in den Tod gegangen wären, hätte es ihr nichts ausgemacht, hätte es sogar Glück und Erfüllung bedeutet.

»Wir hätten Joseph einladen sollen, uns zu begleiten«, sagte er.

Sie bemerkte, daß Godwin nervös wurde, wenn sie beide allein waren.

»Du mußtest mich ja nicht heiraten, William, nur wegen des Kindes.«

»Aber ich wollte es doch«, sagte er. »Kannst du nicht akzeptieren, daß ich dich liebe, daß jemand dich von ganzem Herzen liebt?«

»Manchmal. Manchmal kann ich es akzeptieren.«

»Was ist so schwer daran. Heute ist unser Hochzeitstag, Mary, Herrgott noch mal.«

»Stimmt.«

»Was meinst du, worum es bei Hochzeiten geht?«

»Um Eigentum.«

»Genau. Wir sind ja beide so reich.«

Sie schniefte ein wenig.

»Ich glaube, ich lege mich einen Moment hin, Mary. Möchtest du mitkommen? Das Laufen hat mich angestrengt.«

»Nein, ich denke, ich könnte eben zu Joseph hinüberfahren und Mrs. Mason die Neuigkeiten erzählen . . .«

»Gut.«

Sie sammelte ihre Handschuhe auf, eilte die Treppe hinunter und trat hinaus auf die Straße. Ich bin verheiratet, sagte sie zu sich selbst. Mrs. Godwin, wenn's recht ist. Ihr war es recht, und auf der Fahrt zu Joseph zog sie ihren linken Handschuh nicht an; sie ließ den breiten glatten Goldring, den Godwin ihr geschenkt hatte, in der Sonne funkeln. Ich werde dich nicht aufbeißen, sagte sie zu dem Ring. Nein, ich werde dich lieben und ehren.

Tatsächlich war das erste, was Mrs. Mason sagte: »Was für ein schöner Ring.«

Das zweite, was sie sagte, war: »Heute ist Ihr Hochzeitstag, Miss Mary, was machen Sie denn hier?«

»Ich weiß noch nicht, ob ich gerne eine verheiratete Frau bin, Mrs. Mason.«

»Kommen Sie, Mary, geben Sie sich eine Chance. Drei Stunden sind nicht genug Zeit, um es zu beurteilen.«

»Zwei Stunden.« Mary rang nach Luft, als wäre die Ehe eine

Falle, eine Art Sack, in den sie eingenäht war. »Ich bin schon jetzt . . .«

»Nein, nein.«

»Ist Joseph zu Hause?«

»Mary, Mary.« Er kam an die Tür, nahm ihre beiden Hände, küßte sie auf die Wange, zog sie ins Haus. »Ich bin ja so glücklich, dich wiederzusehen. Du siehst wunderschön aus«, sagte er. »Was machen wir jetzt? Wo gehen wir hin? Möchte jemand Tee?«

Kapitel 53

~~~~~~~~~~~~~~~~~~~~~~~~

Als die Wehen begannen und Mary sich vor Schmerzen krümmte, schickte sie William ein paar Zeilen über die Straße und bat ihre Magd Rose, die Hebamme zu holen. Fanny wurde zu Joseph gebracht.

Mary hatte morgens begonnen, heftig zu schwitzen. Jetzt konnte sie nicht mehr gehen. So saß sie auf einem Stuhl, während Rose alles aus dem Zimmer entfernte, was Staub fangen konnte: Decken, Wolldecken, Tischdecken. Die Vorhänge wurden zusammengebunden, Kessel mit kochendem Wasser aus der Küche heraufgebracht, um den Boden zu scheuern. Mary wünschte, sie hätte sich früher um diese Sachen gekümmert. Statt dessen hatte sie versucht, ihr Buch *Das Unrecht an den Frauen oder Maria* fertigzustellen. Immerhin gab es frisch gewaschene Laken, die sogar mit einer Mischung aus Weingeist, Terpentin und Kampfer getränkt waren, um das Ungeziefer fernzuhalten. Und sie trug ein sauberes Nachthemd.

»Ich glaube, es wird gutgehen«, sagte Mary und dachte an Fannys Geburt.

Es klopfte an der Tür.

»Wer ist da, die Hebamme?« fragte Rose ärgerlich.

»Ich bin's, der Vater.«

»Männer kommen hier nicht herein«, sagte Rose.

»Ich komme herein, ob Sie wollen oder nicht.«

Er schlenderte ins Zimmer und blickte Mary, die auf einem stabilen Stuhl saß, voller Sorge an.

»Tut das Kind dir weh?« fragte er und nahm ihre Hand. »Tut es dir weh?«

»Ja, ein bißchen.« Sie zuckte zusammen.

»Du bist ein Engel.«

»Sag das nicht. Es bedeutet, daß ich tot bin.«

»Ich meine, auf Erden. Du bist mein geliebter Engel.«

Der Raum kam ihr zu hell vor. Die Wände schienen sie anzustarren und Aufmerksamkeit zu fordern. Sie hätte das Kind viel lieber in ihrem alten Zimmer bei Joseph zur Welt gebracht. Das alte Zimmer duftete nach Holz und lag hoch über der Straße. Dieses neue Zimmer lag im ersten Stock, hatte eine niedrige Decke, der Lärm der belebten Straße drang ungedämpft herauf. Das Zimmer bei Joseph war wie ein Baumhaus. Dort konnte sie Krähen und Tauben hören und Rotkehlchen, Eichelhäher und Spatzen.

»Fanny geht es gut«, sagte Godwin und tätschelte Marys Knie.

»Hmm.«

»Joseph unterhält sie. Sie ist überhaupt nicht betrübt und außerdem schon sehr gespannt auf ihr Brüderchen.«

»Ja, gut . . . ist Joseph schon unterwegs?«

»Wir brauchen Joseph nicht.«

»*Ich* brauche Joseph.«

»Wen liebst du denn nun, Gilbert oder Joseph? Ich bin es langsam leid, dieses ständig Joseph hier und Joseph da.«

»William, ich liege in den Wehen. Sei so gut, und mach mir jetzt keine Vorwürfe. Ich liebe dich. Du bist mein Mann. Es ist nur – ich bin mit Joseph schon so lange befreundet.«

»Du bist erschöpft. Du solltest dich im Bett ausruhen. Die Hebamme muß gleich hier sein. Ich finde ja immer noch, du solltest einen Arzt hinzuziehen, einen Chirurgen. Kann ich irgend etwas für dich tun? Sitzt du bequem? Würdest du dich drüben bei mir wohler fühlen? Es tut mir leid, bitte, verzeih mir.«

»Wir haben doch schon darüber gesprochen, William. Mir geht es gut.«

Ein stechender Schmerz durchfuhr ihren Unterleib. Sie preßte seine Hand.

»Ach, Mary, ich kann es nicht ertragen, dich leiden zu sehen. Es tut mir leid, daß ich so eifersüchtig bin.«

»Ich hätte gern etwas Kaffee.«

»Ich bringe dir sofort welchen.«

»William!«

»Ja, Liebes.« Er wandte sich um.

»Nichts.«

»Ich bring' dir den Kaffee.« Er lächelte ihr zu.

»William!«

»Ja, mein Liebling. Was ist denn?«

»Du warst mir ein guter Ehemann.«

»Und ich werde dir auch weiterhin ein guter Ehemann sein.«

»William, was ist, wenn es kein Junge wird?«

»Wenn es kein Junge wird?« William starrte ins Leere, als habe er diese Möglichkeit noch nie in Betracht gezogen.

»Wenn es kein Junge wird, William, wenn es« – sie zögerte, das Wort auszusprechen – »ein Mädchen wird, ein Mädchen.«

»Du bist doch auch ein Mädchen, Mary. Ich würde hoffen, daß sie genau so ist wie du. Intelligent und geistreich, vor Ideen und Streichen sprühend.«

»Und daß sie aussieht wie ich?«

»Oh, ja. Sie sollte ganz so sein wie du. Vielleicht ohne deine Melancholie, die durch unglückliche Lebensumstände entstanden ist. Wir würden ihr ein gutes, ein glückliches Leben ermöglichen, genauso wie der kleinen Fanny. Sie wäre glücklich. Ich würde sie von Herzen lieben.«

»Ich bin glücklich.«

»Ja, ja, du bist ein liebes Mädchen.«

Mary lehnte den Kopf zurück.

»Was ist, Mary, was habe ich gesagt?«

Als Mary sich William zuwandte, strömten Tränen über ihr Gesicht.

»Was du gesagt hast, William? Was du gesagt hast? Du hast das Schönste gesagt, was ich jemals gehört habe.«

»Wirklich?« Er schaute verblüfft. »Ich sehe jetzt mal nach, wo die Hebamme bleibt. Und leg du dich ins Bett.«

»Ich bin zu erschöpft, um ins Bett zu gehen.«

»Ach, Mary, mach es uns doch bitte nicht so schwer.«

»Wieso schwer? Ich bin zu erschöpft.« Eine große Mattigkeit überkam sie.

»Nein, nein. Du mußt aufstehen und dich aufs Bett legen. Rose, kommen Sie mal, wir müssen ihr aufhelfen.«

»Warum muß ich immer um alles kämpfen?«

»Jetzt wirst du wieder bockig. Du kannst das Kind nicht auf dem Stuhl bekommen, Mary.«

»Ich bin zu erschöpft, um ins Bett zu gehen. In Frankreich habe ich das Kind im Stuhl bekommen, im Gebärstuhl.«

»Wir haben keinen Gebärstuhl. Jetzt hör mir mal zu, ich bin gleich wieder da, und ich möchte, daß du aufhörst, dir Sorgen zu machen. Mach dir keine Sorgen!«

Tagelang hatte sie herumgelegen und sich Sorgen gemacht, aber nicht wegen der Entbindung. Ihr Buch las sich wie ein billiger Roman. Doch wie sollte sie erhabene Geistesgröße in einer Geschichte unterbringen, die von einem geldgierigen Mann handelt, der seine unglückliche junge Frau unter Zwang in eine Irrenanstalt einliefern läßt. William hatte ihre Übellaunigkeit geduldig ertragen. Ihr Leben verlief nun in wohlgeordneten Bahnen. Nach dem Essen wurde Fanny gewaschen und hübsch angezogen in den Salon gebracht, wo sie sich von ihrer besten Seite zeigte. Sie gab der Mutter die Hand und knickste. Fanny war nicht bösartig, sondern eher ein Kind, das zu Schwermut neigte und durch kleine Enttäuschungen nachhaltig verstimmt werden konnte. Inzwischen zeigte sich deutlich, daß die Dreijährige keine Schönheit, ja nicht einmal leidlich hübsch werden würde. Besonders klug schien sie auch nicht zu sein. Mary empfand das als Ungerechtigkeit. Dieses schwerfällige, trübsinnige Kind, das der Grund für Gilberts Abreise gewesen war und ihr ständig Sorgen und Probleme bereitete, hätte wenigstens etwas Besonderes sein können.

Weil sie solche Gedanken hatte und Fanny kaum Beachtung schenkte, plagten Mary manchmal Gewissensbisse; hatte sie nicht in ihren Schriften über die Erziehung die liebevolle Aufmerksamkeit und Fürsorge der Eltern gefordert? Nun vernachlässigte sie ihr Kind genauso wie jene Eltern, die sie immer kritisiert hatte. Wenn sie ehrlich war, mußte sie zugeben, daß sie Fanny nicht liebte. Es wurde erwartet, daß man sein Kind liebt. Tat man es nicht, war man eine ... Alle Menschen, selbst die einfachsten, lieben ihre Kinder. Sogar die Tiere. Wenn Fanny schon wie Gilbert aussah, und sie ähnelte ihm verblüffend, warum ... konnte sie dann nicht Gilbert selbst sein?

Dieses zweite Kind war weder geplant noch erhofft. William hatte sie beruhigt, seine wissenschaftliche Methode sei ganz zuverlässig. Sie sei ein sicherer Weg, dem Verlangen nachzugeben, wenn dies nur häufig genug geschehe. Hinzu kam ihr Alter – sie war schon siebenunddreißig. Sie hielt eine Schwangerschaft für unwahrscheinlich. Diese Schwangerschaft war, vielleicht auf Grund ihres Alters, schwieriger. Sie konnte nicht wie damals in Frankreich auf der Wiese hinter dem kleinen Haus umherspringen und im Küchengarten Beete umgraben.

Diesmal hatte sie das Gefühl, ein riesiges Bündel mit sich herumzuschleppen, in dem sich eins der exotischen Tiere verbarg, die Captain Cook von seiner Reise in die Südsee mitgebracht hatte, oder eine groteske Figur, wie Hogarth sie gemalt hatte. Irgend etwas, das ausgestopft und im Britischen Museum ausgestellt war.

Wenn sie in ihrem Buch las, konnte sie nicht glauben, wie schlecht es war. William sagte: Lies den Text nicht zu oft durch. Das ist das Problem. Dennoch, ihr Stil wirkte unnatürlich und forciert. Die Figuren erschienen matt und ohne Leben und die Geschichte an den Haaren herbeigezogen.

»Warum sind Sie nicht in Ihrem Bett?« Eine kleine alte Dame betrat eilig das Zimmer, einen Korb in der einen Hand, einen Stapel Bettücher in der anderen.

»Auf, auf, auf, ins Bett mit Ihnen. Ich bin Mrs. McCamb, die

Hebamme, und ich habe jetzt hier das Sagen. Merken Sie sich das.«

»Wo ist die Hebamme, die ich bestellt habe? Wo ist Mrs. Colin?«

»Sie betreut eine andere Frau, ihre Tochter. So, und nun, Missis Mary, spreizen Sie mal die Beine.«

»Wie geht es meinem Mädchen?« Godwin steckte den Kopf zur Tür herein.

»Wer ist das?« fragte Mrs. McCamb.

»Mein Mann.« Mary fand zum ersten Mal Gefallen an diesem Gedanken. »Das ist mein Mann.«

»Ach, wir haben also einen Ehemann, was? Dann machen Sie ihn mal mit den Regeln bekannt: kein Zutritt für Männer – bis das Baby da ist.« Mrs. McCamb machte Godwin energisch die Tür vor der Nase zu.

»Es ist genauso sein Baby wie meins«, protestierte Mary.

»Nein. Sie wissen, daß es Ihr Baby ist. Sie sehen, wie Ihr Bauch sich über ihm wölbt. Der Mann muß auf Treu und Glauben annehmen, daß es sein Kind ist.«

Mary hörte, wie Godwins Schritte sich nach unten entfernten. Er war nicht der Mann, der ins Wirtshaus ging. Statt dessen setzte er sich in Marys Arbeitszimmer und drehte ein Glas Portwein in den Händen.

»Er will einen Sohn, hab' ich recht?« fragte die Hebamme schnaufend, während sie sich in einer Ecke des Zimmers zu schaffen machte. »Wo wären wir, wenn all die Söhne, die sich die Väter je gewünscht haben, geboren worden wären? Es gäbe niemanden, um ein Kind auf die Welt zu bringen.«

Rose half der Hebamme, die Bettücher zu falten. Die Menge hätte gereicht, um den Weg von London nach Bath mit Bettüchern auszulegen. Und obwohl die Frauen bei ihren Vorbereitungen in überzeugter Geschäftigkeit hin- und herliefen, schien nichts wirklich erledigt zu werden. Das Baby, das vor kurzem noch so unruhig gewesen war, hatte sich beruhigt und schlief.

»Nun legen Sie sich zurück, treten und schreien Sie nicht. Ich werde jetzt meinen Finger in Sie stecken, Missis, um zu prüfen, ob das Baby wirklich bereit ist, auf die Welt zu kommen.«

»Das Baby ruht sich aus«, sagte Mary.

»Ja, schön. Halten Sie still.«

Mary biß die Zähne zusammen. Der Finger der Frau fühlte sich an wie ein Messer. Marys Körper wand sich in durchdringendem Schmerz.

»Oh, je«, schrie sie. Denn es war anders als bei Fannys Geburt. Dieses Baby schien verknotet und widerspenstig, und ihr Schoß fühlte sich aufgescheuert und wund an.

»Es fängt gerade erst an. Das Kind hat noch Zeit.«

»Rose, bring mir mein Manuskript.«

»Nein, nein, das kommt nicht in Frage. Schlafen Sie. Wenn Sie können, schlafen Sie. Sie brauchen Kraft.«

Mary schloß die Augen; sie konnte nicht schlafen, sie konnte nicht denken. Sie sah leuchtende Farbkreise. Sie erinnerte sich an pickende Hühner hinter dem Haus ihrer Mutter, an die Kutschenfahrt, die Eliza von der ewigen Verdammnis zu endlosen Plagen beförderte, an die Vision, die sie bei Blake gehabt hatte.

»So, Mädchen.« Die Hebamme zog ihr das Nachthemd aus und band Marys rechtes Handgelenk mit ein paar Fetzen an den Bettpfosten.

»Nein«, sagte Mary. »Nein. Ich halte still. Bestimmt. Ich trete nicht oder so etwas.«

»Rose«, sagte die Hebamme. »Komm und hilf mir mal.«

Zusammen waren die beiden stärker als Mary. Außerdem wollte Mary ihnen nicht weh tun. Sie banden ihr beide Hände und dann die Füße am Bett fest, so daß Mary mit gespreizten Gliedmaßen nackt und entblößt dalag und sich nicht bewegen konnte.

»Beim letzten Mal konnte ich mich frei bewegen«, sagte Mary. »Bei Fannys Geburt hockte ich auf einem Stuhl, und die Frauen rieben meinen Bauch mit Aloe ein, und unter mir dampfte ein Topf mit heißem Wasser und Kräutern, um die Schmerzen zu lindern.

Wir tranken Wein. In Frankreich macht man ... Hier ist es eine Folter.«

»Dreckiges Papistenpack, französische Allüren«, sagte die Hebamme. »Sie sind hier in einem gottesfürchtigen, zivilisierten Land, Mrs. Wollstonecraft, und so bringen wir auch unsere Kinder zur Welt, gesund und sauber.«

Der Schmerz kam wieder.

»Oh je, ach, Erbarmen, du liebe Güte.« Und ihr entfuhr ein Schrei.

William rannte die Treppe hinauf. »Mary, ist alles in Ordnung?« William steckte den Kopf zur Tür herein.

»Raus, raus hier. Aber schnell.«

»Geht es ihr gut?«

»Sie bekommt Ihr Kind, Sir.«

»Braucht sie Hilfe, braucht sie noch jemanden? Ich könnte einen Arzt holen.«

»Sir, würden Sie bitte nach unten gehen.«

Die Hebamme knallte die Tür zu. »Männer«, sagte sie.

»Ich *will*, daß Mrs. Mason kommt«, sagte Mary. »Ich will eine Frau, eine Hebamme.«

»Ich bin eine Frau, ich bin eine Hebamme, also halten Sie den Mund.«

Eine neue Welle von Schmerzen raste durch Marys Unterleib; sie krümmte und wand sich.

»Ich sterbe«, sagte Mary. »Ich weiß, daß ich sterbe.«

»Nein, mein Liebes, Sie werden nicht sterben, es fühlt sich nur so an.«

Wieder erfaßte sie ein Schmerzkrampf. Er schien ihren Körper auszuwringen wie einen nassen Lappen.

»Sie müssen mit Ihren Kräften haushalten, Missis, Sie werden sie noch brauchen. Wir haben jetzt keine Zeit für Flausen.«

Die Hebamme schritt mit ernster, bedeutungsvoller Miene auf und ab. Dann flüsterte sie Rose etwas ins Ohr, die daraufhin schnell das Zimmer verließ.

»Ich werde sterben, das haben Sie ihr gerade gesagt.«

»Nein, das habe ich ihr nicht gesagt. Ich habe ihr gesagt, daß es bald soweit ist.«

»Daß ich sterbe?«

»Madam, Sie bekommen ein Kind. Daß es für das Kind bald soweit ist.«

Überall standen dampfende Kessel, lagen trockene oder nasse Lappen, hingen Lappen an einer kleinen Leine. Auf den Stühlen und auf Marys Schlafrock waren weitere Bettücher gestapelt. In einem Korb neben dem Bett lagen kleine Tücher für das Baby. Mary hatte das Gefühl, in einem Berg von Stoff zu ersticken.

»Denken Sie an Ihre kleine Familie«, sagte die Hebamme.

Mary schloß einen Moment die Augen. Nein, sie würde nicht sterben, was für ein alberner Gedanke.

»Bald werden Sie ein wundervolles Baby haben.«

Wundervoll, sinnierte Mary. Voll von Wundern. Der Gedanke erinnerte sie an ein Weihnachtspäckchen, in schönes Papier verpackt und mit Schleifen verziert, das durch sie hindurch mußte und am Fußende des Bettes landen würde.

»Ich hab' zehn Kinder. Zehn, alle leben und sind jetzt verheiratet.«

Die Hebamme hatte einen dünnen weißen Bart am Kinn, wie eine alte Geiß, und einen riesigen Leberfleck am Hals, aus dem ein paar dicke schwarze Haare sprossen. Mary nahm sie wie im Traum wahr.

»Oh, je, es geht wieder los.« Der Schmerz wühlte in ihren Eingeweiden.

»Atmen!« sagte die Frau. »Atmen Sie!«

Mary atmete.

»Hecheln Sie, wie ein Hund. Schon mal gesehen, wie eine Hündin Junge bekommt?«

»Mary, Mary, Missis Mason ist da.«

»Was ist *das* denn?« Die Hebamme musterte verachtungsvoll Mrs. Masons massige Gestalt.

»Missis Mason.«

Mrs. Mason zog die Augenbrauen hoch. »Werden hier Lumpen verkauft?« fragte sie.

»Tss«, antwortete die Hebamme.

»Und warum sieht Miss Mary so verschwitzt aus? Rose? Wo ist das faule Mädchen? Und warum ist sie gefesselt wie eine Gefangene, die auf die Galeere soll? Rose!«

Rose steckte den Kopf zur Tür herein.

»Hör zu, hol ein bißchen gestoßenes Eis für deine Herrin. Und etwas Eiscreme. Ist alles unten. Ich habe es von Mister Johnson mitgebracht. Und kaltes Wasser. Im Keller stehen ein paar Krüge. Und etwas dickes Papier für einen richtigen Fächer. Bring diesen Hexenkessel hier raus. Und hol ein gutes scharfes Messer und Nadel und Faden. Müssen aber zuerst abgekocht werden. Wie lange liegt sie schon so? Antworte nicht. Und wasch dir gründlich die Hände und die Arme. Wickle dir ein sauberes Tuch fest um den Kopf. Und schlurf nicht so herum. Binde die Vorhänge an den Fenstern auf. Hier drinnen muß es kühl und dunkel sein, damit sie zwischen den Wehen schlafen kann. Ich will keinen Lärm, kein Theater, ich will absolute Ruhe und Frieden.«

Mrs. Mason band Mary los und zog ihr das Nachthemd an.

»Worauf warten Sie noch«, sagte Mrs. Mason und wandte sich, die Hände in die Hüften gestemmt, zur Hebamme. »Sie können gehen. Sie sind entlassen.«

»Mein Geld.«

»Mister Godwin wird es Ihnen geben.«

»Mister Godwin?«

»Ihr Ehemann.«

»Aber sie ist doch Missis Wollstonecraft.«

Mrs. Mason seufzte. »Ja, und er ist Mister Godwin.«

»Denken Sie an meine Worte. Sie werden es noch bitter bereuen, daß Sie sich hier eingemischt haben. Das Baby hat sich in Steißlage gedreht, oder die Nabelschnur liegt ihm um den Hals. Das wird keine normale Geburt.«

»Oh, nein«, jammerte Mary. »Jetzt fangen die Wehen wieder an.«

»Hecheln Sie, hecheln Sie wie ein junger Hund. So ist's richtig. Ein, aus, ein, aus.«

»William soll zu mir kommen.«

»Rose, hol Mister Godwin.«

»Aber es gehört sich nicht, daß der Ehemann ...«

»Es wird ihr wohltun, wenn er bei ihr ist. Hol ihn. Schnell!«

Ungefähr um sechs Uhr abends, nach fast zehn Stunden Wehen, sagte Mary schließlich: »Ich liebe dich, William, doch ich werde sterben. Im Kindbett, wie die meisten Frauen. Ist das nicht komisch? Ich habe alle Demütigungen meines Geschlechts erlitten, alle Mühen und Plagen durchgestanden.«

Fast hätte sie »Gilbert« gesagt. Ich liebe dich, Gilbert. Doch es war lediglich die Macht der Gewohnheit. Sie liebte William wirklich.

»Du stirbst nicht«, beharrte William. »Weder wie die meisten Frauen noch wie die meisten Männer, überhaupt nicht. Ich lasse es nicht zu.«

»Mister Godwin, ich glaube, es ist jetzt gleich soweit, Sie gehen am besten nach unten. Wir rufen Sie dann, Sir.«

Eine Zeitlang hatte Rose Mary in Tücher gewickelte Eisstücke auf die Stirn gelegt und ihr die Lippen befreuchtet. Mrs. Mason kümmerte sich um Marys Beine. Mary mußte sie nun anwinkeln.

»Mary, es kann sein, daß ich mit der Hand in Sie eindringen muß, um das Baby umzudrehen. Es liegt vielleicht wirklich verkehrt herum. Es dauert nicht lange, aber es wird weh tun. Denken Sie daran, daß am Ende ein Baby in Ihrem Arm liegen wird. Bitten Sie Gott um Beistand.«

»Gott hat mir noch nie geholfen. Sicher hilft Er mir jetzt auch nicht. Ich möcht am liebsten aus dem Fenster springen«, schluchzte Mary. »Ich kann nicht mehr.«

»Na, na, Miss Mary.«

Es war eine sehr heiße Nacht. Sie zog sich in die Länge. Die

Fenster wurden geschlossen, neues Eis wurde heraufgebracht; Mary fühlte sich so wund, so am Ende ihrer Kraft, daß sie ohne weiteres hätte sterben können.

»Ich habe Mr. Godwin gebeten, seinen Freund, Dr. Fordyce, zu holen.«

»Den Chirurgen?« wimmerte Mary. »Den Chirurgen«, wiederholte sie matt. »Nicht den Chirurgen.«

»Wir brauchen eine Zange. Miss Mary. Er hat eine.«

»Ich will keinen Chirurgen.«

»Schh, schh.«

»Nein, keine Zange.« Sie hatte das Gefühl, ihr Körper krümme sich in hohem Bogen bis hinauf an die Decke, wo er zappelnd hängenblieb wie ein Fisch an der Angel.

»Pressen, Liebes, pressen. Es kommt. Pressen Sie fest. Rose, Lappen, bitte, Bettücher, bring mir die Schere.«

»Oh, nein«, kreischte Mary. »Oh, Mutter, Mutter, hilf mir.«

Zwischen ihren Beinen brannte es wie Feuer. Sie konnte sich nicht weiter öffnen.

»Pressen, Mary, noch einmal pressen. Der Kopf ist draußen.«

»Wir brauchen keine Zange. Es kommt.«

»Das Baby kommt«, sagte Mary überglücklich. »Das Baby kommt«, schrie sie. »Ich brauche keine Zange.«

Sie hatte nicht geglaubt, daß sie noch stärker pressen könnte, doch ihr Körper übernahm die Führung, und mit einer enormen Anstrengung wurde das Baby herausgestoßen.

»Oh, mein Gott«, schrie Mary. »Es ist vorbei, Gott sei Dank, es ist vorbei.«

»Ein wunderschönes kleines Mädchen, Miss Mary.«

Dann schrie es, und Mary fiel in die Kissen zurück und schlief sofort ein.

Kapitel 54

~~~~~~~~~~~~~~~

Zuerst klang es wie das erregte Summen von Insektenflügeln. Dann sah sie sie in der Ecke stehen und flüstern.

»Mary.« Ein Mann kam auf sie zu, die Ärmel seines Hemdes waren hochgekrempelt, Krawatte und Weste abgelegt. Seine hohe Gestalt warf einen Schatten auf die hintere Wand, der wie eine Heuschrecke aussah.

»Das Baby«, fragte sie. »Wo ist das Baby?«

»Ein gesundes Mädchen.«

Es war Dr. Fordyce. Sie kannte ihn von Josephs Donnerstags-Essen. Was machte er in ihrem Schlafzimmer?

War es ein Alptraum, die ruhende Frau, das Pferd mit den vortretenden Augen, der Teufel? Und noch immer sickerte Blut aus ihr. Mrs. Mason hatte sie nicht in Lappen gewickelt. Weshalb nicht? Und weshalb diese Leute?

»William«, rief sie.

»Ja, Mary.« Ihr Mann kam ans Bett. Er sah müde und verhärmt aus.

»William, was ist . . .?« Mrs. Mason mied ihren Blick.

»Mary«, sagte Dr. Fordyce und legte seine Hand sanft auf ihr Bein. »Ich habe etwas Opium und Gin für Sie mitgebracht, das lindert den Schmerz.«

Sie richtete sich auf. »Welchen Schmerz? Die Geburt ist vorüber.«

»Die Nachgeburt, Miss Mary«, sagte Mrs. Mason.

»Die Nachgeburt ist drin geblieben, Mrs. Godwin«, sagte Dr. Fordyce.

Wollstonecraft. Das ist mein Name, dachte sie, obwohl sie das Gefühl hatte, sie bestehe nur noch aus Blut, einem wunden Bauch, schmerzenden Beinen, verrenkten Armen – eine Frau, ein Weib, ein Häufchen Elend. Ihre Innereien fühlten sich an, als wären sie nach außen gestülpt, der Luft ausgesetzt – blaue Lungen, ein orangefarbenes Herz, ein geschundener Schoß, schlangengleiche Gedärme und der Tunnel zu ihrem Schoß rot und eingerissen. Doch sie war noch immer Mary Wollstonecraft.

»Ja, sie ist drin geblieben, und ich muß sie mit der Hand Stück für Stück herausholen. Das wird sehr weh tun, doch sollten wir sie drinlassen, würden Sie an der Entzündung sterben.«

Mary sank zurück in die Kissen. »Ich bin nicht stark genug, um noch mehr Schmerzen zu ertragen. Wenn Sie jetzt mit der Hand versuchen, ... das würde mich umbringen. Haben Sie Erbarmen.«

»Das Opium ...«

»Ich kann kein Opium oder Gin nehmen, das verdirbt meine Milch. Ich kann das alles nicht aushalten. Ich kann nicht mehr.«

»Also gut, Mrs. Godwin. Dann kann ich für die Folgen keine Verantwortung übernehmen.«

»Ach, Mary«, sagte Godwin. »Wenn ich dir das doch nur abnehmen könnte!«

»Ich habe nicht mehr die Kraft. Ich fühle es, William. Menschen sterben eben. Frauen sterben in Scharen in den Entbindungsheimen. Unser Leben ist nicht viel wert. Wir sind entbehrlich. Den Ärzten sind wir egal.«

»Du bist Dr. Fordyce nicht egal. Er kennt deine Bücher, Mary.«

»Meine Bücher? Was bedeuten schon meine Bücher? Mein Körper zählt. Merkst du nicht, was geschieht?« Sie phantasierte, außer sich vor Angst. »Wir sterben, wir sterben, eine nach der anderen. Was können Bücher ändern? Nur unser Körper zählt. Wir sterben.«

»Du bist die berühmteste Frau in England und in Europa.«

»Nein. Das war einmal. Für einen kurzen Moment, vor Jahren. Jetzt, jetzt bin ich nur eine Frau, nur ein Körper. Laß nicht zu, daß er mich umbringt.«

»Tu es für mich«, sagte William. »Tu es mir zuliebe. Ich werde es mit dir zusammen durchstehen. Das hier ist dein eigenes Zimmer, *dein* Schlafzimmer. Darunter liegt dein Arbeitszimmer, deine Küche, dein Salon. Du bist nicht im Entbindungsheim. Du wirst nicht sterben.«

»Ich bin in Bedlam, und sie foltern mich.«

»Nein, mein Liebes, du bist in deinem eigenen Zimmer.«

»Mein Buch ist schlecht, William. Ich werde mit einem schlechten Buch in Erinnerung bleiben.«

»Mary, du wirst nicht sterben. Das lasse ich nicht zu.«

»Das habe ich zu Fanny auch gesagt, und sie ist gestorben. Fanny ist gestorben.«

»Fanny hatte Schwindsucht, Liebes. Du bist eine vollkommen gesunde Frau, die noch ein langes Leben vor sich hat.«

»Meine Milch.«

»Wir können das Kind zu einer Amme geben.«

»Fanny hatte eine Amme, das war nicht gut. Bei diesem Kind möchte ich es von Anfang an richtig machen.«

»Vater unser«, begann Rose, die sich vor die Bettkante gekniet hatte.

»Hör auf damit.« Mrs. Mason zog sie hoch. »Keine Gebete bitte. Der Frau geht es gut.«

»Die beiden Damen müssen bitte ihre Beine festhalten«, sagte der Doktor.

»Die Beine festhalten?«

»Damit Sie nicht um sich treten können, Mrs. Godwin. Der Schmerz ist ziemlich, ziemlich ...«

Zeitweise war der Schmerz so stark, daß Mary den Gott, an den sie nicht mehr glaubte, bat, er möge sie sterben lassen. Alles wäre ihr recht gewesen. Der Doktor hatte seine Hand tief in ihren Schoß eingeführt; sie war scharf wie das Rasiermesser eines Barbiers, und

514

seine Finger, die die einzelnen Gewebestücke herausholten, waren wie Fleischerhaken. Er benutzte ein Instrument, eine Schere, wie es schien, die sich durch ihren Schoß fraß und Fleischstücke herausriß. Mary fühlte sich wie die Seeschildkröte, die sie im Hafen von Lissabon gesehen hatte; ihre Flossen waren abgerissen, die Augen ausgestochen, und doch bewegte sie noch das Maul. In der Store Street hatte man einer Frau eine Stange in den Unterleib gerammt. Mary hatte darüber gelesen. Als man sie fand, lebte sie noch, aber sie blutete stark. Sie starb, als die Stange herausgezogen wurde.

»William, wenn ich sterbe, sollen die Mädchen bei dir . . .«

»Du sollst nicht sterben. Du *wirst* nicht sterben. Ich *lasse* dich nicht sterben.«

Das erste Licht des Morgens schien durch die Vorhänge.

»Sie halten sich hervorragend«, sagte der Doktor.

Als er ein letztes Mal in sie eindrang, dachte Mary, nun habe sie die Schuld für ihr Dasein auf Erden vollständig beglichen.

Kapitel 55

Als Kind liebte ich meine Puppen über alles. Meine erste Puppe hatte einen hölzernen Kopf; die seidenen Oberarme waren am Körper angenäht; innen führte ein Draht zu hölzernen Unterarmen und Händen. Sie hatte Glasaugen, ein grünseidenes Gewand mit enganliegendem Mieder, abgestepptem Seidenunterrock und bortenbesetzten Schuhen.

Ich band sie mir auf den Rücken, wenn ich durch die Gegend streifte und zu den Ruinen von Schloß Laugharne hinaufkletterte, wo Everina, Eliza und ich König, Königin und Hofdame spielten.

Meine Wachspuppe habe ich auf einem Feld verloren, und um meine letzte Puppe, die mit dem Gesicht aus bemaltem Pappmaché und dem Lederkörper, hat Eliza so lange gebettelt und geweint, bis ich sie ihr schenkte.

Und dann hat das dumme Ding sie gleich verloren.

Für Fuseli war ich verträumt und dämonisch. Sehnsüchtig mußte ich um Liebe bitten. Lieber Herr, wenn es Ihnen recht wäre.

Kinderspiele.

In einem Traum schlitzte Gilbert mich von oben bis unten mit einer feinen Schneiderschere auf. Er öffnete meinen Brustkorb, zerquetschte mir die Rippen, zog meine Haut wie ein Cape um sich und schwebte wie eine riesige Fledermaus davon.

Du hast Augen wie ein Reh, sagte ich ihm einmal. Er lachte, als er mich entkleidete und sagte seinerseits:

Du hast schöne Füße.

Weiche Schultern.

So wohlgeformte Brüste.

Gil, hörst du mir zu?

Natürlich. Bist du nicht eine berühmte Dame? Und ich vergöttere deine Beine, bewundere deine schmale Taille und deine zarten Handgelenke.

Schließlich fühlte ich mich von Kopf bis Fuß geschmeichelt, sogar wenn ich ganz nackt war.

Jetzt bin ich hier, wieder nackt. Doch allein. Noch immer spreche ich mit ihm, in meinen Gedanken hört er mir zu, in meiner Liebe ist er gegenwärtig. Ich liebe auch William, meinen Mann. Gilbert ist die Liebe meines Lebens und William die Liebe meines Todes.

Ich spreche mit mir selbst, und man kann sogar hören, wie ich in die Kissen flüstere. Nachts öffne ich *Das Buch der Schatten*. Alle kommen, meine Liebhaber, die Figuren aus meinen Büchern, meine vielen Worte. Auf Zehenspitzen treten sie ein, küssen mir die Füße. Fanny und die Mary aus *Mary, eine Erzählung* und der verrückte Robin und Mrs. Mason aus *Geschichten aus dem wahren Leben*.

Liebe Eliza, ich glaube, ich liege im Sterben.

Sie sprechen es nicht aus, doch ihre Gesichter verraten es.

»Mary«, sagte Joseph. »Bitte sei sparsam mit deinen Kräften.«

»Hast du das Baby gesehen? Welche Farbe haben seine Augen?«

»Blau.«

Endlich blaue Augen, dachte Mary.

»Joseph, ich werde nie wieder gesund, stimmt's?«

»Himmel, Mary. Wie kannst du so etwas Schreckliches sagen?«

»Und mein Baby und Fanny – ich werde sie nie wiedersehen. Das weiß ich. Ich weiß es.«

Das neue Baby war sofort zu einer Amme gegeben worden. Marys Brüste schmerzten wegen der Milch. Jede Nacht drückte William Milch heraus, um Mary Erleichterung zu verschaffen, doch morgens, wenn sie fiebrig erwachte, lief ihr die säuerliche Milch schon über Brust und Bauch.

Marys Nachtgewand war aus teurer indischer Seide, die sie in Whitechapel Street gekauft hatte. Sie schien auf Mary gewartet zu haben inmitten von Batist und Chintz, Seide und schwarzem Bombasin, Crêpe, Musselin, Baumwolle, Leinen und Wolle.

Ich nehme sechs Yards von diesem, sagte Mary, ohne nach dem Preis zu fragen, denn der Erfolg war ihr zu Kopf gestiegen. Die Einnahmen der zweiten Auflage ihrer *Verteidigung der Rechte der Frau*, die Ende 1792 erschienen war, hatten sie finanziell unabhängig gemacht. Sie konnte Eliza und Everina Geld schicken. Sie konnte auf der Straße Pasteten kaufen. Sie konnte in die Tea Gardens gehen. Sie und Joseph hatten an diesem Tag eine Sänfte genommen, denn einmal mußte sie eine Sänfte nehmen – obwohl sie fürchtete, Gott oder irgend jemand sonst würde ihr wegen ihrer Überheblichkeit den Todesstoß versetzen und so für ausgleichende Gerechtigkeit sorgen.

Dr. Fordyce wußte nicht, weshalb es ihr nicht besser ging.

Vorher hatte ich nie ein Nachtgewand, Gil, nur mein Nachthemd aus Leinen und ein schwarzes Wollkleid, das ich tagein, tagaus trug. Nun sind beide zerschlissen, und aus den Flicken habe ich schwarzweiße Bordüren auf meine Überdecke gesteppt. Ich habe jetzt mehrere schwarze Kleider und auch Kleider in anderen Farben.

Es war zu heiß für die Decke. Es war für alles zu heiß. Mary glühte vor Fieber. Alle Fenster wurden aufgerissen, aber obwohl die Straße unten gepflastert war, wirbelten Wolken von Staub und Dreck ins Zimmer, klebten an ihrer verschwitzten Haut, und ihr wurde noch heißer. Wenn sie an der Klingelschnur zog, erschien Rose.

»Oh, Miss Mary, oh, Miss Mary.«

Gil, mein Bauch ist naß vor Schweiß, wie damals im Weinberg, doch jetzt liegen Lappen zwischen meinen Beinen, um das Blut aufzufangen.

»Sie haben das Kindbettfieber«, sagte Mrs. Mason.

Mary wußte Bescheid. Es grassierte in den Entbindungsheimen.

Gewürzkuchen!
Kirschen, ja, so reife Kirschen!
Essiggurken, frisch vom Faß!
Fleischpasteten, Fleischpasteten!

Die Schreie der Ausrufer kreuzten durch Marys Gedanken, und sie wußte, nach ihrem Tod würden dieselben Melodien an denselben Stellen erklingen, nichts würde sich ändern. Wie nach Fannys Tod, als die Leute herumliefen, Wäsche wuschen und Kinder mit dem Springseil hüpften, als wäre nichts Besonderes geschehen.

Im Geiste hörte sie Kutschen über das Pflaster rumpeln, doch auf der Treppe waren in diesem Moment Williams Schritte zu hören, die sich näherten. Er zog das rechte Bein ein wenig nach. Das gab seinem Gang etwas Ungleichmäßiges, Zögerndes. Der Türknauf wurde umgedreht.

»Mary.«

Sein großer Kopf war gebeugt, seine Nase rot. Er hatte in ihrem Arbeitszimmer geweint. Sie konnte ihn von oben hören, und wäre es ihr möglich gewesen hinunterzugehen, hätte sie gesehen, daß das Leder auf ihrer Schreibtischplatte tränenverschmiert war.

»Die Kinder«, sagte er und nahm ihre Hand.

Er vermeidet es, meinen Körper anzuschauen. Sieh mal, wollte sie sagen, es ist mein Körper. Noch immer derselbe. Das ist noch immer Mary, rundherum.

Die Wunde ist innerlich, Gil. Nur das Blut, das aus mir sickert, weist darauf hin. Genug Blut, um die Straße zu überschwemmen und um den kleinen Hügel der St. Pancras Church zu überfluten, in der William und ich geheiratet haben. Auf einer Welle von Blut wurden wir in die Kirche geschwemmt, sozusagen vom Opfertisch zum Altar.

»Die Kinder«, sagte William wieder.

»Ich möchte nicht an sie denken.«

»Mary.«

Wir sind ein aufgeklärtes Paar, wir haben den Doktor geholt. Wir haben alles bedacht.

Und trotzdem hätte ich das Kind genausogut in einer Lehmhütte auf die Welt bringen können, dachte Mary. William und sie lachten über die Absurdität. Am Ende des achtzehnten Jahrhunderts, dem Zeitalter der Wissenschaft und Vernunft – unvorstellbar! Wir haben die Differentialrechnung. Wir haben die Pockenschutzimpfung. Wir haben den *Contrat Social*. Eisenbrücken. Den Heißluftballon. Das Fieberthermometer. Handelsschiffe, die den Erdball umsegeln. *Den Geist der Gesetze.* Das alles haben wir, und ich sterbe an einfachem Kindbettfieber. Frauen sterben seit Menschengedenken daran. Welche Art von Fortschritt wurde gemacht und für wen? Sie lachen über die Ironie, die in alledem liegt. Sie lacht, obwohl es ihr Schmerzen bereitet.

Wie kann ich im Sterben liegen, Gil, wenn ich noch lachen kann, das wüßte ich gern.

Der Baldachin über dem Bett wurde entfernt und die Fenster aufgerissen.

Drei Reihen Nadeln – ein Penny
Kurze, lange und mittlere

Joseph konnte richtig mürrisch sein. Doch als sie ihn kennenlernte, war er vergnügt und voller Streiche. Er stachelte sie an, hielt sie in Schach, gab sich aber selbst nicht preis.

Im Gasthof hatte sie ihre Truhe mit ihren Lieblingsbüchern zurückgelassen: Rousseaus *Träumereien eines einsamen Spaziergängers*, Youngs *Nachtgedanken*, Lockes *Versuch über den menschlichen Verstand*, Miltons *Verlorenes Paradies*, und ein Leinenhemd, ein Mieder, eine Wedgwood-Vase, die ein Geschenk war, ein Manuskript und ein Porträt der Schauspielerin Sarah Siddons. Sie hatte ihren Regenschirm aufgespannt, sie trug den blauen Umhang, den sie sich für Irland genäht hatte, und das schwarze Kleid, so sollten die Leute in London sie kennenlernen. Die Dame in dem schwarzen Kleid, die sich wie ein Mann gebärdet, der in wichtigen Geschäften unterwegs ist. So würden die Leute nach einiger Zeit über sie reden.

Ach, ich bin Ihr Verleger? Joseph Johnson musterte sie eingehend von oben bis unten, sah ihre triefnassen Röcke, ihren ernsten Mund, das ungepudertee Haar, das ihr naß und zerzaust auf die Schultern fiel.

Mary Wollstonecraft, so, so. Vielleicht bin ich ja wirklich Ihr Verleger. Kommen Sie herein, meine Liebe. Er verzog die Lippen zu einer Schnute und führte sie in den Wohnraum, wo ein großes Kaminfeuer brannte.

Joseph Johnson hatte sie die nassen Röcke, das Mieder und Korsett ausziehen lassen und ihr seinen Morgenrock gegeben. Er hatte ihr die Haare und die Füße getrocknet und ihr Bordeaux gegeben. Er hatte die Teebüchse aufgeschlossen und ihr aus einem Kessel, der bei der Feuerstelle stand, Tee eingeschenkt. Starken, schwarzen Tee mit einem Schuß Whisky, der angenehm durch die Kehle rann, dann etwas brannte und die Brust wärmte.

Joseph Johnson war ein hagerer, gewandter Mann mit verkniffenen Lippen und schönen Augen. Er wohnte und arbeitete im gleichen Haus, und es herrschte dort ein riesiges Durcheinander. Er hatte den Mut, Bücher zu publizieren, die den Sklavenhandel anprangerten; er trat dafür ein, daß Juden toleriert werden, daß Kinder nicht zur Arbeit, sondern in staatliche Schulen geschickt werden und daß Frauen die gleichen Rechte haben sollten. Marys Bücher – das eine über eine Frau, die gezwungen wurde, einen Mann zu heiraten, den sie nicht liebte – stimmten mit seinen Ansichten überein.

Ich schätze Ihre Art zu schreiben, sagte er, und ich mag wie Sie denken.

Wir wollen es dabei belassen, antwortete sie.

Von ihrem Zimmer aus hatte man einen Blick auf die grüne Kuppel von St. Paul's Cathedral. Donnerstags gab Johnson regelmäßig Essen, zu denen alle möglichen Denker eingeladen waren – Dissenter, englische Jakobiner, arme Künstler, der Kupferstecher William Blake, der Revolutionär Tom Paine, der Maler John Opie, der Marys Wangenknochen mit den Daumen befühlte und sie malen wollte.

Jener verhängnisvolle Abend war wunderschön gewesen; die Gartenwicken dufteten, und von der Themse erklang das Bimmeln der Bootsglocken. Die Glocken von St. Paul's läuteten zur vollen Stunde. Die Gläubigen strömten in die Gottesdienste. Mary hörte, wie in den Nachbarhäusern das Geschirr weggeräumt wurde. Die letzte Kutsche kehrte zum Halteplatz zurück. Der Tag begab sich zur Ruhe.

Als sie vom Abort zurückkehrte und die schwarze Treppe hinaufstieg, hörte sie Stimmen, gedämpfte nächtliche Stimmen. Die Tür zu Johnsons Schlafzimmer stand einen Spalt offen, und im nächsten Moment sah sie den jungen Mann. Er hatte glatte Wangen wie ein Mädchen, seine langen blonden Locken fielen ihm in den Nakken, und sein nackter Hintern war glatt wie polierter Stein.

»Ach, Joseph«, sagte sie matt, als er an ihrem Krankenbett saß und ihm die Tränen vom Gesicht tropften. »Mit mir ist es aus, aus und vorbei. Das ist jetzt leider kein Melodram. Kannst du dich noch an den Tag erinnern, als ich die indische Seide gekauft habe? Damals dachte ich, niemand darf ungestraft so glücklich sein, und ich habe recht behalten ... das ist jetzt die Strafe für meine Überheblichkeit.«

»Mach dich doch nicht lächerlich, Mary. So eine Übertreibung paßt nicht zu dir.«

»Versprichst du mir, daß ich nicht sterbe, Joseph?«

Er schaute sie an und lächelte traurig: »Ich verspreche es dir, Mary.«

»Warum weinst du dann?«

»Weil ich mich wie ein sentimentaler Kerl in einem Groschenroman aufführe«, sagte er mit belegter Stimme und suchte fahrig

nach seinem Taschentuch. »Du kannst nicht sterben, Mary, denn
was sollte ich ohne dich anfangen. Ich liebe dich, ich habe dich
immer geliebt.«

»Aber . . .«

»Das ist egal. Ich liebe dich.«

Vielleicht ist es Joseph, überlegte sie, vielleicht war es immer
Joseph.

»Ich sterbe nicht«, sagte Mary. »Denn ich muß immer noch an
dich denken. Ich kann den Gedanken an dich nicht aufgeben, Joseph.«

»Mary, du bist so lieb.«

»Der Gedanke an deine Schönheit gibt mir einen inneren Frieden, ohne den ich nicht leben kann, Joseph. Ich meine, dieses
Wissen darf nicht einfach aufhören, ich muß weiterleben.«

»Ich bin nicht schön, Mary.«

»Oh, doch.«

Wenn William heraufkam und sie ausgestreckt auf dem Bett liegen sah, sagte er: »Ach, meine Liebe«, und bettete seinen Kopf zu
ihren Füßen. Dann streichelte sie sein Haar mit den Zehen. Das
hatte sie von Gil gelernt. Er liebte ihre Füße, jedenfalls behauptete
er das. Auf ihre Füße hatte sie sich stets etwas eingebildet; selbst als
sie nur wenige Kleider besaß, trug sie zierliche Schuhe mit Petit-
point-Stickerei und Satinschleifen.

Einmal hatte sie zuviel Wein getrunken. Da achtete Gil darauf,
daß ihre Füße beim Schlafen nicht zugedeckt waren.

So wird dir nicht schlecht, sagte Gil. Er kannte solche Tricks. Ihr
war in dieser Nacht so schlecht vom vielen Wein, daß sie im Zimmer herumkrakeelt, gestöhnt und geweint hatte. Sie hatte gerade
von der Schauspielerin erfahren. Und er, die Ursache ihres Kum-
mers, bemühte sich um sie, als sie nur noch albern lallte, zog sie
aus, brachte sie ins Bett, tätschelte ihren Rücken und achtete darauf, daß ihre Füße nicht zugedeckt waren.

»*Jetzt* sterbe ich. Jetzt, William, da ich endlich das tue, was jedermann von mir erwartet hat. Ich bin verheiratet, habe Kinder, bin wie jede andere. Ich bin geachtet. Ich verhalte mich ruhig. Ich tue, was verlangt wird. Ich bin keine Hure, bin nicht in Bedlam. Ich springe nicht von irgendeiner Brücke. Ich will leben. Warum werde ich so gestraft?«

»Verlaß mich nicht, mein Mädchen.« Er klammerte sich an ihre Haare, ihren Arm, ihren Fuß, als wolle er sie vor den Klauen des Teufels bewahren.

»Ich versuche es ja, William.«

Sie wollte die Sänften beobachten und die Kutschen, die von einer Landpartie zurückkehrten und an einem Gasthof hielten. Sie sehnte sich danach, selbst mit der Kutsche nach Kew Gardens zu fahren und die Menagerie, die Fasane und die Wasservögel zu sehen, das Vogelhaus, den Tempel der Sonne, den der Bellona, den des Pan. Vom Piccadilly Circus fuhren jede Viertelstunde Postkutschen ab. Sie könnte dorthin gehen, wenn sie es nur schaffte, die Treppe herunterzukommen und auf die Straße zu treten.

Rosmarin, Salbei und Minze, ein Penny das Bund.
Weißkohl, frischer Weißkohl.
Feinste Butterkekse.

Sie würde gerne hinunterlaufen, wenigstens das, und nachsehen, was die Köchin zum Essen vorbereitete. Sie würde im Garten hinter dem Haus spazierengehen, den Wind durch ihre Haare streichen lassen und den Duft der Pfingstrosen einatmen. Davon träumte sie.

Aber sie hatte keine Haare mehr. Man hatte sie ihr abgeschnitten. Und sie konnte nicht mehr laufen. Blut sickerte aus ihrem Körper.

Sie konnte sich nicht vorstellen, wie es wäre, wenn sie die Welt nicht kennengelernt hätte. Und noch vor wenigen Tagen hatte es keinen Gedanken an den Tod gegeben. Sie war heiter und fröhlich gewesen, hatte sich summend die Haare frisiert und zwei Stunden an ihrem neuen Buch gearbeitet. Die Gestalt der Jemima hatte ihre Phantasie beschäftigt; sie begann, ein Eigenleben zu führen. Das Buch schien doch nicht so schlecht zu sein. Sie wollte es zu Ende schreiben. Jemima nistete sich in Marys Gedanken ein und machte es sich dort bequem. Sie verrückte die Möbel, öffnete die Fenster, lüftete die Wäsche.

»Ich fange an, die Welt durch Jemimas Augen zu sehen«, erzählte Mary William beim Tee, ein paar Tage bevor das Baby kam. Sie dachte über Jemimas Augen nach und gab ihnen die Farbe der Flußmündung bei Laugharne – Blaugrün –, die Farbe von Annies Augen. Marys Haar war braun, Jemimas honigblond. Marys Leben war schwer gewesen, Jemimas schwerer.

»Mein Buch«, pflegte Mary zu sagen, als ob es, wie das Kind, das sie hatte, und das Kind, das sie erwartete, zu ihr gehörte und gleichzeitig ein eigenständiges Wesen wäre.

William und sie hatten zu Ehren des Kindes, das täglich erwartet wurde, ein großes Essen geplant. Sie wollten ihre Freunde einladen, Blake, Joseph Johnson und Williams Freunde Thomas Holcroft und John Opie, der versprochen hatte, auch das Baby zu malen, da er Mary und William bereits porträtiert hatte.

Die ersten Wehen waren nicht stark. Sie erinnerten sie an Fannys Geburt. Sie schickte eine Nachricht hinüber zu William. Zunächst schien alles normal zu verlaufen. Doch die Wehen kamen langsam, und anstatt nur eine Hebamme oder Mrs. Mason zu rufen, hatten sie später einen Arzt hinzugezogen, der in Oxford studiert hatte und Mitglied des Royal College war. William hatte darauf bestanden. Insgeheim wollte Mary nur eine Hebamme um sich haben, eine alte erfahrene Frau, wie die in Le Havre, die ihr bei Fannys Geburt geholfen hatte.

Das war in Frankreich gewesen; nun war sie in London.

In London lag sie allein unter einem weißen Bettuch, während ein Mann, versteckt wie ein Geist, sich am Fußende des Bettes zwischen ihren Beinen zu schaffen machte. Im Zimmer war es totenstill, all ihre Sachen waren weggeräumt, und es herrschte eine sterile, furchterregende Atmosphäre.

In Frankreich hatte eine Frau aus der großen Schar der Helfer einen Trinkspruch ausgebracht, einen Trinkspruch auf Mutter und Kind.

Mary war beim Geburtstagsfest für ihr Baby ein wenig beschwipst gewesen, hatte gekichert und gegluckst. Diese erste Geburt war nicht in düsterem Ernst fremd und einsam vor sich gegangen, sondern heiter und vom Wein beschwingt, wie die Empfängnis des Kindes, und ihr Bauch, glänzend wie eine riesige Weintraube, die zum Pflücken reif ist, ließ ihre Tochter, Fanny Imlay, in einem Schwall von Flüssigkeit in die Welt.

Hallo, da drinnen, rief Gilbert, klopfte und legte den Kopf an Marys Bauch.

»Wo ist das Baby, wo ist Fanny«, fragte Mary William beunruhigt am vierten Tag ihres Kindbettfiebers, »Wo ist mein Baby, wo sind meine Mädchen?«

»Wir haben sie weggegeben, Mary.«

Während Mary mit Gilbert zusammen war, konnte sie meistens nicht träumen. Es schien, als nähmen seine Träume den ganzen Raum ein. Das Zimmer war überfüllt mit den Traumgestalten einer Nacht, sie liefen sich über den Weg, von Traum zu Traum: Hallo, nett Sie zu sehen. Ja, ich bin der aus dem Zigeunerzirkus. Moment, lassen Sie mich meinen Pferdekopf abnehmen. Mary, noch ein wenig Sherry? Ja, wie gesagt, die Preise für Kuchen sind in Paris seit dem Krieg enorm gestiegen. Alle Vorräte gehen an die Front, an der gegen die Österreicher und die Preußen gekämpft wird. In der Ferne waren Hufgeklapper und Musketenschüsse, Kanonendonner, Kinderschreie und das Jammern von Müttern zu hören.

Mary steht unten im Flur – er ist mit hellen, achteckigen Fliesen ausgelegt – und ruft Gil durch das spiralförmige Treppenhaus nach oben etwas zu.

»Mary, pack deine Sachen. Wir müssen sofort abreisen.«

Und so hatten sie eilig ihre Habseligkeiten zusammengepackt

und Paris in größter Hast auf Nebenstraßen verlassen; das Sausen und Knallen der Peitsche gab ihrer Flucht den Rhythmus. Mary fürchtete, sie könnte den Teufel erblicken, wenn sie sich umdrehte, nicht den eleganten, nicht Miltons Luzifer, sondern den auf dem Rücken des wilden Ebers, in rasender Verfolgungsjagd, mit wehenden Kleidern.

Gilbert, sind wir jetzt da?

Bald, Mary, bald.

Der Gärtner stellte einen Silberteller mit Beeren in die Mitte des Tisches. Die Laube war mit wilden Weinranken überwuchert, und Mary saß am Fenster, sonnte sich und rieb ihren runden Bauch mit Aloesaft ein.

»Mary?«

Wie die meisten Frauen trug Mary keine Pantalons oder rüschenbesetzte Unterhosen unter den Röcken. Sie wurden nur beim Schlittschuhlaufen getragen oder von kleinen Mädchen, wenn sie spielten, von Dienerinnen, wenn sie auf Leitern steigen mußten, von Prostituierten oder von Tänzerinnen, die mit den Röcken wirbelten. Es wurde behauptet, daß sie beim Reiten nützlich seien, und ein berühmter Arzt hatte Unterhosen empfohlen, »weil sie die Zufuhr kalter Luft hindern und hierdurch Rheumatismus und andere Unannehmlichkeiten vermieden werden können«. Doch Mary fand Pantalons unbequem und männlich. Es reichte ihr schon, daß sie Korsetts trug, die ihre Brüste hochschnürten. Außerdem hatte Gilbert es manchmal so eilig gehabt, daß er ihre Brüste aus dem Mieder heraushob und ihr auf dem Boden, bei der Tür, bevor sie bis zum Bett gelangen konnten, die Röcke hochriß.

Sie steht am Brückengeländer. Unterhalb der Brückenbögen hallen die Schreie der Möwen wider; wenn sie herabstoßen, um Fische zu fangen, hört man ein leises Aufklatschen. Alle Fährschiffer sind weit weg. Leere Boote sind ans Ufer gezogen. In einiger Entfernung sieht sie ein paar einsame Männer, die nach Hause eilen; die breiten Krempen ihrer Hüte wehen im Wind.

Sie hat größere Angst davor, von der Brücke zu fallen, als für immer tot zu sein. In der Hand hält sie zwei Blätter aus ihrem Tagebuch: eine Meditation über Eifersucht und eine Meditation über Selbstmord. Wie weiße Sträuße hält sie die Seiten umklammert, und die Tinte läuft in bläulichen Rinnsalen an ihrer Hand hinab. »Eifersucht« fließt ihr kreuz und quer über den Handrükken, umschließt das Handgelenk. »Selbstmord« tröpfelt vom Blatt zwischen ihre Finger, läuft in einer dünnen, blauen Spur am Arm herunter. Windstöße umpeitschen sie, die Röcke blähen sich. Sie verliert beinahe das Gleichgewicht. Plötzliche Zweifel schießen ihr durch den Kopf. Der Wind fährt ihr eisig in die Ohren. Das Wasser rast auf sie zu. Unvorstellbare Kälte überwältigt sie, betäubt ihre Sinne. Ihre Beine treiben wie lose Ranken unter dem Rock, der sie wie ein schwimmendes Seerosenblatt über der Wasseroberfläche hält. Sie drückt ihn mit den Händen unter Wasser, versucht zu sinken.

»Warum haben sie mir die Haare abgeschnitten, meine Haare, William. Das wird doch gemacht, bevor man auf die Guillotine steigt.«

Sie war fast zu schwach, die Arme anzuheben und sich über den Kopf zu fahren.

»Wegen des Fiebers, Mary.«

»Aber ich brauche meine Haare. Ich trage keine Perücken. So kann ich doch nicht aus dem Haus.«

Mary hatte immer einfache Frisuren getragen. Puder benutzte sie nur eine Zeitlang, als sie es sich leisten konnte, und gab es auf, als George III. den Puder mit einer Steuer belegte und die englischen Jakobiner sich wie Bauern, wie einfache Leute kleideten. Sie war schließlich auch eine einfache Person, sie hatte es nicht nötig, irgend etwas vorzutäuschen. Sie hatte nie eine Perücke getragen.

Gewürzkuchen!
Kirschen, ja, so reife Kirschen!

»Wie kann das Leben ohne mich weitergehen, William, ohne meine Zustimmung?«

Ihr wurde bewußt, daß sie die Welt nicht mehr wahrnehmen könnte, und dennoch würde die Welt weiterbestehen. Sie wäre tot, und alle Philosophie nutzlos. Diese gelehrten Männer mit ihren kühnen Worten, Hume und Rousseau, wo waren sie jetzt? Ihre Worte standen in Büchern. Was half ihnen ihre Philosophie im Tod. Ihr nutzte sie nichts. Sie war dem Sinn ihres Lebens nicht nähergekommen. Alles, was sie hinterließ, waren ihre Leiden, die sie in wenigen Worten festgehalten hatte, und ihre Töchter. Leben wäre eine schöne Scheibe Hammelbraten mit Pfefferminzsauce, der Klang einer Geige, die ein Händel-Menuett spielt, ein Spitzentaschentuch, mit dem ihre Mutter sich an einem heißen Tag die Stirn abtupfte, der Spazierstock ihres Großvaters, eine Fahrt aufs Land, ihr Schreibtisch.

Marys Schreibtisch war groß und mit schwarzem Leder bezogen. Es war ein Männerschreibtisch; Mary verschmähte die zart geschwungenen Beine und die intarsienverzierten Schreibflächen von Damensekretären, die nur für galante Briefe und Haushaltslisten geeignet schienen. Sie hatte von Kindheit an geschrieben und später ihren Lebensunterhalt damit verdient. Der Schreibtisch war ihr Arbeitsplatz, der Schreibtisch war ihr Leben.

Leben bedeutete, in den Vauxhall Gardens Tee zu trinken, ein Flötentrio zu hören, Siruptorte, Fleischpastete oder Plumpudding zu essen, eine Wedgwood-Vase zu betrachten, ein elegantes Kleid aus indischer Baumwolle zu tragen oder durch ein Haus zu gehen, das Robert Adam entworfen hatte, mit kühlen, geschwungenen Linien, hohen, luftigen Räumen im römischen Stil.

Drei Reihen Nadeln,
Kurze, lange und mittlere.
Aalsuppe, frische Aalsuppe!
Lieder, einen Penny das Blatt.
Gefüllte Klöße, gefüllte Klöße!

Mary glaubte zu hören, wie die Straßenhändler ihre Waren ausriefen, und täglich polterten Kutschen über das neue Kopfsteinpflaster. Das gehörte 1797 in London zum Fortschritt. Die Straßen waren gepflastert, und an großen Kreuzungen brannten während der ganzen Nacht Tranlampen.

Mary glühte vor Fieber, und so wurde aus dem tiefsten Kellerraum Eis herbeigeschafft. Man packte es aus, entfernte das Sägemehl, hackte das Eis in Stücke und kühlte damit Marys aufgesprungene Lippen. Sie erinnerte sich, wie es im letzten Winter von einem Mann im Karren geliefert worden war, dessen Pferd vor Kälte zitterte.

»Ich könnte Schlittschuhlaufen«, sagte sie zu Rose, um das Bild des Mannes mit den roten, lumpenumwickelten Händen und dem knochigen Pferd loszuwerden. »Vielleicht könnten wir etwas Eiscreme machen, Rose.«

»Oh, ja, Madam. Eiscreme wäre eine feine Sache.«

»Ich hätte gern ein wenig Eiscreme, bevor ich sterbe.«

»Oh, Madam, sagen Sie so etwas nicht.«

Auf Marys Windsor-Sessel lag ihr Nachtgewand. Die blauen und roten Blumen waren ineinander verschlungen und, aus dem Augenwinkel betrachtet, verwischten ihre Farben. Bedruckte indische Seide. In England hatten Frauen beim Sticken solcher Muster ihr Augenlicht verloren. Solche Opfer mußten nun nicht mehr gebracht werden, denn gedruckte Muster waren in London der letzte Schrei.

Als Mary den Stoff kaufte, hatte sie sich gerügt: So, so, jetzt unterwirfst du dich also den Launen der Mode.

Sie erinnerte sich, wie sie mit ihrer Freundin Fanny Blood nächtelang an einem kalten, dunklen Kamin gesessen und genäht hatte, damit irgendeine Dame passend gekleidet zum Ball erscheinen konnte, doch dann hatte der Dame das Kleid nicht gefallen, und Fanny und sie hatten nicht genug Geld für ihr Essen.

Und wenn Mary bei ihren Mahlzeiten saß, beugten sich die erschöpften Bauern und Knechte über ihre Schulter, und die krummen, unterwürfigen Marktfrauen erschienen wieder. Jeder Gegenstand war von einem Schatten begleitet und enthielt ein verborgenes Opfer. Kleider waren mit dem Blut zerstochener Finger befleckt. Möbelstücke glichen Särgen, und zum Rattern der Kutschen gehörte der Klang knallender Peitschen.

Als Gilbert und sie sich zum zweiten Mal liebten, brachte sie das Leid der Weber zur Sprache, die ihre Laken gewebt hatten; sie bedauerte deren armseliges Leben und fragte sich, wie man sich seinem Handwerk so sklavenhaft ergeben konnte.

Gilbert sagte: Was ist denn das für ein Pöbel, den du in unser Bett einlädst, sind sie etwa in unser Laken eingewebt, und wir liegen auf ihren Gesichtern, vergnügen uns in ihrem Elend? Hör auf damit, Mary, du mußt aufhören, das Leid der ganzen Welt mitzuempfinden. Ich verbiete es dir.

Ich hasse Tränen, warnte er sie bei diesem zweiten Mal. Ich hasse sentimentale Ausbrüche.

Keine Tränen, wiederholte sie gehorsam.

Du mußt glücklich sein, befahl er.

Das bin ich ja, sagte sie, wischte sich die Wangen trocken und schniefte nur noch ein wenig. Weshalb waren die Amerikaner immer glücklich? Es gehörte zum Allgemeingut der Nation. Leben, Freiheit und das Streben nach Glück.

Herzmuscheln, Miesmuscheln, lebend frisch!
Kartoffeln, neue Ernte!
Kaufen Sie Nelkenöl!

Ich soll hier sterben, eingesperrt in dieses Zimmer. Die Geräusche der Welt dringen nur noch gedämpft zu mir herein. William schluchzt in meinem Arbeitszimmer, den Kopf auf dem abgenutzten Leder meines Schreibtischs. Meine beiden Mädchen, Fanny und das Baby, wurden weggebracht, mein Haar ist abgeschnitten. Ich bin nackt, mein Zimmer ausgeräumt und kahl. Mein Leben ist auf die Größe dieses Zimmers, dieses Betts zusammengeschrumpft.

Ich war in Portugal, Irland, Frankreich, Dänemark, Schweden und Norwegen, habe in Yorkshire, Wales und Bath gelebt, und jetzt bin ich in diesen winzigen Raum verbannt, in dem ich geduldig auf mein Ende warten muß. Alle laufen nur auf Zehenspitzen herum, schh, schh, stört sie nicht, sie liegt im Sterben. Wie gerne würde ich gestört, geweckt, am Leben gehalten werden.

Scheren und Rasiermesser!
Erdbeeren, zuckersüße Erdbeeren!

Während und nach der Geburt nahm sie nichts ein. Keine Arznei, nur einen winzigen Schluck Wein. Die Schmerzen waren unvorstellbar, doch auch als man ihr am dritten Tag des Fiebers Laudanum anbot, lehnte sie ab.

»Schmerzen sind etwas Vertrautes für mich. Kein Laudanum, danke, und auch keine heiligen Männer in schwarzen Gewändern«, bestimmte sie.

Denn sie dachte: Schmerzen bedeuten wenigstens, daß ich etwas fühle, wenigstens das. Sie wollte fühlen, wollte alles fühlen, wollte nicht aufhören zu fühlen. Sie behielt die Augen offen, versuchte, nicht einzuschlafen, wollte Lärm um sich herum, zwickte sich in die Arme, um wach zu bleiben.

»Wenigstens fühle ich noch etwas.« Und sie geriet außer sich vor Angst, als ihre Zehen taub wurden.

»William, ich sterbe. Laß meine Schwestern kommen.«

»Sie sind schon unterwegs, Mary. Halte durch.«

»Die berühmte Mary Wollstonecraft, Autorin der *Verteidigung der Rechte der Frau*, kann ihre Schwestern nicht einmal dazu bewegen, sie am Totenbett zu besuchen«, meinte sie.

»Sag nicht so etwas. Sie müssen von Wales herkommen. Sie werden rechtzeitig hier sein.«

Am fünften Tag konnte Mary sich nicht mehr aufsetzen.

An diesem Tag rauschten ihre Schwestern ins Schlafzimmer herein.

»Hast du schon gehört«, sagte Everina, »daß Ann Radcliffe für ihren Roman *Die Italienerin* sechshundert Pfund erhalten hat, das sind noch ein paar hundert Pfund mehr, als *Die Geheimnisse von Udolpho* ihr eingebracht haben. Kannst du dir das vorstellen?«

»Danke für die Neuigkeit, Everina.«

»Ich denke, bei einem Spaziergang kannst du die Nachricht verdauen, Mary«, sagte Eliza. »Steh einfach auf und geh ein bißchen spazieren.« Sie mußte aufstoßen. »Du warst immer so stark. Das paßt gar nicht zu dir.«

Am sechsten Tag brachten William und Rose ihr zwei junge Hunde ins Zimmer.

»Hundebabys? Ihr bringt mir Hundebabys?« Mary dachte an die Jagdhunde, die ihr Vater aufgehängt hatte, und an Lady Kingsboroughs Schoßhunde. »Ihr bringt mir Hundebabys, um mich abzulenken?«

»Nein, Madam.« Rose senkte den Kopf.

»Mary«, begann William, »Mary, die Hunde sollen deine Brüste entlasten, sollen helfen, daß deine Blutungen zum Stillstand kommen und dein wunder Schoß sich zusammenzieht. Mary, die Hunde sollen dafür sorgen, daß die Milch aus deinen Brüsten abfließen kann. Die Hunde sollen an deinen Brüsten saugen.«

»Oh, nein«, stöhnte Mary. »Nein, bitte nicht. Keine Hunde.«

Kapitel 56

Sie träumte von einem Frühlingstag, die Sonne goß ihre milde Wärme über London. Im Traum ritt sie auf einem falben Pferd über die Putney-Bridge. Sie wußte nicht, woher sie gekommen war und wohin es ging. Doch sie ritt schneller und schneller.

Dann hörte sie einen Zeitungsverkäufer der *Times* etwas ausrufen. Sie drehte sich um. War es die Begnadigung des Königs? Der Mann saß hoch zu Roß, war ganz in Grün gekleidet und trug einen federbesetzten Mantel.

Lesen Sie es heute in der *Times*, rief er aus: Sie ist tot. Sie ist tot.

»*A* steht für ›Als‹, *B* steht für ›Bauer‹«, rezitierte Mary in ihrem Traum. »Und L? *L* steht für Liebe.«

Kapitel 57

Einige Monate nach Marys Tod veröffentlichte Godwin seine *Erinnerungen an Mary Wollstonecraft*, in denen er die Stationen ihres Lebens für die Nachwelt aufzeichnete. Sie erschienen bei Joseph Johnson. Wegen Godwins aufrichtiger Darstellung ihrer emotionalen Verstrickungen, ihres Selbstmordversuchs und ihres Atheismus blieb ihr Werk für lange Zeit unbeachtet. Die konservative Presse bezeichnete den Autor der *Erinnerungen* als Zuhälter und die Wollstonecraft als Hure.

In Amerika wurde Mary Wollstonecraft vorgeworfen, daß sie Frauen ermutigte, Sport zu treiben; denn sie hatte junge Mädchen angeregt, Schlittschuh zu laufen, ein »höchst gefährliches Vergnügen«.

Nur eine Frauenzeitschrift, der *Monthly Visitor*, verteidigte sie mit der Feststellung, daß sie eine leidenschaftliche Frau mit hervorragenden Kenntnissen gewesen sei: »Sie war ein Genie; und da sie sich der Besonderheit ihrer Begabung bewußt war, fühlte sie sich bis zu einem gewissen Grad der Fesseln bürgerlicher Gemeinschaften enthoben.«

Doch trotz aller Kritik erlebte die *Verteidigung der Rechte der Frau* hundert Jahre nach dem ersten Erscheinen vier amerikanische und sechs britische Auflagen.

1812 bat Fanny Imlay, Marys ältere Tochter, im Alter von zweiundzwanzig Jahren ihre Tanten Eliza und Everina, bei ihnen wohnen zu dürfen. Als sie ihr die Bitte abschlugen, zog Fanny still in einen Gasthof, verkroch sich in ihr Zimmer und träumte davon, sich das Leben zu nehmen. Die Wände schienen feucht zu schimmern, und der Boden schien sich zu wellen. Sie saß an einem kleinen Holztisch und dachte an all die traurigen Menschen, die dieses Zimmer schon bewohnt hatten. Fanny Imlay war ein unglückliches, schwieriges Kind gewesen. Sie hatte sich zu einer melancholischen jungen Frau entwickelt, die vollendete, was ihre Mutter auf der Putney-Bridge versucht hatte. Fannys Leiche wurde anhand des Korsetts ihrer Mutter identifiziert. Auf einem der Fischbeinstäbe war ihr Monogramm W. M. eingraviert.

Tom Christie starb im gleichen Jahr wie Mary in Surinam an Fieber. Seine besten Jahre waren jene, in denen er mit Johnson zusammenarbeitete und im Arbeitszimmer auf dem Boden herumlungerte. Als in Paris die Revolution tobte, hatte er feudale Feste gegeben.

Joseph Johnson starb 1809.

Gilbert Imlay starb 1828.

William Godwin heiratete wieder und lebte bis 1836.

Everina und Eliza leiteten in Dublin gemeinsam eine Schule – bis in die dreißiger Jahre, als Eliza starb.

Tom Paine war in Amerika begraben, wurde jedoch von ein paar glühenden Anhängern wieder ausgegraben; sie machten sich mit seinen sterblichen Überresten auf und davon. In frühen Biographien wurde ihm sein Atheismus vorgeworfen.

William Blake wurde (der noch vorhandenen Friedhofsakte zufolge) am Freitag, dem 17. August 1827, um ein Uhr mittags auf dem Bunhill Fields-Friedhof beerdigt; das Bestattungsunternehmen lag am Piccadilly Circus. In allen großen Londoner Tageszeitungen und Zeitschriften erschienen Nachrufe. Aber natürlich war sein Geist lange vorher freudig gen Himmel aufgestiegen.

1814 stand Mary Wollstonecroft Godwin, Marys zweite Tochter (geboren 1797), mit ihrem späteren Ehemann, Percy Shelley, auf dem St. Pancras-Friedhof am Grab ihrer Mutter. Shelley machte der grazilen, liebreizenden jungen Frau seit einiger Zeit den Hof. Jetzt lehnte sie in der Pose einer romantischen Heldin am Grabstein ihrer Mutter. Marys Körperhaltung hätte bei ihrer Großmutter höchste Anerkennung gefunden. Im Gegensatz zu ihrer Mutter gab sich diese Mary aristokratisch-gelangweilt. Sie trug an diesem Tag ein beiges Taftkleid (sie hatte einen raffinierteren Geschmack als ihre Mutter) mit tiefem Dekolleté, das die anmutige Linie ihres Körpers betonte. Diese Mary hatte zierliche Hände, sanft abfallende Schultern und ein sehr schönes Gesicht.

»Das ist der Grabstein meiner Mutter«, sagte sie artig zu Shelley, der damals noch verheiratet war. »Meine Mutter sah sehr gut aus, war geistreich, sehr intelligent und hatte eine Schwäche für schöne Männer.«

Natürlich war Shelley selbst sehr schön. Er hatte langes, seidiges Haar, einen schmächtigen Körper und ein Mädchengesicht mit durchdringenden braunen Augen. Er trug gern offene Kragen und wehende Halstücher. Er hatte Stil. Er hatte eine feurige Phantasie. Er war charmant, sprühte vor Intelligenz. Er sah in Mary eine Frau, die »Gefühl für Poesie und Verständnis für Philosophie hat«. Mary hielt Shelley für den interessantesten Mann, dem sie jemals begegnet war. Shelley bewunderte William Godwins Einstellung zu sozialen Reformen und er begann, sich mit seiner Frau Harriet zu langweilen. Mary fühlte sich bei ihrer Stiefmutter nicht wohl. Percy erschien nichts unmöglich. Prometheus war sein Held, Ikarus sein Idol. Mary ergab sich wie eine Orientalin in alles Schicksalhafte. Sie war verträumt und unfertig. Sie fragte sich, warum er sie wohl mochte. Er wußte, daß sie ihn liebte.

»Das heißt, bis auf meinen Vater. Meine Mutter verliebte sich in schöne Männer, bis sie meinem Vater begegnete. Mein Vater ist nicht schön.« Mary war schöner als ihre Mutter, doch fehlte ihr vielleicht deren Kraft und starke Sinnlichkeit, und sie hatte nicht die Gemütstiefe ihres Vaters. Dafür besaß Shelley diese Eigenschaften im Übermaß.

»Sie hat also aus ihrem Umgang mit schönen Männern gelernt?«

»Ja, sie lernte ihre Lektion, heiratete einen vernünftigen Mann, führte ein geregeltes Leben und starb«, sagte Mary. Auch Mary selbst war ziemlich vernünftig. Mit ihren siebzehn Jahren wünschte sie sich ein langes, erfülltes Leben und plante, eines Tages ein Zeichen zu setzen. Sie hatte die Vorlieben und Bedürfnisse ihrer Mutter geerbt, genauso wie einige ihrer Fähigkeiten, doch sie war entschlossen, mit ihren Gefühlen nicht verschwenderisch umzugehen.

»So ergeht es uns allen, stimmt's? Die Lektion lernen und sterben. Ich hasse den Lauf der Welt«, sagte sie.

Der Lauf der Welt zermürbte die Menschen, machte aus Ahnungslosen Märtyrer und zerstörte jegliches Vergnügen. Das war seine Sicht der Dinge. Percy hatte Mitgefühl mit den versammelten Toten. Die sich zueinander neigenden Grabsteine sahen aus wie eine traurige Armee auf dem Rückzug nach einer verlorenen Schlacht.

»Sie hat in dieser Kirche geheiratet, Percy. Sie liefen nach Hause, hatten Streit. Ich lag in ihrem Bauch, trommelte mit den Fäusten, damit sie aufhörten. Ich wollte Frieden. Meine Geburt war entsetzlich.«

Die St. Pancras-Church, in der Mary Wollstonecraft und William Godwin getraut worden waren, war abgeschlossen. Der kleine Kirchturm ragte in den Abendhimmel. Die Fleet floß unterhalb des Friedhofshügels ruhig dahin. Mary dachte an Leander, der Nacht für Nacht durch das Meer zu seiner Geliebten Hero schwamm. Sie hielt einen Moment den Atem an. Alles war still.

»Was ist das für ein Geräusch, Percy?«

»Eine Feldlerche.«

»Das glaube ich nicht.«

»Nur Feldlerchen klingen so glücklich.«

»Dein Hals ist wie eine weiße Lilie«, sagte sie. »Möchtest du, daß ich so etwas sage? Feldlerchen und Lilien. Schlüsselblumen und Wohlgerüche. Kalt und heiß. Hier und dort, jetzt oder nie.«

»Du klingst wie deine Mutter; ja und nein in einem Satz. Ein Kompliment und ein Rippenstoß.«

»Ich bin ihre Tochter, Percy.«

»Und Fanny Imlay, die immer zornig oder niedergeschlagen war?«

»War auch ihr Kind. Wir alle sind ihre Kinder.« Es klang, als wäre ihre Mutter eine Ceres gewesen, eine antike Göttin, die Mutter der Erde.

»Ja. Deine Mutter hatte eine Schwäche für schöne Männer, hübsche Kleider, gutes Essen, aber sie litt oft an Melancholie. War sie wie Fanny und du in einer Person? Ist die Welt so, sind wir alle so?«

»Ein Mensch zu sein bedeutet, voller Widersprüche zu stecken, Percy, dessen bin ich mir sicher.« Das hatte sie auf dem Schoß ihres Onkels Joseph gelernt.

»Ich habe gehört, sie mochte Kinder nicht, führte ein unstetes, zigeunerhaftes Leben, besaß während ihres ganzen Lebens nur ein paar Möbelstücke, unterstützte die meiste Zeit über ihre Schwestern. In dem literarischen Salon, den Joseph Johnson führte, war sie eine glänzende Gesprächspartnerin, konnte aber bisweilen unter wortgewaltigem Protest den Raum verlassen, entwarf nach dem Essen ihre Bücher und Pamphlete, verschüttete Wein, übersetzte sehr frei, hob bereitwillig die Röcke, hatte jedoch von keinem Mann eine hohe Meinung, auch nicht von Gott. War sie ein Mann in Frauenkleidern?«

»Sie war eine intellektuelle Schönheit, würdest du sagen.«

Percy hatte einen lebhaften Geist. Godwin hatte ebenfalls einen lebhaften Geist, doch er war streng und distanziert. Percy sprach in Großbuchstaben, setzte die Punkte mit seinem Spazierstock. Er war zugänglich, und wenn er ihre Hand berührte, hatte sie das Gefühl, gleich in Ohnmacht zu fallen.

»Ich wünschte, ich hätte sie kennenlernen können, Mary.«

»Machst du mir oder meiner Mutter den Hof, Percy?«

»Ich bin voller Liebe und Verlangen nach *dir*.« Er legte ihr die Hand auf die Wange. »Du bist ihr ebenbürtig. Ich wünschte, sie lebte noch. Ich wünschte, daß alle noch lebten. Ich wünschte, die Welt wäre so, wie sie sein könnte.«

Sie schreckte zurück. Sie fragte sich, welchen Platz die Liebe in seinem philosophischen Weltgebäude hatte. Betrachtete er sie als Notwendigkeit? Jedenfalls war er genauso Liebhaber wie Philosoph und Poet. Er war sogar berühmt-berüchtigt. Frauen fielen in seiner Gegenwart in Ohnmacht. Sie dachte daran, wie sie sich verliebt hatte. Ihr Vater hatte ihr beschrieben, wie sich ihre Mutter verliebt hatte. Es klang wie verlieren, sich verlieren. Sich selbst in den Tiefen des Himmels, in den Tiefen der Seligkeit verlieren. Sich Hals über Kopf verlieren. In der Liebe.

»Deine Mutter war voller Gefühl«, sagte Percy und nahm eine ihrer Locken zwischen die Finger. »Und du?«

»Sie war voller Gedanken und Ideen. Wie du.«

»Ich möchte dich an all deinen geheimen Stellen küssen, Mary.«

Sie schauderte. War es die ganze Zeit nur darum gegangen?

»Meine Mutter liegt hier unter uns«, flüsterte sie. »Das Fieber hat sie ausgebrannt, ihre Knochen sind ausgebleicht. Sie besteht nur noch aus einem Totenschädel und einem Büschel Haar. Ich kann dich hier nicht küssen.«

»Sie lebt und ist bei uns. Sie lebt, meine Liebe, in deinem Herzen, in deinem Geist.«

»Bitte, Percy. Ich habe sie nicht einmal gekannt. Meine Geburt brachte ihr den Tod.«

»Genug.« Er machte eine wedelnde Handbewegung. »Komm, wir legen uns hierhin.«

»Auf das Grab meiner Mutter?«

»Gibt es einen besseren Ort? Leg dich hin. Spüre, was unter dir ist.«

Mary schaute sich um. Steine und ein kühler Abend. Die Silhouetten der Bäume waren kaum erkennbar, und die Umrisse der kleinen Kirche verschwammen in der Dämmerung.

»Du bist schön«, sagte er.

»*Du* bist schön«, antwortete sie.

»Du bist in meiner Gewalt.«

»Nein, ich bin nicht in deiner Gewalt, Percy. Niemand hat Gewalt über mich, nur ich selbst.«

»Und ich!« Seine dunklen Augen glühten. Er roch nach Wein und Rosenwasser, ein Frauenduft. Mary war ein wenig schwindlig. Sie schaute hinauf. Der Himmel war undurchdringlich. Sie schaute hinunter auf die weiche Erde. Manche Steine waren mit Efeu bedeckt, als ob die Unterwelt nicht nur die toten Körper beanspruchte, sondern auch die Gedenksteine nach unten ziehen wollte. Sie bemerkte, daß Vögel im Efeugestrüpp herumhüpften. Sie suchten nach Würmern. Nahrung für Vögel. Nahrung für Würmer. Mary holte tief Luft, sank auf die Knie und legte sich auf das Grab, als wolle sie umarmen, was darin lag. Sie drückte den Mund auf die weiche Erde und fragte:

»Mutter, darf ich?«

Whitney Otto

Quilt

Roman

Aus dem Amerikanischen von Susanne Lepsius
Band 11935

Die Frauen in diesem Roman leben in einer kalifornischen Kleinstadt und kennen sich seit ihrer Kindheit. Sie treffen sich einmal in der Woche, um an einem Quilt zu arbeiten: Die Schwestern Hy und Glady Joe, die Jahre brauchen, um zwischen sich Hys Verrat zu bereinigen, die eine Affäre mit Glady Joes längst verstorbenem Mann hatte. Sophia, die einmal von einer Zukunft als Schwimmerin träumte, dann aber heiratet und Kinder bekommt, ohne diesen Traum je ganz zu vergessen. Constance, die am liebsten für sich bleibt und ihren Erinnerungen nachhängt. Em, die seit Jahren versucht, mit der Untreue ihres Mannes fertig zu werden und nicht anders kann, als ihn trotzdem zu lieben, denn er ist der Mensch, der sie am besten kennt. Dann Corinna, die einen Sohn in Vietnam verliert und irgendwann nicht mehr trauern kann. Anna, Tochter einer schwarzen Mutter und eines weißen Vaters und Gründerin des Quilt-Zirkels. Schließlich Marianna, ihre Tochter, die zwischen zwei Welten lebt und, um sich zu schützen, ihre Distanz nie ganz aufgibt. Die Autorin beschreibt die mählichen oder jähen Umschwünge und Entwicklungen im Leben dieser Frauen – und entwirft gleichzeitig ein Stück weiblicher amerikanischer Sozialgeschichte.

Fischer Taschenbuch Verlag

fi 213 / 4

Martha Bergland
Die Farm am Grunde des Sees
Roman

Aus dem Amerikanischen von
Renate Orth-Guttmann

Band 12749

Eine Fahrt in die Gegend ihrer Kindheit läßt Janets alte Träume wieder wach werden: Landschaften, Gerüche und Farben des Mittleren Westens und nicht zuletzt die Wiederbegegnung mit ihrem Schwager Carl, den sie einmal geliebt hat und vielleicht immer noch liebt, wecken längst vergessen geglaubte Gefühle und die Sehnsucht, wieder so zu leben wie früher, auf einer Farm inmitten der Natur.

»Treffsicher und ehrlich ... und wunderbar einfühlsam.
Martha Bergland hält den Leser gefangen.«
The New York Times Book Review

»Ein genau beobachteter, eleganter zeitgenössischer Roman,
der ein vom Verschwinden bedrohtes Amerika feiert.«
Los Angeles Times

Fischer Taschenbuch Verlag